zadie smith

łowca
autografów

przełożył
zbigniew batko

wydawnictwo
znak
kraków
2004

Tytuł oryginału
The Autograph Man
Copyright © 2002 by Zadie Smith

Opracowanie graficzne
Witold Siemaszkiewicz

Fotografia na 4. str. okładki
Roderick Field

Opieka redakcyjna
Agnieszka Pokojska

Adiustacja
Beata Trebel

Korekta
Barbara Gąsiorowska

Łamanie
Piotr Poniedziałek

Copyright © for the translation by Zbigniew Batko
Copyright © for this edition by Wydawnictwo Znak, Kraków 2004
ISBN 83-240-0431-9

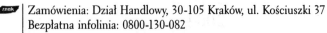

Zamówienia: Dział Handlowy, 30-105 Kraków, ul. Kościuszki 37
Bezpłatna infolinia: 0800-130-082
Zapraszamy do naszej księgarni internetowej: www.znak.com.pl

Moim zdumiewającym braciom Benowi i Luke'owi
oraz Adamowi Andrusierowi, przyjacielowi, który wie,
co jest naprawdę śmieszne

Naturalnie, w rzeczywistości sprawy nie mogą pasować do siebie tak jak w moim liście; życie to coś więcej niż chińska układanka.

Franz Kafka w liście do ojca

Zawsze roiłam sobie, że Clark Gable jest moim ojcem.

Marilyn Monroe

PODZIĘKOWANIA

Wyrazy wdzięczności, jak zawsze, dla Yvonne Bailey-Smith i Harveya Smitha za ogromne wsparcie i cierpliwość. Wielkie dzięki dla Adama Andrusiera i Rachel Miller za dostarczanie informacji, których nie znajdzie się w bibliotekach, oraz dla moich nieocenionych pierwszych czytelników: Michala Shavita, Toby'ego Litta, Adama (jeszcze raz), Tamary Barnett-Herrin, Nicka Lairda i Paula Hildera. Dziękuję także Jessice Frazier i Lee Kleinowi, którzy potrafią uczynić filozofię najzupełniej przystępną. Podziękowania dla Aleksa Adamsona za wszelkie ułatwienia.

Skorzystałam z dwóch domów pracy twórczej dla pisarzy; dziękuję obu tym instytucjom oraz niezwykłym kobietom, które je prowadzą: Drew Heinz z Hawthornden i Beatrice Monti z Santa Maddelena. Jestem także wielce zobowiązana Georgii Garrett, Simonowi Prosserowi i Ann Godoff, dzięki którym książki się materializują i którym zawdzięczam zachowanie równowagi psychicznej.

PROLOG

Zohar

Walki zapaśnicze

Potrafi sobie wyobrazić siebie jako błahy incydent w życiu innych. I nie jest to żadna abstrakcja. Alex-Li Tandem nie wie nawet dokładnie, co to słowo znaczy – ma dopiero dwanaście lat. Wie tylko, że jeśli wyobrazi sobie, jak kąpie się w morzu (co u większości dzieci ewokuje natychmiast obraz przepływającego tuż pod nimi „filmowego" rekina), to w tym wyobrażeniu obecny będzie ratownik. Potrafi zobaczyć siebie jako plamkę na horyzoncie, widzi swoją głowę, którą łatwo wziąć omyłkowo za boję, i szaleńczo młócące wodę ramiona, zalewane wysoką falą. Umie też zobaczyć oczami wyobraźni ratownika, opalonego na brąz, flegmatycznego Amerykanina, który stoi na plaży z założonymi rękami, przekonany, że nic takiego się tam, na morzu, nie dzieje. Alex widzi, jak ratownik odchodzi w głąb plaży w poszukiwaniu tych półnagich młodych Niemek, które były tu wczoraj, i jakiegoś zimnego drinka. Ratownik kupuje colę od przechodzącego sprzedawcy napojów. Rekin wyszarpuje Aleksowi prawą łydkę. Ratownik podchodzi, niby mimochodem, do ślicznotki Tanyi. Rekin wlecze Aleksa, miotając nim na wszystkie strony, zataczając półkola. Ratownik rozmawia uprzejmie z przyjaciółką Tanyi, płaską brzydulą, w nadziei na zdobycie punktów za harcerską postawę. Pękają miażdżone kręgi. Widzicie tam, daleko? To foka!, mówi Tanya, biorąc wzniesioną w rozpaczliwym geście rękę Aleksa za błysk lśniącego ogona. A potem Alex znika. Czy to ptak? Samolot? Foka? Nie, to ja

10

tonę. Tak mają się sprawy z Aleksem-Li. Ten chłopiec posługuje się stenografią jednostkowego doświadczenia. W telewizyjnej wersji. Należy do pokolenia, które widzi się jak na ekranie telewizora.

JHWH

W tej chwili siedzi w samochodzie ojca; jadą na całodniową wyprawę. Nad nimi leci samolot, bardzo nisko; zdaje się, że może zawadzić o przeżarty rdzą dach któregoś z przemysłowych kolosów stojących po lewej stronie drogi. Jadą podrzędną szosą biegnącą obok lotniska, w ciżbie innych samochodów. Za kierownicą siedzi ojciec, Li-Jin, który jest zarazem jego najbliższym przyjacielem. Z tyłu siedzą jeszcze dwaj chłopcy i bez żadnego powodu strzelają mu w głowę z gumki. Teraz wychyla się nieco do przodu, poza zasięg ich pocisków, i wystawia umięśnioną rękę przez okno – czyżby sądził, że naprawdę widać ją z góry? Siemasz! Rachityczne lutowe drzewa po obu stronach szosy wyciągają ku niemu gałęzie. W odpowiedzi rozpościera dłoń, pozwalając, by wiatr przepływał mu między rozstawionymi palcami. Wiotki liść owija się niczym bandaż wokół jednego z nich. Ohyda, m e g a o h y d a. Jadą na walki zapaśnicze. To niezwykłe wydarzenie. Alex nie jest zbyt towarzyskim chłopcem. Czas wolny spędza albo przed telewizorem, albo asystując ojcu przy pracy. Całkowicie satysfakcjonuje go myszkowanie po poczekalni i spekulowanie, co komu dolega, podczas gdy doktor Tandem robi, co należy, w pokoiku z białymi drzwiami. Alex przynosi ze sobą krzyżówki albo jakiś komiks i zawsze w końcu zostaje sam, co mu bardzo odpowiada. Grzybica stóp, angina, dżuma: na chybił trafił przypisuje te wszystkie choroby pacjentom, którzy cierpią po prostu na bronchit albo przechodzą menopauzę i tkwią apatycznie w małych jak dla dzieci plastikowych krzesełkach. Nikt nie zwraca na niego uwagi. Ot, jakiś ciekawski chłopiec. Ta lustracja jest zupełnie jak telewizyjny show. Tylko że w ciągu ostatniego roku Alex zaczął bardziej rzucać się w oczy. Urósł, nabrał ciała, ma teraz miękki brzuch, nieco kobiece biodra i żółtawą karnację. Nowe okulary powiększają półksiężyce jego oczu – czy nie jest teraz bardziej chiński? Jego chłopięctwo jakby z niego opadło. Lu-

11

dzie zaczęli go zaczepiać. Bez przerwy ktoś chwyta go za ramię, a starsi wciąż zadają mu idiotyczne pytania. Kiedy człowiek kończy dwanaście lat, wszyscy mają coś do powiedzenia na takie tematy, jak dwunastolatek i przebywanie na świeżym powietrzu czy dwunastolatek i porządny mecz piłki nożnej, wszyscy też zaczynają go porównywać z dziarskimi, rumianymi chłopaczyskami z jakiejś zamierzchłej epoki. Alex od dawna wyczuwał, że jakaś całodzienna wyprawa, choć niekoniecznie akurat ta, jest nieunikniona.

Nocna rozmowa rodziców, której – chcąc nie chcąc – musiał wysłuchać, odbyła się trzy dni wcześniej, kiedy Alex leżał w sąsiednim pokoju na samym brzeżku łóżka i roił o klifach i morzu. Jego matka Sara uniosła się na łokciu, odczekała, aż ucichnie monotonny pomruk silnika przelatującego nad ich domem samolotu, po czym powiedziała sennie:

– Słuchaj, Li, może wymyślilibyśmy jakieś inne zajęcie dla Ala, żeby w soboty n i e s n u ł s i ę tak bez sensu po poczekalni przez cały dzień. No wiesz, nie chodzi mi o to, że...

W tym niedokończonym zdaniu pobrzmiewała zadawniona pretensja, bo dla Sary nie było nigdy dość miejsca na obszarze zajmowanym przez ten uwielbiający się duet – ojca i syna. Teraz, kiedy Alex-Li ukończył dwanaście lat, matka chciałaby go widzieć, „jak otwiera się na świat, jak w ten świat w c h o d z i i, no wiesz, c h ł o n i e g o, podejmuje tę niezwykle ważną g r ę...".

Li-Jin otwiera oczy i jęczy. Co ona takiego ostatnio czytała, że przemawia do niego w środku nocy, jakby cytowała jakiś poradnik psychologiczny? Li-Jinowi pęka głowa. Jest druga w nocy. Powinien był już dawno człapać w bieliźnie korytarzem, pokrzykując i zmierzając w stronę sypialni dla gości. Taki był rytuał. Ale teraz nie miał już na to czasu. Małżeńskie awantury, udział w zamieszkach ulicznych, bójki w barze – to wszystko wydawało mu się dzisiaj wielkim luksusem. Trzeba mieć czas na takie rzeczy, na walkę, na pojednania. Choć Li--Jin nikomu o tym nie mówił, dobrze wiedział, że utracił możliwość korzystania z tych luksusów. Nie mógł ryzykować eskalacji. Po prostu nie miał na to c z a s u. I bardzo go zaskoczyło to, że kiedy odpadły awantury, została miłość, całe przelewające się morze miłości. Spulchnia poduszkę, przysuwa się do żony na znak zgody. To jakby dar dla niej. Ale chwileczkę, jest jeszcze c o ś w i ę c e j: całuje czubki jej palców i składa pulsującą bólem głowę w jej dłoniach.

JHWH

A więc w tej chwili przelatuje nad nimi samolot i Alex-Li próbuje sobie wyobrazić, jak wygląda on, Alex,·z wysokości dziesięciu tysięcy stóp. Jadą oglądać walki zapaśnicze z ojcem i dwoma kolegami, Markiem Rubinfine'em i Adamem Jacobsem. Rubinfine (lat piętnaście), do którego wszyscy, włącznie z jego matką, zwracają się po nazwisku, jest synem księgowego Li-Jina, pana Rubinfine'a. Jest to wysoki, bystry chłopak z pieprzykiem na policzku; sam wyraz jego twarzy sugeruje, że trzeba czegoś więcej niż widoku faceta srającego złotem, żeby mu zaimponować. Li-Jin właściwie nie wie, czy go lubi. Ale kiedy podczas obiadu powstał projekt wycieczki na turniej zapaśniczy, Rubinfine był przy tym z ojcem i stąd jest teraz z nimi. Drugi kolega, Adam (lat trzynaście), miły chłopiec, ma drobne kłopoty z nadwagą, co może być, choć niekoniecznie, przyczyną jego układności. Ma gęste, czarne jak smoła włosy i oczy tak czarne, że tęczówka zlewa się ze źrenicą. Choć cała trójka zna się od lat, nie chodzą do tej samej szkoły i wcale nie są najlepszymi przyjaciółmi. Tym, co ich łączy, jest cheder, do którego wszyscy uczęszczają, w miejscowym domu kultury, finansowany przez synagogę. Li-Jin obawiał się początkowo, że ich wycieczka może się okazać atrakcją zbyt wykoncypowaną, ale jest fajnie, chłopcom nie zamykają się buzie. Tylko o c z y m oni rozmawiają? O programach telewizyjnych, których on nigdy nie oglądał, o piosenkach, których nie słyszał, o filmach, które przemknęły przez ekrany tak, że nawet ich nie zauważył. Li-Jin ma wrażenie, jakby jego syn był na co dzień dostrojony do pewnej wysokiej częstotliwości, do której on, Li-Jin, dostraja się tylko raz do roku, z okazji Bożego Narodzenia, kiedy każą mu iść i kupować te wszystkie kolorowe plastikowe gadżety, niezbędne przy tym tajemniczym święcie.

– Ty mnie w ogóle nie słuchasz – mówi miaukliwie Alex, waląc pięścią w pokrywę schowka. – Ja mówię o odcinku *Powrót do domu*,

kiedy Kellas dowiaduje się o tych swoich, jak im tam... swoich b i o-
n i c z n y c h cechach.

– To wcale nie było w *Powrocie do domu* – wtrąca Adam. – Z tymi
bionicznymi bajerami to zupełnie inny odcinek.

– Nie wal tak w ten schowek – upomina Aleksa Li-Jin.

– A ja wam mówię – przerywa im z westchnieniem Rubinfine, wy-
dłubując zakrzywionym palcem woskowinę z ucha – że ta cała gadka
jest gówno warta.

Sztucznie podgrzane powietrze sprawia, że para osiada na szybach. Li-Jin włącza radio, by usłyszeć biały szum, jakby ścieżkę dźwię-
kową do swojego bólu głowy. Alex zaczyna wodzić czubkiem palca
po zaparowanych szybach i rysować trójkąty. Pulchne, gołe uda
Adama lepią się do obitego skajem siedzenia. Rubinfine ma jedną
z tych przypadkowych erekcji, które są wyjątkowo uporczywe, nawet jeśli są pozbawione przyczyny i celu. Unosi się lekko i poprawia
na siedzeniu.

JHWH

Trwa ogólny exodus z pieleszy domowych w świat: ojcowie ze swymi synami ruszają w drogę. Alex widzi inne samochody ze swymi ró-
wieśnikami w środku, przyciskającymi do szyb laminowane plakaty
reklamujące zawody (wielkie, czerwone, ze złotymi literami, niczym
okładki Biblii). Od czasu do czasu Rubinfine wykonuje gest, jakby
kogoś dusił, i chłopak w przejeżdżającym obok samochodzie w odpowiedzi udaje trupa. Wszystko to jest czymś zupełnie wyjątkowym.
Zwykle nie ma takiej siły, która ruszyłaby ich sprzed telewizorów w sobotni poranek, kiedy leci specjalny blok programów. Nie ma takiej
cholernej siły. Wykluczone. Telewizor musiałby sam wyciągnąć wtyczkę
z gniazdka i nakazać Adamowi, Rubinfine'owi i Aleksowi, żeby poszli za nim. I TO NATYCHMIAST, WY MAŁE, WSTRĘTNE GNOJ-
KI (to musiałoby ich ruszyć!), CHODŹCIE ZA MNĄ, PEDZIE! A potem wykuśtykać z domu na swoich patykowatych, drewnianych nogach. I to właśnie w gruncie rzeczy się stało: w stronę Royal Albert
Hall pociągnął ich pewien potężny facet z telewizji. Nazywają go Big
Daddy i aktualnie jest najsłynniejszym zapaśnikiem w Wielkiej Bryta-

14

nii. To prawdziwy bóg. Pochodzi z północy, jest gruby, różowy i całkowicie p o z b a w i o n y uroku. Ma około pięćdziesiątki, siwe włosy i nosi czerwone śpiochy. W pewnym momencie wychodzi na jaw, że jego prawdziwe imię brzmi Shirley. I o dziwo, nawet to nie może go zdyskredytować. Wszyscy go lubią i właśnie to w s z y s c y jest takie ważne dla Lin-Jina. Nie chce, żeby Alex „odstawał od ogółu". Wie, że życie chłopca stanie się wkrótce trudne, i ma nadzieję, że konformizm może okazać się dlań zbawienny. A więc chce, żeby Alex był przygotowany, normalny. Chce, żeby stał się częścią tego w s z y s c y. Ale nie można być przygotowanym na wszelkie ewentualności. Na przykład jego syn jest prawdopodobnie jedynym zmierzającym teraz na walkę Big Daddy'ego z Giantem Haystacksem chłopcem, którego ojciec próbuje przekonać, żeby nie uczestniczył we własnej bar micwie.

– Czy jesteś pewien, że c h c e s z mieć bar micwę? – pyta Li-Jin.

– Ta - a a a t o! – odpowiada Alex-Li.

Na tylnym siedzeniu Rubinfine testuje w praktyce pojęcie „męskich cycków", obmacując wrażliwe przydatki tłuściocha Adama, a z przodu Li-Jin próbuje wywrzeć nacisk na Aleksa-Li w taki sposób, w jaki nigdy nie powinien tego robić, jeśli chce dotrzymać przyrzeczenia danego Sarze.

– A l e x. Zadałem ci pytanie.

– Wiem. Odpowiedziałem przecież, że tak, no nie? No dobrze: t a k. Tak uważam.

– Ale czy jesteś pewien, że tego c h c e s z? – dopytuje się daremnie Li-Jin. – Czy raczej chodzi o to, że chce tego twoja matka?

Alex wykonuje Międzynarodowy Gest imitujący wymiotowanie.

– No więc jak, mam rację?

– Przecież w i e s z, że to mama tego chce. Więc oczywiście chodzi też i o to.

– Ale ty tego chcesz?

– Chyba tak. B o ż e, tato, przestań już truć. P r o s z ę!

Rubinfine wykonuje Międzynarodowy Gest oznaczający masturbację.

Alex jeszcze raz wali pięścią w pokrywę schowka, po czym koncentruje się na otwieraniu i zamykaniu popielniczki. Zatrzymują się na czerwonym świetle. Li-Jin odwraca się, żeby spojrzeć na syna, ślini kciuk i ściera jakiś smar czy inny brud z policzka chłopca.

– No, przestań się wygłupiać. Słuchaj. Słuchasz mnie? To chyba nie są nudne pytania, co? Ciekaw jestem po prostu, czy zamierzasz nosić te pudełka. Jak one się nazywają? Przypomnij mi.

– Tefilin. Przywiązuje się je po prostu. Do głowy. I do ramienia.

Li-Jina ogarnia smutek. Wciska sprzęgło. Reaguje alergicznie na sam pomysł przywiązywania jakichś pudełek. To zbyt gwałtowny i dziwaczny odskok od normalnego, spokojnego, niemal n i e d o s t r z e-g a l n e g o judaizmu, w który wszedł, żeniąc się z żydówką. Co to właściwie jest? Co tam jest napisane takim maczkiem? I jak mocno uciskają te paski, którymi się to przywiązuje?

– Dobrze. Więc pudełka. Takie, jak miał Rubinfine.

– B o ż e, tato, czy to ma znaczenie? Po prostu to zrobię. I będzie po wszystkim.

– Rekord we wstrzymywaniu oddechu pod wodą – mówi Adam – należy do Wielkiego Tony'ego Kikaroo z Nuku'alofa z Tonga, który wstrzymał oddech na dziewiętnaście minut i dwanaście sekund, nurkując w jasnozielonych wodach zatoki.

– Kto tak ci mówił o mnie? – pyta Rubinfine.

Na skrzyżowaniu wszyscy zamykają nagle, jak na komendę, usta i zapada na chwilę lepkie milczenie, jakby ktoś splunął nim na szybę, i cała czwórka się przyglądała, jak po niej ścieka. Za oknami przesuwa się Mountjoy, ze swymi typowymi dla peryferii przysadzistymi budynkami i poprzycinanymi drzewami. To właśnie tu mieszkają i ruch uliczny jest widomym świadectwem tego, że w sobotę, przy pierwszej okazji, każdy mieszkaniec Mountjoy stara się stąd gdzieś uciec. Korzystają ze swoich praw właścicieli domów. Nie zapomnieli jeszcze tego młodego, ambitnego człowieka z rzadkim wąsikiem i w akrylowym krawacie, nie zapomnieli, jak oprowadzał ich po ich przyszłym domostwie, opowiadając o minimalnej liczbie lotów, o listwach przypodłogowych, o oryginalnym wyposażeniu domu i kusząc fantastyczną – i jak się okazało, całkowicie fikcyjną – perspektywą zaledwie półgodzinnej jazdy do śródmieścia. Nikt się z tego powodu nie ciska. Ten, kto spodziewał się po Mountjoy czegoś innego, kto miał jakiekolwiek złudzenia co do kursu, jaki obrało Mountjoy... no cóż, ktoś taki nie powinien się tam osiedlać. Mieszkańcy Mountjoy kierowali się w życiu zasadą kompromisu i co noc potulnie godzili się ze stoperami w uszach, migrenami i wywołanym stresem nieznośnym napięciem mięśni, czyli z tym wszystkim, co otrzymali w zamian za niską cenę domów usytuowanych dokładnie na szlaku lotów międzynarodowego portu lotniczego. To nie była Ziemia Obiecana. To oferowana po przystępnej cenie możliwość zamieszkania w powstałej w latach pięćdziesiątych na najbardziej wysuniętym na północ cyplu Londynu wsi, podłączonej do elektrociepłowni, z domami „pod klucz", ze szkołami i dogodną komunikacją z miastem. Odpowiada Li-Jinowi, bo nie ma tu kłopotów z parkowaniem, a jego gabinet lekarski był tutaj od zawsze. Także dlatego że zna wszystkich w okolicy. Jest tu sporo Żydów, a to z kolei odpowiada Sarze. I Aleksowi-Li, bo jemu jest dobrze wszędzie. Adam, jedyny czarny chłopiec w promieniu kilku mil – a b y ć m o ż e j e d y n y c z a r n y Ż y d w t y m p a s k u d n y m ś w i e c i e – nienawidzi tej dzielnicy, po prostu jej nienawidzi, naprawdę z c a ł e g o s e r c a, i gdyby szukał właściwych słów, żeby to wyrazić, powiedziałby: tak, nienawidzę tego miejsca swoimi wnętrznościami, swoimi trzewiami. Jeśli zaś chodzi o Rubinfine'a, to gdyby Mountjoy było człowiekiem, on, Rubinfine, odrąbałby mu głowę, nasikał mu w oczy i nasrał do gardła.

JHWH

Interesujący fakt: ojciec Rubinfine'a, Rubinfine, chce, żeby Rubinfine został w przyszłości rabinem. Za każdym razem, kiedy Rubinfine opowiada Li-Jinowi o tej najbardziej przezeń wymarzonej przyszłości dla młodego Rubinfine'a, Li-Jin nie wie, jak zapanować nad twarzą. Kiedy Rubinfine napomknął o tym po raz pierwszy, jedli właśnie spaghetti bolognese w restauracji, gdzie umówili się na lunch, aby przedyskutować problem zmniejszenia kosztów prowadzenia praktyki lekarskiej przez Li-Jina, i tego ostatniego tak zaskoczyły plany Rubinfine'a, że musiał czym prędzej pognać do toalety, żeby wyciągnąć sobie makaron z nosa.

JWHW

Rubinfine:
– Uff, uff, uff. Kurde, jak mi gorąco! Nie można by przykręcić tego ogrzewania? Daleko jeszcze? Daleko jeszcze? Daleko jeszcze? Czyjeszczedalekodalekodalekodalekodaleko?

Nie zabiję go przecież tylko za to, że udaje zmęczonego podróżą samochodem chłopca z amerykańskiego filmu, myśli Li-Jin. Głowa mu pęka.

– Nie zabiję cię jednak – mówi, zerkając na odbicie Rubinfine'a w lusterku.

Rubinfine zasysa policzki, co upodabnia go do ryby.

– Hm, zobaczymy. No jasne. W ż y c i u by pan nie dał rady.

Bardzo trafna ocena sytuacji, biorąc pod uwagę, że Li-Jin ma około metra sześćdziesięciu pięciu w kapeluszu, a Rubinfine jest prawdziwym wybrykiem natury, piętnastoletnim kolosem.

– Kiedyś byłeś mniejszy – zauważa Li-Jin.

– Naprawdę?

– Naprawdę. Chyba że mnie zawodzi pamięć. Nie ładniejszy, ale mniejszy.

– Rekord w długości przebywania w grobie – oznajmia Adam – należy do niejakiego Rodriguesa Jesusa Montiego z Tampy na Florydzie, który spędził czterdzieści sześć dni pogrzebany żywcem na pustyni w Arizonie, oddychając przez coś w rodzaju długiej słomki.

– Gdzie ty to właściwie w i d z i a ł e ś ? – pyta wściekły Rubinfine. – Na jakim k a n a l e? I jak to niby w y g l ą d a ł o?

– To nie było w ogóle w telewizorni, tylko w książce. O rekordach. Czytałem.

– No to się zamknij.

Zdejmując jedną rękę z kierownicy, Li-Jin chwyta się za skórę na skroni i naciągnąwszy ją, zaczyna miętosić pomiędzy kciukiem i palcem wskazującym. Zwykle mawia pacjentom, że dobrze jest wyobrazić sobie ból jako kulę plasteliny albo gliny i że przez takie ugniatanie można zrobić z niego cienką nitkę, a potem ją przerwać. Kłamstwo.

– Litości! – kwiczy Rubinfine. – Najpierw ja i Ad. Alex walczy ze zwyciężcą.

Rubinfine i Adam splatają palce w żelaznym uścisku. To jakaś im tylko znana gra. Proszą Li-Jina, żeby policzył do trzech. Ale Li-Jin jest gdzie indziej, pogrążony w swoim bólu głowy. Patrzy na dwóch machających rękami sześciolatków w samochodzie obok; przez zalaną deszczem szybę wyglądają jak sentymentalna akwarela. Usiłuje sobie przypomnieć czasy, kiedy wszystkie te dzieci były malutkie i nieśmiałe. Ale nie, Rubinfine nawet jako sześciolatek był takim samym tyranem, choć stosował inną taktykę: wrzaski, smarkania i strajki głodowe. Był typem bachora, który podpaliłby na sobie ubranko tylko po to, żeby zobaczyć minę matki. Adam, o ile Li-Jin dobrze pamiętał, zmienił się radykalnie. Kiedy miał sześć lat, był Amerykaninem. Co więcej, nie miał rodziców. Był niczym jakaś postać z książki. Wszyscy pojawili się w gabinecie Li-Jina pewnej zimy: smoliście czarny dziadek, niejaki Isaac Jacobs, Adam i jego mała siostrzyczka... jak ona miała na imię? W każdym razie to o nią chodziło. Migdałowooka dziewczynka z wadą serca, pilnie potrzebująca bezpłatnej opieki lekarskiej, jaką mogła uzyskać w Wielkiej Brytanii. Wszyscy troje byli czarnymi żydami z Harlemu i utrzymywali, że są z plemienia Judy. Ubrani byli jak etiopscy królowie! Minęło sporo czasu, nim dorośli mieszkańcy Mountjoy zaakceptowali Isaaca Jacobsa. Z Adamem było inaczej. Adam stał się od razu panem placu zabaw. Li-Jin uśmiechnął się na wspomnienie, jak to Alex przyszedł kiedyś do domu i powiedział o „chłopcu z filmu", jak gdyby Adam zstąpił do tej przedmiejskiej dzielnicy z ekranu niczym jedna z tych nieśmiertelnych postaci kina. Ale w wypadku Adama ten stan nie mógł trwać długo. Jego akcent rozmył się, ciało dojrzało. Oto minęło siedem lat i Adam Jacobs wciąż ponosi karę za to, że się tu w ogóle pojawił, za zachowywanie się, jakby był istotą magiczną.

Esther – ta dziewczynka miała na imię Esther. Włosy miała zaplecione tak, że przypominały układankę. Wszczepili jej rozrusznik.

A teraz Rubinfine, znudzony czekaniem na zezwolenie, wykręcił Adamowi ręce do tyłu. Adam wyje, ale Rubinfine jest bezlitosny.

– To słowo brzmi „litości" – mówi chłodno, puszczając wreszcie Adama, który płacze i dmucha na obolałe przeguby. – Wystarczyłoby, żebyś to powiedział.

– Tu się zatrzymamy – mówi Li-Jin, podjeżdżając do krawężnika i zatrzymując się przed apteką. – Coś się komuś nie podoba? – Pan brzydko pachnie? – zgłasza propozycję Rubinfine.

JHWH

Kiedy Alex miał jedenaście lat i kiedy Li-Jina zaczęły nękać te jego bóle głowy, pewien chiński lekarz z Soho postawił diagnozę, że jest to wpływ Aleksa-Li, blokującego *qi* ojca. Powiedział Li-Jinowi, że kocha on swego syna za mocno, tak jak wdowiec, dla którego dziecko jest wszystkim, co mu pozostało po żonie. Li-Jin kochał Aleksa po kobiecemu, nie po męsku. Jego *mu qi* (energia macierzyńska) była zbyt silna i blokowała *qi-men* (ujścia energetyczne). I to właśnie miało być przyczyną dolegliwości. B z d u r a. Li-Jin ofuknął samego siebie za to ciągłe uleganie przesądom z dzieciństwa spędzonego w Pekinie i już nigdy nie poszedł ani do tego, ani do żadnego innego chińskiego lekarza. Ujścia energetyczne? W Mountjoy wszyscy mieli bóle głowy. Ryk samolotów, zanieczyszczenie powietrza, stres. Bynajmniej nie święta trójca towarzysząca życiu w Mountjoy. Byłoby jaskrawym przejawem próżności założenie, że został wybrany, wyróżniony czymś specjalnym, jakimś rzadko występującym guzem mózgu czy niezbadanym dokładnie wirusem. Próżność! Czymże więcej mogło to być? Przez rok po tej wizycie przemądrzały lekarz wmawiał sobie, że to nic, zachowywał się jak wielu jego własnych głupich pacjentów. Żadnych badań, nieustający ból, życie z dnia na dzień. Mimo wszystko gdzieś w głębi duszy wiedział. Wiedział od samego początku.

Dzwonek dzwoni dzyń, dzyń. Dzyń, dzyń!
– Pogoda w sam raz dla kaczek! – mówi dziewczyna za ladą. Li--Jin strzepuje krople deszczu z ubrania i potrząsa swoimi idealnie prostymi czarnymi włosami, które tak łatwo nasiąkają wodą. Nie wiadomo czemu samo jego wejście do apteki tak bardzo ją rozbawi-

ło. Dziewczyna ma ptasią urodę, sztywne, żółte włosy, poukładane warstwami jak wachlarz; zupełnie takie same widział Li-Jin w jakimś filmie (ale chyba lata temu?). Ma też wielkie ciemnoczerwone znamię, które wpełza na jej szyję pięcioma mackami, niczym cień męskiej dłoni.

– Leje jak z cebra! – zaczyna Li-Jin, zmierzając pewnie w stronę kasy. Staje w lekkim rozkroku i kładzie swe drobne dłonie na kontuarze. We wsi, która przycupnęła u stóp jego angielskiej szkoły z internatem, Li-Jin nauczył się wszystkiego, co należy wiedzieć o tego rodzaju rozmowach i o ich prowadzeniu. Zanim upowszechniła się telewizja, zanim upowszechniły się różne zgrabne powiedzonka, człowiek uczył się porzekadeł i chwytów retorycznych.

– Oczywiście... – mówi i jednocześnie zaczyna tworzyć w wyobraźni wizję swego ogrodu na tyłach domu, ogrodu, który nie istnieje i nigdy nie mógłby zaistnieć przy obecnej sytuacji na rynku nieruchomości – ... oczywiście mój ogród będzie za to wdzięczny naturze. W zeszłym miesiącu było tak sucho i zimno...

Ale dziewczyna postanowiła, że będzie opryskliwa.

– Mnie tam wszystko jedno, ale przecież leje, cholera, o d t y g o-d n i a! Już naprawdę nie wiem...

Li-Jin skłania się lekko i kiwa głową, zgadzając się, że on też nie wie, nie orientuje się w ogóle w kwestii deszczu, przyszłości świata i takich tam różnych sprawach. Cały w uśmiechach, potakując, czeka cierpliwie, aż dziewczyna się wygada i on, Li-Jin, będzie mógł dojść okrężną drogą do zaplanowanej transakcji. Tymczasem ona mówi stanowczo za dużo. Ale może też sterczy tu już za długo, z kościstym biodrem przyciśniętym do kontuaru, ze wzrokiem utkwionym w drzwiach, to zapominając, to znów przypominając sobie o swoim znamieniu – sama, przez tyle godzin. Mogłaby tu umrzeć. Nikt by nawet nie zauważył, dopóki smród nie skłoniłby klientów, żeby zapuścić żurawia za ladę. Dzyń, dzyń!

W tę martwą ciszę wdziera się znów dźwięk dzwonka i do apteki wchodzi Alex. Stukając obcasami, przemaszeruje przez pomieszczenie i staje tuż za plecami ojca, jego wierny sekundant w każdym pojedynku.

– Jak długo będziesz tu marudził? – pyta niecierpliwie. Potem odwraca się od ojca i patrzy, zaszokowany, na purpurowe znamię pnące się po szyi dziewczyny.

– Jeszcze minutkę.

– Sześćdziesiąt, pięćdziesiąt dziewięć, pięćdziesiąt osiem, pięćdziesiąt siedem, pięćdziesiąt sześć...

– N o d o b r z e. Pięć minut. Dlaczego nie siedzisz w samochodzie?

– Wydaje mi się, że Adam Jacobs ma jakieś problemy w domu. Mówi, że rekord w długości pocałunku wynosi dziewięć dni i należy do Katie i George'a Brumptonów z Madison w stanie Wisconsin. Z przerwami na posiłki. Czy to jest... – zaczyna, podnosząc rękę, żeby wskazać na szyję dziewczyny, ale Li-Jin chwyta go za nadgarstek.

– Wycieczka – wyjaśnia Li-Jin dziewczynie. – Z synem i jego kolegami. Są strasznie hałaśliwi. Jak to chłopcy. Głowa pęka.

– Aha – mówi dziewczyna. – A konkretnie? Wie pan, produkują teraz różne leki na różne rodzaje bólu. Nie ma sensu brać czegoś na, powiedzmy, ból skroni, jeśli boli pana... no wie pan... inna okolica.

– Tato – mówi Alex, ciągnąc go za rękaw. – Nie ma c z a s u.

Wreszcie Li-Jin daje jej pieniądze, a ona wręcza mu fiolkę najzwyklejszego paracetamolu, którą Li-Jin chwyta i zaczyna pośpiesznie otwierać. Zmaga się z zakrętką jeszcze na ulicy, w deszczu, mimo że lekarstwo wcale mu nie pomoże, i on o tym wie.

– Och, tato, nie możesz tego zrobić w samochodzie?

– Nie, Alex. Głowa boli mnie t e r a z. Idź do samochodu, jeśli ci to przeszkadza.

– Tato, jestem a b s o l u t n i e p e w i e n, że Rubinfine cierpi na, no jak to się nazywa, schizofrenię paranoidalną. Boję się o nasze bezpieczeństwo w zamkniętym pojeździe.

– Alex, b ł a g a m. Cholerna zakrętka!

– Piętnaście lat to właśnie wiek, w którym chłopcy... To się zaczyna w wieku piętnastu lat. Jak myślisz, czy ta dziewczyna w aptece ma raka skóry?

– To tylko znamię.

– A nie uważasz, że może urosnąć i rozlać się na całą twarz? Wsiadają do samochodu.

– Ale jego s t o p a – mówi Rubinfine bardzo wolno, jakby tłumaczył coś opóźnionemu w rozwoju – jego o b u t a stopa trafiła Big Daddy'ego w t w a r z. Rozumiesz? W t w a r z. B u t e m. W t w a r z. B u t e m. W t w a r z. Kapito? Kumasz po angielsku? Nie można symulować ciosu b u t e m w t w a r z.

Adam, który jest przekonany, że ma rację, zaczyna wypowiadać szeptem słowa pokonanego, które słyszy tylko Bóg:

– A j a j e d n a k u w a ż a m...

– C h o l e r n e zabezpieczenia przed dziećmi – wścieka się Li-Jin. Rubinfine, najstarsze dziecko w samochodzie, wyciąga rękę, bierze fiolkę, otwiera ją i z pogardą pomieszaną ze współczuciem oddaje Li-Jinowi.

JHWH

Stoją na parkingu; Li-Jin usiłuje z n a l e ź ć na podłodze termos z herbatą. Wszyscy kłócą się o punkty w rankingu sławy w skali jeden do dziesięciu, gdzie 10 = Michael Jackson, a 1 to na przykład ta czarna, pomalowana na zielono kobieta z dwoma różkami sterczącymi z głowy, która grała Marsjankę Kolig w filmie *Na podbój Marsa*. No dobra, więc ile ma w tej skali zapaśnik Giant Haystacks?

– Trzy – mówi Rubinfine.

– Sześć – rzuca Li-Jin. Spotyka się to z ogólną dezaprobatą.

– Trzy i pół – mówi Adam.

– Dwa i jedna dziesiąta – proponuje Alex-Li.

– Alex, czy ty musisz być wiecznie takim wredem?

– No nie, słuchajcie, to ma sens. Około miliona ludzi ogląda co sobotę program Świat sportu. S p o k o j n i e m o ż n a z a ł o ż y ć, że milion. Wielka Brytania ma czterdzieści dziewięć milionów obywateli. Czyli to jest jakieś dwadzieścia jeden procent. A więc dwa i jedna dziesiąta punktu. Ale tylko wtedy, gdy uznamy, że Ameryka nie istnieje.

– Aleksie-Li Tandem, został pan właśnie Najbardziej Upierdliwym Idiotą Roku. Proszę się zgłosić po nagrodę. I odpieprzyć się.

– Wiecie, ile on waży, prawda? – pyta Li-Jin, sięgając ręką do tyłu, żeby powstrzymać Rubinfine'a przed wymierzeniem ciosu, który ma

23

być tą nagrodą dla Aleksa. – Wiecie, że jedziemy na prawdziwe zawody. R o z u m i e c i e chyba, jaki on jest wielki?

Adam pochyla się do przodu z tą zasępioną miną, jaką Li-Jin widuje u swoich małych pacjentów, kiedy zbliża się do nich ze strzykawką. Pomarszczone czoło, na którym zmarszczki nie są niczym trwałym, coś w rodzaju magii.

– Nie bez powodu nazywają go Giant Haystacks.

– T a t o. Nie chrzań. Wszystko jest ukartowane. Pojedyncze chwyty mogą być prawdziwe, albo przynajmniej tak wyglądać, ale finał jest uzgodniony. W s z y s c y to wiedzą. Nie ma znaczenia, ile on waży. I tak nie wygra. N i e m o ż e wygrać.

– Sześćset trzydzieści funtów. Sześćset trzydzieści. Sześć. Set. Trzy. Dzieści. A teraz patrzcie: widzicie tę forsę?

Li-Jin, chichocząc w duchu, wyciąga z kieszonki koszuli trzy jednofuntowe banknoty i pióro i kładzie je nad tablicą rozdzielczą.

– Wypiszę na tych trzech banknotach wasze imiona. I jeśli Giant Haystacks przegra, dam każdemu z was po banknocie.

– A co my ci damy, jeśli on wygra? – pyta Rubinfine.

– Przyrzekniecie mi, że będziecie zawsze grzeczni.

– Fantastycznie. Super.

– CHCĘ SIĘ NAUCZYĆ LATAĆ!

– Zaraz puszczę pawia.

Li-Jin wypisuje starannie ich imiona na banknotach i podnosi je bardzo wolno i uroczyście, jak facet, który ma cholernie dużo czasu.

– No to ja już biorę swojego funta – mówi jego syn, wyciągając rękę. – BIG DADDY GÓRĄ!

Dzieci mówią teraz sloganami. Li-Jin dorastał wśród frazesów. Przy sloganach frazesy wyglądają całkiem niewinnie.

– Weźmiesz go, kiedy w y g r a s z, o ile w ogóle w y g r a s z – mówi Li-Jin z poważną miną, nakrywając pieniądze dłonią. – Zbliżamy się do Albert Hall.

Bo chociaż chodzi o magię, istnieją pewne zasady.

יהוה

A oto garść faktów. Kiedy królowa Wiktoria poznała Alberta, nie była bynajmniej oczarowana. Miała szesnaście lat. Albert był jej kuzynem. Gawędziło im się przyjemnie, ale nie można tego było nazwać gromem z jasnego nieba/eksplozją uczuć. A jednak upłynęły trzy lata i oto Albert znów pojawił się w jej życiu. Była to zatem miłość od drugiego wejrzenia. Ona zdążyła tymczasem zostać królową. Trudno powiedzieć, czy odegrało to istotną rolę w historii pod tytułem „Jak to się stało, że Wiktoria zakochała się w Albercie podczas drugiego spotkania, a nie za pierwszym razem, jak to się zdarza większości ludzi, którzy zamierzają się nagle zakochać". Na pewno można stwierdzić, że po drugiej wizycie Wiktoria opisuje w swoim pamiętniku Alberta jako mężczyznę „niezwykle przystojnego, o pięknych oczach..." i notuje: „serce bije mi m o c n i e j", po czym oświadcza mu się, co nam, z naszymi wyobrażeniami o staroświeckości ludzi epoki wiktoriańskiej, wydaje się posunięciem zgoła niestaroświeckim. A potem dochowali się dziewięciorga dzieci, co jest już absolutnym zaprzeczeniem staroświeckości. Analizując fakt posiadania dziewięciorga dzieci, musimy w pewnym momencie dojść do wniosku, że Wiktoria była w sypialni osobą tak pełną wigoru, iż trudno to sobie wyobrazić! Ale fakty są faktami. Oto jeszcze jeden: po śmierci Alberta Wiktoria każe co rano przynosić sobie do sypialni jego brzytwę i miseczkę do golenia – napełnioną po brzegi gorącą wodą – tak, jakby nieboszczyk miał się golić. Chodzi w czerni przez czterdzieści lat. Dziś istnieje najprawdopodobniej jakieś naukowe określenie takiej postawy, na przykład Syndrom Ekstremalnej Żałoby (SEŻ). Ale pod koniec XIX stulecia ludzie, z nielicznymi wyjątkami, skłonni byli nazywać to miłością. „Ach, jak ona go kochała", mówili, potrząsając głowami i kupując w Covent Garden lub gdzie indziej bukieciki po dwa pensy za sztukę.

25

Mnóstwo zjawisk, które dziś określamy mianem syndromów, miało wtedy prostsze nazwy. Czasy były prostsze. To właśnie dlatego ludzie mówią o nich „stare, dobre czasy".

Jeszcze kilka faktów. Na olbrzymim fryzie, który okala Albert Hall, widnieje następujący napis:

GMACH TEN ZOSTAŁ WZNIESIONY DLA POPIERANIA SZTUKI,
NAUKI I DOKONAŃ WSZYSTKICH NARODÓW, ABY ZADOŚĆUCZYNIĆ
WOLI ALBERTA, KSIĘCIA MAŁŻONKA.

Książę Albert zmarł, zanim nastąpiło otwarcie obiektu, a więc możemy tylko domniemywać, czy rzeczywiście w pełni zadośćuczyniono jego woli. Królowa Wiktoria najwyraźniej uznała, że tak, bo dokonała otwarcia osobiście i wychwalała tę wielką, czerwoną, eliptyczną budowlę z jej nie najlepszą akustyką, a potem bywała w niej regularnie do końca życia. Możemy sobie nawet wyobrazić, jak nękana SEŻ, zwiedza czasami budynek samotnie albo z jedną damą do towarzystwa, wodząc palcami po coraz bardziej wytartych pluszowych obiciach foteli i rozmyślając o spełnieniu woli małżonka. Wiktoria jest absolutnie pewna, że wie bardzo dokładnie, jakie były intencje Alberta albo jakie by były, gdyby w ogóle pomyślał o jakiejś konkretnej sprawie. Jest to po prostu ten typ kobiety. Obwozi jego śmierć i swoją żałobę po całym kraju. Pozostawia za sobą długi, smutny szlak pomników, ulic nazwanych jego imieniem, muzeów i galerii. Albert chciał zostać wielką postacią w historii Anglii. Człowiekiem sławnym. Nie zwykłym, niezgrabnym, wąsatym Niemcem z lekką nadwagą, który przywiózł nam z Kontynentu choinkę, ale kimś popularnym i lubianym. I Wiktoria stara się o to zadbać. Każdy nowy pomnik, nowa budowla prowokują ludzi do uwag typu „Ach, jak ona go kochała". Panie szeleszczą przy tym spódnicami i głaszczą po główce małego kominiarczyka na Whitechapel lub gdzie indziej. Wiktoria obnosi się ze swą żałobą i wszyscy opłakują zmarłego wraz z nią. To jeszcze jeden powód, dla którego mówi się o starych, dobrych czasach. Wtedy ludzie przeżywali takie sprawy wspólnie, jak jeden mąż, było to jak pieśń dobiegająca z wiejskiego kościółka, kiedy zaczyna śpiewać chór.

Konkluzja: można by, gdyby ktoś miał na to ochotę, powiązać dzisiejszą pojemność określenia „sztuka i nauka" z datą otwarcia Royal Albert Hall. Sztuka i nauka oznaczały w pewnym okresie malarstwo itp. oraz płytki Petriego itp. Było to specyficzne, bardzo konkretne określenie, niedopuszczające swobody interpretacyjnej. Albert Hall (można by było dowodzić, gdyby kogoś to w ogóle obchodziło) pomogło to zmienić. Od samego początku jego istnienia można było zobaczyć w tym potężnym gmachu z fatalną akustyką, w którym słychać każdy szept z parteru, absolutnie dziwaczne widowiska. W 1872 roku na przykład można było podziwiać ludzi demonstrujących alfabet Morse'a [Gladys w sektorze B, krzesło nr 72, do Mary, siedzącej obok: Pytanie: *Mary, kochanie, co ten dżentelmen robi?* Odpowiedź: *Chyba coś wystukuje, moja droga*]. W 1879 roku odbył się pierwszy publiczny pokaz elektrycznego oświetlenia [pan P. Saunders, sektor T, krzesło nr 111, do swojego bratanka, Toma: *Cudowne. Cudowne, do diaska!*]. W 1883 roku zorganizowano wystawę bicykli [Claire Royston, sektor H, krzesło nr 21: *Nie widzę w tym żadnego sensu, a ty, Elsie?*], a w roku 1891 wpisano budowlę do rejestru miejsc kultu. Uzgodniono, że ludzie, jeśli tylko chcą, mogą się tu modlić. W 1909 roku zaś urządzono tu maraton.

> *Naprzód!*
> *Jest wykończony! Ledwie trzyma się na nogach.*

Naprzód, synu!
> *Och, biegnij, Georgie, biegnij – zrób to dla nas, Georgie! Biegnij!*
> *Dajcie chłopcu wody!*

Biegali tak dookoła sceny aż do ukończenia wyścigu. No i była jeszcze sztuka. I nauka. A potem po kolei: zloty sufrażystek, koncert dla uczczenia pamięci członków orkiestry z „Titanica", pełne przedstawienie klasycznej sagi teatralnej Coleridge-Taylora *Hiawatha*, pokaz samochodów Forda, występ Yehudi Menuhina (trzynastoletniego), PRZERWA Z POWODU WOJNY, telewizyjne orędzie Churchilla, walka bokserska braci Kray, targi, Beatlesi, Stonesi, Dylan, festiwal Proms – przy znacznie poprawionej akustyce dzięki zainstalowaniu dźwiękochłonnych ekranów z włókna szklanego, popularnie zwanych „grzybami". Okej, a teraz krzyknijcie wszyscy naraz! Słyszycie? Ech! (O, O, O).

Stłumione-one-one-one.

I to znacznie. Super, no nie?

A potem: Muhammad Ali, Sinatra, tańce na lodzie, Liza Minnelli, turnieje tenisa, Bolszoj, Kirow, popisy gitarowe Marka Knopflera, Claptona i B.B. Kinga. Akrobaci, linoskoczkowie, iluzjoniści, politycy. Poeci. Wszelkiej maści partie. Wszystko bardzo atrakcyjne. Albertowi chodziło o sztukę i naukę i Wiktoria dostarczała mu tego i tego rok po roku, a kiedy opuściła ziemski padół, dostarczali inni, aż i oni odeszli, i przekazali pałeczkę nowym pokoleniom. I tak się to toczy. Pamięć zmarłych można czcić na wiele sposobów. Jednym z nich jest spełnienie marzenia Tracy Baldock, szkockiej tancerki, która nie ma zbyt wielkiego szczęścia w życiu i jest trochę za duża, i sprawienie, żeby zatańczyła w jakimś znanym europejskim zespole nowoczesny taniec w kostiumie myszy. I oto Tracy, przebrana za mysz z kreskówek Disneya, może zatańczyć w rewii *Holiday on Ice* przed pustym fotelem, w którym kiedyś zasiadał zmarły. To jeden sposób. Inny to wziąć nieszczęsnego Marka Knopflera i kazać mu po raz n-ty odegrać ku uciesze publiczności *Money for Nothing*, choć Mark tego nienawidzi, choć zabija go to wewnętrznie – kazać mu śpiewać tekst o telewizji, żeby usłyszał go Albert, gdziekolwiek jest.

Przechodząc pod łukowatym wejściem, Li-Jin i jego syn, rozwibrowani od emocji oczekiwania, nie wiedzą, że oto za chwilę będą uczestniczyć w ostatnim epizodzie bardzo długiego ciągu takich wydarzeń. Obaj są jednak wystarczająco inteligentni, żeby zauważyć dysonans pomiędzy wielkimi wyrytymi w marmurze słowami SZTUKA I NAUKA i tym, co właśnie mają oglądać. Li-Jin w odpowiedzi na pytanie syna:

– *Jak by ci to powiedzieć, Alex... myślę, że to sztuka. Piękno ruchu. Urok przemocy, te rzeczy. Ale także coś z nauki: nelsony, chwyty. Za-*

wodnik musi zsynchronizować ruchy, co jest przecież pewną wiedzą, prawda?

Bzdurna odpowiedź. Alex-Li marszczy nos, niezadowolony.

– *No więc co to jest, mądralo, sztuka czy nauka?*

Li-Jin zatrzymuje się przed wejściem, żeby usłyszeć lepszą odpowiedź. *Ani jedno, ani drugie. To telewizja.* Co jest, oczywiście, najlepszą odpowiedzią.

JHWH

W środku panuje atmosfera wiszącej w powietrzu rewolucji, typowa dla wesołych miasteczek i parków rozrywki: rządzą tu dzieci, dorośli odkrywają, że pełnią funkcję czysto instrumentalną. Oszołomieni ojcowie z twarzami, na których maluje się udręka, idą za synami jak skołowane psiaki, niosąc posłusznie to, co dzieci im dały do niesienia lub co upuściły. Idą w milczeniu. Chłopcy prowadzą rozpisaną na cztery tysiące głosów rozmowę. Rozbrzmiewa ona wśród rzędów krzeseł, odbija się echem od stropu i spada z rykiem z góry. W samym środku tego całego zamętu Li-Jin szuka miejsc, a za nim ciągnie się niczym jaskrawy szalik kibica sznureczek trzech niedopasowanych do siebie chłopców.

Wymaga to stoczenia walki, ale w końcu Li-Jinowi udaje się usadzić swoich chłopców. Patrzy w dół na ring, na ten smętny kwadrat, skrawek wolnej przestrzeni, zaaresztowany i skrępowany trzykrotnie liną. Li-Jin czuje się, jakby przez ostatnie pół godziny w ogóle nie wydychał powietrza. Właśnie ma odetchnąć, kiedy siedzący obok niego grubas odwraca się do niego i wymachując mu przed nosem dziesięciofuntowym banknotem, rzuca zaczepnie bez żadnych wstępów:

– Zakład o dziekankę?

Zdezorientowany Li-Jin powtarza pytanie. Jego angielszczyzna jest niemal idealna, ale z pewnymi chytrymi idiomami ma w dalszym ciągu kłopoty. Grubas patrzy nań z pogardą.

– Daj pan spokój – mówi, zwija dychę w rurkę i drapie się nią po brodzie. – Przecież nie mówię o milionie. Pytam tylko. Czy. Się. Pan. Zakładasz. O. Dziekankę.

Jest szpetny. Nos pijaka, pokryty siatką popękanych żyłek i usiany czyrakami, pod nim brudna, gęsta szczota wąsów. Do tego natręt.

– Minimalna stawka – wyjaśnia. – Rozumiesz pan... żeby dodać sprawie trochę pieprzu. Li-Jin mówi nie, dziękuję, i wyjaśnia skwapliwie, że „dziekankę, jak pan to ujął", ma w kieszeni jego syn. Mimochodem skłania po chińsku głowę, co normalnie spotkałoby się z dezaprobatą Aleksa, tyle że ten jest teraz zajęty, bo przewiesiwszy się wraz z Rubinfine'em i Adamem przez barierkę, pluje ludziom na głowy.

Grubas marszczy brwi, rozwija banknot i wpycha go do kieszeni spodni, co jest manewrem trudnym, zważywszy na jego tuszę.

– Jak pan chcesz.

Li-Jin czuje się nieswojo, ale zgodnie z przyzwoleniem robi dokładnie to, co chce. Odwraca się, żeby popatrzeć na ring. Wgryza się w paznokieć prawego kciuka. Odgryza kawałek. O co tu w ogóle chodzi? Zdenerwował się bez powodu. Patrzy na scenę. Teraz i to go niepokoi. Trwa tam krzątanina, przygotowania do niczego. C o   r o-b i ą ci wszyscy ludzie? Skąd tyle zamieszania? Co należy jeszcze zrobić? Czy nie wystarczy wpuścić dwóch facetów na matę, pozwolić im, żeby zrzucili szlafroki, skłonili się nisko i wzięli za bary? A jednak jakieś kurduple w bejsbolówkach miotają się po scenie, wykrzykując polecenia. Wielkie głośniki zostają wywindowane, a potem znów opuszczone. Siwowłosy facet w dresie do joggingu chodzi wokół ringu i w absolutnym skupieniu naciąga liny. Jakiś chłopiec stawia w narożniku wiadro i spluwa do niego. Dlaczego? Po chwili wzrok Li-Jina wędruje mimo woli w lewo. I to jest błąd. Odwraca się akurat w chwili, gdy grube wargi jego sąsiada rozciągają się w ponurym uśmiechu. Podjeżdżają razem z wąsami pod sam nos, odsłaniając krzywe zęby. Li-Jin czuje niesmak i nie potrafi tego ukryć, a tymczasem facet wyciąga energicznie rękę.

– Klein. Herman Klein – mówi zdecydowanie za głośno, szczerząc kły jak maszkaron. Li-Jin odwzajemnia grzecznie uśmiech i również się przedstawia, ale stara się jak może powściągnąć język ciała. Żeby nie sprowokować rozmowy. Ale Klein to silny fizycznie mężczyzna, który jakby od niechcenia wchodzi brutalnie w przestrzeń osobistą

Li-Jina, po czym, zanim ten zdąży cokolwiek bąknąć, wychyla się do przodu i oburącz miażdży w uścisku jego drobną dłoń. Dłoń Li-Jina znika w łapskach Kleina i wychodzi z tej konfrontacji zmięta i wilgotna. Oswobodziwszy prawicę, Klein poprawia się w krześle, rozstawiając nogi i zaplatając ręce na brzuchu, zadowolony, jakby wygrał w jakiejś nienazwanej konkurencji. Li-Jin nie pamięta, kiedy ostatnio został tak błyskawicznie i tak gruntownie onieśmielony przez drugiego mężczyznę.

– No tak – mówi Klein, patrząc w górę, na galerię, gdzie lekkomyślne dzieciaki wychylają się ryzykownie, żeby lepiej widzieć. – Pan z daleka? Bo my jesteśmy z Shepperton, no i tego... Przyjechaliśmy. No, no, spójrz pan tylko na to! A skąd pan przyjechał, panie Tandem?

Li-Jin wyczuwa akcent – nie angielski, zdecydowanie kontynentalny – ale nie umie określić, jaki konkretnie. W sensie historycznym Klein musi pochodzić z regionów dalszych niż Shepperton, to jedno jest pewne, tak jak Li-Jin pochodzi z regionów bardziej odległych niż Mountjoy, ale takie rozmowy wymagają posługiwania się skrótami. Li-Jin opisuje ich podróż, która prawdę mówiąc, nie była taka okropna, kiedy już wyrwali się z Mountjoy, chociaż w jego relacji jest dłuższa niż w rzeczywistości i bardziej uciążliwa. Zdążył już odkryć, że tu, w Anglii, wolą takie opowieści. Ruch na drogach, obwodnice, zatory, korki i tak dalej. Ale mówiąc, zaczyna pojmować, że ten facet, Klein, nie przestrzega prostych zasad rządzących rozmową typu D w a j Mężczyźni, Niespokrewnieni, Kibicują Sportowemu Wydarzeniu w Anglii, rozmową, która w swoich etymologicznych korzeniach jest bliskim kuzynem rozmowy typu *Dwaj Mężczyźni, Niespokrewnieni, Czekają w Sklepie z Damską Konfekcją, aż Ich Żony Wyjdą z Przebieralni*. Skinienie głowy, przerzucanie się anegdotkami. Ale Klein nie reaguje na to, co mówi Li-Jin. Dopiero kiedy ten ostatni czuje, że język zaczyna mu rosnąć w ustach i że przynudza, Klein znowu ożywia się gwałtownie.

– Lubisz pan dobrą walkę, co, panie Tandem? Prawda? Byłeś pan już tutaj? Całe te zapasy polegają na jednej rzeczy: na fizyczności. Nie pozwól pan, żeby jakiś głupiec wmówił panu, że jest inaczej. Krzepa. Mięśnie. Pot. Tytani!

Ostatnie słowo wypowiada tak głośno, że Li-Jin mimo woli przytakuje, i to tak skwapliwie, że jego głowa aż się trzęsie i niewiele brakuje, żeby zaczęła dzwonić. Jednocześnie głowa tego faceta, Kleina, opada nieoczekiwanie, a jego wielkie, kaprawe oczy nieruchomieją, wpatrzone w sprzączkę paska od spodni. Li-Jin zastanawia się, czy z facetem jest wszystko w porządku p o d   w z g l ę d e m   m e d y c z - n y m, no wiecie, czy gość nie ma czegoś z g ł o w ą. Może on, Li-Jin, powinien ujawnić swoje kwalifikacje? Ale tymczasem Klein powraca do rzeczywistości, jak zwierzę, które szukało czegoś, ryjąc w ziemi, i teraz wynurza się ze zdobyczą.

– Jeśli idzie o mnie, to robię w galanterii luksusowej. Upominki. Wyroby skórzane. Torebki. Biżuteria. Kosztowne i eleganckie drobiazgi dla pań. Coś panu zdradzę: osiemdziesiąt procent wszelkich towarów, jakie sprzedaje się na świecie, kupują kobiety. Wiedział pan o tym? Tak, przyjacielu. To one wprawiają tryby w nieprzerwany ruch. Mój ojciec był rzeźnikiem i nie miał pojęcia, gdzie trafiają duże pieniądze, ale powiem panu, Tandem, że ja wiem. Prowadzę butik w Knightsbridge. Mamy pierwszorzędną klientelę – gdybym panu wymienił nazwiska tych ludzi, okazałoby się, że ich pan zna. Słynne nazwiska! A to jest Klein junior – dodaje Klein senior. Li-Jin dopiero teraz dostrzega o dwa miejsca dalej drobną, dyndającą stópkę obutą w błyszczący czarny bucik. Otoczywszy ramieniem drobnego chłopca, Klein wyciąga go na światło dzienne, wydobywa z cienia, jaki rzuca jego wydatne brzuszysko.

– Mój syn, Joseph. I krótko mówiąc, to z jego powodu tu jesteśmy. Mały Joseph powinien zobaczyć Tytanów. Ma zbyt wiele zainteresowań i za mało zajęć fizycznych. Niech ci zawodnicy będą dla niego przykładem! Moim zdaniem, Joseph to zdechlak.

Li-Jin otwiera usta, żeby zaprotestować, ale...

– Chuchro! Istne chuchro. Chucherko...

Klein wypowiada to jakimś oślizłym falsetem, przewracając oczami tak, że źrenice uciekają mu gdzieś do tyłu, krótkie, grube rzęsy trzepoczą, a palce rozłożonych rąk przebierają w powietrzu, jakby grał na dwóch niewidzialnych klawiaturach. Li-Jin czuje głęboki niesmak. Widzi Aleksa, który właśnie dostrzegł Kleina, i aż się kurczy na swoim krześle. Wbrew swoim szlachetniejszym odruchom, marzy, żeby ten człowiek znalazł się o milion mil od niego i Aleksa i żeby obaj chłopcy – nie mówiąc już o tym smutnym malcu, Josephie Kleinie – znaleźli się poza zasięgiem wszelkich miazmatów, jakie Klein mógł wydzielać.

– Żeby być wielkim – mówi Klein, opuszczając ręce – trzeba zobaczyć wielkość. Doświadczyć jej. Otrzeć się o nią. Kto z kim przestaje, takim się staje.

– No tak. Tak. Myślę, że ma pan rację – odpowiada Li-Jin powoli. Stara się patrzeć łagodnie na dziecko, które ma strach wprost wypisany na delikatnej, mizernej buzi. Taki chłopiec powinien być raczej blondynkiem, ale Joseph jest śniady, ma włosy czarne jak Indus i jeszcze czarniejsze oczy. Do tego spiczaste uszy. Li-Jin uśmiecha się do malca i kładzie dłoń na kolanie swojego syna.

– To jest mój syn – przedstawia Josephowi Aleksa. – A to jego koledzy. Powinniście chyba siedzieć obok siebie, chłopcy. Pewnie okazałoby się, że macie jakieś wspólne zainteresowania.

Chłopiec wygląda na przerażonego. Li-Jin próbuje się wycofać.

– To znaczy... tak tylko sobie pomyślałem. Alex jest znacznie starszy od ciebie. A Ru... Mark z pewnością też. Mark, przestań. Przestań pluć.

– ILE MA LAT? – Klein senior chciałby to wiedzieć dokładnie. Jeszcze raz wychyla się gwałtownie w stronę Aleksa, z rozedrganym palcem wskazującym w powietrzu. Alex wzrusza ramionami, że niby o co tyle hałasu, i mówi, że ma dwanaście lat, ale Klein wybucha śmiechem, aż łzy pokazują mu się w kącikach oczu. Kilkakrotnie szturcha swojego syna w żebra, jak się wydaje Li-Jinowi, bardzo boleśnie.

– Ha! Dwanaście! Joseph ma t r z y n a ś c i e ! A nie mówiłem, że to chuchro? Był mikry, kiedy wyprysnął na ten świat i jest mikry do dziś. Jak się urodził, powiedziałem jego matce: „Mógłbym go rozerwać jak robaka! Zabieraj go z powrotem. Ródź innego!". Ha! Powiedzieć panu coś? On przeżuwa każdy kęs dwadzieścia razy, bo myśli, że od tego nabierze krzepy. Wyczytał to gdzieś. Akurat mu to coś pomoże! Cha, cha! Ej, ty!

Klein dostrzegł o dwa rzędy niżej sprzedawcę lodów i teraz, unosząc się w krześle, wychyla się tak, że żelazna barierka okalająca ich sektor wrzyna mu się w brzuch.

– Ej, ty! Zgadnij, czego mi się zachciało!

– Ja kolekcjonuję różne rzeczy – wyznaje Joseph Klein wątłym głosikiem.

– Co mianowicie? – pyta Li-Jin, wychylając się w jego stronę. Nie jest pewien, czy dobrze usłyszał; tymczasem Klein senior, sapiąc i parskając (Dla kogo oni zrobili te krzesła? Dla jakichś krasnoludków?) usiłuje się przecisnąć przez cały rząd do przejścia, żeby dotrzeć do lodziarza. Joseph zwinnie przeskakuje ze swojego krzesła na to, które jego ojciec przed chwilą zwolnił.

– Różności, czasem autografy – mówi pośpiesznie; wygląda to tak, jakby miał wiele do powiedzenia i mało czasu. – Wybieram z tego, co mam, to, co lubię, i gromadzę. W albumach. Potem to kataloguję. Uważam, że to wielce interesujące zajęcie.

– C h r y s t e. – Alex śmieje się otwarcie, ale Rubinfine, trzeba mu oddać sprawiedliwość, nie odwraca się do Adama osłupiały, z rozdziawionymi ustami, nie stuka się w czoło i nie powtarza ostatniego zdania, jakby się zaciął, choć normalnie byłaby to zwykła procedura wynikająca z Kodeksu Piętnastolatka i choć ma do tego pełne prawo, biorąc pod uwagę skalę (w i e l c e   i n t e r e s u j ą c e   z a j ę c i e?) szoku. Zamiast tego otwiera tylko usta i zaraz je zamyka, trochę dlatego że spojrzenie Li-Jina mówi n i e,   n i e   d z i s i a j, a trochę dlatego że nawet Rubinfine'owi nie sprawia przyjemności rozdeptywania stworzenia, które jest naprawdę małe i przypomina robaczka.

– Zabrzmiało to... d o ś ć   d z i w n i e – mówi Li-Jin.

– Wszystko jedno co? – pyta Alex, pełen najlepszej woli – Czy... tylko pewien t y p różnych rzeczy?

Li-Jin uśmiecha się. No, to już l e p i e j. Zwykle jeśli Alex nie lubił syna sąsiadów z powodu, powiedzmy, zeza czy seplenienia lub jeśli bał się jakiegoś opalonego, piegowatego diabła, który rozkraczał się przed nim na korcie, przenosząc złowieszczo ciężar ciała z nogi na nogę, Li-Jin się nie wtrącał. On i Alex mieli dość podobny gust, jeśli chodzi o chłopców. Wiadomo było, że fanatycy sportu to nic dobrego. Ani Li-Jin, ani Alex nie czuli sympatii do pewnego typu pucołowatych rudzielców z usmarkanym nosem i popękaną skórą. Nienawidzili szpanerów. Ale czasami głos wewnętrzny podpowiadał im coś innego i to właśnie dzieje się teraz. Coś w środku Li-Jina podpowiada mu: o w s z e m, l u b i m y g o, a głos w trzewiach Aleksa jest w rozterce, jeśli można tak powiedzieć o głosie.

– No tak... – mówi, wydymając wargi i odgarniając niesforną grzywę z oczu – więc zbierasz programy z różnych imprez czy coś w tym rodzaju?

Joseph otwiera usta, żeby wyjaśnić, ale najpierw poprawia się na krześle, zakłada jedną szczupłą nogę na drugą, prostuje plecy.

– Podpisy słynnych ludzi – mówi ostrożnie, rozkładając akcenty równomiernie na oba słowa. – Dlatego właśnie tu jestem. Lubię zapasy. Jestem fanem walk zapaśniczych.

Li-Jin był już świadkiem takich scen. Z dziećmi bogaczy z Hongkongu w niewygodnych ubraniach, wzywanymi podczas kolacji do stołu dorosłych i zmuszanymi, by tłumaczyły się gościom: z zainteresowań, osiągnięć, oczekiwań. Joseph jest właśnie taki. Nie ma w nim nic naturalnego.

– Jedna z moich kolekcji – mówi – nosi nazwę *Zapaśnicy europejscy*, choć teraz znalazł się tam Kurutawa, pewnie więc będę musiał zmienić nazwę.

– No tak – mówi Li-Jin. – To bardzo interesujące. To interesujące, Alex, prawda?

I natychmiast po tych słowach cała piątka pogrąża się w milczeniu, które trwa zdecydowanie za długo.

– Kurutawa zaczynał od sumo – mówi w końcu Adam, żeby podtrzymać rozmowę. – To Japończyk.

Twarz Josepha wyraża bezgraniczną wdzięczność.

– Tak, on jest z Japonii! Od pół roku mieszka w Yorkshire i nie przepada za tamtejszą kuchnią. W jakimś piśmie napisali nawet: A k t o b y t o l u b i ł? No bo... bo wiecie, jedzenie jest tam widocznie okropne. Zresztą on nie musi już więcej jeść, bo jest c z ł o w i e k i e m g ó r ą. Pochodzi z Tokio. Mam jego zdjęcie z podpisem. Oczywiście byłoby lepiej, gdybym miał jeszcze inne zdjęcia. Mógłbym założyć album i zatytułować go *Zapaśnicy japońscy*. To mnie trochę denerwuje. Że mam tylko jego.

– A kogo jeszcze masz, do jasnej ciasnej?

To Rubinfine, który ostatnio codziennie chciałby się bić, niezależnie od tego, czy chce tego naprawdę, czy nie. To sprawa hormonów.

– Zależy, z jakiej kategorii.

– Mów po ludzku.

– Proszę bardzo: po ludzku, po ludzku, po ludzku – mówi Joseph, po czym uśmiecha się chytrze. Żarcik jest marny, ale zawsze to jakiś żarcik, co jest dobrym znakiem. Alex parska śmiechem i to wyraźnie rozluźnia Josepha. Chłopiec zaczyna mówić.

– Mam folder angielskich polityków, dygnitarzy zagranicznych – to główny obszar mojego zainteresowania – a poza tym olimpijczyków, wynalazców, osobowości telewizyjne, meteorologów, laureatów Nagrody Nobla, pisarzy, lepidopterologów, entomologów, aktorów filmowych, naukowców, zabójców i zamordowanych, śpiewaków operowych i piosenkarzy-kompozytorów...

Rubinfine podnosi rękę.

– Chwila moment, ktoś cię prosił, żebyś opowiadał swój życiorys, czy co?

Li-Jin trzepie go po ręce. Dzieje się to w czasach, kiedy można było bić cudze dzieci.

– Okej, okej – jakie masz gwiazdy filmowe?

– Cary'ego Granta.

– Kogo?

– I Betty Grable.

– Jeszcze raz: kogo?

Li-Jin próbuje się włączyć z krótką prelekcją na temat kina amerykańskiego lat czterdziestych, ale Rubinfine przekrzykuje go, nie dopuszczając do głosu.

– Nie, nie, nie – chodzi mi o kogoś naprawdę f a j n e g o.

– Aktorzy nie są najmocniejszą pozycją moich zbiorów – zaczyna Joseph ostrożnie, zwracając się tym razem do Li-Jina. – Wielu odpowiada na prośbę o autograf listem napisanym przez sekretarkę albo przysyła faksymile i bardzo trudno uzyskać coś bardziej osobistego.

– Aha – kiwa głową Li-Jin. Nie ma pojęcia, o czym mówi ten chłopiec. – To bardzo interesujące.

– Uaaaaaa! – ziewa szeroko Rubinfine.

– A poza tym nie są tak cenni, jak się na ogół uważa.
– Zarabiasz coś na tym? – pyta Adam, wytrzeszczając oczy. W jego wyobrażeniu ktoś, kto zarabia, nie mając jeszcze szesnastu lat, ociera się o boskość.

Tymczasem chłopiec odpowiada:
– No tak. Filografia jest bardzo lukratywnym zajęciem.

Alex:
– Filo co?
– To słowo oznacza kolekcjonowanie autografów – odpowiada Joseph i jest jasne, że nie mówi tego po to, żeby im zaimponować. Nie, on po prostu informuje. A jednak trudno mu to wybaczyć i Rubinfine nie wybaczy mu tego nigdy. Sugeruje, że cały zbiór Josepha nie jest wart funta kłaków. Kontynuuje wątek, proponując zakład o ów funt kłaków, że kolekcja nie jest warta nawet tyle. I tu Joseph, najwyraźniej bez złych intencji, informuje, że ma autograf Alberta Einsteina, wart trzy tysiące funtów.

To odbiera Rubinfine'owi mowę.

Alex:
– Naprawdę? Einsteina?
– Mój wujek Tobias poznał go w Ameryce, a więc jest to specjalny autograf dla konkretnej osoby, i to złożony na jaśniejszej części zdjęcia, a do t e g o uczony był tak uprzejmy, że dopisał obok swoje supersłynne równanie, co właśnie czyni ów podpis tak cennym w sensie komercyjnym. Ale prędzej dałbym sobie odciąć rękę, niżbym go sprzedał.
– Einstein-Szmajstein – mówi Rubinfine. – Kiedy się wreszcie zaczną te walki? Nudzi mnie już to koszmarne głędzenie.

Alex chciałby jednak wiedzieć. Dlaczego by nie sprzedał? Jak można nie chcieć sprzedać czegoś, co jest warte trzy tysiące funtów? Chyba że się jest nienormalnym.
– Bo to autograf z mojego najcenniejszego foldera.
– Czyli jakiego? – pyta Li-Jin, bo z tego chłopca trzeba wszystko wyciągać.
– Z judaików.
– Czego?
– Foldera z kolekcją żydowską.

– My jesteśmy żydami – oznajmia Adam piskliwym, radosnym głosikiem, który utraci w ciągu jakichś trzech lat. To wyłączna domena dzieciństwa: ów czas, kiedy genetyczno-kulturowe dziedzictwo wydaje się człowiekowi dość dziwaczną, ale jednocześnie klawą rzeczą, która spada mu z nieba. Jakby się miało dodatkowy, trzeci but. Hej, popatrz, Tom! Jestem Eurazjatą! O rany, jestem Maorysem! Patrz, nie mam rąk!

– Ja i Rubinfine też, i Alex. Chodzimy razem do chederu.

Alex nie chce jednak, żeby zmieniać temat.

– I co jeszcze tam masz? W tym żydowskim folderze?

– Nic.

Właściwie nie chce powiedzieć „nic", tylko W r a c a m ó j o j c i e c, co Alex natychmiast dostrzega, w odróżnieniu od Li-Jina, który niczego nie chwyta.

– No, Joseph, nie czaj się tak. Musisz tam coś mieć. Jeden autograf to przecież jeszcze nie folder, no nie?

– ZANUDZA WAS, CO?

Li-Jin wstaje, próbując przepuścić Kleina, co kończy się tym, że muszą wszyscy wleźć na krzesła, żeby Klein mógł się przecisnąć razem ze swoim brzuchem.

– Nie, wcale nie. Rozmawialiśmy właśnie o zbiorach Josepha – o jego judaikach. To dla mnie bardzo interesujące. Wie pan, mój syn jest żydem.

Klein liże swojego loda i uśmiecha się. Bez najmniejszego śladu zadowolenia czy dobrego humoru. Li-Jin uświadamia sobie, że bezwiednie dostarczył facetowi pewnego – nie ma jeszcze pojęcia, jakiego – materiału, z którego ten zamierza skonstruować pocisk, żeby ugodzić nim swoje dziecko.

– Ach, jego j u d a i k a. Dobrze mówię? Czy to nad tym ślęczysz, Joseph, po nocach, psując sobie w ciemnościach wzrok? Kiedyś myślałem, że on smaruje jakieś nudziarstwa i niedowarzone bzdury, jakieś świństwa, jak to wszyscy chłopcy – ale nie. To bardzo ciekawe, Joseph. Nigdy nie ma czasu, żeby odrobić lekcje, ale zawsze zdąży uporządkować swoje j u d a i k a.

Joseph skulił się na swoim krześle i nie widać go zza ojca, ale w hali panuje za duży hałas, żeby odczuwać boleśnie milczenie, jakie zapadło wśród całej szóstki. Rozbrzmiewa dramatyczna muzyka. Komentarz wstępny, przeznaczony dla telewizji, grzmi na całą halę. W rzeczywistości przemawia tylko dwóch łysych mędrków z zaczesanymi gładko resztkami włosów. Mają na dole, na samym froncie, swoją oddzielną grzędę i gadają do mikrofonów.

Alex wyciąga z kieszeni dżinsów etui z długopisami, opiera stopę lewej nogi na kolanie prawej i zaczyna gmerać w jakiejś czarnej substancji, która uwięzła w zagłębieniach podeszwy jego trampka. Nie przestaje jednak myśleć o Josephie. Li-Jin wychyla się do przodu, jego palce nie spoczywają swobodnie na zimnej, żelaznej barierce, lecz zaciskają się na niej; on także myśli o Josephie.

Czuje głęboki smutek. Joseph przekazał Aleksowi coś cennego, Alex przekazał to jemu, Li-Jinowi, a on, zamiast ochraniać ów skarb, pozwolił temu gorylowi rozdeptać to na ich oczach na podłodze, i to tuż przed ich nosem. Walka ma się za chwilę zacząć. Czy rzeczywiście coś takiego się stało? Nie powinno to mieć znaczenia. Ale ostatnio żaden rówieśnik Aleksa nie może przejść obok niego bez tego, żeby Li-Jin nie zastanawiał się, czy to właśnie nie ten chłopiec może w przyszłości zadzwonić do Aleksa, wyciągnąć go z domu, zaprzątnąć jego uwagę, uganiać się z nim po ulicach, chlapać go wodą podczas przyszłych wakacji w jakimś egzotycznym morzu.

A zatem dwaj zapaśnicy wychodzą na matę i natychmiast rozpętuje się pandemonium. Bohater dnia stoi w rogu po prawej, witany ogłuszającymi brawami. „Ten zły" stoi w lewym rogu, odpowiadając sykiem tym wszystkim, którzy syczą na niego. Wysoko nad głowami publiczności wiszą monitory telewizyjne. Od czasu do czasu przemyka przez ekrany przebitka z widowni, a wtedy ludzie pokazują palcami, wiwatują i patrzą z zachwytem, jak ich gesty i wiwaty wracają do nich natychmiast, niczym promień światła odbity w lustrze. O ile Li-Jinowi wiadomo, nigdy jeszcze nie został utrwalony na żadnym filmie. Bardzo by chciał, żeby go sfilmowali. W kategoriach trwania zwykłe, nieruchome zdjęcia to nie to.

Rozlega się gong!

– No! – mówi Li-Jin, poprawiając się w krześle, zaplatając ręce na brzuchu i starając się wczuć w atmosferę podniosłej chwili. – Zaczyna się!

JHWH

Zaczyna się. W zeszłym roku w listopadzie, kiedy podejrzenia się potwierdziły, kiedy postawiono ostateczną diagnozę, Li-Jin musiał przyjąć do wiadomości fakt, że jest chory, bardziej jak normalny człowiek niż jak lekarz. Początkowo przyjmuje to jak lekarz, studiując zdjęcia z innym lekarzem, wskazując palcem na zaciemnienie, cmokając z całym zniecierpliwieniem człowieka obeznanego z tematem, kiedy inni planują warianty leczenia. Ale kilka dni później dociera to do jego świadomości jako straszliwy z ludzkiego punktu widzenia fakt i wydobywa się z niego w postaci cichego, zduszonego jęku, który Sara bierze za miauknięcie kota. Li-Jin mnie kołdrę i przyciska kolana do pleców żony, jak gdyby mogła go przy sobie zatrzymać dzięki samej bliskości, dzięki swemu godnemu zazdrości zdrowiu. W odpowiedzi na nieuniknione pytanie wyjaśnia, że męczy go z g a g a, po czym odwraca wzrok i wodzi nim za zaczającymi łuki samochodowymi światłami, które wpadając przez okna, pełzną po ścianie, a potem zbliżają się do nich i raz po raz biorą ich w swe objęcia. Sara ponownie zasypia. Li-Jin obserwuje światła przez jakieś dwadzieścia minut. Potem, wciąż niespokojny, wstaje i idzie po cichu korytarzem w stronę pokoju Aleksa, zagląda tam po drodze i kieruje się do kuchni, gdzie kładzie na kromce suchego chleba dwa plastry wędzonego kurczaka i uznając to za sandwicz, włącza telewizor. Stoi na środku kuchni półnagi (od dołu) i wytrzymuje trzy minuty planszy kontrolnej BBC. Dziewczynka. Szmaciana lalka. Potem płacze, przyciskając sandwicz do ust, żeby stłumić szloch, i przełyka ślinę głośno, jak zwierzę. Śmiertelny cios nieskończoności jest tak silny, że Li--Jin opada na stołek i musi się chwycić blatu, żeby utrzymać pozycję pionową. Ma trzydzieści sześć lat.

Nazajutrz rano zaczyna rozważać różne ewentualności. Jako nieszczęsny pacjent przypomina sobie słowa dobrego lekarza, identyczne jak te, których on sam, też dobry lekarz, używał w swoim czasie w rozmowach z innymi nieszczęsnymi pacjentami. Jednak stopień jego wtajemniczenia oznacza, że słowa te docierają doń z paskudnym grymasem przypisów, z których każdy opatrzony jest słówkiem a l e.

Mógłby poddać się operacji usunięcia guza, a l e. Li-Jin czytał opisy różnych przypadków. Wie, że w zapasach pomiędzy tym, co m o ż l i- w e, a tym, co p r a w d o p o d o b n e, jakie toczą się w każdym człowieku chorym na nowotwór szyszynki, p r a w d o p o d o b n e wygrywa w dziewięciu przypadkach na dziesięć. Możliwe, że po tak długim okresie uśpienia tumor nie rozwinie się nigdy. Ale Li-Jin jest na tyle dobrym lekarzem, żeby wiedzieć, że najprawdopodobniej guz go zabije. B o m b a z e g a r o w a. Ty k a j ą c y z e g a r. R o s y j s k a r u l e t- k a. Wszystkie te określenia, których używania zabrania swoim pacjentom, wracają do niego z całym impetem mściwego stereotypu. A mimo wszystko trudno mu w to uwierzyć. Pewnego dnia przyłapuje się na tym, że stoi jak wrośnięty w ziemię na chodniku przy ruchliwej ulicy, oniemiały i oszołomiony w tradycyjnym sensie tego słowa. Umrze i choć nie ma w tym żadnego sensu, tak się jednak stanie. Jest taki młody! Jak to możliwe?

Przed laty Sara porównała swoją jedyną ciążę do p ę d z ą c e g o p o c i ą g u, którego nie można zatrzymać; było to doznanie, jakiego doświadczyć może tylko kobieta. Ale oto pojawiło się u niego – śmierć nieustępliwa w swoim pędzie naprzód, jak pociąg, który prze z sapaniem naprzód, nie bacząc na stojącego na torach człowieka. Coraz bliższa. Nieunikniona, niepojęta, tak bliska, tak odległa – czy właśnie to mają ludzie na myśli, kiedy mówią o jej władzy? Li-Jin odkrywa, że jego śmierć ma dwoistą naturę: zdaje się być wszędzie i jednocześnie nigdzie. On, Li-Jin, ma umrzeć, a jednak kiedy Alex prosi go, żeby przechylił szafę, pod którą wpadła szklana kulka, robi to z łatwością, bez wysiłku. Ma umrzeć, ale gdy przewodniczenie lokalnej straży obywatelskiej staje się łakomym kąskiem, pragnie tego stanowiska rozpaczliwie i walczy o nie z wielką energią. Choć jego śmierć jest wciąż obecna, choć czeka na niego, on odczuwa jej tchnienie tylko czasami, a i wtedy jakoś zupełnie nie *à propos*. Nie wykrywa na przykład jej bliskiej obecności podczas oglądania filmów w rodzaju *Love Story* czy *Champion*, ale w samym środku reklamy herbaty, gdy gwałtownie gestykuluje zdubbingowany szympans. Li-Jin musi wtedy zepchnąć Aleksa z kolan i udać się pośpiesznie do schowka na bieliznę, gdzie łka i dyszy do papierowej torby, dopóki się nie uspokoi. Jego śmierć jest jak delikatne włoski na ręce; są niewyczuwalne nawet przy najmocniejszym uścisku dłoni, choć wystarczy najlżejszy podmuch, żeby postawić każdy taki cholerny włosek dęba.

JHWH

Słychać gong! Zaczyna się! I pierwsze, co sobie wszyscy, stojąc na baczność, uświadamiają, to to, że zakłady były bezsensowne. Jak powiedział kiedyś pewien mądry gość, zapasy to nie sport, to widowisko, i nie można się tu o nic zakładać, tak jak nie można się zakładać o to, jak skończy się *Król Edyp*. Oczywiście, że wygra Big Daddy! Jakże mogłoby być inaczej? Spójrzcie tylko na niego! Ubrany w kostium *à la* śpioszki, ma ogorzałą twarz, siwe włosy i jest s ł a w n i e j s z y. Nie żeby Giant Haystacks przegrał – on też zwycięży, odgrywając do końca swoją rolę z absolutnym przekonaniem. Im większym jest sukinsynem, tym bardziej uwielbia go widownia. Kiedy przypiera Big Daddy'ego do lin w nieprzepisowym odwecie za udany chwyt, kiedy miażdży mu w uścisku przedramię po gwizdku sędziego i za jego plecami (choć na oczach połowy widzów), publika wyje z zachwytu. Kiedy podnosi ręce i rycząc niczym dzika bestia, odrzuca do tyłu głowę – w Międzynarodowym Geście, który oznacza: Wy g ł u p c y, s p o d z i e w a l i ś c i e s i ę, że b ę d ę w a l c z y ł f a i r ? – cały budynek Albert Hall aż drży w posadach. Tak jak Giant jest wredny, podstępny i brutalny, tak Big Daddy jest uczciwy, solidny i cierpi niezasłużenie. Gdy sędzia pomaga mu wstać, a Big Daddy potrząsa głową i wyciąga ręce do widzów z pierwszego rzędu, apelując do nich rozpaczliwie, by przyznali, jak rażąca spotkała go niesprawiedliwość ze strony przeciwnika, który nastąpił mu na głowę, Giant Haystacks zwraca się do tego samego pierwszego rzędu i wygraża ludziom pięścią: S p r a w i e d l i w o ś ć ! I w y m ó w i c i e o s p r a w i e d l i w o ś c i ! J a j e s t e m p o p r o s t u z w i e r c i a d ł e m ś w i a t a, a p r a w d a w y g l ą d a t a k, ż e t e n ś w i a t j e s t p o d ł y ! L u d z i e s ą o k r u t n i, a ś m i e r ć d o p a d n i e w s z y s t k i c h. N i e l u b i c i e n a m n i e p a t r z e ć, b o j e s t e m s z p e t - n y, a l e t o w ł a ś n i e j a j e s t e m PRAWDĄ! Wszystko to wyraża, potrząsając pięścią. Wszystko jest przesadne. Big Daddy nie bije, on g r z m o c i. Giant Haystacks nie pada na kolana, on w a l i s i ę na matę. To nie jest boks i nie ma tu żadnego heroizmu, żadnego ukrywania swego cierpienia. P a t r z c i e n a m n i e! P a t r z c i e, j a k c i e r p i ę! – zdaje się mówić Giant Haystacks całą górną połową swego ciała. C z y to możliwe, żeby Dobro zatriumfowało nad moją d i a b e l s k ą m o c ą? Big Daddy podstawia mu nogę i przytrzymuje go; mały sędzia w szykownym białym garniturku wyskakuje na ring, żeby zacząć liczenie... ale to jeszcze nie pora na triumf Dobra nad Złem, jeszcze nie teraz. W końcu każdy zapłacił swoje cztery funty dziewięćdziesiąt dziewięć i pół pensa.

Człapią więc z powrotem do swoich narożników, klepią się po brzuchach, a potem zaczynają z wolna krążyć wokół siebie. Jest to jak gdyby dygresja na marginesie głównej akcji, dostarczenie publiczności okazji, by zobaczyła ich jeszcze raz jako dwie oddzielne góry mięcha, a nie jedną wielką. Człowiek zauważa natychmiast, że chociaż obaj są nieprzyzwoicie tłuści, to ich otyłość jest różna. Big Daddy jest okrągły jak dobrze napompowana piłka, nieowłosiony, nie eksponuje też obwisłych genitaliów. Przypomina rozbrykanego tłuściutkiego i jowialnego Zeusa, krągłego boga, który igra wśród chmur. Natomiast tusza jego przeciwnika jest tuszą zwykłego, przeciętnego grubasa; Giant wygląda, jakby był obłożony połciami surowego mięsa, które trzęsie się, przelewa i z pewnością cuchnie. Ma też czarne włosy, zmierzwioną, skudloną brodę i jest ubrany jak prostak, w niebieskie ogrodniczki i czerwoną koszulę w kratę, co sprawia, że wygląda niczym jakiś obłąkany mieszkaniec lasów porastających obrzeża miasta. Z kolei „bieliźniany" jednoczęściowy kombinezon B.D. jest czymś absolutnie e l e m e n t a r n y m. Podobnie jak on sam – tak schludny i pełen prostoty, że gdyby nie względy przyzwoitości, które kazały mu przywdziać ten skromny, zredukowany do jednej części kostium, walczyłby nago. Ach, i jeszcze na jego plecach widnieje wielki napis BIG DADDY. Giant Haystacks nie ma niczego podobnego.

Nieoczekiwanie rzucają się na siebie jeszcze raz i jeśli macie na to lepsze określenie niż n a c i e r a j ą j a k r y c z ą c e s ł o n i e, to wstawcie je w tym miejscu [   ]. Giant Haystacks wali Big Daddy'ego w bok, przewraca go, podstawiając mu nogę, a potem o b i e m a s t o-

pami staje mu na twarzy (– No popatrz! – mówią do siebie jednocześnie Rubinfine i Adam), w odpowiedzi na co Big Daddy, odcze-
kawszy, aż sędzia odliczy do dwóch, „zbiera się z maty" (to jeden
z tych podstawowych banałów, dla których w ogóle urządza się walki
zapaśnicze), wstaje i potrząsa głową, kręcąc nią jednocześnie, jakby
właśnie łyknął jakiegoś napoju, który go nieco oszołomił. Jak gdyby
chciał powiedzieć: O r a n y, t o b y ł o m o c n e.

I jest to oczywiście śmieszne, ale rzecz w tym, że ci dwaj są tutaj
nie po to, żeby ujawniać prawdziwe uczucia czy udawać je w taki
sposób, by wyglądały n a t u r a l n i e, jak w telewizji – ale po to, żeby
demonstrować a k c j e. I wszyscy chłopcy to wiedzą. No bo każdy głupi
potrafi opowiedzieć jakąś historyjkę – no nie? – ale ilu umie ją z a d e-
m o n s t r o w a ć, to znaczy przekonać widzów: t a k t o w y g l ą d a,
c h ł o p i e, k i e d y o d r z e ć r z e c z z w s z e l k i c h s e n t y m e n-
t ó w. Tego popołudnia ci dwaj ociężali faceci są tu po to, by zademonstrować Sprawiedliwość. Taką, jakiej pan Gerry Bowen [sektor M,
miejsce 117] nie może wydębić od sądu w formie odszkodowania za
wypadek syna; jakiej Jake [sektor T, miejsce 59] nie doczeka się w szkole, bez względu na to, czy będzie wrzeszczał na tych sukinsynów, czy
nie; jakiej Finn [sektor B, miejsce 10] najwyraźniej nie doczeka się od
żadnej dziewczyny, niezależnie od tego, co zmieni w swoim sposobie
ubierania, swoim zbiorze płyt czy higienie osobistej; jakiej wreszcie
Li-Jin [sektor K, miejsce 75] nie może uzyskać od Boga.

A potem, po upływie stosownego czasu, Sprawiedliwość zostaje
podana na tacy i Big Daddy wygrywa – i choć było to z góry wiado-
me, nikt nie ma mu za złe tego małego triumfu nad niesprawiedliwo-
ścią życia, a już najmniej Li-Jin, kiedy wręcza trzy obiecane jednofuntowe banknoty i podpisuje jeden dodatkowy, dla Josepha, żeby po
prostu było sprawiedliwie.

Brat Hermana Kleina jest księgowym szwagra Big Daddy'ego. Klein zamierza na tej podstawie wejść za kulisy i „zabezpieczyć sobie osobiste poznanie" zapaśnika. Jeśli pan Tandem i jego trójka chłopców chcą, mogą mu towarzyszyć. Joseph ma w torbie kopertę z kolorowymi zdjęciami Big Daddy'ego formatu 12×16, które zamierza podsunąć do podpisu, ale jest ich więcej, niż potrzebuje, naprawdę, może więc dać po jednym każdemu z chłopaków.

– Serio? – pyta Alex-Li. – Powaga?

Li-Jin, nieco zakłopotany entuzjazmem Aleksa, tak kontrastującym z raczej chłodnym jak dotąd stosunkiem jego samego do Kleina, wygłasza kilka obowiązkowych rodzicielskich uwag na temat n a r z u -
c a n i a   s i ę i t u p e t u, ale jednocześnie ma nadzieję, że Klein je zignoruje. Za kulisy! Autografy! I Klein rzeczywiście ignoruje jego obiekcje; nie wygłasza zdań typu: O c h ,   n i e c h ż e   p a n   n i e   b ę d z i e
ś m i e s z n y, czy To   n a p r a w d ę   ż a d e n   k ł o p o t, ale pochrząkując głośno i gestykulując, daje im do zrozumienia, że cała grupa ma iść za nim i przedrzeć się przez kłębiący się tłum. Zupełnie jak oficer dający znak swym żołnierzom, że pora zająć wzgórze. Chłopcy ruszają natychmiast i Li-Jin jest jedynym z całej piątki, który obowiązkowo musi marudzić, szukając pod krzesłami szalików, rękawiczek, aparatu fotograficznego Rubinfine'a i wołając, żeby na niego zaczekali.

*

Wokół panuje straszliwy zamęt. Żeby trzymać się razem, muszą iść gęsiego za Kleinem, tworząc „węża". Alex i Joseph idą pierwsi, gawędząc jak starzy przyjaciele, za nimi idzie Adam, przyciskając do piersi zdjęcie, które dał mu Joseph, za nim, depcząc po piętach Adamowi, Rubinfine, a na końcu Li-Jin. Ze wszystkich stron napierają na nich setki ludzi; Klein ryczy, żeby zeszli mu z drogi, a Li-Jin przeprasza, co chwilę wpadając na licznych ojców i synów. – M o ż e   t r o c h ę   z w o l -
n i m y? – woła w stronę głowy „węża", ale Klein go nie słyszy, a gdyby nawet słyszał, prawdopodobnie i tak by nie zwolnił. Jak na tak zwalistego faceta, jest zwinny, silny i prze do przodu niczym odyniec; jego drobne stópki przypominają zresztą racice dzika.

– Szybciej, wy ślamazary – mówi Adam i w tym momencie Li-Jin uświadamia sobie, że potwornie boli go głowa, w związku z czym ledwie cokolwiek słyszy albo też wszystko dociera do niego z opóźnieniem, bo słowa Aleksa rozmijają się żałośnie z ruchami jego warg, zupełnie jak na zwolnionym filmie, kiedy w akcji ma się zdarzyć coś dramatycznego. – Prędzej, tato!

Idzie, idzie. Tato stara się jak może, z bolącą głową, ale także z piersią wezbraną uczuciem, bo jest młodym ojcem i ma tylko jedno dziecko, i teraz znów, po raz czterdziestomilionowy, uderzyło go to, jaki ten chłopiec jest piękny. – Idę! – Ale czy dotrą szybko do celu? Jak daleko może być z sektora K do ringu i za kulisy? I oto, gdy wydaje się, że są już blisko, potężny tłum faluje nagle i cofa się, jakby ktoś wystrzelił na ringu z pistoletu. W rzeczywistości jest to efekt sławy – ludzie zobaczyli Big Daddy'ego; ukazał się w czeluści jednej z kulis, królewski w swej powłóczystej szacie, i zaczął rozdawać autografy. Klein wykrzykuje coś śmiesznego, czego Li-Jin nie może zrozumieć – pewnie coś w rodzaju „Osobiści znajomi! Proszę nas przepuścić! Osobiści znajomi!" – ale niezależnie od tego, co woła, najwyraźniej odnosi to skutek, bo sześcioelementowy „wąż" prześlizguje się teraz w stronę gwiazdora z nieco większą łatwością. Za każdym jednak razem, gdy posuwają się o krok naprzód, przestrzeń za Li-Jinem wypełnia się natychmiast, ludzie pchają się na niego, przytrzymując się go, by nie upaść pod naporem tłumu.

Klein dociera do Niego pierwszy, za nim przepychający się gwałtownie Rubinfine, a potem Joseph i Alex – Li-Jin nie widzi Adama – po czym masa ludzka zamyka się przed Li-Jinem, który nie może już postąpić ani kroku dalej. Powtarza sobie w duchu, że nie powinien wpadać w panikę w związku ze zniknięciem Adama, i koncentruje się na tym, aby wspiąć się na palce; robi to w samą porę, by zdążyć jeszcze zobaczyć, jak On mierzwi Aleksowi-Li włosy, żartobliwie wymierza mu kuksańca w ramię i bierze od niego zdjęcie, żeby je podpisać. Kiedy tylko podpis przekreśla na ukos fotografię, Alex-Li wykonuje piruet i wniebowzięty, rozgląda się za Li-Jinem, żeby mu pokazać zdobycz. Li-Jin podskakuje i usiłuje pomachać synowi, ale jest zbyt niski, żeby wybić się ponad tłum; ostatnią rzeczą, jaką widzi, nim kolana ugną się pod nim raptownie i nim głowa wyrżnie w podłogę, jest zmarszczone czoło Aleksa-Li. Ale kiedy już leży na plecach, otwiera na kilka sekund oczy. Widzi, jak hala na przemian kurczy się i rozdyma. Dźwięki zdają się dławić. Światła zamierają. Li-Jin widzi ludzi. Mnóstwo ludzi. Choć nikogo sławnego. Nikogo bliskiego ani przyjaznego. Nikogo, kto by pomógł. Żadnego znajomego.

KSIĘGA PIERWSZA

Mountjoy
Kabała Aleksa-Li Tandema

Proszę mnie zawieźć do miejsca, które jest centrum wszystkiego.

popularna piosenkarka Madonna Ciccione do taksówkarza
po przyjeździe do Nowego Jorku

*Wyjątkowe poczucie dystansu, bez względu na to, jak blisko znajduje
się dany obiekt.*

definicja aury sformułowana przez popularnego
mądralę Waltera Benjamina

JEDEN / *Szechina*

Obecność • Alex-Li Tandem był żydowski • Tęcza nad Mountjoy •
Odcisk dłoni • Superstar • Księżna Grace • Marvin jest roznosicielem
mleka • Kobieca i gojska strona osobowości Aleksa • Nie mówiąc
o samochodzie nr 1 • Komunia ze ślimakiem

1

Albo jesteś ze mną, albo przeciwko mnie, pomyślał *Alex-Li
Tandem*, zwracając się do światła dziennego, a mówiąc bardziej
ogólnie, do dnia. Leżał na wznak i zaciskał pięści. Był absolutnie zdecydowany pozostać w łóżku, dopóki nie zmusi go do wstania myśl
o jakimś zajęciu, s z l a c h e t n y m   i   w y s z u k a n y m. Nie widział żadnego powodu, żeby wstać, skoro dzień był od samego początku przeciw niemu. Próbował tego już wcześniej – i nic dobrego z tej decyzji
nie wynikło.

W chwilę później poczuł ku swemu zaskoczeniu zalewającą go falę
przesianego przez żaluzje ciepłego światła. Światła bynajmniej nie bru-
talnego. To było zachęcające. W porównaniu z i w przeciwieństwie
do wczorajszego porannego światła, irytująco faszystowskiego, okrutnego jak światło jarzeniówek na szpitalnym korytarzu. Czy światła
przedwczorajszego ranka, kiedy to długo trzymał oczy zamknięte, bojąc
się tego, co wywoływało złowieszczą pulsację czerwieni pod powie-
kami. Albo j e s z c z e   w c z e ś n i e j s z e g o Poranka Sądnego Dnia,
co do którego nikt nie przypuszczał, że będzie trwał siedemdziesiąt
dwie godziny.

Przepełniony nagłym optymizmem Alex chwycił za wihajster, który
należało przekręcić, żeby odsłonić żaluzje. Miał jednak zbyt spocone
palce. Podciągnął się na łóżku, wytarł lewą rękę o ścianę, chwycił gałkę
i szarpnął. W nocy się rozpadało. Świat wyglądał tak, jakby przez

50

Mountjoy przeszła powódź, szorując wszystko do czysta. Cała okolica robiła wrażenie poddanej jakiejś przypadkowej renowacji. Widział ceglane mury jakby świeżo uróżowane z ciemniejszymi pręgami, jak po siarczystym policzku, balkony z mokrym plonem czystych białych skarpetek, koszul i prześcieradeł. Lśniące czarne anteny. Ach, to było cudowne. Woda przeobraziła każdy ściek, każde zagłębienie chodnika w rozszczepiające światło kałuże-pryzmaty. Wszędzie jaśniały t ę c z e. Jeszcze przez minutę podziwiał łagodne słońce, które zachowało swą delikatność nawet wtedy, gdy skryło się za szarą ławicę chmur. Na horyzoncie, na tle idealnie błękitnego, równo zamalowanego nieba, jakaś dziecięca ręka wyrysowała strzelistą kościelną wieżę. Po lewej stronie tkwiła pękata kopuła meczetu, narysowana z większą biegłością. A zatem ludzie witali tego ranka Boga. Wszystko to jeszcze trwało. Alex uśmiechnął się blado. Życzył im jak najlepiej.

W łazience omal się nie załamał, odkrywając serię drobnych katastrof. Okropnie tu cuchnęło. Nie działały pochłaniacze zapachów. Nic nie stało na swoim miejscu. Przestępując przez różne przedmioty i ignorując je ze stoickim spokojem, Alex odwrócił się do zwierciadła próżności. Szarpnął lustro ku sobie, obracając je na metalowym przegubie, aż odbite w nim kwadraty przeobraziły się w romby, równoległoboki, a potem w jedną stalową linię. Postarzał się okropnie. To, co zwykle podtrzymywało całą twarz jako zwartą strukturę, teraz puściło. Ile to czasu upłynęło od dzieciństwa? Kilka dni? Rok? Dziesięciolecie? I teraz ma być w ł a ś n i e t a k?

Wyszczerzył do lustra zęby. Były żółte. Ale, co należało zaliczyć na plus, były. Rozwarł swoje okcydorientalne oczy [termin wymyślony przez Rubinfine'a: coś pomiędzy orientalnymi i okcydentalnymi] najszerzej jak potrafił i dotknął czubkiem nosa zimnego szkła. Co mu dolegało? Oczy funkcjonowały normalnie. Światło go nie raziło. Przełykanie odbywało się w sposób naturalny, nieskomplikowany. Nie dygotał. Nie odczuwał obezwładniającej paranoi ani drżenia mięśni. Ujął w palce swój penis. Obmacał policzki. Są, w porządku. Wszystko było wciąż tam, gdzie powinno było się znajdować według podręczników. I wydawało się raczej nieprawdopodobne, żeby w ciągu najbliższych czterech godzin wyskoczyło coś, czego z dużą dozą pewności nie mógłby przewidzieć z dużym wyprzedzeniem. Wszystko przybierało cudowny, naprawdę cudowny obrót. Dysząc ciężko, Alex ogolił trzydniowy zarost (czy naprawdę minęły aż t r z y dni?). Kończąc golenie, zauważył, że zaciął się dwa razy, zakleił więc skaleczenia smętnymi kawałkami chusteczki higienicznej.

Umywszy zęby, przypomniał sobie wpłaconą gospodarzowi kaucję za ewentualne zniszczenia i eksploatację mieszkania i powłócząc nogami, wrócił do sypialni. Potrzebna mu była jakaś szmatka, ale kuchnia wydała mu się innym, egzotycznym lądem. Zamiast szmatki wziął powłoczkę na poduszkę, zamaczał ją w szklance z wodą i zaczął ścierać ze ściany odcisk dłoni. Czy mogłoby to być dzieło sztuki? Może ten odcisk ma pewien wyraz? Cofnął się o krok i spojrzał na plamę, na rozmazany żółty kontur. Potem potarł jeszcze raz. Nie przypominało to jednak dzieła sztuki. Wyglądało raczej tak, jakby ktoś umarł w tym pokoju. Alex przysiadł na rogu łóżka i przycisnął kciuki do oczu, żeby powstrzymać napływające łzy. Z gardła wyrwał mu się cichy, pojedynczy szloch. A co najbardziej niezwykłe, pomyślał, co najbardziej zdumiewające, to przede wszystkim fakt, jakie to było m a l e ń s t w o. I coś takiego o mało mnie nie wykończyło. Dwa, nie, może trzy dni temu położył tę tabletkę na języku, jak maleńką hostię. Zanim ją połknął, potrzymał ją tam, zgodnie z zaleceniem, przez kilka sekund. Nigdy wcześniej tego nie robił. Był absolutnie nieprzygotowany na to, co stało się potem! Księżyce wschodziły, słońca zachodziły, dzień za dniem, noc po nocy, a on tego nie zauważał!

Oficjalna nazwa: Microdot. Nazwa potoczna: Superstar. Na pewien czas wywołało to sensację w całym jego ciele. A teraz było po wszystkim.

2

W przedpokoju natknął się na Grace. Kotka przycupnęła na drugim stopniu, wzrok miała dziki, ogon wyprężony, z uwalanego ptasią krwią pyska sterczało skrzydło. Alex zauważył, że nie jest to wróbel, ale jakiś barwny, różowawo-błękitny ptak, z takich, nad którymi mógł-by się rozczulić czy zbudować dla nich budkę lęgową z tak ukocha-nych przez wdowców i wdowy Mountjoy miniaturowych wyciera-czek z napisem „Witamy w domu". Było na to jednak za późno. Gra-ce, zmuszona do takich zachowań (nikt jej nie nakarmił), stawała się ogrodową terrorystką i nie robiła sentymentalnych rozróżnień, jeśli chodzi o osobniki w obrębie tej samej gromady. Wiewiórka była dla niej tak samo dobra jak mysz, papużka równie smaczna jak gołąb. Wybaczywszy kotce, Alex podniósł ją, pocałował w płaskie czoło, pociągnął za ogon i spuścił po sosnowej poręczy. Zrewanżowała się, ciągnąc za sobą długą smugę czerwieni, dekoracyjnie ugarnirowanej małymi wzgórkami ptasich wnętrzności. A on nadal nie wymiotował. Ha! Potraktował to jako Osobiste Zwycięstwo Poranne numer 3. Dru-gim było to, że chodził. Pierwszym – zachowanie świadomości.

3

– Tak jakby bolało o, t u t a j – powiedział Alex do stojącego w progu Marvina, roznosiciela mleka. Marvin wyciągnął swą czarną rękę; bia-ły mankiet powędrował w górę. Alex pomyślał mimo woli o Billu Ro-binsonie, wyciągającym rękę do Shirley Temple. Wszystko, co rozgry-wało się dziś na tej zimnej ulicy, wydawało się inscenizacją jakiegoś musicalu. Olśniewającą, zapierającą dech w piersiach.

– Gdzie?

– W okolicach nerek.

Marvin pomacał wskazane miejsce. Miał długie palce i wbijał je głęboko.

– Ostrożnie...

– Co mam tam wymacać? Guza?

– Myślisz, że m ó g ł się od tego zrobić guz?

Marvin wzruszył ramionami.

– Mało prawdopodobne, bracie. W każdym razie nie w tak krót-kim czasie – ale to zależy od tego, co tam wpakowali, kapujesz?

Alex obciągnął górę od piżamy i zmarszczył brwi.

– Nie mam pojęcia, co oni tam wsadzili, Marvin. Tego paskudztwa nie robią według jakichś norm. Nie podają składu. Nie dołączają ulotki dla...

Marvin lekceważąco machnął ręką tuż przed twarzą Aleksa. Nigdy nie demonstrował jawnie sarkazmu. Reprezentował to, co według wyobrażeń Aleksa było prostolinijnością typową dla żyjących w surowych warunkach czarnych z wielkich metropolii.

– Ta, ta, ta. Głowa cię nie swędzi w środku ani nic? – zapytał Marvin, cofając się o krok i ujmując badanego za podbródek. Aleksa ogarnęło przygnębienie. Było jasne, że ekspertyza Marvina była trafniejsza od jego własnej. A zostać pokonanym na tym polu tak wcześnie rano było czymś bardzo przygnębiającym.

– Czy swędzi? No to wszystko w porządku. Może to było i mocne, ale wygląda mi na czyste. Czasem dodają do tego floksyny. Wtedy człowieka trochę swędzi mózg.

– Floksyny?

– Chcesz jakieś jogurty? Cholernie dziś zimno – rzekł Marvin, odwracając się w stronę swojego samochodu z nabiałem i robiąc z jednej dłoni daszek, żeby osłonić oczy przed zimowym słońcem. Cały czas kiwał się na piętach. Lewą ręką, przebierając długimi, zręcznymi palcami, przekładał swój notesik od kciuka do małego palca i z powrotem, jakby demonstrował karcianą sztuczkę. Był znudzony.

– Nie, właściwie nie.

– Spróbuj to powtórzyć – powiedział Marvin tonem pogróżki.

Marvin od trzech miesięcy uczestniczył w dotowanym przez rząd programie zatrudniania bezrobotnych. Wcześniej zaliczył krótki staż jako dozorca na parkingu. A jeszcze wcześniej handlował dragami. Obecnie był doradcą w przychodni dla uzależnionych i rozwożąc mleko, używał czasem języka stosowanego w tym środowisku. Od czasu gdy zaczął swoje objazdy po Mountjoy, wzrósł gwałtownie popyt na drogie jogurty i koktajle mleczne, a wraz ze zwiększeniem popytu rósł proporcjonalnie lęk obywateli przed Marvinem. Alex także zamawiał początkowo mnóstwo serków w osobnych opakowaniach, różne musy, desery z bitą śmietaną i tak dalej. Ale teraz pragnął dokonać k o r e k t y ł ą c z ą c y c h i c h r e l a c j i. Chciał, aby obaj, on i Marvin, z m i e n i l i d o t y c h c z a s o w e z a s a d y.

– Mam na razie dość jogurtów.

– Wal się – powiedział Marvin kwaśno. Wsunął notesik do kieszonki swego uniformu. Jeszcze raz wyciągnął rękę i palcami rozwarł Aleksowi powieki.

– To jak, mówisz, nazywał się ten szajs?

– Superstar, czy jakoś tak.

Marvin klasnął w dłonie, roześmiał się i potrząsnął głową; gdyby Alex miał jakoś określić ten ruch, nazwałby go „tańcem pogardy".

– I t y j e s t e ś podobno intelektualistą.

– I ja jestem intelektualistą.

– Więc właściwie... co się stało? – zapytał Marvin. – W czym rzecz, Tandem? Miłe złego początki?

Alex gmerał przy rozporku od piżamy. Z góry jego penis wyglądał jeszcze mizerniej niż zwykle. Tkwił tam, zwinięty jak małż, ale gdzie była twarda muszla, która by go chroniła? Gdzie był jego bezpieczny azyl? Tarcza osłaniająca go przed życiem?

– A czy... dajmy na to, tańczyłeś albo miałeś dreszcze, albo... Znam paru ludzi – mówił z namysłem Marvin – którzy urządzają sobie takie s a l o n o w e odjazdy. Bierze ich telewizja. Wchodzą w bliski kontakt z telewizją, rozumiesz? I podróżują po kanałach. Zabawa w d r o b- n o m i e s z c z a ń s k i m stylu.

Aleksa wzięło tak, że przez okrągłe trzy dni nie wychodził z łóżka. Przez cały ten czas odżywiał się błyszczącymi talarkami bożonarodzeniowych, imitujących monety czekoladek, które leżały na szafce nocnej. Pamiętał tę chwilę pełnej świadomości, kiedy poprawił poduszki i wsparty na nich, sięgnął po słuchawkę, żeby zadzwonić do radia, gdzie odbywał się talk-show poświęcony wczesnej menopauzie. Pamiętał sen. Głęboki, zupełnie jak w kokonie. Ale wcześniejsza noc, ta najważniejsza, to były zamknięte drzwi, paczące się od żaru jakiegoś niewidzialnego ognia, drzwi, przez które wciskał się dym. Nie mógł ich otworzyć. Nie miał odwagi.

– Marvin – powiedział w końcu. – Niczego nie pamiętam. Cały zeszły tydzień jest jakby za...

Marvin skinął głową i nakreślił w powietrzu wielkie puste koło, symbolizujące nicość. W środku tego koła Alex widział wyhaftowany napis MARVIN KEPPS, DOSTAWY MLEKA. MOUNTJOY, a obok wyzierającą przez szparę między guzikami zbitą masę skręconych włosów na torsie, która miała w sobie coś przerażającego, jakby czaiła się tam jakaś nieznajdująca ujścia, zwinięta w kłębek energia.

– To się zdarza – rzekł Marvin i położył miękko dłoń na ramieniu Aleksa. – Pozwól, Tandem, że ci to wyłożę: po stronie „za" – wyostrzyliśmy sobie percepcję zmysłową, wzmocniliśmy wizje i całą resztę. Każda nutka, każde źdźbło trawy i tak dalej. Ale po stronie „przeciw" mamy z a n i k tak zwanej pamięci krótkoterminowej. Kiedyś nazywano te tabletki „Złota Rybka". Właśnie z podanych wyżej powodów.

Po raz drugi tego ranka Alex poczuł wzbierające łzy. Oto widmo n i e o d w r a c a l n e g o u s z k o d z e n i a u k ł a d u n e r w o w e g o, numer pięć na jego liście zatytułowanej „Wielka Piątka":

1. Rak
2. AIDS
3. Zatrucie wody w wodociągach miejskich / atak gazowy w metrze londyńskim
4. Trwałe uszkodzenie układu nerwowego (w młodości, na skutek nieszczęśliwego wypadku)
5. Zwyrodnieniowe schorzenie mózgu, Alzheimer, Parkinson itp. (na starość)

Powstrzymał odruch wymiotny, zakrywając dłonią usta, i ruszył chwiejnie w stronę krzaków przy płocie. Marvin chwycił go za łokieć, przyciągnął do siebie, wyprostował.

– Tylko żadnych takich, b a r d z o c i ę p r o s z ę – powiedział czule, masując czubek głowy Aleksa zgiętymi palcami. – Na tym właśnie polega problem z tymi rzeczami. Ja wiem jedno: te prochy mają przenieść cię na skróty w jakiś... absolut, jak samolot albo co tam sobie wymyślisz, no nie? Ma być tak: tu masz trzydzieści albo ileś tam funtów, przenieś mnie w rejony wyższej świadomości. A to nie jest tak, bracie. Nie uzyskasz pełnej satysfakcji. Musisz mozolnie wspiąć się na drzewo, czyli można powiedzieć, posługując się alegorią, że nie da się po prostu podfrunąć na dowolną gałąź. Kapujesz?

- Chyba masz rację.
- Wiem, że mam rację. No tak. Wychodzisz dziś z domu, panie Moje Łóżko jest Moim Biurem?
- Jeszcze się zastanowię, Marvin.
- No to zastanawiaj się intensywnie.
- Postaram się.
- Postaram się - powtórzył jak echo Marvin wysokim, kobiecym głosem, którego często używał, naśladując Aleksa. Dawniej skłaniało to Aleksa do rozważań, czy wydaje się zniewieściały wszystkim czarnym czy tylko Marvinowi. Przed paroma miesiącami Alex-Li Tandem wykonał na basenie miejskim całkiem niezły skok z saltem do tyłu, po czym wynurzywszy się z wody, przedstawił sprawę swemu przyjacielowi Adamowi, który zdjął z nosa klips i powiedział:
- Nie... ja tego nie widzę. Nie uważam cię za jakoś szczególnie zniewieściałego. Jesteś na to zbyt grubokościsty. I owłosiony. Zresztą on mówi to samo o mnie. A ja jestem czarny.
- No tak - potwierdził Alex radośnie, ochlapując wodą dzieciaki, które ochlapały go wcześniej. - J e s t e ś czarny.
- J e s t e m czarny. Niewątpliwie umrę w połowie drogi. Hm. Nie wiem. Myślę, że to pewnie sprawa przynależności klasowej.

Woda kapała mu z nosa razem z jakąś gęstszą cieczą. Powinni tego zakazać. Alex zaczerpnął powietrza niczym olimpijczyk, zanurkował, docierając aż do szorstkiego, wykafelkowanego dna, wykonał nawrót, odepchnął się nogami od ściany basenu, po czym przepłynął dwie trzecie jego długości pod wodą, ustanawiając osobisty rekord. Przytył ostatnio i dużo palił. Kiedy wrócił, wziął cztery pływaki i podłożył je sobie w taki sposób, żeby mógł usiąść wyprostowany na wodzie i podskakiwać niczym jakiś Władca Mórz.

- Jak to k l a s o w e j? Nie jesteśmy przecież s n o b a m i z w y ż-
s z y c h s f e r.

Tu Adam przerwał rozmowę, żeby wykonać kilka swoich dziwnych ewolucji. Skłoniło to Aleksa do przypuszczeń, że jego kolega przyszedł na basen z zamiarem wykonania jakiegoś skomplikowanego, dobroczynnego dla organizmu, być może wzbogacającego duchowo, a z pewnością niejawnego programu ćwiczeń, gdy tymczasem on,

Alex, olewał (często w sensie dosłownym) wszelkie programy i spędzał czas na podziwianiu niewiarygodnej różnorodności kształtów wzgórków łonowych młodych kobiet. Adam zaplótł nogi na poręczy. Obok Aleksa przemknął w wodzie plaster z widoczną maleńką, okrągłą plamką krwi. Powinni tego zakazać, pomyślał znowu Alex. Adam ziewnął, wykręcił ręce do tyłu i złożył dłonie z tyłu jak do modlitwy. Robiło to wrażenie i zwróciło uwagę kobiet. Adam był przeciwieństwem grubasa i nie palił, chyba że trawkę. Jego brzuch wyglądał jak napięty, płaski, smoliście czarny bęben.

– Nie, to prawda, ale jesteśmy większymi snobami od M a r v i n a. I w tym rzecz. Ale ten głos, którym mówi Marvin, to coś subtelniejszego, to taki sam głos, jakiego się używa, kiedy człowiek naśladuje gojowski monolog Lenny'ego Bruce'a – powiedział.

– No i? Co z tego wynika?

– Mówię, mądralo, że m o ż e w porównaniu z nim, w zestawieniu z jego eksdealerskim i robotniczym sentymentalizmem i tak dalej my wszyscy jesteśmy g o j o w s c y.

– A on jest żydowski?

– A on jest żydowski.

– Ten argument jest wyjątkowo... – zaczął Alex, ale nie znajdował odpowiedniego słowa.

– Zgoda... ale właśnie dlatego mi się p o d o b a. Powinieneś to umieścić w swojej książce – mógłby to być cały nowy podrozdział.

Tu Adam odpłynął sam na głębszy koniec basenu, gdy tymczasem Alex, przebierając zajadle nogami, wściekał się wewnętrznie na kobietę w błyszczącym kostiumie. Miała wielkie, szerokie usta i koszmarną głowę, osadzoną na tłustym karku. Naśmiewała się ze swego nieszczęsnego syna, który popuścił mimo woli na płytszym końcu basenu. Powinni tu wręcz sypać regulaminowymi karami.

Teraz z kolei z ust Marvina – który odwrócił się do Aleksa tyłem, żeby spojrzeć na dom po drugiej stronie ulicy – wyrwał się znienacka cichy jęk. Mleczarz aż się zatoczył w Międzynarodowym Odruchu zaskoczenia. Z ramieniem wyrzuconym w powietrze wyglądał jak Chaplin.

– Czy to nie twój samochód, bracie? Popatrz no! O rany. J e z u
C h r y s t e.

O dwa miejsca dalej, niż parkował zwykle, zobaczył Alex swoją
antyczną Gretę MG, uczepioną rozpaczliwie krawężnika, jakby próbowała się ratować. Przedni zderzak był brutalnie oderwany od kor-
pusu i teraz wisiał na żelaznym włosku, drzwi wyglądały jak zmiażdżo-
ne ciosem olbrzyma. Na przedniej szybie bielała szklana pajęczyna.

– A spójrz na boczną szybę! – zawołał piskliwie Marvin, wskazując
na boczną szybę.

Bok Grety znaczyła na całej długości głęboka rysa, a jej brezentowy
dach był żałośnie pomarszczony i sprasowany jak miech sfatygowane-
go akordeonu. Cały samochód robił wrażenie o stopę krótszego.

– To t w o j e dzieło, bracie?

Alex przywarł całym ciałem do futryny niczym Lauren Bacall.

Było dopiero wpół do dziewiątej rano, a już nadeszła pora, by wy-
wiesić białą flagę. A dzień zapowiadał się tak dobrze. Dzień go oszu-
kał. Alex czuł, że nie potrafi się uporać z takimi dniami jak dzisiejszy.
W jego najgłębszym przekonaniu były takie dni, które dowodnie świad-
czyły o tym, że ktoś pisze człowiekowi okrutny scenariusz dla własnej
uciechy. Co więcej, wierzył święcie, że w takie dni można się tylko
biernie poddać biegowi zdarzeń i przeć bezmyślnie naprzód z opuszczonymi do ziemi rękami. W tym sensie, choć w żadnym innym, Alex
był człowiekiem głęboko religijnym.

– Nie do wiary! Koszmar! Tylko spójrz! – wołał Marvin, szczerząc
zęby. Wyraźnie go to bawiło.

Alex z wolna rozłożył ręce i z rezygnacją machnął dłonią na to, co
zostało.

– I co mam ci powiedzieć, Marvin?

Marvin pociągnął nosem.

– To pytanie nie do mnie. Mnie to nie obchodzi, ja jestem zwykłym
mleczarzem. Zastanawiałem się tylko, czy sam tak załatwiłeś własny
samochód. Bo jeśli nie... – Marvin uśmiechnął się jeszcze szerzej.

Tracąc jego twarz z pola widzenia, Alex ugiął nogi w kolanach
i przykucnął w drzwiach. Po betonowej wardze progu pełznął wielki,
pulsujący ślimak, wlokąc za sobą muszlę, niczym spóźnioną refleksję.

Alex wyłuskał go z muszli i przez chwilę trzymał w zagłębieniu skulonej dłoni. Potem cisnął ślimaka na trawnik, ale natychmiast przyszła mu do głowy smutna myśl, że i on, i ślimak mieli bardziej niestandardowe możliwości: glansowany czarny półwysep buta Marvina, chłodny i monotonny lapoński pejzaż okiennego parapetu, jałowa niczym pustkowia Arizony ścieżka, która prowadziła ku drodze i na końcu ku śmierci.

– Słuchaj. Powaga. Jesteś w depresji? To znaczy tak ogólnie? – zapytał Marvin z nieudawaną ciekawością.

– Owszem – powiedział Alex, zniecierpliwiony. – Tak mi się wydaje.

– Tak ci się w y d a j e?

– Marvin, nie chcę o tym rozmawiać.

– I nawet nie wiesz, k i e d y to zrobiłeś ze swoim samochodem?

– Ja nic nie pamiętam, Marvin.

Marvin wyrzucił z siebie krótkie „Ha!", które zabrzmiało jak urywany dźwięk trąbki bojowej. Zeskoczył z gracją z dwóch stopni i oddalił się niedbałym krokiem. Ślimak stwierdził, że jest w jakimś szalenie znajomym miejscu, wilgotnym i zielonym, miejscu, gdzie mogły się niespodziewanie pojawić różne okropne rzeczy, najczęściej wirujące ostrza kosiarki. Alex zrobił zeza. Trzy razy stuknął piętami. Zamknął oczy, odcinając się całkowicie od Mountjoy.

DWA / *Jesod*

1

Wróciwszy do mieszkania, Alex-Li zaczął brać do ręki różne części garderoby i wyciągać na długość ramienia; jeśli nie czuł żadnego zapaszku, wkładał je na siebie. Robił to dość niedbale, bo rezultat, niezależnie od podejmowanych wysiłków, był i tak zawsze taki sam. Wszystko, co miał na sobie, robiło wrażenie, jakby wyrzuciła mu to za drzwi rozwścieczona kochanka; była to jedna bezładna zbieranina rozmaitych ciuchów, które pamiętał z poprzedniego wieczoru, pomieszanych z innymi, których nie rozpoznawał.

Podskakując w jednej skarpetce, przekicał przez pokój, sięgnął po leżący na biurku kalendarz Stowarzyszenia Łowców Autografów i zaczął go przeglądać. Dwunasty lutego. Pod spodem zdjęcie Sandry Dee. Z uśmiechem na twarzy ujawniała dwa fakty związane ze swoją osobą:

Moje prawdziwe nazwisko brzmi Alexandra Zuck!
Zaczęłam karierę modelki jako trzynastolatka!

Alex przedarł się przez szesnasty (Dolores Del Rio) i siedemnasty (Peter Lawford) lutego i zatrzymał na środzie osiemnastego, jako najbardziej prawdopodobnej dacie. Archibald Leach w nienagannym golfowym stroju szykował się do uderzenia piłeczki golfowej, zwróciwszy swój boski podbródek w stronę aparatu fotograficznego.

Niemal zbyt doskonały, by nań patrzeć, wygłaszał następującą kwestię:

Każdy chciałby być Carym Grantem. Nawet ja chciałbym być Carym Grantem.

Niżej widniała notka dopisana odręcznie przez Aleksa:

Aukcja – 12.00. Memorabilia z dziedziny filmu i rocka.
15.00 – Stare Hollywood.

A więc dziś był dzień pracy. Zadzwonił telefon. Alex, który kiedy go nie widział, zawsze czuł się tak, jakby to urządzenie subtelnie go atakowało, zaczął pośpiesznie szukać okularów, po czym włożył je, poskramiając rozszalałe druciane zauszniki tak długo, aż się uspokoiły i potulnie zahaczyły o uszy.
– Tak? Tak, halo?
– Tandem – powiedział dziewczęcy głos – widzę, że w k o ń c u zacząłeś odbierać telefony. Twój głos w słuchawce też brzmi nieźle. Dajcie temu facetowi Oscara. Och, to ja jeszcze żyję?
Alex otworzył usta, ale połączenie zostało przerwane.
– E s t h e r? – rzucił w próżnię. Pośpiesznie zaczął wybierać po kolei jej numery. Czy to przez przypadek, czy też nie, wszędzie odzywała się sekretarka, a potem ten koszmarny pik. Takie piki wciąż wywoływały u Aleksa paraliżującą tremę. Miał wrażenie, że jest ostatnim człowiekiem na świecie, który tak to odbiera. Nienawidził tego „scenicznego" aspektu sprawy. Każdy, kto potrafi nagrać udany komunikat na sekretarkę, musi mieć w sobie coś z aktora. W domu Esther zostawił Alex chwilę milczenia. Na komórkę nagrał tekst: – Słuchaj, problem w tym, że ja naprawdę muszę iść zaraz do pracy. Ale to było po prostu jego głośne myślenie.

*

Z dna szafy wyciągnął wielki skórzany worek turystyczny. Był łowcą autografów. Praca ta dzieliła się na trzy sektory. Zbieranie. Handel i wymiana. Weryfikacja. Dwa pierwsze były dość zrozumiałe same przez się, na czym polega trzeci, musiał często na różnych imprezach tłumaczyć. Wielokrotnie doznawał upokorzeń ze strony obecnej na wszystkich imprezach, wystrzałowej i zawsze pijanej dziewczyny, która oparta o lodówkę, chłodno ocenia wartość życia człowieka, podczas gdy pozostali tańczą jak szaleni w salonie. Wrażenie robią na niej zwykłe rzeczowniki związane z karierą zawodową – adwokat, lekarz, dziennikarz, nawet brygadzista straży pożarnej. Ale już m ł o d s z y k o n s u l t a n t d s. i n f o r m a c j i czy z a s t ę p c a s z e f a d z i a ł u t e c h n i c z n e g o – takie stanowiska nic dla niej nie znaczą. Ani różne wymyślne zajęcia czy dorywcze hobby z aspiracjami. Spróbuj więc taką przekonać, że ty, Alex-Li Tandem, jesteś facetem, któremu płacą za to, że przeglądasz stosy zetlałych papierzysk i orzekasz, co jest autentyczne, a co podrobione. To, że takie zajęcie wymaga szczególnego talentu i jest sztuką, nie ma dla niej żadnego znaczenia. A przecież to niezwykłe umieć odróżnić wysłany przez sekretariat podpis sławetnego Sidneya Greenstreeta (umiejętnie podrobiony przez jego sekretarkę Betty) od łuków i zakrętasów autentycznej sygnatury aktora. Trzeba być biegłym, żeby odróżnić seryjny, mechanicznie odbity autograf Kennedy'ego od prawdziwego prezydenckiego podpisu. Umiejętność podjęcia decyzji, kiedy kłamać w tych sprawach i do jakiego stopnia, jest prawdziwą sztuką. Ale spróbujcie jej to powiedzieć. Alex-Li jest łowcą autografów. To trochę tak, jak być manczkinem, dobrą wróżką, latającą małpą lub rabinem. Jeśli ktoś w takie rzeczy nie wierzy, niewiele to znaczy.

Większą część pracy wykonuje Alex w domu, ale kiedy już musi wyjść, bierze worek. Teraz kładzie go na biurku, otwiera i wsuwa do niezliczonych zakamarków i kieszonek całe zestawy Elizabeth Taylor, Veronik Lake, Gene Tierney, Jamesów Masonów, Rosemary Clooney i Julesów Munshinów, złożonych „plecami" do siebie i poprzekładanych arkusikami folii. Dziś oprócz zwykłego zestawu pakuje do worka katalogi z aukcji, trochę pikantnych zdjęć (Bettie Page, Marilyn, Jayne Mansfield, różne dziewczyny z rozkładówek „Playboya" – dla prywatnego klienta, którego spodziewa się spotkać na aukcji), paczuszkę prywatnych listów od Davida Ben-Guriona do jego krawca, banana, jakąś trudną rosyjską powieść, której nigdy nie miał zamiaru czytać, i poświęcony autografom magazyn, który przeczytał od deski do deski.

63

Znów zadzwonił telefon.

– To chyba jasne – powiedział Adam zagniewanym głosem – że nie masz już właściwie prawa ani do mojej, ani do niczyjej przyjaźni. W końcu się zdyskwalifikowałeś. To jest aspołeczna postawa, Alex, i tak się to kończy.

– Adam? A d a m! – rzekł Alex. Bardzo go ucieszył ten telefon od przyjaciela. W rejestrze życia głos Adama rozbrzmiewający w słuchawce figurował zdecydowanie w kolumnie „za".

– Nie – powiedział Adam – posłuchaj mnie. Mówię całkiem serio. Dwa fakty: ona ma złamany palec, wskazujący. I nadwerężone kręgi szyjne. To jest k a r k, Alex. Wyobraź sobie moją reakcję. Owszem, to twoja dziewczyna. Ale także moja siostra.

– Chwileczkę: chodzi o Esther? Nic mi nie mówiła.

– Pewnie dlatego, że się do ciebie nie odzywa. A ja jednak, nie wiadomo czemu, tak.

– To miło z twojej strony.

– Też tak sądzę. A teraz z kolei, czego ja chcę od ciebie. Po pierwsze, masz mi oddać *Dziewczynę z Pekinu*. Przetrzymałeś ją dwa tygodnie. Masz sobie kupić s w o j ą k a s e t ę. Czasem chcą ten film pożyczyć inni klienci. Po drugie, masz n a t y c h m i a s t zadzwonić do Esther i zacząć... nie wiem właściwie co. Kajać się. I po trzecie, chcę, żebyś poszedł do lekarza, bo to była jakaś alergiczna reakcja, Tandem, coś nienormalnego. I mówię o p r a w d z i w y m lekarzu, nie o jakimś szarlatanie z chińskiej dzielnicy. Alex – tu Adam westchnął – zawiodłem się na tobie. Ten wieczór miał być... eksperymentem religijnym. A ty zrobiłeś z tego objazdowy teatrzyk Tandema. Nie wszystko na świecie musi się przeobrażać w objazdową rewię Tandema. Nie jesteś całym światem. W tym filmie, który nazywamy życiem, są jeszcze inni. Alex? Alex?

– Jestem. Słucham.

– P r z e s t r a s z y ł e ś mnie, bracie. Joseph powiedział, że kiedy później wpadł do ciebie, zachowywałeś się naprawdę dziwnie i przemawiałeś w różnych językach. No? Alex?

Alex miał nadzieję, że jego milczenie jest pełne godności. Czytał kiedyś o czymś takim w powieściach; to była jego pierwsza próba w tym zakresie.

– Halo? H a l o? Czy chcesz porozmawiać o samochodzie?
Alex poczuł, że przewraca mu się żołądek; z jego ust wydobył się
jęk rozpaczy. Adam dał mu pieniądze na połowę tego samochodu.
– Och. Nie bardzo.
– To dobrze. Bo ja też nie.
– Ach. A c h!
Adam zagwizdał.
– Wiem, Alex, wiem. Nie martw się, bo ja cię nadal kocham. Choć
jestem teraz w tym uczuciu odosobniony, bracie. Masz jednoosobowy
fanklub. Wpadnij później do wypożyczalni. Przyrzekasz? Myślę, że powinieneś teraz wyjść z domu. No więc przyrzekasz? Na swój banknot?
Alex wydał z siebie pomruk niezadowolenia. Nienawidził tych obietnic. Absolutny obowiązek ich dotrzymywania bardzo mu ciążył. W myśl
przyjętej przez wszystkich czterech zasady, banknoty jego ojca można
było przywoływać tylko z największą rozwagą. Trzeba było sobie zasłu-
żyć na prawo wspominania o nich. Joseph mówił o nich bardzo rzadko. Rubinfine wiedział, że nie należy się w ogóle do nich odwoływać.
– Dobra. Wypożyczalnia jest otwarta cały dzień. Esther nie będzie.
Co jest chyba najlepszym wyjściem, biorąc pod uwagę panującą obecnie atmosferę. Wiesz, jaką mamy dziś datę, co?
Połączenie zostało przerwane. Alex zarzucił worek na ramię i dotknął, zachowując określoną kolejność, przedmiotów, których doty-
kał zawsze, wychodząc z sypialni: małego, nadtłuczonego Buddy stojącego na biurku, plakatu z podpisem Muhammada Alego i starego jednofuntowego banknotu przypiętego pinezką do futryny.

2

Dotarłszy do kuchni, stuknął obcasami i ukłonił się Grace, która
stała na kredensie, stała naprawdę, na dwóch nogach, co było albo
ćwiczeniem gimnastycznym, albo ostatnią, rozpaczliwą próbą wypróż-
nienia się. Alex nastawił czajnik i wyjął z kredensu piersiówkę. Roz-
wiązał plastikowy woreczek z ziołami o gorzkim zapachu i Grace
wycofała się do wnętrza kredensu. Alex wsypał zioła do butelki. Zalał

je wrzątkiem. Zioła nosiły nazwę *Chia i*, co podobno znaczyło „Herbata wiosenna", ale były czarne jak piekielna smoła. Cuchnęły i wyglądały ohydnie. Ach, i do tego jeszcze ten cholerny smak! Ale według doktora Huanga z Soho, r o z p r a s z a ł y i l i k w i d o w a ł y uczucie ciężaru na piersi. A Alex odczuwał ciężar na piersi. Ciążyło mu wszystko. Zakręcił butelkę i wsunął ją do kieszeni worka.

Otwierając drzwi do dużego pokoju, przypomniał sobie całkiem wyraźnie, że pod przedłużającym się wpływem jakiegoś halucynogenu skręcił nagle samochodem, którym jechał ze swoją dziewczyną Esther i wpakował się na przystanek autobusowy. Trudno było wyrazić słowami, jak bardzo było mu przykro z tego powodu. Nie miał też nikogo, komu mógłby to wyznać. Nie był katolikiem. Mieszkał sam. Nie po raz pierwszy ogarnęło go uczucie, że jest jak gdyby zablokowany. Że jego życie, które powinno mieć formę lejka, przez jaki wszystko by przechodziło, być może oczyszczając się po drodze, przypomina raczej... jak to się nazywa? Kulki antystresowe? Że całe jest z elastycznego bandaża i że on, Alex, co dzień dodaje do niego kolejną warstwę. Ciaśniej. Coraz grubiej. A on coraz bardziej zakutany. Tak to odczuwał. I tak – jako coś na kształt lejka – wyobrażał sobie życie katolika. Biedna Esther.

Przeszedł przez pokój i uklęknął przed telewizorem. Wyjął z magnetowidu kasetę z *Dziewczyną z Pekinu*. Włożył ją do pudełka i poczuł kojącą pulsację szczęścia. Szczęścia stymulowanego pięknem. Na okładce widniały dwie piękne twarze jego ulubionej aktorki, gwiazdy musicalu Kitty Alexander. Na pierwszym zdjęciu, po prawej, miała na sobie strój dziewczyny z Pekinu i powieki przyklejone specjalną taśmą, tak żeby mniej więcej przypominały kształtem jego oczy z orientalnymi fałdami. Ubrana była w *czeongsam*, na głowie miała kapelusz kulisa. Stała, zagubiona, na Broadwayu lat pięćdziesiątych. Na zdjęciu po lewej stronie widniała ta sama dziewczyna, ale całkowicie przeobrażona, ubraną jak kopia hollywoodzkiej gwiazdy, w balowej, rozkloszowanej sukni, w białych rękawiczkach, w różowych pantofelkach księżniczki, ze skrzydłem lśniących czarnych włosów nad jednym ramieniem. Fabuła filmu była, ujmując rzecz zwięźle, historią przemiany dziewczyny ze zdjęcia po prawej w tę ze zdjęcia po lewej. I tak należało oglądać tę okładkę – od prawej do lewej, „po hebrajsku".

Ochronna folia była rozerwana. Alex wsunął pod nią palec i powiódł nim po okładce, dotykając najpierw jednej, potem drugiej Kitty. *Obywatel Kane*. *Pancernik Potiomkin*. *Przeminęło z wiatrem*. *La Strada*. Zdumiewało go to, że tak wielu – należałoby powiedzieć większość – ludzi nie wiedziało, że musical wytwórni Celebration Pictures *Dziewczyna z Pekinu* z 1952 roku, z Julesem Munshinem w roli Joeya Kaya i Kitty Alexander jako May-Ling Han jest najwspanialszym filmem, jaki kiedykolwiek powstał. Ostrożnie wsunął kasetę do kieszeni worka.

W przedpokoju zdjął z wieszaka swój impregnowany prochowiec i włożył go. Czuł się w nim dziś mały. Miał dwadzieścia siedem lat. Był, jak sam podejrzewał, niedojrzały emocjonalnie – jak większość młodych ludzi na Zachodzie. Prawdopodobnie odrzucał myśl o śmierci. A już na pewno był nieufny wobec iluminacji. Najbardziej odpowiadały mu rozrywki. Miał nawyk komentowania na głos swoich osobistych cech, tak jak to robił teraz, wkładając płaszcz – podejrzewał, że chłopcy ze wsi i mieszkańcy Trzeciego Świata nigdy tego nie robią, że nie mają tak rozwiniętej samoświadomości. Wc i ą ż wywoływała u niego dreszczyk myśl o tym, że wreszcie dostanie list adresowany do siebie, a nie do swojej matki. Schylił się, podniósł plik korespondencji z wycieraczki i przekartkował ją: rachunki, rachunki, reklama pizzerii, wyciąg bankowy, koperty z Ameryki z gwiazdami filmowymi i prezydentami w środku, broszura na temat zaburzeń erekcji, darmowa próbka kremu dla jakiejś wirtualnej białej kobiety, z którą nie sypiał.

3

Od czasu do czasu chodził do lekarzy z Zachodu. Przepisywali mu leki i ćwiczenia, które miały go odprężyć (używali ohydnego neologizmu o d s t r e s o w a ć). Rozpiętość porad i środków była ogromna: od przebywania na świeżym powietrzu, przez grę w piłkę aż do małych, kolorowych tabletek. Przed rokiem wybrał się do Polski i tam wałęsał się po cichych placach Krakowa, nafaszerowany prochami, odczuwając coś w rodzaju komunii, wstrzymując oddech, ilekroć zaczynały bić dzwony, opłakując w kawiarniach jakąś ogromną stratę, której nie potrafił nazwać. Tabletki miały uboczne działanie: wywoływały efekt priapiczny. Każda para damskich nóg, jaka żwawo przemaszerowała obok niego, przyprawiała go o męki. Doznawał przedziwnego uczucia: pragnienia, by zapłodnić wszystkie kobiety w tym kraju. Chodząc po ulicach Oświęcimia, natknął się na olbrzymią chmurę pyłku – przynajmniej sądził, że to pyłek, i przeszedł przez sam środek obłoku – w rzeczywistości był to rój os. Jako młody człowiek z Mountjoy, przyzwyczajony do wszelkich nowoczesnych udogodnień i absolutnego poczucia bezpieczeństwa, osobistego i „narodowego", nie dopuszczał myśli, że ta ciemna chmura, w którą tak pewnie wkracza, może być czymś groźnym. Napisał o tym wszystkim wiersz, swój drugi wiersz w ciągu dwudziestu siedmiu lat. Wiersz nie był dobry. Ale kim on, Alex, mógłby być, gdyby wystrojony w wysokie buty, kapelusz i imponujący pas ze złotą klamrą, przechadzał się po jednym z tych polskich placów w 1750 roku, przepełniony nadziejami człowieka Oświecenia? Kim byłby Rubinfine? Albo Adam? A Joseph? *Widziałem najtęższe umysły mego pokolenia / które podejmowały pracę na peryferiach przemysłu rozrywkowego.*

Zadzwonił telefon. Na dole była słuchawka bezprzewodowa, więc Alex przechadzał się z nią przez chwilę po przedpokoju w tę i z powrotem, jak świeżo upieczony tatuś z rozkapryszonym dzieckiem, spodziewając się, że albo dzieciak zacznie znów wrzeszczeć, albo się uciszy. Ale nic takiego nie nastąpiło. Przy trzecim nawrocie znalazł się przed własnymi drzwiami frontowymi i przystanął. Spojrzał na drzwi. Odwrócił się, po czym spróbował spojrzeć jeszcze raz. Przeciągnął palcami wzdłuż rowka w niepomalowanej sosnowej desce, naciskając mocno. Telefon nie przestawał dzwonić.

4

Zbieranie autografów, jak to Alex – bynajmniej nie pierwszy – zauważył, miało wiele wspólnego z uganianiem się za kobietami i bojaźnią Bożą. Kobieta, która zbyt często obdarza mężczyzn swymi wdziękami, nie budzi w nich pożądania. Podobnie jest z bogiem, który wciąż się objawia i którego prawa stają się nazbyt oczywiste – taki bóg nie cieszy się szacunkiem. I tak Ginger Rogers nie jest warta aż tyle, jak można by sobie wyobrażać. A to dlatego że składała podpisy na wszystkim, co jej wpadło w ręce. Była łatwa. Kurwiła się. Rozdawała to, co miała, zbyt szczodrze. I teraz jest pospolita, w najczystszym tego słowa znaczeniu. I stosownie do tego szacuje się jej wartość.

Greta Garbo nie była łatwa. Jeśli już w ogóle przykładała pióro do papieru, miała skłonność do posługiwania się pseudonimem Harriet Brown. Garbo żądała, aby jej bank śledził losy każdego podpisanego przez nią czeku, który nie został zrealizowany. Nie pozwalała, by jej nazwisko szło sobie ot tak, w świat, nawet na rachunkach. Autograf Grety Garbo, nawet marny, jest wciąż wart około sześciu tysięcy funtów. Kitty Alexander składała swój podpis jeszcze rzadziej niż Garbo. Kitty była tak grymaśna i niewidoczna jak Jehowa. Była też wyniosła. Publiczność jej za to nienawidziła. I z czasem zapomniano o niej, bo publiczność nie lubi być lekceważona. Ale łowcy autografów są większymi masochistami niż publiczność (która jest przede wszystkim sadystyczna), l u b i ą, kiedy okazuje się im pogardę. Łowcy autografów nie zapomnieli o Kitty, nigdy. Są to ludzie, dla których czyjaś przedwczesna śmierć, podobnie jak zabójstwa, seryjne morderstwa i efektowne porażki są dobrym interesem. Pierwszy mąż Monroe, trzeci człowiek na Księżycu, piąty Beatles. Mają szczególny gust. Przez długi czas autograf Kitty Alexander był jednym z najbardziej pożądanych trofeów w tym osobliwym światku. Większość łowców autografów porzuciła nadzieję na zdobycie tego autografu. Ale nie Alex. Od chwili gdy ukończył czternaście lat, co tydzień wysyłał list do Kitty na adres jej fanklubu na Manhattanie. Nigdy nie dostał odpowiedzi. Ani razu. Miał tylko pełną szufladę oficjalnych listów podpisanych przez prezesa fanklubu. I dlatego, w ł a ś n i e   d l a t e g o Alex musi sobie długo przypominać, s k ą d, j a k, j a k i m   s p o s o b e m przyszła kartka pocztowa z wyraźnym podpisem Kitty i zawisła, przypięta od wewnątrz do frontowych drzwi, niczym tezy Lutra. Odpina ją ostrożnie i odwraca do światła. Jest wspaniała. Jest prawdziwa. Albo on nie jest Aleksem-Li Tandemem. Alex naciska guziczek na słuchawce.

– Alex – mówi Joseph swoim cichym głosem – wysłuchaj mnie jeszcze raz. Nie dostałeś jej od Boga. Ani nie przyszła pocztą. Podrobiłeś ten autograf, Alex, miałeś koszmarny odjazd. Wszyscy odjechali. Posłuchaj mnie. Ten autograf nie jest prawdziwy, nigdy prawdziwy nie będzie, bo nic nie robi się prawdziwe tylko dlatego, że chcemy, żeby takie było.

TRZY / *Necach*

Wieczność • Trzej rabini • Problem etażerki • Świat się rozpadł • Sekretna
księga Aleksa • Karły Rebekki • Gojowskie upodobania Rubinfine'a • Bette
Davis była żydowska

Czarne drzewa, odcinające się ostro na tle błękitu nieba, były wią-
zami. Oszalałe pudła, z których każde zawierało po jednym skruszo-
nym człowieku, były fordami mondeo. Ptaki były w większości sro-
kami. A wysoki młody człowiek o orientalnym wyglądzie, który kroczył nieśpiesznie po Mountjoy Road, był nikim innym, jak Aleksem-Li
Tandemem. W pewnej chwili uprzytomnił sobie, że zmierza prosto
w stronę trzech mężczyzn zaglądających do otwartego bagażnika,
i wcale go to nie zachwyciło. Jeszcze go nie wypatrzyli, ale zaraz to
zrobią. Jeden z mężczyzn był dobrze mu znanym rabinem. Gdzie by
się tu schować? Z miejsca, w którym się znajdował, widać było po
drugiej stronie ulicy wypożyczalnię kaset Adama, „Hollywood od A do
Z", ziejącą niczym jama. Bliżej stała jedna z przenośnych toalet, wy-
posażonych w automatyczne drzwi i pełnych wielkomiejskich mitów.
Ale było za późno, by szukać azylu. Ucieczka była niemożliwa. Nic się
nie dało zrobić.

– Al e x!

– Cześć, Rubinfine.

– Alex, Alex, A l e x. Co za dzień! Cóż za cudowny prezent od natury!

Z jakąś ponurą wyrazistością Alex odnotował, że tego ranka
uśmiech Rubinfine'a jest w gruncie rzeczy ponurym grymasem, tyle
że usta wyginają się w odwrotną stronę. Rubinfine stał z prawą stopą
opartą o cokół pomnika Bohaterów Wojny, od strony napisu *SPRA-
WIEDLIWOŚĆ*; monument był potężnym kamiennym monolitem, na
którym wyryto nazwy czterech cnót – *SPRAWIEDLIWOŚĆ, MĘSTWO,
HONOR* i, nie wiadomo właściwie dlaczego, *CIERPLIWOŚĆ*. Miał
on służyć upamiętnieniu wojennych zasług obywateli Mountjoy, choć

powstał dopiero w 1952 roku. Dwaj pozostali, nieznani Aleksowi mężczyźni, stali od strony MĘSTWA i CIERPLIWOŚCI.

– A jednak – ciągnął Rubinfine z powagą – nawet w tak piękny dzień stanęliśmy wobec poważnego problemu.

Podparł się pod boki, w dziwnie kobiecy, charakterystyczny dlań sposób, i zapatrzył się w przestrzeń. Przed nim stał zaparkowany citroen z otwartym bagażnikiem. Aleksa ogarnęła nagła panika. Choć był na otwartej przestrzeni, zaczął się rozglądać wokół siebie jak człowiek, który szuka gorączkowo napisu „wyjście".

– Słuchaj, Mark – powiedział. – To znaczy r a b b i Rubinfine. Wiesz, co ci powiem? Ja naprawdę nie mogę się zatrzymywać. Idę do metra. Mam dziś rano aukcję, wiesz, jak to jest. Muszę iść w kilka miejsc, znaleźć kupców. Więc jeśli pozwolisz, to...

– A l e x – zaczął Rubinfine. Pieprzyk na jego policzku drgnął i jednocześnie skoczyły w prawo świeżo zapuszczone, paskudne wąsy. Ujął twarz Aleksa w dłonie. Miał na sobie łososiowy sweter w serek, zielone sztruksowe spodnie, długi płaszcz w pepitkę i czarne trampki. – Kiedy człowiek się śpieszy – ciągnął, usiłując nadać swej wypowiedzi powagę prawdy talmudycznej – to pierwszymi rzeczami, o jakich zapomina, są szczoteczka do zębów i Bóg.

Takie odzywki doprowadzały Aleksa do szału. Jego zdaniem, Rubinfine był za młody, by wymyślać aforyzmy. Był o trzy lata starszy od Aleksa. Miał trzydzieści lat. Tylko trzydzieści. Mając trzydzieści lat, można cytować, co się chce, ale na tym koniec.

– No ale ponieważ są inne równie ważne sprawy – rzekł wyniośle Rubinfine – to chciałbym, żebyś poznał moich przyjaciół. To jest rabin Darvick i rabin Green. Rabin Darvick przyjechał do nas z Nowego Jorku, z Brooklynu. Rabina Greena mogłeś już właściwie poznać wcześniej. Jest z Mountjoy. Uczestniczymy w konferencji rabinów – w Grantam Park. Całotygodniowej. Wymieniamy poglądy, uczymy się tolerancji. – Rubinfine uśmiechnął się do Greena, który najwyraźniej ledwie go tolerował. – Chodź, przywitaj się.

Darvick był małym, okrąglutkim mężczyzną w drelichowych spodniach. Trudno było rozpoznać w nim duchownego; był ultrapostępowy, podobnie jak Rubinfine. Green był ortodoksem; znacznie wyższy od Darvicka, miał skręcone w grajcarki pejsy, bladą karnację i płomiennorude włosy. Ubrany był w elegancki garnitur, którego uzupełnienie stanowił tałes.

– Tak jest. Oczywiście. Zachowałem się niegrzecznie. Miło mi poznać, rabbi Darvick – powiedział Alex, wyciągając rękę z kieszeni.

– Rabbi Green, nie jestem pewien... czy my? Musieliśmy się chyba kiedyś... Czy raczej nie?

Rabin Darvick wydał dziwny odgłos, jakby coś uwięzło mu w gardle i jakby teraz z ulgą to odkrztusił. Rabin Green wydobył z siebie powitalny pomruk, który Alex, człowiek pozbawiony złudzeń, odebrał tak, jak powinien był odebrać – jako pomruk.

– Mamy pewien problem, Alex – powiedział Rubinfine. – Może byś nam pomógł go rozwiązać? – Przekrzywił głowę i uśmiechnął się do Aleksa. – I skąd ten pośpiech? Szykuje się jakiś kataklizm w kosmosie? A może ktoś sprzedaje tę Kitty Jakjejtam albo coś w tym rodzaju?

Nieszczęsny Alex zacisnął pięść w kieszeni.

– Ona się nazywa Kitty A l e x a n d e r. I nikt jej nie sprzedaje. Idę na ważną aukcję i już jestem spóźniony.

– Ależ A l e x...

Parsknąwszy gniewnie, Alex uskoczył tanecznym krokiem w lewo, ale Rubinfine zastąpił mu drogę. Alex zrobił zwód w prawo, lecz rabin znów go zablokował. Nad ich głowami śmigały z jednego bezlistnego drzewa na drugie dwie sroki, błyskając czernią i błękitem; nie miały w dziobach żadnych błyskotek, żadnych klejnotów ani szkiełek, bo sroki niezwykle rzadko kradną takie rzeczy. Uświadomiwszy sobie, że przegrał starcie, Alex wyciągnął swoją flaszkę, zdjął nakrętkę i pociągnął zdrowy łyk.

– Hmm, pachnie w s p a n i a l e – rzekł Rubinfine, ujmując go za ramię i prowadząc w stronę bagażnika. – Spójrz. Widzisz to?

Była to mahoniowa etażerka, okazała, w stylu georgiańskim. Była o sześć cali szersza od bagażnika samochodu. Leżała na boku na chodniku. O tym, żeby się zmieściła do bagażnika, nie było mowy; tyle Alex zdołał zauważyć.

– Rabbi – powiedział spokojnie. – Ta etażerka jest za duża. Mówię poważnie: jest o wiele z a d u ż a.

Green uniósł brwi, jakby była to dla niego jakaś nowina. Kierując się wskazówkami Darvicka, złożył palce jak kadrujący na próbę operator filmowy i spojrzał przez nie na etażerkę. Rubinfine schylił się i przeciągnął palcem wzdłuż półki.

– Myślę, że będziemy musieli ją wepchnąć na tylne siedzenie... albo nawet rozłożyć siedzenie obok kierowcy! Albo – chwileczkę, poczekajcie – gdyby tak twoim samochodem?

Alex wepchnął obie dłonie w smętne czeluście kieszeni płaszcza. A więc został wrobiony. Tak, w porządku. Dobra robota. Koperta otwarta. Najlepszy aktor odbiera nagrodę.

Zrobił ruch, jakby zamierzał odejść, ale Rubinfine schwycił go za przegub.

– Tak, naturalnie, Alex, słyszałem o wtorku. Ale cóż, nie będę ci wymawiał, że cię ostrzegałem... Jakie są moje dwie zasady? Pierwsza – wystawił kciuk – należy unikać wszelkiej teozofii i mistycyzmu. Bo wiadomo, czym to się kończy. I druga: żadne zakazane świństwa nie pomogą nikomu zbliżyć się do Boga. Przez całe życie powtarzałem to Adamowi. Chyba nie zaprzeczysz? A teraz popatrz.

– Dlaczego robisz ten wykład mnie? – zapytał nadąsany Alex.

– Powiedz to Adamowi. To jego problem.

– Mówiłem od razu – powiedział śpiewnie Rubinfine, kiwając głową. – To w najlepszym razie trzynastowieczna podróbka, Alex, w najlepszym razie. Krój liter, iluminacje, mistyczna pisanina. *Zohar* to ni mniej, ni więcej tylko niezła powieść. Jest też tysiąc sto lat późniejsza, niż się mówi, wiedziałeś o tym? Poczytaj swojego Scholema, przyjacielu. Tak. To zdecydowanie fałszerstwo. Z tej samej półki co Sabataj Cwi, potwór z Loch Ness, Yeti...

Podczas tego krótkiego przemówienia na pociągłej twarzy Greena pojawił się wyraz głębokiej zadumy, upodabniając jego oblicze do maski Keatona z niemych filmów. Rabin ukląkł i położył dłonie na etażerce. Wzburzony Darvick kopał prawą nogą w cokół pomnika i popatrywał spode łba na Rubinfine'a.

– Rabbi, z całym szacunkiem i tak dalej – powiedział w końcu ostro.

– Kabała jest jądrem tajemnicy. Rzecz w tym, że tylko dla ludzi naprawdę uczonych, dla naprawdę wielkich osobowości.

– Ha-Szem nas p o t r z e b u j e – mruknął Green. – Bez nas jest niekompletny. Świat s i ę r o z p a d ł. To jest cała kabała, rabbi. Nie trzeba jej wyjaśniać i naświetlać – uśmiechnął się, zadowolony z własnego zgrabnego aforyzmu – bo jest utkana z e ś w i a t ł a. Kabała jest światłem u k r y t y m w Torze.

– Hola, hola... przestańcie – rzekł podminowany Rubinfine ze śmiechem, usiłując poklepać po ramionach obu rabinów naraz. – Uspokójcie się wszyscy. Czy ja jestem idiotą? Naprawdę? Pewnie nie wyraziłem się jasno. Spróbujcie zrozumieć: chodziło mi o to, że ludzie nie powinni tykać czegoś, czego nie rozumieją. Proszę mi wierzyć, rabbi. Jeśli świat się rozpadł, to Alex-Li Tandem nie jest tym, który by go mógł scalić – Rubinfine roześmiał się znowu i zaraził swym śmiechem tamtych.

– Cóż, jedno jest pewne – rzekł Darvick głośno. – To oczywiste, że on nam nie może pomóc.

Darvick odsunął Aleksa i schylił się nad etażerką. Rozwarł dłoń, która kryła zwijaną miarkę. Wyciągnął taśmę.

– Nie wygląda mi na takiego, co by potrafił. Jest zbyt s z l u m p o - w a t y.

– To i n t e l e k t u a l i s t a – wyjaśnił ze złością Rubinfine. – Oni wszyscy tak wyglądają.

– Co tam u Rebekki? – zagadnął go Alex głośno, kordialnym tonem, żeby się zemścić. Wzmianka o żonie, z którą żył od pięciu lat, sprawiła, że Rubinfine musiał zapanować siłą woli nad wyrazem swej twarzy; spośród kilku mniej dobrotliwych wariantów zwyciężył ten przypominający twarz Lenina po drugim wylewie.

– Wszystko w porządku. Zajęta. Zdaje się, że zakłada jakąś fundację. Prowadzi działalność charytatywną. Organizuje bal z kwestą. – Głos Rubinfine'a zanikał. – Zbiera pieniądze dla karłów. Choć słyszałem, że już się tak nie mówi.

– Dla ludzi niskorosłych – zagrzmiał Darvick autorytatywnie.

Rubinfine wyglądał żałośnie; otworzył usta, po czym natychmiast je zamknął.

Alex uśmiechnął się ciepło.

– No tak. Pozdrów ją ode mnie serdecznie. Zawsze komuś pomaga, to cała Rebecca.

Rubinfine usiłował się opanować, ale wstrząsnął nim widoczny dreszcz; zadrżał jak tarcza trafiona w dziesiątkę.

– Alex – powiedział sztywno – zamierzałem cię zapytać...

Rubinfine uwielbiał nade wszystko urywać zdanie w połowie. Uważał, że jest to niezwykle rabiniczne. Można było jechać na tym niezręcznym milczeniu tak długo, jak długo się chciało, bo Rubinfine nie kończył zdania, dopóki się go nie przynagliło.

– O co?

– O tę twoją książkę. Tę bluźnierczą. O gojach i tak dalej. Zastanawiałem się, czy coś się w tym względzie ostatnio zmieniło. Może zmądrzałeś? Rzuciłeś ją w kąt?

Alex zaklął, bardzo delikatnie. Rubinfine upomniał go Międzynarodowym Gestem ostrzegającym przed przeklinaniem w obecności bardzo rabinacko wyglądających rabinów (złe spojrzenie z ukosa, rozdęte chrapy). Alex odpowiedział Rubinfine'owi innym Międzynarodowym Gestem (język zwinięty za dolnymi zębami, usta otwarte), nakazującym, by n i g d y nie wspominał o jego książce.

– Fajnie. Wobec tego z innej beczki: masz teraz jakiegoś Harrisona Forda? Może jakąś Carrie Fisher?

Alex przybrał nieprzenikniony wyraz twarzy. Rubinfine dał Darvickowi i Greenowi znak, że można podnieść etażerkę. Każdy z rabinów chwycił za jeden róg, pozostawiając czwarty zawieszony niebezpiecznie w powietrzu, do chwili gdy Rubinfine nie podparł go swym długim udem.

– Może jakiegoś późnego Harrisona? – powtórzył Rubinfine, prostując się i ocierając spocone czoło wewnętrzną stroną dłoni. – Może z okresu *Świadka*. Fotos z filmu. Choćby osiem na dziesięć.

Alex poczuł głęboką satysfakcję na myśl o kolorowym zdjęciu formatu jedenaście na czternaście, fotosie z *Sokoła Tysiąclecia*, podpisanym zamaszyście (przez przypadek)

Markowi, z życzeniami wytrwałości w dobrej robocie
Harrison Ford

zdjęciu, które akurat dziś spoczywało w jego aktówce i którego nie zamierzał sprzedać Markowi Rubinfine'owi, nawet gdyby ten dawał mu dwadzieścia tysięcy funtów i swoją wątrobę jako premię.

- Nie sądzę... - zaczął, pocierając podbródek. - Mam jakiegoś Marlona Brando, jednego Brando... ale maleńkiego, siedem na pięć. I trochę posuniętego w latach. Szczerze mówiąc, nie wygląda najlepiej, ale nie sądzę, żeby to jakoś szczególnie obniżało wartość zdjęcia. Mogę ci to sprzedać za jakieś dwieście pięćdziesiąt. Albo coś koło tego.

Rubinfine potrząsnął głową.

- To nie dla mnie. Zależy mi na Fordzie. Jestem teraz fanem Forda, Aleksie-Li, przecież w i e s z. Niezłomnie gojowskie upodobania Rubinfine'a w dziedzinie autografów trudno było pojąć. I nigdy nie były one tylko troszkę gojowskie. Były gojowskie skrajnie. Chodziło o Harrisona Forda z filmu o a m i s z o w s k i m typie gojskości.

- To jest łowca autografów? - zapytał rabin Green.

- Tak, to łowca autografów - potwierdził Rubinfine.

- Jest pan łowcą autografów? - zapytał Green.

- Za moje grzechy - odparł Alex-Li Tandem.

- Kolekcjonuje pan autografy? - zapytał Green.

- Nie jestem kolekcjonerem - odpowiedział Alex głośno i powoli.

- Ja handluję autografami. Nie ma w tym nic osobistego. Wolę to określać jako pracę.

Green spochmurniał. Lewa połowa jego twarzy drgnęła, jak gdyby jakiś łowiący rabinów Bóg złapał właśnie soczysty okaz na haczyk.

- Ugania się pan za różnymi ludźmi? - zapytał Green, kiwając palcem. - No wie pan, z piórem i notesem? Ludziom należy się trochę prywatności. To, że pokazują się w telewizji, nie znaczy, że nie mają żadnej wrażliwości. Powinien pan zostawić ich w spokoju.

Alex wziął głęboki, oczyszczający oddech.

- Ja nie poluję. Już nie poluję na autografy ani ich nie kolekcjonuję. Zbieram ich tylko tyle, ile potrzebuję n a w y m i a n ę. Kupuję, sprzedaję. Biznes jak każdy inny. Nie wystaję pod teatrami o północy. To dobre dla małolatów.

- Hm - mruknął Darvick, przeciągając po zębach mięsistym językiem - skoro jest pan taki sprytny... to czy ma pan *Bette Davis*? Jest pan prawdopodobnie za młody, żeby pamiętać Bette, ale...

– Nie – rzekł Alex zdecydowanie, poklepując zamkniętą aktówkę, jak gdyby chciał się upewnić, że Bette tam rzeczywiście nie ma. – Nie... Miałem stary fotos z *Jezebel*, ale poszedł w zeszłym tygodniu. Darvick klasnął w dłonie. – On zna Bette! Bo wie pan, ja l u b i ł e m Bette. Miała pewną aurę. Ludzie mówią teraz o diwach, ale nie mają o tym pojęcia. No, no. Taki szlumpowaty chłopak, nigdy by człowiek nie pomyślał, że zna Bette. A tymczasem on ją zna.

Tandem zamknął usta, wetknął wolną rękę do kieszeni i pomacał jądra; był to gest, który już w przeszłości powstrzymywał go od godnych ubolewania zachowań.

– Znam w pewnym sensie wszystkich – odpowiedział ze stoickim spokojem. – Oto moja wizytówka. Zapiszę swój numer telefonu i nazwisko. Proszę do mnie zadzwonić za dwa–trzy tygodnie, rabbi Darvick. Będę się rozglądał, może trafi mi się jakaś Bette. Trudno powiedzieć, żeby była nieznana.

– Młodzieńcze, za dwa–trzy tygodnie nie będzie mnie tutaj. Przyleciałem tylko na krótko – rzekł Darvick, sięgając mimo to po wizytówkę. – To ma być podpis? Alex... jak? Nie mogę odczytać.

– Li Tandem. Zdawało mi się, że napisałem bardzo wyraź... och, rabbi, przecież nazwisko jest wydrukowane, o tu, na odwrocie. Alex--Li Tandem.

– Alex-Li Tandem? A u t o g r a f y T a n d e m a: W i ę c e j G w i a z d n i ż w S y s t e m i e S ł o n e c z n y m. Hę? A swoją drogą, cóż to za nazwisko? Tandem? Jest pan przechrztą?

– Ojciec, Li-Jin Tandem – n i e c h o d p o c z y w a w p o k o j u – był Chińczykiem – wyjaśnił Rubinfine z tak sztucznym namaszczeniem, że Alex miał ochotę dziabnąć go w oko kluczami od domu. – Właściwie Tan. Ktoś uznał, że Tandem będzie brzmiało lepiej. Dziwne, bo najwyraźniej nie brzmi. Matka: Sara. Mieszka teraz na wsi. Urocza dama.

– Faktycznie? – zapytał Darvick. – Chińczyk. Faktycznie?

– Owszem, to fakt – rzekł Alex-Li. – A teraz panowie wybaczą...

– Wybaczymy, wybaczymy – rzekł rozdrażnionym głosem rabin Darvick, schylając się i znów wsuwając palce pod etażerkę. – Kto nie pomaga, jest tylko zawadą.

78

– Kto nie z nami, ten przeciw nam – zawtórował mu rabin Green.

– No cóż – powiedział Rubinfine – może przestaniesz się zajmować sprawami, które wykraczają poza twoją zdolność pojmowania. Może. I może zobaczymy się w szabas. Musimy poważnie porozmawiać, Alex. Może porozmawiamy. Może, może, może. Ale „może" to słowo dla ludzi, Alex. „M o ż e" jest dla Mountjoy. Ale w zamyśle Boga żaden człowiek nie miał go używać.

– Tak – rzekł Alex. – Okej.

– „M o ż e" – powtórzył Rubinfine. – Tego słowa nie ma w Jego języku.

– Jasne – powiedział Alex. – Rozumiem.

– A gdybyś, Alex...

Stres sprawił, że szczęka Aleksa-Li Tandema zablokowała się na chwilę i trzeba było pewnego wysiłku, żeby ją odblokować.

– Gdybym co, rabbi?

– Gdybyś miał jakiegoś Forda, to pamiętaj o mnie.

CZTERY / *Hod*

Wspaniałość • Jedno metro, mnóstwo ludzi • Gojowska pantomima •
Ta, która widzi • Cienie • Żydowskość i gojskość • John Lennon był
żydowski • Ta noc • Przetrzymać wszystkich • Ballada o Esther Jacobs •
Tragedia Aleksa-Li • Zasadnicza gojskość Leonarda Cohena

1

Przy drzwiach bardzo stary człowiek, który okropnie cuchnie.
Mimo to cały wagon nadrabia miną, bo pewnie biedak nie może na to
nic poradzić. Obok wywieszki ZABRANIA SIĘ JEŚĆ dwaj uczniowie
jedzą w najlepsze. Na drugim końcu wagonu stoją trzy kobiety w identycznych poliestrowych ciuchach, ufarbowanych, prawdopodobnie
przez nie same, w kolorowe, jaskrawe plamy. Opowiadają sobie nie-
śmieszne anegdoty związane z minionym weekendem. Rozmieszczone
w regularnych odstępach na melancholijnym łuku seksualnej dojrzało-
ści, są tego świadome. Uczepione uchwytów, zataczają się i pękają ze
śmiechu, demonstrując, jak p o w i n n y   w y g l ą d a ć   t r z y   k o b i e t y,
które się dobrze bawią. Alex pomyślał, że te kobiety się nie lubią.
    Otworzył z westchnieniem swoją butelkę i pociągnął porządny łyk.
Sam zapach sprawił, że z oczu pociekły mu łzy. Zamiast zwrócić mu
uwagę, żeby zakorkował butelkę, siedząca po jego prawej ręce kobieta
z przepaską *à la* Alicja w Krainie Czarów na głowie odstawiła typowo
gojowską scenkę mimiczną: zerknięcie na zegarek, uświadomienie sobie, że przejechało się przystanek, westchnienie, uniesienie stóp bez
odrywania palców od podłogi. Na kolejnym przystanku wysiadła. Pół
minuty później Alex wypatrzył ją w sąsiednim wagonie, ściśniętą między bardzo tęgim mężczyzną i zakonnicą, co było tak zgrabnym przykładem karmy, że aż go to poruszyło.

*

Pociąg utknął w połowie drogi między naziemnymi stacjami, kiedy zadzwonił telefon Aleksa. Zamiast najpierw gruntownie przemyśleć swą decyzję, odebrał.

– Z urojeniami jest tak – odezwał się w słuchawce głos zadowolonego z siebie Josepha – że jeśli pozwolisz, żeby się utrzymywały, rozrastają się i mnożą, i sprawa może przybrać bardzo poważny obrót. Alex mógł go sobie wyobrazić, i to dokładnie. Był wcześniej w biurze Josepha i wszystko dokładnie sobie obejrzał. Nawet w tym pomieszczeniu z pięcioma setkami identycznych boksów boks na Josepha wyróżniał się całkowitym brakiem jakichkolwiek indywidualnych cech i rekwizytów. Żadnych zdjęć, żadnych proporczyków, żadnych żartów. Tylko sam schludnie opakowany Klein, ze swoimi wypolerowanymi butami, zgrabnym komputerem i głośno mówiącym telefonem. Zawsze jako jedyny w garniturze i w krawacie. Jeden z nielicznych, którzy zjawiali się przy biurku za kwadrans dziewiąta. Pochylony do przodu, oba łokcie oparte na blacie, palce złożone w imitację kościelnej wieży. Czoło przyciśnięte do jej czubka.

– Joe, jestem w metrze.

– No tak. A ja w pracy.

– Utknęliśmy między przystankami.

– Alex, muszę odebrać drugi telefon.

– Tylko proszę cię, Joseph, nie przełączaj mnie na muzyczkę. Jeśli mnie przełączysz, dostanę raka.

– Musimy poważnie porozmawiać.

– Wszyscy chcą dziś ze mną poważnie rozmawiać.

– Muszę odebrać ten telefon – a ty będziesz musiał posłuchać trochę muzyki. Przepraszam cię. Mam interesanta na innej linii. Nie rozłączaj się. Halo, tu Towarzystwo Ubezpieczeniowe Hellera.

Joseph pracował dla Hellera od czasu, gdy ukończył studia; fakt ten przygnębiał Aleksa bardziej niż samego Josepha. Zdaniem Aleksa, w świecie Hellera ignorowano niebezpiecznie zasadę Heisenberga; królowały tu pewniki. U Hellera zawsze tropiono skrzętnie przyczynę, która doprowadzała do określonego skutku. I zawsze ktoś musiał za to zapłacić. Gdy na przykład ktoś potknął się o wystającą płytę chodnikową lub oparzył gorącą kawą, zachęcano go, by zadzwonił pod numer podany na końcu reklamowego ogłoszenia, tak by Towarzystwo mogło w jego imieniu zaskarżyć kogoś o odszkodowanie, i przekonywano, że przecież próba nic nie kosztuje, a tymczasem pod spodem było dopisane małymi literkami, że opłata obowiązuje bez względu na wynik. W przekonaniu pracowników Hellera, nie istniały nieszczęśliwe wypadki. Były tylko złośliwe samookaleczenia. I tak się dziwnie składało, że ilekroć Joseph zaczynał mówić o swojej pracy, Alex myślał o tym, żeby się poważnie zranić. *Tell me he's lazy, tell me he's slow* – śpiewała tymczasem słuchawka.

Znudzony Alex, przytrzymując ją policzkiem do ramienia, przyglądał się najmłodszej z kobiet w poliestrowych ciuchach, wyobrażając sobie, jak by wyglądała w jakiejś ekstrawaganckiej bieliźnie i w różnych niewygodnych pozycjach. Jego myśli mimo woli podążały za śpiewem w słuchawce.

Wykonawczyni: Ava Gardner (1922–1990)
Piosenka: *Can't help lovin' dat man*
Film: *Show Boat* (1951)

Byłam żoną Mickeya Rooneya!
Małżeństwo to stanowiło najbardziej niedobraną pod względem wzrostu parę w Hollywood!

Zdaniem Aleksa, jedynym pozytywnym aspektem pracy u Hellera był dla Josepha fakt, że on sam nigdy nie miał się dowiedzieć, co znaczy czekać na rozmowę, słuchając muzyki nadawanej z centralki Towarzystwa Ubezpieczeniowego Hellera.

Kiedy piosenka wybrzmiała do końca i zaczęła się od nowa, Alex przypomniał sobie frazę z wiersza swego ulubionego poety (innych nie znał). Dlaczego mamy pozwalać, by ropucha zwana p r a c ą sadowiła się na ludzkim życiu? Joseph powinien był zostać łowcą autografów. Miał to w naturze. Był pedantyczny, ostrożny i bystry. Ale także pełen pasji, oddany. Idealne połączenie kolekcjonera i handlarza. W dzieciństwie jego entuzjazm był tak silny, że aż zaraźliwy; Alex złapał bakcyla właśnie od niego i odtąd wciąż nosił go w sobie. Mając piętnaście lat, zajął się poważnie sprzedażą, po dwudziestce rozkręcił biznes na całego. Ale Josephowi, tłamszonemu przez ojca, nigdy nie starczyło odwagi, by skojarzyć swe hobby z karierą zawodową. Alex widział w tym tchórzostwo i uważał, że właśnie to jest przyczyną napięcia w ich stosunkach. Podejrzewał, że Joseph żywi do niego urazę, i żywił z tego powodu urazę do Josepha. Żaden z nich nie mówił głośno o tej swojej urazie, prawdziwej lub wyimaginowanej. I obaj tego nienawidzili. Jako przepis na powolny rozpad przyjacielskiej więzi układ ten był wzorem o matematycznej wręcz precyzji.

– Alex?

– Słucham.

– Tak na marginesie: co to za muzyka? Vivaldi?

– Nie. Piosenki z musicalu. Kiepskie. Nie każ mi tego więcej słuchać, człowieku. Ledwie to zniosłem już za pierwszym razem.

– Alex, rozmawiałeś z Adamem?

– Dziś rano. Przed rozmową z tobą. W sprawie kraksy samochodowej. Wjechałem z Esther w przystanek autobusowy.

– Słyszałem. I co ci powiedział?

– Powiedział, że chciałby ze mną poważnie porozmawiać.

– No tak. Mnie też mówił, że ma taki zamiar.

Aleksowi wydawało się, że słyszy w tonie Josepha sarkazm, i zjeżył się na samą myśl o Adamie i Josephie rozmawiających we dwójkę, bez niego. Rubinfine i Adam, Joseph i Rubinfine – takie kombinacje mu nie przeszkadzały. Znał ich miarę i głębię. Ale nie rozumiał relacji łączących Josepha i Adama; wiedział tylko, że są bliskie, i instynktownie tego nienawidził. Wiedział, że łączy ich zainteresowanie (Adama praktyczne, Josepha teoretyczne) mistycznym judaizmem, zwłaszcza kabałą. Aleksa martwiło to, że łączące go z Adamem zainteresowanie marihuaną i dziewczętami mogło stanowić dużo mniej znaczącą więź.

– Rzecz w tym, Alex, że prosił mnie, żebym zadzwonił jeszcze raz.

Alex w milczeniu przygryzł policzek.

– Jego... nas o b u trochę zaniepokoiły pewne rzeczy, które mówiłeś we wtorek wieczorem. Zwłaszcza to, co powiedziałeś o...

Joseph urwał w połowie zdania. Wydech na końcu zabrzmiał w słuchawce jak pocałunek w ucho. Alex postanowił pomóc przyjacielowi.

– O Kitty, tak? O to chodzi?

Mówiąc to, wyciągnął z worka plastikową torebkę i wyjął z niej kartkę pocztową. Poczuł mocne uderzenie krwi do głowy, jakby był katolikiem, który dotyka relikwiarza. Usiłował wyrównać oddech. Oto jest, jest tam w środku. Atrament na szorstkim papierze przypominał zaschniętą krew. Zamiast kropki na swoim jedynym „i" Kitty postawiła swoje słynne maleńkie, pochylone serduszko. Alex dotknął go teraz i poczuł, że kocha ją za to. Był przekonany, że była pierwszą. Pierwszą, która w ten sposób pisała „i". Wierzył też głęboko, że ci, którzy tworzą klisze, uczestniczą w jakimś ułamku w Dziele Stworzenia. P i e s stał się kliszą. D r z e w a również.

– No cóż – zaczął Joseph ostrożnie – straciłeś trochę kontrolę i w p o r z ą d k u, nie ma się czego w s t y d z i ć – ale kiedy się człowiek budzi, trudno się czasem pozbyć pewnych urojeń... trzeba to, jak sądzę, robić delikatnie. Wszystko jest w porządku i nikt nie stracił dobrego zdania o tobie – chcemy tylko sprawdzić, czy wszystko z tobą o k e j. Po prostu martwimy się o ciebie.

– Martwicie się, że zamierzam sprzedać ten autograf? – zapytał Alex nieufnie.

Po drugiej stronie zapadła cisza.

– Alex? – powiedział Joseph po dłuższej chwili. – Nie rozumiem cię.

– Słuchaj, Joe – uciął Alex. – Nie chcę być niegrzeczny – nie, tak właściwie to chcę być niegrzeczny – naprawdę nie pojmuję, co ty masz do tego. Nie jesteś już nawet w biznesie, zdajesz sobie z tego sprawę? Zapytam cię najuprzejmiej, jak umiem: dlaczego się do tego wtrącasz?

– Zaczekaj... sprzedasz? Ja nie... Alex... to chyba czysto akademicka dyskusja.

– W jakim sensie akademicka?

– Jak to w jakim?

– Normalnie: w j a k i m?

Joseph zaśmiał się tak, jak śmiał się jego ojciec: gwałtownie i bez śladu radości.

– Co cię tak śmieszy? – zapytał Alex chłodno.

– No dobrze, załóżmy czysto teoretycznie – powiedział Joseph pompatycznie – powiedzmy, że spróbujesz sprzedać ten autograf, Alex, w środowisku zawodowców. Czy byłoby wobec tego etyczne, żebym nie zareagował? Powiem wprost: choć może istotnie n i e j e s t e m w b i z n e s i e, ale z n a m handlarzy, którzy by zaryzykowali, i są to moi p r z y j a c i e l e. I wiedząc to, co wiem, czyli że nie jest to a u t e n-t y k, nie zamierzam po prostu siedzieć cicho i stać się w gruncie rze-czy w s p ó l n i k i e m w przestępstwie...

– Josephie K l e i n – powiedział oschle Alex – nikt cię o nic bez-podstawnie nie oskarża. Nikt nie zamierza cię aresztować. Nie zrobi-łeś nic złego.

– Dobre sobie. Słuchaj, A l e x...

– Nie, to ty posłuchaj. Myślę, że jesteś cholernie zazdrosny. To jest m ó j autograf i to m n i e go przysłali...

Pociąg ruszył z łoskotem. Alex przyglądał się grubym, kolorowym przewodom elektrycznym, które łączyły się po cztery i przyklejały do muru, gdy na krótko wśliznęli się do tunelu. Odbiór w telefonie był tak dobry, że Alex słyszał nerwowy rytm oddechu Josepha. Dlaczego połączenie nie zostało przerwane? A swoją drogą, jak wielkie były te satelity? Czy miały działanie rakotwórcze? Alex zwiesił głowę, tak że znalazła się niemal na poziomie kolan.

– To n i e p r a w d a – rzekł Joseph bardzo smutnym głosem. – Ni-gdy ci niczego nie zazdroszczę. Boli mnie, że tak myślisz.

I w przypadku Josepha nie były to czcze słowa. Można było usłyszeć ten ból w jego głosie, można było go p o c z u ć. Alex jeszcze nigdy nie spotkał człowieka, który reagowałby tak emocjonalnie na słowa innych. Jako chłopiec Joseph doznał mnóstwa przykrości, bo był mały, wątły i wydelikacony; zakosztował pięści, zamaszystych kopniaków i szturchań-ców. Ale tak naprawdę najbardziej raniły go słowa. Wciąż jeszcze kulił się na dźwięk przekleństwa. Nie tak dawno temu Alex zobaczył go na ulicy i zawołał głośno po imieniu. I Joseph się przewrócił.

– Słuchaj, Joseph... – powiedział Alex, zawstydzony – Przepraszam. Jestem podły – a wcale nie chciałem być podły. Szczerze mówiąc, tro-chę źle się czuję. Mam najgorszego kaca, jakiego można sobie wy-obrazić. I n i e r o z u m i e m, dlaczego jesteś taki dociekliwy.

– Bo nie rozumiem – powiedział Joseph cichym, zatroskanym gło-sem – co masz na myśli, mówiąc „przysłali".

– Po prostu przysłali. Mam ten autograf. Jest czymś realnym. Trzymam go w rękach. Przysłali mi go.

– No dobrze. Kto mianowicie? Poczta? Niebiosa?

– Przysłali – powtórzył Alex z przekonaniem. Po prostu p r z y s ł a - li. Słuchaj, ja nie twierdzę, że potrafię to w y j a ś n i ć.

– Niech to szlag. Alex. A l e x.

Joseph nie przestawał mówić. Alex podsunął mu Kitty pod nos, żeby przyjaciel mógł ją zobaczyć. Ach, to wspaniałe *tt* nakreślone jednym pociągnięciem pióra, z zawijasem, zamaszyste.

– Rzecz w tym – powiedział Joseph, kiedy połączenie zostało wznowione – że ja przy tym byłem. Wyszedłeś do kuchni i wróciłeś z tym autografem. Oto jak było. Przykro mi. Ale takie są fakty.

Przymrużywszy oczy, Alex przyglądał się złym wzrokiem, jak najstarsza kobieta w poliestrach przesunęła torebkę, żeby zasłonić wypukłość brzucha. Mężczyzna siedzący naprzeciw niego osłaniał dłońmi krocze. Chłopcy właśnie skończyli jeść. Kiedy pociąg zaczął nabierać szybkości, skrzywili się i zatkali palcami uszy. Nikt już nie podróżuje, nie wyobrażając sobie, choćby przez sekundę, momentu zderzenia. I gdyby właśnie t a sekunda miała być tą k l u c z o w ą, pomyślał Alex, każde z nich byłoby przygotowane lepiej niż ja.

– Alex... nie chcę być... ale czy ty wiesz, k t ó r y dziś jest? Chodzi mi o następny czwartek. Twoja mama powiedziała Adamowi, a on mnie. Czy nie sądzisz, że to może mieć jakiś związek? Myślę, że przeżywasz załamanie, stary. Halo, Towarzystwo Ubezpieczeniowe Hellera!

– C o   j e s t?

– Proszę, nie rozłączaj się.

Piosenkarka: Ann Miller (1919–)
Piosenka: *Prehistoric Man*
Film: *Na przepustce* (1949)

W dzieciństwie miałam krzywicę!

Z tym wolnym miejscem w mózgu, pomyślał Alex, mógłbym się nauczyć hebrajskiego. Mógłbym być kimś.

Muzyka ucichła.

– Jak to jest – zapytał Alex, czując nagły przypływ wojowniczego nastroju – że Adam ma mistyczne przeżycia dwa razy w tygodniu i to jest w porządku, to jest ekstra, ale kiedy w k o ń c u mnie się przydarzy coś takiego, wszyscy uważają mnie za wariata?

Nie było odpowiedzi. Alex doszedł do wniosku, że połączenie zostało przerwane.

– Czy ty się w ogóle nie przejmujesz, Alex... – rozbrzmiało niewysłuchane pytanie, w chwili gdy Alex położył kciuk na wyłączniku – ... że może ulegasz urojeniom? Że może masz depresję?

Jednym z nielicznych talentów Aleksa, jakie mu pozostały z dzieciństwa, była dokładna orientacja, ile upłynie czasu, nim zwymiotuje. Nastąpiła zatem idealna synchronizacja; rozmowa się skończyła, worek i piersiówka w garść, na peron, na drugą stronę – kierunek zachodni – łuk wymiotów na puste tory i oto nadjeżdża pociąg, który zabierze go do centrum wszystkiego. Nazwa stacji docelowej ułożona jest ze świetlnych liter.

2

Wychynąwszy na powierzchnię, Alex przykleił się w bramce do jakiejś umordowanej matki, tak by jej „zabiletowane" i jego „niezabiletowane" ciało mogło przejść na drugą stronę jako jedno. Ta taktyka nigdy dotąd go nie zawiodła, ale tym razem spadła mu ciężko na ramię jakaś dłoń i zaprowadzono go do okienka, w którym czekał nań kolejny stopień kary: za szybą siedziała siwowłosa kobieta. Jej lewa noga, w gipsie, spoczywała na stercie książek piętrzącej się na stołku. Okulary dyndały jej na łańcuszku. Na plastikowym identyfikatorze widniało imię G l a d y s, wypisane czcionką, której krój miał imitować zamaszyste pociągnięcia pióra.

– Poproszę jeden bilet z Mountjoy – rzekł Alex z uśmiechem.

Gladys przyłożyła stuloną dłoń do ucha w teatralnym Międzynarodowym Geście, oznaczającym „Że niby jak?".

– Co chciał? Jedzie do Mountjoy?

– Nie, nie... Ja właśnie p r z y j e c h a ł e m...

– Mów do rzeczy, chłopcze, ja słucham.

– Mówię, że właśnie p r z y j e c h a ł e m z Mountjoy...

– Więc chcesz bilet na powrót?

– Nie, nie, ja tylko... automat w Mountjoy... właśnie nadjechał pociąg, więc wskoczyłem...

– A, rozumiem. Możesz mi mówić Kasandra, młody człowieku, bo czarno to widzę.

– Nie, proszę posłuchać. No dobrze. Nie. Zacznijmy od początku. To nie było tak, to było tak: ja po prostu – nie zdążyłem kupić... więc...

Alex zamilkł. Kobieta sięgnęła po jakiś podłużny przedmiot – dwa ołówki przemyślnie połączone gumową opaską – przyłożyła go do formularza i zaczęła coś skrobać.

– A więc twierdzisz – i popraw mnie, jeśli przypadkiem źle cię zrozumiałam – że postanowiłeś nie kupować biletu; uznałeś, że to p e s t k a...

– To niezupełnie tak...

– Ośmieliłeś się zatem z l e k c e w a ż y ć wykonawcze i legislacyjne zarządzenia naszych władz...

– Czy to... w sensie ogólnym... czy to koniecz...

– Nie mówiąc już o j a s n o s p r e c y z o w a n y m regulaminie londyńskiego metra, dostępnym dla każdego, kto m a o c z y i umie czytać. Dopuściłeś się ponadto p o g w a ł c e n i a przepisów kodeksu uczciwości i właściwego postępowania, którego bezwarunkowo przestrzegają wszyscy współpasażerowie.

– No tak. Świetnie. Proszę pani, ja właściwie trochę się śpieszę...

– I ostatnia, choć b y n a j m n i e j n i e b ł a h a s p r a w a: kompromitujesz własne, osobiste sumienie w kwestii owego m o r a l n e g o i m p e r a t y w u, który, jeśli nawet nie znajdujemy go gdzieś głęboko we własnym wnętrzu, możemy znaleźć wyraźnie sformułowany w Księdze Wyjścia: Nie. K r a d n i j.

Czasami Aleksowi przychodziło do głowy, że gdyby wziąć wszystkich niedouków świata i ułożyć ich jednego przy drugim na linii równika, związawszy tak, żeby nie mogli się ruszyć, byłoby to bardzo dobrą rzeczą. To samo z absolwentami wieczorówek.

– Dziesięć funtów, młody człowieku. Plus opłata za przejazd.

Alex nie miał dziesięciu funtów, wręczył jej więc kawałek plastiku; wywołało to serię cmokań, po czym kobieta zdjęła nogę z *Obrony Sokratesa* i pokuśtykała w głąb swojej klitki, do czytnika. Przeciągnęła kartę i podała mu ją, Alex podpisał wydruk, oddał jej, porównała podpisy, uśmiechnęła się. Potem spojrzała na niego podejrzliwie.

– To twoje?

– A co? Coś nie w porządku z tą kartą?

Spojrzała znów na kartę, na podpis, znów na kartę i oddała mu ją.

– Nie wiem. Może raczej z tobą. Wyglądasz, jakbyś był chory albo co. Jakbyś miał za chwilę zemdleć.

– Przepraszam, Gladys, ale czy ty jesteś lekarzem? Albo prorokiem? Czy i tym, i tym? Mogę już iść?

Spojrzała na niego wilkiem. Wywołała następnego z kolejki. Alex złapał stojącą na ladzie piersiówkę i ruszył chyłkiem ku wyjściu.

Znalazłszy się na zewnątrz, skręcił raptownie w lewo, zamierzając przebiec cały niezbędny dystans, skręcić jeszcze raz w lewo i pomaszerować prosto do domu aukcyjnego. Nie liczył na to, że coś sprzeda. Chodziło o kobiety. Słońce stało dostatecznie nisko, żeby je oświetlić niby punktowiec i obrysować światłem bardzo precyzyjnie. Przywodziły Aleksowi na myśl sylwetki lalek ze starego chińskiego teatru Tangshan. Poruszały się szybko i nie smużyły. Były takie piękne! Wchodziły do budynku, wprawiały w ruch srebrzyste dzwonki, wychodziły znów, ponownie potrącając dzwonki. Postawne, żwawe, gibkie: jak łanie, które dla odmiany bawią się w myśliwych. Cała przepaść dzieliła ich sposób dokonywania zakupów od tego, jak załatwiał sprawunki Alex (bieganina na oślep od sklepu do sklepu i tylko za tym, co niezbędne, za papierem toaletowym, pastą do zębów). Dzięki tym kobietom pożądanie nabierało charakteru efektywnego. Na tej ulicy nie było nic takiego, czego pragnęłyby aż tak bardzo, żeby stracić choć odrobinę ze swej wyniosłości. Były zdumiewające.

Jestem już spóźniony! – pomyślał Alex, zerknąwszy na zegarek. Miał na sobie moherowy sweter, pot spływał mu po karku. Czy jednak mógł się oprzeć? Żeby się przygotować, przystanął na środku ulicy, zdjął trencz i obwiązał się nim w pasie. Wyjął z kieszeni notesik i ścisnął go w dłoni, gotów robić zapiski. A potem zaczął iść wśród kobiet, powoli, rozdzielając je na dwie grupy, jak to robił zawsze, czy to dla rozrywki, czy w celach badawczych, dla zdobycia materiału do książki. Gojowska. Ż y d o w s k a. Gojowska, Żydowska. Gojowska. G o j o w s k a. Żydowska. G o j o w s k a!

Nie chodziło o te kobiety jako typy ludzkie – z tego nie byłoby żadnej zabawy. Tylko wojny. Nie, chodziło o coś innego. O ruchy ramion. Rodzaj obuwia. Ziewnięcie. Suknię. Gwizdaną melodyjkę. Dostarczało mu to prostej, niewyszukanej przyjemności. Inni zastanawiali się dlaczego. On wolał się nie zastanawiać. Wszelkie możliwe psychologiczne, fizjologiczne i neurologiczne hipotezy (z teorią, że przedstawiciele ras mieszanych widzą podwójnie, i poglądem, że dziecko pozbawione ojca poszukuje utraconego poczucia symetrii, a także przekonaniem, że zwłaszcza umysły Chińczyków są zaprogramowane na dualistyczne myślenie w kategoriach *jing* i *jang* włącznie) sprawiały, że miał ochotę wbić oczy w ścianę. Robił to dlatego, że to robił. Miał w domu nieukończony maszynopis książki zatytułowanej *Żydowskie i gojowskie*, który, jak na to liczył, zostanie kiedyś opublikowany – owoc swych rozważań nad tym tematem. *Żydowskie i gojowskie* była to kiedyś praca pod każdym względem typowo akademicka. Miała wstęp, tekst główny, komentarze, przypisy, notatki na marginesach (w wyobraźni Aleksa był to dodatek do – lub, jak kto woli – kontynuacja dzieła Maksa Broda z 1921 roku, zatytułowanego *Heidentum, Christentum, Judentum*. Miał także dług wdzięczności wobec popularnego komika kabaretowego Lenny'ego Bruce'a). Całość była podzielona na rozmaite kategorie, takie jak:

Pożywienie

Ubranie

Dziewiętnasty wiek

Samochody

Części ciała
Teksty piosenek *John Lennon*
Książki
Kraje
Podróże
Leki

Każda z tych kategorii była podzielona i uwzględniała związane z nią żydowskie i gojowskie elementy. Na samym początku w jakimś gwałtownym, spazmatycznym przypływie mistycznego nastroju postanowił oznaczyć poszczególne części tetragramem, czyli czteroliterowym imieniem Boga:

JHWH

Od czasu do czasu, kiedy dany dział był szczególnie kontrowersyjny, używał mocniejszej, hebrajskiej wersji:

יהוה

jak gdyby przywołanie boskiego imienia osłaniało w jakiś sposób jego herezję. Kiedy zaczynał, był młody i naiwny. Teraz była to całkiem inna książka. Wciąż traktowała o tym, co jest żydowskie, a co gojowskie, ale teraz w y ł ą c z n i e o tym. Żaden z rozdziałów nie miał więcej niż jedną stronicę. Liczne ilustracje nie były opatrzone podpisami. Wszystko odarte z ozdobników. Tylko gdzieniegdzie kilka przypisów. Żadnych komentarzy. Teraz został z pięknym jądrem rzeczy samej w sobie: z trzema setkami stron i dodatkiem w postaci dwukolumnowej listy. Żydowskie książki (często pisane przez nie-Żydów), gojowskie książki (często pisane nie przez gojów), żydowskie sprzęty biurowe (zszywacz, etui do piór), gojowskie sprzęty biurowe (spinacz, podkładka do myszy komputerowej), żydowskie drzewa (jawor, topola, buk), gojowskie drzewa (dąb, cyprys nutkajski, kasztanowiec), żydowskie pachnidła z XVII wieku (olejek różany, sezam, esencja pomarańczowa), gojowskie pachnidła z XVII wieku (drzewo sandałowe, orzech włoski, mokra ściółka leśna). I niewymawialne imię Boga na każdej stronie. W nieskończoność. Rzecz urzekała pięknem. Nie pozwalał nikomu czytać swojej książki. Jeśli kiedykolwiek pojawiała się w rozmowie, stwierdzał, że zwracają się do niego, jakby był postacią z filmu. Rubinfine twierdził, że Alex marnuje życie. Adam martwił się o jego zdrowie psychiczne. Zdaniem Josepha, sama dyskusja na ten temat była niebezpiecznym uleganiem złudzeniu, że książka rzeczywiście istnieje. Esther uważała całą sprawę za w najwyższym stopniu bulwersującą.

No cóż, może jego książka nie była dla wszystkich. Ale czy wszyscy nie otrzymali już wszystkiego? Czy nie mieli dość? Wszystko na ziemi zostało przykrojone dla tych wszystkich. Wszyscy mieli swoje programy telewizyjne, tak samo było z prawie wszystkimi filmami i mniej więcej osiemdziesięcioma procentami muzyki. Potem szły media „drugiej kategorii", takie jak malarstwo i wszelkie inne sztuki wizualne, w których nie występuje ruch. Te były na ogół adresowane do konkretnego odbiorcy i choć wciąż słyszało się utyskiwania ludzi, że nie ma tego wystarczająco dużo, ów konkretny odbiorca radzi sobie, szczerze mówiąc, całkiem nieźle. Galerie, muzea, berlińskie piwnice, pracownie w blokach, czasopisma, nagie ściany w wielkich aglomeracjach – konkretny odbiorca dostaje przeważnie to, czego chce i na co zasługuje. Ale gdzie jest to, czego chce nikt? Alex widział lub słyszał od czasu do czasu coś, co wydawało się adresowane do nikogo, ale wkrótce okazywało się czymś dla kogoś i po wpakowaniu pewnych środków w reklamę wybuchało w świecie dla każdego.

Komu więc pozostawało tworzenie dla nikogo? Tylko Aleksowi. Tylko jemu. Książka *Żydowskie i gojowskie* była dla nikogo. Można by to było nazwać początkiem nowego prądu artystycznego, gdyby nie smutny fakt, że nikt nie potrafi rozpoznać nowego prądu, choćby pojawiwszy się, bił w oczy. Nikt nie czekał na *Żydowskie i gojowskie*. Nikt nie chciał tej książki. Zresztą nie była jeszcze skończona. Kiedy będzie gotowa, on będzie o tym wiedział pierwszy.

Na razie przeżywał kryzys. Książka miała zachwiane proporcje. Obsesją Aleksa stała się gojskość, we wszelkich swoich przejawach. W tej chwili było w książce za dużo o folii aluminiowej, narzutach na sofy, szpilkach krawieckich, zakładkach do książek, sadach. Żydowskość z niej wyciekała, podobnie jak z jego życia. Przed trzema miesiącami dopuścił się największego zuchwalstwa: napisał rozdział, w którym dowodził, że judaizm jest najbardziej gojowską z religii monoteistycznych. Zakończyło się to efektowną klapą. Wpadł w głęboką depresję. Zadzwonił do matki, która rzuciła zajmowanie się z Derekiem (przyjacielem) garncarstwem w Kornwalii i wróciła do Londynu, żeby zamieszkać na parę tygodni u niego i zaopiekować się nim. Ale rola matki była obca naturze Sary. Zawsze pełnił ją Li-Jin. Ona miała raczej talent do kumplostwa, Alex zaś nie umiał położyć się i czekać, aż matka poda mu zupkę czy zmierzy temperaturę. Ich wspólne życie kulało, czasem przybierało formę komiczną, jakby dwoje dorosłych ludzi musiało się garbić w miniaturowym domku dla lalek. I to wszystko bez Li-Jina. Z uczuciem straszliwego, nieutulonego żalu. Przy każdym kolejnym spotkaniu doświadczali tego od nowa, jak gdyby zaplanowali piknik, na który Alex przybył z kompletem sztućców, a Sara z plastikowym obrusem. A co z jedzeniem?

A jednak Alex (który, jak większość młodych mężczyzn, był wciąż przekonany, że jego matka jest nieprzeciętnie piękna, mimo że przytyła i posiwiała) był urzeczony jej fizycznością, jej powiewnymi, hipisowskimi spódnicami i szalami, jej rękami, tak podobnymi do jego rąk, jej pozbawionymi spontaniczności gestami, kiedy to nagle przytulała go do piersi w taki sposób, w jaki ściskają się czasem na boisku piłkarze. Miała mu mnóstwo do powiedzenia.

Mówiła:

– Jeśli w ogóle kimś jestem, kochanie, to chyba buddystką.

Albo:

– Bo widzisz, kiedy wyszłam za mąż za twojego ojca...

Albo:

– Myślę, że prawdopodobnie jest ważne, żeby trochę więcej r o-b i ć, a trochę mniej s i ę   z a s t a n a w i a ć.

Albo:

93

– Gdzie trzymasz filiżanki?

Zanim wyjechała, dała mu pudełko z papierami dotyczącymi historii ich rodziny.

– Przywiązujesz wagę do takich rzeczy? – zapytała, kładąc pudło na nocnym stoliku.

Rodzina Sary Hoffman. Błyskotki, zdjęcia i fakty. Oto pradziadek Hoffman jako młody człowiek, w pozie Europejczyka, spogląda wojowniczo, obejmując dwóch innych młodzieńców; cała trójka ma wąskie krawaty i stoi w rozkroku przed jakimś budynkiem, jakimś nowym przedsiębiorstwem, którego budowa nigdy nie miała być ukończona. Na innym zdjęciu stoją w śniegu cztery piękne siostry. Przekrzywiają melancholijnie głowy w różne strony. Tylko ich smukły chart afgański patrzy w obiektyw, jakby znał przyszłość i tajemnicę ich straszliwej śmierci, jej miejsca i szczegółów. Na jeszcze innym sepiowym zdjęciu formatu pocztówki widać Tłuściocha Wuja Saula jako dziecko. Jest to jego atelierowy portret, wśród palm, z hełmem korkowym na głowie. Kiełbaskowate nóżki chłopca obejmują wypchanego kucyka. Wujek Saul był przekonany, że Hoffmanowie są spowinowaceni z rodziną Kafków z Pragi przez jakieś małżeństwo. Ale cóż znaczy małżeństwo? Alex sięgnął głębiej. Bilet tramwajowy na nieistniejącą już linię w nieistniejącym mieście. Dziesięć złotych. Para miękkich skarpet z purpurowej wełny w liliowe romby. Dyplom jakiegoś rosyjskiego nauczyciela-emigranta, ich dalekiego krewnego. Melonik, zgnieciony. Ale niech ktoś inny sporządza tę żałobną listę, pomyślał Alex. Ci, którzy przechowują takie pudła, to te same typy, które schodzą zwabione złowieszczymi szmerami do ciemnych piwnic, budują swe domostwa na indiańskich cmentarzyskach. Ludzie z filmów. Wszyscy z tych zdjęć są martwi, pomyślał ze znużeniem. Bardzo to wszystko męczące.

3

Noc u Adama, noc, o której tyle mówili, to nie był pierwszy raz, kiedy Alex rozmyślał o tych listach. W ostatnich miesiącach chadzał tam częściej, sądząc, że może to pomóc. Procedura była zawsze taka sama. Zaczynali palić. Siadali na podłodze, trzymając przed sobą duże czyste bloki rysunkowe. Pióra w pogotowiu. Wpatrywali się w ściany. Na ścianie w głębi Adam namalował dziesięć lat temu prymitywny kabalistyczny diagram, dziesięć kół w dziwnej konfiguracji. Było to, według Adama, dziesięć świętych sfer, z których każda zawierała jakiś atrybut boskości, jedną z *sefirot*. Było to też dziesięć gałęzi Drzewa Życia, z których każda ukazywała jakiś aspekt boskiej potęgi. Bądź też dziesięć imion Boga, dziesięć sposobów Jego manifestacji. Było to także dziesięć części ciała Adama, pierwszego człowieka. Dziesięcioro Przykazań. Dziesięć kul światła, z którego utkany był świat. Znanych też jako dziesięć obliczy króla. A także jako Sferyczny Szlak.

Dziesięć sefirot

KORONA
Ajin (Nicość)
Wola

INTELEKT
Pałac
Łono

כתר
KETER

MĄDROŚĆ
Punkt
Początek

בינה
BINA

חכמה
CHOCHMA

PIĘKNO
Rachamim (Współczucie)
Błogosławiony i Święty
Raj
Słońce
Zieleń
Harmonia
Król

MOC
Din (Sąd)
Biel
Zasady
Czerwień
Lewe ramię

גבורה
GEWURA

חסד
CHESED

MIŁOŚĆ
Łaska
Biel Zasady
Prawe ramię

תפארת
TIFERET

הוד
HOD

נצח
NECACH

WSPANIAŁOŚĆ
Proroctwo
Lewa noga

יסוד
JESOD

WIECZNOŚĆ
Proroctwo
Prawa noga

PODSTAWA
Cadyk (Sprawiedliwy)
Przymierze
Fallus

OBECNOŚĆ BOŻA
Malchut (Królestwo)
Wspólnota Izraela
Ziemia
Księżyc
Królowa
Jabłoniowy sad
Tęcza

שכינה
SZECHINA

Na przeciwległej ścianie Adam namalował coś prostszego i, przynajmniej dla Aleksa, piękniejszego. Wszystkie dwadzieścia dwie litery hebrajskiego alfabetu. Szlak Liter.

Rys. b. Ściana druga

Dwadzieścia dwie podstawowe litery

Nakazał, by się stały, wyrył je, połączył, zważył, zamienił miejscami.
I stworzył z nich całe Dzieło Stworzenia i wszystko, co miało być
stworzone w przyszłości.

ו	ה	ד	ג	ב	א
WAW	HE	DALET	GIMEL	BET	ALEF

ל	כ	י	ט	ח	ז
LAMED	KAF	JOD	TET	CHET	ZAJIN

צ	פ	ע	ס	נ	מ
CADE	PE	AJIN	SAMECH	NUN	MEM

ת	ש	ר	ק
TAW	SZIN	RESZ	KOF

Świat się rozpadł

97

Jak na tego rodzaju malowidło, wyszło to bardzo dobrze, bo Adam miał prawdziwy dryg do operowania pędzlem. Choć wpatrywanie się w to godzinami, i to w milczeniu, wymagało zaangażowania. Podróż do Boga. Jest bardzo długa. I dość nudna. I zawsze w chwili kiedy Alex gotów był się poddać i włączyć telewizor, Adam zaczynał sobie wyobrażać, że jego kręgosłup przybiera formę liścia palmowego. Odlatywał, podróżując wśród sfer, zatracając się w tej podróży. Aleksowi natomiast nic się nie mieszało, on się nie zatracał. Nie rozumiał tej całej idei jedności w nicości. Tego rodzaju sprawy były jak gdyby poza nim. Nie odczuwał żadnej magii. Tylko gęsty, jałowy marihuanowy zaduch, gdy tak gapił się na litery, nie odbierając żadnych wrażeń oprócz jakiejś mglistej antropomorfizacji: czy ta na przykład nie wygląda jak facet wygrażający pięścią? A może jak korona? Jak pół menory? Jak stół? Jak śpiący płód? Jak długowłosy elf?

Z Adamem było inaczej. Dla niego sfery i napisy były pełne wyrazu. Widział w nich całe światy, dusze, bóstwa. Bez wątpienia pomagała mu znajomość hebrajskiego, sztuczka, której Alex nigdy nie opanował. Ale co więcej, Adam nie udawał swego zadziwienia. W świecie Adama wszystko było zdumiewające i cudowne. Czytał tylko jedną stronicę Tory na miesiąc, bo każda jej literka była dlań osobną księgą. Adam potrafił podczas jednej sesji medytacyjnej przepisać sześć wybranych liter co najmniej dwadzieścia razy, poprzestawiać je, poddać przeróżnym permutacjom, dokonać obliczeń związanych z ich wartościami numerycznymi, z ich barwami, z prorokami, których symbolizowały, lub z muzyką, jaką rozbrzmiewały. Czasami jego dusza szybowała w przestworza i materializowała się w Izraelu. Był to czas świetności Świątyni Jerozolimskiej. Litery były teraz wielopiętrowe, jak potężne drapacze chmur. Okrążał je w locie, przyglądając się bacznie każdemu załomkowi. Pławił się w bijącym od nich blasku. Układał się u ich podstawy. Szczęściarz z tego Adama.

– Siadaj – powiedział tamtego wtorkowego wieczoru, rzucając Aleksowi pluszową poduszkę. Pokój wyglądał jak zawsze – pudełkowaty, mroczny, oświetlony świecami. Joseph siedział po turecku na podłodze. Esther wyciągnęła się na sofie, zbyt nabuzowana, żeby się ruszyć.

Leciał film z kasety, ulubiony film Esther z lat osiemdziesiątych, romantyczna komedia dla nastolatków, z wyłączonym dźwiękiem. Alex nie miał żadnych oczekiwań.

– Zamierzamy spróbować czegoś całkiem innego – powiedział Adam, otwierając swoją drewnianą szkatułkę. Podał Aleksowi maleńką tabletkę. Białą, niewinną z wyglądu.

Nieco później w filmie (w którym nic się nie zmieniało, ludzie wciąż byli tacy sami, nie brzydli i nie umierali) pewien chłopak z liceum uświadomił sobie, że niepozorna i biedna dziewczyna ma piękne i wielkie serce. Następował koniec, ekspiacyjny pocałunek w samochodzie na parkingu. Alex bez ostrzeżenia podniósł Esther z sofy, objął ją mocno i pocałował.

– Spadaj – powiedziała.

– Przestań mnie szarpać – powiedziała.

– Dokąd idziemy? – zapytała.

Ale nim odpowiedział, byli w samochodzie. Czy na pewno? Alex przystanął na środku tej eleganckiej ulicy i zamknął oczy, usiłując odtworzyć – jak to lubią mówić w sądowych dramatach – mentalny obraz zdarzeń. Czy Esther z nim była? Czy miał już wtedy Kitty? Czy zatknął ją za wycieraczkę jak parkingowy kwit?

Pamiętał, że zatrzymali się przy stacji benzynowej, żeby kupić coś do jedzenia. Alex miał wrażenie, że wszyscy na stacji rozmawiali po kantońsku, dopóki na nich nie spojrzał. Wtedy przerzucali się na angielski. Kantoński, angielski, angielski, kantoński!

Kiedy znaleźli się znów w samochodzie, zwrócił się do Esther:

– Oni wszyscy mówili po kantońsku. Z przerwami. – Zachichotał.

Ale Esther płakała i patrzyła na swoje uda.

– Jestem taką e g o i s t k ą – powiedziała.

Esther wydawało się, że dwa płody, które usunęła (jeden Aleksa, kiedy miała zaledwie siedemnaście lat, drugi jakiegoś chłopaka, którego poznała w *college*'u), utkwiły jej w udach, po jednym w każdym, i że widzi ich paluszki, jak usiłują przebić się na zewnątrz. To właśnie kilka sekund po tym, jak sobie to wyobraziła, przystanek autobusowy zatoczył się jak obłąkany i wyrżnął w samochód Aleksa.

Na samo wspomnienie tej chwili Alex zalał się łzami. Zrobił gojowską minę, nie na pokaz, jakby coś wpadło mu do oka. Wytarł oko rękawem. Próbował zastosować technikę oddychania, której uczył go Adam podczas ich medytacji. W połowie tego popisu podszedł do niego jakiś francuski nastolatek. Alex wskazał mu pośpiesznie fikcyjną drogę wiodącą do miejsca, w którym żaden z nich nigdy nie był. Chłopiec skręcił w lewo i poszedł nie wiadomo dokąd. Słońce rozjaśniło się o jeden stopień. Sprawiło, że szare mury miasta błysnęły bielą i po raz pierwszy po trwającym od miesiąca smogu dwa odległe pałace mrugnęły do siebie jak dwaj znajomi stojący na przyjęciu po dwóch stronach salonu, kiedy tłum nagle się przerzedzi. Alex próbował zanucić. Kilka robiących zakupy kobiet uśmiechnęło się do niego, ale był to uśmiech wymuszony; tak uśmiechamy się do ludzi starszych, zniedołężniałych lub kalekich. Alex nie poddawał się, szedł, nucąc przez całą drogę aż do żelaznego pachołka i jeszcze wtedy, gdy skręcił za róg. Teraz śpiewał pewną słynną piosenkę. Maszerował w jej rytmie. Była to stara melodia z nowymi słowami. Często tak robił. Kiedyś ułożył spontanicznie piosenkę o właścicielu mieszkania, które wynajmował, zatytułowaną *Chodźmy do sądu*, do znanej melodii *Let's Get It On*, inną (którą najchętniej nucił w synagodze), *Jak ja się nudzę*, na melodię *You're So Vain*, i trzecią, pod tytułem *Niekompetencja*, na różne biurowe i związane z pracą sytuacje – jej melodię zapożyczył z piosenki Prince'a *Controversy*. Teraz wyśpiewywał radykalnie zmienioną wersję *Norwegian Wood* Beatlesów, w której pojawiała się Esther, siedząca na krawężniku obok tego, co pozostało z auta. Esther wyczekująca. W piosence, tak jak w życiu, zarzucała mu, że kocha Adama bardziej niż ją. Ale to nie była prawda. To znaczy ona rzeczywiście to wykrzykiwała, ale nie miała racji. On ją uwielbiał. Nie zawsze tylko umiał to okazać. Zasadniczo ten problem występował już przed historią z samochodem. Alex był niedbały w drobnych sprawach, w drobiazgach, które ona uznawała za ważne. Świadczyła o tym jego niezdolność zapamiętania tytułu jej pracy doktorskiej (Tryby czegoś tam w rozwoju ikonografii Żydów afrykańskich w czymś tam). Stan jego łazienki. Polecane przez nią książki, których nigdy nie czytał. Nosił ją w sercu, ale nie zawsze w swojej świadomości.

Byli „parą" od dziecka (miał siedemnaście lat, kiedy ona, wówczas czternastolatka, złapała go błyskawicznie za kostkę, przewróciła na żywopłot i pocałowała), znał ją tak dobrze jak Mountjoy. Potrafił o niej myśleć w taki sposób jak o tapecie, której nie zauważał, dopóki nie padł na nią snop ostrego światła. Nawet jej rozrusznik – twardy i kanciasty, opięty ciasno jej skórą – był dlań obecnie czymś całkiem powszednim. Alex przeszedł wszystkie fazy stosunku do tego urządzenia: lęk, nabożny podziw, przywiązanie, fascynację seksualną. Nie kojarzyło mu się już nawet z jej ewentualną śmiercią, ale też ona robiła wszystko, żeby się z nim oswajał. Żeby je ściskał, podważał palcem, chwytał przez skórę, tam, wewnątrz. Ufał jej sercu. Dopiero kiedy rozpoczęli naukę na dwóch różnych uniwersytetach, zaczęła go ogarniać panika na myśl, że mógłby to serce stracić. Kiedy przespała się z dwojgiem innych – mężczyzną i kobietą – Aleksowi wydawało się, że oszaleje. To go ruszyło. Dopiero ostatnio, gdy ktoś ze znajomych Aleksa z zewnętrznego, niezwiązanego z nimi świata – z pracy, z college'u – zobaczył ją po raz pierwszy i wygłosił jakąś uwagę na temat jej urody – dopiero wtedy ją reaktywował. Reaktywował? Jakiego jednak innego słowa można by tu użyć?

Nie wierzył w psychoterapię; mógł się z tym uporać sam. Potrafił sobie wyobrazić swoją ukochaną na ekranie, oglądaną przez przedpremierową widownię; widział oczyma wyobraźni, jak ludzie patrzą na nią i stawiają ptaszki w odpowiednich okienkach. Tak, pragnął swej miłości na odległość, bliskiej fizycznie, ale pod każdym innym względem trudno osiągalnej. Pierwsze wrażenia innych na jej widok – przekonanie, że jest afrykańską księżniczką albo sobowtórem tej czy innej aktorki – przemawiały do niego tak, jak to, co było rzeczywistością, przemawiać nie potrafiło. Chciał ją ciągle, nieustannie poznawać na nowo. Chciał być zawsze na początku filmu – nie w samochodzie na parkingu, ale w klasie. Żywił nabożny podziw dla jej urody i nie chciał stracić tego podziwu. Tak, panie doktorze, owszem. Chcę być jej fanem.

Esther goliła głowę na zero, jak chłopcy. Leżąc obok niej, czuł, że chciałby tak tulić tę jej podobną do orzecha kokosowego główkę do końca życia. Mogła pokonać go bez trudu „na rękę" i w większości sporów. Była od niego wyższa i piękniejsza. Aleksa dręczyła jednak niczym tortura myśl, że Esther się zestarzeje! Zdawał sobie sprawę z tego, że według wszelkiego prawdopodobieństwa takie myśli doprowadzą go do samotnej śmierci, bez nikogo bliskiego u boku. Opowiadał samemu sobie o tym, że jest to wielki dramat jego serca. Wielkim dramatem jego serca było to, że zawsze potrzebował jakichś opowieści.

4

Zupełnie nie wiadomo czemu przebiegł ostatnie sto metrów dziwnym, nieskoordynowanym galopem – jak zwierzę postrzelone w bok. A potem nagle się zatrzymał. Tuż obok domu aukcyjnego, przed butikiem, popularny bard Leonard Cohen patrzył znudzony w przestrzeń, stojąc z kobietą, która na znudzoną nie wyglądała. Alex nie był już chłopaczkiem – nie zamierzał podchodzić i pokornie prosić o autograf. Ale było pewne, że to Leonard kazał mu się zatrzymać. Alex złapał się na tym, że dyskretnie krąży w pobliżu pieśniarza; a jednak dalej obserwował, jak ten wypluwa gumę na chodnik, klepie kobietę po ramieniu, a potem odchodzi razem z nią w stronę słynnej kafejki Suzanne. To była wspaniała piosenka. Coś tam miłosierdzia. *Siostry Miłosierdzia*. Nieśmiertelny klasyk. Ale on, Alex, był już prawie godzinę spóźniony.

W chwilę później znalazł się wbrew własnej woli i rozsądkowi w kawiarni; stanął za Leonardem, myśląc z podziwem o jego ponadczasowości, „nieskończoności" i o fakcie, że jeszcze długo po tym, jak fizyczny Leonard przeobrazi się w pokarm dla robaków, Leonard wirtualny będzie się gdzieś tam wciąż poruszał, śpiewał, udzielał wywiadów. Łysiał. To było niewiarygodne. Miał jakby wbudowany układ utrzymywania dystansu. Nawet stojąc tuż obok niego, Alex czuł się tak, jakby dzielił ich kosmos. Sława Leonarda miała go zbawić. Alex poczuł, jak wzbiera w nim złość. Dlaczego akurat Leonard? Wyglądał jak zwykły facet. Co w nim jest takiego szczególnego? I poza tym dlaczego znalazł się w tej kawiarni? Jacy sławni ludzie wchodzą do kawiarń pełnych takich zwykłych śmiertelników jak on, Alex?

Stał teraz za nim, przyglądając mu się spode łba. Czuł nienawiść do klasy jego mokasynów, dżinsów, szykownej marynarki, patrzył, jak palce Leonarda bębnią o ladę, słyszał, jak Leonard mówi: – Mokka – możemy prosić o mokkę? I czy mogłaby pani nie posypywać czekoladą? I dwie trzecie mleka, jedną śmietanki? Wspaniale. Dziękuję, tak, doskonale. A właściwie – tak, mogłaby pani podać to w osobnej... tak, w osobnej filiżance – n a p r a w d ę gorące te... nie chciałbym pani skarżyć o odszkodowanie za poparzenia, ha! Ach, wspaniale. Fantastycznie.

To bardzo g o j o w s k i e, pomyślał Alex-Li.

PIĘĆ / *Tiferet*

Piękno • Modlitwa w miejscu pracy • Otwórz cudzysłów, zamknij cudzysłów • Jimmy Stewart był żydowski • Kabała Elvisa Presleya • Pijackie zawody • Pewnego razu w Europie • Brian Duchamp • Proszę spokojnie skierować się do najbliższego wyjścia

1

Sala aukcyjna nr 3 funkcjonuje następująco: nie jest to właściwie sala, ale coś w rodzaju katedry lub synagogi, do której Alex chodzi co tydzień i recytuje mechanicznie te same formułki. Liczy płytki na suficie i myśli o Bogu. Modli się zawsze tak samo (P a n i e B o ż e, d o - p o m ó ż, J e z u C h r y s t e, z a b i e r z m n i e s t ą d). Ma nadzieję, że telefoniczna licytacja wreszcie się skończy, ma nadzieję, że ktoś pozwoli mu posiąść przedmioty, które kocha. Ale nic się nie zmienia. Alex mówi to, co mówił już wcześniej, klnąc w duchu tak samo jak zawsze, przypatrując się, jak ceny szybują w górę i wymykają mu się. Licytator, ze swoim soczystym, teatralnym głosem i swoim młotkiem, uderza w drewniany kloc, codziennie w dokładnie to samo miejsce co zawsze. A Amerykanin Jason Lovelear mówi:

– Leonard Cohen? Chyba żartujesz. Leonard Cohen? Jest tam jeszcze? Chyba nie przyjdzie t u t a j, co? Jezu. Spotykałem się kiedyś z jego siostrą. Chloe. Chloe Cohen. Duża dziewczyna. Sprawa tarczycy. Choć jeszcze nie wtedy, kiedy ją poznałem. To się rozwinęło później, więc musiałem rzecz zakończyć. Leonard był b a r d z o wzburzony. Ten facet czuł do mnie potem wielką urazę.

Nie, to nieprawda. Lovelear nie zawsze mówi właśnie to. Ale pominąwszy zmieniające się rzeczowniki i zaimki, mówi zawsze coś z b l i - ż o n e g o.

– Alex-Li T a n d e m – powiedział Lovelear.

Niczyja fizyczność nie działała na Aleksa tak przygnębiająco jak fizyczność tego człowieka. Lovelear miał albo czarne włosy i akurat je rozjaśniał, albo odwrotnie, a jeśli kiedykolwiek miał w ogóle górną wargę, to teraz nie było po niej śladu. Choć nie był jakoś skandalicznie otyły, jego sadło było niezwykle przemyślnie rozmieszczone: miał wałki tłuszczu na biodrach i nie mieścił się w małym, składanym krzesełku, na którym zwykle siadywał. Jedną z wielu rzeczy, których nie pokazuje nam telewizja, jest wielki potencjał grozy, jaką może wywoływać ludzka forma. Już tylko za to samo, pomyślał Alex, należy się jej szacunek.

– Cześć, Lovelear. Przepraszam za spóźnienie.

– N a r e s z c i e. Trzymamy dla ciebie miejsce. Dove, rusz się, człowieku. Okej. No tak. Wyglądasz t r a g i c z n i e. Co tak późno? To przez tę dziewczynę, co? J a t e ż bym się spóźnił, gdybym miał taką laskę. – Tu Lovelear wykonał obsceniczny Międzynarodowy Gest. – Tak, p r o - s z ę s z a n o w n e g o p a n a. Nie przyjechałeś samochodem?

Alex usadowił się pomiędzy Jasonem Lovelearem i Ianem Dove'em, dwoma mężczyznami, którzy uważali się za jego przyjaciół. Wyjął z aktówki katalog i rozłożył go na kolanach. Zakreślił kółkiem pozycję opatrzoną w nim numerem 159, czyli budzik, do którego dołączono zaświadczenie, że pochodzi z Gracelandu i znajdował się tam w latach 1965–1969. Ian Dove podał Aleksowi drewniany lizak z wypisanym numerem 10.

– Niesamowite, jak oni to wycenili, co? Dwa tysiące funtów za budzik. To chyba nie w porządku, no nie? – wymamrotał Dove z taką samą intonacją, z jaką normalny człowiek mógłby wygłosić uwagę typu „To straszne, no nie? Miała dopiero czterdzieści lat. Czterdzieści lat i potrącił ją autobus. A pobraliśmy się zaledwie dzień wcześniej".

– Tak, rzeczywiście niesamowite.

– Wiesz, co sobie myślę?

– Nie, Ian.

– Myślę, że telefonuje jakiś prawdziwy fan Elvisa. Dlatego ceny są takie obłędne.

– No właśnie.

– A wiesz, kogo podejrzewam?

– Nie, Ian.

– Jestem pewien, że to któreś z Jacksonów.

– La Toya? – zapytał Alex-Li prowokacyjnie. – Albo... zaczekaj, chyba nie Jermaine?

Łagodna twarz Dove'a zmarszczyła się. Przeciągnął palcami po przedwcześnie posiwiałych włosach. Ian Dove pracował na dwie zmiany w dziale zbytu w fabryce tworzyw sztucznych koło Gatwick. Żona często znajdowała go kompletnie pijanego w suszarni, jak spał zwinięty w kłębek przy bojlerze. Mógł sobie pozwolić tylko na dorywcze zajmowanie się autografami, ale jak wszyscy hobbyści traktował te aukcje bardzo serio. Był jedynym znanym Aleksowi człowiekiem, który zazdrościł mu jego stylu życia.

– Nie, Alex. Myślałem o...

– Wiem, Ian – powiedział Alex łagodnie. – W porządku. Masz chyba rację. Nie jestem dziś sobą. Nie zwracaj na mnie uwagi.

– Czyli inaczej mówiąc, z a m k n i j   s i ę,   d o   c h o l e r y,   D o v e, i nie truj.

Ian założył ręce na piersiach.

– Przepraszam za odezwanie.

– P r z e p r a s z a m   z a   o d e z w a n i e? – powtórzył jak echo Lovelear, wytrzeszczając oczy. – To ma być po angielsku: p r z e p r a-s z a m   z a   o d e z w a n i e?

Lovelear spędził dziesięć lat w Anglii i nie mógł jakoś polubić tego kraju. Alex zastanawiał się często, jak to jest, kiedy się ugrzęźnie w małym kraiku, który wydaje się miniaturową parodią własnej ojczyzny, jak kraina Liliputów.

– T a k   c z y   i n a c z e j – rzekł Lovelear, zwracając się do niego – przegapiłeś parę pierwszorzędnych pozycji. I mogę cię zapewnić, nie było dziś żadnej młodzieżowej tandety. O nie. Oczywiście John Baguley wziął jakieś, ja wiem, siedemdziesiąt procent pamiątek rockowych. N i e p r a w d o p o d o b n y sukinsyn. Wiesz, że właśnie otworzył kolejny sklep? W Neville Court. Jest teraz jak jakiś Ronald McDonald autografów. S u k i n s y n. A cała reszta poszła przez telefon. A potem, kapujesz, potem ruszyli z towarem z filmów z lat osiemdziesiątych i zgadnij, kto się pojawia?

– Ally Sheedy – rzekł Alex.

– Otóż to. I ten gruboskórny p a l a n t – Lovelear zwrócił się w stronę Iana – sugeruje, żebym to kupił, tak jakby już samo nasze zerwanie nie było dla mnie dostatecznie ciężkim przeżyciem. Jakby już sam widok jej twarzy nie rozdzierał mi serca.

Alex wykonał za jego plecami złośliwy Międzynarodowy Gest (język założony na dolne zęby, palce prawej ręki muskają wydłużony, cofnięty podbródek). Ian uśmiechnął się mimo woli. Lovelear wybuchnął czteropiętrowym przekleństwem. Był to fragment dialogu z jakiegoś filmu. Ian wzdrygnął się. Alex domyślił się, że Lovelear zacytował przekleństwo rzucone przez pewnego Amerykanina w filmowej scenerii domu aukcyjnego (*Północ, Północny Zachód, Ośmiorniczka*), coś, co oddziaływało katartycznie na Iana Dove, mieszkańca Little Marlow, angielskiej wioski, w której nigdy nie nakręcono żadnego filmu i w której akcja żadnego filmu nigdy się nie rozgrywała. Coś w tej odzywce poruszyło także i Aleksa. Dialogi między Lovelearem i Dove'em były mu tak doskonale znane, że nie słyszał już poszczególnych słów, tylko ich wibracje, ich rozbrzmiewający nieustannie basowy rejestr. Wiedział na przykład coś, czego nie wiedziała i nie mogła docenić siedząca za nimi oburzona kobieta: że za tymi paskudnymi i wygłoszonymi po amatorsku słowami kryła się piękna elegia, która nigdy się nie zmieniała. Każda rozmowa między tymi dwoma mężczyznami była właściwie tą samą rozmową; słowa były różne, sens ten sam. Coś w rodzaju współczesnego kadiszu, religijnego zaśpiewu.

LOVELEAR: *Jestem Amerykaninem tu, na tym świecie, i będę nim na tamtym, a ty nie. Nie będziesz nim nigdy.*
DOVE: *Jesteś Amerykaninem tu, na tym świecie, i będziesz nim na tamtym, a ja nie. Nie będę nim nigdy.*

– Daj Ianowi spokój, dobra? – rzekł Alex, ucinając dyskusję.
– Dobra, dobra. O d d y c h a j k o s m o s e m, o d d y c h a j m i ł o ś c i ą – rzekł Lovelear, otwierając i zamykając w powietrzu cudzysłów najbardziej gojowskim ze wszystkich Międzynarodowych Gestów. – To moja dewiza. I właśnie to musiałem w końcu powiedzieć Leonardowi.

107

W miarę jak zbliżała się pora lunchu, Dove coraz mocniej zaciskał palce na swoim lizaku, zafascynowany krągłościami młodej damy w błękitach, która demonstrowała rekwizyty z filmu *Tommy*. Obracała je na wszystkie strony, żeby wszyscy mogli zobaczyć. Alex opadł na swoje krzesło już jakiś czas temu. Teraz dołączył doń rozgadany Lovelear, zwiesiwszy swój lizak tuż nad podłogą.

– To nie ma sensu – przerwał mu Alex, który w odróżnieniu od Lovelesra czuł wewnętrzny spokój, stając się na krótką chwilę *mistrzem zen*, czyli przyjmując rolę, którą wymieniali się podczas wszystkich aukcji, wyłącznie po to, by się nawzajem irytować. – Należało się tego spodziewać. Tak już jest na tym świecie. Spójrz na Baguleya. Ma dwudziestu ludzi i wszyscy pracują dla niego. To nie jest dziś biznes dla samotnego zawodnika. Zresztą już od dawna. Ważne, żeby to zrozumieć. Jak zrozumiesz, idziesz w górę. Wóz albo przewóz. Proste jak drut.

Lovelear uderzył pięścią w puste krzesło przed sobą.

– Jeszcze nie tak dawno, chłopie, mogłem tu przyjść i kupić za całkiem rozsądną cenę Jennifer Jones, no nie? I nie mówię o tym, co się kupuje po to, żeby to zaraz odsprzedać, Al; mówię o kupowaniu z czystej *miłości* do tych rzeczy.

Lovelear nigdy nie kupił niczego z czystej miłości i nie było takiej rzeczy, której by nie sprzedał za odpowiednią cenę. Wyróżniał się spośród podobnych sobie tylko jednym: nie miał sentymentalnych odruchów. Ludzie z branży mówili o nim często, że wymieniłby własną babkę za dwóch Jimmych Durante i podrobionego Ernesta Hemingwaya.

– Chodzi mi o to, że nie robię w tym biznesie dla pieniędzy. Jestem *fanem*. To płynie *z serca*. Te rzeczy naprawdę coś dla mnie znaczą.

Alex wykonał dyskretnie Międzynarodowy Gest, który oznacza W k r ó t c e, j e ś l i d o p i s z e n a m s z c z ę ś c i e, c a ł y t e n ś w i a t, z f a c e t e m, z k t ó r y m t e r a z r o z m a w i a m w ł ą c z n i e, o b-r ó c i s i ę w p r o c h (dolne zęby wysunięte przed górne, górna warga ściągnięta, głowa potakuje, oczy zamknięte).

– Tak – powiedział. – Bez wątpienia. Nam wszystkim trudno to przełknąć.

Lovelear wbił wzrok w czujnych młodych ludzi z domu aukcyjnego. Siedzieli ze swymi telefonami ponad tłumem, na podestach. Kupując i sprzedając amerykańskie rarytasy, których Lovelear pożądał, ale na które nie było go stać.

– I c o o n i t e r a z, że tak p o w i e m, z nimi z r o b i ą? Powiem ci, tylko się nie obraź. Prawda wygląda, że tak powiem, tak: zjadłem sobie właśnie *sushi* i wracam do swojego ogromnego biura, gdzie stoi n a k o r y t a r z u Gary Cooper, a ja nawet nie wiem, kim był Cooper, bo absolutnie nie mam serca dla Coopera, no bo jestem jak ten japoński biznesmen, lity kretyn, i nawet nie widziałem W *samo południe*. Jestem jak ten mały, żółty Japoniec, który nie potrafi nawet wymówić poprawnie n a z w i s k a Coopera. Bez urazy.

– Ja jestem Chińczykiem.

– Jasne, nie chciałem cię obrazić.

– Ja się nie obrażam, Lovelear, bo jestem C h i ń c z y k i e m.

– Jasne, bez urazy.

Lovelear zwinął swój katalog i zaczął nim walić Aleksa po kolanach.

– Rzecz w tym, r z e c z w t y m, że to jest c z ę ś ć m o j e j k u l t u r y. A! Po p r o s t u! N i e! M o ż n a! zrozumieć wielu rzeczy, jeśli nie pochodzi się z kraju, z którego to wszystko przyjechało! Możesz sobie mieć Jimmy'ego Stewarta w swoim biurze Hung Win Shan Chin w Tokio czy gdzie tam chcesz, ale i tak n i g d y – p r z e n i g d y! – nie zrozumiesz, co z n a c z y *Jimmy Stewart*. Nie mam nic do nikogo, ale żaden Japoniec nie może naprawdę zrozumieć, co naprawdę znaczy Jimmy Stewart w swojej najgłębszej istocie. Bez urazy. C h r y s t e, widzicie to?

Alex powędrował wzrokiem za palcem Loveleara, wskazującym na tyły sali. W drzwiach stała zbita w gromadkę, zestresowana rodzina anglo-elvisowskich (fryzury w kaczy kuper, mnóstwo świecidełek) prostaczków.

– Och, nie mogę – powiedział Lovelear. – Popatrzcie tylko! Hotel Złamanych Serc.

Stali, wieloletni mieszkańcy tego hotelu. Nie mieli żadnej szansy zdobycia którejkolwiek z tych najwyżej notowanych na rynku pamiątek po Elvisie. Najmniejsza dziewczynka, z wielkimi zębami i rzadkimi włosami, dwaj imitujący Elvisa chłopcy w szerokim rozkroku, ojciec, pełen wzruszającej godności, dziwnie jakoś nie pasującej do tłuściocha w kombinezonie z pelerynką, suchotnicza żona – wszystko to było dla Aleksa przejmujące. Ta ich niezachwiana wiara.

– Daj im spokój, Lovelear. Przyszli tu w dobrej wierze. To po prostu fani. Zejdź z nich. Nie ma się na co gapić.

– Czy ty jesteś ślepy?

W książce Aleksa był rozdział poświęcony gojskości fanów Elvisa i podrozdział o legendarnym Benie D. Goodallu, człowieku zbierającym autografy wszystkich tych, którzy kiedykolwiek zetknęli się z Elvisem – od akuszerki do przedsiębiorcy pogrzebowego (zob. diagram a.). Żaden z tych autografów nie był wart ani pensa. Przypadek Goodalla służył jako ostrzeżenie; opowiadali sobie o nim wzajemnie łowcy autografów. Miał odstraszyć wszelkich „bezbożników", tych, którzy kupowali tylko po to, żeby sprzedać, i robili to dla zarobku, bo sam Goodall był człowiekiem głęboko religijnym, wyznającym kult sławy. Wierzył w aurę, jaką tworzy sława, wierzył w to nikłe, tanie, odbite światło, jakim promieniuje. Kiedyś dzieło życia Goodalla przerażało Aleksa. Teraz stwierdził, że jest nim głęboko poruszony.

Kowbojska koszula z mankietami przyozdobionymi szlachetnymi kamieniami poszła pod młotek. Kobieta westchnęła. Położyła głowę na ramieniu męża. Przytulił ją i pocałował w lewą skroń. Chłopiec i dziewczynka odwrócili się jak na komendę i zaczęli ciągnąć ojca za nogawki spodni; Alex patrzył z niepokojem, jak ojciec przytula t a k-ż e d z i e c i. Wyglądali teraz jak ostatnia rodzina na Ziemi po potopie, która słaniając się na nogach, stoi na spłachetku ziemi i patrzy na przybierającą wodę, nie licząc już na powrót gołębicy. Z e w s z y s t-k i c h g o j o w s k i c h... pomyślał Alex. Jednak ostatnio coraz częściej zastanawiał się, czy Goodall nie był przypadkiem najbardziej autentycznym łowcą autografów, jaki kiedykolwiek istniał.

Diagram a.

Dziesięć sefirot Elvisa

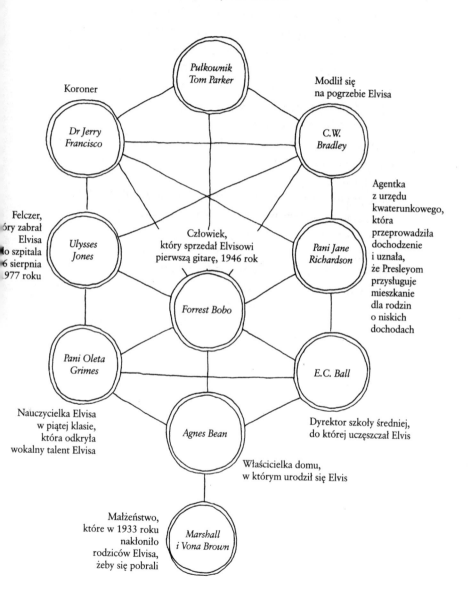

Koroner

Pułkownik
Tom Parker

Modlił się
na pogrzebie Elvisa

Dr Jerry
Francisco

C.W.
Bradley

Felczer,
óry zabrał
Elvisa
o szpitala
6 sierpnia
977 roku

Ulysses
Jones

Człowiek,
który sprzedał Elvisowi
pierwszą gitarę, 1946 rok

Forrest Bobo

Pani Jane
Richardson

Agentka
z urzędu
kwaterunkowego,
która
przeprowadziła
dochodzenie
i uznała,
że Presleyom
przysługuje
mieszkanie
dla rodzin
o niskich
dochodach

Pani Oleta
Grimes

E.C. Ball

Nauczycielka Elvisa
w piątej klasie,
która odkryła
wokalny talent Elvisa

Agnes Bean

Dyrektor szkoły średniej,
do której uczęszczał Elvis

Właścicielka domu,
w którym urodził się Elvis

Małżeństwo,
które w 1933 roku
nakłoniło
rodziców Elvisa,
żeby się pobrali

Marshall
i Vona Brown

111

2

Na lunch poszli do Dantego, włoskiej kafejki na rogu, prawdziwej kawiarni w starym stylu. Stoliki przykryte obrusami w biało-czerwoną kratę. Wielkie butle po chianti ociekające woskiem. Lovelear nie wziął nic do jedzenia, wypił natomiast trzy szklaneczki whisky i trzy ćwierćlitrowe kieliszki zalatującego korkiem Beaujolais.

– Jest druga – powiedział Alex, spoglądając na zegarek.

Lovelear klasnął w dłonie.

– On chodzi! Spija różne trunki! Podaje czas! Al, czy możesz mi następnym razem zasznurować but? Mógłbyś to zrobić? Dla swojego starego kumpla?

Alex pochylił się ku niemu, starając się mówić dyskretnie.

– Słuchaj, myślałem właśnie o... wiesz, o czym, Ian?

Lovelear walnął Iana w plecy.

– Ian jest w p o r z ą d k u. Ian jest super, no nie, Ian? Słuchaj, Alex: jak chcesz naprawić samochód, idziesz do mechanika, jak chcesz poznać Chrystusa, idziesz do katolika, a jak chcesz wiedzieć, ile można wypić w pół godziny, idziesz do alkoholika. Mamy wielkie szczęście, że siedzi tu dziś z nami Ian Dove. Ian Dove jest profesjonalnym...

– Moczymordą – dokończył ze smutkiem Ian Dove.

Lovelear uformował ze szklanek trójkątny szyk na środku stołu.

– Panowie – powiedział najbardziej wytwornym tonem, zapożyczonym z powieści Znowu w Brideshead. – Po jednym?

Wypili. Wkrótce Kitty zaczęła kusić Aleksa. Kilka razy niemal po nią sięgnął, powstrzymując się tylko z największym trudem. Cokolwiek pokazał Lovelearowi, tamten uznawał zawsze za falsyfikat, ot, tak sobie, dla draki. Tym razem Alex nie zamierzał mu dawać satysfakcji. Tym razem nie da się poniżyć. Nie dziś.

Zamiast tego wypił swoją lampkę wina i zaczął się głośno domagać następnej. Ze spurpurowiałych ust całej trójki posypała się lawina: tytuły najlepszych musicali wszechczasów, największe hollywoodzkie skandale, najliczniejsze obsady, największe biusty, najwcześniejsze sceny rozbierane, sensacyjne samobójstwa.

- Okej, okej, okej: wymień mi trzy najstarsze dekapitacje w hollywoodzkich filmach – powiedział Lovelear, stawiając na stoliku trzy szklaneczki whisky.

Zanim do kawiarni wkroczył John Baguley, w muszce i w ogóle, sala zaczęła lekko wirować. Skierował się do baru, lecz Alex wiedział, że Baguley ich dostrzegł. Im większe odnosił sukcesy, tym bardziej wydłużał się czas, jakiego potrzebował, by rozpoznać dostrzeżonego znajomego.

- Jayne Mansfield – powiedział Dove.

- Bingo! – rzekł Lovelear.

Alex zaczął obskubywać wosk z butelki. Może powinien pokazać autograf Baguleyowi? W końcu Baguley znał się na rzeczy! Baguley mógłby dokonać weryfikacji, Baguley zobaczyłby prawdę! Choć trzeba by to było zrobić delikatnie. Lovelear nie pogodziłby się z myślą, że Baguley zna się na rzeczy lepiej niż on. P o z a   t y m   p r a w d o p o d o b n i e   l e p i e j   n i e   r o b i ć   t e g o   t e r a z, pomyślał przezornie Alex, poruszając nieświadomie wargami. N i e   t e r a z,   k i e d y   j e s t e m   z a p r a w i o n y.   M ó g ł b y m   w y j ś ć   n a   w a r i a t a.

Patrzył, jak sala coraz bardziej trzęsie się i wiruje. Półtora Baguleya stało przy barze, kupując kanapkę z szynką. Alex analizował sytuację. Z jednej strony, Baguley zdecydowanie znał się na rzeczy. Z drugiej, Lovelear nienawidził Baguleya. Chodziło o jego fachowość. Z trzeciej strony, Ian też nienawidził Baguleya. Baguley układał złośliwe żarciki na temat akronimu AA (Agencja Autografów / Anonimowi Alkoholicy). Jak się dobrze zastanowić, pomyślał Alex, to ja też nienawidzę Baguleya. A co z czwartej strony? Boże, jak ja nienawidzę tego Baguleya. Nawet sobie nie zdawałem sprawy z tego, jak bardzo! Z tą jego muszką. Z tym wąsikiem. Sukinsyn. I teraz prawdopodobnie zamierza podejść. Z tą swoją nienawiścią. Niech go szlag! Kto jeszcze nosi dziś takie pieprzone kapelusze jak on?

- Grace Kelly – powiedział i wstał. Sytuacja była delikatna. Próbował ustalić, czy Baguley zamierza pozostać przy drugim końcu baru, czy podejść bliżej nich.

- Punkt dla pana Tandema. Pan Dove i pan Tandem mają po jednym punkcie. *Tie-break.*

– Nie mogę myśleć – wygulgotał Dove. – Zalałem się. Dobra, czekaj... Eeee... O Boże, eee... Montgomery Clift?

– Baguley się zbliża – rzekł Alex, widząc zbliżającego się Baguleya.

– Montgomery Clift, Dove? To była tylko połowa jego
twarzy. O ile pamiętam, miał jeszcze swoją wariacką łepetynę na
karku, kiedy kończył *Raintree County*.

– Klapnij se, Baguley – powiedział Alex do siadającego Baguleya.
Był bardziej, znacznie bardziej pijany, niż sądził. Patrzył ze zgrozą, jak
Baguley zdejmuje kapelusz i kładzie go na stole, co w pewnych kra-
jach uznawano za zapowiedź najgorszego pecha.

– Czy wiecie – zapytał głośno Baguley – co udało mi się zorganizować?

– Własny pogrzeb?

– Siemasz, Lovelear. Nie zgadłeś. Aukcję na cele dobroczynne. Parę
dni temu. Szkoda, chłopaki, że was tam nie było. Licytowaliśmy role
różnych postaci. W powieściach. Rozumiecie? Płacisz, a ten albo inny
pisarz wstawia cię do swojej powieści. Masz własne pięć minut. Ja
osobiście lubię takie fajne zabawy, zapłaciłem więc trzysta funtów.
Pewnej pisarce.

– Co? – zapytał Ian, który był oczywiście najbardziej urżnięty z całej trójki. – Co on truje? To po angielsku? S u k i n s y n.

– Popatrzcie na tę muchę – rzekł Lovelear, dotykając muszki Baguleya. – Co to ma niby być? Co to z n a c z y? Czy to ma jakieś specjalne
znaczenie?

– Kłopot w tym – ciągnął Baguley, koncentrując się na Aleksie-Li,
który wydawał mu się najbardziej trzeźwy – że nie mogłem się zdecydować, kim chciałbym być. Znaczy, w tej książce.

– Satanistą-amatorem? – podpowiedział Lovelear.

– Może po prostu... sukinsynem? – zaproponował Ian i wybuchnął śmiechem; wino pociekło mu po brodzie.

– Już trzecia, jesteśmy spóźnieni – powiedział z uśmiechem Alex,
spoglądając na zegarek. Właściwie nie chciało mu się iść, dobrze się
bawił. Człowiek miewa takich przyjaciół, którzy są dobrzy tylko wtedy, kiedy się upiją. Ale to, według kabały Aleksa-Li Tandema, nie było
takie całkiem złe.

114

– Tandem... stajesz się naprawdę upierdliwy z tą swoją zegarynką – powiedział Lovelear z brooklińskim akcentem, po czym przerzucił się przytomnie na śpiewno-zawodzący ton kolędnika. – Masz tę robotę, chłopcze. Dajemy ci dwie trzypensówki rocznie i mamy nadzieję, że nie będziemy tego żałować! A teraz...

Ian wydał z siebie dźwięk imitujący trąbkę. Alex dołączył się z niemrawym werblem.

– Baguley – powiedział Lovelear, wychylając się raptownie do przodu – to wszystko było naprawdę. Ale... musimy iść, chłopie. Musimy sobie popatrzyć, jak kupujesz kolejne falsyfikaty A l e k s a. Ach, j a s n e, na tej aukcji jest p e ł n o podróbek Tandema. On nic innego przez cały dzień nie robi. Tylko podrabia, podrabia i podrabia, bez końca. To dlatego nie licytujemy. Jesteśmy ponad to. Jesteśmy zen. Z zasady. Baguley.

Ian usiłował ustać na nogach, ale leciał do tyłu. Alex śmiał się jak opętany, przez nos.

– Wiesz, o co powinieneś poprosić? – powiedział Ian do Baguleya, kiedy ten zaczął się zbierać do odejścia. – Powinieneś poprosić, żeby ta pisarka umieściła cię jako faceta, który organizuje aukcję, a potem kupuje tę rolę w eee... chwileczkę – nie, no tak, jako postać w książce, która organizuje aukcję, a potem kupuje rolę w książce i prosi...

Za tę małą żydowską perełkę Alex postawił Ianowi dwie następne kolejki.

Kiedy wrócili na salę, byli zdrowo urżnięci i dość melancholijni. Stojąc w ostrym białym świetle, tarli oczy jak dzieci. Pod młotek szedł właśnie popularny aktor George Sanders. Trzy tysiące funtów za pozostawiony przezeń liścik samobójczy z 1972 roku, w którym zawiadamia, że jest zbyt znudzony, żeby ciągnąć dalej.

– Jak ja go rozumiem – rzekł Lovelear, przeciągając się.

– Ptaszek wleciał, żeby znaleźć klatkę – mruknął Alex.

– O J e z u. Jaki sukinsyn to powiedział?

– Przypomnij sobie tę scenę, Lovelear – rzekł Ian, szarpiąc Loveleara za rękaw. – W filmie *Wszystko o Ewie*, kiedy...

– Jasne – Lovelear trzepnął go po ręce.

Usiedli, włączyli się do licytacji, ale nie był to ich dzień. Znudzony Alex rozglądał się po sali. Młode osiłki w niebieskich kombinezonach wnosiły eksponaty na późniejszą sesję. Statuetki, stoły, wyroby ze złota. Będąc łowcą autografów, łatwo było zapomnieć, że nazwiska wypisane na kawałkach papieru są na samym końcu listy dóbr, jakimi handluje się i obraca na świecie. Autografy są tylko drobinką w całym światowym systemie przedmiotów ludzkich pragnień i obiektów pożądania, na śmietniku historii. Ale spójrzcie na ten towar, na naprawdę wielkie rarytasy. Na te odlane z żelaza psy podające łapę. Na orły z brązu podchodzące ze złożonymi skrzydłami do lądowania. Na marmurowych Murzynów naturalnej wielkości, wesołych poczciwców, trzymających za łapy cudze trofea łowieckie. I na okalający to wszystko niczym mur graniczny długi ciąg wygasłych kominków, wyrwanych ze wspaniałych domostw, leżących na boku, na zakładkę, niczym przewrócone kostki domina bogów. I na łosia. Który stoi gdzieś na końcu. Wypchany. Za łosiem dostrzegł Alex opartego na jego wytartym zadzie Briana Duchampa. W chwilę później zobaczył go także Lovelear.

– Ajajaj, w i e d z i a ł e m, że ta aukcja się spieprzy, zanim się polepszy. Dove, obudź się, chłopie. Spójrz, kto tam jest.

Dove rozwinął się jak wyrwana ze snu koszatka.

– A niech to cholera. Myślicie, że będzie próbował z n o w u?

Alex wytarł okulary w swój moherowy sweter.

– Tak myślę. On wciąż w a r i u j e. Chyba że słyszeliście o jakiejś zmianie...

– Hej, Al, zawołam go tu, co?

Alex grzmotnął Loveleara w prawą pierś.

– C h r y s t e, i tak widuję go co czwartek – i to mi całkiem wystarczy.

– Ale nie chcesz, żeby tu przyszedł... – Lovelear wykonał raczej statyczną imitację kaczego chodu samą górną połową ciała – ... i usiadł, powiedzmy, koło ciebie... – Lovelear obsunął się na krześle tak, że zrównał się wzrostem z Duchampem, który miał około metra sześćdziesięciu – ... a potem przysunął twarz tuż do twojej, rozdziawił usta i powiedział... – tu Lovelear wymówił słowo „cześć" z akcentem, z jakim mógłby je wymówić jakiś cockneyowski gremlin, co stanowiło wierną imitację wymowy Duchampa. Nie potrafił jednak odtworzyć jego cuchnącego oddechu, który był tak ostry, że prawdopodobnie nie udałoby się go spreparować nawet w laboratorium.

Brian Duchamp. Ten od brudnych koszul, samotności, odizolowanego od innych, obciążonego długami stoiska (gdzie, w przypływie szaleństwa, usiłował od czasu do czasu sprzedać Aleksowi jakieś przyniesione z domu drobiazgi: uchwyty na papier toaletowy, abażury do lamp), ten od trampek z supermarketu, ropnych wyprysków i nieświeżego oddechu.

– Co on w y p r a w i a? – zapytał Lovelear.

Alex przyjrzał się uważnie.

– Przygotowuje się.

Duchamp wyciągał ze swej torby notes, pióra, jakieś katalogi i kilka pojedynczych kartek papieru i układał to wszystko na niepewnej podstawie łosiego grzbietu. Potem wyjął dwuogniskowe okulary i podsunął je na nosie tak wysoko, jak tylko się dało, czego efektem było przerażające powiększenie mlecznych oczu szaleńca.

– Ojoj, uwaga – rzekł Ian. – Kurtyna idzie w górę.

– Zaczynamy od ceny wywoławczej dwadzieścia funtów, dwadzieścia funtów, czy ktoś daje dwadzieścia?

Prowadzący aukcję wskazywał gestem ręki piękne zdjęcie Jeanette McDonald i Nelsona Eddy'ego w czymś, co jak wyobrażano sobie w Hollywood w latach trzydziestych, było w tym czasie typowym strojem młodych ludzi w Austrii (Lederhosen, aksamitne kołnierzyki, mysie ogonki usztywniane drutem, krowie dzwonki). Byli chętni za dwadzieścia, czterdzieści, sześćdziesiąt, osiemdziesiąt, a na końcu Brian Duchamp. Rzucił się do przodu, wołając:

– Daję czterści!

– Przepraszam, sir, czy pan licytuje?

– Czterści!

– Czterdzieści, sir? Niestety, cena podskoczyła już na osiemdziesiąt.

– Dam panu – powiedział Duchamp trochę ciszej, bo jego głos utonął w czymś, co lektorzy wiadomości lubią nazywać „szmerem ogólnej konsternacji" – dam panu czterści pensów i szlus – bo dokładnie tyle jest toto warte. Bo to za cholerę nie jest autentyk!

– B r i a n – powiedział Alex, kiedy Duchamp znalazł się na wysokości ich rzędu – Brian, na litość boską, siadaj. Chodź tu. No chodźże tu do nas.

Wstał i schwycił za ramię Duchampa, który potknął się i zaklął jak marynarz. Lovelear i Ian zmusili go siłą, żeby usiadł.

– Tandem? Spotykamy się w czwartki, nie dzisiaj. Czwartki są zwykle dniami naszych spotkań.

Aleksa zdumiała ta zdolność obłędu do absolutnego abstrahowania od tematu rozmowy. Przycisnął roztrzęsione ręce Duchampa do jego kolan.

– Nie wpuszczą cię tu już, Brian, jeśli zrobisz to jeszcze raz. Ostatnio cię wyrzucili, nie pamiętasz?

Duchamp przyłożył do ust chusteczkę i wycharczał na nią coś obrzydliwego. Utkwił spojrzenie swoich smutnych, niskowatowych żarówek w Aleksie.

– Ach, ci cholerni eksperci, Tandem. Przecież oni nie mają o niczym pojęcia! Ledwie wyrośli ze swoich pieprzonych krótkich spodni i nie mają o niczym pojęcia!

Z kieszeni Briana wypadła na podłogę miniaturowa buteleczka whisky. Dał za nią nura pod krzesła. Jego skóra miała fioletowy odcień. Cuchnął okropnie.

– Lovelear, on jest chyba chory.

– Wielka mi nowość.

– Ty chyba jesteś chory, Brian – rzekł Alex, zmuszając się, by położyć dłoń na wypukłym czole biedaka. – Powinienem cię stąd zabrać.

Ale Duchamp wyrwał mu się gwałtownie. Opuścił na chwilę skorupę swego światka, by wejść do światka Aleksa; teraz wracał do swego pancerza. Cała jego uwaga skupiła się znów na podium.

– Pozycja numer 182 – powiedział licytator – czyli program kinowy podpisany przez obsadę filmu *Czterdziesta Druga Ulica*, w tym przez popularną aktorkę musicalową Ruby Keeler...

Licytator mówił, ale to samo robił Duchamp. Początkowo ciche mamrotanie nabrało dynamiki i przeszło w wyższy rejestr, tak że trudno je było zignorować. Duchamp wstał. Licytator podniósł głos:

– C Z Y Ż B Y M   U S Ł Y S Z A Ł   D W I E Ś C I E...

– Jeśli to jest Ruby, to j a, kurwa, j e s t e m Jolson, kolego.
– Sir? – zwrócił się do niego licytator. – Przepraszam pana, ale czy
ma pan jakiś problem?
– To nie Ruby, to nie Ruby, to nie Ruby! – wrzeszczał Duchamp.
– TO NIE RUBY, TO, KURWA, NIE RUBY. TO JA! JA TO PODPISA-
ŁEM.

W końcu wezwano ochronę, ale atak szału Duchampa jeszcze się
nie skończył; w gotowości obecnych, by wysłuchać go do końca, było
coś godnego podziwu, jak w pobłażaniu publiczności dla złego króla
Leara.

– JA, KURWA, PRACOWAŁEM DLA TYCH WYTWÓRNI, TAK
CZY NIE? RUBY NIGDY NIC NIE PODPISAŁA! JA TO WSZYST-
KO PODPISAŁEM!

Wszyscy łowcy autografów wiedzieli, że w tym szaleństwie jest me-
toda. Świeżo zdemobilizowanego Duchampa losy rzuciły po wojnie
do Hollywood, gdzie pracował w działach promocji kilku wytwórni.
Podpisywał tysiące zdjęć. Przed laty, młodszy i mniej szalony, był człowiekiem nieocenionym dla kolekcjonerów, którzy chcieli sprawdzić
autentyczność jakiegoś podpisu. Zawsze utrzymywał, że rynek bry-
tyjski jest zawalony falsyfikatami; miał na to mocne dowody. A jednak Alex mógł sobie wyobrazić lepsze sposoby nagłośnienia sprawy
niż wywoływanie publicznego skandalu, do czego Duchamp, szarpiąc
wściekle sprzączkę od paska, najwyraźniej zmierzał.

– RUBY, GRETA, MARLENA, RITA, KITTY, BETTE – NIE PO-
TRAFIŁY SOBIE NAWET PODETRZEĆ TYŁKÓW. JA ODWALA-
ŁEM ZA NIE CAŁĄ BRUDNĄ ROBOTĘ.

Na koniec spuścił spodnie, ukazując bawełnianą płachtę swej bie-
lizny, upstrzonej żałosnymi, abstrakcyjnymi plamami.

3

Ile ruchów, zastanawiał się Alex nieco później, gdyby oczywiście
była to jakaś wyrafinowana gra, jak madżong lub szachy – a więc ile
ruchów potrzeba, żebym znalazł się tam, gdzie jest teraz Brian Du-

champ? Bo przecież ludzie, którzy kupują mosiężne psy i stoły bilardowe, nie są tacy? Dlaczego wobec tego my tacy jesteśmy? Co jest z nami n i e t a k?

Kto by w ogóle wybrał takie życie? Alex znalazł się w samym centrum miasta. Patrząc na swe odbicie w wypukłej powierzchni z ciemnego szkła – elewacji sklepu z luksusową odzieżą, opuścił ramiona, zwiesił ręce wzdłuż boków i zaczął dokonywać w myśli spisu osobistego inwentarza. Żadnej miłości, uniesień, ambicji, wiary, żadnej przynależności do wspólnoty, żadnych oczekiwań, wybaczenia czy nagrody, jeden worek, jeden termos, jeden kac po prochach, jeden kac po alkoholu, jeden skreślony czarnym atramentem i umieszczony centralnie na kartce pocztowej stary autograf Kitty Alexander. Przyjrzyjcie się. Czy to w ogóle człowiek? Spójrzcie na niego. J e s z c z e n i g d y n i e b y ł e m t a k i d e a l n i e ż y d o w s k i. G o d z ę w s o b i e a b s o l u t n ą s p r z e c z n o ś ć, j a k H i o b. N i e m a m n i c i j e d n o c z e ś n i e m a m w s z y s t k o. I j e ś l i j e s t e m n i e s p e ł n a r o z u m u, pomyślał Alex-Li Tandem, t o n a w e t d o b r z e.

Alex wierzył w istnienie boskiego czipa w mózgu, czegoś, co zostało stworzone po to, by przetwarzało i wyzwalało zadziwienie. Pomaga on człowiekowi dostrzegać piękno, odkrywać urodę świata. Ale nie jest zbyt dobrze zaprojektowany. To czip, który ma swoje problemy. Czasami mylnie bierze umundurowanego człowieczka z paskudnym wąsikiem za obraz nieskończoności, czasem myli migdałowooką dziewczynę z wielkiego ekranu z witrażem w kościele.

Może to głupie myśleć o krokach, etapach, r u c h a c h dzielących mnie od Duchampa, pomyślał Alex. Może ja już jestem w tym samym miejscu co on.

Bo jestem łowcą autografów.

Nie ma zatem innego wyjścia, jak tylko zawęzić pole manewru. To gra prostsza od szachów. Prostsza nawet od chińczyka. To rozgrywana powoli, perfidna gra (Przez kogo wymyślona? Przez kogo kontrolowana?) w kółko i krzyżyk.

SZEŚĆ / *Chesed*

Miłość • Tylko ten, który posiadł wiedzę, zdobędzie klucz • Szczęśliwy Pieczony Kurczak • Seks kontra śmierć • Fats Waller był żydowski • A mówiąc poważnie • Filmy kontra muzyka • Bóg nas potrzebuje • Najstarszy dowcip świata

1

– Kofi A n n a n.

– Butros B u t r o s Ghali.

Stwierdziwszy, że wypożyczalnia kaset jest zamknięta, Alex-Li skręcił w prawo, zatrzymał się po paru krokach i zadzwonił do mieszkania na piętrze. Po zwykłej długiej pauzie w drzwiach pojawił się Adam; jego twarz, okolona krótkimi, cienkimi i rozłożonymi wachlarzowato warkoczykami, wyglądała jak idealne onyksowe słońce. Powitał przyjaciela promiennym uśmiechem i oto znaleźli się nagle w samym środku swego rytuału.

– Kofi, Kofi A n n a n – mówi Alex, kłaniając się nisko. Poza uroczysta, akcent nigeryjski. – Kofi A n n a n – powiada. – Annan. A n n a n.

Adam kłania się jeszcze niżej.

– Butros. Butros, Butros-Butros, B u t r o s G h a l i.

Alex składa ręce do modlitwy:

– O, Kofi, Kofi, Kofi A n n a n.

– W i t a j – Adam prostuje się, szczerzy zęby w uśmiechu. – Witaj w moich niskich progach. Wejdźże. Nie martw się, Esther nie ma.

Alex przekrzywia głowę, opiera ją o futrynę drzwi.

– Ads. Bracie. Czuję się dziś tak, jakbym był w jakimś trójkącie bermudzkim gojskości. Jak Boga kocham. Powiedz mi coś.

– O co chodzi?

– Czy ja jestem naprawdę łowcą autografów? To znaczy, czy twoim zdaniem w y g l ą d a m na takiego?

121

– Znów zaczynasz?

– No dobra. Dokończymy na górze. Prowadź.

Dom Adama nie jest bynajmniej pałacem. Pierwsze drzwi wychodzą na wspólną dla wszystkich lokatorów wybetonowaną przestrzeń, przypominającą zaułek podziemnego parkingu, pozbawioną okien, żarówek i w związku z tym zawsze mroczną. Na ścianie z lewej strony ponura miniaturowa kostnica ze stali, z wysuwanymi szufladkami, kipi od makulatury (katalogi adresowane do byłych lokatorów, formularze wyborcze wysyłane do anarchistów z mieszkania D, rachunki za prąd wystawiane zmarłym); nieco dalej żelazne poręcze podtrzymują trzy ukrzyżowane rowery, przywiązane łańcuchami i sznurem: jest to jak gdyby próba zanegowania powszechnego przekonania miejscowych, że korytarz w domu Adama jest stuprocentowo pewnym, powszechnie dostępnym supermarketem z rowerami górskimi.

Na tych właśnie schodach Adam markotnieje.

– Pewnie czujesz ten zapach?

Alex węszy.

– Ach. No tak, o w s z e m. Choć trochę inny. O s t r z e j s z y.

– Też to zauważyłem. Nowa receptura. Więcej cukru, więcej czili. A więc poczułeś. – Adam zatrzymuje się raptownie. – Już tutaj? Zanim jeszcze wszedłeś? Bo ja już nic nie czuję. Za bardzo w tym tkwię.

Rubinfine powiedział, że on nic nie czuje, ale myślę, że chciał mnie udobruchać, bo spóźnił się trzy dni z kasetą, sam więc rozumiesz, działał we własnym interesie.

– Ads, szczerze mówiąc...

Jak by to powiedzieć? Alex kładzie obie dłonie na ramionach swego najlepszego przyjaciela i ściska go w krótkim geście pocieszenia.

– Przykro mi, ale prawdę mówiąc, bracie, teraz czuć jeszcze m o c-
n i e j.

– Nic dziwnego...

Adam uroczyście przeprowadza Aleksa przez drzwi i dalej, do długiego zewnętrznego przejścia. Tu opuszcza z rezygnacją ramiona, dłonie ma otwarte. Międzynarodowy Gest pokonanego.

– Oto Potwór.

– Och. Mój. Boże.

– Tak. Pomijając bluźnierstwo, takie są właśnie moje odczucia.

W ich polu widzenia pojawia się nowy element. Nie jest to naturalny składnik w i d o k u. Zbyt bliski, żeby go ogarnąć wzrokiem w całości, raczej w c h ł a n i a człowieka. Jeszcze dwa kroki w lewo i wielka nienasycona paszcza pochłonie twą głowę.

– Potężna cholerna rura.

– Tak. Potwór.

– A d a m. Przecież ten wielki cholerny peryskop jak z łodzi podwodnej pompuje swąd pieczonych kurczaków prosto d o t w o j e g o m i e s z k a n i a. To nie jest w p o r z ą d k u.

– To prawda. Wiem o tym.

– I co zamierzasz z tym z r o b i ć?

– Chyba już z r o b i ł e m, nie?

Wzburzony Alex zrywa z nosa zasmarowane okulary i brudzi je jeszcze bardziej, wycierając rogiem koszuli.

– Nie, Ads, nie, to nie jest sprawa zen. To znaczy nie jest to sprawa, do której dałoby się zastosować zen. Tu chodzi o prywatną własność. Tu trzeba stosować zasadę oko za oko, ząb za ząb. Najwyższy czas zastosować prawo żydowskie. A ty masz swoje prawa. Byłeś tu w c z e ś n i e j.

Krocząc wąskim korytarzem w stronę donicy, Adam ciężkim westchnieniem wprawia swe wargi w wibrację.

– Tak uważasz? To sprawa dyskusyjna... Ja już sam nie wiem... każdy mówi mi co innego. – Schyliwszy się nad niskim murkiem, wylewa z donicy deszczówkę i pływające w niej liście na położony niżej dach swoich przeciwników. – Ludzie, którzy przychodzą do mnie po kasety, kupują u nich kurczaki i vice versa, więc... Nie wiem, bracie. To znaczy poszedłem niedawno z nimi porozmawiać... – przesuwa donicę w stronę drzwi. Alex klęka, żeby ją przytrzymać na śliskim asfalcie, Adam wchodzi na nią. – ... i nawet rozumiem ich sytuację, wiesz? Oni po prostu próbują prowadzić interes, tak jak ja, i są tu od dawna. Właściciel cały czas tylko pyta, czy chcę go zrujnować i czy chcę, żeby jego dzieci głodowały...

– Stoję po kolana w wodzie. P r o s z ę   c i ę, Adam, nie zrujnujesz go – pewnie ma osiem innych restauracji porozrzucanych po całym mieście.

– Nie... czekaj no... g d z i e   t o   s i ę   z a p o d z i a ł o? Musi tu gdzieś być. Zawsze spływa rynsztokiem, jak pada – aaa!

Adam odnajduje wihajster (zrobiony z dwóch wieszaków, kawałka bandaża elastycznego i widelca) ukryty przy ujściu rynsztoka.

– Przypomnij mi: dlaczego ty właściwie...

– Gdybyś, bracie, gubił klucz tak często jak ja, robiłbyś tak samo. Mógłbyś odstawić tę donicę?

Alex człapie wąskim przejściem, rozchlapując wodę i ściskając w objęciach mokre gliniane naczynie. Wraca z mokrym liściem przyklejonym do szyi jak pijawka. Adam wsuwa wihajster do szpary na listy i zaczyna się proces szukania po omacku klucza, porzuconego gdzieś na wyspie wycieraczki.

Znudzony Alex wygląda zza muru na ponure wybetonowane podwórko firmy Raj Pieczonych Kurczaków. Ostatniego lata, w krótkim okresie zawieszenia broni w ciągnącym się od sześciu lat konflikcie, zabawili się tam kiedyś z jej pracownikami; z pewną rezerwą przyjęli obaj nieformalne zaproszenie (wyryczane z dołu pewnego upalnego i parnego dnia: G r a c i e? Tak, d o   w a s   m ó w i ę   –   c h c e c i e   s p r ó b o w a ć?) do rozegrania obłąkanych zawodów (czy była to jakaś indyjska gra?), w których wszyscy biegną w jedną stronę, a potem w drugą i wszędzie są krechy wyrysowane kredą, ale nie ma piłki. Wypadli w tym całkiem nieźle. Zrzucili też parę funtów i tak się opalili, że Alex był prawie tak brązowy i smukły jak ci półnadzy chłopcy pracujący w barze. Zabawa, owszem. Ale nic więcej. Teraz dwóch z nich stało przy wielkich, czarnych pojemnikach na śmieci, popijając colę, ćmiąc papierochy, gapiąc się na Aleksa – bezczelność w odpowiedzi na bezczelność. Alex odruchowo pokazał im wysunięty środkowy palec i pośpiesznie wycofał się za mur, żeby nie oberwać puszką.

– Ads, oni sobie z ciebie k p i ą. Czy ty wiesz, że każdy inny lokator już by ich skarżył? Rozpieprzyłby ich w proch. Doniósłby na nich na początek i n s p e k t o r o w i   s a n i t a r n e m u. Musisz w tej sprawie pogadać z Josephem.

Słodka twarz Adama wykrzywia się; przemyka przez nią jak chmura jakaś mroczna myśl.

– Wiesz – mówi do szpary w drzwiach – jedyna rzecz, jaka naprawdę mnie zabolała, jedyne, co było n a p r a w d ę nie w porządku – jego ramię pracuje bardzo pewnie; ostrożnie i z wielkim skupieniem przeciąga klucze na swoją stronę drzwi – to to, że s p e - c j a l n i e umówili się z tymi facetami od instalacji na Jom Kipur – bo w i e d z i e l i, że mnie nie będzie w domu. S p e c j a l n i e. Uznałem to za podłość. No, m a m g o! – Klucz znaleziony, drzwi otwarte. – No ale dość na ten temat. To zbyt przygnębiające. Sezamie, otwórz się. Herbaty?

Wszystko w mieszkaniu Adama przylega do wąskiego przedpokoju. Pudełkowaty salonik, pudełkowata sypialenka, takaż kuchenka i miniaturowa ubikacja (ta ostatnia to już naprawdę pudełko. Gdyby człowiek chciał d a ć k o m u ś w p r e z e n c i e s e d e s i potrzebował opakowania, mógłby ją włożyć właśnie do tej klitki. Żadnego prysznica. Żadnej wanny. Żadnej u m y w a l k i (nie licząc zlewu w kuchni). Jeśli miało się szczęście spędzić popołudnie z Adamem – sam na sam, dwaj rozleniwieni, naćpani luzacy podziwiają miasto – Adam raczył naturalnie zwykłymi fajerwerkami swego potężnego intelektu (ach, ta jego niewiarygodna wiedza na temat muzyki pop i zupełnie do niej niepasujące głębokie judaistyczne refleksje). Odbywało się też podróż po publicznych przybytkach całego miasta, w których Adam kąpał się i korzystał z natrysku. Po basenach, siłowniach, schroniskach dla bezdomnych, saunach dla gejów, klasztorach żeńskich („To nieprawda, Alex, zakonnice wprost marzą po całych dniach, żeby pojawił się w drzwiach klasztoru jakiś cuchnący młody człowiek, nalepiej Żyd, i poprosił je, żeby go wykąpały"), domach starców, szkołach.

2

Błogosławieństwem mieszkania Adama jest jego salonik. Są to dwa połączone boksy z długim oknem, takim jakie spotyka się w londyńskich autobusach, ciągnącym się wzdłuż całej ściany. Pokój funkcjonuje w dwóch trybach: światło dla studiów, ciemność do palenia. Teraz zasłony są zaciągnięte i jest ciemno. Stwierdziwszy, że jego wzrok nie może się przyzwyczaić, Alex zapala dwie dodatkowe świece na niskim stoliku (deska podparta cegłami). I oto wszystko wyłania się z mroku, bajeczne jak zawsze. Szlak Sfer. Szlak Liter. Świat się rozpadł.

Na innej ścianie półki pełne książek, w większości po hebrajsku. Nad nimi ogromny plakat w kształcie krzyża, przedstawiający popularnego piosenkarza Isaaca Hayesa w *dashiki* i w przeciwsłonecznych okularach. Podpis: CZARNY MOJŻESZ. Reprodukcja obrazu Paula Klee *Angelus Novus* w tandetnej ramce. Reżyser Steven Spielberg, popularny piosenkarz Michael Jackson i styropianowy E.T. siedzący jeden drugiemu na kolanach. Wirtuoz sztuk walki Bruce Lee z nunczaku. Mądrala Walter Benjamin, któremu przydałby się grzebień, lepszy krawiec, wyjazd z Francji. Tablica z poprzypinanymi notatkami i zapiskami, aforyzmami („Wszelkie nazwy i atrybuty są metaforyczne dla nas, ale nie dla N i e g o") i strzępami modlitw. Najciekawszy dla Aleksa jest odległy kraniec ściany, wysoko, pod gzymsem. Dziewięć czarno-białych zdjęć w układzie kabały. Pocztówki przedstawiają słynne twarze. Uzupełniają je autografy, o które Adam od czasu do czasu nieśmiało go prosi. Wyglądają na ścianie tak pięknie, że Alex prawie wybaczył Adamowi ich barbarzyńskie okaleczenie (Adam płaci za nie dobrze, potem wycina z nich imiona i nazwiska, kupuje pocztówkę z daną osobą i pluskiewką przypina do niej autograf, czyniąc go bezwartościowym dla wszystkich oprócz niego samego. Zrobił to z Kafką. Z K a f k ą).

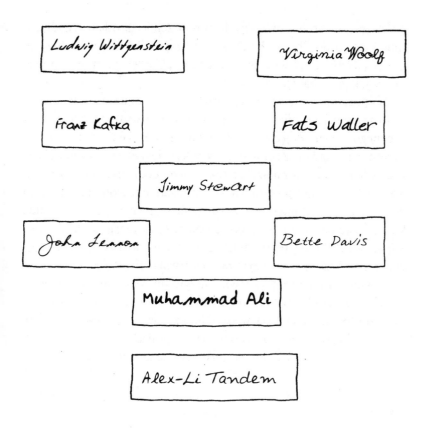

Jest to cała Adamowa kolekcja autografów, nabywanych z częstotliwością mniej więcej jednego rocznie. Kolekcja wydaje się Aleksowi jedną z najdoskonalszych, jakie zna. Mała, bezinteresowna, niemal całkowicie arbitralna, jeśli chodzi o dobór (włączenie swojego nazwiska uważa za żart) – i z takimi odstępami czasu pomiędzy zakupem kolejnych autografów! Jeśli jest to rzeczywiście drzewo, to musi to być bonsai. Miniaturowe, wyhodowane sztucznie, delikatnie, nieśpiesznie pielęgnowane. Ale bez jednej gałęzi. Adam utrzymuje, że powinno ich być dziesięć – brakuje korony dla drzewa, głowy dla ciała – a jednak od prawie roku Aleksowi nie udaje się go skusić nazwiskiem żadnej gwiazdy ani sportowca, uczonego ani słynnego samobójcy, zabójców ani ich ofiar, pre-

127

zydentów ani proli, ani żadnych pisarzy (chociaż Adam tygodniami wahał się co do Philipa K. Dicka) czy zapaśników. Ani Żydów, ani gojów („Na kogo ty właściwie czekasz?" „Nie wiem. Trudno powiedzieć. Jak go zobaczę, to rozpoznam".).

Na poziomie oczu siedzącego Aleksa, na nisko umocowanej półce, stoi oszałamiające zdjęcie Esther. Dziewczyna siedzi na brzeżku kuchennego zlewu. Zdjęcie zostało zrobione trzy lata temu, dzień po śmierci jej dziadka. Zrobił je Alex. Oczy Esther są smutne, ale na wargach igra nikły uśmieszek, z seksualnym podtekstem, o czym Alex wie, bo kilka minut po tym, jak obraz został utrwalony na kliszy, on, Alex, był w niej. Pamięta, jak pośpiesznie wyzwalał ją z więzów bluzki, ściskając palcami lewą pierś, a potem opuszczając dłoń nieco niżej, na twardą bryłkę rozrusznika. Zrobili to na stojąco, oparci o drzwi kuchni, podczas gdy w dużym pokoju trwała *szibah*. Jest rzeczą ważną, aby nie ulec na tej podstawie fałszywemu wyobrażeniu: Isaac Jacobs był Esther bliższy niż ktokolwiek inny. Przez kilka ostatnich miesięcy dosłownie mieszkała w szpitalu, czytając mu codziennie Torę, do chwili kiedy oboje morzył sen. Sięgała ponad nim do szafki z dykty i podawała mu wszystko, co tylko zapragnął zobaczyć, powąchać, przeczytać. Ale seks jest przeciwieństwem śmierci – tak zapewniała Esther, przyciskając Aleksa do ściany. S e k s j e s t o d p o w i e d z i ą n a ś m i e r ć. I oni właśnie odpowiedzieli.

*

Adam wystawia głowę zza drzwi.
– Owocową czy normalną?
– Normalną.
– Mleko? Cukier?
– I to, i to. Dużo.
– Utyjesz.
Alex zadziera koszulę i dziobie się badawczo palcem w fałd skóry w miejscu, gdzie kiedyś miał pępek.
– To się już stało.
– Omfalos zaciemniony.

– Przez nacierającą otyłość. Tak, tak.

Adam śmieje się i znika, a Alex patrzy w przestrzeń, tam gdzie przyjaciel był przed chwilą. Czuje głęboką miłość. A także coś w rodzaju nabożnego podziwu, coś, co można by wyrazić słowami: ej, chwileczkę, do diabła, j a k   t o   s i ę   s t a ł o? Oto przystojny, bystry, światły, szczupły młodzieniec – co się stało z tym tłustym dziwolągiem, czarnym żydowskim bachorem? Który każdego kolejnego lata rzucał się z jednej całkowicie niedopasowanej „tożsamości" w drugą, zaliczając takie etapy, jak hipizm, *grunge*, *gangsta*, różne odmiany *roots* (*ebonic*, repatriacja, rastafarianizm), anglofilia, amerykanizacja, afro, prostowanie włosów, głowa pobrużdżona jak zaorane pole, głowa ogolona, workowate dżinsy, obcisłe dżinsy, białe dziewczyny, czarne dziewczyny, żydówki, gojki, konserwatyzm, Konserwatyzm, socjalizm, anarchizm, balangowanie, ćpanie, pustelnictwo, schizo, rehabilitacja – jak on doszedł od tego wszystkiego do obecnego stanu? W jaki sposób osiągnął s z c z ę ś c i e?

Adam powiedziałby oczywiście: dzięki B o g u. Tyle że nie wymawia Jego imienia, a kiedy się go poprosi, żeby je napisał, napisze JHWH albo, jeśli ma odpowiednie pióro, יהוה. Tak, Adam powiedziałby: dzięki Bogu. Alex natomiast jest bardziej skłonny powiedzieć: dzięki t r a w - c e. Alex woli argument m a r i h u a n a. Może tak naprawdę na tym polega rozdźwięk między nimi, w proporcji 60:40.

Alex układa się w pozycji półleżącej na sofie, coś sobie przypomina i otwiera swój worek. Wyciągnąwszy złożony kawałek papieru spomiędzy kart jakiejś książki, rozkłada go i woła w stronę kuchni:

– W ZESZŁYM TYGODNIU, JESZCZE PRZED TĄ CAŁĄ AFERĄ. ZNALAZŁEM TROCHĘ DOBREGO TOWARU. MAM GO TU W WORKU. TO ZNACZY SPIS.

– CZEGO?

– CZARNYCH ŻYDÓW.

– ACH, TAK?

– TO ZNACZY LUDZI, KTÓRZY NIMI SĄ. AUTOGRAFY, KTÓRE MÓGŁBYM ZDOBYĆ. ŻEBY UZUPEŁNIĆ TWOJĄ KOLEKCJĘ.

– JASNE. MASZ KOGOŚ DOBREGO?

– SLASHA.
– NO TAK, NIE... TO ŻADNA REWELACJA.
– NO DOBRA, ZACZEKAJ... LENNY KRAVITZ, LISA BONET...
– KTO?
– LISA BONET. JEGO BYŁA ŻONA.
– TO SIĘ WYMAWIA BONE Z AKCENTEM NA E, BRACIE.
Z FRANCUSKIEGO.
– W PORZĄDKU, OKEJ, POSŁUCHAJ – WHOOPI GOLDBERG,
PAULA ABDUL?
– NIE... ZAŁOŻĘ SIĘ, ŻE ONI WSZYSCY SĄ Z NARODU JAH-
WE... ALBO ZE STRAŻNIKÓW DEKALOGU...
– KTO?
– MOI STARZY ZIOMKOWIE, AL, MÓJ STARY LUD, DO KTÓ-
REGO JUŻ NIE NALEŻĘ.
Alex zastanawia się przez chwilę, po czym mówi:
– PRZECIEŻ TY WŁAŚCIWIE JUŻ NIE MASZ „ZIOMKÓW",
ADS. TO ZNACZY RADZISZ SOBIE SAM.
– TAK. TAK MI SIĘ WYDAJE.
– ALE JUDAIZM TO CHYBA NIE JEST COŚ, CO MOŻNA
UPRAWIAĆ SAMOTNIE. TO NIE TO SAMO CO UPRAWIAĆ
JOGGING... CZY BYĆ, POWIEDZMY, PROTESTANTEM.
– TO JEST TAK – mówi Adam i Alex już żałuje, że zadał pytanie.
– SĄ DWA ASPEKTY HA-SZEM, ALEX. HA-SZEM, JAKI SIĘ OB-
JAWIA, I HA-SZEM TAKI, JAKI JEST W SWEJ ISTOCIE. PIERW-
SZY ZAWARŁ PRZYMIERZE Z LUDEM ŻYDOWSKIM I ŻYDZI
MUSZĄ PRÓBOWAĆ IŚĆ RAZEM KU NIEMU. TO JEST SEDNO
WSPÓLNOTY. TO JEST SEDNO CHASYDYZMU NA PRZYKŁAD.
ALE DRUGI ASPEKT – EIN SOF, AJIN, TO, CO NIEPRZENIKNIO-
NE, NIESKOŃCZONA NICOŚĆ – DO TEGO WĘDROWIEC
MOŻE DOTRZEĆ TYLKO SAMOTNIE.
Adam wynurzył się z kuchni, niosąc dwie herbaty i pudełko her-
batników w zagięciu ramienia. Miał zmienioną twarz.
– Chciałbym z tobą porozmawiać – powiedział. – Poważnie.
Usiadł obok Aleksa, ale wychylił się do przodu. Istny obraz kon-
centracji, wygięty w łuk i precyzyjny jak *Fats Waller* przy swo-

im fortepianie. Alex pochylił się do przodu. Teraz wyglądali jak dwaj pianiści, którzy szykują się do zagrania w duecie.

– Rozmawiałem z twoją mamą – powiedział Adam dziwnym, ostrożnym tonem. Podsunął Aleksowi szklankę z herbatą. – Kilka dni temu... nie wściekaj się... po prostu trochę się o ciebie martwiłem...

– Nie, w porządku, w porządku – rzekł Alex, myśląc dokładnie odwrotnie. – No i? Co u niej?

– Ach, wszystko w porządku. Ona zawsze, no wiesz... rozmowa z nią tak bardzo uspokaja. Jest zawsze bardzo zen.

– Aha... wiem, trudno uwierzyć, że jestem jej synem. Mówiła coś konkretnego?

– Eee... no wiesz, mówiła o Dereku i o tym, że Shoshana ma pchły – teraz mają już pewnie kocięta... robi wrażenie bardzo szczęśliwej. Mówiła też trochę o swoich kwiatkach...

Alex zaczynał podejrzewać, w jakim kierunku zmierza rozmowa, i bardzo mu się to nie podobało. Jako Anglik, skorzystał ze swego prawa do skrzyżowania ramion na piersiach, uśmiechu i przybrania takiego wyglądu, jakby miał za chwilę eksplodować z radości.

– No tak – powiedział, szczerząc zęby i odrzucając głowę do tyłu. – Można się było tego spodziewać. Jak już zaczęła z tym garncarstwem, to nie ma temu końca! Właściwie można o niej powiedzieć, że moja mama należy do kobiet... jest taka mało wymagająca, więc człowiekowi się wydaje, że jest w stałym kontakcie, a potem nagle uświadamia sobie, że nie dzwonił do niej od...

– Al – przerwał mu Adam swoim szczególnym tonem, zapowiadającym, że będzie mówił o sprawach delikatnych. – Przypomniała mi tę datę. To przyszły czwartek.

– Ach, w porządku.

– To jest dwudziesty szósty.

– Aha.

Alex wziął dwa herbatniki i wsunął po jednym pod każdy policzek. Zamknął oczy i słuchał monologu Adama, tego samego, który przyjaciel wygłaszał mniej więcej o tej samej porze co roku. I pomimo tej dorocznej regularności tym razem przemowa przygnębiła go bardziej niż zwykle. Kiedy najlepszy przyjaciel jest człowiekiem reli-

131

gijnym, można się spodziewać (i p o d d a ć s i ę t e m u z r e z y g n a-
c j ą), że istnieją pewne ustalone daty, które wywołają sztuczny i żenu-
jący spór, kończący się pełnym napięcia i irytacji rozejmem. Boże
Narodzenie, Pascha, Ramadan. Czy się to komu podoba, czy nie. Ale
to ani trochę nie ułatwiało sprawy. W wypadku Aleksa i Adama spór
odnawiał się co roku około dwudziestego szóstego lutego. Zwykle
kilka tygodni wcześniej Alex uzbrajał się w racjonalne kontrargumen-
ty, ale tym razem został zaskoczony w chwili, kiedy jego czujność była
osłabiona. Teraz zdążył jeszcze zjeść w ponurym milczeniu trzy herbatniki, nim Adam, widząc, że niczego nie wskóra, jęknął i odwrócił
wzrok.

– Ale d l a c z e g o? – zapytał Alex, przyciskając palec do stołu. –
Słucham uważnie wszystkiego, co mówisz, n a p r a w d ę. Ale tak właściwie to nigdy mi nie powiedziałeś, d l a c z e g o mam to robić. Jaki
z tego p o ż y t e k. Przecież nie próbuję nawet udawać człowieka religijnego. To znaczy zjawiam się pod przymusem na sederze – ale to
tylko ze względu na mamę. Nie zamierzam być hipokrytą. I nie rozumiem, d l a c z e g o...

– To rytuał – powiedział Adam krótko. – Myślę, że rytuały istnieją
same dla siebie.

– Okej. Ale ja tak n i e m y ś l ę – upierał się Alex. – Czy możemy
na tym zakończyć dyskusję?

– Cóż, n a j w y r a ź n i e j do tego zmierzasz.

– Ja tylko... to wszystko jest takie... n i e n o r m a l n e. On nie żyje
od p i ę t n a s t u lat, Ads. I nawet nie był Żydem. Wiem, wiem, co
zaraz powiesz – że ja jestem. Już to przerabialiśmy. Tysiąc razy. A teraz proszę cię: dajmy temu spokój.

Adam potrząsnął głową i sięgnął po pilota. Przez kilka chwil obserwowali obaj, nadąsani, jak żółta bila toczy się nieznośnie wolno do
narożnej łuzy.

– Słuchaj – rzekł nagle Adam, odwracając się raptownie ku Aleksowi z nową energią. – Ty, jego syn, jesteś czymś w rodzaju pokuty za
zmarłego. Nie rozumiesz tego? W t e n s p o s ó b d z i e c k o s p ł a c a
d ł u g r o d z i c a. Przynosisz spokój jego duszy, oddajesz mu cześć.
Musisz tylko iść do synagogi i odmówić kadysz w otoczeniu dziesię-

ciu przyjaciół. Tylko tyle. Ja robię to co roku i za każdym razem uświadamiam sobie na nowo w a r t o ś ć...

– To t y – odpowiedział Alex twardo i otworzył puszkę z trawką.

– Ale nie ja. Nie chcę się kłócić, Ads. B ł a g a m c i ę. Chcę sobie zajarać, dobra?

Adam wykonał Międzynarodowy Gest oznaczający żydowskie wzruszenie ramion. Alex odpowiedział tym samym.

3

Hagada (zagadka nr 1)

Pyt. Ile jest przyjemności w robieniu skręta, kiedy Alex i Adam zamierzają zapalić?

Odp. W książce jest napisane: *Och, około 78 procent.*

Należy do szkoły, która preferuje skręty w kształcie litery L. Zawsze robi tak zwanego *roacha*, zgrabnego skręta z kolorowego kartonu – i w ten sposób paczuszki z bibułką zamieniają się w architektoniczną katastrofę; najpierw znikają boczne ścianki, potem tył, dach, w końcu nie zostaje z nich nic. Skręcanie jest procesem powolnym, skomplikowanym. Och, około 78 procent przyjemności jest w robieniu skręta.

– *Skończyłeś już, Ads?*
                    Nie, jeszcze nie. Właśnie doszedłem do...
          Jest jakaś szansa, że zapalimy, Ads?
                    Papier jest nie tą stroną na wierzch, muszę...
          Czy już wypaliliśmy tego skręta?
Nie, jeszcze go nawet nie zapaliłem.

Alex musi zatem usiąść i patrzeć, co się dzieje. Próba, kolejna próba, najlepsza z pięciu (Adam, babrzesz się w tym c a ł y m i   d n i a m i. Dlaczego nie robisz żadnych p o s t ę p ó w?). Podchodzi do skrzynek po winie, w których stoją płyty; rozwściecza go brutalny luddyzm wszystkich tych, którzy wciąż pozostają na etapie winylu i igły. Siada z powrotem i stwierdza, że wybrał nie ten kawałek. Jest zbyt żywy. Z panem Gaye nigdy nie wiadomo.

– To czarny Żyd.

– Marvin?

– Tak, no wiesz, z tych, co ich nie bardzo uznaję – kult chrześcijański, fetysze hebrajskie. Albo odwrotnie. Nie pamiętam szczegółów. Czytałem gdzieś. Na okładce płyty?

Adam zbliża twarz do świecy; grubszy koniec skręta skwierczy jak płonący busz.

– Co za głos – mówi. Hałaśliwie wypuszcza nosem dym, który zwija się w dwa wielkie, skręcone widmowe wąsiska. – Zupełnie jakby Bóg wziął miód głosu Steviego i rozlał go na żwirze.

Dla Adama świat to muzyka. Dziwne, ale filmy w ogóle go nie biorą. Sprzedaje ludziom kasety z filmami jak barman-abstynent drinki, z zainteresowaniem antropologa. Film jest dla niego sztucznym, zamkniętym pudełkiem – cztery ścianki, a w środku nic oprócz pustych Międzynarodowych Gestów. Czyli dokładnie tym, za co kocha go Alex. Adam beznamiętnie nim h a n d l u j e. Natomiast muzyka jest dlań jak antena podłączona do nieskończoności, coś absolutnie niezwykłego. Filmy kontra muzyka. Ostatnią publiczną rozrywką, jaka fascynowała na równi obu przyjaciół, były walki zapaśnicze, piętnaście lat wcześniej.

Adam rozsiada się wygodnie. Kładzie nogi na stoliku.

– Powinieneś mi puścić Sammy'ego Davisa – mówi w zadumie. – To był czarny Żyd. Utorował czarnym drogę do Vegas. Oświetlał im szlak, był tym, który ich tam poprowadził.

– Hmm – mruczy Alex, myśląc o narkotykach.

– Zaraz, zaraz. Gdzie jest moja kaseta? *Dziewczyna z Pekinu.* Gdzie ją masz? Wziąłeś ją już dziesiąty raz od czasu, kiedy ją kupiłem. Dlaczego jej ode mnie po prostu nie odkupisz? Wyszłoby taniej.

Alex przez chwilę rozważa propozycję.

– Gdybym ją miał na własność – mówi ze śmiertelną powagą – nie mógłbym chyba robić literalnie nic, tylko bym ją oglądał.

– Tylko idioci używają w rozmowie słowa „literalnie" – mówi Adam lekkim tonem. – No więc dobrze, oddaj tę kasetę. Przetrzymałeś ją. Jesteś mi już winien pięć funtów.

– Pozwól mi ją jeszcze troszkę potrzymać. Czuję, że będę miał ochotę obejrzeć ten film dziś wieczorem.

Adam potrząsa głową i przykłada dłoń do skroni, jak gdyby chciał usprawnić przepływ myśli.

– Powiedz mi, co właściwie w niej jest takiego? I nie tylko w niej. W nich wszystkich. Chyba nie chodzi ci tylko o warsztat, prawda? A Josephowi? W czym rzecz?

Alex macha ręką w stronę kolekcji płyt, skrzynek, które piętrzą się do połowy wysokości pokoju.

– Nic wielkiego. A czym jest dla ciebie to wszystko?

– Odpowiedz na pytanie.

Alex chwyta skręta, zaciąga się pełnymi płucami. Powtarza tę czynność trzykrotnie i zamyka oczy.

– Chcę się po prostu dowiedzieć, o co tu chodzi – nie ustępuje Adam. – To są aktorzy. Kto by się tak przejmował aktorami?

– Musisz zrozumieć – zaczyna Alex powoli – że nie chodzi o n o-w y c h aktorów. Chodzi o starych. N o w i mnie nie obchodzą. Wisi mi, czy taki a taki zagrał przekonująco jakiegoś paralityka. Mam gdzieś jego głupie, okropne, prawdziwe nazwisko – powinien je zmienić. A więc przytył czterdzieści funtów i nauczył się boksować. No i co? Albo żył przez trzy miesiące wśród szympansów. I co z tego? Nie obchodzi mnie to, że wdrapał się na Mount Everest. Nic a nic. To wszystko nie ma dla mnie żadnego znaczenia. Nie mogę oglądać filmów zrobionych po 1969 roku. Dostaję mdłości. Ja lubię stare filmy.

– Bo?

– Bo... Nie wiem, może chodzi o to, że oni grają po prostu siebie, dają nam samą swoją esencję.

– Wytłumacz mi to.

– To tak jak z Hollywood... mówi się, że to fałszywa religia, rozkosze bałwochwalstwa i tak dalej – no więc jeśli tak rzeczywiście jest, to przynajmniej należy to robić w ł a ś c i w i e. Prawda? Bądź n a p r a wdę przynajmniej tym fałszywym bogiem. Rozumiesz, o czym mówię? Bądź w tym uczciwy. Można powiedzieć: bądź Clarkiem Gable, bogiem męskości. Bądź Marleną Dietrich, boginią, no nie wiem, powiedzmy, rozwiązłości. Bądź Sidneyem Poitierem, bogiem godności osobistej. I tak dalej. Jeśli chcesz być Bogartem, bądź Bogartem. Bądź esencją Bogarta. Zauważyłeś, jaką dużą miał Bogart głowę w stosunku do reszty ciała? Wyglądał jak własna karykatura.

Adam marszczy brwi, zdezorientowany.

– A Kitty? Co takiego jest w niej?

– Jest najpiękniejszą istotą – mówi głupkowato Alex – jaką widziałem w życiu. Na tym to polega. Wiem, że dla ciebie to nic nie znaczy.

– Myślę, że piękno, prawdziwe piękno, jest materializacją boskości na ziemi. To świeżo skoszony trawnik. Kanion. Rysa na płycie chodnikowej. A ty mówisz po prostu o seksie.

– Słuchaj, ja też lubię drzewa – wzdycha zniecierpliwiony Alex.

– I góry. Lubię to wszystko. Mówię tylko, że uroda kobiet jest materializacją boskości w ludzkim życiu.

Marvin śpiewa w końcu coś odpowiedniego. Oczy Adama zrobiły się duże i smutne. Zaciska zęby.

– Esther powiedziała... powiedziała, że kiedy rozbiłeś samochód, to w pierwszym odruchu sprawdziłeś, czy jeszcze masz ten... jak by to nazwać – autograf. Kitty Alexander.

Alex otwiera usta i natychmiast je zamyka.

– Alex? Wyjaśnij mi to, proszę. Czego ona jest boginią? Musi być strasznie ważna. Byłeś z Es przez dziesięć lat, Al. Dziesięć lat.

– To nie może być prawda, Ads. Nie pamiętam, żebym to zrobił.

– Tak mi powiedziała. Jak wiesz, ona nigdy nie kłamie. Jesteś całym jej życiem.

– Wiem.

– Wyobraź sobie, że rzuciłoby nią trochę bardziej do przodu, że przemieściłby się jej rozrusznik. Nie mógłbym znaleźć dla ciebie usprawiedliwienia. Nie mogę cię bronić. To jest zupełnie tak, jakbyś uważał, że cały świat to twoje nazwisko i nic więcej.

– Ale... czy nie jest przypadkiem tak, że wszyscy w ten sposób...

Alex nie kończy. Adam, zły, pochyla się nad stolikiem, żeby znów zrobić skręta, choć pierwszego nie wypalili nawet w jednej czwartej. Alex nachyla się ku niemu.

– Ads.

– Co?

– Mogę cię o coś zapytać?

– Co?

– Widziałeś?

– Co mianowicie?

– Jak to podrabiałem?

– O Jezu, nie zaczynaj znowu, bracie. Proszę cię.

– Odpowiedz.

– Okej. Nie widziałem.

– A Joseph?

– Wiesz, co on mówi. Mówi, że wyszedłeś do kuchni i wróciłeś z autografem. ·

Alex jęczy.

– Czy tylko to cię gnębi? – pyta z niedowierzaniem Adam. – Nazwisko kogoś, kogo nigdy nie poznałeś osobiście?

Halacha (Zagadka nr 2)

Pyt. Jakie prawo przysługuje człowiekowi, który jest bardzo naćpany, i drugiemu, który jest naćpany mniej? Jak się obaj zachowają w stosunku do siebie?

Odp. Ten, który jest mniej naćpany, zaparzy herbatę i w końcu zacznie szukać czegoś do jedzenia. Ten bardziej naćpany będzie miał prawo – dopóki jest bardziej naćpany – powiedzieć temu drugiemu, na czym polega jego problem.

– P o w i e m c i d o k ł a d n i e , n a c z y m p o l e g a t w ó j p r o -
b l e m – mówi Adam. Jego oczy wyglądają jak poprzecinane siateczką żyłek malinowe pomarańcze. Jest późno. Zasłony są odsłonięte. Alex próbuje wyjść od jakichś trzech lat. Tkwi na sofie w pozycji narciarza biegowego. Za oknami, na bocznicy kolejowej, wściekłe słońce razi z nieba ogniem. Wszystko zalewa czerwień.

– Ads, ja już naprawdę muszę iść. Muszę coś zjeść.

– Naprawdę? Nie chcesz wiedzieć, na czym polega twój problem?

– Nie. Chcę coś zjeść. Jestem naćpany. A ty nie?

– Owszem – przyznaje Adam. – Ale umysł mam bardzo jasny. – Wstaje, podchodzi do ściany w głębi pokoju i przykłada do niej dłonie jak uzdrowiciel. – Świat się rozpadł, Alex.

– Świetnie.

– Kiedy powstawał świat – mówi Adam, rysując w powietrzu kulę jedną ręką i wskazując drugą na puszkę z herbatnikami – On wkroczył ze swymi kulami światła; stworzony z liter, napełnił świat Sobą. Ale ha-Szem jest nieskończony – aby stworzyć skończone byty, musiał się cofnąć. W y c o f a ć   s i ę. Dzieło stworzenia jest aktem wycofania. Ale kiedy się wycofał...

– Wtedy wszystko spieprzył?

– Nie wycofał się całkowicie. Zostawił odpryski siebie... drobiny światła i części...

– Części? To chyba techniczny termin, nie?

– Cząstki swej e s e n c j i – mówi Adam, wskazując na *sefirot*.

Aleksa boli głowa. Wolałby nie słuchać tego wykładu o cząstkach części. Słyszał go już wcześniej i nigdy nie rozumiał. I na chwilę zakradło się do jego serca coś smutnego, spowitego chmurą dymu. To mogła być twarz Esther. Albo Kitty. Zdecydowanie coś kobiecego i miękkiego, w czym mógłby się zwinąć w kłębek. Musi iść do domu. Znaleźć kobiety. Zadzwonić do nich, napisać. Skłonić je, żeby przyszły i go utuliły, choćby przez godzinę.

Adam mówi:

– I mówiąc najprościej jak można, problem w tym, że bóstwo jest niekompletne. P o t r z e b u j e   n a s.

Cała sofa jest zasypana herbatnikami. Zupełnie jakby Alex ją nimi karmił. Jest tak potwornie głodny, że nie ma cierpliwości dalej ich chrupać. Chciałby po prostu, żeby stały się jego częścią, wszczepiły się w niego w jakiś magiczny sposób.

– Żeby z powrotem wszystko scalić?

– Scalić to – mówi Adam – co zostało rozproszone. Robimy to poprzez dobre uczynki. Bóstwo bez nas nie jest skończone. Przydajemy bóstwu wartości przez nasze dobre uczynki. Celem jest to, żeby-śmy my nagradzali Jego, a nie On nas – jeśli tego nie pojmujesz, nie możesz zrozumieć Hioba. Hiob nie ma bez tego sensu. Pamiętasz Scholema? Świat bez odkupienia – idź i wytłumacz to gojom! Żydzi uzdrawiają bóstwo, a nie odwrotnie. Kadysz jest oparty na tej samej zasadzie. Uzdrów ojca. Dosyć. Czas ich spotkania się skończył. Alex ujmuje przyjaciela za łokieć gestem w stylu Rubinfine'a i popycha go lekko w stronę wyjścia. W progu Adam wciska Aleksowi jakiś woreczek, żeby go zabrał do domu, i przez chwilę odstawiają za pomocą Międzynarodowych Gestów pantomimę pod tytułem Niezasłużony podarek od przyjaciela.

– Wyświadcz mi tę łaskę i weź to. I pomyśl o tym, o czym rozmawialiśmy. Zadzwoń do Esther. Ma ci coś do powiedzenia. Ja nie będę ci tego mówił. Zadzwoń do niej.

Alex z oporami wkłada woreczek do kieszeni.

– Przemyślę sobie różne sprawy. I zadzwonię dziś wieczorem do Esther. Przyrzekam. Na mój banknot. Okej?

– Dzięki. Dziękuję ci, Al, naprawdę.

– Pogadamy jeszcze – Alex całuje przyjaciela w czoło. – Wychodzę, a nawet nie zapytałem, co u ciebie. Zadzwonię albo wyślę maila...

– W porządku. Jest późno – muszę się jeszcze pouczyć. Tak czy inaczej, występuję dziś gościnnie w twoim filmie, no nie? Jestem tu po to, żeby...

– Rozświetlać.

– Chciałem właściwie powiedzieć: rozśmieszać.

Adam otwiera drzwi. Znów pada rzęsisty deszcz. W garści nie zmieściłoby się więcej niż dziesięć kropel. Adam podaje Aleksowi parasol.

– Pamiętasz Al, jak postanowiłem przestudiować jakiś dowcip, litera po literze, przetłumaczyć go na hebrajski – poprzestawiać litery? Pomedytować nad nimi? No wiesz, żeby sprawdzić. Zbudować dowcip ze wszystkich innych?

Alex klaszcze w dłonie.

– To pewnie miał być kawał o zasranym szczęściu?

– Nie. Myślałem o nim, ale potrzebowałem czegoś dłuższego. Wiedziałem, że wydobędę więcej z dłuższego dowcipu. Że może to potrwać do końca mojego życia, ale wydobędę więcej. Chciałem zobaczyć, czy w numerologii istnieją jakieś stałe prawidła. Czy można by to na przykład opowiedzieć w sześciuset trzynastu słowach? To dopiero byłby o d l o t! Wiesz co, bracie? Musisz tego posłuchać – wybierałem to całymi tygodniami – no chodź – przecież nie masz nic konkretnego do roboty, no nie? Prawda? – Adam wykonuje w progu mały taniec zniecierpliwienia. – Nie? Tak? Pozwolę ci to nawet wykorzystać w twojej książce. Słuchaj, to bardzo dobry układ.
– No dobrze, ale s z y b k o. Leje mi się za kołnierz.
– Okej. Więc jest to dowcip o papieżu i naczelnym rabinie...

Dowcip o papieżu i naczelnym rabinie

Parę stuleci temu papież wydał dekret, że wszyscy Żydzi mają opuścić Włochy. Wywołało to oczywiście wielkie oburzenie wśród społeczności żydowskiej i wobec tego papież zaproponował pewien układ: postanowił mianowicie, że przeprowadzi religijną dysputę z przywódcą wspólnoty żydowskiej. Jeśli ten wygra, Żydom będzie wolno pozostać we Włoszech. Jeśli natomiast wygra papież, będą musieli kraj opuścić.

Żydzi zwołali naradę i wybrali na swego reprezentanta sędziwego rabina Mojszego. Mojsze nie znał jednak łaciny, a papież nie mówił w jidysz. Postanowiono więc, że dysputa będzie odbywać się bez słów.

W dniu wielkiej dysputy papież i rabin Mojsze usiedli naprzeciw siebie; przez całą pierwszą minutę siedzieli w milczeniu, po czym papież podniósł rękę i pokazał trzy palce. Na co rabin Mojsze podniósł jeden palec.

Następnie papież zatoczył ręką krąg wokół swej głowy. Rabin Mojsze pokazał na ziemię pod swoimi stopami. Papież przyniósł hostię i kielich z winem. Rabin Mojsze wyciągnął jabłko. Na co papież wstał i oświadczył:

– Poddaję się. Ten człowiek mnie pokonał. Żydzi mogą pozostać we Włoszech.

Kiedy kardynałowie zebrali się wokół papieża, pytając, jak to się stało, że został pokonany, ten odpowiedział:

- Najpierw podniosłem trzy palce, które miały symbolizować Trójcę Świętą. Rabin odpowiedział, podnosząc jeden palec, żeby przypomnieć mi, że w obu naszych religiach jest jednak jeden Bóg. Potem zatoczyłem ręką krąg, żeby pokazać mu, że Bóg jest wszędzie wokół nas. Na co on wskazał na ziemię, żeby pokazać, że Bóg jest także tu, z nami. Wyciągnąłem wino i hostię, żeby pokazać, że Bóg może nam wybaczyć nasze grzechy. Na to on wyciągnął jabłko. żeby przypomnieć mi o grzechu pierworodnym. Miał odpowiedź na wszystko. Cóż mogłem zrobić?

Tymczasem Żydzi tłoczyli się wokół rabina Mojszego, pytając, jak to się stało, że pokonał papieża.

- No cóż - odparł Mojsze - najpierw powiedział mi: wy, Żydzi, macie trzy dni na opuszczenie miasta. No to ja mu odpowiedziałem: - Ani jeden z nas się stąd nie ruszy. Potem powiedział, że mamy się wynieść z miasta. Ja mu na to: - Słuchaj pan, panie papież, my, Żydzi... zostaniemy o, tutaj!

- I co potem?

- Ano nic - rzekł rabin Mojsze. - Zrobiliśmy sobie przerwę na śniadanie.

- Och, b r a c i e - mówi Alex, kopiąc w drzwi i ocierając łzy. - Och, Ads... t o w ł a ś n i e za to cię kocham. To cudowne. Fantastyczne.

- Prawda?

SIEDEM / *Gewura**

Moc • Anita kontra Grace • Odciski palców • Życie w dzisiejszych czasach to bzdura i samotność • Eliot był gojowski (był też prorokiem)• Artyści kontra robotnicy • Kafka był żydowski • Ameryka • Czego chcą kobiety? • W kinie

1

– Słuchaj – powiedział Alex do swojej sąsiadki z dołu Anity Chang. – Nie zamierzam się z tobą spierać. Mój kot, moja odpowiedzialność. Ale nie mogę kontrolować wszystkiego, co robi Grace. Ona ma własną osobowość.

Anita Chang przygryzła od środka policzek, co nadało jej ślicznej buzi wyraz pewnego chłodu. Tego wieczoru w ogóle coś było z nią nie tak. Dlaczego tak podnosi jedno ramię, krzyżuje ręce pod takim właśnie kątem i tak mocno je splata, czemu ta prawa kostka taka wykręcona – i dlaczego ten wysoki obcas atakuje z furią wycieraczkę?

– To kot – rzekła Anita; jej usta były szybkie jak migawka aparatu fotograficznego. – Nie osoba.

Podłużny, biały i z gruntu poczciwy kłębek puchu owinął się wokół spokojnej kostki Anity, rozważał przez chwilę, czy nie owinąć się wokół drugiej, ale się rozmyślił i smyrgnął za stojącego w progu Aleksa. Ten ukląkł i wziął Grace w ramiona.

– Słusznie. Kot.

– A ja nie życzę sobie twojego kota w moim domu – rzekła Anita, mrugając gwałtownie. – Nigdy więcej.

– O k e j – powiedział Alex bardzo wolno. – B ę d z i e. J a k. Z e c h c e s z.

Usiłował pocałować Grace w nos, jakby miało to przypieczętować układ, ale Grace odwróciła raptownie łepek, położyła po sobie uszy i spojrzała złym okiem na Anitę.

142

- I nie chcę - ciągnęła Anita, uderzając zwiniętą popołudniową gazetą w parapet kuchennego okna - nie chcę, wracając do domu, zastawać całego tego kociego bajzlu.

Różowa, poświęcona finansom wkładka gazety wysunęła się i wylądowała na podłodze między nimi. Anita miała na sobie swoją służbową spódniczkę (Czym ona się właściwie zajmuje? Nigdy nie zdobył się na odwagę, żeby ją o to zapytać); schyliła się, również jakoś tak służbowo, i wsunęła różowe stronice z powrotem do gazety, wyrównując brzegi. Była naprawdę fantastyczna. Och, A n i t a!

– A już n a p r a w d ę nie życzę sobie - rzekła Anita, szczękając zamkiem od swojej aktówki i rzucając w niego jakimś formularzem - żeby do tego wszystkiego traktować mnie jak idiotkę. Może sądziłeś, że ta umowa to żart, ale poświęciłam na jej opracowanie trochę czasu, żeby gruntownie rozwiązać problem, i podpisali ją wszyscy w tym domu. Lokatorzy spod B, C, D i ja. Tylko ty nie podpisałeś. Mam wrażenie, że gdyby wszyscy przestrzegali pewnych zasad dotyczących zwierząt domowych, to nikt nie potrzebowałby się wyzbywać swojego ulubieńca. A więc bardzo cię proszę, podpisz to w odpowiednim miejscu.

– Podpisać?

– Wsunęłam ci umowę przez szparę na listy pod drzwiami t r z y t y - g o d n i e t e m u z notką, że to pilne, a ty w końcu wsuwasz mi ją z powrotem z takim czymś? Nie uważam - mówi Anita, podkreślając perłowym paznokciem jakieś kulfony: stół, dwa długowłose skrzaty, jeszcze jeden przewrócony na bok stół, złamana gałązka - nie uważam tego wcale za zabawne. Proszę to poprawić i dopiero wsunąć mi pod drzwi.

Grace wyciągnęła pojednawczo łapę, ale Anity już nie było.

*

Alex zamknął drzwi jednym ekonomicznym ruchem, zrzucił buty, zdjął spodnie, podsunął stopę pod tyłek Grace i delikatnym kopem posłał ją do kuchni.

– N i e w i e m dlaczego - rzucił w odpowiedzi na zdziwione „miau". - Nie wiem, co ona ma przeciwko nam. M y ją lubimy.

Grace wskoczyła na kuchenny blat, na którym Alex szykował do podgrzania zupę. Grace wypięła się na niego.

– No tak, j a ją lubię. Ty masz jakiś dziwny stosunek do kobiet. Anita Chang wprowadziła się do mieszkania, które wcześniej, dwa lata temu, zajmował Roy Grubasek (dość miły tłuścioch). Usłyszawszy jej nazwisko na zebraniu lokatorów – jeszcze zanim ją zobaczył – Alex dał się ponieść fantazji. Zupełnie jak nastolatek ruszył na zakupy: nowe spodnie, elegancki czajnik, chińskie drzeworyty, imponujące książki. Kiedy podjechał wóz meblowy, zaczął w wyobraźni, bez atramentu, zapisywać całe ryzy papieru fikcyjną historią, fantastycznymi scenariuszami: pożyczane i oddawane filiżanki cukru; Cóż, s k o r o j u ż o b o j e s i e d z i m y d z i ś w i e c z o r e m w d o m u; orientalna synergia; delikatne sposoby zawiadomienia Esther...

A jednak wszystko potoczyło się inaczej. Anita nie była tak sentymentalna jak on ani też tak zainteresowana wspólnotą rasową czy koincydencją, czy wspólną rasową koincydencją („Tak, zgadza się. Oboje jesteśmy z Roku Psa. Czy nie należałoby tego uczcić? Może otworzymy puszkę pedigree?"). Czasami wpadał na jej chłopaka, krzepkiego młodzieńca z RPA, który miał uroczy zwyczaj zadawania pytań i natychmiastowego odwracania wzroku. Tak to wyglądało.

Na znak protestu przeciw odrażającemu, gorzkiemu zapachowi bijącemu od strony kuchenki Grace urządziła wielkie przedstawienie pod tytułem „Wymarsz z kuchni" (ogon na sztorc, pełne wyrzutu spojrzenie za siebie), tylko po to by za chwilę wrócić i zacząć się kręcić przed szafką z kocią karmą. Na świecie jest wiele żydowskich kotów: melancholijna i *simpatica* szylkretowa kotka jego matki, Shoshana, kociła się nieustannie. Mógł wziąć jednego z jej potomków. Cóż zatem za perwersja sprawiła, że oto mieszka z tym gojowskim, humorzastym, różowookim kłębkiem sierści?

– M r r i - s e r c z – mruknęła wyraźnie Grace, myjąc sobie pyszczek. Zgadza się, *research*. A teraz ambicje badawcze przerodziły się w miłość. Alex wyjął z kredensu dwie miseczki, nalał do jednej papkę Grace, do drugiej swoją zupę. Jego płyn pachniał lekarstwem i budził obrzydzenie. Podobnie zresztą jak jej. Trzy tygodnie temu zaaplikowano jej w czymś w rodzaju kociego szpitala kocią kroplówkę, bo podejrzewano, że choruje na kocią odmianę AIDS. Nie było to jednak, jak się okazało, kocie

AIDS, ale coś innego. Alex nigdy nie widział tej kociej kroplówki, ale weterynarz zapewnił go, że coś takiego zastosowano. Wyobraził sobie maleńkie łóżeczko, miniaturową rurkę i takiż pojemnik. Zapłacił za tę kurację trzysta funtów. Dwadzieścia funtów za koci pokarm w płynie. Papka Grace miała działanie uboczne. Powodowała biegunkę i wymioty. Czasem chwytało Grace w mieszkaniu Anity (do którego wchodziła przez okno) lub przed jej drzwiami i wyglądało to jak paczka pozostawiona na progu pod nieobecność adresatki. Na ten właśnie temat napisał kiedyś Alex: Praktyka medyczna jest najbardziej gojowska wtedy, gdy objawy choroby i działanie uboczne leku aplikowanego po to, by te objawy zneutralizować, stają się nierozróżnialne. Ubocznymi skutkami działania zupki Aleksa był zamęt w głowie, depresja, skłonność do zapominania, napady gniewu, płaczliwość, porywczość, poczucie braku własnej wartości, lęk przed kobietami i bóle mięśni. Sam lek miał go strzec przed uaktywnieniem się czegoś, co Alex uważał za swoją genetyczną bombę zegarową, czyli jego onkogenu. I Grace, i jej właściciel byli w tych swoich próbach zażegnania nieuniknionego gojami.

– Brr – wzdrygnął się Alex, ulewając odrobinę rzadkiej papki z miseczki Grace do swojej.

– Mrrau – mruknęła Grace. – Mrrrauau.

Nikt nie powiedział nic na temat życia w samotności. Ani o tym, co ono z człowieka robi. Jakiś inny lokator, który również mieszkał samotnie w tym samym budynku, zastukał przyjaźnie w okno Aleksa, ale nie zatrzymał się. Zanim Alex podniósł rękę, żeby mu pomachać w odpowiedzi, tamtego już nie było. Alex opuścił z wolna rękę na blat. Krótki poświst, podobny do szelestu spadającego ostrza gilotyny, uświadomił mu, że umowa Anity Chang wpadła właśnie w wąską szparę pomiędzy zmywarką i kuchenką. Pochylił się i zobaczył ją tam, na samym dole. W tej szczelinie był teraz cały wielki, ohydny świat. Witaj. Poczuł też woń...

Rzucił się, by wyłączyć gaz – i pozostać przy życiu. Zdyszany, pochylił się nad blatem. Wyobraził sobie, co by się stało, gdyby tego nie zrobił (człowiek mieszka sam, zapala papierosa, BUM! Tragedia naszych czasów). Położył z powrotem pokrywkę na garnku z wrzącą zupą i wrzucił pustą puszkę po kociej papce do stojącego pod zlewem kosza na śmieci. Wytarł wszystko pobieżnie, przód zmywarki, brzegi półek. Wziął gąbkę i przetarł na mokro tygodniowy osad w lodówce. Przesunął coś do tyłu, żeby nie było tego widać. Opadł na posadzkę i na czworakach zaczął zdrapywać z niej strup czerwonego wosku. Kiedy już usunął większą część, wziął nóż do sera i zaczął wyskrobywać wosk spomiędzy płytek. Grace prześliznęła się obok niego, pasując go na rycerza uderzeniem ogona. Raz. Drugi. Za trzecim razem chwycił ją za głowę, przyjrzał się jej zębom i oczyścił je końcem klucza. Zadowolony, podniósł się z podłogi. Zgasił światło, po czym zapalił je ponownie. Inny samotny lokator pozostawił dwa odciski palców na szybie, widoczne nawet z tej odległości. Odciski przypominające o morderstwach, o szukaniu alibi.

2

W sypialni zasiadł przy biurku i wziął Grace na kolana. Podrapał ją za uchem i włączył czarodziejską skrzynkę.

Łejalala leja rozległo się z głośnika.
    Alex bębnił palcami, czekając –
Tylko piętnaście sekund, ale wydaje się, że to tak długo –
    (Naucz nas przejmować się i nie przejmować... Naucz
    nas siedzieć spokojnie)
Łallala lejalala

Jakiś miesiąc temu, kiedy Alex popijał w barze, pewien człowiek, który utrzymywał, że jest artystą, zaprezentował ten słynny w świecie interfejs, to okno z brzęczącą muzyczką na wstępie, rzutując obraz na ścianę. Potem były jeszcze inne bzdury, ale nic nie zrobiło takiego wrażenia jak to okno. Wszystkim obecnym w barze przypomniano, z m u s z o n o   i c h   wręcz do tego, by pamiętali, że nie wykonali pewnych prac. Że czekają nieuzupełnione dokumenty. Napisane do połowy listy. Niedokończony pasjans, który czeka w domu na Aleksa i całe jego pokolenie, czeka, aż wrócą, by dokończyć grę (i przegrać).

Łallala lejalala
    la la

Okno Aleksa migocze i z wolna ożywa. Zostało, jak mu wiadomo, zaprojektowane po to, żeby porządkować jego myśli i chronić jego przestrzeń. Medytując o tym, Alex dotyka czubkami palców plazmy (koncentryczne tęcze!); pewną dumą napawa go fakt, że udało mu się tak sprytnie pokrzyżować te plany. Ikona nakłada się na ikonę, zapełniając tapetę (zdjęcie popularnej piosenkarki Madonny, nagiej, z podniesionym kciukiem gest stosowany w celu zatrzymania jakiegoś samochodu), tłocząc się na brzegach ekranu. Wszystkie foldery noszą mało pomysłowe nazwy: Ten, Tennr2, Alex1, AlexLi2, AlTandem4, Alexi3, Tandemimportant. Ma też folder pod tytułem RUBINFINENRTEL, pod którym jest tylko numer telefonu Rubinfine'a i nic więcej. W odczuciu Aleksa jest rzeczą ważną, aby nie dopuścić do przejęcia przez interfejsy władzy, w każdym razie do przejęcia przez nie całej władzy. Teraz Alex otwiera folder zatytułowany KITTYLIST; jest to jedyne świadectwo istnienia tych tysięcy słów, które napisał w ciągu wielu lat.

Listy do Kitty. Zaczęły swój żywot jako standardowa strawa łowcy autografów. Są to listy fana i jednocześnie prośby o autograf. Listy zawierają koperty ze zwrotnym adresem, garść interesujących faktów dotyczących autora i błyszczące zdjęcia samej Kitty formatu 12 na 14. Oto próbka listu z okresu, kiedy Alex-Li miał zaledwie piętnaście lat:

Alex-Li Tandem
Humboldt Avenue 37A
Mountjoy
Londyn N23

Szanowna Pani,
    jestem Pani największym fanem. Jeśli jest piękniejszy widok niż Pani w filmie Dziewczyna z Pekinu, *to ja go jeszcze nie widziałem! Dla mnie – zapalonego łowcy autografów, który jest pół-Chińczykiem i interesuje się kinem – Pani podpis byłby chlubą moich zbiorów. Jestem osobą, która uważa autografy za dokumenty historyczne, i wszystkie muzea kinematografii byłyby niekompletne, nie posiadając Pani*

podpisu. Mam nadzieję – i modlę się o to – że znajdzie Pani czas, żeby podpisać to
zdjęcie i odesłać mi w załączonej zaadresowanej kopercie.

Pozostaję Pani oddanym wielbicielem,
Alex-Li Tandem
PS Oby Cię pochłonęło piekło, Krauser.

Max Krauser, prezes ASKA (Amerykańskiego Stowarzyszenia Kitty Alexander), jest *nemezis* Aleksa. To właśnie Krauser odmawia udostępnienia mu prawdziwego, jedynego adresu Kitty. To Krauser przysyła mu od czasu do czasu te upokarzające oficjalne listy, zaczynające się od obmierzłej formułki *dziękujemy za Pańskie zainteresowanie.* Krauser jest murami Jerycha pomiędzy Aleksem i tym, czego Alex pragnie, co byłoby nawet w porządku, gdyby trąba Aleksa mogła owe mury rozwalić.

Kilka miesięcy po swych siedemnastych urodzinach zrozpaczony milczeniem Nowego Jorku Alex zmienił taktykę. Podejrzewał, że przewodniki wprowadziły go w błąd, instruując potencjalnego łowcę autografów, że powinien

napisać interesująco o sobie, dając do zrozumienia, że jest kimś więcej niż fa-
nem, więcej niż jednym z hoi polloi *(sic!)... należy próbować pokazać wybranej zna-*
komitości, że jest się jednostką wyjątkową!

Zdobywcy autografów, nr 197

Dla Kitty był najwyraźniej taki sam jak cała reszta. Pewnego dnia dopisał do listu, który skądinąd liczył tylko trzy wiersze, następującą linijkę: O d t e r a z b ę d ę p i s a ł o t o b i e. I to właśnie zamierza teraz zrobić, w tym nowym dokumencie, który właśnie otworzył. To samo robi od dziesięciu lat. Były takich listów setki i na żaden nie dostał nigdy odpowiedzi.

Droga Kitty,
Kitty wchodzi do sklepu i krzywi się lekko, widząc, jak bardzo młody chłopak ją
obsługuje. Nie ma jeszcze nawet zmarszczek na przegubach. Powinien być teraz w szko-
le, myśli.

Serdeczności,
Alex-Li Tandem

Droga Kitty,

siedząc na ławce w parku, dostrzega mężczyznę w jej wieku, zgiętego wpół, jakby miał atak boleści. Jest zaniepokojona (Jak mogłaby pomóc? Co powinna zrobić?), ale wkrótce zostaje uwolniona od konieczności podejmowania decyzji: mężczyzna tylko podnosi monetę. Czuje zakradającą się do serca ulgę i myśli o starym żarcie zen: Nie rób po prostu nic! Siedź!

Serdeczności,
Alex-Li Tandem

Droga Kitty,

siedząc w autobusie za jakimś młodym mężczyzną, łapie się na tym, że wpatruje się w jego kark. Pokusa, by go dotknąć, jest trudna do opanowania! I nagle on drapie się w kark, jakby o tym wiedział.

Serdeczności,
Alex-Li Tandem

Droga Kitty,

chodzi po dzielnicy, w której jest mnóstwo sklepów z używaną odzieżą. W piekarni uśmiecha się głupkowato, nie mogąc się opędzić od myśli, że wszyscy tu mają na sobie cudze ubrania.

Serdeczności,
Alex-Li Tandem

W ciągu długich lat uświadomił sobie, że treść niektórych z tych listów nasuwa mu się natychmiast, podczas gdy inne dojrzewają w nim dłużej. Dziś, z tą sztuczną białą stronicą świecącą mu przed oczami, nie wie, jakimi słowami jej podziękować. Schyla się i wyciąga zdjęcie z autografem z leżącego na podłodze worka. Przyciska je do ekranu. I nagle słowa przychodzą mu do głowy bez żadnego wysiłku z jego strony.

Droga Kitty,

na rodzinnym przyjęciu ktoś (kogo nienawidzi) zwraca jej uwagę, że zakłada nogę na nogę tak samo, jak robił to jej ojciec. Ona protestuje, ale spojrzawszy na swoje nogi, stwierdza sama, że to prawda. W chwilę później przypomina sobie, jak siadając na bucie ojca, bawiła się w jazdę na koniku. Z uśmiechem zaczyna kołysać nogą, w górę i w dół.

Serdeczności i podziękowania,
Alex-Li Tandem
(Twój największy fan)

3

Skończywszy list do Kitty, Alex naciska klawisz i magiczna skrzynka zaczyna śpiewać. Skrzeczy. W y w o d z i t r e l e. Imituje chrapliwie ptasi śpiew. W ciągu kilku sekund Alex połączy się ze światem. Świat! Kiedyś także i on, Alex, skorzysta z tych niewiarygodnych możliwości. Dowie się wszystkiego o starożytnym Babilonie i zdobędzie praktyczną znajomość estońskiego. Nauczy się, jak zrobić bombę. Ale to kiedyś. Na razie zamierza udać się prosto do swojego zakątka świata, do wirtualnego domu aukcyjnego, w którym sprawdza codziennie notowania pozycji wystawionych przez niego na sprzedaż. Taki ma zamiar dziś wieczorem; traktuje go poważnie i jest zdecydowany go zrealizować. To jest w końcu jego prawdziwe zajęcie, jego chleb powszedni. I nie ma mowy, żeby dał się skusić tej sympatycznej i trochę niezdarnej kobiecie, z której co chwila spada bikini i która kiwa na niego palcem z rogu ekranu...

– S ł u c h a j, t y l k o p i ę ć m i n u t – powiedział do Grace, kiwającej zabawnie łebkiem. Ona zamruczała. On kliknął. Strona się otworzyła. Grace przeciągnęła łapą po liście transwestytów, ludzi z plastiku, postarzałych, ciężarnych, kalekich, niezmordowanie ginekologicznych, pokręconych i upośledzonych. Biedny Alex, on naprawdę chciał sobie tylko popatrzeć na dwoje młodych, nagich ludzi, razem. Gdzieś blisko końca listy znalazł coś, co się nadawało. Rozpiął rozporek i czekał. Grace obdarzyła go wyniosłym spojrzeniem. Wyrażała swoją dezaprobatę. Jemu też się to nie podobało – ale jaki miał wybór? Był samotny. W fazie przygotowań mięśnie prawej ręki nabrały sprężystości. J a z d a, szepnął i jedna z samic zeskoczyła z jego kolan, by wpełznąć pod łóżko. Druga przyciągnęła do siebie jakiegoś dziwnego, brzuchatego faceta i rozłożyła nogi.

Lollala lejalala – zawołała po chwili. – O c h, s k a r b i e!
– U u u u – wyrwało się po chwili z ust Aleksa. – O c h t a k. U u u.
W sześć minut było po wszystkim. Sekundę po ekstazie nastąpiła transformacja. Na ekranie jakieś bezwłose zwierzę dźgało raz po raz drugie w otwartą ranę. Potem wszystko zniknęło, jakby nic się nie stało. Chusteczki higieniczne w koszu, Grace przywrócona do łask, skręt przygotowany. Wracamy do naszych zajęć.

Na aukcji Alex szybko i wprawnie podniósł ceny swoich pozycji za pomocą lipnych ofert, a potem przerzucił się na licytowanie autografu Mickeya Carrolla, jednego z manczkinów z filmu z 1939 roku. Zamierzał go sprzedać Rebecce, żonie Rubinfine'a, która tak bardzo zainteresowała się ostatnio problemem zaburzeń procesów wzrostu u niektórych ludzi. Nagłe impulsy dobroczynności u Rebekki oznaczały dla Aleksa otwarcie znaczącego rynku. W miesiącu, w którym zbierała pieniądze na głuchoniemych, sprzedał jej trzy listy Heleny Keller. Kiedy pochłonął ją problem niedoli amerykańskich Indian, pozbył się bardzo drogiego autografu indiańskiego wodza. A kiedy umarł jej ojciec, Alex skorzystał z okazji, by wyczyścić swoje judaika i sprzedał jej w s z y s t k o: izraelskich mężów stanu, żydowskich humorystów, pocztówki z synagogami, aktorów, wynalazców. Za co Rebecca kazała płacić Rubinfine'owi gotówką. Tak, tak, to zajęcie łączyło się z drobnymi przyjemnościami, jeśli tylko człowiek zadał sobie trud, by ich poszukać.

– Miej oko na wszystko – mruknął Alex i zostawiwszy Grace na swoim krześle, poszedł do łazienki. Kiedy wrócił, stwierdził, że Grace z powodzeniem zajęła się sprzedażą Dicka Powella, Carole Lombard i Gary'ego Coopera. Poszli za tysiąc funtów. I w tym tkwił problem. Szło za łatwo. Ilekroć rozważał możliwość objęcia bardziej intratnej posady, stawał w obliczu zależności pieniądze / czas / praca, tak dobrze znanej każdej striptizerce i streszczającej się w pytaniu: w jakim zawodzie mogę zarobić tak dużo pieniędzy w tak krótkim czasie przy tak minimalnym wysiłku? Już dawno stanął wobec tego tak bardzo prostego i zarazem okrutnego wyboru, tak ukochanego przez ludzi jego pokolenia:

1. Bądź przymierającym głodem, ale szczęśliwym artystą.
2. Bądź zamożnym, ale cierpiącym na depresję profesjonalistą.

Alex wybrał mniej uczęszczaną, trzecią ścieżkę, ścieżkę niedocenianego geniusza, której podstawy teoretyczne wyglądały następująco: Świat zasadniczo nie lubi geniuszy. Świat usiłuje w zasadzie stłamsić geniusza. Gdyby świat potrzebował geniusza, pozwoliłby Aleksowi na minutkę (tylko na minutkę) wejść do pliku zatytułowanego KSIAZKA.doc i zacząć pracować. Pozwoliłby mu nie robić nic, tylko pracować nad książką *Żydowskie i gojowskie* i głodować w trakcie tej pracy. Ale nie. Zamiast tego świat chciał, wręcz ż ą d a ł, żeby Alex odpowiadał na te migające komunikaty, wysyłane przez ludzi z zaburzeniami emocjonalnymi. I on to robił. Zapewniał Jeffa Shinesteina z Hoboken w stanie New Jersey, że jego Mata Hari jest już w drodze. Uspokajał awanturującego się Jima Streve'a z South Bend w stanie Indiana, tłumacząc mu po raz kolejny, że jego Gina Lollobrigida jest autentykiem. Zawarł dżentelmeńską umowę z Teksańczykiem Jimem Eggertonem: Veronica Lake i Viveca Lindfors w zamian za Jean Simmons, Alaina Delona i Lassie.

Załatwiwszy tę niemiłą korespondencję (gdyby tylko zwykła poczta była tak szybka, tak fantastycznie s a t y s f a k c j o n u j ą c a!), Alex zadumał się nad losem nieszczęsnego Fra***za Ka***. Przez cały dzień musiał tkwić w tym swoim biurze, rysując okaleczone ręce obcych mu ludzi, ofiar wypadków w fabrykach. Jego geniusz tak długo ignorowano. Tłamszony przez kolegów. Ośmieszany przez znajomych i rodzinę. Niemal od razu Alex poczuł się lepiej. Tak, zawsze miał na podorędziu K a f k ę. Przykłady niedocenionych geniuszy z przeszłości działały nań bardzo kojąco.

Zakończywszy sprawy zawodowe, Alex wydrukował list do Kitty na bieżący tydzień i włożył go do pięknej różowej koperty. Potem odwrócił się do monitora i przejrzał pośpiesznie materiały niezwiązane z pracą. Między innymi cudowną, zdradzającą analfabetyzm technologiczny korespondencję od matki, która pytała, czy dostał już jej ostatni „telegram". Joseph przysłał mu jakieś marne dowcipy o facetach pracujących w telezakupach. Co jeszcze? Reklamy, porno, masówka mailowa.

Skrzywił się na widok Maila z Wyrokiem. Zawsze musiał się taki znaleźć. Ten był od Boot. Boot była dziewczyną. Pracowała jako asystentka w Galerii Autografów Cotterella przy Neville Court, w wybrukowanym kocimi łbami zaułku w śródmieściu, najstarszej części miasta. Był to elegancki sklep, prowadzony przez starszego pana ze szlacheckim tytułem, sir Edwarda Cotterella – ale nikt tu nie wiedział, czym Boot się właściwie zajmuje. Raz w tygodniu, we czwartki, Alex wpadał do galerii i pobierał tam trzysta funtów za ekspertyzę, orzekając, które autografy są autentyczne, a które podrobione. Potem zahaczał o chińską dzielnicę, żeby zaopatrzyć się w lekarstwa. Ale w ostatnim roku zamiast iść do doktora Huanga, trzykrotnie poszedł do Boot i kochał się z nią nadzwyczaj wytwornie podczas jej (bardzo długiej) przerwy na lunch. Och, bo Boot była wytworna (i ś l i c z n a). Ale to właśnie przez Boot miał zamęt w głowie i mieszane uczucia, jeśli chodzi o Esther. Alex ukrywał się teraz przed wytworną Boot. Od trzech miesięcy. Więc dlaczego przysyłasz mi maila, Boot?

Temat: Pewnie się zastanawiasz, dlaczego do ciebie mailuję.

No więc jutro masz być w sklepie i Cotterell ŻĄDA, żebym była jutro w sklepie i nie mogę się wymigać a nie zniosę żadnych niezręcznych sytuacji, rozumiesz? Więc nie bądź wyredny. Albo przynajmniej staraj się być mniej wyredny niż zwykle.

To wszystko.

Boot xx

PS Wiem, że mnie unikasz i muszę ci powiedzieć, że mam to gdzieś.
PPS Obcięłam sobie włosy. razem z włosami straciłam najwyraźniej całą swoją DZIEWCZĘCOŚĆ. Nie komętuj tego, proszę, kiedy mnie zobaczysz.

Nic na to nie mógł poradzić. Miał swoje małe gojowskie fetysze, a jednym z nich był nabożny podziw dla osoby tak wytwornej, że nie mogła znieść, aby ktoś wprawiał ją w zakłopotanie. I że nie mogła nauczyć się p o p r a w n i e p i s a ć.

Dokładnie w chwili kiedy Alex chce zamknąć pocztę, dostrzega migającą ikonkę-kopertę w rogu ekranu. Temat: AMERYKA. Treść to oficjalne potwierdzenie rezerwacji dwóch biletów do Nowego Jorku na nocny lot w najbliższy piątek. Powrót we wtorek. Nie pamięta, by zamawiał te bilety. W panice wypala trzy papierosy, jednego po drugim. Przewraca wszystko do góry nogami, szukając swojego notesu. Spomiędzy kartek z nadrukiem „luty" wypada ulotka. Och. Tak. Nie. Prawda. Targi Autographicana, doroczna impreza. Łowcy autografów z całego świata zjeżdżają się, żeby pokazać swój towar. Pojawiają się także prawdziwe, żywe gwiazdy i znakomitości, goście Targów, żeby składać podpisy za pieniądze. W zeszłym roku w Waszyngtonie gośćmi Autographicany byli Tom Ferebee i Paul Tibbets, dwóch ludzi z załogi samolotu, który zrzucił bombę na Hiroszimę. W tym roku Targi są w Nowym Jorku. Nazwiska gwiazd mają być ogłoszone później. Alex zamierzał zrobić Esther niespodziankę i zarobić trochę pieniędzy na boku – taki miał pierwotnie plan. Ale czy to nie wypadało w najbliższą sobotę? I gdzie dokładnie miały się Targi odbywać? Z kim miałby się skontaktować na miejscu? Czy załatwił sobie stoisko? Jak mógłby odwołać rezerwację Esther? Czy rzeczywiście „wysokoprocentowy" kwas osłabia tak zwaną pamięć krótkoterminową?

Alex zaczyna mailować w tej sprawie do różnych ludzi. Czeka na odpowiedzi. Czekając, odwiedza witrynę medyczną i znajduje diagnozę dla siebie: cierpi na rzadką chorobę krwi i ma (wedle wszelkiego prawdopodobieństwa) wczesne stadium raka gruczołów limfatycznych. Zapala kolejnego depresyjnego papierosa.

Ci Amerykanie są tak sprawni! Oto już nadchodzą odpowiedzi, poprawnie napisane i rzeczowe. Honey Richardson, dama z Nowego Jorku, mailuje, żeby powiadomić go, że to na pewno w najbliższą sobotę i że mogliby się po Targach spotkać, żeby trochę prywatnie pohandlować, na rogu takiej i takiej ulicy – współrzędne jak z jakiegoś filmu. Don Keely, organizator imprezy, informuje, że nie ma odnotowanego zamówienia Aleksa na stoisko i jest już na to grubo za późno, kolego. Grubo za późno. Panna Alice McIntyre z American Airlines informuje, że nie przewiduje się zwrotu pieniędzy za niewykorzystane bilety. Nie ma zwrotu, absolutnie?, dopytuje się Alex. Absolutnie, odpowiada Alice. A gdybym tak, pyta Alex, sprzedał bilet znajomemu, to znaczy, czy mogłaby pani zmienić nazwisko na bilecie? Absolutnie niezwracalne i nieodstępowalne, mówi Alice. Ale przypuszczam, mówi Alex, że inna data... Absolutnie niezwracalne, nieodstępowalne i nieprzedatowalne, mówi Alice. Przedatowalne, powtarza Alex, jestem absolutnie pewien, że nie ma takiego słowa, Alice. Absolutnie, zaczyna Alice...

Jednak Alex daje sobie spokój z Alice i dzwoni do Esther.

– Esther – mówi – nie odkładaj słuchawki. Daj mi minutkę.

– Nie mam czasu, Alex. Tak to wygląda. Nawet minutki.

Głos ma twardszy niż kiedykolwiek.

– Zaczekaj, Es, zaczekaj. Proszę.

Esther milczy. Nie odkłada słuchawki.

– Jak się czujesz, Es?

– Do dupy. A ty?

– Nie najlepiej. Jak tam twój palec?

– Wciąż złamany. Sztywny. Wyglądam tak, jakbym cały czas pokazywała ludziom nieprzyzwoity gest. Słuchaj, Al – czego ty ode mnie chcesz?

– Niczego. Tęsknię za tobą.

Esther milczy. Nie odkłada słuchawki.

– Chciałem ci wyjaśnić, Es – powiedzieć o tamtej nocy i całej tej aferze, no wiesz, z autografem. Pewnie nie powinienem był tak przesadzić z...

Nie zdołał dokończyć tego zdania. Najwidoczniej nie o to chodziło. Chodziło, zdaniem Esther, o kilka rzeczy naraz, a nie o jakiś pojedynczy incydent. O coś większego, bezkształtnego. Coś, co było jak trujący gaz, którym oddychali. Problemem było według niej wszystko. Alex skręcał papierosa i słuchał, jak Esther wygłasza starannie przygotowany wykład o nowoczesnych związkach – czas spędzany osobno, przewartościowanie, moje potrzeby, twoje potrzeby. Zamierzał pilnie słuchać, ale zawsze szybko się rozpraszał, słuchając takich abstrakcyjnych wywodów. Przyłapał się na tym, że myśli o tym, w jaki sposób potrafiła wciągnąć człowieka w siebie za pomocą jakiegoś wewnętrznego mięśnia; potem, kiedy z niej wychodził, widział błysk czerwieni schludnie ulokowanej między dwiema ciemnymi fałdami, niczym jakiś szalony kwiat. Czy było w tym coś nienormalnego?

Mówiła: Nie słuchasz mnie, jesteś mnie zbyt pewny. Mówiła: A co do tej dziewczyny, tej białej, kimkolwiek ona jest... – i to go zaskoczyło. Zatkało go dosłownie. Czyżby Adam powiedział jej o Boot? Alex czuł się rozbity i rozwścieczony taką możliwością – teraz on poczuł się ofiarą niesprawiedliwości. Ta nowa rola była o tyle łatwiejsza! Warknął coś do niej. Odwarknęła mu. Zaczęli warczeć na siebie. Wreszcie się rozpłakała. Czy wszystkie kobiety są dla ciebie symbolami? – pytała. – Potrafisz tylko...

On zaś, pełen skruchy, powtarzał: Nie, nie, mylisz się, ja cię kocham, kierując te słowa do nikogo.

Zadzwonił powtórnie. Nie podnosiła słuchawki. Odczekał pięć minut, utajnił swój numer i zadzwonił znowu. Teraz on płakał, a ona była doskonale opanowana.

– Mam w niedzielę operację – powiedziała. – Usuwają mi rozrusznik. Widocznie skończyła się gwarancja. Wiedziałam o tym już dość dawno, ale wyłączałam go co jakiś czas i teraz sprawa stała się pilna. Nie ma chwili do stracenia. Pora na następny rozdział. Więc dostanę nowy.

– O, nie. Es, dlaczego mi nie...

– Słuchaj, to nie są *Czułe słówka*. Nic wielkiego się nie dzieje. Rutynowy zabieg. Rozetną mnie, wyjmą go. Zastąpią nowym technologicznym dziełem sztuki. Chcę tylko wiedzieć, czy zamierzasz tam być, czy nie. W Szpitalu św. Krzysztofa.

– Ale... dlaczego mówisz mi o tym w ostatniej chwili...

– Och, Alex, nieważne, nie przejmuj się. Okej...

– Nie, zaczekaj... ja tylko... kiedy? Powiedz mi tylko, kiedy?

– W niedzielę. Już mówiłam. W tę niedzielę.

– Dobrze. W niedzielę?

– Tak, Alex. W niedzielę. A co – masz jakąś aukcję? Wystawiają na sprzedaż Kitty? Dzień ci nie odpowiada?

– Nie o to chodzi...

– To fajnie.

– Okej. Es? Es. O Boże, wiem, jak to zabrzmi... słuchaj, jedyny problem z tą niedzielą...

Dwoma wyrzuconymi gwałtownie słówkami Esther zakończyła rozmowę.

*

Alex przeszedł do dużego pokoju, włożył kasetę do magnetowidu i wyjął prezent od Adama. Zrobił skręta. Zapalił. Pomyślał o operacji. O wyjęciu małego pudełeczka z jego gniazdka. O otwarciu blizny. O pozostawieniu kolejnej. A czarna skóra źle się zabliźnia. Szrama, jaka zostaje, jest różowa i podrażniona, zawsze. Płakał bez skrępowania. Po chwili wytarł nos rękawem. Mógł rozegrać tę rozmowę inaczej, widział to wyraźnie. Ale w życiu nie można niczego odkręcić, jak to lubią mówić czarne babcie w filmach. Zamiast więc przewijać wstecz, nacisnął klawisz odtwarzania. I niech Bóg go osądzi, ale w miarę jak na ekranie przesuwały się napisy czołówki, coś zaczęło narastać także w nim. Zawsze go zastanawiało, czy kobiety też potrafią to robić. Czy potrafią przerzucać się z prawdziwych, realnych ludzi (Esther, zawsze ona) na ludzi z fantazji (Kitty, Anita, Boot, aktorki porno, ekspedientki, dziewczęta w ogóle) i czuć dzięki temu ulgę? Czy kiedykolwiek o tym powiedzą? Nie mówią nic. Kobiety nie mówią prawdy o sobie. O miłości, o tym, w jaki sposób kochają. Albo też ta prawda jest prawdą absolutnie czystą, nie wymaga spekulacji – a wtedy kto potrafi ją znieść? Grace weszła do pokoju i ułożyła się u jego stóp. Alex zagłębił się w fotel.

Powieki Kitty były jak zawsze podklejone; znów była zagubioną w Nowym Jorku dziewczyną z Pekinu, bez przyjaciół. W ciągu niespełna godziny stanie się sensacją Broadwayu, a potem Hollywood, ale oczywiście jeszcze o tym nie wie. Wkrótce wszyscy poznają jej nazwisko. Stanie się sławna. Wkrótce. Na razie może tylko chodzić ulicami, anonimowa, lękająca się własnego cienia. Samotna. Aleksowi pęka serce, gdy patrzy, jak jej szczupła figurka wślizguje się do kin i tkwi tam w ciemnościach. Bo trzeba wiedzieć, że May-Ling Han znajduje pociechę tylko w filmach. Z góry, ze swej kabiny, obserwuje ją Jules Munshin, który gra Joeya Kaya, kinooperatora. Kocha się w niej, oczywiście. Uważa, że nie ma szans. Wygląda na niezbyt bystrego, jest biedny. Ale zdobędzie ją. Wszystko potoczy się szybciej, niż mu się zdaje. Po godzinie i dwudziestu minutach będzie po wszystkim. Tymczasem popłynie trochę łez. Potem będzie śmiech. On stanie się jej agentem, mężem, wszystkim. Nazywa się to happy end. Cudowną rzeczą w kinie jest to, że tak rzadko łamie się tę konwencję szczęśliwego zakończenia. Jeszcze większym cudem jest to, że konwencja zakończenia nie jest łamana nigdy. Alex patrzy na Kitty, która patrzącą na migające twarze ludzi, którzy są dla niej bogami.

OSIEM / *Chochma*

Mądrość • Trzej rabini • Coś, co jest jak moneta • Tam, gdzie martwi żyją • Mądrość Lauren Bacall • Wypad do centrum • Opis walki / Obrona • Virginia Woolf była Żydówką • Samobójstwa popełnione i zaniechane • Prawdziwe powodzenie

1

– A więc co zamierzasz z t y m zrobić? – zapytał Rubinfine. Alex zerknął na zegarek. Był czwartek. Dziewiąta rano. Rabini Darvick i Green wyglądali na wyczerpanych. Darvick miał drobinki białej wydzieliny w kącikach oczu. Green opierał się obiema rękami o pomnik, jedną nogę ugiął w kolanie, sapał, jakby właśnie ukończył maraton. Rubinfine wyglądał nieźle. Nieopodal stał zaparkowany mały włoski samochód. Obok niego wielki stół z orzecha włoskiego.

– Co wy tu robicie? – zapytał Alex. – Znowu? Jest dziewiąta rano.

– A co t y tu robisz?

– Przecież ja tu m i e s z k a m. I teraz idę do pracy.

Tłusta twarz Darvicka zaczęła się trząść. Śmiał się z ramionami wysuniętymi do przodu i z szeroko rozwartymi ustami. Chwycił Aleksa za przegub, żeby odzyskać równowagę.

– A ja myślałem, że ty n i e m a s z pracy. Myślałem, że jesteś *szlumpowatym* facetem bez zajęcia.

– No więc ma pan złe informacje, rabbi. M a m pracę. Idę na Pemberton Hill. Mam pracę. Która musi być wykonana.

– Oczywiście – powiedział Green uspokajająco. – Każdy ma sprawy, które musi załatwić.

– Aaa-lex? – zagadnął Rubinfine łagodnie, przyglądając się badawczo niebu. – Jakie są przepisy dotyczące szyberdachów? To znaczy, czy gdybyśmy włożyli stół przez bagażnik, ale tak, żeby, że tak powiem, przednie nogi sterczały przez dach... to czy byłoby to naruszenie jakichś znanych ci przepisów?

– Rubinfine – powiedział Alex z zamkniętymi oczami. – Ten stół się nie zmieści do tego samochodu.

– Przeciwnie, zmieści się – odparł Rubinfine.

– Musi – dodał Darvick.

– Tak? To dobrze – powiedział Alex i odwróciwszy się, żeby odejść, wpadł na górę mięsa, która przybrała kształt Greena.

– Bo widzisz, Rebecca go potrzebuje – powiedział Rubinfine, kucając obok stołu. – Na niedzielny bal dobroczynny. Dla... niskich ludzi. To będzie bufet. Ona woli bufet, a nie stoliki. Uważa, że to będzie bardziej... odpowiednie. Wiesz, jak ona potrafi o wszystko zadbać. Ten stół jest też wyjątkowo niski, a jak wiesz, oni są... – Rubinfine zakończył westchnieniem.

Green pochylił się do przodu.

– Mają zaburzenia procesów wzrostu.

– Przyjdziesz na imprezę? – zapytał Rubinfine.

– N-nie – odpowiedział Alex krótko. – Lecę do Ameryki. Przykro mi. W interesach.

– Rebecca będzie b a r d z o zawiedziona – powiedział Rubinfine, gestykulując. – Miała nadzieję, że cię zobaczy. Prawda, rabbi Darvick? Nie będzie zadowolona.

Aleksowi mimo woli zrobiło się go żal.

– Powiedz jej – powiedział łagodnie – że mam dla niej autograf. Manczkina. Mickeya Carrolla. Zdaje się, że był jednym z Bractwa Lizakowego. To ją trochę udobrucha.

– Może tak, a może nie – rzekł Darvick. Mieszkał u Rubinfine'a w przeładowanym przeróżnymi ozdobami gościnnym pokoju. Rebecca lubiła wpadać tam bez zapowiedzi i wmuszać w swoich gości jedzenie. Alex korzystał kiedyś z gościnności Rubinfine'ów, kiedy zalało mu mieszkanie. Przypominało to życie pod jakimś okrutnym pokrowcem na czajniczek z herbatą.

– Przyjdę po ten autograf dziś wieczorem – rzekł Rubinfine. – Przyprowadzę Josepha.

– Akurat – rzekł Alex.

– Przyprowadzę. Wiem, że Joseph chce z tobą porozmawiać, poważnie.

– Jeszcze nie zrezygnował?

– A więc – Rubinfine zmienił temat – uważasz, że ten stół się nie zmieści?

– Ja w i e m, że się nie zmieści.

– W i a r a, Alex – zagrzmiał Rubinfine. – Wprawdzie moi koledzy znają tę historię na pamięć, ale jeśli pozwolą, opowiem ją jeszcze raz. Jest to historia, którą opowiadał Bachja ben Josef Ibn Pakuda.

– A tak – rzekł Green, obejmując się ramionami.

– Ta k, t a k – przytaknął Darvick.

– W NADZIEI – zaczął Rubinfine głośno – że przerzuci coś w rodzaju mostu przez strumień, podróżny cisnął wszystkie srebrne monety, jakie posiadał, do wody. Utonęły wszystkie z wyjątkiem jednej. Schwyciwszy ją w porę, podróżny wykorzystał ją, żeby zapłacić przewoźnikowi, który przetransportował go na drugi brzeg. W i a r a, mówi Bachja, jest jak ta ostatnia moneta. Kiedy wszystkie zgromadzone przez nas w ciągu życia skarby przepadną...

– Sama wiara pomoże człowiekowi przeprawić się przez wody życia! – dokończył Green z promiennym uśmiechem.

– Tak – powiedział poirytowanym głosem Rubinfine. – Sama wiara, rozumiesz? No i co powiesz?

– Słusznie – rzekł Alex. – No, ale ja już muszę iść.

– Wiesz – odezwał się Darvick, który słuchając historyjki, cały czas pocierał podbródek – nie sądzę, żeby ta historia dotyczyła w i a r y. O ile ja pamiętam, chodziło o z d r o w y r o z s ą d e k. Jestem prawie pewien.

– No, ale tak czy inaczej...

– Ponadto – ciągnął Darvick, kręcąc z przejęciem głową – Bachja był jednym z sefardyjskich mistyków – chyba się nie mylę, prawda? A wiecie, że kabała...

Darvick zawiesił wyprostowane dłonie w powietrzu i obrócił nimi wymownie parę razy.

– Tak, jasne, ja to traktowałem jako... ostrzeżenie, coś więcej niż dosłowną... – rzekł Rubinfine z wysiłkiem. – Nie wiem, czy pamiętacie, co powiedział na konferencji rabin Zeeman nie dalej jak wczoraj...

Alex wymienił energiczne uściski dłoni z trzema rabinami.

– Uciekamy, co? – zapytał Rubinfine, przytrzymując jego rękę.

– Rzucasz tę Kitty na rynek, hmm? Joseph, zdaje się, uważa, że dostaniesz bardzo dobrą cenę.

– Joseph nie powinien rozmawiać o moich sprawach. Po prostu dziś rano poddam ją weryfikacji i tyle. Nie wszystko w życiu jest na sprzedaż. Do widzenia, rabbi Rubinfine. Do widzenia, rabbi Darvick i rabbi Green.

– Oczywiście – powiedział Rubinfine, kiedy Alex wyswobodził rękę – widzieliśmy Esther.

Alex spojrzał spode łba.

– Ach, t a k – rzekł Green. – Tę piękną czarną dziewczynę? Owszem, przeszła tędy chwilę przed tobą. Opowiedziała nam o swoim sercu. To takie wzruszające! Zupełnie jak z filmu!

Alex rozważał, czy nie zadźgać Greena na śmierć zepsutym długopisem, który miał w kieszeni, ale potrzebował informacji.

– No i? Co z nią?

Trzy twarze bez wyrazu.

– To znaczy, jak się zachowywała?

Żadnej reakcji.

– Dobrze wyglądała?

– Och, w y g l ą d a ł a... naprawdę wyglądała – wyjąkał Darvick.

– O tak, w y g l ą d a ł a – wymamrotał Green.

– J a k?

Rubinfine otworzył usta, zamknął je i znów otworzył.

– P i ę k n i e – powiedział.

Jest Południowy Londyn. I jest P o ł u d n i o w y Londyn. I jest jeszcze P o ł u d n i o w y L o n d y n. I Pemberton Hill. A na myśl o Pemberton Hill Alex czuł się chory. Nie mógł na to nic poradzić. Wiedział, że nie ma ku temu żadnych podstaw. Ale człowiek ma takie odczucia, jakie ma. Alex zaś uważał się zawsze za chłopaka z Północnego Londynu, choć była to afiliacja dla niego nietypowa. Instynktownie nie cierpiał wszelkich zbiorowości – społecznych, rasowych, narodowościowych czy politycznych – i nigdy nie należał do żadnego stowarzyszenia, oprócz może klubu pływackiego. Ale do tego zakątka świata żywił irracjonalne uczucie, które pozwalało mu niemal zrozumieć, dlaczego ludzie zachowują się tak, a nie inaczej w różnych skonfliktowanych, zbroczonych krwią miejscach. Północ kontra Południe. Kiedyś, siedząc pewnego letniego, upalnego dnia w parku, toczyli o to z Adsem potężny spór, spór wręcz nuklearny. Podwinięte nogawki szortów, nogi w górze, dookoła resztki pikniku. Oddział mrówek zdecydowany sforsować kubek herbaty, żeby dostać się na pasztetowy ląd. Krótko mówiąc, idealnie pogodny londyński letni dzień, skażony tylko tą odwieczną kłótnią o Północ i Południe. „To głupia i obraźliwa poza", powiedział Adam, roznosząc z furią w proch jeden po drugim punkty oporu Aleksa (domy, parki, szkoły, piwo, dziewczyny, trawka, komunikacja) i demaskując wszystko jako zużyte slogany, bo tym to w istocie było. Mrówki znalazły wkrótce drogę na skróty przez ich brzuchy. W końcu znużony kłótnią Alex wyciągnął się w bujnej trawie, żeby wybeczeć jedyny uczciwy argument, jaki miał: „Pewnie tak jest dlatego, że w Południowym Londynie nikt mnie nie zna. I ja nie znam nikogo. To tak, jakby człowiek był martwy".

Każdego czwartkowego poranka Alex umierał. Każdego czwartkowego poranka Duchamp był jedynym opłakującym go żałobnikiem. Na wybetonowanym targowisku w Pemberton, w przejściu podziemnym. Rośliny, stare książki i wyszczerbiona porcelana na sprzedaż, snopy padającego na to wszystko słonecznego światła, taniec kurzu w tych snopach. Całe to miejsce było niewypowiedzianie smutne. Stare kobiety w przeciwdeszczowych kapeluszach podwiązanych pod brodą infantylnymi wstążeczkami wędrowały w tę i z powrotem wzdłuż straganów, niespokojne i samotne, wypatrując czegoś; jak wojenne wdowy, które snują się po cmentarzu z nieoznaczonymi grobami. Przechodząc tamtędy, Alex zawsze wstrzymywał oddech i wypuszczał go dopiero wtedy, gdy dotarł do końca tego wszystkiego: do trzech zestawionych razem szkolnych ławek, Duchampa, do jego autografów i toksycznej woni.

– Zaraz... przecież to Alex? Chińczyk. Moje oczy... – rzekł Duchamp, podchodząc bliżej. Alex cofnął się chwiejnie. – Czym mogę panu służyć, szanowny panie?

Duchamp wyglądał okropnie. Na tę ruinę, choć widział ją przecież nie dalej jak wczoraj, strach było patrzeć. Umysł Duchampa skapitulował najwyraźniej już jakiś czas temu, ale teraz dawało za wygraną jego ciało. I nie było odwrotu. Nie wyglądał jednak na wystraszonego. Alex podejrzewał, że to taka siatka zabezpieczająca obłędu, rodzaj daru niebios. Dzięki tej siatce Duchamp nie miał gojowskich lęków. To tylko Alex odczuwał chwytającą go za gardło grozę. Grozę podszytą egoizmem. J a k ż e   n i e w i e l e   c z w a r t k ó w   m i a ł   p r z e d   s o b ą   D u c h a m p! A   i l e   p o z o s t a ł o   i c h   m n i e?

– Właściwie niczym – odparł, podchodząc do Duchampa z drugiej strony, z tej, po której tamten nie miał ust. – Prawdę mówiąc, na razie nie kupuję, Brian. Ja sprzedaję.

– Przepraszam, szefie, nie chwytam...

– Powiedziałem, że akurat teraz n i e   k u p u j ę, Brian. Sprzedaję.

Duchamp wyciągnął chusteczkę, żeby móc otwarcie podłubać w nosie. Przesuwając badawczo grubym językiem po dziąsłach, poczłapał wzdłuż rzędu ławek, zakończył manipulacje z nosem i teraz przyłożył chustkę do ust. Mówiąc, odkaszlnął porcję żółtej substancji, nakrapianej plamkami czerwieni; nie zamierzał przy tym, czy też nie mógł, przestać potrząsać głową.

– Słuchajże, Tandem, nie mogę ci pomóc, bracie... Nie możesz serio oczekiwać ode mnie... ja nie kupuję. Tandem, ja muszę s p r z e d a-w a ć, żeby żyć. Nie możesz żądać od takiego starego nieudacznika jak ja, żebym kupował, teraz, kiedy rynek jest taki, jaki jest, zawalony podróbkami. Ja sprzedaję, Tandem, ja n i e   k u p u j ę. Jestem jak ten, jak mu tam...

Alex wykonał Międzynarodowy Gest oznaczający P r z y k r o   m i, B r i a n (ręce trzymają niewidzialną piłkę, zmrużone oczy, przechylona głowa).

– Och, nie bądź taki – no, jakże on s i ę   n a z y w a... niech to szlag – no ten, taki gruby, podpowiedźże, łaskawco! Jesteś Alex, nie? Tandem – to ty, no nie? No więc T a n d e m   w i e   t a k i e   r z e c z y. Nie ma nic takiego, czego Tandem by nie wiedział o tym biznesie. To ę t e-l e k t u a l i s t a, no nie? Każdy sukinsyn to wie. Powinieneś spytać j e g o.

– Brian, ja nie...

– Owszem, wiesz, nie udawaj. Grał w filmach... nie bądź całe życie palantem...

– Nie wiem, Brian...

Duchamp kiwa głową coraz szybciej, groźnie.

– Och, Brian, nie wiem... Myślisz o Oliverze Hardym?

– Odwal się.

– Brian, nie mam dziś na to czasu – nie, no w porządku, w porządku... Charles Laughton? Sydney Greenstreet?

– Nie, nikt w tym stylu... śmieszniejszy od nich, taki zabawny, no wiesz. Gruby. Potężny!

– Brian, p r o s z ę c i ę. Czy nie moglibyśmy...

– W.C. Fields! Grał w tym, no wiesz, w tym filmie na podstawie Dickensa... Jestem jak on, pilnuję swojej forsy... przecież wiesz! Jak to on mówił? Ale to było śmieszne! No, przypomnij mi. To było... eee – o, już wiem, to szło mniej więcej tak: W y d a t k i d w a n a ś c i e f u n - t ó w i t r z y s z y l i n g i. R e z u l t a t: s z c z ę ś c i e. D o c h ó d – nie, czekaj, jak to szło, zaczekaj – niech to jasna cholera – chyba odwrotnie, to było tak: D o c h ó d d w a n a ś c i e...

Ludzie, którzy mają niebawem umrzeć i obłąkańcy. Ci ludzie mówią jakby z półdystansu, oczy mają przymglone, jakby czymś powleczone, zwilżone łzą, która nigdy nie spłynie po policzku, ręce gestykulują chaotycznie, szarpią koszulę na piersi. W autobiografii Lauren Bacall, jednej z ulubionych książek Aleksa, aktorka opisała w ten sposób śmierć Bogiego. Odór (u ś w i a d o m i ł a m s o b i e, że to woń r o z k ł a d u), ręce szarpią włosy na piersiach, j a k b y c o ś s i ę w n i c h z a m y k a ł o, a o n c h c i a ł t o w y j ą ć. Walka o to, by umrzeć. Duchamp trzymał się jeszcze jakimś cudem na nogach, ale śmierć go już dopadła. Alex mógł ją wyczuć, zobaczyć, dotknąć jej, tak jak dotknęła jej Lauren. Lauren Bacall: nie bogini wszechpotężnego seksu (jak utrzymywano), ale bogini wszechogarniającego współczucia. I teraz wspomnienie tej uczciwej książki Lauren kazało Aleksowi postąpić krok naprzód, ująć Duchampa za rozlatane ręce, przycisnąć mu je do boków i powiedzieć:

– N o d o b r a, B r i a n, w p o r z ą d k u. To c o t a m m a s z d l a m n i e?

Wydany przez MGM w 1936 roku album dla fanów, bez podpisów, zdjęcie aktorki Angeli Lansbury, niepodpisane, etui od szczoteczki do zębów, jeden pantofel (Pantofel Danny'ego Kaye'a, bracie. Dostałem go od niego samego), sześć fotosów podpisanych przez występującego w horrorach Vincenta Price'a, wszystkie podrobione, zdjęcie siostry Briana, June. I jeszcze coś. I jeszcze.

Zaczęło lać. Alex pomógł Brianowi przesunąć jego trzy ławki poza zasięg zabłąkanych kropel deszczu. Po przeniesieniu wszystkiego o parę kroków dalej i pozbieraniu tego, co upadło, Brian podsunął mu szkolne krzesełko, a sam usiadł na drugim.

– Posiedź ze mną trochę, co? – powiedział, drżąc na całym ciele.

Alex został. Wyciągnął pudło spod straganu i zaczął przeglądać foldery.

W tym pudle był dobry towar. I to cała masa. Duchamp miał na przykład rewelacyjnego Harolda Lloyda. Trochę niezłych gwiazd średniego kalibru z lat czterdziestych (Tyrone Power, Mary Astor, Van Heflin, Joel McCrea). I bardzo ładną Merle Oberon. Wszystko schowane pod ławką. Na wierzchu Duchamp oferował klienteli zepsutą lampę kreślarską. Bez specjalnej nadziei na jakąkolwiek reakcję Alex zasugerował, że można by tę sytuację odwrócić.

Brian zionął na niego swym oddechem, a potem zaczął trzeć oczy.

– Ale Brian, czy nie byłoby lepiej, gdybyś...

– Czy masz aktualnie jakąś przyjaciółkę, Tandem?

– Tak jakby. Choć akurat teraz nie bardzo chce być moją przyjaciółką.

– No i w tym rzecz – stwierdził Duchamp stanowczo. – Kobiety, oto odpowiedź. Właśnie one. Jak tylko pozwolisz im się do wszystkiego mieszać. Kobiety. Oto odpowiedź.

– A jakie jest pytanie?

Duchamp roześmiał się, jakby Alex opowiedział mu najstarszy kawał świata.

Miał pod krzesłem piersiówkę i zapasowy kubek. Alex nalał jemu i sobie herbaty. Wypatrzył stragan z ciastkami domowego wypieku i wrócił z dwoma kawałkami keksu, wilgotnymi i usianymi gęsto rodzynkami.

– Taaa. N o   p r o s z ę. A to ci niespodzianka. K e k s. O rany.

Duchamp obrócił kilkakrotnie ciasto w palcach, uśmiechając się do niego z miłością i nabożnym podziwem, jakby to była rodzinna scheda. Upłynęło kilka minut, nim powziął postanowienie, by je zjeść. Siedzieli obok siebie. Aby odpowiednio rozmiękczyć keks, bezzębny Duchamp każdy jego kawałek nasączał herbatą, a potem z mlaśnięciem wciągał do ust prosto z filiżanki.

– To była p r a w d z i w a   u c z t a – rzekł w końcu.

– Brian – powiedział Alex. – Właściwie to mógłbyś coś dla mnie zrobić. Pomyślałem sobie, że mógłbyś na coś rzucić okiem.

Duchamp ani się nie poruszył, ani nie zasygnalizował w żaden sposób, że cokolwiek do niego dotarło.

Alex pochylił się do przodu i wyciągnął swoją Kitty Alexander z kieszeni worka. Wyjął Duchampowi filiżankę z ręki. Położył mu autograf na kolanach.

– Brian, czy mógłbyś...

Brian podniósł zdjęcie do oczu.

– Och, tak.

– Brian?

– Tak, t a k.

– Co, Brian?

– Kitty Alexander. Warta majątek.

– Uważasz, że to autentyk? – zapytał Alex pośpiesznie.

Duchamp wzruszył ramionami.

– Wygląda na autentyk. Ale nie musi nim być. Jest tak, jak powiedziałeś. Czasami kobitki nie są odpowiedzią, tylko pieprzoną zagadką. Ha!

– Ale czy to twoim zdaniem jest prawdziwe?

– Wydaje mi się, że widziałem w życiu cholernie dużo podróbek. Widzisz ten szajs?

Duchamp wskazał na pudło, w którym przed chwilą grzebał Alex.

– To? – Alex podniósł pudło z ziemi.

– Większość to podróbki.

Alex uniósł brwi.

– Tw o j e podróbki?

Duchamp pokiwał głową.

– No to są cholernie dobre, Brian. J a nie potrafiłbym odróżnić.

– No tak... jest tego towaru niewiele. Sprzedałem trochę w przeszłości i tobie. Ha! Słuchaj... – powiedział, nie patrząc na Aleksa, ale wyciągając do niego krótkie, grube ramię, jakby próbował go fizycznie podłączyć do swej pamięci. – Ty... ty jesteś ten facet od Kitty, tak? Pochylił się nad pudłem, które Alex trzymał na kolanach, i zaczął przebierać w papierach z prawdziwym znawstwem. Wyciągnął jedno ze zdjęć.

– Kitty Alexander, szanowny panie... oczywiście podróbka, sam ją zrobiłem, ale już dawno, gdzieś w latach pięćdziesiątych... czy jakoś tak... więc wiek atramentu jest w porządku. Żaden pieprzony znawca nie rozpozna w tym podróbki.

Alex uważnie przestudiował podpis. Wyjął zdjęcie z folii i ustawił je tak, by światło padało z boku. Położył obok swoją Kitty. Były aż za bardzo podobne; z uczuciem lęku nałożył jedno zdjęcie na drugie i spojrzał na nie pod światło. Może Brianowi coś się pomieszało – może jego autograf był późniejszą podróbką, faksymile? I gdyby Aleksowi udało się zgrać je idealnie, oznaczałoby to, że oba muszą być mechaniczną odbitką, bo nikt nie potrafi się podpisać identycznie dwa razy. Nie jesteśmy aż tak precyzyjni. Ale nie. A Aleksa pochylało się nieco bardziej w lewo. Zamaszysty, „elżbietański" ogonek iksa na zdjęciu Briana był trochę niżej niż u Aleksa.

– Wygląda na autentyk – powiedział Alex z podziwem.

– Ale nie jest, bracie. Sam to zrobiłem. Zapominasz, Tandem, że pracowałem w tych wytwórniach. Nie było lepszego ode mnie. – Duchamp przetarł zdjęcie kawałkiem irchy wyciągniętej z kieszeni. – Spotkałem ją kiedyś. Piękność. Niezrównana. Ale człowiek ma, bracie, dwadzieścia pięć lat i nagle – Duchamp pstryknął niezdarnie palcami – i nagle stuka mu sześćdziesiątka. Nikt ci tego nie powiedział, prawda? – zaśmiał się ponuro. – Ludzie tacy jak ona powinni znikać. Pufff! Tacy jak ona, ludzie ekranu, nie powinni się starzeć. Przecież nikt nie chce oglądać starej jędzy. Ludzie tego nie chcą.

Nie przepadają też za takimi starymi piernikami jak ty, powiedział mózg Aleksa, ale on sam nie otworzył ust. Wyciągnął rękę do skarbu, by dotknąć go czubkami palców. Duchamp cofnął rękę z nieprzyjemnym uśmiechem.

– Wiem, co sobie myślisz. Jasne, że mógłbyś to sprzedać tym świńskim ryjom z Neville Court. Albo w Antiques u Jimmy'ego. Ale dopóki nie będziesz pewien, czy to autentyk, oni nie będą mogli tego kupić. Trzy tysiące funtów albo więcej, nie ma to tamto. Wziąłbyś ładny procencik, co?

– No cóż – rzekł Alex, rumieniąc się. – C i e b i e nawet już tam nie wpuszczają, prawda? Mógłbym ci to sprzedać. Wezmę tylko piętnaście procent od tego, co dostanę.

– Czemu nie sprzedasz swojego, jak ci się tak pali, co?

– Brian, mój jest autentyczny. Jestem jej wielkim fanem. Największym na świecie. Chciałbym go zatrzymać.

Duchamp cmoknął parę razy, kręcąc głową.

– Mój Boże. To nie jest dobre podejście w tym biznesie. Nie możesz być sentymentalny. To tylko atrament. Tylko litery. A u t e n t y k – parsknął. – Jakby to miało jakieś znaczenie! Ta drobna różnica, która wszystko zmienia. Jak ty chcesz w ten sposób zarabiać na życie, co?

– Może wobec tego wezmę to od ciebie?

– Najpierw podpiszesz umowę. Znam się na tym interesie, bracie. Masz, tu jest kawałek papieru. Ja to napiszę. Ty podpiszesz. A więc: Ja, Alex-Li Tandem, zgadzam się pobrać nie więcej niż dziesięć procent...

– Dziesięć procent?

– Dziesięć – od kwoty uzyskanej ze sprzedaży Kitty Alexander Briana Duchampa. To wystarczy, no nie? Nie jest to żadna cholerna Magna Carta, ale wystarczy. Masz, podpisz tu.

Alex wziął kawałek papieru. Pismo Briana było koszmarne.

– Tylko że... przeczytaj mi ten tu kawałek, Brian.

– Do jasnej cholery, jesteś nie tylko głupi, ale i głuchy! Dziesięć procent – i to wszystko, co dostajesz. Po prostu to podpisz.

Alex złożył podpis. Ledwie skończył, Duchamp wyrwał mu papier spod ręki.

– To ma być podpis? Wygląda na jakieś cholerne bazgroły. Nigdy nie ufaj Izraelicie. To chyba po hebrajsku, co? Cha cha cha cha!

Alex poczuł nagle głęboki niesmak. Wstał.

– Dobra, dosyć. Dawaj mi tę Kitty. Dziesięć procent. Ty przebiegły sukinsynu.

I rzeczywiście, w tej chwili Brian był uosobieniem przebiegłości. Szpetny i cuchnący, śmiał się tym ohydnym, grzechotliwym śmiechem śmierci – ale wciąż trwał. Wciąż dominował na scenie. Jeszcze nie przyjął roli, w której zostaniemy w końcu obsadzeni wszyscy: roli chodzącego po linie bez liny.

2

Jacyś ludzie w metrze zapragnęli zyskać sławę. Chcieli być znani w całym mieście, choćby przez pięć minut. Przekroczyli białą linię, zaczerpnęli gwałtownie powietrza, skoczyli przed siebie w wieczność. Przez te zakółcenia spowodowane przez pasażerów (szalenie dostojny nowy eufemizm, akcentujący aspołeczną postawę) podróż Aleksa z południa do centrum miasta trwała prawie dwie godziny. Przy wyjściu z paszczy metra czekał na niego bez uśmiechu Adam; otworzył olbrzymi golfowy parasol w kolorowe pasy i opryskliwie poinstruował przyjaciela, żeby ten ujął go pod ramię. I wyruszyli w podróż przez ulewę, uzależnieni od barwnego kawałka materiału niczym dwaj pasażerowie balonu. Minęli imponujący gmach teatru i obskurny bar, minęli dziewczęta, które zarabiały, kiwając palcem na takich jak oni, przeszli obok sklepu dla mańkutów. (Tak, Al, to wszystko bardzo gojowskie. Możesz sobie to potem zanotować, no nie?), minęli bary dla gejów, „mieszane" bary, lokaliki ze striptizem – jak dwóch zdeterminowanych chasydów przemykających obok wszelkich pokus! Dotarli do ulubionej ciastkarni. Adam zatrzymał się w progu, żeby złożyć parasol, a Alex wszedł, żeby zapolować na wolny stolik. Minutę później obaj byli znów na zewnątrz; poprowadzono ich w stronę nędznego archipelagu stolików stojących w kałużach brudnej wody, ledwie schowanych pod markizą zakładu fryzjerskiego. Kelner, chudy Włoch, wystartował do nich biegiem, zanim jeszcze zdążyli dobrze usiąść. Klienci ze śródmieścia byli znani z grubiaństwa i niecierpliwości.

Pojawiły się ciastka i kawa. Po chwili rozmawiali z ożywieniem, bez żadnych zbędnych dygresji, semaforowym kodem starych przyjaciół. Tyle że dziś nie było im wesoło. Wypadli z tonacji. Zaczęło się od spóźnienia, które teraz skutkowało brakiem zsynchronizowanej choreografii – obaj po kolei rozsypali cukier z masywnej cukiernicy – a potem przeniosło się to jak zaraza na rozmowę. Żaden z nich nie potrafił jasno wyartykułować swoich myśli. Obaj wydawali się sobie wzajemnie próżni i skoncentrowani na sobie. Obu wydawało się, że siedzący naprzeciwko osobnik mówi wyłącznie o sobie. Adam mówił w podnieceniu i zawile o swoich najnowszych badaniach. Wstał, żeby zademonstrować Aleksowi, w jaki sposób dziesięć *sefirot* odpowiada różnym punktom na ciele, i rozłożył ręce jak obłąkany. Alex aż się skurczył.

– Bo widzisz, mój k r ę g o s ł u p – mówił Adam – łączy się z *Tiferet* – to znaczy z Pięknem, Współczuciem – mój kręgosłup znajduje się tam, gdzie jest *Tiferet*. A więc aby dostać się z *Necach* – czyli z mojej prawej nogi – do *Tiferet*, medytuję nad pojęciem mojego kręgosłupa. Jest to droga *Jod*. Według Ariego, istnieją trzydzieści dwie takie drogi. Ale t u t a j – wygiął grzbiet, wypinając przy tym tyłek; śliczni chłopcy po drugiej stronie ulicy zaczęli się uśmiechać i pokazywać go sobie palcami – tutaj właśnie udaje się dusza, wychodząc poza swoje doczesne, ziemskie siedlisko, żeby znaleźć lepsze nasienie. Czuję, że tkwię w połowie tam, bracie. Po tylu latach – wskazał na niebo nad głową – zmierzam w stronę korony, do *Ajin*, ku Nicości. Do s a m e j i s t o t y Boga.

– Tak. To musi być wspaniałe. Kelner! Butelkę czerwonego proszę i dwa kieliszki.

Siedzieli przez chwilę w milczeniu. Zanosiło się na wichurę. Adam spojrzał tęsknie na inny stolik, jakby żałował, że nie siedzą przy nim. Alex wyjął tytoń i próbował zrobić skręta; zachowywał się jak człowiek niesprawiedliwie posądzony. Zdradzono go – tak to odbierał. Po co było mówić Esther o Boot? Jaki przyjaciel robi takie rzeczy?

Akurat w chwili gdy zamierzał wysunąć to oskarżenie, kelner przyniósł wino. Adam odesłał swój kieliszek, Alex napełnił swój i opróżnił go jednym haustem, tak jakby był to sok z winogron. Adam obserwował go, drapiąc się w głowę między dredami. Alex ponownie napełnił kieliszek i zaczął mówić o sprawie Boot, subtelnie, aluzyjnie, w nadziei, że dostrzeże jakieś oznaki poczucia winy w gestykulacji Adama. Nic. Ani śladu. Ale być może ten totalny brak poczucia winy był sam w sobie jego oznaką? Nikt chyba nie potrafi zachowywać w nieskończoność tak niewinnego wyglądu? Nikt. K t o ś musiał wydać Aleksa T. A jeśli nie był to Adam, to kto?

Alex nie przestawał pić. Cały czas mówił szybko, sam właściwie nie wiedząc co. Po piętnastu minutach zdawał sobie jeszcze sprawę, że porusza ustami, ale musiała upłynąć dłuższa chwila, nim mózg zaczął kojarzyć słowa. Znudzony Adam rozgniótł widelczykiem kandyzowaną truskawkę.

– Ale wszystkie te kobiety – przerwał Aleksowi – są tak naprawdę tą samą kobietą. Czy ty tego n i e w i d z i s z? Kitty, Boot, Anita – one się po prostu na siebie nakładają. Wyobraź sobie konserwatora, który zdejmuje warstwę farby z portretu, żeby znaleźć pod spodem inne. Niszczysz doskonałe malowidło przez jakąś niezdrową ciekawość – dla samej możliwości odkrycia innych portretów. To ciągła pogoń za substytutami – i wszystko tylko dlatego, że nie umiesz sobie radzić z rzeczywistością taką, jaka ona jest.

Alex wykonał Międzynarodowy Gest: odrzucił do tyłu głowę, zagryzł lekko dolną wargę, parsknął p o g a r d l i w i e. Podniósł kieliszek, już trzeci.

– Dzięki, Sigmund.

Adam wzruszył ramionami.

– Gadaj sobie, co chcesz.

– Nie, nie, to fascynujące. A Esther – to pierwsza twarz? Czy ostatnia?

– Ha, to oczywiste, bracie – rzekł Adam lodowato. – Ona jest właściwym malowidłem.

Alex ściągał językiem przylepione do siekaczy ciastko.

– No tak. Piękna analogia. To naprawdę w twoim stylu: wszystko jest symbolem czegoś innego. I jak to ma mi niby pomóc?

Adam spojrzał na niego kpiąco.

– Ty masz jakieś dziwaczne wyobrażenie – rzekł, potrząsając głową – że wszyscy są po to, żeby pomagać t o b i e.

Przez pewien czas rozmawiali o Problemach z Innymi, co było pełnym agresji substytutem rozmowy, jaką chcieliby odbyć naprawdę, a mianowicie rozmowy na temat P r o b l e m z T o b ą. Rubinfine miał obsesję. Joseph był stłamszony i nieszczęśliwy. Alex spojrzał na zegarek. Za dziesięć minut powinien być w Neville Court.

– Spóźniony, co?

– Troszeczkę.

Alex wlał sobie resztę wina i odprawił rytuał kręcenia kieliszka i delektowania się aromatem, jakby dopiero teraz uświadomił sobie, co pije.

– Czy to konieczne? Naprawdę? – zapytał Adam, wycierając serwetką kałużę czerwieni, rezultat zbyt energicznego kołysania.

– C h r y s t e... Wiesz co? Po co zadajesz sobie trud i wychodzisz w ogóle z domu, skoro... To znaczy, dlaczego nie pijesz? Pilnujesz mnie, czy jak? Co to ma być? Czuję się jak jakieś cholerne malowidło: Tłuścioch z czerwonym winem na deszczu. Studium degenerata w procesie...

– Przestań, jesteś pijany.

– Nie można przestać być pijany, Ads. To podróż w jedną stronę. Puf, puf, puf, aż do stacji końcowej.

– To zwolnij.

– Rozkaz, kapitanie.

– Jesteś na mnie zły. Dlaczego?

– Dlatego. Następne pytanie.

– Esther powiedziała mi, że nie będziesz z nią w niedzielę. Staram się to zrozumieć, ale mam trudności.

– To nie moja wina – muszę lecieć do Nowego Jorku. Mam zarezerwowany bilet – nie mogę tego odkręcić. P r z y k r o m i.

– Kiedy lecisz?

– W piątek wieczorem. Słuchaj, a może byś się ze mną wybrał? – zapytał Alex, traktując to jako propozycję rozejmu. Ale Adam patrzył gdzieś w bok, gdzie jakiś mężczyzna w pikowanej kurtce tańczył na deszczu gigę.

– Już centrum t e g o miasta jest trudne do zniesienia. Nie chcę się znaleźć w centrum centrum. To byłoby zbyt ciężkie dla mnie, czarnego Żyda.

– W porządku. Nikt cię nie zmusza. To tylko propozycja.

– W czwartek jest *Jahrzeit* twojego ojca – powiedział Adam, odwracając głowę. – Czy zamierzasz jechać na wieś?

– Pewnie cię to nie za bardzo obchodzi, ale wracam we wtorek.

– No tak – rzekł Adam, stukając łyżeczką o brzeg kieliszka Aleksa.

– Rozmawiałem z Rubinfine'em. W jego synagodze nie można tego zrobić wtedy, kiedy byś chciał, ale on mówi, że zna inną, w której będzie można. Żebyś był minjan, mógłbyś mieć mnie – choć sobie na to nie zasłużyłeś – mógłbyś też mieć Josepha, Rubinfine'a, swoją mamę, może Esther, gdyby dała radę. Ludzie z przyjemnością to dla ciebie zrobią – musisz tylko choć p r z e z c h w i l ę przestać ich olewać.

A więc nie pójdziesz na tę jej operację?

Przez jakiś okropny przypadek, kiedy padło to słowo, „operacja", Alex podniósł akurat rękę, aby spojrzeć na zegarek. Otworzył usta, żeby się usprawiedliwić, ale natychmiast zamknął je z powrotem, bo nie mógł nic wymyślić. Nie wierzył w przypadki w świecie gestów. Czyż nasze ciała nie mówią dokładnie tego, co chcą powiedzieć?

– A więc nie. Jeśli musisz już iść, to idź – rzekł Adam ze smutkiem.

– Ja i tak idę szukać jakiegoś prysznica. Siedziałem kołkiem w domu. Nie myłem się od tygodnia. Zadzwonię do ciebie.

Zapłacili rachunek po połowie.

Potykając się, idzie słynną ulicą, która prowadzi do pomnika, a potem zawraca i skręca w jakiś zapomniany zaułek. Zanim pójdzie tam, gdzie powinien, zapuszcza się w uliczkę, która nazywa się Goodwins, po czym oparłszy się o wilgotną ścianę, zsuwa się po niej, aż pod nią przykuca. W tej pozycji osłania go wystający parapet czyjegoś okna. Robi sobie skręta, naprawdę wielkiego dżojnta i zapala go. Jednak skręt, zamiast go odprężyć, nadaje jego upojeniu nowy wymiar i rozsnuwa gęstszy tuman smogu pomiędzy nim i światem. Już po chwili, z piekącymi oczami i maniacko walącym sercem, Alex wyciąga ołówek i pogrąża się całkowicie w paranoi. Robi notatki na temat niedawnego lunchu, zapisuje strzępy rozmowy, którą już zapomina, odnotowuje dostrzeżoną nieszczerość swego najlepszego przyjaciela, ukryte znaczenie tego to a tego, symbolizm tamtego i owego. Wszystko to jest straszliwą zdradą samego siebie, całego swego życia. Życie nie jest tylko symbolem, gojowskim czy żydowskim. Życie to coś więcej niż chińska układanka. Nie wszystkie elementy do siebie pasują. Nie każda droga prowadzi do objawienia. To nie telewizja, Alex, to nie telewizja.

Ach, więc teraz, myśli Alex, masz objawienie, z którego wynika, jakie to ważne, by nie mieć objawień. Wspaniale.

Nachmurzony, na haju, z chaosem w głowie, zaczyna iść, pragnąc przejść samego siebie, wyjść z siebie, z własnej skóry, choćby na minutkę. To właśnie tego pragną prawdopodobnie ci sławetni pasażerowie, podejmując swą akcję. Ale nie da się tego zrobić na minutkę – nie załatwi tego żadna trawa, nawet tak mocna jak ta, żaden alkohol, Microdot ani nic innego. Tu nie ma drogi na skróty. Pozostaje się już na zawsze tam. Tak więc zamiast tego minimalizują straty. Ich wybór jest ostateczny. A to jest coś innego, mówi Alex do siebie, odczuwając po raz pierwszy wagę samobójstwa, głębię takiego rozwiązania. Do tego trzeba mieć naprawdę jaja.

Alex idzie ulicą chwiejnym krokiem, pod ogromną kopułą nieba, i czuje się upokorzony przez tych pasażerów, którzy skaczą pod koła pociągów. Jedyne, co może zrobić w obliczu takiej akcji, wymagającej naprawdę posiadania jaj, to stać się człowiekiem majętnym. Na rondzie, czekając na bezpieczny moment, żeby przejść przez ulicę, usiłuje wyobrazić sobie swoją mowę obrończą, gdyby jego życie poddano osądowi, to znaczy, gdyby musiał dowieść przed sądem jego wartości. Jest to coś w rodzaju wyimaginowanego tekstu, który nosi wszędzie z sobą, razem ze swoim nekrologiem, bo gdzieś tam w wyobraźni on, Alex, jest najwspanialszą, najsławniejszą postacią, o jakiej świat jeszcze nigdy nie słyszał. I jako taki musi się bronić zarówno przed oszczerstwem, jak zapomnieniem. Bo kto inny to zrobi? W końcu Alex nie ma fanów.

Pamiętaj, proszę. Zapamiętaj to sobie. Życie to coś więcej niż chińska układanka (TO NIE TELEWIZJA). To coś więcej. Złościsz się, bo nawalam, ale ja ci mówię, że życie jest czymś więcej, niż myślisz, czymś więcej niż...

Proszę. Sprawy nie mogą pasować do siebie tak, jak pasują opisane przeze mnie sytuacje – pamiętaj o tym, proszę. Ten lunch nie był taki... taki uładzony; nie poszedłem tą ulicą, żeby było ciekawiej, poszczególne sceny nie wynikały jedna z drugiej, nieskazitelne i nabrzmiałe znaczeniami – pamiętaj, proszę, że to moje życie (A NIE TELEWIZJA). To opis walki. Osądź to odpowiednio. Jedna sekunda tego życia jest tak długa jak wszystkie książki, jakie kiedykolwiek napisano. A jednocześnie tak krótka jak imię Boga. Proszę cię, pamiętaj o tym. Wybacz podwójne oszustwo rozświetlania i bawienia (TO NIE TELEWIZJA); pamiętaj, proszę, że właśnie przeszedłem, tak jak ty, z rękami zgiętymi w łokciach, zgarbiony tak, że dotykałem końcami palców szwów moich dżinsów, nękany od czasu do czasu atakami grozy na myśl o śmierci i innych sprawach, które ani cię nie rozbawią, ani nie oświecą – pamiętaj, że nie mogę poukładać dla ciebie wszystkiego w taki sposób, w jaki byś sobie życzył. Pamiętaj, proszę, że szedłem po prostu bez celu; to było wszystko, co mogłem zrobić, bo życie jest czymś więcej, znacznie więcej niż chińską układanką, pamiętaj, proszę, że nie jesteś – że ja nie jestem...

że to tylko ja idę totalnie naćpany (ta trawa jest m o c n a, t a t r a w a j e s t m o c n a j a k p s y c h o t r o p) wąską uliczką i znajduję kolejne miejsce, w którym powinienem się znaleźć, i pukam do okna...

Tandem puka do okna Galerii Autografów Cotterella, uroczego sklepiku ze spadzistym dachem usytuowanego w połowie Neville Court, w modnym centrum Londynu. W środku widzi pierwodruki, unikatowe szkło artystyczne, portrety z autografami i wytarte brokatowe obicia krzeseł, na których haftowany chiński smok wykonuje skok ku wolności. Widzi karty z pudełek z papierosami i znaczki pocztowe. Programy teatralne i kartki świąteczne. Akty urodzenia i chusteczki z monogramami. Na ścianach dostrzega zdjęcia wielkich sław, zdjęcia, których te sławy osobiście dotknęły, które podpisały i które teraz można kupić. Możesz stać się posiadaczem tych zdjęć i partycypować (choć tylko w niewielkim stopniu) w sławie tych ludzi, dzielić z nimi tę ich nadzwyczajną zdolność okpienia Śmierci, odebrania jej satysfakcji, jaką jest odsyłanie nas w niebyt. Człowiek waha się pomiędzy uczuciem nabożnego podziwu dla tych sław i wściekłości, podobnie jak w stosunku do Boga. Tego popołudnia Alex czuje wściekłość. Doświadcza akurat psychotycznego interludium. W środku widzi publiczność, realnych ludzi. Wysoką, efektowną dziewczynę z czarną aksamitką wokół białej szyi. Odzianego w tweedy tęgiego mężczyznę o czerwonej twarzy, który ma zegarek z dewizką i wymachuje gwałtownie rękami.

3

A więc tak. W jednej chwili człowiek jest zalany i zaćpany, przeżywa psychotyczne interludium. W następnej – zwłaszcza jeśli pada deszcz i śliczna dziewczyna wrzeszczy na niego na środku ulicy – wszystko mija. A Boot ma dzisiaj mnóstwo pytań. Takich jak:

Co to miało być?
Czy ty kompletnie oszalałeś?
Chcesz, żeby mnie wylali z pracy?
Kto się pokazuje publicznie w takim stanie?
Czy zdajesz sobie sprawę, że on mógł mnie podać do sądu?
Co ci strzeliło do głowy, żeby mi coś takiego zrobić?
Uważasz, że obrażanie ludzi cokolwiek rozwiązuje?
Złamałam Ci nos?
Potrzebujesz pomocy lekarza?

– Czy mogłabyś powtórzyć ostatnie pytanie? – zapytał Alex, ściskając palcami nos, żeby zatamować krwawienie.
– O Boże. Słuchaj, idziemy. Zaprowadzę cię. Mam wujka na Harley Street. Kompletnie ci odbiło.

Schwyciła go za rękę i pociągnęła energicznie, ale on nie ruszał się z miejsca.

– Co jest? O co chodzi? Masz coś z nogami?

– Nie pójdę do żadnego zachodniego lekarza – odburknął Alex; do szału doprowadzała go świadomość, że oto stoi krwawiący, z czerwonymi oczami i cały mokry przed dziewczyną, która ma wobec niego tak wygórowane oczekiwania. – Znam jednego w chińskiej dzielnicy. Pójdziemy tam.

Oparł się na imponująco umięśnionym ramieniu Boot i ruszył przed siebie, omijając sterczące kocie łby i jęcząc cicho pod nosem. Jakaż silna była ta Boot, jaka piękna! Od czasu ich ostatniego spotkania zmieniła uczesanie; ostrzygła się na chłopczycę, co jeszcze uwydatniło jej nieco męską żuchwę. Miała na sobie spódniczkę z szorstkiego brązowego materiału, który przypominał wyglądem włosy, a jej nogi były uwięzione w wysokich czarnych botkach, które skrzypiały, ocierając się o siebie. Wysoka, rasowa jak klacz pełnej krwi, brała niemal cały jego ciężar na siebie i cwałowała, nie zważając na deszcz spływający jej strumieniami po twarzy.

– Jednego nie rozumiem – powiedziała z wściekłością, kiedy wtopili się w tłum rojący się na znanym, ruchliwym placu, okolonym ze wszystkich stron gigantycznymi budynkami multipleksów. – Jak ty miałeś czelność wejść do sklepu w tak koszmarnym stanie i zrobić z siebie takiego k o m p l e t n e g o g ł u p k a – a potem – a p o t e m jeszcze próbować wcisnąć mu tę Alexander. Jak Boga kocham, z a s ł u ż y ł e ś s o b i e na tę fangę w nos. Naprawdę, Alex. Zwłaszcza po tym, co zrobiłeś kiedyś.

Dwa lata temu Aleksowi udało się sprzedać paru frajerom cały plik zdjęć Kitty z podrobionymi autografami, na które sam dał się wcześniej nabrać. Zapomniał, że jednym z tych frajerów był sir Edward.

– O r a n y – stęknął. – To było dwa lata temu.

– Czy wilk może stać się owcą?

Boot zatrzymała się. Deszcz ustawał z wolna. Przycisnęła Aleksa do ściany. Nad nimi wznosił się przygniatający masyw kinowego kompleksu, oświetlonego niczym jakieś fantastyczne miasta, katedry. Po drugiej stronie ulicy Alex widział ponad ramieniem Boot olbrzymią czterometrową twarz popularnej aktorki Julii Roberts, nigdy nieznikającą żyłkę na jej czole, uśmiech bardziej promienny niż uśmiech Buddy. Alex poczuł przemożną chęć, by uklęknąć, ale Boot trzymała go mocno za łokcie. Wpatrywał się w Boot uważnie, usiłując uzmysłowić sobie, jak ona właściwie wygląda. Odkrył, że im bliżej znajdzie się człowiek afiszy filmowych, tym trudniej mu zrozumieć ludzkie twarze. Ale widok Boot nie był tak rozczarowujący, jak by sobie można było wyobrazić. Były w jej twarzy pewne korespondujące punkty: pewne podobieństwo w okolicach ust, oczu.

– No dobrze, jeśli chcesz, możesz mnie pocałować – powiedziała.
– Słucham? – zapytał Alex.

Zobaczył tuż przed sobą szeroką, nieco kanciastą, szczerą twarz Boot, dwoje ocienionych niezwykle gęstami rzęsami piwnych oczu, setki bladych piegów i duży, wydatny nos. Wysunęła język.

– Powiedziałam, że możesz mnie pocałować. P o d e j r z e w a m, że o to w tym wszystkim chodzi. Taki twój sposób okazywania miłości i tak dalej. Bardzo niezdarny.

– Boot – powiedział błagalnie Alex, podnosząc ręce w obronnym geście. – Mam chyba złamany nos.

Boot cofnęła głowę, szczerze zaskoczona, i zagryzła dolną wargę. Była wielką amatorką kina. Zawsze spodziewała się, że pocałunek nastąpi, prędzej czy później.

– Ach. Okej. Nie, nie, w porządku, naprawdę. W p o r z ą d k u. Właściwie to wcale nie jestem speszona. Pewnie myślisz, że powinnam się czuć... O Boże. Nie wiem. Po prostu m y ś l a ł a m...

– Nie, wszystko jest okej, Boot. Ja...

– No tak – ucięła, usiłując opanować drżenie podbródka. – To zupełnie jak wtedy, kiedy ona próbowała pocałować Lyttona – czy to Lytton próbował pocałować ją? Tak czy inaczej, wcale się tym nie przejęli i nie było im głupio. Więc nie myśl, że mnie jest.

Aleksa bolała twarz.

– K t o?

– *Virginia Woolf*. W swoich dziennikach. Czytałam to. Czy ty w o g ó l e słuchasz, co do ciebie mówię?

Owszem, czasami. Powiedzmy, dwudziestu pięciu procent, kiedy miał dobry dzień. I o wiele, wiele więcej, kiedy próbował ją przekonać, żeby poszła z nim do łóżka. Ale teraz sytuacja była inna. Boot złapała go znów za rękę i poprowadziła pod pseudoorientalną bramę, która ogłaszała początek chińskiej dzielnicy.

– Muszę powiedzieć, że jak na kogoś, kto podobno jest we mnie zakochany, nie wysilasz się specjalnie.

– Ależ Boot... Boot, ja n i e j e s t e m w tobie zakochany. Ledwie się znamy. Ja mam dziewczynę.

Boot obdarzyła go pobłażliwym uśmiechem. Dwie strużki krwi spotkały się na podbródku Aleksa. Boot wyjęła z torebki chusteczkę higieniczną i zaczęła wycierać mu twarz.

– Głuptasie. Nie musisz tego m ó w i ć. Wszystko jest w twoich oczach. W twoich zabawnych chińskich oczach. I gdzież to się podziewa ta dziewczyna? Nikt jej nigdy nie widział. To, moim zdaniem, jakiś duch. Myślałam ostatnio dużo o samobójstwie – powiedziała nagle w zamyśleniu, wykonując jeden ze swoich nagłych konwersacyjnych zwrotów myślowych, z których słynęła. – Z powodu Virginii i tak dalej. I z powodu Sylvii. Dlaczego robią to zawsze takie wspaniałe kobiety? A potem pomyślałam o twojej książce... Och, czujesz ten zapach? P r z e p y s z n a kaczka z naleśnikami. Jestem taka g ł o d n a!

Przystanęła znowu i spojrzała tęsknym wzrokiem na wiszącą za szybą na haku glazurowaną kaczkę.

– O czym to ja mówiłam?

Alex pochylił się ku wywieszonej na zewnątrz karcie i splunął krwią na ziemię. Naprzeciw niego jakiś Peruwiańczyk o kociej twarzy grał popową balladę na jakiejś antycznej fujarce.

– Ach, przypomniałam sobie. No wiesz, jak dzielisz wszystko na typowo żydowskie i inne? No wiesz, w tej swojej dziwnej książeczce, którą piszesz?

N a l e ż a ł o odpowiedzieć „Wiem". Nawet gdyby zapytała: C z y w i e s z o t y m, ż e n i e b o j e s t n i e b i e s k i e? W i e s z, ż e j e-s t e m i s t o t ą l u d z k ą?

– No wiesz, w tej swojej książce?

– Wiem, Boot.

– No więc zastanawiałam się, gdzie to umieścić. Do której to kategorii należy. To znaczy samobójstwo.

Swoją drogą, było to bardzo dobre pytanie. Alex wskazał na przychodnię doktora Huanga, na jego niewielką wywieszkę, wystającą z muru nad restauracją Pekińskie Noce.

– To dobre pytanie.

Boot uśmiechnęła się szeroko, ukazując rząd wielkich, idealnych zębów.

– Tak, w i e m.

Dotarli do bocznego wejścia. Boot zadzwoniła i w sekundę później udręczony falset doktora Huanga polecił im, by nacisnęli klamkę i weszli do środka.

– Do gojowskiej, ogólnie biorąc... – powiedział Alex powoli, gdy Boot prowadziła go po schodach na górę. – ... kamienie w kieszeniach, głowa w piekarniku, wszystkie takie numery. Ale myślę, że jest jeszcze inna odmiana. Coś w rodzaju uniesienia... śmierć pędzi ku tobie z otwartymi ramionami i jakby... cię obejmowała. Przeskakujesz przez płot, wychodzisz jej na spotkanie. Zbliżasz się do niej tanecznym krokiem. A ona wybucha nad tobą jak burzowa chmura lub jest jak eksplozja słonecznego światła. Nie musi w tym być żałosnej szamotaniny. Żadnych skomplikowanych węzłów ani spalin – no wiesz, przez rurę od odkurzacza. To bardziej przypomina stopienie, z e s p o l e n i e.

Zanim skończył swoje krótkie przemówienie – które naprawdę wziął „z kapelusza" – stwierdził, że promienieje. Twarz Boot zmarszczyła się po dziecinnemu.

– No tak. Nie jestem pewna, czy r o z u m i e m. To brzmi dość... seksownie. I wtedy to jest żydowskie, tak?

Alex skinął ciężką głową. Doktor Huang otworzył drzwi gabinetu.

4

– Pani to weźmie – powiedział Huang, podając Boot zimny kompres. Był to wilgotny kawałek gazy nasączony czymś nieokreślonym, co pachniało lekko miętą. Kompres nie był porządnie zawinięty, tylko lekko skręcony. Przedsiębiorcza z natury Boot zdjęła z szyi aksamitkę i obwiązała nią pakiecik. Przyłożyła go do policzka Aleksa. Ręka drżała jej z zimna.

– Przyłożyć mu do nosa, do grzbietu nosa! – zawołał Huang i przemknął gdzieś na zatęchłe zaplecze, skąd dał się po chwili słyszeć jakiś plusk.

– Czego ja dla ciebie nie zrobię! – zaszczebiotała Boot wesoło.

Z głową przechyloną do tyłu Alex patrzył w sufit. Przychodził tu już jako nastolatek i obserwował postępującą inwazję wilgoci; rozpełzała się po suficie od dawna. Guzki kapiącej wody i stalagmity pleśni były wszędzie. Pokój zdawał się nieustannie płakać. Po raz pierwszy Alex przyszedł tutaj tydzień po śmierci Li-Jina, kiedy ta sceneria harmonizowała idealnie z jego uczuciami. Rano Sara znalazła w domu buteleczkę z lekami od doktora Huanga i tego samego dnia po południu doktor Huang stanął twarzą w twarz z piękną młodą kobietą, rozhisteryzowaną i zapłakaną. Chciała się koniecznie dowiedzieć, dlaczego pan Huang otruł jej męża.

– Niech pan popatrzy w oczy mojemu synowi! – powiedziała. – Niech pan mu to wyjaśni!

Jej włosy były w nieładzie. Skarpetki miała nie do pary. W lewej ręce ściskała dłoń nadąsanego, dziwnie wyglądającego chłopca, w prawej jakieś ziołowe remedium, którego Huang nie przepisywał od lat. Wyjaśnienie wszystkiego zajęło sporo czasu. Wreszcie doktor wytłumaczył, że od bardzo dawna nie widział Li-Jina, i Sara opadła na krzesło, rozpłakała się i zgodziła się wypić herbatę. Wtedy to po raz pierwszy Alex pił zieloną herbatę, a przynajmniej był to pierwszy raz, który pamiętał. Pamiętał też, że doktor Huang opowiedział swym gościom pewną historię. Po jej wysłuchaniu Alex poczuł się zdezorientowany; zdeprymowała go zarówno sama historia, jak widok matki, która wybuchła od nowa płaczem.

Historia pana Huanga w wersji opowiedzianej Aleksowi i Sarze

Pewien bogacz, osobistość znana na dworze, poprosił Sengaja, żeby ten napisał mu radę, która zapewniłaby nieustające powodzenie jego rodzinie, coś, co mogłoby być przekazywane jak skarb z pokolenia na pokolenie. Sengaj napisał na kawałku papieru:

Ojciec umiera, syn umiera, wnuk umiera.

Bogacz wpadł w gniew.

– Prosiłem cię, żebyś dał mi radę, która zapewniłaby szczęście mojej rodzinie! Czemu robisz sobie z tego żarty?

– Nie zamierzałem żartować – tłumaczył się Sengaj. – Gdyby twój syn umarł przed tobą, napełniłoby cię to wielkim smutkiem. Gdyby twój wnuk umarł przed twoim synem, obaj bylibyście zrozpaczeni. A jeśli członkowie twojej rodziny, pokolenie za pokoleniem, będą umierać w kolejności, jaką podałem, będzie to naturalny bieg rzeczy. To właśnie nazywam prawdziwym powodzeniem.

Zdawało się, że sam doktor Huang w ogóle się nie zestarzał od tamtej pory. Wciąż był pełen wigoru, szczupły i miał jędrną skórę. Nosił spłowiały niebieski podkoszulek upamiętniający Wiedeński Festiwal Jazzowy, którego ostatnie dźwięki wybrzmiały jakieś dwadzieścia lat temu, dżinsy ozdobione emblematami nieistniejących już torów wyścigowych i klubów narciarskich oraz pomarańczową bejsbolówkę, tak starą i zniszczoną, że słynne skrzydło zwycięskiej bogini całkiem się wytarło.

I oto teraz wyłonił się znów zza zasłony z kolorowych plastikowych pasków, która wyznaczała granicę pomiędzy gabinetem lekarskim i mieszkaniem.

– Młoda damo, pani godność?

– Boot. Mam na imię Boot.

– Boot? Tak jak but?

– Właściwie to Roberta, ale wszyscy mówią mi po prostu Boot. Boot jest okej.

– No tak, panno Boot – powiedział ostro. – Pani przyjaciółka Aleksa. Bardzo dobrze. Więc ma pani pieniądze zapłacić?

Boot, która dorastała na wsi, miała instynktowny, wrodzony lęk przed Chińczykami w każdej sytuacji – jedynym wyjątkiem była sfera usług gastronomicznych. Cofnęła się o krok.

– Dlaczego, na Boga, miałabym płacić ja, skoro Alex właśnie dał panu czek?

Trzymając Aleksa jedną ręką za nos, Boot sięgnęła drugą po coś, co doktor Huang próbował jej pokazać.

– On niezbyt zdrów – powiedział spokojnie.

Owszem, był to czek. Ale w miejscu, gdzie powinien być podpis, Boot zobaczyła jakiś rozchwierutany stół, rękawicę bejsbolisty, dolną połowę krzesła.

DZIEWIĘĆ / *Bina*

Rozum • Każdy w Anglii uczestniczył kiedyś w jakimś quizie • Identyfikacja różnych rzeczy • Układ Bogart / Henreid • Wittgenstein był żydowski • Rubinfine przyśpiesza bieg spraw • Komputerowe listy • Marvin wyjaśnia • Anita mówi „nie" • Adam mówi „tak" • Kto wyciął roślinność?

1

Nauczyciel matematyki, który uczył Aleksa w piątej klasie, brał udział w telewizyjnym quizie. Zdobył 184 punkty. Potrzebował tylko jednej poprawnej odpowiedzi, żeby dostać się na tablicę najlepszych i zagwarantować sobie udział w ćwierćfinale. Nie odrywając wzroku od ekranu, ozdrowieniec Alex próbował jeść *nachos* bez pomocy rąk. Zabezpieczył się przed upadkiem, zahaczając stopę o wygięty podłokietnik sofy. Zaczął się nachylać ku podłodze.

Prowadzący quiz zapytał:

– Który z filozofów był zachwycony, kiedy jego uczeń porzucił studia filozoficzne i podjął pracę w fabryce konserw?

Alex wyrecytował prawidłową odpowiedź, powtarzając ją ośmiokrotnie w błyskawicznym tempie, potem podał ją jeszcze raz w tempie zwolnionym, a w końcu ją wyśpiewał. Odpowiadając, matematyk zdradził się z dość szokującym wyobrażeniem na temat produkcji żywności w starożytnej Grecji. Alex zanurzył swój obolały nos w sosie salsa i potrzymał go tam przez chwilę. Ogarnął go smutek. Ktoś zadzwonił do drzwi.

– DRZWI! – zawołała Boot z kuchni. – DRZWI. DRZWI. *DRZWI!*

– To są drzwi. Tu jest trochę sosu salsa. To był mój nauczyciel matmy. To są drzwi.

*

– Czy mogę ci w czymś pomóc?

– Wręcz odwrotnie – rzekł Rubinfine, wykonując Międzynarodowy Gest oznaczający absolutne zaprzeczenie. Miał na sobie puszysty sweterek łososiowego koloru, na którym widniał napis: BŁĄDZIĆ JEST RZECZĄ LUDZKĄ, ABY NAPRAWDĘ *??!@# TRZEBA KOMPUTERA.

Alex stał twardo w progu.

– Jeśli sprzedajesz Torę, to informuję, że ja już mam.

– Cześć, Alex – powiedział Joseph. – Możemy wejść? Chcieliśmy pogadać.

– Co się stało z twoim sznocem? – zapytał Rubinfine, wdzierając się do przedpokoju. – Wdałeś się w dyskusję z czyjąś pięścią? Komuś się nie podobał kształt twojego... U s z a n o w a n i e.

Z kuchni wynurzyła się właśnie Boot; była szorstka i zarazem kokieteryjna, którą to kombinację doprowadziła do perfekcji w dzieciństwie, posługując się nią, kiedy chciała postawić na swoim.

– Z kim mam przyjemność?

– Mam na imię Boot.

– Ach, o c z y w i ś c i e. Przyjaciółka Esther? – zapytał zmieszany Rubinfine, którego przyjacielskie kontakty z dziewczynami skończyły się, kiedy jedna z koleżanek zsikała się w jego piaskownicy. – Czy może...?

– Właściwie to Aleksa. To znaczy, my... my... to jest, łączą nas interesy.

Nawet u Boot, pomyślał Alex, ten nabrzmiały poczuciem winy głos z filmów klasy B rodem, to zacinanie się, jakby nie była sobą – wszystko to razem mocno rozczarowuje.

– Boot, to jest rabin Rubinfine, mój stary przyjaciel, a to...

Alex szybko zorientował się, że dalsza prezentacja nie jest potrzebna. Booth i Joseph już zmierzali niezdarnie ku sobie (odstawiając nieskoordynowany balet z udziałem łokci i wszystkich miękkich części ciała przy zdejmowaniu płaszcza) i wreszcie połączyli się w niezgrabnym pocałunku, przy czym nie potrafili się zdecydować ani co do policzka, ani co do liczby całusów, co było kolejną konwencją wziętą żywcem z filmów klasy B. Uzupełniając ostatni kawałek w tej wręcz żenująco prostej układance, Alex poczuł narastającą w nim furię. Nigdy nawet mu przez głowę nie przeszło, że tych dwoje może się znać.

– Więc wy się już...? – zapytał Rubinfine, kiedy szli do saloniku. Tu opadł z uśmiechem na fotel, nie zadając sobie trudu, by dokończyć własne pytanie, i nie przejmując się szkarłatnym rumieńcem wędrującym w górę po szyi Josepha i sięgającym jego spiczastych uszu. Rubinfine wziął do ręki pierwszą z brzegu książkę – popularny leksykon małży – i od razu otworzył ją na wkładce ze zdjęciami.

– Od c o n a j m n i e j ilu? Trzech miesięcy? – powiedziała Booth, przycupnąwszy na brzeżku sofy. – Nigdy bym nie p r z y p u s z c z a ł a, że wy dwaj też się znacie. Ale tak najwyraźniej jest. Jaki ten nasz świat jest jednak mały, prawda? Podejrzewam, że wszyscy klienci naszego sklepu się znają. Czy to nie zabawne? Joe i Alex. Jak w jakiejś kiepskiej sztuce. O rany. A tak przy okazji, Joe, cieszę się, że nie kupiłeś tych braci Nicholas. To ładna rzecz, ale niewarta nawet p o ł o w y tego, co Cotterell próbuje za to wyciągnąć. Jest zbyt uparty, żeby trochę spuścić z ceny, przyznać się do pomyłki... No wiesz, uważa, że rynek autografów ludzi z branży muzycznej lada chwila eksploduje...

Boot nie była głupia; wyczuwała niesamowite napięcie panujące w pokoju. Alex obserwował ją z niesmakiem i doszedł do wniosku, którego nie wypowiedział na głos, że przyczyną tego napięcia musiało być pożądanie, jakie budziła. Wbił paznokcie w poduszki dłoni, a tymczasem ona paplała bez przerwy, układając z rozmysłem swe ciało w replikę słynnej sylwetki klepsydry Marilyn. Plecy wygięte w łuk, brzuch wciągnięty, wargi wywinięte jak płatki kwiatu, głowa pochylona, ale wzrok skierowany ku sufitowi – cóż za niewiarygodny i ogromny talent! Najdoskonalszy z Międzynarodowych Gestów seksualnych, metamorfoza kobiety w wazon.

– Człowiek nigdy by nie przypuszczał, że coś takiego jest m o ż l i w e – powiedział Rubinfine, podnosząc brew, ale zwracając wzrok ku otwartej książce, którą trzymał na kolanach. – Ponad dwieście stron o małżach. O skorupiakach. Podziwiam autora. Skąd tyle s a m o z a p a r c i a?

– Joseph – powiedział nieszczęsny Alex, dygocząc ze wściekłości.

– Herbata – mógłbyś? Pomóc mi. Przynieść z kuchni? I coś do picia – może się czegoś napijemy – wyłączając rabinów.

– Przepraszam bardzo, ale w ł ą c z a j ą c rabinów. Po t a k i m c i ę ż k i m d n i u, jaki miałem...

Joseph, który nie zdążył jeszcze usiąść, ruszył posłusznie w stronę kuchni krokiem skazańca. Alex pośpieszył za nim.

– Wiesz – usłyszał głos Boot, w chwili gdy ukradkiem zdzielił Josepha w plecy – n i e w y g l ą d a s z mi za bardzo na rabina...

W kuchni Alex znalazł Grace; wziął ją na ręce i przycisnął opierającą się kotkę do piersi, żeby nie mogła go podrapać.

– Rozumiem cię – powiedział posępnie.

– Alex – rzekł Joseph, zerkając na drzwi, żeby upewnić się, czy są zamknięte. – Nie jestem pewien, czy ty n a p r a w d ę rozumiesz.

Alex wyciągnął rękę spod Grace, żeby pokazać mu środkowy palec.

– Doniosłeś na mnie. Żeby na tym skorzystać.

– To chyba nieco melodramatyczne oskarżenie – rzekł Joseph, bawiąc się krawatem. Spuściwszy swoje piękne oczy, sięgnął po czajnik i postawił go na gazie. – Trochę za bardzo w stylu jakiejś trzeciorzędnej Garbo, nie uważasz?

– To ty powiedziałeś Esther o Boot – powiedział ostro Tandem. – Nie Adam. Ty. To chyba koniec z nami. Zniszczyłeś w ten sposób naszą dziesięcioletnią przyjaźń. Serdeczne dzięki.

– Alex...

– A ja tak tu sobie stoję i próbuję się domyślić, d l a c z e g o. Czy ty naprawdę sądzisz, Joe, czy naprawdę sobie wyobrażasz, że Es rzuci mnie d l a c i e b i e?

Joseph wyglądał na mocno zaniepokojonego – stał z zadartą głową, najwyraźniej zdumiony. Potem zaśmiał się desperacko.

– E s t h e r? Nie, Alex, ty źle... o c z y m t y m ó w i s z – Esther jest dla mnie jak s i o s t r a.

– Zawsze ze mną rywalizowałeś – powiedział Alex, nie pozwalając mu skończyć. – Czy o to tu chodzi? Miałeś zamiar ją zabrać w imię... Czemu się śmiejesz? Co cię tak cholernie śmieszy?

– Nic – zawołał Joseph, tupiąc swoją małą stópką. – Słuchaj, pozwól mi zebrać... C h c i a ł b y m ci wyjaśnić, że to nie ma n i c wspólnego z Esther – przynajmniej nie w t a k i m sensie.

Alex potrząsnął głową, jakby próbował uporządkować w ten sposób myśli.

– A więc B o o t? To o nią chodzi? Śmieszy cię to? Słuchaj, Joe, możesz sobie wziąć tę cholerną Boot, bracie, i nie musisz mi przy okazji rozpieprzać życia.

– Nie, chwileczkę, nie gorączkuj się tak – rzekł Joseph, wykonując obiema dłońmi Międzynarodowy Gest uspokajania. – Pomyślałem sobie tylko, że Esther jest moją p r z y j a c i ó ł k ą, także moją przyjaciółką – i pomyślałem, że zasługuje na to, żeby wiedzieć, i to wszystko. Naprawdę jest mi przykro – ja po prostu – ona sama zaczęła mnie w y p y t y w a ć, bo coś p o d e j r z e w a ł a. Proszę cię, zapomnijmy o całej sprawie. P r z e p r a s z a m. Popełniłem błąd, to jasne.

Alex zaklął siarczyście, Joseph wzdrygnął się i położył rękę na blacie kredensu.

– Tak naprawdę to pewnie wcale tak nie myślisz – zaczął Joseph, i to okropne zdanie z filmu rozśmieszyło Aleksa.

– Joseph – powiedział. – Ja ci nie wierzę. Z a w s z e ze mną rywalizowałeś. Nie możesz z n i e ś ć, kiedy ja... chwileczkę, do cholery, n i e p r z e r y w a j m i... – Alex postawił Grace na podłodze. – B o ż e, jaki ze mnie idiota. Uprzedziłeś Cotterella, że przyjdę do niego z tą Alexander, prawda? Zgadza się? Powiedziałeś mu, że łażę po mieście z podróbką. Ty s u k i n s y n u. No więc d o w i e d z s i ę, że sprzedałem ją Brianowi Duchampowi. Który naprawdę potrzebuje teraz pieniędzy. Więc to dobry uczynek. Joseph, co z tobą? Próbujesz mi zaszkodzić...

Joseph lekko się zakrztusił, usiłując zaśmiać się szyderczo.

– Daj spokój, nie zwalaj wszystkiego na mnie – przynajmniej nie teraz...

Alex rąbnął pięścią w wiszącą szafkę.

– P o w i e d z i a ł e ś Esther. A ja przez ciebie potraktowałem dziś Adama jak śmiecia. D o n i o s ł e ś na mnie.

Joseph zagryzł wargę. Wyglądał tak, jakby miał się za chwilę rozpłakać.

– Przekazałem jej... – zaczął niepewnie – ... przekazałem jej informację, która jej się należała i która i tak by do niej w końcu dotarła. Wszyscy o tym wiedzieli. Naprawdę, Al, w twoim postępowaniu wobec niej jest taka pogarda, jakby ona w ogóle nie istniała...

– Posłuchaj, kolego – co jak co, ale t w o j e rady na temat moich związków z dziewczynami nie są mi potrzebne. Możesz się do mnie zgłosić, Joe, kiedy tobie samemu uda się nawiązać jakiś romans.

– Prawdziwa pogarda – ciągnął spokojnie Joseph, cofając się o krok.

– I wiesz, do jasnej cholery... jeśli idzie o Boot, to jak mi to raczyłeś przypomnieć, jestem wolny. A ty nie. Słuchaj, ja nawet nie... nie sądzę, żebym był nią poważnie zainteresowany, i... Alex, naprawdę nie w tym rzecz. To jest brak kultury z twojej strony. Przyszliśmy tu dziś, Rubinfine i ja, jako twoi przyjaciele, żeby spróbować...

Alex wyjął z kredensu wielką butlę polskiej wódki, chwycił ją za szyjkę i wycelował nią w Josepha Kleina. W środku pływało, podskakując, żółte źdźbło trawy.

– Widzisz to? Liczę do dziesięciu. Co to jest?

– Polska wódka. A co? Co mam odpowiedzieć? – Że to drink? O co ci chodzi?

– Tak, ale nie tylko. To jest drink, owszem. Ale pomyśl trochę. Przypomnijmy sobie nasze studia. Przypomnijmy sobie *Ludwiga Wittgensteina*. Powiedz mi coś o naturze twierdzenia.

– A l e x, weź no się w garść – nie, nie, w porządku – uspokój się. Okej, okej, znaczenie twierdzenia tkwi w jego z a s t o s o w a n i u w praktyce.

– A więc?

– A więc może to też być broń.

– Dziesięć punktów! Będziemy pili, aż zamienimy się w istoty niecywilizowane. A wtedy kiedy się już stanę barbarzyńcą, zatłukę cię na śmierć. Tym. Mój przyjacielu. Mój drogi przyjacielu z dzieciństwa. Rozumiesz? Czy się rozumiemy? Stoczymy coś w rodzaju zapaśniczej walki. To przysięga na banknot. Joe. To przykazanie.

– Alex... ty n i e r o z u m i e s z. W o g ó l e.

– Ale najpierw się upijemy. Urżniemy się w trupa. Jak w filmie. Wypijemy za Esther – ma mieć w niedzielę operację, wiedziałeś o tym? To fakt ważny dla ciebie. A teraz biorę to i to – jest jeszcze więcej tam, na dole. No, gotowe. Otwórz ten kredens. Weź trochę chrupek. W lodówce są dodatki do wódki. Trzymaj to. I to. Nie, daj mi tamto. Weź tacę na te...

– O la la – powiedziała w chwilę później Boot, która przysiadła na oparciu fotela Rubinfine'a. – Spójrzcie na nich. Czy to wszystko dla mnie?

– No to mamy tak zwaną imprezę – powiedział ponuro Alex-Li.

– To śmieszne – powiedziała kilka minut później Boot, nie zdając sobie sprawy z tego, że mówi zbyt głośno. – Właściwie to chciałam być aktorką. Ale nie możemy być wszystkie aktorkami. To znaczy nie każda dziewczyna na świecie może zostać aktorką. Z tym jest tak... że wszystko zależy od fartu, no nie, przepraszam, co to ja chciałam powiedzieć? Och, wiecie, o co chodzi – to l o t e r i a.

Pochylała się ku kominkowi, ku sztucznemu ogniowi, rozżarzonym plastikowym węgielkom, trzymając oburącz kieliszek czerwonego wina, już trzeci. Rubinfine wciąż kiwał głową, mimo że już skończyła, i dalej odczytywał po kolei treść leżących na kominku kartek z pozdrowieniami.

– Czy pan chciał kiedyś kimś być, rabbi? No wie pan, oprócz bycia rabinem?

Rubinfine po raz piąty podniósł maleńkiego meksykańskiego bożka, trzymając go za penis. Zaczął go obracać w palcach.

– Opowiem wam coś ciekawego – powiedział z ożywieniem, podnosząc gwałtownie głowę. – Ostatnio mówiłem dzieciom w szkole o znaczeniu święta Purim – okazało się zresztą, że mój wywód nie wypełnił całej godziny, miałem problemy z PowerPointem, były też inne komplikacje, ale to nie ma tu właściwie znaczenia – w każdym razie, żeby wypełnić jakoś czas, zapytałem, kim chcieliby być, jak dorosną, i...

Booth roześmiała się nagle, a potem zrobiła minę, jakby za chwilę miała się rozpłakać. Rubinfine zmarszczył brwi, ale nie przerywał.

– No i okazało się, że w klasie liczącej trzydziestu pięciu uczniów dziewięcioro chce być modelami, czworo aktorami, dwoje gwiazdami muzyki pop, dziesięcioro piłkarzami, a pozostała dziesiątka chciałaby pracować „w rozrywce", po prostu „w rozrywce". Próbowałem wyciągnąć od nich jakieś konkrety – na próżno. Nigdy nie widzieliście tylu ambitnych małych – jeszcze troszeczkę, dziękuję, tyle wystarczy – ambitnych małych istot ludzkich.

Boot wychyliła do dna swój kieliszek i nalała sobie następny.

– Muszę panu szczerze powiedzieć, rabbi – wiem, że pan mnie zrozumie – że kiedy byłam w szkole...

– Przeproszę panią na chwilę – rzekł Rubinfine, który nie cierpiał wyznań. Musiał zadzwonić do Rebekki w sprawach organizacyjnych, bo jedna trzecia karłów (termin ten zadomowił się w jego mózgu i nie dało się go stamtąd usunąć) okazała się wegetarianami.

– A co tam u was? – zapytała zdesperowana Boot, opierając łokcie na kominku i obracając się w stronę sofy. Na sofie siedzieli od początku imprezy Joseph i Alex, pogrążeni w ponurej rozmowie o swojej znajomości, sięgającej czasów dzieciństwa, i raz po raz strzelali po kielichu. Eliminowali ze wspomnień dobre okresy i umniejszali lub wyolbrzymiali wagę i powagę wzajemnych osobistych afrontów, każdy według własnego widzimisię. Teraz zwrócili się do Boot, wzburzeni jak wrogo nastawiona do artystów, podchmielona publiczność poranków.

– U nas świetnie – rzekł Joseph, opuszczając głowę.

Boot przygryzła paznokieć kciuka.

– Coś niespecjalna ta impreza. Mam wrażenie, że za chwilę się rozpłaczę. Wygląda mi to raczej na, jak się to nazywa – stypę albo coś w tym rodzaju. Zupełnie jakby ktoś umarł i jakby nikt tak naprawdę nie wiedział kto. Zawsze uważałam, że na imprezach nie można przesadzać z klimatami *à la* Leonard Cohen. Właściwie – oświadczyła, wypijając jednym haustem wino i robiąc chwiejny krok naprzód – właściwie to chyba już pójdę, Alex, jeśli nie masz nic przeciwko temu. Potuptam sobie do domu piechotą.

– Nie idź jeszcze, Boot – powiedział Joseph matowym głosem, ze wzrokiem utkwionym w stojącą przed nim niską ławę. – Jak sobie pójdziesz, zostaną same chłopaki. To niedobrze, jeśli jest wyłącznie męskie towarzystwo. Obejrzyjmy jakiś film albo co. Bądź równą dziewczyną.

– Dzięki, Joe, ale myślę, że lepiej...

Alex polizał skręta, którego właśnie spreparował, i rozejrzał się dokoła.

– Gdzie to się zmył nasz rabbi?

– Nie wiem – wzruszyła ramionami Boot. – Chyba poszedł na górę.

– Zaginął – rzekł Joseph. – Uznany za zmarłego.

– Jak wyjdziesz – powiedział Alex, cedząc słowa jak popularny aktor John Wayne – to rabbi dostanie.

Tymczasem na górze rabin Mark Rubinfine przez jakiś czas z powodzeniem wcielał się w rolę zaginionego. Najpierw zatelefonował do Rebekki, ale rozmowa była krótka i nerwowa, ponieważ nie potrafił zachować powagi, słysząc określenie „modne pałeczki koktajlowe do kurczaków", które wcale nie miało być zabawne. Być może wypił za dużo wina. I osiągnął ów punkt, który osiąga w końcu każdy, kto organizował choćby proszony obiad dla czterech osób: dlaczego n i e u g o t u j ą s o b i e ż a r c i a s a m i, n i e w y n a j m ą s o b i e s w o j e g o d i d ż e j a, n i e z j e d z ą i n i e p o t a ń c z ą u s i e b i e w d o m u? W przypadku Rubinfine'a uczucie to było spotęgowane dokładnie czterdziestoośmiokrotnie ze względu na taką właśnie liczbę tych upierdliwych kurdupli, w których zabawianie go wmanewrowano.

Odłożył słuchawkę, nie czekając, aż Rebecca skończy mówić. Zamiast wrócić na dół, usiadł bezmyślnie na łóżku Aleksa. Nabrawszy pełną garść czekoladowych monet, przystąpił do żmudnej czynności wyswobadzania krążków z ich metalicznych powłok. Jak można żyć w ten sposób! Rubinfine wzdrygnął się i przyłożył wolną rękę do widniejącej na ścianie żółtej plamy w kształcie dłoni. Mimo słabości do Aleksa trwał w imię uczciwości wobec samego siebie w przeświadczeniu o immanentnej wyższości swojej sytuacji nad sytuacją nieszczęsnego Tandema. Rabbi Mark Rubinfine miał patio i żonę, zasłony i dywany, wodny masaż i stół na dwanaście osób. Gdy tylko doktor Guy Glass wyleczy Rebeccę z jej tokofobii, ich dom zapełni się dziećmi. No i proszę. Zgromadził w swym życiu, co przecież jest tego życia celem, mnóstwo dóbr, które ustawiał pieczołowicie pomiędzy sobą i śmiercią, jak płotki na torze przeszkód. Pokój Aleksa przypominał wynajmowaną studencką klitkę. Nie było żadnej wyraźnej różnicy pomiędzy mieszkaniem Aleksa z czasów, kiedy miał szesnaście lat, a obecnym. Gatki nadal piętrzyły się na stercie. Pojedyncze skarpetki wciąż domagały się rozpaczliwie połączenia w pary.

Rubinfine pochylił się do przodu, by spojrzeć z góry na Mountjoy. Tam, na zewnątrz, był jego świat. Nie mógł sobie wyobrazić takiej sytuacji, żeby nie miał autorytetu w Mountjoy, żeby zabrakło mu słuchaczy. Ach, ten Alex i Adam – ukrywają się w swoich jaskiniach niczym Ben Akiba! Rabin Rubinfine uśmiechnął się z rozrzewnieniem na myśl o ekscentrycznym usposobieniu swych starych druhów. Dostrzegł słynny banknot, leżący na biurku Aleksa tuż obok nesesera. Dla Rubinfine'a torturą była myśl, że nie zdążył wydać swojego. A potem przestali drukować jednofuntowe banknoty, uwalniając go w ten sposób od odpowiedzialności.

Teraz zrzucił mokasyny, chwycił się za prawą stopę i zaczął badawczo obmacywać stwardniały naskórek na pięcie. Oderwał jego grubą warstwę i posłał pstryknięciem w stronę przesypującego się kosza na śmieci. No proszę na to spojrzeć! Niektóre plakaty mają po piętnaście lat. Wciąż wisi nad łóżkiem sporządzony przez Aleksa plakat reklamowy, który zapowiada walkę czterech matadorów – M a r k a i J o s e p h a, i A l e k s a, i A d a m a – z potężnym hiszpańskim bykiem. Przełknąwszy ostatnią czekoladową monetę, Rubinfine podszedł do ściany, aby przyjrzeć się reprodukcji szesnastowiecznego kabalistycznego tekstu z Mantui, być może pojedynczej kartki z *Zoharu* lub z *Sefer Jecira*. Rubinfine nie udawał, przynajmniej przed samym sobą, eksperta. Oprawę dla tekstu stanowiły dwie dłonie ze spiczastymi kciukami. Na obu marginesach trzepotało w różanych krzewach ptactwo. Na górze widniało imię Boga, okolone kwietną girlandą. Motyw był subtelny, przepiękny. I c z e g o t o d o k o n a l i ś m y w c i ą g u s t u l e c i! – zaśpiewało rozradowane serce Rubinfine'a, bo bez względu na to, co myślało o tym Mountjoy, on, Rubinfine, nie został rabinem tylko dlatego, żeby sprawić przyjemność ojcu. Pragnął na swój skromny sposób w ł ą c z y ć s i ę d o a k c j i. Jak sekretarka planu w filmie. Analogia ta nie podobała się wówczas Adamowi, który uważał, że powołanie do stanu duchowego powinno być czymś absolutnie czystym, debatą człowieka z Bogiem. Ale tak naprawdę Bóg nigdy nie przemówił do Rubinfine'a. Rubinfine był, mówiąc wprost i szczerze, wielbicielem tych, którzy go ukształtowali. Kochał tych ludzi i podziwiał. Książki, które napisali, filmy, które nakręcili, piosenki, które śpiewali, to, co odkryli, dowcipy, jakie opowiadali. Tylko w ten sposób mógł im okazać swe uwielbienie. Już w dzieciństwie ujawnił się z całą ostrością jego problem, czyli to, że osobiste relacje z ludźmi nie są mocną stroną Rubinfine'a. Zawsze wolał mieć do czynienia z tłumem. Z mieszkańcami Mountjoy. Z ludźmi! Nigdy nie liczył na to, że w jakikolwiek sposób ich wzbogaci, nigdy nie wyobrażał sobie, że podzieli się z nimi jakąś wielką rabiniczną przenikliwością – miał tylko nadzieję, że uda mu się ich poprowadzić przez jakiś krótki okres. Pomiędzy rabinem, który był przed nim, i tym, który przyjdzie po nim.

Wycofując się niezdarnie na plączących się nogach, Rubinfine cknął, zachichotał, potem spoważniał, zamarkował krótką walkę z plakatem Muhammada Ali, podniósł z podłogi worek Aleksa i wtaszczył go na łóżko. Zerkając co chwilę na drzwi, przeszukał pośpiesznie kieszenie. Przez sekundę zdawało mu się, że Louise Brooks to Kitty, ale Kitty była chyba później? I miała inną twarz. Bardziej współczesną. Ależ ich tu zatrzęsienie! Tyle jest sław na świecie. Taylor, Pickford, Grayson, Cagney, Chevalier. A oto i ona.

Rubinfine wyciągnął zdjęcie Duchampa z plastikowej koszulki; potrzebował tylko sekundy, żeby stwierdzić, że ta kobieta jest zdumiewająca. Skoro już się musiało ulec groźnej obsesji na punkcie kobiety i jej podpisu, mogło się trafić gorzej. Rubinfine przyglądał się jeszcze przez chwilę zdjęciu, podziwiając architekturę kości policzkowych aktorki. Potem podarł fotografię na sześć części.

Ogarnęła go wielka radość. To właśnie uzgodnili z Josephem, jadąc tutaj, choć nie przypuszczali, że pójdzie aż tak łatwo. Wyobrażali sobie, że potrwa to całą noc, że będzie to afera na tuzin chusteczek higienicznych, z płaczem i dramatyzowaniem. Zamierzali wtargnąć do domu i nękać go, aż odda im zdjęcie. Bo było jasne, że dopóki ono nie zniknie, nie zniknie mania Aleksa na jego punkcie. Takie było zdanie Josepha i Rubinfine się z nim zgodził, czy raczej postanowił się z nim zgodzić. I teraz zdjęcie zniknęło.

Niezwykle zadowolony z siebie Rubinfine zebrał strzępy fotografii i wstał. Przez chwilę przemyśliwał nad analogią do sytuacji, gdy rodzice na siłę wpędzają swe uzależnione od heroiny dziecko w stan głodu narkotykowego. Z przyjemnością przywoływał takie aksjomaty jak „trudna miłość" i „wszystko dla jego dobra". Już miał wyjść z pokoju, gdy jego uwagę przykuły trzy zdjęcia wiszące na ścianie: Norma Shearer, Debbie Reynolds i Deanna Durbin. Co mi przypomina, pomyślał (Debbie Reynolds → Eddie Fisher → Carrie Fisher → Księżniczka Leia → Han Solo → Harrison Ford), że z pewnością coś przede mną zataił. Daję głowę, że ten podstępny sukinsyn chowa Forda, czekając na okazję, by sprzedać go komuś innemu, kto ma więcej forsy.

Rubinfine cofnął się do łóżka i otworzył worek. Znalazł Forda dość szybko. Przeklął Aleksa w duchu. Potem przyjrzał się zdjęciu bliżej. Aż się zatoczył do tyłu na łóżku i zakwiczał w ekstazie, zakrywając usta ręką. M a r k o w i! Przez dłuższą chwilę Rubinfine'owi zdawało się, że się rozpłacze. Za dwa tygodnie miał urodziny. Pomyśleć, że Alex schował przed nim tego Forda, i to tak skutecznie! Ile musiał zadać sobie trudu, żeby zdobyć to zdjęcie dla niego, z osobistą dedykacją, doskonałe! Rubinfine był bardziej niż poruszony. Miał ochotę wziąć zdjęcie i pokazać je tym wszystkim nauczycielom, terapeutom i rabinom, którzy wmawiali mu, że nie ma talentu do układania sobie stosunków z ludźmi. Spójrzcie, co zrobił dla mnie mój przyjaciel! Spójrzcie, co zrobił dla mnie mój bliski przyjaciel Alex-Li Tandem. Rubinfine niechętnie włożył z powrotem zdjęcie tam, gdzie je znalazł. Będzie udawał zaskoczonego, kiedy znów je zobaczy. Zaskoczonego i zachwyconego, co zresztą będzie reakcją prawdziwą, nawet jeśli zagra to jeszcze raz, dla publiczności.

Na łóżku leżał kopczyk usypany ze strzępów zdjęcia. Na chwilę zupełnie o nim zapomniał, ale oto leżało tam, niczym wyrzut. Rubinfine zebrał strzępy, wetknął je do kieszeni i wyszedł z pokoju. Stojąc w korytarzu, słyszał Josepha i Aleksa, którzy wrzeszczeli jak opętani. Boot próbowała ich bez powodzenia uspokoić. Motyw przewodni kłótni brzmiał: O d d a j m i t o. Drugi: P o m o i m t r u p i e. G d yb y w y b u c h ł p o ż a r, mówił Alex, r a t o w a ł b y m p r z e d e w s z y s t k i m m o j e a u t o g r a f y, a d o p i e r o p o t e m c a ł ą r e s z t ę, z t o b ą w ł ą c z n i e.

Udręczony Rubinfine postąpił krok naprzód, potem cofnął się, a w końcu wolno zszedł na dół. Stanął w progu. Usłyszał wyraźnie słowa swego przyjaciela:

– Słuchaj, ty masz swoją pracę, Joseph, prawda? A Rubinfine ma rodzinę. Adam ma swojego Boga. A to jest to, co mam ja. Moje małe obsesje. Kiedyś też je miałeś, ale z nich wyrosłeś. Miałeś szczęście. A ja nie, i tyle. Rozumiesz? To dla mnie sprawa życia i śmierci. Wszystko, co m a m.

Biedny Rubinfine. Wytknął głowę zza drzwi, poinformował towarzystwo, że egzema Rebekki znów się zaogniła, że jeśli Joseph chce, żeby go gdzieś podrzucić, to musi z nim wyjść, po czym zniknął.

2

Znacznie późniejsza faza imprezy; zostali tylko we dwoje. Magnetowid chodzi. Alex i Boot runęli na sofę; dzieli ich nieme nieporozumienie w sprawie seksu. Boot zdjęła rajstopy i czeka na petting, nie wiadomo właściwie dlaczego. (Z pewnością nie chodzi o, na przykład, p o ż ą d a n i e. To raczej g n i e w). Alex jest konsekwentny w swym postanowieniu, by jej nie obmacywać, choć nie rozumie właściwie dlaczego. (Na pewno nie z b r a k u   p o ż ą d a n i a jako takiego. Może ma jakieś opory moralne. Może to sprawa drinków). Boot udaje, że śpi, choć jest rozbudzona i całkiem przytomna. Alex udaje, że jest przebudzony i przytomny, choć oczy mu się kleją. Boot jest bardzo wygodnie, ale co chwilę zmienia pozycję, usiłując zainicjować jakąś rozmowę. Aleksa chwycił okropny kurcz, ale nie śmie się ruszyć. Kitty dociera do kresu swej podróży, śpiewa finałową piosenkę:

Byłeś moją szczęśliwą gwiazdą...
Przepowiedziałeś, że zajdę daleko...

Wreszcie, kiedy zaczynają się napisy końcowe, Boot odwraca się do niego plecami. Jest to jeden z wielkich niedwuznacznych Międzynarodowych Gestów, jeden z tych, których nie można odczytać błędnie.

łowcaautografów wszedł na czat (02.03)

łowcaautografów: Es, widzę twoją ikonkę. Jesteś tam?

łowcaautografów: Esther?

łowcaautografów: Chyba nie gardzisz mną totalnie, co?

łowcaautografów: Nie chcesz ze mną rozmawiać? Mogłabyś przynajmniej odpisać?

Pannatiktak: Mogę z tobą porozmawiać.

łowcaautografów: Cześć!

Pannatiktak: Cześć.

łowcaautografów: Coś długo nie śpisz.

łowcaautografów: Puk, puk.

Pannatiktak: Nie interesuje mnie to.

łowcaautografów: Przychodzi koń do baru...

Pannatiktak: Ads mówi, że widział cię dzisiaj i że zachowywałeś się jak...

łowcaautografów: barman pyta: co ci się tak gęba wydłużyła?

Pannatiktak: kompletny wariat.

łowcaautografów: Hmmm...

Pannatiktak: Muszę się położyć.

Pannatiktak: jestem zmęczona, mam wszystkiego potąd.

Pannatiktak: przez Adama gapię się całą noc na ścianę

Pannatiktak: wszyscy jesteście świrami

łowcaautografów: chwileczkę...

Pannatiktak: dobranoc Alex

łowcaautografów: zaczekaj!

łowcaautografów: PROSZĘ!

Pannatiktak: czego chcesz?

łowcaautografów: zaczekaj chwilkę.

Pannatiktak: ......?

łowcaautografów: jutro lecę do Nowego Jorku. Nawet się jeszcze nie spakowałem.

Pannatiktak: w niedzielę mam operację. nawet się porządnie nie pomodliłam.

łowcaautografów: cześć. Mam na imię Alex-Li. Jestem kompletną zakałą. *Przepraszam*

Pannatiktak: Przynajmniej ominie mnie bal dobroczynny Rubinfine'a

łowcaautografów: i chwała Bogu

łowcaautografów: dla tych małych nieszczęśników.

Pannatiktak: bardzo małych. Metr w kapeluszu.

Pannatiktak: Badum bum bum.

Pannatiktak: Dzięguuuuujębardzo.

łowcaautografów: jesteś zabawna. Tęsknię za tobą.

łowcaautografów: bardzo.

Pannatiktak: pozdrów ode mnie Nowy Jork

łowcaautografów: wszystko cuchnie

Pannatiktak: pozdrów ode mnie Kitty (ona chyba tam mieszka, co? Ma 109 lat

łowcaautografów: bez ciebie. Poważnie. nic nie idzie jak trzeba.

Pannatiktak: i mieszka przy Sto Dziewiątej Ulicy.

łowcaautografów: mówię poważnie. Świat się rozpadł.

Pannatiktak: moja centageneriańska (dobrze?) biała rywalka.

Pannatiktak: dobranoc Alex.

Pannatiktak: no tak, ale kto to wszystko naprawi, skarbie?

Pannatiktak się wylogowała (02.18)

łowcaautografów: esther?

łowcaautografów się wylogował (02.19)

3

Piątkowy poranek był błękitny i nieskazitelny. Długie cienie sprawiały, że nieśmiałe pastelowe domy zdawały się nachylać ku sobie i całować się wzajemnie. Drzewa wyciągały konary, żeby spleść palce w zapaśniczych zmaganiach.

– To? To była Boot – wyjaśnił Alex roznosicielowi mleka.

– No i? Pasuje ci?

– Co?

– Ta Boot? Pasuje ci?

– Ach, rozumiem. Nie. Niezupełnie. Choć jest bardzo miła. Wspaniała, naprawdę.

Odwróciwszy się, Marvin i Alex patrzyli, jak Boot we wczorajszych ciuchach wlecze się ulicą i znika w miejscu, gdzie ładna żółta ścieżka prowadząca od domu Aleksa łączy się z główną arterią Mountjoy i ze wszystkimi mrocznymi konfliktami świata.

– Chłopie, gdybym ja miał to co ty... – powiedział Marvin i zagwizdał. Marvin był wielkim wielbicielem Esther i uganiał się za nią jawnie i niezmordowanie. Należał do tych, którzy nazywali ją „Afrykańską Księżniczką", choć ona uważała to określenie za obraźliwe, podobnie jak całą resztę żeńskich zdrobnień: Lalunia, Gorący Towarek, Ślicznota, Cipka, Seksowny Kociak, Laseczka.

Alex pstryknął palcami.

– A, Marvin, byłbym zapomniał – do przyszłego tygodnia nie biorę mleka. Lecę do Nowego Jorku.

Marvin wsunął swój zeszyt z zamówieniami do kieszeni kombinezonu.

– *Going to New York. No milk today. Hold the phone. Be still my beating heart* i tak dalej.

Sięgnął do przewieszonej przez ramię torby i wyciągnął paczkę średnich rozmiarów.

– Żebym i j a nie zapomniał: znów coś przyszło do ciebie. Gary Fitz – znam go o d n i e p a m i ę t n y c h c z a s ó w – roznosi tu przesyłki ekspresowe – ale nie może zawracać sobie dupy tą ulicą – bo za daleko od jego trasy, pod górę i tak dalej – więc zaczął dawać te przesyłki mnie. Pamiętasz? Dałem ci już coś w zeszłym tygodniu czy jakoś tak.

– Dałeś mi? – zapytał Alex z roztargnieniem, biorąc miękką paczkę do ręki i rozrywając czerwony sznurek. Popatrzył na swój rozbity samochód; zastanawiał się, czy nie zajrzeć do wypożyczalni „Hollywood od A do Z", nie przeprosić Adama, nie poszukać Esther.

– A jak tam twoja głowa? Gdzie ją teraz masz? Wróciła na kark?

Alex wyciągnął z tekturowego opakowania oryginalne zdjęcie znanej aktorki Kitty Alexander z zamaszystym podpisem na jaśniejszej części. Przytrzymał się Marvina, żeby nie upaść.

– Co ci jest?

– Nie rozumiem – wyszeptał Alex, tocząc dokoła wzrokiem obłąkańca.

– To nie teoria astronautyki, chłopie. To tylko poczta. Ktoś to wysłał, ty to dostałeś. Fajne zdjęcie. A tak w ogóle kto to jest? Hej, h e j, nie zamykaj mi drzwi przed nosem – musisz to pokwitować, Alex – inaczej nie dostanę swojej prowizji, kapujesz? Nie będzie szmalu na laski.

Alex przycisnął zdjęcie do piersi, a potem odsunął je od siebie, żeby mu się lepiej przyjrzeć. Jeśli to nie był autentyk, on nie był Aleksem-Li Tandemem. Dedykacja: *Aleksowi, wreszcie – Kitty Alexander*. Twarz Aleksa eksplodowała wszystkimi barwami technikoloru.

– Czy to Adam? Jacobs, ten od wideo, no wiesz, niedaleko stąd? Mój przyjaciel? Albo Rubinfine, ten rabin? Czy ktoś cię namówił, żebyś mnie podpuścił? Skąd się to w z i ę ł o?

Marvin westchnął, wziął paczkę od Aleksa i odwrócił ją.

– Adres zwrotny amerykański, koperta... amerykańska. Według mnie, to przyszło z Ameryki, bracie. Słuchaj, nie mogę tu tak sterczeć cały dzień. To tylko paczka. Wygląda tak samo jak ta, którą przyniosłem ci w zeszłym tygodniu...

– Czemu to wciąż powtarzasz? Kiedy to było?

– W zeszłym tygodniu – paczka z Ameryki, dałem ci ją. Mam na imię Marvin. To jest dom. To był twój samochód. Tam jest niebo. Do zobaczenia, koleś.

Marvin oddalił się swoim tradycyjnie niedbałym krokiem, ale zanim doszedł do furtki, Alex, nie zważając na to, że ziemia pokryta jest szronem, puścił się za nim boso przez trawnik.

– Chwileczkę, Marvin, zaczekaj. Czy wtedy, kiedy dałeś mi tamtą paczkę, to czy wtedy... czy ja ją otworzyłem? To znaczy, czy w i d z i a-ł e ś, jak ją otwieram?

Marvin wykonał Międzynarodowy Gest oznaczający próbę przypomnienia sobie czegoś ważnego. Zmarszczył brwi.

– Eee... O r a n y, człowieku, nie pamiętam. Nie, no, nie sądzę. Bardzo się śpieszyłeś. Gdzieś miałeś iść, czy coś – nie wiem. Nie widziałem cię potem pięć dni. O d s y p i a ł e ś t o, chyba kumasz, co mam na myśli, nie? Och, byłbym zapomniał: podpisz tu, bracie.

Alex złożył podpis w kwitariuszu Marvina, stawiając z rozmachem kropkę nad „i". Chwycił mleczarza oburącz za głowę i odcisnął na jego wargach gorącego całusa.

– Ej! Przestań. Ja świadczę całkiem inne usługi. Jestem roznosicielem mleka, człowieku. Roznosicielem mleka. I tyle. Czekaj no – czy t o jest twój podpis? Przecież to nawet nie angielski. Czy to po chińsku, bracie?

– Bo widzisz, Marvin – powiedział rozpromieniony Alex – to bardzo ważne. Nie widziałeś, jak otwierałem tę paczkę. To jak dotąd najważniejszy fakt. Bo to oznacza... nie rozumiesz? Ja nie jestem obłąkany. Musiałem ją otworzyć u Adama, kiedy byłem na haju. Co może było nierozważne. Ale nie szalone. Nie jestem wariatem. Przeciwnie, wszystko rozumiem. R o z u m i e m.

– Troszkę za wcześnie na objawienia – rzekł Marvin z dezaprobatą. Energicznie otrzepał na pożegnanie koszulę i zatrzasnął za sobą furtkę.

– Anita – wyrzucił z siebie zdyszany Alex-Li Tandem, przygładzając zmierzwione podczas snu włosy i stawiając klatkę z kotem na ziemi u swoich stóp. – Boże, jak ty fantastycznie wyglądasz. Słuchaj, cieszę się, że zdążyłem cię jeszcze złapać... wiesz, to trochę niezręczna sytuacja, ale rzecz w tym, że lecę dziś wieczorem do Nowego Jorku, dlatego przychodzę w ostatniej chwili – i tak sobie pomyślałem, że skoro to tylko na parę dni – to czy mogłabyś ewentualnie wziąć...

– Nie – powiedziała Anita Chang.

W wypożyczalni „Hollywood od A do Z" rozmaici głupcy tego świata próbowali na siłę wcisnąć przez szczelinę w drzwiach przetrzymane kasety, zanim Adam otworzy sklep. Tyle że Adam ich przechytrzył. Szpara była dokładnie o jeden cal węższa od kasety. Przez tę bramkę nie dało się przecisnąć nic, chyba że ktoś był naprawdę zdeterminowany. A zatem codziennie rano o dziewiątej Adam zajmował spokojnie pozycję przy drzwiach, siadając na składanym krzesełku z *Zoharem* na kolanach. Czubki jego gładkich czarnych palców bębniły w chropowate karty o ziarnistej fakturze. Czytał głośno hebrajski tekst.

Rabbi Szimon powiedział:
Ten nie jest znany w świecie pod żadnym imieniem,
bo jest w nim coś wzniosłego.
To tajemnica!
Opromienia go spływająca z góry światłość jego ojca!
A tajemnica ta nie rozprzestrzeniła się wśród jego towarzyszy.

Alex miał jednak swoje sposoby. Wiedział, pod jakim kątem ustawić kasetę, żeby zdzierając nieco farby z drzwi, wpadła z grzechotem do oczekującego za drzwiami koszyka.

– Tandem?

– Jak zwykle.

Szalone podniecenie Aleksa tego ranka sprawiło, że otwarcie drzwi było dla Adama ciężkim doświadczeniem. Podobną męką okazało się parzenie herbaty i wysłuchiwanie niewiarygodnej historii – zanim padła prośba o zaopiekowanie się Grace, Adam był kompletnie wykończony. Zgodził się, kiedy ściskając w dłoniach kubki z zieloną herbatą, usiedli na stopniach prowadzących na podwyższenie, na którym mieściła się wypożyczalnia. Rozciągał się stąd widok na ocean przeróżnych historii.

– Powiesz wszystko Esther, dobrze? Dokładnie tak, jak ja ci opowiedziałem? Przedstawisz jej fakty. Całą historię.

– Jak tylko wróci z biblioteki. Przyrzekam. Całą historię. Alex, czy myślałeś jeszcze o...

– Czy to nie fajne uczucie – powiedział Alex radośnie – kiedy się wszystko poukłada?

Grace owinęła się wokół kostek Adama. Adam podniósł ją i podał przyjacielowi.

– Jak Lovelear to zobaczy! – rzekł Alex, przyciskając przesyłkę do piersi. – Na przesyłce jest adres zwrotny, jak byk!

– Hmm.

Siedzieli przez chwilę w milczeniu, wsłuchując się w odgłosy poranka.

– Adam – zapytał nagle Alex – jak myślisz, co się dzieje z Josephem?

Adam ożywił się wyraźnie i odwrócił w jego stronę.

– A co się twoim zdaniem dzieje?

Alex zmarszczył brwi.

– No nie wiem. Właśnie dlatego cię pytam.

– Rozumiem – powiedział Adam cicho.

Wstał z Grace w jednej ręce i z *Dziewczyną z Pekinu* w drugiej. Z westchnieniem odłożył Kitty na właściwe miejsce na półce.

– Wygląda na to, że cię rozczarowałem – rzekł Alex.

Adam wzruszył ramionami.

– A więc ta cała historia w Torze – rzekł – jest tylko szatą Tory. Biada temu, kto uważa, że ta szata jest prawdziwą Torą! Tora ma ciało: to ciało jest przyodziane w szatę – historie tego świata. Głupcy tego świata patrzą tylko na szatę, historię Tory; nie mają pojęcia o reszcie. Pod szatą kryje się prawdziwa Tora, dusza duszy. A oni nie widzą tego, co jest pod szatą. Tak jak wino musi być w dzbanie, tak Tora musi być w szacie. *Zohar* pomaga nam zajrzeć pod tę szatę. Patrz zatem tylko na to, co pod szatą! Bo wszystkie te słowa i historie – to tylko szata!

Wszystko to powiedział Adam po hebrajsku. Jedynym słowem, jakie zrozumiał Alex, było słowo „Tora".

4

– Nie, nie mogę się zatrzymywać, nie ma mowy – powiedział Alex, przestępując przez żelazną ramę łóżka. – Mam pociąg. I chciałbym na ten pociąg zdążyć.

Ale Rubinfine, Darvick i Green rozłożyli ramiona i uformowali mur.

– To jest diabelnie, przepraszam za wyrażenie, ważne – powiedział Darvick i złapał Aleksa za pasek od dżinsów.

– Bo widzisz, rzecz w tym, że rabbi Rubinfine ma ci coś ważnego do powiedzenia – chce ci wyłożyć swoje racje. Wytłumaczyć się z tego, co zrobił. Z tego, co choć zasadniczo dobre, może się wcale takim na pierwszy rzut oka nie wydawać. Rozumiesz?

– Przepraszam, co takiego?

– To w a ż n e – nalegał Darvick, zaciskając mocniej palce na pasku – to bardzo ważne, żeby rabbi miał możliwość przedstawienia swojego punktu widzenia – przedstawienia swojej wersji, jak obrona w sądzie!

Alex uwolnił się, uniósł w górę swoją paczuszkę i wyciągnął Kitty z folii niczym miecz z pochwy. Przez chwilę trzymał ją nad głową. Czuł się jak znany aktor filmowy John Cusack.

– Widzicie to? – zapytał.

Rubinfine zapiszczał jak kobieta.

– Dziś to jest ważniejsze, rozumiecie? – powiedział Alex. – R o z u-m i e c i e? Rubinfine, co ci jest? – zapytał, bo Rubinfine usiadł na ziemi i trzykrotnie uderzył lekko potylicą w cokół pomnika.

– Widzisz, co próbujemy zrobić? – warknął Darvick, wskazując ręką na łóżko i citroena 2CV, do którego chcieli je zapakować.

– Widzę – odpowiedział krótko Alex. – Po prostu mnie to nie interesuje. Hej, Rubinfine, czy ty...

– Czterech rabinów – wszedł mu w słowo Green, wbijając wzrok w Rubinfine'a – dostało się do Pardes, rajskiego ogrodu. Jeden spojrzał i umarł, drugi zwariował, trzeci wyciął całą roślinność, i tylko jeden, rabbi Akiba, przeżył, nie ponosząc żadnego uszczerbku.

Rubinfine wyglądał na załamanego. Darvick chichotał cicho. Green rozciągnął usta w błogim, szerokim uśmiechu i odsunął się, żeby przepuścić Aleksa.

– Rubinfine, czy ja...

– Idź – powiedział Green. – Jesteś już spóźniony.

Z sercem przepełnionym wdzięcznością Alex puścił się pędem, by zdążyć na pociąg: było go już słychać i widać, jak wynurza się od wschodu zza szczytu sztucznej góry, od której wielkie suburbia Mountjoy wzięły swą nazwę. Słyszał głos Rubinfine'a, niesiony tym samym wschodnim wiatrem, głos człowieka głęboko dotkniętego:

– Wyciął roślinność? I c o to mianowicie miałoby znaczyć?

Korona • Antykwariat Jimmy'ego • Drinki z Lolą-Lolą • Teorie konspiracji • Młody szczep • Radio zen • Lot ku nicości • Casablanca zen • Kolekcjoner ocala

1

Nieco później tego samego wieczoru, stojąc w kolejce do odprawy, Alex-Li z przyjemnością wspominał triumfy minionego dnia. Po spotkaniu z rabinami wsiadł do pociągu do wschodniej części miasta i udał się do antykwariatu Jimmy'ego (rok założenia 1926), odczuwając każdą cząsteczką swego ciała, że jest zwycięskim herosem. Przeszedł pod arkadami, minął nędzne stragany, dostarczające wszystkich odmian nostalgii swymi towarami: ciuchami, wyrobami ze szkła, płytami, plakatami, znaczkami, odznakami, monetami, autografami. Znał niektórych handlarzy od prawie piętnastu lat, od czasów, gdy przychodził tu jako chłopiec przepuścić swe kieszonkowe. Zawsze odczuwał łączącą go z nimi braterską, choć niepozbawioną rezerwy więź. Ale dziś czuł się inaczej. Wytworzył się między nimi dystans. Ilu z nich znalazło rarytas, o jakim marzyło, swego osobistego Graala? Czy Lola-Lola włożyła kiedyś słynną zwiewną suknię Marilyn Monroe? Czy Stuart Pike zagrał na gitarze Hendriksa? Czy znany pisarz J.D. Salinger napisał choć raz serdeczną, przyjacielską dedykację biednemu, oddanemu Oliverowi McSweeneyowi?

Rzeczą osobliwą w przypadku takich obsesji jest ich specyficzność. Tak jak facet, dla którego fetyszem jest filigranowa Japonka z pulchnymi ramionami, pozostaje obojętny wobec dużej, wyzywającej blondynki, tak ten, kto przez całe życie ugania się za butami do stepowania, których używał znany musicalowy gwiazdor Donald O'Connor, nie potrafi wykrzesać w sobie szczerego entuzjazmu, kiedy jego sąsiad ze straganu po prawej pokazuje mu koronkową koszulę, którą nosił Henry Daniell w *Damie kameliowej*. Całe zjawisko kultu gwiazd jest formą patrzenia w tunel: gorący, mroczny i nieodwołalnie jednokierunkowy.

Alex wałęsał się po targowisku, szukając czegoś interesującego. Sam Jimmy (wnuk Jimmy'ego-założyciela) poinformował go, że gdzieś tu kręcą się Lovelear i Dove, jednak Alex nie mógł ich znaleźć. Po raz pierwszy w życiu chciał naprawdę zobaczyć Loveleara, a przynajmniej chciał pokazać Kitty komuś, kto padnie przed nią na kolana i złoży ręce do modlitwy.

Ale najpierw Stuart Pike wypatrzył jego. Rad nierad, Alex zatrzymał się przy stoisku Pike'a, na którym piętrzyła się sterta dwudziestowiecznej tandety (beatlesowskie peruki, shakery do koktajli w kształcie hawajskich tancerek), i posiedział z nim chwilę, przeglądając jego korespondencję z seryjnymi mordercami. Jeden z bardziej nikczemnych „przyjaciół" Stuarta został właśnie stracony w stanie Teksas. Znakiem firmowym tego człowieka było wycinanie nazwisk ofiar na ich czołach. Przebywając w celi śmierci, zawarł dwa śluby i otrzymał kilkanaście propozycji małżeństwa. Stuart był niepocieszony.

– Każdy jego list – powiedział – mogłem sprzedać jakiemuś Amerykaninowi. Za czterysta, pięćset dolarów. Złoty interes, cholera.

Stuart pochodził z Yorkshire, z bardzo dobrej rodziny. Grał kiedyś w zespole uprawiającym glam-rocka. Miał trzy obrazy namalowane przez znanego psychopatę Johna Wayne'a Gacy'ego.

– Wiesz, kto to jest Kitty Alexander, Stu?

– Morderczyni dzieci z Arizony?

– Nie, nie, to jest, a raczej b y ł a, aktorka. W latach pięćdziesiątych. Rosyjsko-włosko-amerykańska. Bardzo piękna. Aktorka.

– Aktorki – powiedział Pike, jakby mówił o jakimś rzadkim gatunku zwierzęcia. – Miałem kiedyś pokwitowanie kaucji podpisane przez Lanę Turner za córkę. Znam faceta, który miał recepty Judy na środki nasenne, podpisane wprawdzie przez lekarza, ale zawsze... Lepsze to niż nic. Byłbyś zainteresowany?

Dopiero w butiku Loli-Loli z towarem z lat pięćdziesiątych znalazł Alex Loveleara – i satysfakcję. Lola-Lola, tleniona blondyna z dużym biustem, rozwódka z Moskwy, siedziała na różowym pufie, sącząc drinki i zabawiając Loveleara i Dove'a talią kart Bettie Page. Misza, jej zaharowany młody przyjaciel (*moj malczik!*), poszukiwał gorączkowo lewej rękawiczki z białej giemzy, od pary, przy której uparła się jakaś klientka. Na zapleczu znany piosenkarz Bobby Darin śpiewał o planowanej podwodnej randce. Bucząca żarówka rzucała czerwone światło na zmaltretowane futra z norek i zwisające bezwładnie lisy, tostery *à la* UFO, spódnice podobne do rozłożonych parasoli. Na ścianie w głębi odbywała się projekcja amatorskiego, ziarnistego filmu z jakąś nieznaną amerykańską rodziną, która przeżywała na upstrzonym plamkami słońca trawniku drugą młodość przy nieśmiertelnym grillu.

Alex usiadł po turecku na podłodze obok Dove'a. Położył Kitty tak, żeby wszyscy ją widzieli. Zaczął swoją historię – teraz skróconą i podrasowaną. Lola-Lola wydała z siebie w kulminacyjnym momencie przenikliwy kwik rozkoszy i położyła swą dłoń płasko na koktajlowej szklance. Lovelear otworzył usta, żeby coś powiedzieć, przyjrzał się uważniej zdjęciu i nie odezwał się w końcu. Dove walnął Aleksa w plecy i uściskał go, co sprawiło Aleksowi większą przyjemność, niżby był skłonny głośno przyznać.

– Po prostu przysłała ci ten autograf – rzekł Dove z szacunkiem. – Żadnego liściku. Żadnych wyjaśnień.

– Żadnego liściku – powtórzył Alex zdławionym głosem. – Żadnych wyjaśnień. To po prostu prezent. To d a r. Myślę, że chciałaby się ze mną zobaczyć. Że chce, żebym przyleciał do Ameryki.

– Aalex – zamruczała Lola-Lola gardłowo – to jest fantastyczne – po tilu latach zasłużyłeś sobie na coś takiego. Ale to nie bardzo *hip* uśmiechać się wciąż jak kocur, który spił całą śmietanę!

– Jeśli dasz mnie i Dove'owi adres – powiedział Lovelear, wykazując się pewnym wdziękiem w obliczu porażki – dotrzemy do niej, jak już tam będziemy. Co ty na to? Opowiemy ci wszystko po powrocie.

– Dzięki, Lovelear – powiedział Alex, przygotowując grunt pod ostateczny cios. – To dobry pomysł – ale wy możecie się tam znaleźć dopiero za kilka miesięcy – a ja właśnie lecę do Nowego Jorku teraz, to znaczy dziś wieczorem, na tę całą Autographicanę, lecę przez wielki, olbrzymi...

Poczucie triumfu Aleksa zostało nieco przyćmione. Lovelear i Dove byli w tej chwili dokładnie o dwadzieścia trzy osoby bliżej pulpitu w kolejce do odprawy. Przy każdym zakręcie machali rękami jak we francuskiej pantomimie, usiłując mu przekazać na odległość proste komunikaty, w rodzaju: Masz otwartą torbę, Lepiej, żebyś nie miał trawy w bagażu i Spójrz na to grube babsko. Loveleara bolało to, że nie może przekazywać Aleksowi komentarzy na każdym etapie wędrówki kolejki i o każdym, kto w niej stał.

W ostatniej fazie najwyraźniej nie wytrzymał; Alex patrzył z rozpaczą, jak przepycha się w jego stronę, lawirując ze swym wydatnym brzuszkiem między bagażami. Miał na sobie obcisłą białą koszulę i markowe dżinsy, przeczytał bowiem w jakimś czasopiśmie, że żaden mężczyzna nie może wyglądać źle w takiej kombinacji. Artykuł zilustrowano zdjęciami znanych aktorów filmowych: Marlona Brando i Jamesa Deana. Alex miał ochotę posłać jego autorowi zdjęcie Loveleara.

– No więc jak myślisz – mówi Lovelear, zdejmując z ramienia swą ogromną torbę – co ona knuje?

Bagaż Loveleara spada, lądując Aleksowi na nogach. Lovelear kopie torbę, ale ta przesuwa się tylko o cal, pod nogi innego pasażera. Klnąc paskudnie, Lovelear podnosi ją z ziemi, opiera na biodrze, jakby trzymał dziecko, a potem wychyla się gwałtownie do przodu, zarzucając jednocześnie torbę na plecy. Lovelear jest jednym z nielicznych w kolejce pasażerów z torbą na ramię. Większość ma bagaż na kółkach i tradycyjne sztywne walizki z uchwytami. Tacy gojowscy faceci jak Lovelear, którzy taszczą tego rodzaju torby, mogliby równie dobrze wlec za sobą ptaki dodo, ściskając je za szyje. Alex sięga po notatnik, ale stwierdza, że zostawił go w domu. I w tej samej chwili gdy jego palce rejestrują pustkę w kieszeni, uświadamia sobie, że wcale nie chce niczego notować, w każdym razie nie dziś. A może już w ogóle nigdy. Może to oznaczać śmierć jego książki. Zmęczyło go to ciągłe gromadzenie i porządkowanie notatek.

– Przemyślałem to jeszcze raz – mówi Lovelear – i zadaję sobie pytanie: czy to jakaś pułapka, czy co? Bo może na przykład ten jej cały Krauser zamierza cię oskarżyć o nękanie albo coś w tym stylu. To się kiedyś przydarzyło mojemu znajomemu kolekcjonerowi. Albo ta historia ze mną i z panną Sheedy, znaną aktorką drugoplanową... ale nie twierdzę, że to samo zajdzie i w tym wypadku. Mówię tylko, że nic n i e w i a d o m o. Nie znamy wszystkich faktów. Lecisz naprawdę w nieznane, tylko tyle chcę powiedzieć.

Od popołudnia w mózgu Loveleara narastała maniakalna obsesja spisku. Nie rozumiał pojęcia „dar" w odniesieniu do jakiegokolwiek przedmiotu. Nie wierzył na przykład, że film może być wart więcej niż jego reklama, że obraz może być czymś więcej niż jakimś niepojętym dlań sposobem zarobienia forsy. Nie wierzył, żeby piosenki lub książki różniły się zasadniczo pod jakimkolwiek względem od sandwiczów czy opon. Produkt to produkt. I nie wierzył w darmowe poczęstunki. I teraz nie wierzy, że jakaś kobieta po prostu...

– No wiesz, nagle jej się o d m i e n i a i bez żadnego konkretnego powodu robi coś, czego odmawiała w s z y s t k i m przez dwadzieścia l a t? Pytam cię: widzisz w tym jakiś s e n s?

Alex powtarza mu to, co powiedział już trzy godziny temu i co usiłuje mu na wszelkie sposoby wytłumaczyć od początku ich znajomości: że to nie jest film.

*

W samolocie Alex stwierdza z ulgą, że siedzi sam, od przejścia, obok jest puste miejsce nieobecnej Esther. Przechylając się nieprzepisowo, otwiera plastikowy worek higieniczny, prezent od linii lotniczych. Jest to samolot znanej marki, wytwór światowego koncernu, który produkuje rzeczy tak proste jak cola i tak skomplikowane technologicznie jak jumbo-jety. To samolot dla ludzi młodych i/lub młodych duchem. Z intelektualnymi skłonnościami. Reprezentujących naturalny styl. Jest to marka, która zaleca się w sposób absolutnie bezwstydny, by osiągnąć swój cel.

Nasza młodość jest tylko krótką nocą: wypełnij ją ekstatycznym uniesieniem!

Taki jest napis wydrukowany dziwnym krojem czcionki na plastikowym worku. Alex nie odczuwa uniesienia, kiedy go otwiera; nie czuje nic, nawet uznania. Dla kogo jest ten worek? Kto jest tym młodym? Na co mu pojedynczo pakowane chusteczki do przecierania twarzy? Dlaczego podobają mu się napisy wersalikami i kolory, które tworzą płaskie, solidne bloki? Do czego mu taki mały notesik – co w nim notować?

Alex testuje słuchawki. Człowiek młody może wybierać w radiu pomiędzy trzema rodzajami muzyki; żaden z nich nie odpowiada Aleksowi. Jest jeszcze kanał komediowy; komizm bierze się z poczucia zażyłości z młodym aktorem (*A więc zmywasz, tak? I wchodzi twoja dziewczyna, tak?*); podobieństwo ich życia skłania Aleksa do myśli samobójczych. W końcu puszczają z taśmy program relaksacyjny *à la* zen, w którym terapeuta z Los Angeles recytuje szeptem koany na tle szumu morza. Szum został nagrany w taki sposób, żeby uzyskać pewną melodyjność, jakiej chyba nie słyszymy nigdy, stojąc na prawdziwym morskim brzegu, zatroskani zanieczyszczeniem wody.

Pewna zrozpaczona matka – mówi kobiecy głos – *tuląc swe martwe dziecko, błagała Buddę, aby je wskrzesił. Budda nie dokonał cudu. Powiedział tylko: „Przynieś mi nasiona gorczycy z domu, w którym nikt...".*

– Czy mógłby pan zapiąć pas, sir? Sygnalizacja nie została jeszcze wyłączona – mówi stewardesa do Aleksa, który nawet nie zauważył, że są już w powietrzu.

2

Ziemia w jesiennej szacie ucieka w dół. (Anglia jest zawsze jesienna z lotu ptaka); teraz są nad chmurami. Alex siedzi w samolocie, wyobrażając sobie, że patrzy na wszystko z perspektywy znudzonego dziecka siedzącego w samochodzie i popatrującego w górę. Powinni się zamienić miejscami; samolot jest przeznaczony dla bardzo młodych i bardzo znudzonych. Jedyne, czego wymaga się od Aleksa, to to, żeby przez następne sześć i pół godziny jadł, oglądał telewizję i trochę pospał. Chcą tego o d n i e g o i dla n i e g o bardzo szczerze. Nikt nie pragnął jego wygody i snu tak strasznie od czasu, gdy był niemowlęciem.

Zrobiono wszystko, co możliwe, żeby nie czuł, że coś tak donio-słego jak lot odbywa się rzeczywiście. Nikt nie daje mu nawet przez chwilę odczuć, że jest uwięziony wraz z czterystoma obcymi mu oso-bami o nieznanym stanie zdrowia psychicznego w czterystutonowym samolocie lecącym trzydzieści pięć tysięcy stóp nad ziemią na zasa-dzie zależności między energią i prędkością, wyrażonej równaniem, jakiego żaden z pasażerów nie potrafiłby napisać nawet w najbardziej elementarnej formie. Wszystko w tym samolocie jest interfejsem, tak jak okna w jego komputerze. Żaden z elementów tego samolotu nie ma nic wspólnego z lataniem, tak jak jego laptop nie ma nic wspólne-go z przetwarzaniem informacji. To tylko piękne, śliczne obrazki. Ślicz-ne historyjki, jakie sobie wzajemnie dla rozrywki opowiadamy. Jeśli Alex wychyli się i spojrzy w głąb przejścia między fotelami, może prze-lotnie uchwycić wzrokiem olśniewający efekt iluzji: to osobiste prze-życie, jakie ma się stać jego udziałem, powtarza się seryjnie jak okiem sięgnąć. Te same potrawy, ten sam bałagan (zgubiona skarpetka, zła-many długopis, zwinięty koc, plastikowy kubek, który wręcz eksplo-duje), ten sam kąt nachylenia oparć foteli, ten sam ekran telewizyjny, na którym widać tego samego ojca i syna grających w piłkę, ta sama wyostrzona świadomość osobistej przestrzeni. W tym kontekście po-rzucenie interfejsu, przekroczenie białej linii, jest nie do pomyślenia. To zadanie dla bohatera – albo dla szaleńca. Przy akompaniamencie ptasiego śpiewu pani od zen mówi: – Wiedza jest nagrodą za działa-nie, bo to nasze czyny nas przeobrażają. To dzięki wykonywaniu sym-bolicznych gestów, autentycznemu wczuciu się w rolę uświadamiamy sobie jej wewnętrzną prawdę. Kiedy dotykają nas boleśnie jej konse-kwencje, zgłębiamy i przenikamy jej treść.

Alex przełącza na szósty kanał, przygotowując się do obejrzenia znanego, klasycznego filmu *Casablanca*.

Bóg świadkiem (myśli Alex mniej więcej pół godziny później, prze-pełniony uczuciem radości), że w Europie zrobiono wiele amerykańskich filmów, ale w Ameryce powstał tylko jeden film europejski: *Casablanca*. Ach, *Casablanca*! Rick gra w szachy, nie w karty. Wszyscy europejscy ak-torzy-imigranci, którzy byli w tym czasie osiągalni, są w obsadzie. Muzyka, scenariusz, zdjęcia – europejskie ucho, europejskie myślenie, europejskie oko. Spójrzcie tylko na to cudowne zjawisko! Amerykański film bez *happy endu*, zrobiony przez Europejczyków, głównie europejskich Żydów, w samym środku wojny światowej! Alex nie potrafi znaleźć lepszego przykładu na poparcie tezy o przypadkowym charakterze wielkiej sztuki. Zna wszystkie związane z tym filmem legendy. Wie o chaosie na planie, gdzie scenariusz powstawał z dnia na dzień, a aktorzy do ostatniej chwili nie znali swoich kwestii. Alex opuszcza oparcie o jeden skok (jeden zostawia sobie w rezerwie) i patrzy z podziwem na monstrualnie wielką głowę Bogarta. Odgrywa mimicznie wszystkie kwestie, które wydają mu się niemal zen w swej czystości.

RENAULT: Zastanawiam się, dlaczego nie wracasz do Ameryki. Ukradłeś coś? Uciekłeś z żoną senatora? Osobiście wolę myśleć, że kogoś zabiłeś.
RICK: Wszystko po kolei.
RENAULT: Co cię tu właściwie sprowadziło?
RICK: Zdrowie. Przyjechałem do wód.
RENAULT: Jakich wód? Jesteśmy na pustyni.
RICK: Dałem się nabrać*.

Fakty. Kiedy Bergman i Bogart się całują, coś, co bierzemy początkowo za księżyc, okazuje się światłem reflektora. Oczy przypartego do ściany Petera Lorre dosłownie wirują wokół własnej osi. Czy wiecie, że poważnie rozważano, czy nie zaangażować do roli Ricka Ronalda Reagana? Że kwestia *Zagraj to jeszcze raz, Sam* w ogóle w filmie nie pada? Że Bergman uważała Bogarta za nudziarza?

– Że ci mechanicy – widzi pan tych facecików koło samolotu? W finałowej scenie? Że to były w rzeczywistości karły? Ludzie o tym nie wiedzą, to wszystko poszło po prostu w zapomnienie. Poważnie, to fakt. Samolot był tylko wykonaną z tektury makietą i nie mogli uzyskać właściwych proporcji, więc zaangażowali do ról mechaników karły, uwierzy pan? – pyta Alex swojego sąsiada z prawej strony, który usiłuje po prostu obejrzeć w spokoju film. Kolekcjoner ocala fakty i przedmioty, które inaczej mogłyby przepaść.

---

* Tłum. Ewa Rybałtowska

KSIĘGA DRUGA

Roebling Heights
Zen Aleksa-Li Tandema

Bo widzicie, to jest moje życie i zawsze już będzie. Nie ma nic poza tym. Tylko my i kamery – i cudowni ludzie, siedzący tam, w ciemności.

Bulwar Zachodzącego Słońca,
Charles Brackett, Billy Wilder i D.M. Marshman Jr.

W dwunastym wieku chiński mistrz Kakuan narysował dziesięć byków i opatrzył rysunek komentarzem. Byk jest wieczną zasadą życia, prawdą zawartą w działaniu. Dziesięć byków przedstawia kolejne fazy w uświadamianiu sobie przez człowieka swojej prawdziwej natury.

Najgłębsza istota zen, Paul Repps i Nyogen Senzaki

JEDEN / *W poszukiwaniu byka*

1

– To najdłuższy szabas w moim życiu – stwierdził Tandem, przeklinając Loveleara, którego torbę musiał nieść. Przystanął, rzucił ją na ziemię, rozpostarł dłoń i spojrzał na opuchnięty pejzaż czerwonych grani i bezkrwistych wysepek, który wyglądał jak Japonia z lotu ptaka. Po raz drugi tego dnia nastał bardzo wczesny, przejmująco zimny i bezlitosny sobotni poranek. Jakiego jeszcze potwierdzenia gorzkiej jałowości międzynarodowych podróży potrzebuje człowiek?

Schylił się i podniósł torbę. Idący obok niego Dove włączył pilota automatycznego: pchając przed sobą wózek, szedł z zamkniętymi oczami przez lotnisko imienia zmarłego prezydenta. Lovelear, choć nadrabiał miną, był w istocie ciężko wystraszony lotem i od razu udał się do najbliższej toalety, żeby zwymiotować.

– Popatrz, Ian: Nowy Jork – powiedział Alex, kiedy zbliżali się do wielkich obrotowych drzwi.

– Taa, Nowy Jork – zgodził się Ian.

– Byłeś kiedyś w Nowym Jorku, Ian?

– No nie, nie mogę powiedzieć, że byłem.

– Chciałbyś się trochę rozejrzeć?

– Wszystko wygląda... – mruknął Ian i wyszedł z hali. Padał śnieg. Alex otworzył usta, żeby o coś zapytać, ale śnieżny bicz smagnął go z impetem w twarz, pozostawiając na języku tłusty, metaliczny posmak niebios.

– ... tak samo o drugiej nad ranem – dokończył Ian cicho, opierając głowę na uchwycie wózka. – Wszystko.

W pokrytej śniegiem scenerii udało się Aleksowi wypatrzyć słynne taksówki, które przyjeżdżały i odjeżdżały, tak że nigdy ich nie brakowało ani nie było ich za dużo – więc nikt nie musiał długo czekać.

– Czuję się trochę tak, jakbym tu już kiedyś był – rzekł Ian, podnosząc ciężkie powieki, w chwili gdy taksówka zatrzymała się przed nimi i kierowca opuścił szybę. – Takie to znajome jakby z jakiegoś innego życia czy co... To niesamowite, no nie? Biorąc pod uwagę, że ja...

– *Taksówkarz* – powiedział Alex rzeczowo, zdejmując torbę z wózka. – *Manhattan, Przeklęty Brooklyn, Na nabrzeżu, Nędzne ulice, Cud na Trzydziestej Czwartej Ulicy, West Side Story, Na przepustce, Serpico, Słoneczni chłopcy, Wybór Zofii*...

– *Wszystko o Ewie* – wszedł mu w słowo taksówkarz – *King Kong, Wall Street, Wpływ księżyca, Producenci, Apartament w hotelu Plaza, Prowincjusze* – pierwsza wersja i *remake, Ojciec chrzestny*, jedynka i dwójka, *Kramer kontra Kramer* i zwariowani *Pogromcy duchów*. Możemy się tak bawić do południa, przyjacielu. A licznik bije.

– Wszyscy już tu kiedyś byli, Dove – rzekł Alex, otwierając drzwi taksówki.

– Ż a r t y sobie robicie? – zawołał Lovelear, wypluty nagle na ulicę przez obrotowe drzwi. On myślał o całkiem innym filmie. – Za rogiem można wziąć l i m u z y n ę.

– Ach, to jest ż y c i e – rzekł Lovelear z emfazą, wykonując nieudolnie Międzynarodowy Gest oznaczający poczucie luksusu (ręce założone za głowę, nogi wyciągnięte i skrzyżowane w kostkach). – Mówię wam, to jest d o p i e r o życie.

Alex nie był tego pewien. Limuzyna, choć z zewnątrz wydawała się nieprawdopodobnie długa, od środka nie robiła wrażenia bardziej przestronnej od normalnej taksówki. Brudną, wytartą tapicerkę pokrywały liczne plamy, ślady pozostawione przez innych poszukiwaczy mocnych wrażeń. (Ile tu obciągnięto lasek, pomyślał Alex, ile wystrzeliło korków od szampana? Jakim cudem aż tylu ludzi uroiło sobie, że takie rzeczy należy robić w limuzynach?) Z dwóch zakurzonych karafek można sobie było nalać bladej, ciepłej whisky, do której rozradowany Lovelear dolewał pozbawionej gazu, ciepłej coli. Wznosił co chwilę toasty, przepijając do śniegu, do miasta, do glin, do widnokręgu, do idealnego hot doga, do siedzącej w budce przy wjeździe na most przyjemnie zaokrąglonej dziewczyny, która jeszcze nie popełniła samobójstwo. Lovelear pochodził z Minnesoty.

I wciąż jeszcze byli daleko od celu. Zabudowania przedmieść ciągle przesuwały się za szybą, przyczajone i ciche, jak to w niedzielę. Alex czuł szczególny sentyment do tych przedmieść pomiędzy lotniskiem a miastem; pragnął zatrzymać samochód, zapukać do pierwszych z brzegu sosnowych drzwi, wcisnąć się do łóżka między strażaka i jego żonę, zaczekać, aż ktoś ruszy się, by zrobić śniadanie, i podniosą krzyk dzieciaki. Ale na przedmieściach trzeba mieć konkretny adres. Tylko w śródmieściu możesz sobie wysiąść przed pomnikiem czy przed operą. Na przedmieściach niezbędne jest zaproszenie. Ale oto pojawiło się miasto, natrętne, od którego nie można uciec. Lovelear chwyta Dove'a za głowę i obraca ją we właściwą stronę.

– Okej, okej, Dove – uważaj, nie, bliżej do okna, okej, gotów? Okej... patrz... już!

Samochód pokonał wybrzuszenie szosy i w cudowny sposób wyrosło przed ich oczami skąpane w księżycowej poświacie miasto, betonowy wykres EKG ekstatycznego wyobrażenia ludzi o sobie samych. Alex był poruszony tym widokiem tak samo jak jego sąsiad, a nawet bardziej – było to jedyne obok rodzinnego miasto na świecie, które budziło w nim pożądanie. Ale czasami człowiek musi odwrócić wzrok od kochanki, bo inaczej nigdy nie dotrze do domu, do żony; Alex odwrócił się, żeby wyjrzeć przez inne okno, popatrzeć na port i dalej, na melancholijny Brooklyn (z flamandzkiego Breuckelen, pęknięty ląd), a przy okazji zerknąć na kamienną damę we własnej osobie. Miecz w jej dłoni sprawiał wrażenie, jakby dopiero co został wzniesiony w górę. Płatki śniegu wirowały wokół jej postaci.

2

Z ruchliwej autostrady do miasta. Do hotelu Rothendale, masywnego, smutnego budynku. Stare mury z cegły pokryto świeżą farbą, dosztukowano po obu stronach szpetne przybudówki. Ulica awansowała, hotel musiał nadążać za zmianami. Z zewnątrz robił wrażenie oszołomionego tą nagłą zmianą i własną szacownością, niczym rozpustny dziadek, którego wbili w garnitur i ciągną przed ołtarz.

W środku wszystko – od tapety w czerwono-złoty deseń i pozbawionych zapachu kwiatów po fontannę ze sztucznego marmuru, powtarzający się monogram na dywanie i profesjonalny uśmiech, jakim recepcjonista obdarzył Aleksa – zaatakował wspólny takim obiektom wirus seryjności.

– Szanowni panowie zapewne na Targi Autographicana? – zapytał młody człowiek.

Alex przeanalizował w myślach swoje przejście przez hol. Który z gestów mógł go zdradzić? Ze smętną miną odebrał reklamówkę Autographicany i słuchał, jak Lovelear wypytuje młodzieńca o hotelowe udogodnienia i wyposażenie.

– Jest trzecia po południu – oznajmił triumfalnie Lovelear nieco później – a ja mogę skorzystać z jacuzzi n a d a c h u. Myślisz, że mógłbyś to zrobić w którejkolwiek z tych londyńskich ruder? Ha? A ja mogę skorzystać z jacuzzi na dachu w t e j s e k u n d z i e.

– To czemu tego nie zrobisz?

– Co?

– Czemu tego nie zrobisz?

Nadjechała winda. Wsiedli.

– Pójdę z tobą, jeśli chcesz – odezwał się przymilnie Dove, który zawsze uważał milczenie ludzi zebranych w ograniczonej przestrzeni za nietakt. – W amerykańskich windach, powinienem powiedzieć elewatorach, nie mają trzynastego piętra.

Niezwykle rzadko się zdarzało, żeby Dove powiedział coś, czego Alex wcześniej by nie wiedział, ale o tym akurat nie miał pojęcia. Spojrzał bez przekonania na rząd przycisków – i zdziwił się.

– Pomyślcie tylko – rzekł Dove sennym głosem – taki średniowieczny zabobon w takim wielkim, nowoczesnym mieście. Paranoja. To tak jak wiara we wróżki. Albo w całe to cholerne zmartwychwstanie.

– Dobrej nocy, Dove – powiedział Alex z promiennym uśmiechem.

– Branoc, Tandem.

Z okna swej sypialni Alex mógł podziwiać więcej słynnych widoków, niż jakikolwiek łowca autografów miałby prawo się spodziewać. Mógł codziennie, gdy ciemności ustępowały świtowi, podziwiać cały zestaw zaczarowanych obiektów: budynków z zielonkawego szkła, drapaczy, które zdawały się przebijać gęstą powłokę chmur, reklam premierowych przedstawień, głośnych morderstw, codziennej ludzkiej krzątaniny. Zaczął po omacku szukać w worku aparatu fotograficznego. Kiedy dotknął palcami osłony obiektywu, dostrzegł kątem oka leżącą na szafce nocnej reklamówkę hotelu z widokiem z jego okna na okładce. Poczuł się dziwnie osaczony, zaciągnął więc zasłony i rozłożył plan miasta.

Szukał Roebling Heights na Brooklynie, adresu zwrotnego, który był wypisany na przesyłce z Ameryki. Nie było tam numeru domu ani żadnych innych szczegółów. Musiał po prostu pójść do tej dzielnicy i popytać ludzi, jak znany detektyw Philip Marlowe. Gdyby to nie dało rezultatu, miał jeszcze plan B, który polegał na udaniu się na Lower East Side, odnalezieniu Krausera, prezesa fanklubu Kitty Alexander, i wydarciu z niego adresu przemocą, jak to robił znany aktor Jimmy Cagney. Tak jest, jak Jimmy Cagney, bóg wszystkich zabijaków.

Co słyszałeś?

Co mówisz?

Znalazł na planie maleńkie, zaznaczone skrótem Roebling, wciśnięte pomiędzy dzielnicę czarnych, hipsterów, chasydów i Polaków, gdzieś przy końcu linii metra, którą nigdy nie jechał i o której nawet nigdy nie słyszał. W indeksie jego przewodnika Roebling Heights pojawiało się tylko raz i opatrzone było tylko jednym komentarzem. *Roebling*, przeczytał Alex, *miało swój lepszy okres, miało też taki sobie i gorszy. Teraz po prostu trwa.* Wszyscy sądzili, że to nazwisko jakiegoś komika, nawet autorzy przewodników.

Alex stał na środku pokoju i oddychał głęboko. Był daleko od domu, bardzo daleko. Jedynym sposobem, by zminimalizować tę odległość, było jak największe upodobnienie miejsca, w którym się znalazł, do Mountjoy. W tym celu pakując się przed podróżą, wziął z sobą nie tylko to, co biorą wszyscy – ubranie i rzeczy niezbędne – ale zgarnął oburącz do reklamówki cały kram z biurka i teraz wysypał wszystko na hotelowe łóżko, żeby porozstawiać to i porozkładać w całym pokoju. To była podróż bez ruszania się z miejsca. Kwity, rachunki, nieprzeczytane książki z oderwanymi grzbietami, pinezki, kartki pocztowe, słynny jednofuntowy banknot (ten, który był przypięty nad drzwiami), stara spinka do włosów Esther, czerstwa bułeczka, pół skręta. Skręt był niespodzianką; Alex rzucił się na niego łapczywie i palił, biorąc natrysk, podczas krótkich, pobieżnych ablucji, a później sięgnął po pogięty niedopałek, kiedy wsuwał się, nagi, pod ciasno napięty na łóżku koc, walcząc z pościelą o przestrzeń, za którą zapłacił. Tuż obok oka migało mu na telefonie czerwone światełko. Podniósł słuchawkę, ale migotanie nie ustało, połączył się więc z recepcją.

– Światełko, sir? To pewnie sygnał, że ma pan w poczcie głosowej jakieś komunikaty.

– Przecież dopiero przyjechałem.

– Tak, sir, ale poczta głosowa działa już od południa.

– A więc poczta głosowa mnie wyprzedziła.

– Oczywiście, sir.

Komunikaty były trzy. Dopiero w połowie pierwszego Alex rozpoznał głos mówiącej – to niskie, gardłowe, nowojorskie brzmienie. Coś w tym brzmieniu mówiło mu, że to czarna. A więc Honey Richardson. Nigdy nie spotkał jej osobiście, ale przeprowadzili w ciągu ostatnich dwóch lat kilka transakcji przez telefon lub przez internet. Teraz przypomniał sobie, że umówił się z nią w południe, przed wielkim inauguracyjnym pokazem. Odłożył niedopałek na stolik nocny. Miała fantastyczny głos. Tak jakby ktoś człowieka chłostał i głaskał jednocześnie.

Tonąc głową w poduszce, wsłuchiwał się w melodię tego głosu, nie próbując nawet zrozumieć słów. Potem komunikat się skończył. Musiał wysłuchać go jeszcze raz, żeby uświadomić sobie, że chciała zmienić miejsce spotkania; zamiast rogu ulic takiej i takiej wolałaby inny. Ten będzie, jak powiedziała, bardziej odpowiedni. Odpowiedni? Zaintrygowany Alex podparł się na jednym łokciu i nacisnął przycisk. Była to znów Honey, tym razem z wyjaśnieniami, dlaczego uznała poprzednie uzgodnienia za niedobre. Zbyt ruchliwe miejsce, w s z y s c y się tak cholernie śpieszą, a w jej sytuacji... Ale to zdanie pozostało niedokończone. Pewnie wydawało jej się, że Alex wie coś o jej sytuacji, o której jednak on nic nie wiedział. Wiedział tylko, że Honey jest, jak większość kobiet, niedoświadczona w sprawach handlu autografami, bo kupowała od niego towar, którego nie wcisnąłby nikomu innemu. Zaczął po omacku szukać w ciemnościach czegoś do pisania, żeby zanotować jej numer, ale zanim przyłożył ołówek do reklamowego prospektu, skończyła go dyktować. A ona wciąż mówiła – nagranie ciągnęło się w n i e s k o ń c z o n o ś ć. Alex usiadł w łóżku, ona zaś zaczęła snuć zawiłą opowieść o tym, jak to ostatnio poszła na zakupy ze swoją siostrą, Trudy, która jest technikiem dentystycznym, rozumiesz, i wyszła w lipcu za mąż, i weszłyśmy w tłum, i nagle nie wiadomo skąd pojawiło się jakichś dwoje, i zaczęli na nas wrzeszczeć, i próbowali... – ale tu w słuchawce rozległo się głośne pik. Oszołomiony Alex nacisnął guzik, żeby wysłuchać trzeciej wiadomości.

– Słuchaj, mam taki pomysł – mówił głos Honey. – Myślę, że najlepiej dla nas obojga będzie, jeśli spotkamy się w holu i stamtąd pójdziemy do restauracji, załatwimy interes i rozstaniemy się, bo nie chcę, żebyś cokolwiek sugerował czy robił jakieś aluzje, i moja przeszłość to moja sprawa, poza tym to stare dzieje, i jestem tu tylko po to, żeby ubić interes, i powie ci to każdy z branży. Wszyscy mnie, cholera, obgadują i nie chciałabym się stać obiektem twoich żarcików. Będę miała rękawiczki. Dobranoc.

Alex zadzwonił do recepcji, żeby dowiedzieć się, czy Honey Richardson zatrzymała się w tym hotelu. Okazało się, że mieszka w pokoju obok.

DWA / *Odkrywanie śladów*

1

Była to prawdziwa uczta. Na białym lnianym obrusie, czystym i świeżym jak poranek, pyszniło się śniadanie złożone z przysmaków całego świata. Jajka na miękko stały w porcelanowych kieliszkach, piękne jak posążki Buddy. Pokrojona w plastry i podsmażona połówka prosiaka ułożona została w piramidę, wokół której podrygiwała i wibrowała jajecznica. Na kawałku kraciastego sukna stała w wielkim kociołku owsianka, czekając, aż rozleją ją na talerze. Nieograniczony wybór. Cienkie plasterki holenderskiego sera w woskowej otoczce, bolońskie kiełbaski i niemieckie szynki, konserwy z Kornwalii w rustykalnych, glinianych garnkach, filadelfijski ser śmietankowy, szwajcarska czekolada, pokryte meszkiem owoce karaibskiej bligii, tuzin wędzonych angielskich pikantnych śledzi podobnych do sfatygowanych podeszew i ułożonych w gwiazdę. Z boku łabędzioszyi dzban syropu klonowego, wysoka jak wieża sterta naleśników, koszyki croissantów i wilgotnych bułeczek z rodzynkami, gorąca jak piekło kasza, *jang* bajgli oddzielonych dla wygody od swych *jing*, plastry wędzonego łososia ułożone ponownie w kształt ryby (z otwartym pyskiem, tak że zdawała się pożerać lśniący kopczyk własnej czerwonej ikry), różne rodzaje płatków dla ludzi statecznych, kawa bez ograniczeń (ale ani śladu herbaty), wszystkie możliwe soki tego świata i olśniewająca, czterokondygnacyjna piramida owoców na bryle lodu – wiernej replice Mount Rushmore.

Musieli szturmować bufet trzykrotnie, ale w końcu wysiłki uwieńczone zostały sukcesem. Tandem i Dove pili mocną kawę, przepalając ją papierosami. Lovelear dziobał w resztkach śniadania, wałkując w nieskończoność jeden ze swych ulubionych tematów: Przeoczone Wynalazki. Był od dawna przekonany, że pewne aspekty śniadania można by uprościć dzięki jakiemuś technologicznemu rozwiązaniu, zastosowaniu jakiegoś oczywistego (kiedy się go już wymyśli) elementu wyposażenia gospodarstwa domowego. I tego ranka element ten znów się pojawił, wprawdzie nieobecny na stole, ale domagający się hałaśliwie, żeby go wynaleźć. Zlikwidowałby jakiś (jeszcze nierozpoznany) kręcący się od stu lat kierat i z dnia na dzień przyniósłby Lovelearowi sławę i bogactwo. Gdyby tylko on, Lovelear, potrafił to coś wynaleźć. Myślał nad tym od wczesnego dzieciństwa podczas każdego śniadania.

– A czy nie przyszło ci kiedyś do głowy – rzekł Alex-Li, zerkając na zegarek – że w sensie historycznym osiągnęliśmy pod względem takich ułatwień stan nasycenia? I że wobec tego nie ma już właściwie sposobu, żeby uczynić spożywanie tego śniadania łatwiejszym, niż jest? Chyba że, powiedzmy, zaaplikowaliby je nam dożylnie.

Lovelear sięgnął po sok z guawy i napełnił szklankę.

– Nikt nie przypuszczał, Tandem, że da się ulepszyć pudełko zapałek. A potem pewien facet poszedł do fabryki...

Alex zaczął się dopytywać o nazwę fabryki, o jakikolwiek uwiarygodniający tę historię szczegół.

– Do j a k i e j ś fabryki, okej? To w sumie nieważne – no więc mamy rok 1926 i facet idzie do biura jakiegoś ważniaka i powiada – znaczy ten facet – tak: „Pozwolą panowie, że usiądę i powiem panom, jak mogą panowie zaoszczędzić co roku miliony dolarów. W z a m i a n żądam dwudziestu tysięcy dolarów rocznie, wypłacanych do końca mojego życia" – a była to wtedy kupa szmalu – dziś nie starczyłoby tego na rok zakupów w sklepie spożywczym. Ale wracajmy do naszej historii. Oni na to: „Co, u diabła?", bo są przekonani, że facetowi odbiło albo co – no więc rozparli się w fotelach i mówią: „No dobra, wal pan, o co chodzi, słuchamy". Bo nie mieli nic do stracenia. A on powiada: „P r z y k l e j a j c i e   t o   c a ł e   ś c i e r n e   g ó w n o   n a   j e dn y m   b o k u". Bo do tej pory oni dawali tę gównianą draskę na oba boki. „Dawajcie ją na jeden bok, panowie". I żył jak król do śmierci.

– Muszę już iść – powiedział Alex.

– Nie musisz nigdzie iść. Do otwarcia została niecała godzina. Dokąd się wybierasz? Przecież nie znasz nikogo w Nowym Jorku.

Dove już od kilku minut wodził nosem po kartonie z mlekiem, odczytując napis na jego boku i wymiatając do czysta ostatnią miseczkę płatków. W chwili gdy Alex odsunął krzesło, podniósł głowę, pchnął karton w jego stronę i pokazał palcem wydrukowany na opakowaniu obrazek. Czternastoletnia zaginiona, niejaka Polly Mo z Upper East Side. Z krzywymi zębami, pełną entuzjazmu miną, na tle niesamowitego lazuru nieba, oderwana, jak to dzieciaki na wszystkich szkolnych zdjęciach, od rodziny i ogniska domowego. Sama na wielkim, błękitnym świecie. Widziana ostatnio na monitorach telewizyjnych w sklepie ze słodyczami, jak kupowała kupony totalizatora. Ian z czułością starł kroplę mleka z jej twarzy.

– Pewnie ją wkrótce znajdą. Mam nadzieję. Bidulka. Musi być na milionach tych kartonów. To zresztą dobry pomysł – powinni to wprowadzić i u nas. Ej, jak myślisz – zwrócił się do Loveleara, podnosząc karton i przystawiając buzię dziewczynki do twarzy Aleksa. – Twoja zaginiona siostra-bliźniaczka? Troszeczkę, nie uważasz? W okolicach oczu.

– Jeśli przyjąć twoje kryterium, Dove, to na świecie jest jeszcze pół miliarda dziewcząt, które mogłyby być zaginioną siostrą-bliźniaczką Tandema. J e z u – skrzywił się Lovelear, wyrywając karton z rąk Dove'a. – Cóż to za niesamowity sposób na trafienie pod strzechy. Coś takiego musi cholernie przygnębiać ludzi przy śniadaniu.

– Muszę się spotkać z pewną dziwną kobietą z branży – powiedział Alex, wyciągając worek spod krzesła. – Już jestem spóźniony. Mam nadzieję, że coś na tym skorzystam. Choć nie oczekuję zbyt wiele. Nie sądzę, żeby ona wiedziała, co robi. Wy już idźcie na Targi, spotkamy się tam później.

– Jak sobie chcesz. Nie będziemy za tobą płakać. Ja i ten tu Doveman jesteśmy zen, nic nas nie rusza. Najważniejsze jest ćwiczenie – powiedział Lovelear, nabijając na czubek noża meksykańską kiełbaskę. – Nie zapomnij tylko założyć gumki.

Poznał od razu, że to ona. Nie miał pojęcia, jakim cudem. Wytężył wzrok, żeby się jej lepiej przyjrzeć zza podwyższenia, na którym siedział *maître d'hôtel*, a potem wyszedł zza niego i pomachał jej – w tej samej chwili Honey oparła głowę na grubej, tłumiącej dźwięki szybie, za którą bez przerwy padał śnieg i za którą świat nie był podobny do siebie, i raczej przypominał jakąś kolejną nutę w symfonii bieli. Takie było jej tło; ona przykuwała całą uwagę. Była czarna, miała na sobie czerwoną suknię. Siedziała całkiem sama w głębi wystylizowanej na morską toń sali, wśród rozgwiazd z papier-mâché i plastikowych krewetek, a ze ściennego malowidła wyciągała ku niej macki ośmiornica. Alex podszedł bliżej. Z tej odległości mógł stwierdzić, że jej sukienka była całkiem zwyczajna, z wysoką stójką i z „macierzyńskimi" akcentami. Klipsy z zebranych w grona pereł przypominały jakieś larwy. Było w jej sylwetce coś posągowego. Mogła mieć jakieś trzydzieści pięć lat. Wzrok Aleksa przyciągnęły duże, lśniące usta tego samego koloru co suknia, hipnotyzujący, luksusowy dodatek do twarzy, która miała już zmarszczki i ślady przejść. Honey trzymała w prawej ręce wielką kalifornijską pomarańczę o porowatej skórce, którą prawie udało jej się obrać jednym spiralnym ruchem.

– Cześć. Nie za mało ryb? Dosyć ś n i e g u?

Alex ujął wyciągniętą ku niemu dłoń. Nawet gdyby dożył stu lat, nie spodziewał się już spotkać drugiej kobiety, która miałaby w restauracji obcisłe czarne gumowe rękawiczki. Kiedy siadał, Honey wydała gardłowy okrzyk triumfu i trzymając za koniec spiralną skórkę pomarańczy, uniosła ją w górę, a potem potrząsnęła nią nad blatem stolika.

– Piękna robota.

– Zawsze uważałam, że tak jest o wiele l a d n i e j. Tak jakby pomarańcza się wyswobadzała. Jakby zrzucała skórę.

Alex uśmiechnął się blado i dalej zmagał się z płaszczem, usiłując go powiesić na zgarbionym oparciu krzesła. Honey przemawiała zatem do jego pleców. Miała ochrypły, ale dźwięczny, poważny głos. Nie było w jej tonie cienia zalotności ani jawnego szaleństwa. Alex odwrócił się i usiadł. Nastąpiła pauza. Jedyne, co mógł zrobić, to starać się nie patrzeć na rękawiczki, ale ponieważ mu się to nie udawało, patrzył na nie.

– Mówiłam ci przez telefon, że będę miała rękawiczki, prawda? – zapytała ostrym tonem. Całe ciepło zniknęło z jej twarzy. Odsunęła się z krzesłem od stolika.

– Przepraszam, ale nie ro...

– Słuchaj, jeśli nie chcesz załatwiać spraw po mojemu, to nie musimy sobie wzajemnie marnować czasu, rozumiesz? Zdawało mi się, że wyraziłam to wczoraj przez telefon jasno.

Alex nie pamiętał, żeby kiedykolwiek był tak onieśmielony. Skulił się na swoim krześle i ukradkiem miął rąbek obrusa.

– Nie, źle mnie zrozumiałaś...

– Zanim przejdziemy do interesów – powiedziała stanowczym głosem – chciałabym wykluczyć wszelkie dopytywania i żarciki, bo kiedy chodzi o biznes, n i e z n o s z ę komedianctwa.

Przysunęła się z powrotem do stolika, patrząc Aleksowi prosto w oczy, zupełnie jak kowboj. Miał odczucie, że wykonywała już kiedyś wielokrotnie te wszystkie gesty, i to w tej samej kolejności. Albo też podpatrzyła je w jakimś filmie.

– Zanim więc zaczniesz pytać – powiedziała – odpowiadam: koszt mniej więcej przeciętny, kropka, to on zaczepił mnie, dwadzieścia pięć dolarów za wszystko, i nie, w końcu nigdy nie zbiłam na tym wielkiej fortuny. Bo po cholerę bym to dalej robiła, gdyby było inaczej? Przechodząc do rzeczy: byłam zawsze zapaloną kinomanką i jakoś tak się wciągnęłam w zbieranie autografów, stąd tu jestem. No to co? Przystępujemy do interesów? – zapytała znużonym głosem, podnosząc duży czarny folder z kolan. – Jestem pewna, że inni ci już o tym mówili, ale zasady są takie: po pierwsze, nie dotykasz niczego bez rękawiczek, w które mogę cię zaopatrzyć, po drugie, jeśli zapłacisz mi gotówką, której dotykałeś, a tak na pewno będzie, będę musiała zdezynfekować pieniądze sprejem, więc przy większej sumie liczę na twoją pomoc, i po trzecie, jeśli będę musiała wziąć do ręki coś z t w o i c h zbiorów...

Umilkła i podniosła wzrok znad punktu, na którym zakreślała ogumionym palcem na blacie stolika wyliczane po kolei punkty swego regulaminu. Alex przytakiwał jej potulnie w typowy dla Anglików sposób, czyli skwapliwie i mechanicznie.

– Hej. Dobrze się czujesz?

Alex otworzył usta, ale nie wiedząc, od czego zacząć, zamknął je z powrotem.

– Hej. Och...

Uniosła brwi i po jej twarzy przemknął nagle cień podejrzenia, potem pojawił się wyraz pewności, a w końcu zaprawionego lekkim rozbawieniem żalu.

– Zdaje się, że nie masz najmniejszego pojęcia, kim jestem? Mam rację?

– Jesteś Honey Richardson – odpowiedział Alex powoli. Mówił monotonnym głosem, tak jak zwykł mówić do głuchych, kalek, chorych umysłowo, niezaadaptowanych cudzoziemców. – Sprzedałem ci Flowers McCrae – kontrakt z jej podpisem na dwuaktowy filmik z 1927 roku. W zeszłym miesiącu, jeśli dobrze pamiętam. I kilka kart z Wheelerettes. I w październiku mnóstwo różnych innych rzeczy. A ja jestem Alex-Li Tandem. – Sięgnął do kieszeni po wizytówkę. – Mam nadzieję, że nie... O B o ż e – powiedział, unosząc się lekko, i poczerwieniał nagle, uświadamiając sobie, że być może to on, a nie ona ma problem.

– Powiedz, że usiadłem przy właściwym stoliku...

Otworzyła szeroko oczy, uśmiechnęła się, wzięła od niego wizytówkę i nakazała mu gestem ręki, żeby usiadł.

– W porządku, w porządku. Wiem, kim jesteś. Po prostu zapomniałam – powiedziała, patrząc w inną stronę i kiwając energicznie palcem na kelnera – że nie wszyscy spędzają swoje cholerne życie na czytaniu gazet. Zamówię angielską herbatę. Przepraszam, że byłam taka... – końcówka zdania rozpłynęła się w powietrzu, zastąpiona ruchem rąk, spokojnym, falującym gestem, jakby ważyła w dłoniach dwie identyczne torebki mąki.

– W każdym razie... – powiedziała, jakby do siebie, po czym sięgnęła po butelkę z wodą i napełniła dwie szklanki. – N i e c h   t o   s z l a g. Musimy zacząć od nowa. Ja jestem Honey, a ty Alex-Li. Witaj, Alex.

Odwróciła się do niego z uśmiechem. Miała mnóstwo zębów. Znów podała mu czarną gumową dłoń. Uścisnął ją.

– Po prostu zwykle Anglicy są gorsi. Pewna kobieta, którą spotkałam w Mar-lee-bone – czy tak to wymawiacie? Zawsze mi się mieszają te stacje metra – Mary-lee-bone?

Alex poprawił ją. Próbowała powtórzyć dwukrotnie, w końcu poddała się z lekkim westchnieniem.

– Nieważne, jak się to wymawia. Byłam tam w interesach – i starałam się pilnować własnego interesu – a ta jędza splunęła mi prosto w twarz. Na samym środku ulicy.

– O Boże, strasznie mi przykro – powiedział Alex i uświadomił sobie, że właśnie odbył długą i mocno zaszyfrowaną rozmowę na temat rasizmu. I dokładnie w tym momencie poczuł się nieco lepiej. Zupełnie jak po dwudziestu siedmiu minutach francuskiego filmu, kiedy to zwykle kiełkowało w jego mózgu jakieś mgliste pojęcie, o co w tym filmie chodzi.

– Dlaczego jest ci przykro? – zapytała Honey, marszcząc brwi, i otworzyła folder. – Przecież ty nic nie zrobiłeś. Możemy zaczynać?

Pchnęła w jego stronę Ericha von Stroheima, dobry atelierowy portret, podpisany zamaszyście, doskonale zachowany, łakomy kąsek dla kolekcjonerów. Była to pierwsza rzecz, jaką Alex naprawdę zrozumiał od chwili, gdy usiadł. Wykonał ruch, jakby chciał dotknąć zdjęcia, ale Honey pośpiesznie je zabrała.

– Wytłumaczę ci jeszcze raz. Nie możesz dotykać żadnej z m o i c h rzeczy, dopóki nie stanie się ostatecznie t w o j ą własnością. Jeśli czegoś chcesz i jesteś tego pewien, bierz to, ale jeżeli zmienisz zdanie, będę musiała to zdezynfekować, co jest, jak wiesz, trochę uciążliwe.

Alex nie wiedział.

– Jeśli boisz się z a r a z k ó w czy czegoś takiego – zaczął zdumiony, ale przerwała mu, wydając z siebie niski, gardłowy pomruk.

– Wiem, wiem, ty nie masz wszy, tak?

– Słucham?

– W s z y s c y mają wszy. Lepiej weź te rękawiczki.

Była to niesamowita godzina. Ilekroć zdecydował się na jakiś zakup, brała pieniądze i szła z nimi do toalety. Kiedy wracała, banknoty zdawały się błyszczeć – i miały dziwny zapaszek. W pewnej chwili przedramię Aleksa otarło się o rękę Honey. Zerwała się z krzesła. Upłynęło dwadzieścia minut, nim wróciła z jego świeżo spryskanymi banknotami i pustym spojrzeniem, woniejąc jak szpitalny korytarz.

– Pewnie znasz definicję producenta filmowego? – zagadnęła.

– Nie. Powiedz.

– To facet, który wie, czego chce, ale nie potrafi tego poprawnie napisać.

– Dobre – Alex zaśmiał się z pełnymi ustami, bo właśnie ugryzł bułeczkę. Honey miała ów bezinteresowny urok, którego tak zazdrościł pewnym ludziom. Dar ignorowania tego, co sobie o tobie pomyślą. Przyglądał się swoim świeżo obciągniętym gumą dłoniom, które zbliżały się do jego twarzy, jakby karmił go ktoś inny.

– Bardzo dobre. Choć moje ulubione dowcipy to te o Samuelu Goldwynie. Ten to miał odzywki! Jak wtedy, kiedy jakaś zagraniczna aktorka przyszła do jego gabinetu i zaczęła mu wiercić dziurę w brzuchu, żeby robił bardziej polityczne filmy.

– S ł u c h a j, s k a r b i e – Alex przybrał odpowiedni akcent i zaczął parodiować gestykulację Goldwyna. – F i l m y s ą d l a r o z r y w k i. P r z e s ł a n i a p o w i n n o s i ę p r z e s y ł a ć p o c z t ą. Bardzo mi się to podoba. Jestem pewien, że to apokryficzny dowcip.

– Że jak? – Honey wpatrywała się w niego szeroko otwartymi oczami, jakby straciła do niego zaufanie. – Jesteś pewien, że c o to takiego?

– No nie, przepraszam, chodziło mi o to, że on tego prawdopodobnie nigdy nie powiedział... To tak jak z tym, no wiesz, *Zagraj to jeszcze raz, Sam* – po prostu takie powiedzonko.

– Ach...

Spuściła głowę i spojrzała na niego spod oka – pełnym wyrazu, przenikliwym spojrzeniem, jak śpiewaczka bluesowa, która trafiła na właściwą nutę.

– Czemu wobec tego od razu tak nie powiedziałeś? Nienawidzę ludzi, którzy mówią, jakby połknęli słownik.

– Ja też nie. Przepraszam. Wiem, o co ci chodzi.

– Widziałeś ją?

Wskazała na jedno z całego stosu zdjęć, które Alex właśnie jej sprzedał. Wyjął je z pudła przypadkowych autografów, które kupił w antykwariacie Jimmy'ego i których nawet porządnie nie przejrzał. Przykleił po prostu nalepkę z ceną pięćset dolarów i nazwał to kolekcją.

– Wiesz, co to za jedna?

– Theda... Bara – powiedział Alex i zaczął szukać tego nazwiska w pamięci. – Wamp? Wamp niemego kina?

– Zgadza się – nazywała się ARAB DEATH czy jakoś tak, ale wszystko poprzestawiali – jak to się nazywa?

– Anagram?

– No właśnie, panie Słownik, a n a g r a m. I urodziła się w cieniu Sfinksa, a żywiła się krwią żmij itede, itepe. Według reklamy. Trudno w to uwierzyć.

Przyjrzeli się zdjęciu. Pospolita, wielka kobieta z mocno umalowanymi oczami i pulchnymi ramionami. Z wężem dusicielem przyciśniętym do piersi.

– Naprawdę nazywała się Theodosia Goodman – powiedziała Honey z kamienną twarzą. – Pochodziła z Cincinnati. Miała opuchniętą twarz, co świadczy o kłopotach z krążeniem. Kiedy jej stary w Ohio usłyszeli, że Theodosia urodziła się nad Nilem, byli cholernie zaskoczeni.

Alex roześmiał się radośnie.

– Widzisz? Ja też się na tym trochę znam. A ta tutaj panna Beavers – Honey pokazała na zdjęcie Louise Beavers, którą Alex przypominał sobie mgliście jako czarną służącą z co najmniej tuzina filmów – nie była gruba z natury, więc musiała cały czas jeść, no wiesz, żeby utyć. Nie pochodziła też z Południa, więc musiała podrabiać południowy akcent, a kiedy grała cioteczkę Delilah, musieli biedaczkę nauczyć smażyć owsiane placki.

– Nie mów. – Aleksa naprawdę zaczynało to bawić. – Wygląda na to, że miała masę roboty. Nie mogli po prostu z a a n g a ż o w a ć grubej czarnej kobiety z Południa? Skoro takiej potrzebowali?

– Tu nie chodziło o to, co mogli, ale o to, co ludzie potrafią zrobić dla sławy. Chodziło o upokorzenie. To jeszcze nic w porównaniu ze Stepinem Fetchitem.

– Kim?

– Takim, co przewracał oczami i wciąż powtarzał *yessuh* w windzie i na plantacji bawełny albo w innych miejscach. Oni wszyscy pojawiali się w Hollywood z jakimiś okropnymi starymi nazwiskami i wytwórnie te nazwiska zmieniały: Frances Gumm, Archibald Leach, Lucille LeSueur, Phyllis Isley – wszyscy dostali ładne nowe nazwiska, wszyscy. Pojawił się też w Hollywood czarny aktor, niejaki Lincoln Theodore Monroe Perry i przerobili mu nazwisko na Stepin Fetchit. To w k u r z a j ą c e, nie uważasz?

Ta ostatnia myśl odebrała jej jak gdyby ochotę do śmiechu. Utkwiła smętne spojrzenie w swoich dłoniach.

– Mam ochotę wyrzucić ręce w górę i zawołać MU! na to wszystko. MUUUU!

Alex rozejrzał się po restauracji, ale nikt prócz niego nie wydawał się zakłopotany.

– To buddyjskie słowo – powiedziała Honey, opuszczając ręce i układając je równiutko na udach. – W ten sposób rozładowuję wewnętrzne napięcie.

– Jesteś buddystką?

– Na swój sposób. A co? Takie to dziwne? A kim ty jesteś, do diabła?

Alex wciągnął głowę w ramiona jak żółw.

– Eee... nikim właściwie. Żydem. To znaczy z urodzenia.

Honey wydała z siebie cichy okrzyk satysfakcji. Alex odpowiedział jej tym samym.

– Jesteś strasznie zadziorna jak na buddystkę i tylko o to mi chodziło. Nie chciałem cię urazić.

– No tak, jestem, jak powiedziałam, szczególną buddystką. Szczerze mówiąc, jestem jeszcze d a l e k o od *satori*. Tak. Uczę się dopiero. Proszę o następne pytanie. – Pochyliła się ku niemu wyczekująco.

– No jazda, jazda – masz tyle pytań – nie chcesz już nic wiedzieć?

Jej spojrzenie było samo w sobie bezczelnym wyzwaniem; żadna angielska kobieta nie przybrałaby takiego wyrazu twarzy, chyba że byłaby pijana albo rozmawiałaby z matką.

– N i e   m a m więcej pytań – powiedział Alex, zakładając ręce na piersiach. – Wiesz, jesteś bardzo... no wiesz, to znaczy... jesteś całkiem...

Honey uśmiechnęła się szeroko, obnażając winnoczerwone dziąsła.

– No pewnie, że jestem. – Poklepała go po ręce. – Ja sobie po prostu żartuję, Alex, naprawdę. Jestem po prostu dość bezpośrednia. To tego słowa szukałeś. A wiesz, kto to jest? – zapytała, wskazując na zdjęcie biuściastej dziewczyny z burzą czarnych włosów, które leżało między nimi. Alex rozpoznał ją od razu.

– Zgadza się – powiedziała Honey. – Ja jestem też trochę jak Cyganka. Nawiasem mówiąc, naprawdę nazywała się Louise Hovick – ale to było jej jedyne kłamstwo. Nigdy nie udawała, że nie jest tym, kim jest. Zupełnie jak ja.

Alex, który znów stracił orientację, o czym właściwie rozmawiają, przytaknął uprzejmie i zaczął zbierać swoje manatki. Kiedy Honey zaczęła robić to samo, kosmyk włosów opadł jej na twarz i nagle żnów zrobiła się jakaś znajoma.

– Czy... – zaczął Alex, podnosząc worek z podłogi i kładąc go na stole, ale nie dokończył pytania.

– Czy c o?

– Nic. Ja tylko... Czy ja... cię skądś z n a m? Czy też...

– Nie wiem – powiedziała Honey matowym głosem. – A jak ci się wydaje?

Robiła wrażenie bardzo spokojnej. Alex próbował przybrać stosowną minę, ale nie mógł wymyślić nic odpowiedniego na tę okazję.

– Lepiej już chodźmy – powiedziała Honey, nie patrząc na niego.

– Tu już wszystko załatwiliśmy. I pora już iść.

– Racja – powiedział Alex i podniósł rękę, żeby przywołać kelnera z rachunkiem. Ściągnął rękawiczki, które mu dała, ale nie chciała ich wziąć z powrotem, więc wetknął je do worka. Na zewnątrz rozpętała się kakofonia klaksonów. Honey odwróciła wzrok. Podszedł kelner i Alex zaczął się zmagać z tacą, usiłując mu ją podać. Przechylił się niebezpiecznie na jedną stronę; kelner próbował opanować sytuację. Alex dotknął przypadkowo ramienia Honey.

Znów zerwała się z krzesła i ruszyła w stronę toalety, a gdy Alex zaczął ją gorąco przepraszać, rzuciła przez ramię:

– Idź już, idź. Spotkamy się na Targach. Nie martw się. To jest też buddyzm. Miło się z tobą robi interesy, Aleksie-Li Tandem.

2

Drobniutka blondynka przy wejściu wyposażyła Aleksa w identy-
fikator i plan Targów. Półksiężycowatym paznokciem wskazała mu
miejsca, które należało obowiązkowo odwiedzić na tegorocznych targach: salę Jedicon (w której honory domu pełnili drugoplanowi aktorzy z popularnych filmów), salę Astronautów ze statku „Apollo"
(poświęconą jakiejś drugorzędnej misji, o której Alex nigdy nie słyszał i która, jak podejrzewał, w ogóle się nie odbyła) oraz niszę, gdzie
można było stanąć w kolejce po autografy dwóch facetów, którzy
zmietli z powierzchni ziemi Hiroszimę i gościli na Targach już drugi
rok z rzędu. Wszystko to działo się poza głównym, olbrzymim i dusz-
nym pomieszczeniem hotelu Rothendale, czyli salą balową „Miami
Dream". Plastikowe palmy, malowidła ścienne przedstawiające sceny
z tropików (Rothendale szczycił się swymi malowidłami ściennymi),
plan imprez targowych. Następnego dnia Autographicana miała ustą-
pić uroczystościom bat micwy Lorny Berkovitz. Było tu sto, lub nawet
więcej stoisk. I co najmniej tysięczny tłum łowców autografów. W okrop-
nych spodniach. W pierwszym odruchu Alex zamierzał obrócić się na
pięcie i uciec, wrzeszcząc *MUUUUUUUUU* na całą ulicę.

Tyle że było tu coś, czego pożądał. Coś, co oddziaływało na niego
jakby od podziemi, grubo poniżej poziomu racjonalnego myślenia –
i on tego potrzebował. A zatem... Witamy w XX wieku w miniatu-
rze. Podpis Castro, koszula Oswalda, okładka książeczki czekowej
Connery'ego, program koncertu Barbry Streisand, AT-AT (w oryginalnym opakowaniu), rękawice Muhammada Ali, koperta, którą zapomniał wysłać Joyce, zdjęcie Dartha, podpisane przez „głos" i przez
„ciało", rubinowe pantofelki Dorotki (z kryształu górskiego, ale teraz tak samo drogiego jak rubiny), świąteczna kartka Kennedy'ego,
zeszyt Himmlera...

– Zeszyt Himmlera? – powtórzył Alex, zapuszczając żurawia.

Karl i Anna, sympatyczna para młodych Niemców, do których należało stoisko, uśmiechnęli się. Anna starła jakiś pyłek z plastikowej
obwoluty.

– A tak – powiedział Karl, wzruszając lekko ramionami. – Wielka rzadkość. Miał wtedy piętnaście lat. Pisał w nim swoje wypracowania, widzi pan? O tu jest jedno na dwóję, widzi pan? To bardzo śmieszne, kiedy się na to teraz patrzy, wie pan? – Karl roześmiał się, jak gdyby chciał zademonstrować, jak brzmi śmiech. – To się ludziom nawet podoba, bo jest w tym coś osobistego. I cena – około tysiąca czterystu dolarów, wie pan? To rzadkość, naprawdę rzadkość.

– Niektórzy mają opory – rzekła Anna z uśmiechem. – Ale my nie.

– Jasne – powiedział Alex.

– Niektórzy, wie pan – ciągnęła, choć Alex nie wiedział – niektórzy robią z tego regułę i mówią, wie pan, że nie istnieją naziści, że nie ma seryjnych zabójców. Ale... – Anna uśmiechnęła się znowu. Miała idealnie symetryczną twarz, a na takiej twarzy uśmiech wygląda na bezmyślny. Im więcej się uśmiechała, tym bardziej robiła się podobna do reklamy ubezpieczeń.

– Historia jest historią – stwierdził Karl stanowczo i przewrócił kartkę. W środku, wciśnięta między plastikowe okładki, tkwiła papierowa serwetka z podpisem Sinatry.

– Jasne – powiedział Alex.

Karl przewrócił następną kartkę. Tu z kolei w takiej samej koszulce spoczywał miniaturowy podpis Hitlera, złożony pod jakimś rutynowym partyjnym dokumentem. Karl zmarszczył brwi.

– Sinatra jest w złym dziale – powiedział. – Powinien być w piosenkarzach z lat pięćdziesiątych.

– Czy uważa pan... – zaczął Alex i urwał, bo ktoś grzmotnął go potężnie w plecy. Był to Lovelear.

– Ej, *hombre*, znalazłeś coś dla siebie?

Zaczęli się snuć po sali, łowcy autografów zagubieni w tłumie podobnych do nich osobników. Alex stosował swoistą metodę przetrwania: trzymał się uporczywie myśli, że nie jest jednym z nich. Że owszem, przechadza się wśród nich, ale jest całkiem inny.

– Lovelear...

– Aha?

– Co myślisz o... nie wiem... o takich rzeczach jak zeszyt Himmlera... o tym całym wyborze nazistów. Mnóstwo tego nazistowskiego

236

towaru w tym roku. Zauważyłeś? Zupełnie jakby to był rok faszystów czy coś w tym rodzaju.

– No właśnie – powiedział Lovelear z przejęciem. – I kto mógł to przewidzieć? Miałem dziesięć lat temu Göringa, ale nikt go nie chciał, wszyscy patrzyli na mnie tak, że czułem się nieswojo... aż w końcu sprzedałem go za psie pieniądze. A wiesz, ile to teraz warte? To nauczka, człowieku, te rzeczy przychodzą falami.

Alex skulił się i objął ciasno ramionami. Mdliło go. Klimatyzacja pracowała pomimo śnieżycy szalejącej na zewnątrz. Czuł się tak, jakby oddychał sztucznym powietrzem zamrażalnika, jakby go zamrażali, konserwowali w jakimś niewiadomym celu. Czuł, że narasta w nim histeria. A oni wciąż poszukiwali autografów! Jakby mogło to zbawić świat. Jak gdyby nietrwałość nie była złotą zasadą! A czy mogę jeszcze dostać autograf śmierci? Ma pan foliową koszulkę na coś takiego, panie łowco autografów?

– Dove wciąż sterczy w kolejce do tych facetów z Hiroszimy – powiedział Lovelear wesoło; odkrył właśnie, że ma w kieszeni słodką bułeczkę. – Właściwie to bardzo mili goście. Golfiści. Ale tam nie ma ruchu. Tandem, złamiesz mi rękę! J e z u. Wyluzuj trochę – to nie jest takie złe. Nawet dość zabawne. Nie, p r a w d z i w y r u c h jest przy stoisku „Playboya". Wierz mi, są mocno przejrzałe, ale podpisują zdjęcia sprzed lat po dwadzieścia pięć dolców za sztukę. Chcesz poznać Miss Stycznia z 1974 roku? Ja właśnie ją poznałem, bracie. Samantha Budnitz. Trochę żylasta, ale wciąż wygląda całkiem nieźle.

Stali w kolejce do Króliczków, które już w ogóle nie przypominały siebie. Stali w kolejce do przypadkowych siewców masowej zagłady. Stali w kolejce do pięciu sędziwych astronautów, wyglądających naprawdę wystrzałowo w swoich jaskrawych kurtkach lotniczych. Nerwowa kobieta z włosami ufarbowanymi na barwy republikanów zamęczała wszystkich prośbami o wypisywanie imion na karteczkach samoprzylepnych, które następnie trafiały do astronautów, ci zaś, zbyt krótkowzroczni, by móc odczytać nazwiska, patrzyli załzawionymi oczami to na kartki, to na petentkę, czekając, aż zadziała alchemia rozpoznania... W sali Jedicon Lovelear wdał się w bójkę z jednym z Ewoków; pokłócili się o jakiś urywek dialogu. Tymczasem Alex przyglądał się znudzonej dziesięcioletniej córce Ewoka, Lo (już teraz o głowę wyższej od ojca), która z wywieszonym językiem i w białych skarpetkach robiła pod ścianą stójkę na głowie, zezując przy tym okropnie. Jakiś inny niezadowolony Ewok powiedział Aleksowi, że dostaje tylko dwadzieścia pięć procent od ceny detalicznej każdego podpisanego zdjęcia, ponieważ Ewoki musiały przede wszystkim odkupić te odbitki od wytwórni. Inny powiedział Aleksowi, że on osobiście, jako osoba upośledzona, tak, jako – cha cha cha – w porządku, może pan tak powiedzieć, j a k o   k a r z e ł, uważa znanego reżysera filmowego George'a Lucasa za jednego z największych wyzwolicieli jego współbraci.

Ale kiedy już skończyli z całą tą dziecinadą, należało przystąpić do interesów. A interes rozkręcał się na całego. Nastrój ewoluował od karnawałowego do konferencyjnego. Nie można było przejść przez salę, żeby nie dobić samemu jakiegoś targu lub nie być świadkiem czyjejś transakcji. Ludzie, których Alex znał tylko wirtualnie, pojawiali się teraz przed nim w ohydnej materialnej postaci. Freek Ulmann z Filadelfii, Albie Gottelmeyer z Danii, Pip Thomas z Maine, Richard Young z Birmingham. Wszyscy ci ludzie zyskali nagle cielesność i twarze. Ze wszystkimi handlował, wysłuchiwał tego, co mówią. A oni czuli potrzebę mówienia. Być może sam biznes stanowił po prostu usprawiedliwienie tej potrzeby. Alex dowiedział się o frustracjach żon w miastach, w których nigdy nie był i do których się nie wybierał. Poddawano krytyce średnie ocen rozmaitych dzieci. Richard Young zwierzył mu się, że nigdy nie mógłby naprawdę pokochać kobiety bez biustu, bez względu na to, jak byłaby dla niego miła. Nieznajomy nazwiskiem Ernie Popper zwierzył mu się, iż przez większość czasu żałuje, że w ogóle żyje.

Były też znajome twarze. Alex i Lovelear wpadli na Baguleya targującego się ze znanym oszustem ze Szwecji, ni mniej, ni więcej, tylko o podrobioną Kitty. W chwili gdy pojawił się Alex, obaj byli przekonani, że są o krok od fantastycznego przekrętu na swoją korzyść. Szwed wiedział, że sprzedaje falsyfikat. Baguley uważał, że kupuje autentyk za bezcen.

– Ten Szwed – powiedział Aleksowi na ucho scenicznym szeptem, odwracając się od stoiska – to kompletny tępak. Był kiedyś cholernym ginekologiem. A jeszcze wcześniej uprawiał kolarstwo czy coś takiego. Nie ma o niczym pojęcia. Nie wie sam, co ma. Znalazł cztery Kitty na strychu w domu jakiegoś starego reżysera – i nie wie nawet, kim ona jest! Sprzeda po osiemset za sztukę i pozostanie tak samo głupi, jak był. Cudowna sprawa.

– Ach, pan Tandem – rzekł Szwed, odwracając w panice swoją rudawą głowę. – Ekspert. Miło pana widzieć. Jak zdrowie?

Ważąc na dwóch szalach antypatię do tych dwóch mężczyzn, Alex zdecydował się oszczędzić Szweda.

– W porządku, wszystko w porządku. Bardzo ładna Alexander. Bardzo piękna sztuka. Szczęściarz z tego Baguleya.

– Tak, tak, cieszę się, że i pan tak uważa – Szwed otarł spoconą twarz chusteczką z monogramem: H splecione z I. – Baguley to prawdziwy szczęściarz.

– Krążą pogłoski – wycedził Baguley, zsuwając czubkiem palca kapelusz na tył głowy – że przyleciałeś do Nowego Jorku, żeby ją odszukać. Znaleźć Kitty. Takie chodzą słuchy. Stawiam dziesięć dolców, że aresztują cię pod bramą. Albo poszczuje cię psami.

– Hej! – zawołał Alex przez całą szerokość sali. – H e j! – Dostrzegł Honey wertującą przy stole sufrażetek kartki pocztowe umieszczone w skrzynce po winie.

– Komu tak machasz? – zapytał Lovelear, odwracając głowę. – Widzisz tam Dove'a?

Honey zauważyła Aleksa; wyszczerzyła do niego zęby i podniosła rękę, ale potem wyraz jej twarzy zmienił się nagle. Uśmiech zniknął, powrócił ów wyraz straszliwego bólu; odwróciła się plecami i pośpiesznie odeszła, przebijając się przez tłumek pulchnych kobietek, turystek ze Środkowego Zachodu. Po chwili zniknęła w sali poświęconej słynnej katastrofie morskiej, jaką było zatonięcie „Titanica".

– Co jest, do... – zaczął Lovelear.

– Dziwne... Spotkałem się z nią godzinę temu – i naprawdę myślałem, że jesteśmy...

– Wróć: ty znasz Honey Smith?

– Honey jak? To była Honey Richardson. Ta babka, z którą spotkałem się rano.

Szwed zakrył usta dłonią i parsknął jak angielski uczniak.

– Honey Smith – to nazwisko, którego dawno nie słyszałem. Chłopie, Szwedzi uwielbiali tę historię, tak, szanowny panie, po prostu uwielbiali. Choć ja osobiście zapłaciłbym jej więcej, no nie? Dwadzieścia pięć dolarów nie wydaje się zbyt wysoką ceną za taką usługę. A on miał oczywiście forsy jak lodu.

– A wiecie – zapytał z przejęciem Baguley – że ona pracuje teraz w branży? Tak, tak. Mój kolega z Berlina kupił od niej Fatty'ego Arbuckle'a. Z ręką na sercu. Powiedział, że w dodatku obciągnęła mu też pod stołem. Szczęściarz z sukinsyna.

– Właśnie przed chwilą ją widziałem – powiedział piskliwie Lovelear, wskazując palcem miejsce, gdzie zniknęła. – Jak Boga kocham, że to była ona. Tandem macha do niej ręką! Tandem handluje z Honey Smith! Tandem, czy ty dymasz Honey Smith? To najsłynniejsza dziwka świata. Okej, to teraz opowiadaj wszystko po kolei.

To nazwisko wyjaśniło tajemnicę. Alex przypomniał sobie teraz dwa zdjęcia: wymiętego szkockiego aktora, mrużącego oczy przed błyskiem flesza, i dziwki, niespeszonej, oswojonej z tego typu sytuacjami. Pierwsze strony przez tydzień? Przez dwa tygodnie? A potem temat przewijał się przez jakiś czas w postaci wypełnionych sensacjami odcinków: jej relacja, jego wersja, przyjaciółki, alfonsa, czytelników, konfesyjny wywiad, a potem w końcu zgrabne rozwiązanie: odejście w mrok zapomnienia.

3

Pokoje hotelowe to miejsca bezbożne. Człowiek nie przejmuje się w nich niczym i nic nie przejmuje się człowiekiem. W swoim pokoju Tandem, pijany i samotny, telefonował do domu. Ale w Mountjoy była piąta rano – pora uporczywego milczenia automatycznych sekretarek. Na sekretarkę Esther nagrał piosenkę *All the Things You Are* w czterech różnych tonacjach, żeby uniknąć wysokich nut, na sekretarce Rubinfine'a komunikat obraźliwy, a na Adama wprost nieprzyzwoicie sentymentalny. Joseph odebrał telefon, ale tymczasem Alex zdążył się zawstydzić. Otworzył usta i nie powiedział nic. Joseph odłożył słuchawkę. Robiło się późno. Po wypiciu całej zawartości barku Tandem doszedł do finalnej fazy bliskich relacji z jego zasobami, czyli do surrealnego optymizmu. Sięgał właśnie po chłodną puszkę orzeszków w karmelowej polewie, kiedy ktoś zapukał do drzwi. Alex sądził, że to rozwścieczony chrześcijanin z sąsiedztwa (z telewizora grzmiały na cały regulator odgłosy towarzyszące uprawianiu seksu), ale zobaczył przez wizjer zdeformowaną Honey – głównie wypukłe zdawały się czoło i gałki oczne – wyrastającą niczym wieża z pary widocznych poniżej stópek. Rzucił się na poszukiwanie spodni i pilota. Zmienił kanał. Honey zapukała znów, tym razem głośniej.

– To chyba niezbyt uprzejme tak trzymać damę...

– Cześć – powiedział Alex, rzucając się w stronę klamki i jednocześnie zapinając rozporek. – Honey. C z e ś ć. Jest późno.

– No proszę, ty jesteś... – szepnęła, mrużąc oczy, żeby potwierdzić swą wstępną diagnozę – ty jesteś pijany. Oczywiście. Nie próbuj nawet zaprzeczać. Jesteś p i j a k i e m.

– A ty jesteś buddystką.

– Ty jesteś żydem.

– To jest krzesło – stwierdził Alex, wskazując na składane płócienne krzesełko w jej ogumionej dłoni. Honey miała na sobie chińską piżamę z czerwonego atłasu. Włosy uczesane z przedziałkiem na środku zaplotła z tyłu w dwa grube warkocze.

– Zawsze przynoszę swoje. Przepuść mnie.

Wyminęła go chwiejnie, rozłożyła krzesełko i postawiła je przed telewizorem. Na płóciennym oparciu wypisane było HONEY. Usiadła. Alex przycupnął na brzegu łóżka, o parę kroków od niej.

– A więc... – zaczął.

– Chyba ci już mówiłem – powiedział telewizor – że zostałeś wyłączony z tej cholernej sprawy. Jesteś w nią zbytnio zaangażowany, McLaine.

– Masz coś do picia?

Alex usiłował sobie przypomnieć:

– Nie... n-nie, a właściwie zaczekaj... c h w i l e c z k ę... może. Może... czerwone. W szafce? Tam jest wino, mała butelka. Zdecydowanie wino, chociaż... Tak, wino. A nawet dwa! Z zakrętką – hurra! Wystarczy odkręcić... o tak...

– Masz jakieś kieliszki? A właściwie nieważne. Tak jest okej.

Honey wzięła butelkę i przytknęła ją do ust w taki sposób, że trudno się było powstrzymać od skojarzeń. Potoczyła wzrokiem po pokoju, jakby się dopiero teraz zorientowała, że nie jest u siebie.

– Trochę większy niż mój. Dziwnie tu pachnie. Co to jest? Ten papier przypięty do drzwi?

– Eee... banknot. Angielski. Dostałem go od mojego ojca.

– Jedyny prezent, jaki ja dostałam od ojca, to wstrząs mózgu – powiedziała Honey dramatycznie i jednym haustem wypiła pół butelki.

– Honey, czy coś się...

– Ćśśś. Lubię tego faceta. Jest dobry. Wszechstronny.

Obejrzeli w milczeniu ostatnie dwadzieścia pięć minut filmu. Przez głowę Aleksa przemykały mgliste myśli o seksie, ale żadna nie była zbyt konkretna.

– Jest coś jeszcze? – zapytała, kiedy panorama miasta ustąpiła nastrojowej solówce saksofonu i napisom końcowym.

– O c z y w i ś c i e, że coś jeszcze jest – tu są siedemdziesiąt dwa kanały. Słuchaj, Honey...

– Po co się męczyć w tym kieracie? – zapytał telewizor.

– Honey – rzekł Alex, naciskając wyłącznik – jest strasznie późno. Czy chcesz... o czymś porozmawiać? Czy może chodzi o coś innego?

– Cóż – powiedziała Honey, zwracając się do ściany. – Obciągnęłam kiedyś tego słynnego fiuta – wyniknęło z tego wielkie zamieszanie – ale myślę, że już to, to znaczy o tym, dziś słyszałeś.

Cisza, jaka zapadła, była niczym nora z *Alicji w Krainie Czarów*, do której wpadli oboje wiedzeni ciekawością, i teraz spadali w głąb na łeb na szyję. Honey zamknęła na sekundę oczy i po jej policzkach potoczyły się dwie ciężkie łzy.

– Przypominasz sobie mnie teraz?

– Honey, ja naprawdę nie...

– Chcesz mój autograf? Widzisz, trik polega na tym, żebym ja się podpisała gdzieś w rogu dużego arkusza starego papieru, a potem trzeba iść przycisnąć tego aktora w Marr-lee, czy jak wy to wymawiacie, i nakłonić go do złożenia autografu na tym samym arkuszu, tak żeby nie zauważył, że jest tam już mój podpis. Potem można to opylić za sto dolarów. Za sam mój podpis nie wycisnę więcej niż dwadzieścia pięć. Alex nie zorientował się do tej pory, jak bardzo jest pijana. Miała tylko jedną rękawiczkę. Przypominała Lady Day podczas jej ostatnich sesji nagraniowych – rozbiegane oczy, groźnie obnażone zęby.

– Taa. Byłam w telewizji i wszędzie. W programach na żywo. Zagrałam w filmie. – Skoncentrowała się na swoich dwóch łzach, przykładając dłoń do policzka i rozcierając je palcami. – Właściwie wydawało mi się, że oglądasz mój film, kiedy zapukałam. Myślę, że często go odtwarzają w pokojach hotelowych.

Zaśmiała się ponuro i klasnęła w dłonie.

– Znasz Richarda Younga? – zapytała, wyjmując z kieszeni miniaturową butelkę whisky i otwierając ją. – Pedantyczny sukinsyn. Anglik? Żyd? Ma zawsze eleganckie gatki. Prawdziwy człowiek sukcesu.

Alex dokonał w myślach przeglądu twarzy, które widział w ciągu dnia, i odnalazł w archiwum pamięci czarnowłosego, przystojnego, wymuskanego mężczyznę, który robił wrażenie wunderkinda; cecha ta przygnębiała Tandema niepomiernie od czasu, gdy przeminęły lata, kiedy jeszcze sam mógł kimś takim zostać.

– Z Birmingham. Tak, jest tutaj. Ma fantastyczną kolekcję, ten cały Rich.

– Tak. No więc ten Rich dowiedział się od jednego faceta, który dowiedział się od innego gościa, który z kolei usłyszał to od jeszcze jakiegoś palanta, że przyjechałeś do Nowego Jorku, żeby odszukać Kitty Alexander. Kitty Al-ex-ander. Czy to prawda?

Alex usiłował swobodnie przełknąć wino, ale skończyło się to małą katastrofą; wino pociekło mu po podkoszulku.

– Eee... No wiesz... Ja tylko... ona przysłała mi autograf. To naprawdę nie jest... to nic wielkiego. Nie p r z y l e c i a ł e m tu po to, żeby jej szukać. To nie tak. Nie jestem żadnym obłąkanym tropicielem. Chciałem jej tylko podziękować. Jestem po prostu jej fanem.

Honey dziobnęła go swoim niewiarygodnie zakrzywionym paznokciem w twarz.

– Nie, nie, nie – n a j w i ę k s z y m fanem – tak przynajmniej słyszałam. I muszę powiedzieć, że mnie to zaskoczyło. Nie wyglądasz mi
na fana czegokolwiek. Myślałam, że jesteś absolutnie zen – no wiesz,
że wzniosłeś się ponad to wszystko.

Wstała i podeszła niepewnym krokiem do okna, depcząc po powtarzających się na dywanie monogramach. Oparła się o zasłonę i pokazała palcem w mrok.

– Mieszka na Brooklynie. Dorastałam na Brooklynie. W niedzielę
siedziało się na werandzie. Wszyscy człowieka znali. Przed kościołem,
po kościele...

– Chyba zaparzę kawy – powiedział Alex, gramoląc się na łóżko
i sięgając z wysiłkiem po czajnik na stoliku nocnym.

– Więcej ludzi zna ciebie, niż ty znasz ich... na tym to wszystko
polega. Nie ma w tym nic ponadto. Sława – to dobre dla „amputo-
wanych". To znaczy dla takich, którym brakuje czegoś naprawdę
istotnego. I to wszystko. Powiem ci też, że to jedno pomieszanie
z poplątaniem. W moim środowisku j a jestem znakomitością. Dał-
byś wiarę? W pewnych rejonach Brooklynu. Jestem dla ludzi Elizabeth Taylor.

– Poznałem ją kiedyś – powiedział Alex. Nie trafił wtyczką do
gniazdka i spadł z łóżka.

Honey obróciła się na pięcie i zaczęła się tak śmiać, że musiała
w końcu iść do łazienki. Po chwili usłyszał, jak wymiotuje, choć odkręciła wszystkie kurki. Stanął w progu z ręcznikiem, gotów jej pomóc, ale nie pozwoliła mu wejść.

Potem wypili kawę. I rozmawiali długo, aż niebo nad miastem rozjaśniło się w dwóch oddzielonych od siebie etapach: najpierw pojawił się bursztynowy oranż, potem nikły, posępny błękit. Honey nie
wierzyła już w aborcję, choć wcześniej, owszem. Alex uważał, że or-
ganizowane przez telewizję akcje dobroczynne to domena oszustów.
Honey nie widziała powodu, dla którego miałaby dotykać różnych
rzeczy niewiadomego pochodzenia. Alex nie mógł się dopatrzyć sensu w sztucznych paznokciach i łyżwiarstwie figurowym. Honey uważała, że jest coś dziwacznego w angielskich dzieciach. Oboje dziwili
się, dlaczego na wszystkim musi być tyle majonezu.

– Znam Roebling. I Roebling zna mnie. Mogę ci pokazać, gdzie jest Roebling, i oprowadzić cię po okolicy – powiedziała Honey, składając swoje krzesełko.

– Świetnie. Kupuję.

– Że jak? Co kupujesz? – zapytała Honey.

– Pójdziemy tam – odparł Alex-Li.

TRZY / *Byk wytropiony*

1

Honey na gorąco zmieniła plan. Jako osoba obdarzona zmysłem praktycznym, była za tym, żeby najpierw jechać na Lower East Side i znaleźć tam Krausera, a dopiero potem udać się do Roebling. Pomimo miniaturowych rozmiarów dzielnicy na mapie zapamiętała ją z czasów, gdy tam pracowała, jako zawiłą plątaninę ulic; stosowany w wielu miastach system kratownicy zastąpiono tam bardziej staroświeckim rozwiązaniem. Była to chaotyczna siatka ulic o dziwacznych nazwach, ulic, które znikają nagle, wiją się i ukrywają numery domów przed ludzkim wzrokiem.

– I zimno tam jak diabli – powiedziała Honey, naciągając skórzane rękawiczki w hotelowym holu. – A ja nie mam ochoty włóczyć się po ulicach z takim wściekłym kacem, nie mając pojęcia, czego właściwie szukamy. Wiem tylko, że ten cały Krauser może nam pomóc. Nie ma co do tego wątpliwości. Pokażemy mu, jak miłym jesteś chłopcem. O c z a r u j e m y dupka.

Alex walczył przez chwilę z zamkiem błyskawicznym swojej kurtki, a w końcu poddał się jak mały chłopczyk, kiedy Honey, zniecierpliwiona tym pokazem nieudolności, złapała energicznie za suwak, podciągnęła mu go pod samą szyję i naciągnęła na głowę wielki kaptur obramowany aureolą ze sztucznego futra. Sama miała na sobie dopasowany płaszcz w kolorze wielbłądziej sierści, eksponujący zaokrąglenia i maskujący je tam, gdzie trzeba. Poprawiła pasek i zawiązała go z lewej strony na kokardkę.

– Okej? Gotowi?

Macierzyńskim gestem uszczypnęła go w policzek, i tak już zaróżowiony od uderzenia zbyt pośpiesznie otwartymi przez portiera drzwiami.

– Tak. Ty... ty mnie dotknęłaś.

– No i trudno. I tak złapałam już wszystko, co masz.

– Czuję się nie w porządku – powiedział Alex, kiedy stanęli twarzą w twarz z surową rzeczywistością mroźnego dnia. – Wobec moich... kolegów. Loveleara i Dove'a. Powinienem przynajmniej...

Honey ujęła go pod ramię.

– Mają pełną obsługę, tak? Telewizję? I pokojówkę, która po nich sprząta. To jak na dzisiejsze czasy prawdziwa nirwana. A zresztą co to jest – szkolna wycieczka? Nas dwoje całkiem wystarczy.

Do metra było pięć minut drogi, ale okazało się, że to wystarczająco duża odległość, by obudzić w Aleksie-Li naturę turysty. Szedł tak, jakby zwiedzał miasto, z twarzą zwróconą ku amerykańskim niebiosom. Na dźwięk klaksonu obejrzał się zaskoczony, żeby zobaczyć, dlaczego taksówkarz trąbi. Tuż przed wejściem do metra Japończyk w pomarańczowym kombinezonie cofnął się o krok, zaczepił obcasem o wystający krawężnik i upuścił skrzynkę owoców liczi, które wysypały się na chodnik. Honey rozgniotła kilka obcasem, obnażając ich białe wnętrza.

– Chodź, nie przejmuj się – zawołała, odwracając się do Aleksa, który początkowo zamierzał ominąć owoce, ale teraz stwierdził, że sprawia mu pewną przyjemność rozgniatanie ich całymi tuzinami. Popędził za nią w dół po schodach. To było jej miasto, nie jego. Musiał pogodzić się z tym, że nie ma o niczym pojęcia i że jest bezradny. Czuł się jak chłopiec, który znalazł mapę z zaznaczonym miejscem ukrycia skarbu i pokazuje ją lepiej zorientowanemu koledze, bo choć widzi krzyżyk równie dobrze jak tamten, nie potrafi tak szybko znaleźć tego miejsca.

– Zimno – powiedziała Honey, kiedy znaleźli się na peronie.
– Z.I.M.N.O. Z i i-m n o.

Otworzywszy usta, wypuściła kółeczko pary, takie, jakie potrafią puszczać palacze. Nieopodal na peronie dwaj czarni chłopcy gestykulowali z ożywieniem, prezentując sobie wzajemnie różne układy palców – najpierw dwa oddzielone od dwóch pozostałych, potem trzy od jednego – Alex przyglądał im się i przypomniał sobie diagramy przedstawiające gesty arcykapłanów w Świątyni, które kiedyś widział w jakiejś książce.

– Zrobisz coś dla mnie, okej? – zapytała Honey, przekrzykując łoskot pociągu. – Położysz to – wyciągnęła z torebki długi na jakieś trzydzieści centymetrów kawałek materiału, miniaturowy dywanik w szkocką kratę – położysz to na jakimś wolnym miejscu. Nie lubię siedzieć bezpośrednio na ławce.

Nawet podczas tej krótkiej podróży, jaką zdążyli odbyć, Aleksa zdumiewało to, jak wielu ludzi zwróciło na nią uwagę. Kiedy drzwi wagonu zamknęły się za nimi, natychmiast troje pasażerów wlepiło w nią trzy pary oczu. Jakiś chłopiec zrobił do kolegi Międzynarodową Minę (język wepchnięty pod policzek), dziewczyna usiłowała odtworzyć ulotny jak błysk obraz wytworzony w jej mózgu przez jakiś szybkostrzelny neuron. Otworzyła usta, spojrzała w głąb wagonu, a potem ostentacyjnie i triumfalnie zacisnęła pięść na znak, że uchwyciła to, o co jej chodziło. Uśmiechnęła się i próbowała wrócić do lektury jakiejś marnej książki. Ale jej wzrok wędrował co chwila ponad białą stronicę. Ku wspaniałym, czerwonym ustom Honey.

I tak było cały czas. Kiedy wysiedli na swojej stacji, jakaś dziewczyna oderwała się od stadka okrutnookich uczennic i pognała po schodach, skacząc brawurowo po cztery stopnie, żeby wyprzedzić Honey i przyjrzeć się jej twarzy. Na ulicy Honey przeszła na drugą stronę i kupiła precla. Zatopiła w nim zęby, a Alex zapytał:

– J a k to jest?

Zmierzyła go przeciągłym spojrzeniem, wzruszyła ramionami i rozłożyła hotelową mapę wyspy.

– Ten adres, który tu masz, to chińska dzielnica. Dwie przecznice stąd. Musimy tu skręcić w lewo – tak, na pewno w lewo. No dobrze – powiedziała, narzucając spore tempo. – Alex-Li chce wiedzieć. Chce koniecznie wiedzieć.

– Chcę wiedzieć. Czy to takie straszne? Jestem ciekawy. Chcę po prostu wiedzieć, jak to jest.

– Ciekawość to pierwszy stopień do piekła.

Wepchnęła ręce do kieszeni i wydłużyła krok, z rozmysłem stawiając stopy w brejowatych zagłębieniach pozostawionych przez jakiegoś innego przechodnia. Nie widać było żadnych samochodów, z rzadka pojawiali się ludzie.

– Nienawidzę tego – powiedziała wreszcie. – Nienawidzę tego, to oczywiste, że tego nienawidzę. Ale to dziwna sprawa. Nienawidzę, nienawidzę, nienawidzę tego, a jednak...

Minęli grających w szachy (dwóch Rosjan, trzy psy), wpadli w wir towarzyszących grze wrzasków, potem musieli dobrze wytężać uszy, żeby je w ogóle słyszeć. Kolejne kilka przecznic przeszli w milczeniu. Poczuli zapach pieczonych kaczek. Na światłach Alex obejrzał się w prawo i bezmyślnie wszedł na jezdnię. Honey schwyciła go za rękę, ratując mu w ten sposób życie.

– Za każdym razem jest mi niedobrze – powiedziała w chwilę później, kiedy biegli truchtem przez ulicę. – Ale co dziwne, kiedy nikt nie patrzy, ja to zauważam. Po prostu zauważam i czuję się... Nie wiem nawet, jak to wytłumaczyć. Jakby nieostro. Mgliście.

– Mgliście?

– Pytasz, więc ci odpowiadam. Mgliście. Jakbym straciła czucie. To okropne, nie uważasz?

Przy następnym skrzyżowaniu pojawiły się stare billboardy reklamujące pianina; długi szereg zaczynał się tuż nad głową Aleksa i kończył wiele mil dalej, w miejscu, gdzie zaciekawiony żuraw pochylał głowę nad dachami. Reklamy stają się sobą, kiedy już nie ma nic do sprzedania: ta była szczególnie poruszająca. Wyblakły kredowobiały napis LAIRD & SON, ślad ich skazanego na śmierć muzycznego przedsięwzięcia.

– Spójrz, t a jest prawdziwa – powiedziała Honey. Odczytując błędnie jego zainteresowanie reklamami, wskazała na jeszcze większy billboard po prawej stronie. Było to kolorowe zdjęcie pięknej kobiety. Reklamowała bieliznę. Jej ogromne, opalone na brąz nogi ciągnęły się przez całą długość delikatesów i kończyły nad przypominającą akwarium siłownią, w której jacyś ludzie parli z zapałem donikąd, biegnąc z wielką szybkością ku obojętnym szklanym ścianom.

– To właśnie tak człowiek przechodzi na inny poziom – powiedziała Honey z szacunkiem w głosie. – Zamienia się w bożyszcze. Pół miliona przechodniów patrzy codziennie na twoją, no wiesz co. Ludzie powodują kraksy, tracą życie... Wtedy wiesz, że ci się powiodło. Hej, widzisz te czerwone drzwi. To te.

Alex zatrzymał się i spojrzał nieprzytomnie na drzwi, a potem na skrzynkę na listy. Jednokierunkowa korespondencja z jego lat chłopięcych wpadała przez tę szparę. Tyle listów! Pisząc je, zdążył przeobrazić się w mężczyznę. Kiedy patrzył na to z perspektywy lat, czuł straszliwy smutek. Gdyby był sam, poszedłby stąd. Ale obok niego stała Honey i nalegała, żeby przejrzał listę lokatorów: biznesmenów, osób prywatnych, artystów, którzy mieli tu pracownie, i całych stłoczonych w ciasnych mieszkaniach rodzin. Nazwisko Krausera uzupełniał jego oficjalny tytuł prezesa ASKA. Alex nadal miał ochotę odwrócić się i odejść, ale Honey nacisnęła dzwonek, drzwi otworzyły się same i goniec ze sklepu, wciąż licząc skąpy napiwek, przepuścił ich, wychodząc z budynku.

– I co teraz? – zapytał płaczliwym głosem Alex. Stał w holu i dygotał. Było tu w pewnym sensie zimniej niż na zewnątrz, bo człowiek spodziewał się, że będzie cieplej, i wobec tego c z u ł   s i ę zdradzony.

– Teraz jest teraz – powiedziała Honey.

Głos przemawiał przez kilka minut bez przerwy. Powiedział między innymi:

– Czy mówię po angielsku? Więc odwalcie się. Więc spływajcie. Więc fora ze dwora. Nie trafia to do was? Nie dam się za cholerę na nic naciągnąć.

– Nie, chwileczkę – powiedziała Honey, podnosząc głos i przykładając usta do boazerii. – Proszę posłuchać. Jeśli tylko... Nie chcemy panu nic sprzedać, panie Krauser – i nie jesteśmy kwestarzami. My – to znaczy on, mój przyjaciel, Alex, chce tylko z panem porozmawiać, to wszystko.

Oschły głos za drzwiami odezwał się znów, dziwny, zdyszany, zgrzytliwy i monotonny jak nagranie z tych starych gramofonowych płyt, na których pisarze czytają drewnianymi głosami własną prozę.

– I informuję, że nie lubię łzawych ballad. Idźcie nabierać innych frajerów. Coś wam zdradzę – ten dom jest pełen *szmaków*. Spróbujcie z Castellim. Na górze. Samotnik na skale, na czwartym. Rany, jak ten Castelli uwielbia pochlebców. Ha!

– Panie Krauser, czy nie moglibyśmy chociaż...

– A figę.

Usłyszeli odgłos oddalających się od drzwi kroków, szum puszczonej wody, radio. Honey cofnęła się od drzwi i jej miejsce zajął Alex, naciskając dzwonek jeszcze raz, do oporu. Odczekał chwilę i powtórzył swoje imię i nazwisko. Szum wody ucichł. Sekwencja dźwięków powtórzyła się powoli w odwrotnej kolejności i Alex wyczuł, że mężczyzna jest znów tuż za drzwiami. Zaczął recytować różne fakty dotyczące osoby Krausera.

– Tak, tak, kolego – uciął pogardliwy głos. – Ja wiem, kim jestem. Nie martw się o mnie, nie zwapniałem.

Alex nie ustępował.

– A przedtem, w latach pięćdziesiątych, redagował pan chyba jej scenariusze... potem był pan właściwie jej agentem, chyba się nie mylę, prawda?

– No proszę, słuchajcie ludzie. Jesteś prawdziwym sprzedawcą encyklopedii.

Tu drzwi się otworzyły. Teraz należało, jak w starych kreskówkach, spojrzeć pół metra niżej, niż człowiek się spodziewał, żeby zobaczyć łysą czaszkę prezesa Maksa Krausera prześlizgującą się między ramieniem Aleksa i biustem Honey. I to miała być ta pocztowa *nemezis*? Twarzy tego człowieka prawie nie było widać; zasłaniała ją para grubych, dwuogniskowych okularów, przyciemnionych pomarańczową mgiełką niczym telewizyjny zachód słońca. Miał mięsiste, różowe, delikatne usta, które zasługiwałyby na młodszego posiadacza – rosło wokół nich kilka wilgotnych, czarnych, młodzieńczych włosków. Zapięty pod szyję brązowy dres do joggingu, jedwabna apaszka *à la* nowofalowy reżyser, sportowe buty. Brzuch jak prezent ukrywany przed bratankiem. Z bliska okazało się, że gospodarz nie jest całkiem łysy; silnie skręcone srebrne włosy okalały tył głowy niczym strzępiasty obłok.

– Pan Max Krauser?

– To pewne. Możesz z tym iść do banku i zamienić na gotówkę. Zostawiwszy drzwi otwarte na oścież, ale bez najmniejszego zapraszającego gestu, Krauser odwrócił się plecami i pomaszerował w głąb mieszkania. Z miejsca, gdzie stał Alex, wyglądał jak mnich, srebrnowłosy braciszek, cały w brązach. Sam pokój zaś był oczywiście jaskinią Kitty. Plakaty, fotosy, oprawione wycinki prasowe, okładki magazynów. Jedno arcydzieło kiczu: olejny portret Kitty w sentymentalnym stylu, na kawałku czarnego aksamitu, w złoconej ramie. Jednak Alex zorientował się od razu, że ta świątynia jest przybytkiem służącym wielu wyznaniom. Gdzieś tam niewidoczny gramofon (pokój ginął pod zwałami śmieci) odtwarzał w kółko tę samą frazę *Minnie the Moocher... a red-hot hoochie-coocher*, a w całym mieszkaniu walały się zdjęcia czarnych muzyków z klarnetami, trąbkami, saksofonami, kontrabasami i mikrofonami oraz ich płyty i biografie, ich plakaty, programy z koncertów, wszystko, co po sobie pozostawili. Meble były elementem drugorzędnym. Stały tam tego cztery sztuki: mały stolik do kart, bez niezbędnych krzeseł, wysoka i sztywna mosiężna lampa z kiwającym się abażurem w stylu art déco (kapiące, pobrzękujące łzy z rżniętego szkła w kolorze zielonego groszku) oraz przysunięty do ściany stół bilardowy. Zielone sukno pokrywały stosy korespondencji, pudełka po pizzy i okładki płyt. Na środku pokoju stało fryzjerskie krzesło.

– Okej, więc zostałem pojmany – powiedział Krauser, odwracając się i opadając na nie. – Przystąpmy do rzeczy.

Honey przeszła na lewo, położyła swój dywanik na rogu stołu bilardowego i ostrożnie przycupnęła na nim z lewą ręką w rękawiczce wetkniętą do kieszeni. Alex poprawił okulary na nosie i spojrzał na małego człowieczka na obrotowym krześle.

– Proszę posłuchać – powiedział, wzdrygając się lekko, jakby chciał z góry przeprosić za to, co za chwilę powie. – Nazywam się Alex-Li Tandem.

Krauser wyraźnie podskoczył na dźwięk tego nazwiska; jedna stopa zsunęła mu się na podłogę. Z wolna podciągnął ją z powrotem i postawił na podnóżku. Potem zebrał się w sobie, przywołał na twarz nowy, życzliwy uśmiech i pochylił się do przodu. Ośmielony tym Alex zaczął wygłaszać swoją kwestię, wydreptując sobie jednocześnie małą ścieżkę pomiędzy miejscem, w którym stał, a upatrzonym punktem w progu przechodniej kuchni. Chodził tam i z powrotem, ale Krauser ani na niego nie patrzył, ani go nie słuchał. Krauser prostował nogi. Krauser szurał obutymi w miękkie obuwie stopami po dywanie.

– Ta-ta ta ta-taaa – zanucił rytmicznie, rozkładając ramiona jak aktor w musicalu – to jest taniec świętego Mikołaja, młody człowieku. Mam dyplom z teologii. A ty wciąż mówisz?

Honey jęknęła, wstała, zwinęła swój dywanik, wykonując Międzynarodowy Gest oznaczający pomieszanie zmysłów (palec puka w skroń). Wskazała na drzwi. Alex nie przestawał jednak mówić.

– Kawa, kawusia, kawka – wymamrotał Krauser w zadumie, gdy Alex, bez specjalnego planu, ruszył ku niemu. W kluczowym momencie zeskoczył z krzesła, przecisnął się obok Aleksa i wpadł do kuchni. Tam przechylił się przez blat i wyjął skądś dwie paczki kawy.

– Ta tutaj – powiedział, podciągając górną wargę tak, że obnażył dziąsła – jest mocna jak piekło. A ta jest słabsza, ale mniej szkodliwa. Każdy dostaje swoją dolę w zielonych, z ciemnoskórymi damami, które zbierają ją na polach, włącznie, o ile rzeczywiście kawa rośnie na polach – tu polegam na tym, co mówi mi mój wnuczek. Ale ty, chłopcze, zanudzasz mnie na śmierć, więc napiję się tej mocnej, bez kropli krowiego zabielacza. Dodaje mi wigoru. Czy ktoś jeszcze?

Wsunął swój brzuszek na blat, oderwał stopy od podłogi i pochylił się w stronę Honey, która odskoczyła do tyłu, zrzucając na ziemię piramidę pudełek po pizzy.

– Ej, ty. Znam cię? Grasz w filmach? Tego tutaj gościa przydałoby się trochę doszlifować, nie jest dostatecznie szykowny – ale ty... Niezła z ciebie sztuka.

Krauser zwrócił twarz do sufitu, przyłożył grube wargi do niewidzialnej trąbki, zagrał na niej i zaśpiewał:

– *Strutting... strutting with some barbecue, barbecuuuu...* A wiesz, jak się nazywa mój wnuczek? Jamal Queeks. Jego matka wyglądała dokładnie tak jak ty. „I tak się kończy powieść". Tak przemijają – pożegnaj się – tak przemijają dwa tysiące lat tradycji. Cholerna szkoda. Czy nie mam racji?

Honey przycisnęła torebkę do piersi i podeszła do drzwi. Otworzyła je i stanęła w progu w dumnej, wyczekującej postawie. Alex nie ustępował.

– Panie Krauser, niechże mnie pan wysłucha. Wydaje mi się, że panna Alexander... że może chętnie by się ze mną spotkała. Co więcej, ja chciałbym się spotkać z nią. Wiem, że to brzmi dziwnie. Nie potrafię panu tego wyjaśnić... czekałem tak długo – i w końcu przysłała mi swój autograf. Dwa razy.

– Daj mi to na pi-hiśmie – powiedział Krauser w rytmie solówki saksofonu, wybijając rytm czubkami palców – a ja wkle-heję to do zeheszytu z wycinkami.

– On ma te autografy tu, przy sobie – powiedziała rozgorączkowana Honey, robiąc krok w jego stronę. Oczy jej płonęły, ręce się trzęsły; Alex poczuł przejmujący dreszcz wdzięczności i miłości dla tej nowej przyjaciółki, która w tak radykalny sposób porzuciła dla niego swoje zen.

– Słuchaj, człowieku – mówiła tymczasem Honey. – Przyszliśmy aż tutaj, prawda? Dotarliśmy aż tutaj. Ten chłopak jest z Londynu, z Anglii. Nie musiał? Nikt n i e   m u s i? I mówię to ja, bo on jest zbyt grzeczny, żeby to powiedzieć: ten chłopiec zawracał ci twoją cholerną dupę przez piętnaście lat...

– Dokładnie trzynaście – poprawił ją Alex, podnosząc rękę. – Trzynaście lat.

– Okej, więc t r z y n a ś c i e – bez żadnego odzewu. I co z tego wynika? To, że z a s ł u ż y ł   s o b i e na coś. Tacy jak pan nie znaczą nic bez takich jak on – czy zdaje pan sobie sprawę przynajmniej z tego? Rozumie pan to? Sukinsyn – powiedziała w odpowiedzi na błazeńską minę, jaką zrobił Krauser. – Rasistowski sukinsyn. Bądźmy zresztą realistami. Panna Alexander nie jest dziś bynajmniej u szczytu sławy. A może to nieprawda? Może źle oceniam sytuację?

Krauser odskoczył od bufetu, rzucił się w stronę pokoju i wylądował o cztery cale od miejsca, w którym można by go jeszcze uznać za poważnego człowieka.

Monstrualnie nabrzmiała żyła biegnąca od skroni za jego lewe ucho napęczniała z wściekłości jeszcze bardziej.

– No, no – powiedział – nie pozwalaj sobie za dużo, panno Thang. Nie jestem większym wariatem od twojej matki. Ze mną jest tak, że nie mam cierpliwości do dwóch typów ludzi – do naciągaczy i kundli uganiających się za autografami. A oto fakty: panna Alexander nie wysyła niczego, chyba że ja wyślę to w jej imieniu. A ja nie wysyłam niczego. Tak to wygląda i kropka. Panna Alexander nie ma czasu dla kundli od autografów. Jest najjaśniejszą gwiazdą na firmamencie, jak się mawiało w czasach, kiedy to jeszcze coś znaczyło. Super Super Gwiazdą w Supergalaktyce. Bo po to jesteśmy my, żeby chronić pannę Alexander przed takimi jak wy. I to się nawet rymuje. Panie i panowie...

Zostali odprowadzeni do drzwi.

2

Centrum Roebling. Szeroka, ładna ulica pnie się tu łagodnie po zboczu wzgórza, a odgarnięcie śniegu przed własnym domem należy do obywatelskich obowiązków każdego mieszkańca. Honey i Alex spędzili popołudnie, chodząc po tej ulicy w tę i z powrotem, rozpytując w miejscowych sklepach, zapuszczając się na próżno w boczne uliczki. Każde z nich czekało, kiedy drugie się podda. Gdy po raz ósmy pojawia się kawiarnia, Alex obejmuje Honey w talii i próbuje rozgrzać ją i siebie. A świat trwa. Przebiegający dzieciak wrzeszczy coś po hiszpańsku. Daje nura za jeepa, uchyla się przed nafaszerowaną lodem śnieżną kulą rzuconą przez starszego brata, wychyla się zza samochodu i obrywa pigułą w kark. Czarni malcy paradują wystrojeni do kościoła. Zabłąkał się jeden rabin. Kilku przechodniów jest nieprawdopodobnie grubych, ale tylko kilku. Ciężarówka sypie spod kół różowym żwirem niczym cukierkami. Jest to bardziej atrakcyjny kraniec Roebling: boczne ulice są uszlachetnione murszejącym piaskowcem, który tuż przed dzielnicą czarnych i na skraju żydowskiej podkasuje swoje sfatygowane szatki i znika. Powszechnie wiadomo, że mieszka tu przynajmniej jeden sędziwy powieściopisarz amerykański. Można go zobaczyć na zdjęciu ustawionym na honorowym miejscu w witrynie księgarni lub czasami spotkać we własnej osobie, jak próbuje namówić młodych Amerykanów, żeby porzucali z nim do kosza. Na szczycie wzgórza jest miejscowe zoo. W tym ogrodzie kapibara z wielkim zadem lub nawet stroniąca od towarzystwa rodzina susłów mają pełne prawo czuć się główną atrakcją. Wszystkie węże zniknęły. Nigdy nie było tu tygrysów. A w niedzielę zoo przyciąga tylko hipsterów próbujących być może uciec od swego kaca albo po prostu urzeczonych szalonymi pląsami żyjących w niewoli zajęcy preriowych. Ze swoich miejsc przy oknie kawiarni Honey i Alex obserwują nieustanny przepływ ślicznych, smutnych malców, którzy nigdy się nie śpieszą. Niezdarne, pochylone do przodu, piękne, w od pokoleń zapomnianych gdzie indziej paletkach, brną pod górę w śniegu.

– A więc ma tę operację dzisiaj? – mówi Honey, posypując kawę czekoladą. – Ale to nie jest bardzo niebezpieczne, co? Bo inaczej oczywiście nie byłoby cię tutaj.

Alex przekonuje Honey, która przekonuje Aleksa, który przekonuje Honey, że usunięcie rozrusznika to rutynowa procedura. Oboje używają określenia r u t y n o w a   p r o c e d u r a, zapożyczonego z nadawanego od lat telewizyjnego programu. Gorliwie sobie wzajemnie przytakują (Jasne, jasne, j a s n e).

– Chodzi dokładnie o coś takiego – zawsze lubię znać fakty. Mieć kogoś, kto mi powie, jeśli go zapytam. Jestem do tego przyzwyczajony. U mnie w domu... mój ojciec był lekarzem.

– Tak? A co robi teraz?

– Głównie przewraca się w grobie. Nie żyje.

– Ach. Przykro mi.

– I słusznie. To przede wszystkim twoja cholerna wina. Ojej – Alex odsunął swoją brzydką porcelanową filiżankę i sięgnął po parującą szklankę Honey, wypełnioną po brzegi warstwami beżu, brązu, ciemniejszego brązu, bieli. – Co to takiego? Dlaczego wygląda lepiej niż moje?

Honey zebrała z wierzchu łyżeczkę pianki i podsunęła mu, żeby spróbował.

– Bo widzisz – wyjaśniła, przytykając chłodną stal do jego warg – ty wziąłeś czarną bezkofeinową. Należysz do tych, którzy lubią się pozbawiać różnych przyjemności. Wydaje ci się, że to ci bardziej posłuży. Ale tak naprawdę to jesteś biedny. Nie ma w tym nic dobrego. No więc tu jest czekolada, mocca i karmel – pyszne, co? – pół na pół z bitą śmietaną, odrobiną kahlúi i kawałkami toffi na wierzchu...

Alex otworzył usta i zamknął je, kiedy łyżeczka znalazła się w środku.

– Widzisz, jakie to dobre?

Alex skinął bezradnie głową.

– I stąd wiem, że przyjemność jest czymś nietrwałym – to znów moje zen, rozumiesz? Nie wynika z tego dla mnie nic dobrego, ale dopóki trwa, jest przyjemne. A kiedy umrę, mogę to dodać do listy ulotnich przyjemności. Ulotowych. Jest takie słowo „ulotnich"?

Alex wyjął łyżeczkę i zrobił wielkie oczy, zupełnie jak znany komik Buster Keaton.

– To takie dobre, że aż b o l i.

Honey roześmiała się, pochyliła głowę i wyprostowała się; jej górną wargę zdobiły śmietankowe wąsy.

– To dziwne, ale kiedy już doświadczysz przyjemności, p r a w d z i-w e j przyjemności, nie ma problemu z tym, żeby się z nią rozstać. To nie ma żadnego znaczenia. To jest po prostu nic.

– Powinnaś prowadzić telezakupy. Potrzebują tam więcej buddystów. Naprawdę myślę...

– Krauser.

– Co?

Honey schwyciła jakąś gazetę i rozłożyła ją, zasłaniając się od strony okna. Za nagłówkiem lokalnej wiadomości (jakiś godny pożałowania nicpoń ulotnił się ze swoją pasierbicą) zmaterializował się Krauser, tworząc sprytny kolaż człowieka i druku oświetlony szklistym słońcem. Usiłował przejść przez ulicę w najbardziej niebezpiecznym miejscu, miał na sobie impregnowany zielony płaszcz przeciwdeszczowy z wymiętym kapturem. Rozłożył ramiona, jakby to miało mu jakoś pomóc w przeprawieniu się na drugą stronę. Zniknął na chwilę za wydrukowaną czarną czcionką reklamą gwarantowanego środka poprawiającego pamięć i wychynął ponownie zza artykułu o politycznym skandalu.

W dzisiejszych czasach nie można śledzić człowieka ani rzucić pracy bez korzystania z całej encyklopedii osaczających człowieka filmowych gestów. Honey żachnęła się na Aleksa, kiedy przywarł do muru i zaczął się skradać na palcach, ale wkrótce sama zrobiła użytek z ciemnych okularów, a nawet próbowała – bez większego powodzenia – zagwizdać. Wkrótce okazało się, że kapelusz Krausera jest podłączony do tranzystorowego radia – przewód szedł dookoła ronda i znikał za uchem, a antena sterczała z kieszeni. Nie dostrzegł ich, pochłonięty całkowicie wysłuchiwaniem jakichś sensacyjnych wiadomości politycznych (– Zimbabwe! – zakrzyknął, skręcając raptownie w lewo, w jakąś zaciszną ulicę. – Teraz się zabrał za Zimbabwe!).

Cztery domy przed końcem ulicy zatrzymał się. Przekręcił wyłącznik przy uchu. Honey i Alex przycupnęli za pojemnikami na śmieci. Obserwowali stamtąd, jak podskakując, wchodzi po stopniach ze stuletniego piaskowca, dzwoni do drzwi i znika w środku, wpuszczony przez automat. Drzwi zamknęły się za nim. Podskakując i chuchając w dłonie, długo wpatrywali się, jak wszyscy porządni detektywi, w miejsce, w którym widzieli go przed chwilą. Alex zrobił skręta.

– Śmieszne – to n i e m o ż e być jej dom.

– Dlaczego nie?

– Bo to byłoby zbyt proste – nie zdarza się po prostu, żebym czegoś zapragnął i żeby to się ziściło. Bez żadnego p r o b l e m u. Takie rzeczy się nie zdarzają.

Honey otoczyła go ramieniem i uścisnęła.

– Skarbie, właśnie d o k ł a d n i e t o się zdarza. Pewnego dnia gówno ląduje ci na kolanach, wierz mi, ja to znam. Daj mi dyma, jak skończysz, dobrze?

– Jaki mamy plan? Będziemy czekać? – zapytał, usiłując skorzystać z osłony w postaci Honey, żeby zapalić na wietrze skręta.

– Plan jest taki, że działamy bezplanowo. Po prostu czekamy.

– A kiedy przestaniemy czekać?

– To będzie pewnie coś innego.

Nie czekali długo. Po dziesięciu minutach drzwi otworzyły się ponownie i z domu wyszedł Krauser. Para rąk podała mu jakiś mały wiercący się kłębuszek i smycz, drzwi się zamknęły, Krauser przyczepił jeden element do drugiego i ruszył w górę ulicy, ciągnąc za sobą na smyczy krępego psa w czerwonym sztruksowym płaszczyku. Piesek miał skręcony w korkociąg ogon i kroczył w szczególny, uroczysty sposób, tak jakby wszyscy, łącznie z prezesem, patrzyli na niego.

CZTERY / *Byka za rogi*

1

Jeszcze nie! Nie chciał jej jeszcze dopaść, jeszcze nie teraz! Ale stopnie prowadziły w górę – szerokie, zimne, kamienne. Honey już tam była, z palcem na przycisku dzwonka. Odwróciła się i wyszczerzyła zęby w uśmiechu. Alex stał na schodach. Podziwiał kępkę mchu, to, jak ów mech zdołał się wydostać na powierzchnię przez kamienne płyty. Zielony przez śnieg. Dokąd prowadziły te schody? Wyciągnął rękę, ale Honey i tak już zadzwoniła. Jeszcze jeden stopień, oblodzony. I przybliżający go do świata, który będzie miał w sobie o jedną świętość mniej. Bo fani postępują tak, że zachowują coś, jak zawirowanie koloru w szklanej kulce, w litym szkle swego entuzjazmu. I on, Alex, też to zrobił. Przez trzynaście lat przechowywał ją w pamięci jako coś doskonałego i szczególnego, jak wspomnienie dzieciństwa.

Jakiś głos dochodzi z okna na górze, z co najmniej drugiego piętra. Alex nic nie widzi. Lśniące płyty piaskowca odbijają słońce, dzielą je na części. Ona woła, że zaraz zejdzie. Honey odwraca się znowu, znowu się uśmiecha. Pokazuje mu Międzynarodowy Gest oznaczający sukces: kciuki do góry.

Alex mruży oczy, chroniąc je przed tynkiem sypiącym się z wysokiego, charakterystycznego dla Roebling portyku. Potem je zamyka. I oto pojawia się inny obraz: fasada Celebration Pictures Grand Palladian, przepyszna w blasku kalifornijskiego słońca – widok z zamierzchłych czasów. Jest to zdjęcie, które Alex ma w swoich zbiorach. W chwili kiedy je robiono, ktoś, Crawford albo Cooper, przemykał właśnie w białym, zabłoconym rolls-roysie. Trzech umęczonych dziennikarzy (podwinięte rękawy koszul, papierosy w zębach) opiera się o kolumnę po prawej stronie, pozbawiona głowy dziewczyna od kostiumów została poza kadrem. A na pierwszym planie nowe odkrycie: Kitty Alexander uśmiechająca się z oddaniem do oszukańczych szerokokątnych obiektywów, które okazują swe uwielbienie tuzinowi gwiazdek naraz. Drugi rząd, trzecia od prawej.

Nie jest to słynne zdjęcie, ale on je ubóstwia. Bo to są jej początki. Właśnie straciła prawdziwe nazwisko, Katia Alessandro („Zbyt rosyjskie", orzekł producent, Lee J. Komsky. „I do tego, cholera, zbyt włoskie") oraz parę kilogramów (wytwórnia zaleciła jej swoją osławioną dietę JKP: jabłka, kawa i papierosy), dokonano też pierwszych gwałtów na jej ekstrawaganckim akcencie (to ostatnie nigdy się nie powiodło. Pozostała rosyjsko-włoską córą Capri).

To jest ta twarz. Ta, którą kocha. Po co podporządkowywać ją buddyjskim zasadom przemijania? Oto ta twarz. Czoło przechodzi płynnie w nos, jak maślanka spływająca z czerpaka, podobnie jak u Garbo. Ta twarz ma strukturę kostną twarzy nimfy, kształt serca, wydatne kości policzkowe. Oczy są zielone, włosy czarne, obcięte krótko. Wyskubane brwi nie mogą zamaskować naturalnych uduchowionych łuków, tych dwóch mostów westchnień nad włoskimi wodami. Alex oglądał tę twarz w rozmaitych rolach: jako twarz wydziedziczonej rosyjskiej księżniczki, eterycznej paryskiej tancerki, imigrantki z Chin. Być może to właśnie ta elastyczność nie pozwoliła jej zostać gwiazdą pierwszej wielkości. Jest to twarz, która mogła zagrać wszystko, o co ją poprosić, tak pełna wyrazu i tak żywa, że skłaniała krytyków do wygłaszania czczych, pocieszających uwag o przedwczesnej śmierci niemego kina, które umarło, zanim jego największe gwiazdy wyszły z przedszkola. To twarz, która, jak to ujmowała Hedda Hopper (już sama aliteracja budzi nostalgię!), mogła człowieka zaczarować, twarz stworzona z magii. I tej twarzy już nie ma.

2

– Max? Nie, ty nie jesteś Max. Gdzie jest Max? Czy przysłał cię Max?

Słońce, ten kosmiczny reflektor, jest wszędzie, a ona chwyta go za rękaw, mocno zaciskając palce. Jej pokryta harmonijką zmarszczek twarz zachowała swoją dawną ekspresję. Wciąż jest piękną kobietą. Jej makijaż nie jest przesadny, jedynie odrobina chabrowego pyłu na powiekach. Nie ma na sobie żadnego hotelowego szlafroka, żadnych paryskich pantofelków z czarnego jedwabiu z eksplodującymi na czubkach podobnymi do dmuchawca puszkami. Żadnego białego, królewskiego ręcznika, owijającego piramidę mokrych włosów. Zamiast tego para zwykłych dżinsów, czerwone tenisówki i czarna koszula. Wzgórki jej piersi są dziwnie młodzieńcze. Ma tylko jedną, prostą zapinkę w przerzedzonych, ale wciąż krótko przyciętych, siwych włosach. Jedyną ozdobą jest bajeczna brosza, wysadzany rubinami motyl, który przysiadł na jej szyi.

– Czy znasz się na komputerach? Próbuję wysłać wiadomość, robię wszystko tak, jak mnie nauczyli, stosuję się do wszystkich instrukcji i n i e p o t r a f i ę – nie wiem, w czym rzecz, ale coś jest nie w porządku. Musiałam coś zrobić nie tak. B ó g jeden wie co. W y o b r a ż a s z s o b i e? Że też ja muszę się z tym mordować sama przez całe popołudnie – Max akurat wyprowadza na spacer Lucię, no i tak to wygląda.

– Panna Alexander? – zapytała Honey z fantastycznym uśmiechem i nachyliła się ku niej, bo Kitty jest mała, mniejsza, niż się można było spodziewać, jak to zwykle bywa.

Zdezorientowana Kitty podniosła wzrok; jej palce zaciskały się na przegubie Aleksa. Dłoń miała pulchną, obrzmiałą, ciastowatą. Noga Aleksa wykonywała jakieś niekontrolowane ruchy. To samo działo się z miastem. Miasto parło do przodu – nie mógł go zatrzymać. Chłopiec na ulicy uderzył drugiego pięścią w ramię, nawet jeśli ani ten chłopiec, ani jego kolega nie istniał. I Alex to widział. I widział ją. Tym razem nie było szyby, która by ich dzieliła. Nie tylko on patrzył na nią. Ona także go widziała. Przyglądała się badawczo i jemu, i Honey; jej spojrzenie było przenikliwe i lekko rozbawione.

– Tak – odpowiedziała pogodnie. – Tak się rzeczywiście nazywam. Ale wydaje mi się, że cię nie znam – inaczej zapamiętałabym cię, bo masz charakterystyczną powierzchowność – więc przykro mi, ale musisz teraz wyjść, chyba że masz jakieś pojęcie o komputerach i nie jesteś psychopatycznym mordercą ani nikim takim, o czym zresztą możesz mnie zapewniać – ale jak mam ci wierzyć?

Zaśmiała się krótko i dotknęła drżącym, nieposłusznym palcem przedramienia Honey.

– Myślę, że to przez Lucię – powiedziała konfidencjonalnym tonem. – Rozprasza mnie i wszystko się niepotrzebnie komplikuje. Mówię Maksowi, że mogę chodzić, nie jestem kaleką, ale prawda jest taka, że on sam zakochał się trochę w Lucii, jest jej amantem – tak przynajmniej myślę, ale spójrzcie na mnie, ech! – Puściła ręce Honey i Aleksa i podniosła roztrzepotane dłonie do lekko zapadniętych policzków. – Tu jest za zimno, naprawdę. Nie mogę tak stać na progu i strzępić języka czy dla odmiany prawić o Jezusie i podobnych sprawach, więc żegnam, nie chcę, oczywiście, być niegrzeczna, ale proszę mi wybaczyć...

Alex w dalszym ciągu nie mógł wydobyć z siebie słowa. Honey położyła dłoń na futrynie.

– Panno Alexander, nazywam się Honey Richardson. Przyszliśmy tu, żeby się z panią zobaczyć.

Tu zirytowana Kitty wydała z siebie to fantastyczne, króciutkie i bardzo rosyjskie „uff" i załamała ręce.

– Rozumiem, moja droga, ale... ja nie jestem do oglądania. Zapewniam cię, Jezus i ja jesteśmy – jak to się mówi? Całkowicie sobie obcy. – Posłała im prostoduszny uśmiech oznaczający zakończenie sprawy i cofnęła się o krok, pozwalając, by drzwi same się zamknęły.

– Ale ja jestem Alex-Li Tandem – powiedział Alex-Li Tandem i drzwi rozwarły się z impetem, jak owe wrota w starych opowieściach, które słuchają tylko jednego człowieka i otwierają się tylko na dźwięk jego imienia.

Kiedy szedł po schodach, stać go było na jedno: na powtarzanie sobie w kółko – to są schody, to są moje nogi, a to, co robię, nazywa się wchodzeniem. W ciasnym, obwieszonym lustrami przedpokoju powrócił do fizycznej mantry: nie dotykaj, odsuń się, cofnij. Wchodząc do salonu, zaczerpnął powietrza, żeby przemówić – ale ona już wyszła z pokoju, upierając się, że zaparzy kawę. Honey odpowiedziała kolejno „tak" i „nie" na pytania o mleko i cukier, wykrzyczane z niewidocznej kuchni. Tandem usiłował zebrać myśli. Oto jest tutaj. O n, Alex, naprawdę t u jest. Nie odczuwał zawodu. Mieszkanie było (tak jak przewidywał) przystanią dla europejskich błyskotek, ocalałych (jak sobie wyobrażał) z pożarów, grabieży i rewolucji. Był to dom kolekcjonerki. Miał oczywiście swoje nowojorskie akcenty – wielkie okna, niemożliwe do rozszyfrowania, modne obrazy (z salonu widać było przez obwieszony lustrami pokój i sypialnię nowojorską łazienkę z białymi kafelkami, staroświecką, cieknącą baterią prysznicową i akwamarynową śniedzią wżerającą się metodycznie w miedzianą armaturę), ale jego duch należał zdecydowanie do Starego Świata. Imponujący kamienny Budda wzrostu ośmiolatka siedział przy drzwiach, znosząc z wielkim męstwem utratę odłupanego nosa. Na jego podołku leżał kwiat lotosu zrobiony z drutu i jedwabiu. Dziewczyna z akwaforty oglądała się przez ramię. I wszędzie były podobizny psów – w postaci podpórek do książek, wtopione w ornamenty, wyhaftowane na poduszkach, namalowane na kubkach – a kiedy spojrzało się ponownie, wszystkie te wizerunki przemieniały się w jednego psa, przedstawiciela jednej, arystokratycznej rasy, kremowego batona o serdelkowatych nogach, z krótkim, czarnym pyskiem, wyłupiastymi ślepiami i pomarszczonym czołem. Dwa mahoniowe sekretarzyki inkrustowane masą perłową stały naprzeciw siebie na ośmiu drewnianych nogach. Wszędzie widać było białe lniane narzuty, mauretańskie łuki i weneckie sztychy, wytarte skóry na podłodze i wystrzępione hafty wyszyte mieniącym się różowym jedwabiem na kremowych poduszkach. Nachylone ukośnie ozdobne lustra w srebrnych ramach zdawały się chwytać pokój, zanim zapadnie się on pod podłogę. Wszystko było starannie wykonane i tak samo porządnie utrzymane. Alex pomyślał o swojej przeszłości i domach, w których mieszkali, mieszkaniach, do których złożone meble docierały w płaskich pakach i trzeba było mnóstwa zabiegów i starań, żeby stanęły prosto i ożyły. Teraz był w jej mieszkaniu, w jej czasach. A że było to wszystko takie, jak przewidywał, uspokoił się wewnętrznie. Zstąpiło nań jego zen. Honey wertowała nerwowo jakiś magazyn, jego ręce spoczywały nieruchomo. Zaraz przyjdzie tu Kitty i zaczną rozmawiać, i będzie tak, jak być powinno. Przychodzi wiosna i trawa rośnie sama z siebie.

Z kuchni dał się słyszeć odgłos jakiejś małej porcelanowej katastrofy.

– Może powinnam pomóc? – szepnęła Honey i zerwała się razem z dwoma zestawami swych zwierciadlanych bliźniaczek, przeszła pośpiesznie przez obwieszony lustrami przedpokój i znów się zwielokrotniła, otoczona nieskończoną liczbą identycznych Honey.

Czas gnał naprzód.

– Ale ja to opowiadam w odwrotnej kolejności – zreflektowała się Kitty i wsypała do kawy kolejną, już trzecią, łyżeczkę cukru. Od kilku minut mówiła bardzo szybko i (tak się przynajmniej wydawało Aleksowi) w kilku językach naraz. Teraz w końcu przestała się gorączkowo krzątać i zagłębiła się w fotel. Siedziała w pozie kobiety znacznie młodszej, z jedną bosą stopą podwiniętą pod siebie i jednym kolanem podciągniętym pod brodę. Alex i Honey siedzieli obok na sofie. Kitty patrzyła na nich rozpromieniona. Alex nie był pewien, jakim spojrzeniem odpowiada. Kitty sięgnęła po leżącą na pustej srebrnej paterze do owoców zapinkę, zebrała włosy z tyłu głowy i wyjąwszy z zębów zapinkę, upięła je w ciasny koczek.

– Chwileczkę, c h w i l e c z k ę – powiedziała i nasunęła zalotnie kosmyk włosów na czoło. – Po kolei. Alex-Li Tandem! A l e x - L i Ta n d e m. Nie mogę u w i e r z y ć, że to ty. Jestem twoją wielką fanką, naprawdę. Ale jesteś zupełnie inny, niż sobie wyobrażałam. Z u p e ł- n i e. A swoją drogą, wydaje mi się, że siedzę dokładnie tak, jak to opisałeś. prawda? Jedna noga podniesiona, druga opuszczona... – zerknęła w dół, a potem znów na niego, spojrzeniem, jakim obdarza się tylko czarowników i lekarzy.

Alex otworzył usta, ale Kitty plasnęła w dłonie, jakby chciała schwytać w powietrzu to, co miał do powiedzenia.

– A ten list, pamiętasz? *Droga Kitty, jest bardzo dumna ze swoich stóp i często ich dotyka. Kiedy stoi, czuje przepływ powietrza pod wygięciem stóp i utrzymuje, że mogła zostać tancerką. Serdeczności, Alex--Li Tandem.* To absolutna prawda! Moje stopy to przedmiot mojej największej dumy – zaśmiała się, wyciągając lewą nogę i celując dużym palcem w sufit. – Należą ci się za to brawa – powiedziała i zaczęła klaskać. Honey dołączyła do niej, klaszcząc w zwolnionym tempie, jakby z ironiczną intencją. Alex, który nie miał żadnych doświadczeń, jeśli chodzi o reakcje na aplauz, siedział i uśmiechał się głupawo. Noga znów zaczęła mu podrygiwać. Kitty przestała klaskać, pochyliła się i położyła mu na kolanie obie dłonie.

– Denerwujesz się. Niepotrzebnie. To niemądre, bardzo cię proszę – mruknęła. Wyraz jej twarzy sugerował, że rozumie go doskonale i absolutnie, tak jak wszyscy chcielibyśmy być rozumiani. Alex, niewymownie za to wdzięczny, chciał pokiwać głową, ale nie mógł. Najmniejszy ruch głowy mógł spowodować katastrofę w kanalikach łzowych. Jakiś dzwoneczek rozśpiewał się gdzieś w głębi pokoju. Alex przyłapał się na tym, że wpatruje się w złoto-zielony grzbiet książki o ogrodnictwie. Kitty uśmiechnęła się do Honey, Honey odwzajemniła uśmiech. Ich przedłużające się milczenie rozpościerało się w pokoju niczym brezentowa płachta.

– Wie pani... – zaczęła Honey, ale Kitty przerwała jej niechcący, odzywając się w tym samym momencie. Honey się roześmiała, Kitty zawtórowała jej głośno.

– Nie, ja tylko chciałam... – rzekła Honey.

– Ależ p r o s z ę – powiedziała Kitty i podniosła filiżankę do ust.

Po drugiej stronie ulicy ktoś opuścił z hukiem okno. Alex podniósł rękę; nie robił tego od czasów szkolnych.

– Muszę... to znaczy musi mi pani pozwolić... – zaczął i pomyślał z bólem o tym, jak wspaniała i krystalicznie klarowna była zawsze ta przemowa w jego głowie. – Nie, może zacznę od nowa – chodzi mi o to, że – chciałbym naprawdę powiedzieć – bez, no wie pani, rozgadywania się – jak bardzo panią p o d z i w i a m – to znaczy nie tylko za filmy – ale co więcej, wie pani, jako osobę, która...

Zniecierpliwiona Kitty wzięła głęboki oddech.

– Och nie, nie, nie, nie – powiedziała z niedowierzaniem. – Musisz wiedzieć, że mnie na takich rzeczach nie zależy. Fuj! Myślę, że piszesz lepiej, niż mówisz. Ale oczywiście nasz drogi Sirin powiedział, że to dotyczy wszystkich wielkich pisarzy, a kto jak kto, ale on się na tym znał. Był wielkim przyjacielem mojego trzeciego męża. No dobrze. Ciasteczko?

Alex potrząsnął głową. Poczuł w ustach suchość, jaką czuł zwykle o szóstej rano. Człowiek nie jest wtedy pewny, czy potrafi wydobyć z siebie słowo.

– Próbowałam powiedzieć – ciągnęła Kitty radośnie – choć zaczęłam od końca... no dobrze, zacznę jeszcze raz. Próbuję ci powiedzieć o twoich listach, bo uważam, że cała historia jest bardzo niezwykła. Bo widzisz, nie dostawałam prawie żadnych listów na ten temat. To znaczy listów dotyczących mojej kariery filmowej. O ile można to tak górnolotnie określić – prychnęła pogardliwie. – No, może kilka, raz do roku, od ludzi z Akademii, jeśli pamiętali. Ale nie zależy mi na tym, naprawdę. Moje życie poszło do przodu – to znaczy mam nadzieję, że tak jest, przynajmniej pochlebiam sobie, że tak jest naprawdę.

Tu wykonała ruch aż nadto Aleksowi znajomy. Był to gest ze sceny w garderobie, w której May-Ling błaga reżysera, aby pozwolił jej na zastępstwo. Szybki ruch głowy do przodu, zadarty podbródek, błagalne spojrzenie – a potem niesamowicie poruszające wycofanie. Wszystko z powrotem we właściwej przegródce, z wszelkimi uczuciami włącznie. Alex znał na pamięć następną kwestię (*Przykro mi, ale nie mogę się zgodzić, moja droga*) i przez chwilę zastanawiał się, czy jej nie wygłosić.

– Poza tym – ciągnęła Kitty z ożywieniem i z tą odrobiną naiwnego, dziecinnego egotyzmu właściwego tym, którzy przywykli do zainteresowania ze strony widowni – każda sławna osoba jest jak ogród. Wymaga pielęgnacji, rozumiecie? Mam teraz siedemdziesiąt siedem lat – i tylko jedną nerkę. Miałam raka i tylko cudem zachowałam moje skarby – położyła obie ręce na piersiach – ale nie zawsze będzie mi dopisywało szczęście. Muszę się uporać z pewnymi sprawami, dopóki jest czas – dopóki mam czas zajmować się ogrodem pełnym chwastów. I co więcej, jak mówi Max, udawać, że ogród dba sam o siebie.

Honey, której już dawno umknął sens tej metafory, przytaknęła gorliwie. Wzięła *biscotto* z podsuniętego jej przez Kitty porcelanowego talerza i zaczęła nadgryzać jego brzeżek z tą szczególną nieufnością, z jaką podchodzimy do nieznanego nam jedzenia.

– Chciałem pani podziękować – rzekł Alex, po czym zamknął oczy i zaczął od nowa. – Te autografy. Dziękuję za...

Kitty żachnęła się i położyła dwa palce na wargach.

– Mój B o ż e, nie bądźże ś m i e s z n y ! To m i n i m u m tego, co mogłam zrobić – ale wciąż nie pozwalasz mi się wytłumaczyć, więc teraz pozwól, że w końcu to zrobię. No więc niedawno wydarzyło się coś złego – dojdziemy do tego za chwilę – i z tego powodu nie lubię być sama w tym mieszkaniu. Tamtej nocy, jakieś trzy tygodnie temu, wpadłam w panikę! – powiedziała, a na jej twarzy odbił się strach, o którym mówiła. – Sama nie wiem dlaczego – chyba usłyszałam jakiś hałas na schodach, zaczęłam trochę wariować – więc zadzwoniłam po samochód i razem z Lucią pojechałyśmy do Maksa, oczywiście miałyśmy klucz, ale w domu nie było po nim śladu. Prawdopodobnie – powiedziała p ó ł g ł o s e m do Honey – pojechał do jednej z tych dziwnych łaźni, gdzie uprawiają seks z barmanami, których wcześniej nie widzieli na oczy... zresztą to nie mój interes... W każdym razie było bardzo późno i zimno i nie zamierzałam wracać do domu pieszo, nie jestem już taka młoda, żeby włóczyć się po Nowym Jorku. No więc jestem u Maksa i jem, i Lucia je, i czekamy, czekamy, czekamy i nic, więc jak się domyślacie, strasznie się nudzimy. W tym małym, brudnym mieszkanku, w którym nie byłam od jakichś piętnastu lat i w którym Lucia nie była nigdy! Więc z nudów zaczynamy trochę niuchać po kątach. I mówiąc krótko, teraz właśnie cię znajdujemy! A właściwie znajduje cię Lucia. W kredensie w kuchni – setki listów! Nigdy wcześniej ich nie widziałam ani o nich nie słyszałam. Każdy podpisany: Alex-Li Tandem, Alex-Li Tandem, Alex-Li Tandem – przysyłane nie wiadomo od jak dawna. I prawie wszystkie zaklejone. Nieprzeczytane! No więc oczywiście otwieram, bo są do mnie. S ą d o m n i e. I co znajduję w środku? Och, to było takie piękne...

Kitty mówiła długo. Na Aleksa spadł grad pochwał. Jakiż on wspaniały, jaki utalentowany. To, co pisał, robiło wielkie wrażenie, jakby wręcz oddziaływał na człowieka fizycznie. I wszystko to zostało wypowiedziane. Słyszał brzmienie tych pochwał, ich śpiewną melodię, ale same słowa nie miały dla niego żadnej treści. Przez trzynaście lat był przekonany, że ma odbiorcę, nawet jeśli jest to tylko Krauser, który po przeczytaniu listów drze je na strzępy. Słyszał o tych doskonałych artystach zen, którzy piszą książki i malują obrazy, nie mając nadziei na to, że ich sztuka znajdzie odbiorców, i którzy palą swoje dzieła po ich ukończeniu. Ale to jest ich własny wybór.

Kitty wstała, podeszła do jednej z szafek z nóżkami w kształcie psich łap, wyjęła z kieszeni dżinsów kluczyk i zaczęła nim gmerać w zamku. Przednia ścianka zmarszczyła się i złożyła jak drewniany wachlarz, odsłaniając pulpit sekretarzyka i dziesięć wąskich szufladek po jego obu stronach. Zaczęła je po kolei wysuwać, poszukując czegoś pilnie.

– Chwileczkę – to znaczy, że nie widziała pani ż a d n e g o mojego listu? – zapytał Alex, z największym wysiłkiem wydobywając z siebie głos. – Przez te wszystkie lata?

– Nigdy! To właśnie mówię. Nie ma we mnie aż takiej pychy, żeby ignorować tyle listów.

Alex oblał się purpurą o dziwnym odcieniu. Honey położyła dłoń na jego dłoni i uścisnęła ją dla dodania otuchy.

– Nie rozumiem – powiedziała. – To znaczy, że on ich pani w ogóle nie pokazał?

– Otóż to. Tak to dokładnie wygląda. Myślę, że je specjalnie schował. Możecie to sobie wyobrazić? – powiedziała Kitty i cmokając, pokręciła głową, jakby była to ze strony Maksa jakaś dziecinna słabostka.

– Ale czy nie zapytała go pani? – nie ustępowała Honey – nie zapytała go pani, d l a c z e g o?

– Nie, nie zapytałam. On nawet nie wie, że je znalazłam – zresztą nienawidzę takich t e a t r a l n y c h demaskacji. Uważam, że to bardzo okrutne demaskować kogoś w ten sposób, jakby to był serial telewizyjny albo coś równie koszmarnego. Ale oczywiście dziwię się, dlaczego on... Ach, wreszcie mam...

Wyciągnęła z szufladki pakiecik listów w różowych kopertach Aleksa. Oparła się łokciem o wygasły kominek.

– One są takie rozkoszne, naprawdę. Przeczytałam prawie wszystkie – nie zajęło mi to dużo czasu, bo są takie krótkie. Nie wyobrażam sobie, ile musiałeś wydać na znaczki. Wzięłam tylko kilka, więc Max nic nie zauważył. O, bardzo lubię ten: *Droga Kitty, ilekroć przytula jakieś dziecko, patrzy ponad jego główką na rodziców i uśmiecha się na dowód, że wcale nie nienawidzi dzieci. Serdecznie pozdrawiam, Alex-Li Tandem.* To aż zbyt doskonałe. Tak właśnie robię, zawsze!

Alex usiłował się uśmiechnąć.

– Jaka szkoda – ciągnęła Kitty – że nie znalazłam tych listów wcześniej, kiedy jeszcze żył mój trzeci mąż. Był malarzem. Może słyszałeś o nim?

Wymieniła jakieś egzotyczne nazwisko, a Alex, wręcz sparaliżowany wściekłością, nie potwierdził żadnym gestem, że je zna.

– Wiesz, Alex, myślę, że on by cię p o k o c h a ł. Byłbyś bliski jego sercu, jestem tego pewna. Uwielbiał pisarzy, którzy potrafili wyrazić wiele w niewielu słowach. A ci ludzie, z którymi mógłby cię poznać, ha! Ten dom był zawsze pełen pisarzy i artystów – uwielbiali to miejsce, czuli się tu jak u siebie. – Kitty pogłaskała białą ścianę za swymi plecami.

– Wiesz, dlaczego je lubię? – powiedziała w zadumie. – Te twoje listy? Bo nie ma w nich nic o filmach. Niczego na ten temat. Są po prostu o kobiecie, która idzie przez świat. Myślę, że to piękne.

– Co to za człowiek... – wybuchnął Alex. Rozdygotany, zerwał się z sofy.

– Alex – upomniała go ostro Honey. – S i a d a j.

Usiadł i zaczął mówić nieco ciszej:

– Cóż to musi być za człowiek, że chował przed panią listy kilkunastoletniego chłopca przez t r z y n a ś c i e l a t? To było trzynaście lat m o j e g o ż y c i a.

Kitty spojrzała na niego z niepokojem, po czym skierowała wzrok ku oknu.

– Bardzo mi przykro z tego powodu. Ze względu na ciebie – dodała. Podniosła obie ręce do twarzy i dotknęła palcami ust.

270

Alex był na nią wściekły – za tę teatralną demonstrację, teraz, kiedy on stał przed nią obnażony, niezdolny do żadnego gestu, bezbronny.

– Jedyny powód, jaki przychodzi mi do głowy, to że te nieliczne listy, jakie dostaję, są zawsze takie same. Piszą zawsze: *Jestem Pani największym fanem* – to takie wulgarne słowo, ten „fan", przede wszystkim właśnie jego n i e n a w i d z ę – ale myślę też, że może twoje listy... one są takie wyjątkowe, prawie takie, jakbyś mnie znał – i Max odbierał je jako zniewagę, rozumiesz? Bo on tak myśli o sobie. Że jest jedynym człowiekiem, który mnie rozumie. Dla niego to bardzo ważne. Myślę, że może chciał... o c h r o n i ć ideę, platońską ideę, jaką wyznawał w stosunku...

Alex, zniecierpliwiony tym wykładem z filozofii, grzmotnął pięścią w stolik, aż podskoczyły filiżanki.

– Chciałbym to zrozumieć – powiedział i odsunął dłoń Honey ze swego ramienia. – Co z tego wynika? Że po prostu czuł pogardę? W stosunku do mnie? Dostawała pani przecież czasami inne listy? Izolował mnie, czy jak? Robił to tak sobie, dla draki? Chciał po prostu zmarnować trzynaście lat mojego...

– Nie! – Kitty przycisnęła listy do piersi. – On mnie też c h r o n i. Max jest strasznym p a r a n o i k i e m, boi się, że niektórym ludziom odbija i strasznie się przywiązują do swoich idoli, jak Norman Bates albo jemu podobni. Ludzie mają dziwny stosunek do filmów. Max uważa, że ma obowiązek chronić mnie przed wariatami. To brzmi paradoksalnie, jeśli zna się Maksa... On sam jest trochę szalony. Kiedyś byłam jego żoną, więc wiem – przez tydzień, na Hawajach, ale to wystarczyło – okazało się, że jest homoseksualistą, co w tej branży jest dość częste – a tak – ostatnie słowa skierowała do Honey, która szeroko otworzyła usta – tak, moja droga, każdy powinien przynajmniej raz poślubić homoseksualistę. To pozbawia ładną dziewczynę wszelkiej próżności seksualnej. Jest b a r d z o zdrowe. A potem, kiedy znów wyszłam za mąż, Max zamieszkał z nami. Nie mogłam mu zabronić – teraz mówiła już wyłącznie do całkowicie zafascynowanej Honey. – Taki on już jest. Podawał drinki na naszych przyjęciach, jak lokaj!

– To nie jest... – Alex potrząsnął głową. – Czy mogę coś powiedzieć, tak, żeby nie... Czy mógłbym teraz ja powiedzieć swoje? Bardzo proszę.

Kitty zrobiła zatroskaną minę i wyciągnęła do niego rękę.

– Ależ oczywiście!

Teraz, kiedy znalazł się na scenie, Alex zapragnął nagle czmychnąć za kulisy.

– No, proszę, mów – powiedziała Kitty błagalnie, wciskając mu herbatnik do ręki. – Musisz wyrzucić z siebie to, co myślisz. W Ameryce to prawie obowiązek.

– No więc... – zaczął Alex z nieprzyzwoicie pełnymi ustami – przed czym potrzebowała pani ochrony? P r z e d moimi listami? Czy kiedykolwiek dałem pani cholerny powód, żeby...

– Al – powiedziała Honey, kładąc mu rękę na karku – jesteś naprawdę niegrzeczny. Okej? Dajże spokój. Chyba już pójdziemy, pani Alexander. Zajęliśmy pani mnóstwo czasu.

Wstała, ale Kitty, która stała oparta o kominek, dała jej ręką znak, żeby usiadła. Alex zamknął oczy i wydukał przeprosiny.

Z łagodnym, wybaczającym skinieniem głowy Kitty podeszła do sekretarzyka i otworzyła inną szufladkę. Wyjąwszy z niej nowy plik listów, wróciła i usiadła obok niego, krępująco blisko. Z westchnieniem rozrzuciła listy na stoliku.

– Zrozum, proszę: oczywiście, że nie potrzebowałam ochrony p r z e d t o b ą – powiedziała. – Ale nie wszyscy moi tak zwani fani są tacy jak ty.

Siedzieli teraz rzędem na małej sofie, Honey, Alex i Kitty; był to scenariusz, jakiego tydzień temu nie mógłby sobie nawet wymarzyć. Siedział ściśnięty między dwiema znakomitościami; oto ziszczała się fantazja każdego łowcy autografów. Kitty wzięła jedną z kopert i podała mu.

– Tu jest taki zły list. Zaczęło się miesiąc temu. Policja mówi, że nic nie mogą zrobić. Wyobrażasz to sobie? Tylko Max się jeszcze o mnie martwi.

– Można?

Skinęła głową; Alex zajrzał do rozdartej koperty i wyciągnął z niej list.

– To takie straszne – powiedziała Kitty i otrząsnęła się. – On robi takie wrażenie, jakby wiedział wszystko. Dokąd chodzę, co kupuję i jak się ubieram. Najwyraźniej mnie śledzi. Mnie to nie tyle przeraża, ile męczy – Max ledwie mi pozwala wychodzić z domu z tego powodu. Jestem teraz jak więzień, przez tego nudnego maniaka, który nie ma nic lepszego do roboty, jak tylko łazić za starą kobietą i jej psem po całym Nowym Jorku. To naprawdę ś m i e s z n e.

Alex szybko przebiegł list wzrokiem. Był napisany dziecięcym charakterem pisma, a jego treść wydawała się tak sztampowa, że już z tej połowy stroniczki dałoby się wykroić ze cztery projekty filmowe. Pomijając kwestię stylu, sama treść była wielce nieprzyjemna. Obsesyjna i bardzo specyficzna.

– Dokąd te listy przychodzą? Czy to już wszystkie?

Kitty pokazała zdecydowanym ruchem na podłogę, ale zdradzało ją spojrzenie. Jej lewa ręka, którą Honey ujęła odruchowo, drżała.

– Przychodzą tutaj. I ja tego zupełnie nie rozumiem – prawie nikt nie zna mojego adresu, oprócz kilku serdecznych przyjaciół. I oczywiście Maksa.

Przewróciła srebrny dzbanuszek w kształcie krowy i mimo że próbowali ją powstrzymać, pośpieszyła do kuchni po coś do wytarcia rozlanego mleka. Honey i Alex ledwie zdążyli wykonać Międzynarodowy Gest o długiej i szacownej tradycji, wymianę znaczących spojrzeń. W chwilę później Kitty była z powrotem i cała trójka zamieniła się w coś w rodzaju niewydolnej taśmy produkcyjnej do usuwania filiżanek i ratowania książek (ku ich zdumieniu, mleko rozlewało się w dwóch kierunkach naraz), a jednocześnie Kitty dalej opisywała nieznośną sytuację. Nadopiekuńczy Max („Nie pozwala mi nawet wyjść z Lucią!") i poddawane coraz większym ograniczeniom samotne życie, a także okolica, gdzie paranoicznie aspołeczna postawa była zjawiskiem tak powszechnym, że nawet wariat musiałby przejść samego siebie, żeby zwrócić uwagę stróżów prawa.

– Proszę posłuchać, pani Alexander, nie chcę być... – zaczęła Honey, co zawsze oznaczało, że właśnie c h c i a ł a być. – Ale czy nigdy nie przyszło pani do głowy, że to ten cały M a x...

Kitty opadła na fotel.

– Nie jestem idiotką, panno Richardson. Oczywiście, że myślę o tym – zwłaszcza kiedy znajduję te wszystkie schowane listy od fanów – i to nie tylko od Aleksa, ale i inne. Jakieś prośby, zaproszenia i tak dalej – nie mówię, że spełniłabym je, ale chciałabym mieć szansę przynajmniej się nad nimi z a s t a n o w i ć... – Pochyliła głowę i zamrugała oczami; łza spłynęła jej po policzku.

– Ale nie, nie wierzę, żeby to Max pisał te listy. Nie c h c ę w to wierzyć. Jesteśmy razem od czterdziestu lat. On jest moim najlepszym przyjacielem. Wszystko, co robi, zawsze służy mojemu bezpieczeństwu. Tym się kierował, kiedy chował te listy przede mną. Nie ma w nim odrobiny podłości. Nie sądzę, żeby był zdolny mnie skrzywdzić.

Wymagało to pewnego wysiłku, ale Honey przez grzeczność już się nie odezwała.

– Wezmę jeden – powiedział Alex stanowczym tonem i wetknął list do kieszeni, z poczuciem, że jest tak niesamowicie bystry jak sam Charlie Chan. – Znam wszystkich amerykańskich handlarzy – może dostali coś od tego faceta – a może on sam jest jednym z nich. Mogę porównać charakter pisma. Na tym polega moja praca. To może być ktoś taki.

Kitty machnęła ręką, zrezygnowana.

Kiedy była w kuchni, odkręciła kurki nad zlewem i najwyraźniej o tym zapomniała. Alex wszedł do kuchni i zakręcił wodę, zanim zaczęła się przelewać.

– Czasami chciałabym wyjechać z tego miasta – powiedziała Kitty, dotykając palcem oleistej powierzchni wody. – To jest przede wszystkim miasto dla silnych osobowości. Kiedyś myślałam, że może nie w takim stopniu jak Hollywood, ale teraz sama już nie wiem.

Potarła oczy i odwróciła się do niego. Uśmiech miała identyczny jak w scenie, w której kobieta z Armii Zbawienia daje May-Ling miseczkę rosołu.

– A teraz przeżyłeś objawienie, teraz się poznaliśmy. Stara, pyskata kobieta z masą problemów. Padł pan ofiarą straszliwego szachrajstwa, panie Tandem...

– To nieprawda. To a b s o l u t n a nieprawda.

Wskazała na żółte gumowe rękawiczki; Alex zdjął je z półki i podał jej.

– Dziękuję – ty będziesz wycierał. *Droga Kitty, nie ma nadziei na nic oprócz ładnej pogody i godnego odejścia. Chce, żeby koniec był taki jak trzeba, jak zakończenie dobrego zdania. Szczerze oddany, Alex- -Li Tandem.* Ten list znam na pamięć – jest taki uroczy. A jednocześnie, przepraszam cię Alex, jeśli zabrzmi to niegrzecznie, m a r t w i m n i e to, że pisałeś te listy. Dlaczego to robiłeś? Jesteś naprawdę zbyt młody, żeby pamiętać mój ostatni film, nie mówiąc już o pierwszym. Myślę – dodała żartobliwym szeptem – że to zainteresowanie taką zamierzchłą historią oznacza brak seksu w twoim życiu. Nie ma w nim dziewczyny albo jeśli jest, to nie taka jak trzeba. Tak to chyba rzeczywiście wygląda.

– Dlaczego pani nie wyjedzie, jeśli tak pani tego pragnie? – zapytał Alex z powagą. – Czy Max was tu wszystkich więzi? Tak nie można żyć – wziął od niej mokrą filiżankę. – W Europie ma pani tłum fanów. Mógłbym pomóc pani zorganizować...

– Chce pani je zostawić, czy mam... – Honey pojawiła się w drzwiach z talerzem zalanych mlekiem herbatników. Kitty przywołała ją skinieniem i przyjrzała się herbatnikom.

– Lucia to zje. O tam, widzisz? Do tej miski. To angielska miseczka, Wedgwood, ale co począć? Ona jest diwą, ta moja Lucia. Rekompensuje moje niedostatki w tym zakresie. A wiesz, moja droga, mogłabyś zdjąć te rękawiczki, kiedy jesteś w domu.

– Dlaczego pani nie wyjedzie? – nie ustępował Alex.

– Wydajesz mi się... taka znajoma. Zupełnie jakbym cię od dawna znała – tę twoją przyjazną, intrygującą twarz. I to niesamowite, jaka jesteś wysoka. Mówią, że to przez odżywki. Amerykanie – oni wszyscy są tacy wysocy. Albo rosną w górę, albo wszerz. Albo i tak, i tak.

– Mogłaby pani uczestniczyć w uroczystych otwarciach różnych festiwali. To by było jak *comeback*, takie *tournée* po latach. Paryż, Wenecja, Londyn...

W głosie Aleksa pojawiły się nieoczekiwanie wzburzenie i gniew; w pokoju zapadła cisza. Honey rzuciła mu wymowne spojrzenie i wykonała Międzynarodowy Gest (przeciągnęła wskazującym palcem po szyi). Alex odwrócił głowę. Denerwowało go to, że Kitty tak szybko nuży temat jej własnej sławy. Szczególną cechą każdego łowcy autografów jest to, że gdyby był niewolnikiem, któremu pan darował wolność, już następnego dnia wróciłby z masochistycznym zapałem do pracy.

Kitty skończyła zmywanie. Wyciągnęła dłonie do Aleksa. Ściągnął jej rękawiczki bez słowa, jakby był u niej na służbie od dwudziestu lat.

– Nie mam pieniędzy – powiedziała z prostotą. – To mieszkanie czynszowe. I z kim pojadę? Max nigdy się nie zgodzi. Nigdy w życiu nie wyjeżdżał z tego kraju. No, skończyliśmy zmywanie. I co teraz? Już wiem – jesteście młodzi, może pomoglibyście mi z komputerem, zanim kompletnie zwariuję?

Przeszli do sypialni. Honey przeprosiła ich i zniknęła w łazience. Kitty kazała Aleksowi zasiąść przy biurku. Poczuł zawstydzające i zarazem szelmowskie podniecenie, kiedy ciepła wypukłość piersi Kitty znalazła się tuż obok jego twarzy. Kitty nacisnęła klawisz na laptopie i zademonstrowała, na czym polega problem. Zaszumiała spuszczana woda. Przy drzwiach frontowych rozległ się dzwonek.

– Kto to może być?

– To Max – szepnęła Kitty, cofając się od okienka. – Och... to po prostu śmieszne... ale nie mogę go nie wpuścić, on ma swój klucz.

– To dobrze – rzekł Alex stanowczym głosem. – Chcę z nim porozmawiać.

– Nie, nie, nie... zaczekaj... no nie, wszystko w porządku – on cię nie zna. Powiem, że przyszedłeś naprawić komputer. Właściwie to nawet dobrze się składa: poznasz Lucję! A to prawdziwy zaszczyt.

Jej nadzieje szybko się rozwiały. Alex zobaczył tylko tyłek Lucii; ledwie weszła do pokoju, Max porwał ją na ręce, jakby groziło jej niebezpieczeństwo. Z psem szamoczącym się niezdarnie w jego uścisku, zaczął wrzeszczeć i wygrażać komicznie drobnymi piąstkami.

– Słyszeliście, co powiedziałem: będziecie mieli kłopoty. Ja nie żartuję. Jak długo tu już jesteście? Włamaliście się? Jak odnaleźliście ten dom?

– Och, Max, nie bądź śmieszny – proszę cię, nie krzycz tak, nawet nie wiesz, kto to jest – on tu przyszedł naprawić komputer – nie grozi mi żadne niebezpieczeństwo, Max – naprawdę bardzo cię przepraszam, Alex, nie wiem, dlaczego on się tak zachowuje...

Honey wyszła z łazienki, wyżymając rąbek sukni.

– Co się tu... o c h.

– No proszę! – zawołał Krauser triumfalnie. – Bonnie. Clyde. Już ja znam tych dwoje włóczęgów. Won mi stąd!

Nastąpiła operowa kłótnia na cztery głosy i w trzech częściach (w przedpokoju, w trakcie jednej rundy dookoła salonu, a potem u stóp schodów, na włoską modłę); nie padła w niej żadna konkretna informacja, powtarzało się tylko w kółko kilka kwestii. Finał rozegrał się na progu.

PIĘĆ / *Poskramianie byka*

1

– Bardzo mnie rozczarowałeś, Tandem – powiedział Lovelear z powagą. – Nie ma w tym puenty. Jestem zadowolony, że nie wyszedłem z tego, w czym siedzę, żeby wysłuchać tego, c o   o p o w i a d a s z.

Zanurzył się głębiej w spienionej wodzie i przywołał na swe oblicze wyraz nieziemskiego spokoju. Siedzący na leżaku Alex podkulił nogi i objął się ramionami, żeby się nieco rozgrzać. Słońce nie opuszczało się na nieboskłonie, ale po prostu znikało, wyparowywało, jak to bywa wtedy, gdy dni toną w bieli, nim zapadnie noc. W tym zamierającym świetle Alex widział, jak okrutnie obeszło się miasto ze śniegiem. Był rozdeptany, zapiaszczony i zbrukany. Nawet na dachach ciepłe powietrze uchodzące z wywietrzników zamieniało w wysepki śniegowe kontynenty. A na dole, na ulicach, ludzie nie przestawali go tratować. Miliony kolegów, maleńkich puentylistycznych ludzików, jedna plamka tworzy głowę, jedna korpus. Wskakują do taksówek, ścigają się po chodnikach. Wszyscy wracali do domów, z wyjątkiem Aleksa.

– Powinieneś tego naprawdę spróbować, chłopie, zrobić sobie tę przyjemność – zauważył Dove, który wyglądał jak niedogotowany homar – skórę miał czerwoną z sinawym odcieniem. – To najwspanialsza kąpiel, jaką można sobie wyobrazić.

– To nie jest żadna kąpiel – powiedział Lovelear. Trzymał się wygiętych krawędzi wanny, leżąc w niej płasko na wznak. – To coś boskiego. Coś wspaniałego. To olśnienie. To wanna, w której pojęcie zimna i ciepła nie istnieje. Jest w niej zawsze właściwa temperatura. Człowiek czuje się tak, jakby się dopiero n a r o d z i ł.

– Sprawdziłem list, który mi dała – powiedział Alex, przeciągając palcami po włosach. – Charakter pisma jest identyczny z pismem Krausera. To się rzuca w oczy – nie trzeba być ekspertem. Więc ona musiała w i e d z i e ć.

– O Jezu, Tandem, to prawdopodobnie jedna sitwa – jakiś szwindel, żeby obudzić w tobie współczucie dla niej i wyciągnąć jakieś pieniądze albo coś. Nie wiem i naprawdę mnie to n i e o b c h o d z i. I jest jeszcze jedna rzecz, która cuchnie na milę: jakim cudem ona może być spłukana, Tandem? Jakim cudem? Odpowiedz mi na to. Siedzi na cholernej żyle złota. Wystarczy jeden podpis i już ma sześć tysięcy dolarów. To forsa z nieba.

A gdybym skoczył, pomyślał Alex, z tego dachu na tamten, a z tamtego na następny i zostawił ciało na Brooklynie, a umysł w New Jersey, a potem dotarł do Anglii jako moje prawdziwe ja, ze swoją buddyjską naturą, czy poznałabyś mnie, kochanie? Czy byłabyś taka sama ze swoim nowym sercem? Czy wpuściłabyś mnie do łóżka? W biurowcu naprzeciwko czarna dziewczyna z gładko ogoloną jak u Esther głową, ale całkiem inaczej ubrana, w służbowym uniformie, włożyła płaszcz i opuściła żaluzje. Wszyscy szli do domu, z wyjątkiem Aleksa.

– Okej, i jeszcze jedno – powiedział Lovelear, sięgając po jakiś absurdalny koktajl. – Jaki łowca autografów idzie do domu Kitty Alexander i nie bierze od niej autografu? Czy to normalne? Nie pyta jej o nic, nie przynosi żadnych interesujących historyjek o filmach, nie kradnie nawet niczego z jej domu – nie mówię, że musi to być od razu c o ś w i e l k i e g o...

– Coś niewielkiego – wyjaśnił Ian. – Z łazienki. Coś, czego zniknięcia się nie zauważa.

– Otóż to – chociaż ja bym nie wybierał łazienki – i czemu nie wraca z czymkolwiek, dosłownie czymkolwiek, co pomogłoby przede wszystkim uwierzyć takim bogobojnym ludziom jak ja i ten tu Dove, że tam w ogóle byłeś. A już szczyt wszystkiego to to, że nie przespałeś się z Honey Smith, co dowodzi, najmocniej cię przepraszam, czego?

Jeśli nie możesz się przespać z Honey Smith, to znaczy, że masz jakiś defekt fiuta. Przepraszam, ale tak musi być. Przecież to jej z a w ó d. Ona naprawdę słynie z obciągania lasek. A tobie nie wyszło? I co mamy myśleć – zakończył Lovelear patetycznie, krzyżując ręce na piersiach – co mamy myśleć o takim łowcy autografów?

– Odpowiedz mi na jedno pytanie – powiedział Alex, wstając.

– Jak wyglądała moja twarz, zanim urodzili się moi rodzice?

– Eee, nie odpowiem na to pytanie, Al – powiedział Lovelear, mrugając. – Poproszę o następne.

– Okej. Mogę już odejść?

– To jest, cholera, wolny świat – odparł Dove wyniośle.

– Raz w życiu – powiedział Lovelear, gramoląc się z wanny – nasz przyjaciel Dove ma rację. To wolny świat. Wolności tu potąd – klepnął się w czoło. – Zawsze możesz odejść, Alex. I zawsze m o g ł e ś.

Był potężny, prawie nieowłosiony i kompletnie nagi, jednocześnie bezbronny i nieprzyzwoity. Alex poczuł się zmuszony podać mu ręcznik.

Lovelear wypchnął policzek językiem.

– Musisz tylko zdecydować, czy chcesz odejść, to wszystko.

W pokoju czekał na Aleksa liścik od Honey z sugestią, żeby zjedli razem lunch, oraz hotelowy kwestionariusz. Ów kwestionariusz, świadom własnej monstrualności, proponował jako swoistą łapówkę wakacje w Europie, przy czym szczęśliwy zwycięzca miał być wybrany drogą losowania. Należy mnie po prostu, informował, oddać w recepcji przy wymeldowaniu. Trzykrotnie używał w odniesieniu do siebie zaimka „ja". Alex wziął formularz i pióro do łazienki, rozebrał się i napuścił do wanny wody zbyt gorącej, żeby normalny człowiek mógł przeżyć kąpiel w takim ukropie. Wrócił do sypialni po butelkę wina i kieliszek. Siedząc na klapie sedesu i pocąc się od pary, opróżnił jednym haustem wielki kieliszek wina, po czym wpisał nazwisko, płeć, dane o kolorze skóry i adres. Nie miał problemu z podaniem osobistych informacji. Było to coś, czym dysponował w nadmiarze. Już w wannie (powoli, ze stoickim spokojem zanurzając się w wodzie) odkrył telefon umieszczony idealnie tuż przy głowie, a po lewej stronie drewnianą półkę, przeznaczoną, jak by się mogło zdawać, na jego kieliszek z winem, kwestionariusz i pióro. Jedną ręką umył sobie prącie, namydlając delikatnie krocze pod jądrami, drugą dokończył wypełnianie kwestionariusza. W domu, będąc w kąpieli, człowiek mógł się zawsze spodziewać wejścia półnagiej Esther, która wpadała pośpiesznie, żeby schwycić dezodorant, lub przystawała na chwilę przed lustrem, żeby założyć szkła kontaktowe. A potem, jeśli była z ciebie zadowolona, mogła się obrócić i pocałować w czoło lub powieść palcem w dół po mokrym brzuchu albo odnaleźć namydlony penis i pocałować go w czubek. Kochała cię o poranku, bo dzień był nowy. Kłótnie pozostały na zeszłonocych poduszkach razem z wypłakanym ze łzami tuszem. Alex wypił kolejny kieliszek i na zakończenie zaczął machinalnie wodzić palcem wzdłuż jego krawędzi, czekając, aż szkło zagra. Wino i gorąca kąpiel odprężyły go wystarczająco. Zadzwonił do Adama. W tle słychać było jakąś inną, przytłumioną rozmowę. Ktoś włączył się na tę samą linię. Dwoje ludzi rozmawiało po japońsku.

– Nie, nie możesz – powiedział Adam.

– Cześć, to ja. Właśnie pomyślałem...

– Wiem, że to ty. Jest późno, człowieku. I nie, nie możesz.

– Czego nie mogę?

– Nie możesz prosić o jej numer. Telefony w sali wyłączają o siódmej.

– Proszę cię, Ads. Muszę z nią porozmawiać.

– Wiem, ale tak jak mówię: czuje się dobrze. Wszystko poszło gładko. Dam ci numer jutro.

– Wszystko z nią w porządku? Operacja się udała?

Ulga spłynęła nań niczym jakaś fantastyczna fala. Nie mógł opanować drżenia podbródka. Łzy spłynęły mu bezwstydnie aż na szyję i dalej, po jednym z ramion.

– Widziałeś się z nią?

– Dziś po południu. Była jeszcze oszołomiona, ale żartowała. Powiedziałem jej, że nie mogłeś się wydostać z Nowego Jorku...

– N i e m o g ł e m, Ads. Wszystko było opłacone z góry.

– Jasne.

– I... nie wiem... ale jej chyba za bardzo nie zależy, żebym tam był...

– Myślę, że chodziło o to, żeby tobie na tym zależało.

Zapadła cisza. Alex zaczął przełykać ślinę, bardzo głośno.

– Słuchaj – powiedział Adam z westchnieniem. – Jej serce pracuje. Pracowało cały czas. Lepiej niż większość serc. Daj spokój, Alex – z tobą wszystko dobrze, z nią też. Uspokój się. Czy ty piłeś?

– Troszeczkę.

– Tym bardziej powinniśmy skończyć. Zadzwoń do niej jutro. Okej? Jak tam w Nowym Jorku? Lepiej?

– Że co? Nie słyszę.

– Zapytałem, czy lepiej.

– Och, trudno powiedzieć.

– No cóż, niedługo będziesz w domu – zawołał Adam, przekrzykując coraz głośniejszą rozmowę Japończyków. – Wylatujesz jutro, tak? No więc dobra. Przeżyjesz. Gorsze rzeczy zdarzają się na morzu. Ach – i to będzie w czwartek, okej? Więc lepiej się naucz.

– Och, Ads, człowieku... daj spokój, już ci mówiłem...

– Możesz to kupić w każdej księgarni tam, w Nowym Jorku. Pamiętaj, że chodzi o modlitwę dla opłakujących. Kadysz Jatom. Są zdaje się cztery różne. Okej?

– Nie słyszę cię.

– CO?

– NIE ZROBIĘ TEGO. MÓWIŁEM CI JUŻ.

– Słuchaj, muszę iść spać. Połączenie jest fatalne, a ja padam. Ledwie cię słyszę. Pogadamy jutro, dobra?

– Chwila, zaczekaj...

– A z Esther wszystko w porządku, zapewniam cię. Oszołomiona – i to wszystko. Ach, i z Grace też wszystko okej. Salam, Alex.

– Adam?

– Salam alejkum, Alex.

– Salam.

Alex zanurkował i patrzył przez wodę na pływający sufit. Kiedy się wynurzył, stwierdził, że kwestionariusz jest mokry, położył go więc na kaloryferze, żeby wysechł.

Czy liczba kanałów telewizyjnych jest dla ciebie wystarczająca?

Telewizji jest zawsze pod dostatkiem.

Jak oceniasz jakość noclegu?

Czuję się osamotniony.

Jakie sugerowałbyś zmiany w menu?

Mniej jedzenia.

Jaka zmiana podniosłaby standard obsługi?

Służba złożona z małp.

Czy odpowiadają ci grupowe rozrywki zaplanowane dla ciebie i współmieszkańców na czas pobytu?

Potrzebowałbym więcej szczegółów, zanim odważyłbym się wygłaszać opinię na ten temat.

W sieci hoteli Burns Baldwin hołdujemy prostej, wymyślonej na własny użytek zasadzie, która jest jednocześnie propozycją dla naszych gości:

Każdy dzień to nowy początek.

Uważamy, że każdy pokój hotelowy powinien zostać codziennie przywrócony do idealnego stanu. Pracujemy usilnie, żeby się wywiązać z tego zadania. Chcemy też dowiedzieć się jak najwięcej o naszych gościach, ich opiniach i potrzebach – bo w ten sposób możemy je lepiej zaspokoić! Poświęcając czas na wypełnienie moich rubryk, pomagasz życzliwemu personelowi Burns Baldwin pomóc tobie. Prosimy o ewentualne przedstawienie poniżej własnej filozofii życiowej.

Żałować wszystkiego i zawsze żyć przeszłością.

Do siódmej Alex skończył wino i przerzucił się na burbona, sącząc go jak panienka. Zaczął oglądać reklamy. Minęło pół godziny, a on wciąż je oglądał. Stracił rachubę czasu i teraz okazało się, że jest spóźniony. Włożył coś, co mogło uchodzić za strój wieczorowy (biały podkoszulek, czarne dżinsy), i wyszedł z pokoju. Winda gdzieś zniknęła. Nie było jej po lewej stronie ani za zakrętem korytarza, w miejscu, w którym ją ostatnio zapamiętał. Nie było jej też po stronie prawej. Wszystkie strzałki prowadziły do wyjścia i ponurych korytarzy ewakuacyjnych, a choć Alex był tylko na pierwszym piętrze, nie mógł nawet myśleć o zejściu po schodach przy tym hotelowym układzie. Priorytetem była wygoda gości. Wygoda za wszelką cenę. Nawet gdyby miała to być wygoda komplikująca i utrudniająca życie.

Znalazł w końcu windę, po lewej stronie, minąwszy trzy zakręty; znajdowała się w miejscu, z którego widać było doskonale drzwi jego pokoju. Zaświeciła się strzałka.

– Miejsce dla jednego! – zaświergotał, przekonany, że zabrzmiało to bardzo sympatycznie i po amerykańsku. Klasnął w dłonie. W windzie stała ekipa dokumentalistów, czterech mężczyzn i dziewczyna z notatnikiem. Bez uśmiechu cofnęli się zespołowo o krok.

– Jedziecie na dół?

– Nie – powiedział facet z kamerą. – Na górę.

Alex spojrzał w prawo i zobaczył jarzący się bursztynowo numer trzydzieści siedem. Nacisnął L.

– Wie pan – powiedział do człowieka z mikrofonem na wysięgniku – kiedy się komuś każe wybrać jakąś liczbę od jednego do stu, większość wybiera trzydzieści siedem.

Mikrofon zsunął się i uderzył go w ramię. Dźwiękowiec przeprosił. Alex zastanawiał się w ciszy, która jego część chciała być uwieczniona w ich dokumencie. Jak duża była ta część? Winda przeskoczyła z dwunastego piętra na czternaste.

– O kim to będzie?

– Słucham? – zapytał mężczyzna. Podobnie jak cała reszta, miał nadrukowane na podkoszulku słowo Team. Alex przyjrzał się uważniej i zobaczył na jego identyfikatorze twarz sławnej nastolatki.

– Shylar – powiedział, kiwając głową. – Jest b a r d z o dobra. To zadziwiające, co robi z tym swoim... – Alex pokazał na swój brzuch. Poruszył nim w prawo i w lewo. – Wprost nieprawdopodobne.

Dotarli do dwudziestego piątego piętra. Od tego momentu, pomyślał Alex, każdy upadek zakończyłby się śmiercią. Miazgą, choć pierścionek czy naszyjnik zachowałby swój szlachetny, metalowy kształt, bo my nie jesteśmy tak mocni jak przedmioty. Przedmioty wygrywają. Winda zadygotała, zatrzymała się i otworzyła. Do środka wcisnęła się kobieta z nieletnią córką. Alex przywarł teraz do mężczyzny z mikrofonem, twarzą do niego; mikrofon zawisł mu nad głową, jakby to jego słowa chciał zarejestrować. Alex dopiero teraz uświadomił sobie, że zionie alkoholowymi oparami.

– Trzy najczęściej – czytałem to gdzieś – trzy najczęściej wklepywane słowa – wklepywane, bo c h o d z i o słowa pisane na komputerach... – powiedział Alex, podnosząc kciuk – no więc trzy najczęściej tentegowane słowa to: Bóg, Shylar i... – tu Alex zaklął szpetnie, a amerykańska matka, demonstrując z dumą purytański repertuar gestów, odczekała w ciszy, jaka zapadła, dwie sekundy, po czym parsknęła z niesmakiem i zatkała wielkimi, różowymi dłońmi uszy dziecka.

Wyglądała zdumiewająco. Tym razem miała na sobie suknię bez rękawów ze śliwkowego atłasu, taką jaką miała kiedyś Rita Hayworth. Do tego długie do łokci rękawiczki z czarnego atłasu. Włosy robiły wrażenie zupełnie innych niż poprzedniego dnia. Były kilkanaście centymetrów dłuższe, z kasztanowym pasemkiem.

– Wyglądasz f a n t a s t y c z n i e – powiedział Alex, opadając na krzesło.

– Dziękuję – odparła Honey wyniośle i przygładziła fryzurę. – Zajęło mi to około pięciu godzin. Trochę bólu, a potem już tylko cholerna nuda. Tak się cieszę, że jestem kobietą. A ty wyglądasz okropnie – i to bardzo ładnie z twojej strony.

– *Put the blame on Mame* – zanucił Alex, biorąc do ręki długą kartę. – No dobrze: co jemy?

– Całą górę żarcia ułożonego w stos, w kształcie wieży.

– Dobrze. U w i e l b i a m y „wysokie" jedzenie. Ja wezmę najwyższą pozycję z tej karty.

– To karta win, skarbie. I trzymasz ją do góry nogami. Co z tobą? Dlaczego jesteś taki n e r w o w y?

– Nie jestem nerwowy.

– Nie jestem nerwowy – powtórzyła jak papuga Honey, naśladując całkiem nawet udatnie jego akcent. – G ó w n o   p r a w d a.

– Chyba mylisz dwa stany: „nerwowy" i „narąbany".

Alex wyjął kostkę lodu ze szklanki i ścisnął ją w dłoni – była to stara sztuczka stosowana w celu wytrzeźwienia.

– Niesamowity dzień, co?

– Miewałam już, prawdę mówiąc, bardziej niesamowite.

– Sprawdziłem charakter pisma. To jest na sto procent Krauser. Wystarczy rzut oka.

– Tak się domyślałam – powiedziała Honey i odstawiła wino, nie donosząc kieliszka do ust. – B o ż e, jakie to smutne, nie uważasz? Dla mnie to takie s m u t n e. Dla nich obojga. C h r y s t e. Nie możesz jej nic powiedzieć – idzie najwyraźniej w zaparte. Ona n i e c h c e nic wiedzieć, to oczywiste. Żyje kłamstwem. B o ż e.

Wyciągnęła rękę i położyła dłoń na jego dłoni.

– Honey?

– O Boże, bardzo cię p r o s z ę, nie mów „Honey" w ten sposób, jakbyśmy grali w jakimś kiepskim filmie telewizyjnym. Co takiego? O co ci chodzi? Po prostu powiedz, co chcesz powiedzieć.

– Ja naprawdę nie chciałbym, żebyś to niewłaściwie odebrała.

Honey spochmurniała i cofnęła rękę.

– Coś ci powiem. Nie można niczego odebrać właściwie czy niewłaściwie. Są tylko słowa i to, co te słowa znaczą. Bądź Amerykaninem. Mów to, co myślisz.

Alex oparł się łokciami o stół.

– Chciałem tylko – to znaczy chcę się upewnić... a raczej ustalić, czy to nie... bo wiesz, jutro odlatuję do kraju i tam jest ktoś, kto – więc chciałem postawić sprawę jasno, mieć pewność, że to nie jest...

Honey ujęła go za kark, przyciągnęła jego twarz do swojej i obdarzyła go najwspanialszym pocałunkiem, jakiego kiedykolwiek doświadczył. Zupełnie, jakby go czymś karmiła. Czymś sycącym i zarazem wykwintnym.

– Nie – powiedziała, wycofując się i podnosząc rękę, żeby przywołać kelnerkę. – To nie jest randka. Nie pochlebiaj sobie. To była po prostu kropka, która zamyka niezwykły dzień.

Tu nastąpiło zakłócenie w transoceanicznej komunikacji, bo Honey użyła słowa *period*, które kojarzyło się Aleksowi raczej z okresem niż z kropką.

– No wiesz, o co chodzi. O czarny punkcik na końcu zdania – jak wy to tam nazywacie? No więc to była taka prawie puenta, ale chodziło o pytanie, które było nie całkiem... więc też niezupełnie... a teraz wszystko się skonkretyzowało i zakończyło.

Zamknęła w stulonych dłoniach trochę powietrza i skinęła energicznie głową.

– My to nazywamy *full stop*.

– Naprawdę? – Uśmiechnęła się. – To ładne. Lepiej wyraża to, o co mi chodziło.

W chwilę po tym, jak kelnerka podała deser, Alex odniósł wrażenie, że hotel lekko się przechyla, a jakaś siła wysysa całe powietrze z sali. Honey opowiadała mu właśnie o wystawie „żydowskich różności", która mogłaby go zainteresować, ale wszyscy obecni zostali wciągnięci przez próżnię, która pojawiła się ze swą świtą przy okrągłym barze.

– Moja córka po prostu ją u w i e l b i a – powiedziała kelnerka i rozlała kawę. Alex uniósł się lekko na krześle. Zobaczył drobną dziewuszkę, goryla wielkiego jak indyjski bawół i około piętnastu osób, które w magazynach ilustrowanych nazywają „obsługą". Obsługa tworzyła odpowiednią aurę. Choć dziewczyna była o kilkanaście kroków od Aleksa, wydawało się, że dzieli ich odległość kosmiczna.

– Wydawałoby się, że stać ją na lepszy hotel – powiedział, dziwnie urażony tym, że Shylar stała się dlań nagle tak łatwo dostępna.

– D o k ł a d n i e – zgodziła się kelnerka.

– Czy ja cię n u d z ę? – zapytała głośno Honey. Alex badał tymczasem czarną dziurę i jej niezwykły charakter. Wszyscy zdawali sobie sprawę z jej obecności, a ona siedziała sobie w swoim uniformie złożonym z szortów i topu. I wszystkich wciągnęła już ta dziura (tkwili w jej skórze, jak ona sama, lub w jakimś zakamarku jej ciała), ale nikt nie patrzył bezpośrednio w jej stronę.

– Chyba nie powinniśmy się gapić – powiedział Alex, który spędził kiedyś trzy godziny, wpatrując się w zdjęcia głowy tej dziewczyny zmontowane z nagimi ciałami innych dziewczyn.

– Ach, c z ł o w i e k u. Mówisz poważnie? Czyżbyś nie wiedział, co tam siedzi? – zapytała Honey, odwracając się w końcu. – To gówno na patyku. To cyprys w ogrodzie. Trzy funty jasnych włosów. Budda jest Buddą jest Buddą jest Buddą. Więc co to takiego wielkiego?

– Seksualny wir – powiedział Alex, który odczuwał to tak samo silnie jak mężczyzna siedzący obok niej. – Symboliczny wir seksualny, wzmocniony przez nieskończone zwielokrotnienie, telewizyjna poświata. Niekoniecznie ładniejsza od tej kelnerki. Albo od ciebie. Czy ode mnie. To nie ma nic do rzeczy. Ona uosabia potęgę siedemnastolatek. Pamiętasz jeszcze, jaka to moc? Nuklearna. Ona jest siedemnastką dla całego świata.

Honey rzuciła serwetkę na stół.

– Wiem, że nie ma takiej rzeczy, której ładna dziewczyna nie mogłaby mieć w Ameryce przynajmniej przez chwilę. Aż do czasu, kiedy już nie może tego mieć. To symbol, mój dupku. MU! Chodźmy stąd.

Przeszli przez hol, minęli ekipę dokumentalistów aranżujących scenę powitania Shylar przez portiera, choć Shylar mieszkała w hotelu od trzech dni.

– To była Honey S m i t h – powiedział operator do dziewczyny z notesem i klepnął ręką w pulpit.

2

Oto miasto. Oto ono. W telewizji. W czasopiśmie. Na ręczniku. Na wiszącym nad łóżkiem, nastrojowym, czarno-białym zdjęciu, które można podziwiać, siedząc w hotelowym pokoju w tym technikolorowym mieście. O, jest znowu. Na kanale dziewiątym, na dwudziestym trzecim, przelotnie na siódmym, w wersji animowanej na czternastym i zawsze na pierwszym, czyli lokalnym. I jest także za oknem, przynajmniej je słychać. Klakson, okrzyki po hiszpańsku, śmiech kobiet, synkopowany rytm, ujadanie psów. Agresywne syreny policyjne, przelatujące w powietrzu niczym prehistoryczne ptaszyska. Wewnątrz, rzędem przy łóżku – sekrety minibaru, butelki z różnobarwnymi nalepkami ustawione od największej do najmniejszej: kończymy jedną, przewracamy ją na podłogę. Kończymy kolejną – na podłogę. Dziesięć zielonych butelek. I jest to tylko piwo. Niezła zabawa. Honey poszła do siebie. Ale komu potrzebna jest kobieta? Popatrz na telewizję! Kanał historyczny proponuje historię w zgrabnych półgodzinnych odcinkach. Jedyną historią jest historia Hitlera. Kanał rozrywkowy zabawia bezlitośnie. Chce, żebyś się śmiał. Zrobi wszystko. Kanał z seksem wygląda jak seks i rozbrzmiewa seksem, ale nie wydziela zapachów. A zapachy są ważne. Kanał nostalgii pokazuje dawno zmarłych ludzi, którzy wstają i chodzą, całymi godzinami, nieustannie. Opowiadają stare kawały, mną w rękach zasłony i płaczą, czasem stepują. Kanał nostalgii to kanał starych filmów i – o Boże – przecież to ona! To ona. Tam, na ekranie. I to była jej uroda, a to są perły, które były jej oczami, i owszem, wiesz, że te problemy dwojga ludzi nie są warte funta kłaków w tym szalonym świecie, ale mimo wszystko... M i m o w s z y s t k o. Oto twój płaszcz, to twoje buty, a to są drzwi.

I nie jest to oczywiście żaden realny zamiar, dopóki nie staniesz, chwiejąc się z lekka, przed hotelem, podchmielony, zaszokowany zimnem i śniegiem. Jest pierwsza w nocy. Skąd się wzięło tyle tego białego puchu? Na kanale piętnastym był koniec lata, liście dopiero zaczęły się zwijać i czerwienić. Portier, który jest pełen zrozumienia dla stanu niemożności, zatrzymuje ci taksówkę.

W twoim rodzinnym mieście jazda taksówką w nocy to nudna jazda w pudle wypełnionym twoimi myślami. W innym to jedyna możliwa podróż. Jest już zbyt ciemno, żeby patrzeć oczyma turysty. Nie widać nic, dopóki człowiek nie znajdzie się u stóp określonego obiektu lub tuż obok niego – nie ma żadnych widoków, tylko kształty, które materializują się przed tobą. Latarnie tworzą jeden nieprzerwany ciąg. Taksówki krążą po mieście jak krew w żyłach, wioząc pijanych ludzi do barów. Alex jest sam zaskoczony swoją decyzją. Ale Honey powiedziała mu, że na pewno to zrobi, a ona zna łowców autografów. Już sama ich definicja mogłaby polegać na tym, że nie potrafią odpuścić.

Pochyla się do przodu i prosi kierowcę, który nazywa się KRYCHEK, GARY, żeby zrobił rundę po placu słynnym ze swych muzeów i prostytutek. Plac ma, jak sobie to Alex po raz pierwszy uświadamia, niemal metafizyczną nazwę. Jest tu nawet imponujący elektroniczny zegar na szczycie wieży, odliczający czas do tyłu, do jakiejś zerowej daty, którą trudno kontemplować po pijanemu. Alex widzi, że drzwi wszystkich muzeów są otwarte na oścież. Sztuka bizantyjska, rzeźba renesansowa, średniowieczne francuskie zbroje. W mieście trwa festiwal; zachęca się do obcowania z kulturą, udostępniając muzea, jak to się tu mówi, dwadzieścia cztery / siedem, czyli dwadzieścia cztery godziny na dobę, przez siedem dni w tygoniu. Ale prawdziwe tłumy są tu, na zewnątrz; ci ludzie pozwalają, by te wredne świecące diody odliczały sekundy ich życia. A tymczasem jedzą popcorn i patrzą w górę na najnowsze świetlne wiadomości, wędrujące wokół drapacza chmur. Zmarł jakiś prezydent. Nie ich. Śnieg jest teraz jakby bojaźliwy, lekkie płatki nie mają szans w zetknięciu z mokrą ziemią. Czterech młodych Murzynów, stojąc na zaimprowizowanej mównicy, wykrzykuje coś o reinkarnacji. Reklamy lśnią, pulsują, przemawiają i zmieniają kształty. Rozciągnięty na całą szerokość budynku monstrualny ruchomy obraz przedstawiający białego kota chłepczącego mleko z miseczki. Obraz jest bardzo piękny, jak zbiorowe marzenie senne. Dni muzeów są policzone. Pyzata, rudowłosa dziwka jednym śmignięciem tyłka powstrzymuje ich taksówkę przed przecięciem jej drogi. Pokazuje im Międzynarodowy Gest pogardy (środkowy palec) i wbiega truchtem na wystawę malarstwa swego chińskiego przodka.

– Wie pan, ten plac nie jest idealnym miejscem do zwiedzania go samochodem – mówi oziębłe Krychek. – Mnóstwo pieszych. Z wielkimi dupami.

– To proszę do Roebling – mówi Alex-Li, na co Krychek wybucha śmiechem i zatrzymuje samochód. Alex musi mu dać dwadzieścia dolarów, żeby kierowca ponownie uruchomił silnik.

I tak przejeżdżają przez most i wodę pod nim.

3

Wszelkie wstępne kwestie, jakie przychodzą mu do głowy, wymagają młodszej partnerki („Nie mogłem wyjechać, nie zobaczywszy się z panią", „Musimy porozmawiać"). Kończy się tym, że Alex staje na progu z otwartymi ustami. Ale żadne z nich nie wydobywa z siebie dźwięku, słychać tylko świszczący szelest jedwabnego szlafroka, kiedy ona zaprasza go do środka i prowadzi do salonu. Tu bierze zegarek kieszonkowy z sekretarzyka i trzyma go w uniesionych dłoniach jak pisklę.

– Dziwna pora. Na odwiedzanie damy. Ale może jestem staroświecka.

Alex mruży oczy, usiłując wyostrzyć wzrok.

– Czy Max jest tutaj? Wyrzuci mnie pani?

– Fuj! Mówisz tak, jakbym była jakimś żywiołem, siłą natury.

– Bo dla mnie jesteś – mówi Alex łamiącym się głosem i czuje, że musi zdjąć buty, bo zwariuje od wilgoci, która przenika do środka. Nogi odmawiają mu posłuszeństwa, sofa chwyta go w objęcia. Kitty siada naprzeciw niego. Siedzą tak w milczeniu minutę. Alex, nieprzytomny, z głową opartą o ścianę, z zamkniętymi oczami i z ustami rozwartymi jak pieczara, Kitty wpatrzona w niego. Ujmuje oburącz jego stopę, ściąga skarpetkę i zaczyna masować podeszwę.

– Nie – mruczy. – Nie masz racji: natura to *fascista*, to wielki byk. Ja jestem jej absolutnym przeciwieństwem. Nie jestem w najlepszej formie i nie przetrwam. Jestem osobą kulturalną. Udaję, że jestem całkiem spokojna, kiedy w moim małym domku dwadzieścia sześć po pierwszej w nocy pojawia się obcy mężczyzna.

Alex otwiera z wysiłkiem oczy.

– To moja stopa. Która jest godzina? O Jezu, przepraszam – cofa bosą nogę, ręce Kitty są suche – jestem trochę pijany. Nie powinienem był...

– Och – mówi Kitty figlarnie – rozumiem. Nie przyszedłeś tu na masaż stóp. Przywiodła cię namiętność?

Drzwi sypialni otwierają się szeroko i żółty klin światła wdziera się do holu, tworząc świetlistą ścieżkę dla zdyszanego, przebierającego nóżkami zwierzątka, które rozgrzane i ruchliwe, pojawia się nagle między nimi.

Kitty odwraca się na swym stołku, otwierając ramiona.

– Lucia, przywitaj się z naszym gościem! Och, Lucia, Lulu, Lo-Lo, no tak, obudziły cię nasze hałasy – zobacz, jak ona kocha i ciebie – musisz ją wziąć na ręce i popieścić trochę, to jest prawdziwa prostytutka, jeśli chodzi o uczucia, jakiekolwiek uczucia – no patrzcie, jak się na niego rzuca!

Alex, zaskoczony tym, że trzyma w dłoni muskularną, wiercącą się psią kulkę, unieruchamia ją w mocnym uścisku i zagląda w osobliwy pyszczek. Ślepia, wielkie i wyłupiaste, są oleiście czarne z czerwonymi krwawymi plamkami na szklistych białkach. Pokrywa je cienka warstewka śluzu, jak dwa nienarodzone stworzonka.

– To oczywiście mój aniołek – mówi Kitty, splatając palce. Trudno się jej powstrzymać od dotykania psa. – I cieszymy się obie, że przyszedłeś – prawdę mówiąc, nie sypiamy za dobrze. Kawy?

I oto znów są w kuchni. Kitty pyta go, skąd jest i kim jest dokładnie. Kiedy jej to wszystko mówi, ona stwierdza: No tak, muszę powiedzieć że w y g l ą d a s z na Żyda. To jeden z największych, niepojętych goizmów dzisiejszych czasów. Alex nie potrafi się jednak na nią gniewać. Wciąż ma przed oczyma jej młodą twarz. Może jest tu po to, żeby widzieć ją dla niej.

– Lucia jest też Chinką – mówi Kitty, podając mu tacę. – Pochodzi z psiego cesarskiego rodu, starego jak świat. Tak przynajmniej zapewniał mnie sprzedawca. To ciekawe, że przepada za kaczką po pekińsku. Szaleje za nią, naprawdę!

Alex bierze od niej herbatniki i pozwala sobie przewiesić serwetkę przez ramię.

– To bardzo... miłe.

– Nie wiem, czy to miłe – na pewno drogie. A teraz popatrzymy na telewizję – mówi Kitty, wymijając go zwinnie; Lucia podąża tuż za nią, tańcząc jej pod nogami. – Znasz amerykańską telewizję? Jest jak najlepsze potrawy świata włożone do wiadra i zamieszane kijem. Chodź.

Przez jakiś przypadek, a być może dlatego, że ten sam program leci na okrągło, oglądają ten sam program informacyjno-reklamowy, na który Alex nabrał się już wcześniej.

– Musisz mi wybaczyć – mówi Kitty, narzucając pled na ramiona i pakując się do łóżka. – Przeciąg jest dla mnie zabójczy – osiągnęłam w końcu wiek, w którym przeciąg może zabić. Przypominam sobie, jak moje nudne rosyjskie ciotki uskarżały się nieustannie na przeciągi – ona nie może siedzieć tu, nie może siedzieć tam – a ja nie miałam dla nich współczucia, najmniejszego, no i teraz sama osiągnęłam ten okropny wiek. Nie, nie, siedź tam, gdzie siedzisz, nie przejmuj się. Jak w ogóle można wierzyć, że jakiś krem w słoiku może tak podziałać na biust. Nie mam pojęcia. Weźmiesz toto?

Podaje mu pilota; Alex zsuwa się z łóżka na podłogę i siada po turecku. Choć obraz telewizyjny nie jest w jego oczach całkiem stabilny (troi się albo zatacza jak pijany w lewo), Alex stara się, jak może, zapanować nad nim. Przerzuca kanały. Ląduje. Słynny aktor Jimmy Stewart ściska desperacko w garści jakieś papiery i wznosi oczy ku niebu.

– Nienawidzę tego kanału – mówi Kitty z pasją. – Dla mnie to trupiarnia. Cmentarzysko moich przyjaciół.

Alex klęka i patrzy w jej stronę. Złośliwa lampka nocna eksponuje skórę na głowie w miejscach, gdzie włosy są przerzedzone, i z okrutną obojętnością oświetla zniszczoną twarz. Alex chciałby wyeliminować zbliżenia. Lucia leży na jej piersi jak niemowlę.

– Jadłam z nim kiedyś lunch.

– Naprawdę?

Pozycja jest niewygodna. Alex lokuje głowę obok jej stóp.

– Naprawdę. Charlie Laughton i jego cudowna żona Elsa byli naszymi wspólnymi znajomymi. Elsa miała dziwną urodę, ale nigdy nie była zazdrosna ani nic w tym rodzaju. Byli oboje bardzo angielscy, bardzo wytworni – co robiło na mnie wrażenie, bo wszyscy w Hollywood byli strasznie prymitywni i tęskniłam za rodzinnymi stronami, a oni znali trochę Capri i tak dalej – no więc pewnego dnia pan Stewart przyjechał do Teksasu, nie wiem po co, a ja wyszłam tam właśnie za mąż za pewnego i d i o t ę, a pan Stewart nikogo nie znał, i Charlie przypomniał sobie, że ja tam jestem, i dał mu numer do mojego hotelu, i umówiliśmy się na lunch. To był bardzo wysoki mężczyzna o niezwykłym głosie. Myślę, że trochę się we mnie podkochiwał – ale to za bardzo łechtało moją próżność, żebym wiedziała, co mam robić. A poza tym byłam żoną tego groteskowego nafciarza z okropnymi stopami...

I to jest dla nich kamień probierczy. Rozmawiają o filmach, o poszczególnych scenach i gestach z tych filmów. Alex idzie do salonu, szuka według jej wskazówek i wraca z kasetą. Z wielką wprawą przewija do przodu, do jednego konkretnego kadru.

– To? – wykrzykuje ona, wkładając okulary. – Co to takiego? Cóż w tym takiego szczególnego?

Na ekranie Joey Kay, agent i mąż, stoi z May-Ling Han na scenie, a publiczność oklaskuje ich po premierze jej pierwszego filmu. Kurtyna tworzy cały pofałdowany pejzaż z czerwonego pluszu, na scenę padają kwiaty, wielkie lilie z rozwartymi gardziołkami. Nawet muzycy z orkiestry odkładają instrumenty, żeby bić brawo. Ona jest rewelacyjna! On wyciąga do niej rękę, jego twarz wyraża bezgraniczną miłość, ale ona nie patrzy na niego. Koncentruje wzrok wyłącznie na trzech pierwszych rzędach. Coś się zmieniło. Kay wyczuwa w nadgarstku, który ściska, lekkie pulsowanie. To mówi wszystko. Ona dokonała już wyboru. Pomiędzy mężczyzną, którego kochała, i tymi cudownymi ludźmi tam, w ciemności.

– Nic w tym nie widzę – mówi Kitty, wpatrując się w ekran – tylko pantomimę. A przede wszystkim ten film jest śmieszny. Taka tu ze mnie Chinka jak mój but.

Przeglądają w ten sposób filmy, przewijając na podglądzie i zatrzymując taśmę na poszczególnych klatkach. Kitty śmieje się serdecznie i mimo że ma małe usta, szeroko. Przerzucają się opowieściami o filmowych partnerach, okrutnych reżyserach, fanaberiach gwiazd.

– Ty jesteś prawdziwą biblioteką na mój temat – mówi Kitty, kiedy Alex wyciąga kolejną kasetę. – Nikt cię nie prosił, żebyś prowadził taką bibliotekę. I to z takimi głupstwami!

– Jeszcze tylko jeden – mówi Alex błagalnie.

Zaczyna świtać.

– Boże, czy ty widzisz, co się dzieje? Noc się kończy. Muszę opuścić te rolety.

Odrzuca pled i wstaje powoli. Alex widzi więcej, niż powinien: kawałek uda, białe jak świeca i jakby lepkie ciało, bez mięśni, ze skórą wiszącą luźno na kośćcu. Z fioletowymi żyłami, grubymi jak ołówki. Kitty zbiera poły szlafroka. Kiedy przechodzi obok telewizora, Alex łowi wzrokiem kolejną scenę: Kitty w dwuczęściowym kostiumie suszy włosy. Rzeczywista Kitty zatrzymuje się. Staje przy telewizorze, patrzy z góry, z ukosa na ekran, niemal pogardliwie.

– No popatrz na to. Niesamowite.

– Jesteś taka piękna. Niewyobrażalnie...

– Nie, nie, nie, nie. Ty się nie znasz – co tu jest do oglądania?

– To zdumiewające. Można to oglądać w nieskończoność. To jest na taśmie. Tak jakbyś wciąż żyła tamtym...

– No, teraz to już jesteś śmieszny – mówi Kitty surowo i idzie przez pokój w stronę okna. – Ludzie nie mówią sobie prawdy. Zupełnie jakbyśmy łagodnie przechodzili od jednego do drugiego. Od młodości do wieku starczego. Nie – to nieprawda, człowiek jest z młodości brutalnie wyrywany. I ten s t r a c h – w tej sprawie też kłamią. Nie mogę spać, tak intensywnie myślę, że to już prawie skończone. To całe moje życie. I że odejdę samotna. I w Ameryce. Tego nigdy nie planowałam. Nikogo przy mnie, oprócz Maksa.

– Kitty, czy nie sądzisz, że Max... za bardzo cię k o n t r o l u j e...

– Jestem taka zmęczona – mruczy Kitty, wracając do łóżka. – Musisz mi wybaczyć.

– Będę spał tutaj – mówi Alex stanowczym głosem. Wyobraża sobie, że zostanie tu jako strażnik, będzie czuwał, czy nie zbliża się śmierć. Wyłącza telewizor. Kitty opuszcza roletę. Ciepła, kosmata szarość wypełnia pokój, przekształcając oboje w dwa czarne, niewyraźne kształty, w ich własne cienie.

– Oczywiście – mówi Kitty z takim samym zdecydowaniem i instruuje go szeptem, gdzie znajdzie koc i poduszki. – A twoja przyjaciółka? – pyta. – Nie będzie się zastanawiać, gdzie jesteś? Tak sobie pomyślałam, że może jest dla ciebie trochę za wysoka.

– Dlaczego nagle zaczęliśmy mówić szeptem? – pyta Alex, narzucając koc na ramiona.

Kitty kładzie się do łóżka i pokazuje palcem na Lucię, która przeturlała się przez całą jego długość i teraz leży na brzeżku jak wałek tapicerski. Alex szykuje sobie posłanie. Kitty się kładzie. Alex się kładzie. Rytm ich oddechów zaczyna się synchronizować, bo Alex łowi uchem jej wdechy i wtóruje im precyzyjnie. Serce mu się ściska, kiedy słyszy pokasływania lub poświsty i charkoty w jej płucach. Ze wszystkich możliwych śmierci, które skradają się do każdego codziennie, w tej chwili jej śmierć wydaje mu się czymś najbardziej trudnym do zniesienia. To musi być, myśli z satysfakcją, sam szczyt i samo dno miłości.

Jest piąta rano. Alex zrywa się wzburzony i przybiera dramatyczną pozę; jego szare gatki za nic nie chcą się dostosować do dramatyzmu chwili (z jednej strony przykleiły się do nogi, odsłaniając pośladek). Mówi Kitty, że powinna wyjechać stąd z nim, opuścić to miejsce, bo inaczej nigdy się nie uwolni, a poza tym on, Alex, ma plan. Obmyślał to przemówienie przez całą godzinę, leżąc w ciemnościach.

– Porozmawiamy o tym przy śniadaniu, dobrze? – mówi ona, najbardziej neutralnym tonem, na jaki może się zdobyć, i obróciwszy się, stwierdza, że Alex klęczy u jej boku zdjęty jakąś nienaturalną paniką i z takim wyrazem twarzy, jaki wielokrotnie widziała u swych filmowych partnerów. – A teraz śpimy. Jest strasznie późno – zbyt późno, żeby odgrywać sceny z jakiegoś trzeciorzędnego filmu.

Odwraca się do niego tyłem i zaciska zziębnięte palce na kołdrze. Nawet kiedy kręciła te filmy, nawet jako naiwne dziewczę, spała kiepsko, bo męczyło ją podejrzenie, że wielu widzów, wielu kinomanów, zapamięta jakąś kwestię, jakiś obraz i wykorzysta to kiedyś podczas spotkania z ukochanym czy ukochaną.

SZEŚĆ / *Na byku do domu*

1

Park przypomina jakiś rosyjski prospekt. Pokryta złotem kopuła prawosławnej cerkwi przeziera spomiędzy drzew, ścieżka dla biegaczy przecina park na radziecką modłę, przez sam środek. Zwały brudnoszarego lodu piętrzą się pod drzewami, wokół ławek i fontann, także na ścieżce pozostała jedna osobliwa lodowa wysepka, przez którą przeskakują amatorzy joggingu. Alex nigdy by nie uwierzył, że można uprawiać jogging w lutym, ale okazuje się, że można. Jest dokładnie jedenasta. Roebling przeszło płynnie w jakąś inną dzielnicę i Alex zaczyna szukać stacji metra, żeby wrócić do miasta. Ułożył sobie na dzisiaj plan, zrobi zakupy: coś do jedzenia, bilet na samolot, jakąś książkę o samodoskonaleniu. Czeka go, jak lubią mówić urzędnicy w reklamach, piekielnie pracowity poranek.

Znajduje wolną ławkę i przypatruje się mieszaninie hipsterów i Polaków wydeptujących idealny krąg. Hipsterzy biegają w pochłaniających pot dresach marek modnych w latach siedemdziesiątych i w pochłaniających pot opaskach. Polacy podobnie, ale w innym stylu. Te dwie grupy nie spotykają się na ścieżce ani nie gawędzą przy fontannie; trzymają się swoich. Taki sam podział, jak zauważył Alex, obowiązywał w sklepie, w którym kupił sobie słodką bułkę. Śledzie, ołatki, kiełbasa, pierogi po jednej stronie, falafel i sernik po drugiej. A w księgarni książka znanego pisarza Charlesa Bukowskiego stoi na półce naprzeciw stołu, na którym piętrzą się egzemplarze Biblii po polsku.

Na ulicy Polacy zdają się rozumieć, co to śnieg, i stosownie się ubierają. Hipsterzy uważają, że mogą odsunąć zimno na drugi plan, lub po prostu je ignorują. Polskie dziewczęta mają woskową cerę i kocie oczy. Nie dostrzegają w Aleksie żywej istoty. Dziewczyny hipsterów mają policzki jak jabłuszka i rozczochrane włosy; mogą się nawet człowiekiem zainteresować, w zależności od tego, jak duże okaże zainteresowanie ich sztuką. Choć Alex jest na tym terenie dopiero od dwudziestu minut, czuje się absolutnie kompetentny, żeby prowadzić dalsze studia nad tą osobliwą kohabitacją hipsterów i Polaków, starać się rozwikłać łączące ich relacje, zrozumieć rządzące tu prawa. Czy jest tak, czy może inaczej? Popija swoją kawę. Dochodzi do następujących wniosków:

Na tym terenie:

1. Polacy potrzebują hipsterów, ponieważ hipsterzy zasilają dzielnicę pieniędzmi.
   Nadchodzi wiosna, trawa rośnie sama.
2. Hipsterzy potrzebują Polaków, ponieważ Polacy są swoistym dowodem na to, że hipsterzy – pomimo rosnącej stabilizacji materialnej – pozostają cyganerią. Życie na jednym obszarze z Polakami jest dla nich ostatnim przejawem autentyczności.
   Błękitna góra się nie porusza.
3. Hipsterzy są Polakami. Polacy są hipsterami. Polacy sprzedają podkoszulki retro z lat pięćdziesiątych, jakie nosiła w latach pięćdziesiątych obsługa na stacjach benzynowych. Hipsterzy jedzą śledzie w occie.
   Białe chmury płyną po niebie w tę i z powrotem.

Zadowolony z tej konkluzji Alex rozparł się wygodnie na zimnej ławce, rozkładając szeroko ramiona. W kieszeni miał bilet lotniczy, na kolanach otwartą książkę.

– *Jitgadal we'jitkadasz* – przeczytał na głos i powtórzył to bardziej pewnie po angielsku. Wpatrywał się w aramejskie pismo, z którego potrafił odczytać tylko podstawowe litery (*jod, taw, gimel, dalet, lamed*), ale nie pojmował niczego z dodatkowych kropek i kresek. Doprowadzało go to do szału. Położył dłonie na tekście. Zaczął oddychać przeponą. Nie było żadnego uzasadnionego powodu, żeby tak robić, poza takim, że sam brak powodu sprawiał, iż warto było to robić – oto idealnie żydowska logika. Ale nie chodziło bynajmniej o to. Ona powiedziała coś wcześniej i w tym tkwiło sedno.

On stał pod prysznicem, a ona przed lustrem w łazience i bez zażenowania na niego patrzyła. I wydawało się to prawie normalne. Nakładała makijaż i wypytywała o rodzinę Aleksa.

– Mój ojciec też – odpowiedziała do jego odbicia w lustrze. – Choć oczywiście w moim wieku to bardziej naturalne. Ale ja wiem, jakie to uczucie. Matka umarła, kiedy miałam zaledwie jedenaście lat. Bardzo ją kochałam.

Alex już miał na końcu języka zdawkowe, znane mu z telewizji słowa pociechy, które wszyscy z jego pokolenia znali na pamięć. Ale Kitty, nie robiąc przerwy, zaczęła opowiadać swoją historię, jakby wszystko, co powiedziała do tej pory, było zaledwie prologiem.

– Jakaś R u m u n k a – powiedziała z naciskiem. – Straszne! Jak ja jej nienawidziłam! Kobieta, rozumiesz, z którą się po śmierci matki ożenił. Jak w powieści albo w jakiejś bajce, taka była podła. Złodziejka, cudzołożnica, a w sensie społecznym parweniuszka. I n i e n a w i d z i ł a mnie. Ja byłam oczywiście bardzo piękna, a ona p a s k u d n a, jak maszkaron albo jakieś podobne straszydło. Biła mnie, jak tylko on nie patrzył. Ale najgorsze było to, że mieliśmy letni p a ł a c w Sankt Petersburgu – i wiesz co? Kiedy ojciec umarł, zabrała stamtąd wszystko, od obrazów i mebli po różowe angielskie spodki pod filiżanki! Wszystko zostało sprzedane za wielkie pieniądze, naprawdę, tak było! Coś, co należało do mojej rodziny od trzystu lat, wyobrażasz to sobie?

Zgroza, z jaką mówiła o takich szczegółach, jak spodeczki, rozśmieszyła Aleksa, odwrócił się więc do ściany. Niezmordowana Kitty monologowała nieprzerwanie, przechylając głowę to w jedną, to w drugą stronę, żeby założyć kolczyki z łezkami z pereł. Alex zakręcił wodę i cofnął się przed bryzgami ostatnich zimnych kropel.

– I spójrz, tam na wprost przed tobą jest jeden z najcenniejszych drobiazgów – powiedziała, odwracając się i wskazując palcem. – To owoc mojej ciężkiej pracy.

Alex spojrzał na owalną, oprawioną w złoto siedemnastowieczną miniaturę opartą o ramę okienną. Rosyjska praprapraprababka Kitty lekko nadpalona i bez jednego oka. Kitty spędziła ostatnie lata, płacąc Maksowi, by on z kolei opłacał innych ludzi, których zadaniem było penetrowanie całej Europy i odzyskiwanie różnych przedmiotów z jej dzieciństwa.

Alex wziął ręcznik, który mu podała.

– A więc to na to poszły twoje pieniądze.

– Oczywiście, że na to, a na cóż by innego? Nie pijam szampana, nie wydaję na żigolaków. To nawet dla mnie dziwne, bo zawsze byłam przekonana, że nienawidzę ojca za to, że się ożenił z tą kobietą, a teraz trwonię czas i pieniądze na ratowanie rzeczy, które po nim zostały. Większość z tego nawet mi się nie podoba. Ale jest to, jak sądzę, pewien gest. Człowiek nie wie aż do końca, co jest winien zmarłym.

– Niech będzie wywyższone i poświęcone Imię Jego – powiedział Alex głośno.

Zauważył z żalem, że to ostatnie zdanie wypowiedział głosem znanego aktora Jamesa Earla Jonesa, soczystym, głębokim basem, który często wydobywał się z jego krtani, kiedy recytował teksty religijne. Podniósł wzrok znad książki.

Co jesteś winien zmarłym.
Co jesteś winien zmarłym.
Co jesteś winien zmarłym.

Promienna młoda hipsterka z długimi żółtymi włosami i plecakiem mknęła na rolkach po ścieżce, piękna jak bogini. Przyklęknęła dwa kroki od niego, żeby zawiązać sznurowadło. Miała na sobie spódniczkę mini z lat osiemdziesiątych. Kolana miała podrapane i posiniaczone. Aleksowi wydało się wielce nieprawdopodobne, aby kiedykolwiek musiała się zastanawiać, jak opłakiwać w jakimś martwym języku nieżyjącego od piętnastu lat ojca.

– JITGADAL WE'JITKADASZ – powiedział, odrobinę za głośno. Dziewczyna poczerwieniała i przeprosiła go. Odjechała pośpiesznie, zanim zdążył się jej wytłumaczyć. Zobaczył ją kilka minut później, jak wychodziła przez bramę, w trampkach, na powrót ludzka, na dwóch ludzkich nogach.

2

Ale cofnijmy się nieco: Kto obudził się pierwszy? A może rzeczywiście, tak jak im się zdawało, ocknęli się jednocześnie, zaalarmowani trzepotem zasłony, ugodzeni promieniem nachalnego światła? Alex miał nadzieję, że zaskoczy ją w łóżku, wyobrażał sobie, jak wejdzie, niosąc na tacy świeży sok pomarańczowy, ledwie ścięte jajka, wysmukły flakon z pojedynczą różą i całą resztę podobnych filmowych rekwizytów, ale zaledwie otworzył oczy, otworzyła je i ona. Usiedli. A potem nagle, zanim zdążył ją powstrzymać, łóżko było puste (Wyobraź sobie, że w tym wieku, jeśli nie wstanie się natychmiast, nie zrobi się tego nigdy!), a ona znikła. Znalazł ją w kuchni; otwierała puszkę z sardynkami dla szalejącej, zziajanej Lucii, której z pyska wystawał język z zawiniętym koniuszkiem.

– Brr – otrząsnął się Alex i złapał się za głowę, żeby mózg nie wypłynął mu uszami.

– Wyglądasz jak Karloff – stwierdziła Kitty.

Jedli jajka na miękko i müsli przy oknie w salonie i przyglądali się młodej parze, która kłóciła się w domu z piaskowca naprzeciwko. Alex wziął od Kitty dwie tabletki paracetamolu i wrzucił je do resztek müsli z mlekiem.

– Zauważyłeś, że ona jest w eleganckim kostiumie – powiedziała Kitty, klepiąc dłonią w szybę – a on w piżamie. Ona jest ważną figurą, zdaje się w branży wydawniczej – widzisz, pełno tam książek – a jego widzę zawsze w łóżku aż do popołudnia. Od czasu do czasu siada na macie ze skrzyżowanymi nogami i siedzi tak trzy godziny. Wyobrażasz sobie? I raz w tygodniu dochodzi między nimi do okropnej awantury, po której on czasem udaje, że się pakuje, ale w końcu nigdy nie wychodzi. Ale ciało ma niewiarygodne – więc myślę, że możemy mu wybaczyć.

– Chciałbym, żebyś poleciała ze mną do Londynu.

Kitty zaśmiała się piskliwie, jakby ją ktoś połaskotał. Wstała, żeby posprzątać po śniadaniu, ale on chwycił ją za rękę. Usiadła z powrotem i uniosła brew.

– Cóż ci mam na to odpowiedzieć?

Alex przemilczał to pytanie; z posępną miną grzebał w miseczce.

– Po prostu...

– Co po prostu?

– Mówiłaś, że chciałabyś znów zobaczyć Europę.

– Chciałabym też znów mieć dwadzieścia sześć lat. Ale takie cuda się nie zdarzają.

Alex podniósł wzrok, przysunął się do niej i ujął ją za łokcie.

– Po prostu musisz stąd uciec. Od Maksa, od tego domu, w którym tkwisz całymi dniami. Zrobić sobie wakacje. To nie oznacza końca świata. Sprawa jest prosta. Zrobimy to dziś wieczorem.

– Jesteś bardzo milutki – powiedziała Kitty, uśmiechając się, i znów wstała. – I bardzo zmienny. Mówisz zupełnie jak Trevor Howard albo ktoś w tym rodzaju. I narzucasz błyskawiczne tempo. Znam cię dokładnie od dwudziestu czterech godzin. Podaj mi, proszę, to i ten kieliszek do jajek.

Okno w domu naprzeciwko podjechało raptownie w górę i młoda dama w kostiumie wytknęła energicznie rękę, pokazując na ulicę.

– Wynocha! Idź sobie precz!

– O la la – powiedziała Kitty, idąc do holu. – No i w końcu wybuchło.

– Posłuchaj – Alex ruszył za nią. – Wiem, że nie masz żadnych pieniędzy. Ale właściwie masz – to znaczy możesz mieć. Bez trudu. Połóż to, posłuchaj mnie – odłóż to na sekundę.

Kitty z dobrodusznym pomrukiem postawiła tacę na sekretarzyku. Alex rozejrzał się za czymś do pisania, znalazł pióro na kominku i chwycił jakieś stare czasopismo.

– Podpisz się tu tylko – napisz swoje nazwisko.

Kitty wzięła od niego pismo i pióro i rzuciła je na sofę.

– Och, Alex. A więc na tym polega twój plan! Myślisz, że o tym nie myślałam? Ale czy mam handlować swoimi autografami, piętnaście dolarów tu, piętnaście dolarów tam, zniżyć się do wyprzedawania własnego życia? Max mówił mi trochę o tym brudnym biznesie – i wybacz, Alex, ale to zbyt upokarzające. Popatrz, jak ja żyję: mieszkam sama, jem śniadanie z obcym człowiekiem. Moje życie jest i tak dostatecznie odarte z godności.

– Chwileczkę! Piętnaście dolarów? Czy tak właśnie opowiadał ci Max? On nie wie, o czym mówi. Widziałem ludzi, którzy dawali za twoje listy po osiem tysięcy dolarów, Kitty. Osiem tysięcy.

Tu ją zatkało. Otworzyła usta i zamknęła je z powrotem. Usiadła.

– Osiem?

– Osiem.

– To całkiem poważna suma. Mogłabym z takimi pieniędzmi sporo zrobić. I ty też, mam nadzieję, mówisz poważnie – mruknęła, patrząc na niego, i założyła pasemko włosów za ucho.

Alex przysiadł się do niej.

– Myślałem o tym. Przez całą noc. To ma ręce i nogi.

Usłyszeli trzask ponownie zamykanego okna po drugiej stronie ulicy i tym razem było to rzeczywiście coś ostatecznego. Tam koniec czegoś, tu początek.

– Ale co należy zrobić? To pewnie nielegalne. A zresztą jak mam sprzedawać własne...

– O tym ci właśnie mówię. Ty nie musisz robić niczego. Ja to załatwię, wszystko. Nie ma w tym nic trefnego. Będę po prostu na procencie, jak każdy agent.

– Ha! Już to kiedyś słyszałam. Potem zgarniali wszystko i wiali gdzie pieprz rośnie...

– Tylko zwyczajowe dziesięć procent. Ja ci chcę pomóc...

– Ty chciałbyś pomóc komukolwiek – zareplikowała, odsuwając się od niego. – Masz jakiś kompleks winy, widzę to wyraźnie – jestem katoliczką, też wiem co nieco o winie. Cierpisz na kompleks samarytanina! Nie potrzebuję żadnych aktów miłosierdzia.

– No dobrze, wobec tego możesz mi zwrócić za bilet lotniczy. Posłuchaj mnie, proszę. To nie jest filantropia. To dar, spłata długu, jaki mam wobec ciebie. Rzecz w tym, że możesz mieć piękne wakacje. Zarobić trochę pieniędzy. Potem, jeśli zechcesz, będziesz mogła zamieszkać, gdzie tylko zamarzysz. Na przykład we Włoszech. Gdziekolwiek. Jeśli zrobimy to jak należy.

– Chodź no tu, Lucia! – pies wskoczył jej na kolana – czy ty słyszysz tę bajkę o fantastycznym interesie? Jakie jest twoje miejsce w tym planie, co? No i jeszcze pozostał Max – ojej! Max będzie tym pewnie zachwycony, co?

– Max Szmaks – powiedział Alex i zaklął soczyście, wywołując wybuch śmiechu Kitty. – To będzie tylko tydzień albo coś koło tego. Powiemy mu o wszystkim po twoim powrocie. Nie będzie zrzędził, kiedy zobaczy pieniądze. I jeśli polecisz pierwszą klasą... Lucia to drobinka. Zmieści się w torbie, nie uważasz?

Lucia usadowiła się na kolanach Kitty i wydała z siebie pomruk zadowolenia, kiedy czułe palce pani zaczęły masować luźną skórę na jej karku.

– Kitty?

– Tak, słucham cię, słucham. Ale za dużo wszystkiego naraz. I co to znaczy „zrobić jak należy"?

– Sukcesywnie.

– Nie rozumiem.

– Stopniowo, powoli. Jeśli zalejemy rynek, wartość wszystkiego spadnie do zera. Będziemy podpisywać stare fotosy – możemy nawet spróbować postarzyć atrament – ale większość indywidualnych nabywców nawet tego nie sprawdza. Stare listy, jeśli jeszcze coś zachowałaś. Mogę to robić na otwartym rynku, na aukcjach, w internecie, przez agentów...

Plan rodził się w jego głowie na gorąco, w trakcie jego omawiania. Rosła też skala planowanego przedsięwzięcia. Perspektywiczna odwaga Aleksa wypełniała pokój jak gigantyczna poduszka powietrzna. Alex nie widział żadnego ryzyka ani dla Kitty, ani dla siebie.

3

Późny lunch zjedli w barze hotelowym. Lovelear i Dove siedzieli na koszmarnie niewygodnych stołkach, czekając, aż dwie flądrowate blond kelnerki zakończą swoją zmianę. Jak poinformowali Aleksa, urabiali je sobie od śniadania. Dowód tych zabiegów, stos pustych, wyścielonych papierowymi serwetkami miseczek z rafii, ociekających sokiem trzydziestu pikantnych skrzydełek kurczaka, czekał na sprzątnięcie. Sprytny Alex dodał do tego pustą butelkę po czerwonym winie, trzy lepkie od resztek whisky szklaneczki, koktajl, z którego zdołała ocaleć tylko wisienka, i puszkę po piwie, w której wylądował niedopałek. W polu widzenia Aleksa mignęło pulchne czerwone ramię i kreska między żółtawymi piersiami, kiedy jedna z kelnerek sprzątała keczup.

– Niezłe sztuki, co? – stwierdził Lovelear.

Alex przyjął solidnego kuksańca w żebra od Loveleara w milczeniu, a potem wydobył z siebie melodyjne beknięcie, bo tylko on był w tym towarzystwie mistrzem zen. Poklepał się po brzuchu. W drugim końcu salki wiekowy dżentelmen nazywany tu panem Martinsem koszmarnie rozwlókł ostatnie akordy piosenki *Some Enchanted Evening*, w nadziei, że wydusi jakieś brawka od resztek widowni, jaka mu pozostała: trzech pijanych facetów, dwóch kelnerek i jednego pikolaka. Alex zaklaskał ostentacyjnie i nawet w porę, biorąc pod uwagę okoliczności. Sędziwy dżentelmen odwrócił się i skłonił, najwyraźniej samemu Aleksowi. Obciągając wytarty fioletowy smoking niczym jakiś kamerdyner. I to na tym właśnie polega odbiór produkcji artystycznych przez publiczność, jak się tak dobrze zastanowić, pomyślał Alex. Na ponurej, banalnej wymianie. Beztalencie oklaskiwane przez bezguście. Martins zamknął niepewnymi rękami wieko pianina, zdjął z niego wizytówkę ze swoim nazwiskiem i położył na jej miejsce kartkę z informacją: WRACAM O 17.30! Jedna z kelnerek Loveleara wtoczyła na wózku świeżo wykonaną lodową rzeźbę. Biodrzastą Wenus wyłaniającą się z muszli.

– Kiedy Della i Maude skończą zmianę – powiedział Lovelear, oblizując dokładnie sos skapujący z palców – idziemy na łyżwy. Wszyscy jeździmy na łyżwach. To nasze ostatnie popołudnie. Ty też idziesz.

Pojeździmy, a potem, bardzo szybko, wydymamy je i fru do kraju. A więc tak jak w piosence: pokochamy je i porzucimy, w sensie d o-s ł o w n y m. Taki mamy plan.

Alex nie zwierzył im się ze swoich planów; powstrzymała go od tego myśl o niebezpiecznym entuzjazmie Loveleara. Wątpił też, czy może im zaufać, że nie puszczą farby. Poza te dwa fakty Alex myślą nie wychodził. Zabukował bilet dla Kitty na rejs o godzinę wcześniejszy niż jego. Zamierzał wsadzić ją do samolotu na jednym lotnisku i odebrać na innym, po drugiej stronie oceanu. *Interim*, jak lubią mówić konsultanci, można było wykorzystać na jazdę na łyżwach.

– Ach, to fajnie – powiedział Lovelear, zbity z tropu jego brakiem oporu.

– Fajnie.

– A co do dziewczyny – nie możemy ci odstąpić żadnej z naszych. Weź Honey Smith, a potem, jeśli nasze dwie się nie sprawdzą, zawsze będziemy mogli ją, no wiesz...

Dove, który ubóstwiał slapstick, zaczął chichotać, bo Alex sięgnął do stojaka na parasole, wyciągnął z niego parasol golfowy i zdzielił nim Loveleara po grzbiecie.

– Ty masz psią naturę – powiedział, nie wypuszczając parasola z rąk. Lovelear patrzył na niego jak w scenie z jakiegoś filmu. – Psią. Potrafisz tylko wyć do księżyca. Uganiać się za własnym ogonem. To c-cały ty. To jest p-psia, rozumiesz... – jąkał się, bo alkohol zalewał wyższe piętra jego ducha – psia – zupełnie jak u psa – i tylko gonisz, gonisz ten swój ogon, to cały ty.

– Jasne, cholera, że gonię własny ogon – rzekł hardo Lovelear, zsuwając się ze stołka i przenosząc całą swą przymuloną uwagę na Dellę, tę grubszą, która właśnie przerzuciła fartuszek przez bar.

Wróciwszy do pokoju, Alex umył ręce i głowę. Z mokrymi włosami przypominał trochę rosyjskiego mnicha. Opadały mu w dwóch nierównych partiach, układając się płasko na głowie, a spomiędzy nich wystawały jego uszy fanatyka, spiczaste i odstające. Po kilku daremnych próbach poprawienia swego wyglądu wyszedł z pokoju i zajrzał do sąsiedniego.

– Na łyżwy? – zapytała z niedowierzaniem Honey, cofając się, żeby go przepuścić. – Z tobą?

– Tak. I z tamtymi.

– Nic ci nie jest? Wyglądasz dziwnie.

– Owszem. Mam mokre włosy. Spotkamy się w holu za dziesięć minut. Weź pulower.

– Co?

– Sweter. Wciąż pada śnieg. Okropnie.

– Aha. Chyba trochę za wcześnie, żeby się tak zalać?

– Nie, nie, nie, pani buddystko. Pozwól, że cię o coś zapytam. Czy czytałaś taką książkę pewnego słynnego Żyda, w której ktoś pyta kogoś innego, jak się nazywa, a tamten odpowiada „Czarnuch"?

– Słucham?

– A teraz drugie pytanie – powiedział Alex, opierając się o futrynę. – Czy uważasz, że jako czarna kobieta... nie, wróć: że ja nie mogę cię zrozumieć, bo jesteś czarna, czy jak?

Honey przytknęła swój ogumiony palec do jego mostka i pchnęła go z całej siły.

– Mógłbyś mi łaskawie nie dyszeć prosto w twarz?

– Bo tak się składa, że moja dziewczyna jest czarna. I mój najlepszy przyjaciel. Też. Wiesz? No więc. Tak to wygląda. Rozważ to.

– Gratuluję – powiedziała Honey z uśmiechem. – No cóż, to chyba nasze ostatnie kilka godzin, k o c h a n i e. Będę za dziesięć minut w holu, okej? Spróbuj jeszcze raz polać głowę wodą.

Wróciwszy do pokoju, Alex zauważył coś, co przeoczył poprzednio: jego pokój został przywrócony do pierwotnego, przedtandemowego stanu. Dwa dni idealnie przewinięte.

Okazało się, że dziewczęta nie były urodzonymi łyżwiarkami. Z nich dwóch Della radziła sobie gorzej; co parę minut padała widowiskowo na Loveleara, który starał się z całych sił postawić roztrzęsioną i rozchichotaną dziewczynę na nogi, jak ktoś, kto usiłuje wtłoczyć z powrotem galaretkę do formy. Maude, w sztywnych ramionach cudzołożnika Iana, podnosiła wysoko nogi, jakby brodziła przez chlapę, i wydawała z siebie ptasie, skrzekliwe dźwięki, gdy tylko próbował oderwać ją od bezpiecznej barierki. Honey nie potrzebowała pomocy Aleksa. Dostojnie, gładko i bezkolizyjnie okrążała lodowisko, wykonując od czasu do czasu precyzyjny, efektowny piruet. Alex siedział z boku i palił papierosa. Jak się zorientował, krawędzie łyżew były w odróżnieniu od ludzkich stóp bardzo cienkie i ostre. Aby coś takiego założyć na nogi, trzeba było być optymistą. Decyzji o wejściu na lód nie należało podejmować lekkomyślnie.

Na tym lodowisku były też jednak przyjemności dla człowieka, który nie jeździ na łyżwach. Zwykle obojętny na uroki krajobrazu, tutaj musiał poczuć podziw dla tego majstersztyku urbanistycznego planowania usytuowanego na wzgórzu z panoramicznymi widokami. Dostarczało to człowiekowi doznań, jakich potrzeby nawet sobie nie uświadamiał: uczucia, że jeździ na łyżwach na samym szczycie świata. Mógł stąd zobaczyć Roebling. Pomyślał o otwartej walizce, o pochylonej nad nią Kitty, składającej szlafrok. Mógł zobaczyć port lotniczy i wierzchołek ich hotelu. Przez głowę przemknęła mu myśl o rachunku z minibaru. Mógł zobaczyć, gdzie żyją Żydzi, Polacy, Latynosi, czarni, Rosjanie, Indianie, punki i eleganckie damy. Widział jedwabne flagi powiewające na wietrze.

Daleko na tafli widział Honey otoczoną gromadą dzieciaków. Szarpały ją na wszystkie strony. Jeden z malców dźgał ją czymś długim i najwyraźniej ostrym w twarz. Alex podniósł rękę, żeby sprawdzić, czy wszystko jest okej; pomachała mu w odpowiedzi i uśmiechnęła się. Dwóch malców przewróciło się i teraz wreszcie mógł zobaczyć, co się tam dzieje. Honey rozdawała autografy. Dzieci było około dziesięciorga, kłóciły się o pióro i szukały gorączkowo kawałków papieru, na którym mogłaby się podpisać. Tłumek się powiększał. Pojawili się mężowie, potem żony. Honey musiała podjechać do barierki i ustawić ich w choćby prowizoryczną kolejkę. Alex poczuł na dłoni coś mokrego i opuścił rękę. Na linii życia wylądował mu nieprawdopodobnie duży płatek śniegu, wielki jak cukierek. Alex przypatrywał się, jak topnieje. Roześmiał się. Po chwili śmiał się jak wariat. Potem drzewa przeobraziły się w królów w gronostajach, a każdy budynek we wspaniały gmach i słońce zażądało od chmur, żeby się rozpierzchły, i światło zrobiło z każdego gwiazdę filmową, piersi Delli zamieniły się w istne cuda i niebo poróżowiało, i zaśpiewał Sinatra. Sinatra był na liście rzeczy, które Alex kochał. I zacisze domowe. Czipsy. Dobre książki.

Okoliczności były sprzyjające. Alex rzucił niedopałek w krzaki, zasznurował buty i wkroczył na lód. Zdążył zrobić jeden krok, gdy pojawiła się za jego plecami Honey i porwała go na środek lodowiska.

– Widziałeś? – zapytała, dysząc mu gorąco w ucho.

– Bałem się o życie tych dzieci. Wydawało mi się, że chcesz je poprzebijać ich własnymi piórami.

– Nie, postanowiłam darować im życie. To tylko nazwisko – powiedziała, przeprowadzając dwoje malców przez bramkę utworzoną z rąk innej dwójki. – To nie ja. Te podpisy nie biorą się ze mnie. To tylko atrament.

– Bardzo głęboka refleksja, panno Richardson.

– Tak myślę. No cóż, panie Tandem. Jeśli zostanie pan w tym mieście, może to oznaczać początek pięknej przyjaźni, nie uważa pan?

Zatoczyli jeszcze jeden krąg, idealnie, płynnie, demonstrując lekkość i fantazję lotu. Oboje wiedzieli, że jest to ich wersja pożegnania; ta puenta miała w sobie coś boskiego. A oto lista (niekompletna) Aleksa.

Głos Sinatry pomiędzy 1948 i 1956 rokiem

Prawa stopa Donalda O'Connora

Stara droga do szkoły w marcowy poranek

Litera א

Chwila, kiedy jestem w niej, a jej nogi oplatają mi biodra

Przewracający się ludzie

Dowcipy

Zapasione koty

Jedzenie

Filmy z Kitty Alexander

Relacje między ludźmi, w których nie występuje krew ani żadne inne płyny

Tytoń

Opowiadanie dzieciom, że życie jest jednym cierpieniem

Alkohol

Bóg

Zapach cynamonu

Esther

4

Ostatnie wezwanie z megafonów. Ten złowieszczy moment, kiedy tylko odpowiedni kawałek papieru pozwala ci zrobić krok naprzód.

– Słuchaj – powiedziała, ująwszy go pod brodę. – Będziesz tam, obiecałeś mi to.

– Będę. Będę tam godzinę później.

– Godzinę, to niesamowite! Co można robić na lotnisku przez godzinę?

– Przyglądaj się ludziom – zasugerował Alex. – Obserwuj ludzi.

Kitty wzdrygnęła się.

– Na to się już napatrzyłam. Z wersją, w której nie wracali włącznie.

Alex pocałował ją w upudrowane czoło. Pachniała filmowym makijażem. Miała na sobie czerwoną suknię, brylanty w uszach i zielone migotliwe cienie na powiekach. Nawet siedząca w torbie Lucia miała na sobie piękny nowy płaszczyk w kratę. Ta dwójka pochodziła z epoki, kiedy podróż była jeszcze widowiskiem.

– Biedna Lucia. W torbie przez siedem godzin. Damie nie przystoi podróżować w ten sposób.

– Nic jej nie będzie – powiedział Alex, wsuwając rękę do torby, żeby pogłaskać Lucię. – Zadbaj tylko, żeby siedziała cicho.

– Max prawdopodobnie powiadomił już policję. Pomyśli, że porwał mnie jakiś zboczeniec, żeby mnie zgwałcić albo popełnić jakieś inne szaleństwo.

– Załatwię sprawę z Maksem – powiedział Alex i bez najmniejszej wiary w dotrzymanie tej obietnicy pocałował na pożegnanie jeszcze raz.

Godzinę później spotyka go wielkie szczęście; okazuje się, że umieszczono go w klasie biznesowej. Nigdy jeszcze w niej nie leciał i choć wie, że powinien być zadowolony, coś go w tym wszystkim przeraża. W tym wysiłku, jaki podjęto. I wszystko to tylko po to, żeby ustanowić i zatwierdzić kilka drobnych różnic pomiędzy dwoma rodzajami soku pomarańczowego, serwetek (tekstylnych lub papierowych), grubością koca, ostrością ołówka. Różnice między klasą turystyczną a biznesową wydawały mu się ziemską ilustracją gojowskiej koncepcji nieba. Czyli miejsca dla takiego dziecka, które delektuje się górą lodów w chwili, gdy jego koledze wafelek z lodem spada na ziemię.

Z drugiej strony, w klasie biznesowej można skorzystać z telefonu. Alex wsunął do jednego z aparatów swoją kartę kredytową i przy taryfie dziewięć dolarów za minutę wysłuchał Esther, która opowiedziała mu, że podczas operacji, w przebłyskach świadomości, czuła obecność jego ojca, siedzącego przy niej.

– Pewnie to brzmi jak jakieś kompletne majaczenia – powiedziała ledwie rozpoznawalnym, słabym głosem.

Alex milczał. Esther miewała takie chwile, jak ona to nazywała, „uduchowienia", który to stan obejmował zarówno przypływy wiary w ukryte w gwiazdach znaki, jak i niezwykle inspirujące dysputy z jej afrykańskimi przodkami prowadzone za pośrednictwem poezji. W tych sprawach Alex zachowywał własne zdanie. Wiara w takie rzeczy przychodziła mu z trudem. Skonfrontowany z tego rodzaju spirytualizmem, dostrzegał tylko jego aspekt komiczny.

– No proszę cię – rzekła. – Powiedz coś. Cokolwiek.

– Nie, ja... nic. Ale... To był m ó j ojciec? Nie t w ó j?

– Twój. Trzymał mnie za stopę.

– To by się zgadzało, bo za życia często trzymał ludzi za stopy, stopy były dla niego bardzo ważne...

– Ach, mniejsza z tym. Nieważne. Słuchaj, nie mogę głośno mówić. Jestem cała pokrojona. Muszę już kończyć.

Stewardesa zbliżyła twarz do twarzy Aleksa i zapytała, czy podać mu kakao.

– Esther, zaczekaj. Chwileczkę. Kiedy wychodzisz?

– Rano. Już niedługo. Jestem gotowa. Chcę już wyjść.

– Mam ci coś fantastycznego do powiedzenia.

– Zostaw to na jutro. Ja mam ci do pokazania mnóstwo szwów. Możemy zagrać w Ty Mi Pokaż, Ja Ci Powiem. A gdzie ty właściwie jesteś?

– Pędzę wprost na Mountjoy. Lecę nad wielką wodą. Jak myślisz, gdzie miałbym większe szanse w razie katastrofy – na wodzie czy na lądzie?

– Alex, co z tobą? Odpukaj natychmiast w niemalowane drzewo.

– Nie ma tu nic takiego – jestem w klasie biznesowej, wszystko zaawansowane technologie. Same imitacje.

– O d p u k a j.

– Och, wyluzuj się. Co z pochodnymi drewna?

– Wystarczą.

Alex dotknął menu, z którego mógł wybrać grzyby przyrządzone na jeden z pięciu sposobów.

SIEDEM / *Byk przezwycięża własne ograniczenia*

1

Kanapa była trzyosobowa, z czerwonym welurowym obiciem. Rabin Darvick trzymał jeden koniec, rabin Green drugi; idąc, prowadzili ożywioną rozmowę. Kiedy nadszedł Alex, ustawili właśnie kanapę prostopadle do pomnika bohaterów wojny i usiedli na niej.

– I oczywiście najbardziej niezwykłe jest to, że zrobili to wszystko w pracowni – mówił rabin Green, wskazując na ruchliwą aleję. – Całą ulicę od samego początku!

Pierwszy dostrzegł Aleksa Darvick. Wstał, żeby uścisnąć mu dłoń.

– Tandem! Znów w domu! Wspaniałe miasto, co? No tak. Ładny mamy ranek, a raczej powinienem chyba powiedzieć – zerknął na jasną plamę ma przegubie – ładne popołudnie.

– A gdzie Rubinfine? – zapytał Alex, rozglądając się dokoła.

– Właściwie to rabbi pojechał samochodem, żeby załatwić t w o j e sprawy – powiedział Green i nie wstając, schwycił go za rękę, której Alex nie zdążył cofnąć. – Pojechał do synagogi przy Mulberry Road porozmawiać z rabinem Burstonem. O czwartku. I o porządku dnia.

– Nie musiał tego robić – powiedział Alex ze złością. – Mogłem to zrobić sam.

– Tak, oczywiście – rzekł Green z uśmiechem. – Tylko że nie zrobiłeś.

Zegar na stacji wybił południe; przewinął się pod nim chaotyczny wąż uczniaków. Drzewa ze świeżo obciętymi gałęziami uniosły swoje powykręcane kikuty ku niebu. Alex widział, że jest to Mountjoy, ale jakieś wyraźniejsze i trochę obce, tak ostre, jakby właśnie wyszedł od optyka.

– Źle wyglądasz – powiedział Darvick i zagwizdał. – To przez to zakłócenie rytmu dobowego. Lepiej usiądź na chwilę.

– Właściwie to chciałem pochodzić po sklepach...

– Usiądź na chwilę, bardzo cię p r o s z ę – powiedział Green i poklepał wolne miejsce na sofie między nim a Darvickiem. Alex uległ, ale usiadłszy, założył nogę na nogę i utkwił wzrok w swoich stopach.

– My – to znaczy rabin Green i ja – też będziemy w minjanie w czwartek wieczorem, wiedziałeś o tym? – zapytał Darvick, kładąc mu rękę na kolanie. – Jak również wielu twoich przyjaciół. Będą same znajome twarze.

– To wspaniale – powiedział Alex, usiłując sobie przypomnieć, po jaką karmę dla psów posłała go Kitty. – Naprawdę jestem głęboko wdzięczny, bo przecież minjan, w którym jest mniej niż dziesięć osób, to żaden minjan. Nie jest koszerny. Tak ja to przynajmniej rozumiem. Więc dziękuję. I przekażcie podziękowania Rubinfine'owi.

– To o wiele lepsze dla ciebie niż cokolwiek innego – powiedział Darvick konspiracyjnym szeptem. – To jest prawdziwa wiara. To z a ł a t w i a wiele spraw.

– Jasne. Rozumiem – powiedział Alex, wstając.

– Życie – powiedział Green – a ton jego głosu zdradzał, że będzie coś cytował – jest tą odrobiną, jaka nam pozostała z umierania. Znasz tego poetę?

– Nie czytam poezji, rabbi. Nie mam na to czasu.

– Czcij zmarłych – powiedział Green, całkiem innym, lodowatym tonem.

– Zrobię to, czego się ode mnie wymaga – odpowiedział Alex, równie lodowato.

– A jak tam twoja książka? – zapytał Darvick; głos miał niby wesoły, ale beznamiętny – Ta o tym, jak to jedno jest przeciwieństwem drugiego, tatatata i tak dalej.

– Zmęczyła mnie, skończyłem z nią – odparł Alex i na odchodnym zasalutował po komediancku.

Wróciwszy do domu, zaparzył jej kawę i przeprosił jeszcze raz za stan mieszkania.

– W Iranie – powiedziała Kitty z ożywieniem – mieszkałam przez trzy tygodnie w namiocie. W Etiopii – w lepiance zrobionej z niczego, z bydlęcego nawozu! Ty o tym nie wiesz, ale ja jestem wielką podróżniczką. Kiedy skończyłam z filmami, wyciągnęłam z nudów mojego trzeciego męża z domu i ruszyliśmy w podróż dookoła świata. Siedzenie w twojej sypialni to nie jest wielka atrakcja, wierz mi. Jedyne, co nas naprawdę interesuje, Lucię i mnie, to to, gdzie się podziewa twój słynny kot.

– Nie potrafię ci powiedzieć – rzekł Alex, siadając naprzeciw niej, żeby mieć ją w kadrze – jakie to dziwne uczucie, kiedy widzę, jak siedzisz tutaj. Dokładnie tu. Po prostu tu, w moim mieszkaniu.

Kitty podciągnęła nogi na fotel i potrząsnęła głową.

– Co w tym takiego dziwnego? Wyobraź sobie, że przyjechała do ciebie babcia. I nie wymiguj się – mów, gdzie jest ta żydowska kotka? Opowiadałeś o niej w taksówce z takim zapałem! Wyczuwam, że istnieje możliwość – powiedziała, wskazując ruchem głowy na Lucię, która uganiała się jak szalona wokół stolika za zmaltretowaną szmacianą myszą Grace – zaprzyjaźnienia się tych dwóch przeciwieństw, *jing* i *jang*. Co byłoby...

Ale tu zaczął hałaśliwie domagać się uwagi telefon w przedpokoju i Kitty odprawiła Aleksa władczym gestem.

– Alex – odezwał się w słuchawce głos Adama, który brzmiał tak, jakby przyjaciel odnalazł go w labiryncie. – Wróciłeś. I w samą porę. Jemy właśnie lunch. Joseph już jedzie po ciebie.

– Joseph? Co? Nie mogę do was przyjść, Ads, jestem zajęty. Jestem kompletnie – nie, słuchaj – mogę do ciebie zadzwonić później?

W słuchawce huknęło coś trzykrotnie; zdenerwowany Adam walił nią w stół.

– Halo, pan Pedzio? Nie, nie możesz zadzwonić później. To jest lunch. Spotkanie na szczycie. Tak to nazwałem i przyszli wszyscy. Z Grace włącznie – musisz ją zabrać, mamy siebie nawzajem serdecznie dość. Zresztą jest już za późno, Joseph będzie u ciebie lada chwila...

– Nie, Ads, słuchaj, ja nie mogę – ten lunch nie jest – muszę – no więc poza wszystkim muszę się zobaczyć z Esther – zaczął Alex i z przykrością uświadomił sobie, że pomyślał o niej po raz pierwszy od chwili, gdy samolot wylądował na lotnisku.

– Ona teraz drzemie w domu. Daj jej się wyspać. Przyjedź na lunch.

– Słuchaj, zaszły pewne okoliczności... Muszę z tobą porozmawiać...

– Rozmawiasz ze mną.

– Osobiście.

– Więc przyjdź na ten cholerny lunch.

Telefon przełączył się na upokarzający monotonny sygnał.

– Idź, oczywiście – powiedziała zarumieniona Kitty, kiedy Alex stanął w progu. – Idź na ten lunch. Ja jestem wykończona tym lotem. I tak miałam cię przeprosić i iść odpocząć. Idź, proszę. Weź Lucię, ona marzy o spacerze. Jest strasznie podekscytowana.

Przepraszając ją gorąco, Alex zacisnął palce na poręczy i patrzył, jak Kitty wchodzi na górę. Pomykająca za nią Lucia zdążyła wbiec do połowy schodów, kiedy udało mu się ją chwycić pod brzuszek. Przycisnął ją do piersi i drugą ręką zatkał jej pysk.

– O tak. Trzeba z nią twardo, bo inaczej nie traktuje nikogo poważnie. Smycz wisi na poręczy.

Dzwonek przy drzwiach, w którym wyczerpała się bateria, wydał z siebie zduszony jęk.

– Czyj to pies? – zapytał Joseph. Miał na sobie szary garnitur, długi czarny płaszcz i trzymał w dłoni aktówkę. Włosy miał zaczesane do tyłu, był gładko ogolony. Wyglądał jak przedsiębiorca pogrzebowy.

– Mój – odparł Alex, zapinając Lucii smycz. – Pomyślałem, że pora. Żeby kupić sobie psa.

– Ciekawa decyzja – powiedział Joseph, zamykając za nimi drzwi. – Miło was oboje widzieć. Jak się wabi?

– Endelmann.

– Pięknie.

Joseph otworzył furtkę.

– Chodź, Endelmann, idziemy, grzeczny piesek.

Cała trójka przeszła na drugą stronę ulicy.

– Niespodzianka – powiedział Joseph obojętnym głosem i podszedł do pięknego czerwonego MG od strony kierownicy. Włożył kluczyk do zamka.

Alex podniósł Lucię i oboje zajrzeli przez szybę.

– Joseph, czyj to samochód?

– Twój – odparł Joseph, otwierając drzwi. Nagle znieruchomiał, patrząc w górę ponad głową Aleksa.

– Alex, kim jest ta starsza pani w twoim oknie?

– No wiesz... – zawahał się Alex, odpowiadając Kitty, która machała Lucii na pożegnanie. – Matka mojej mamy. Znaczy, moja babka. Czyj to samochód?

– Twój. Powtórzymy jeszcze raz ten dialog, czy już wystarczy?

– Naprawiony? – wybąkał Alex, cofając się o krok. Lucia przypadła do ziemi i zaczęła obwąchiwać koła.

– Nie, nowy. Adam to prorok. Ubezpieczył stary trzy tygodnie temu, u mnie, u Hellera. Nie mówił ci, bo chciał, żebyś się jeszcze trochę podenerwował. I kupił go stosunkowo tanio, zdaje się, że zostało jeszcze trochę pieniędzy. Jak na tak religijnego faceta ma nosa do interesów. Ja siądę za kierownicą, ty zasiądź do działka. Zmęczenie długim lotem i ciężka maszyneria nie idą w parze. Na pewno byśmy dachowali, nie uważasz? I włączymy rap, co?

– To oczywiście niemoralne – powiedział Alex nieco później, kiedy przejechali główną ulicą Mountjoy, odprowadzani pełnymi uznania spojrzeniami. – Ta cała idea ubezpieczenia. Rzeczy ulegają zniszczeniu. Ludzie umierają. To właściwie pogaństwo; ubezpieczenie jest jak ten mistyczny rytuał, który odprawiamy z lęku przed tym, co nieuniknione.

– Mylisz się. Częścią nieuniknionego – powiedział Joseph, skręcając w prawo – jest potrzeba kompensacji. Korzystanie z niej jest grzechem, ale jej potrzeba to akt wiary. W tym jest Bóg. W pragnieniu.

– Ale jednak to jest oszustwo – upierał się Alex.

– To dar łaski, jak zdrowie albo kobieta. Nie należy ci się jako coś oczywistego – ale jest pożyczką, częściową zapłatą za niedole codzienności.

– Dokąd my jedziemy? – zapytał opryskliwie Alex; wyszedł z wprawy w takich żydowskich sporach.

Raper z głośnika wyjaśniał, jak odbiera Rzeczywistość. Był do niej przywiązany. Nigdy się jej nie wyrzekał.

Alex przycisnął tyłek Lucii stopą, żeby leżała spokojnie.

– I właściwie z jakiej okazji ten lunch?

– Do rosyjskiej restauracji na East Endzie. A lunch pewnie dlatego, że upłynęło trochę czasu. Bo czekałeś na jednego, a tu trzej przychodzą naraz. Bo Adam uczy się rosyjskiego. Bo jak nie urok, to srebrne wesele. I tak dalej.

– Byłoby miło, gdybyście mnie uprzedzili. Zamiast mnie, cholera, w z y w a ć. Co u Boot? – zapytał Alex z sadystyczną przyjemnością, patrząc w inną stronę. Joseph zaczerwienił się.

– Bez zmian – powiedział cicho. – Napisałem do niej kilka listów. Im więcej piszę, tym jestem bardziej skrępowany w kontaktach fizycznych. Pod tym względem czuję się coraz bardziej zakłopotany, jeśli to ci sprawi przyjemność.

– Oczywiście, że mi to nie sprawia p r z y j e m n o ś c i – mruknął Alex, nagle zawstydzony. – Szkoda, naprawdę. Ona jest bardzo miła, ta Boot. A tak nawiasem mówiąc, co jest z tobą, jeśli chodzi o kobiety? Nigdy nie możesz wystartować.

Joseph nie odpowiedział. Alex obrócił się i patrzył, jak przechodniów za szybą zasysa z powrotem tam, gdzie byli przed chwilą. Lucia szczeknęła krótko.

– Nie wiem, co się ostatnio popsuło między nami – powiedział w końcu Alex. – Zachowywałeś się... po prostu dziwnie.

Joseph uśmiechnął się z goryczą. Zaczął bębnić palcami o obciągniętą skórą kierownicę.

– Przeobraziliśmy się wzajemnie w jakieś abstrakcyjne byty, to dla mnie oczywiste – powiedział zdecydowanie. – Boimy się jeden drugiego jako takich czy innych symboli. Nie mówimy sobie prawdy.

– Słuchaj, jest d o k ł a d n i e tak, jak mówię – rzekł z irytacją Alex. – Nie wiem, co ty masz na myśli. Rzecz między innymi w tym, w jaki sposób wyrażasz samego siebie. Byliśmy kiedyś przyjaciółmi. Nie było żadnych... takich. Wszystko przychodziło nam łatwo.

– Byłem kiedyś łowcą autografów – powiedział Joseph chłodno, poprawiając boczne lusterko. – A ten pies nie ma samczych genitaliów. A twoja babka umarła w dniu, w którym Niemcy wkroczyli do Paryża.

Odwrócił wzrok od drogi, żeby spojrzeć na Aleksa.

– Myślę, że mnie nie cierpisz – powiedział Alex, wytrzymując spojrzenie Josepha z kamienną twarzą – bo nie cierpię tak jak ty czy coś podobnego. Zwłaszcza ostatnio. Traktujesz mnie zupełnie jak jakiś sędzia. I wymierzasz karę. Wyczuwam, że jesteś wściekły na mnie za to, że mogę robić to... że mogę robić to, co k o c h a m, a nawet jeśli nie kocham, to przynajmniej, no wiesz... toleruję. A wiem, że ty też uwielbiałeś to robić, przecież to ty mnie tym z a r a z i ł e ś – a potem ugrzęzłeś w tym biurze. Ale to nie moja w i n a, Joe. To nie jest, do cholery, moja w i n a.

Jedno z wypowiedzianych przez niego słów zawisło, rozwścieczone, w powietrzu, jak gdyby umieścił je w komiksowym dymku. Joseph zdjął jedną rękę z kierownicy i położył ją niepewnie na dłoni Aleksa, przywracając tym jednym dotknięciem świadomość, którą Alex miał od początku. Poczucie odpowiedzialności, której nigdy nie chciał i której nigdy nie mógł sprostać.

– To jest przeciwieństwo nienawiści – powiedział Joseph niskim, łamiącym się głosem. – To z a d z i w i e n i e. Nie widzisz tego. Masz w ł a d z ę nad rzeczami. Ja dokumentuję akty Boga. Ja ubezpieczam na wypadek jakiejś katastrofy. Ale ty obracasz się w świecie rzeczy. Sprzedajesz je, wymieniasz, handlujesz nimi, rozpoznajesz je, nazywasz, klasyfikujesz – Alex wyswobodził dłoń i uderzył na znak protestu w deskę rozdzielczą, zdumiony, jak większość ludzi, tą wygłaszaną przez kogoś z zewnątrz pochwałą epizodu, który nazywamy naszym życiem – piszesz o nich tę cholerną k s i ą ż k ę – ciągnął Joseph. – Jestem tym wręcz przerażony, twoją determinacją, by nadawać kształt temu, co dla mnie jest zasadniczo pozbawione jakiegokolwiek kształtu – i paradoks polega na tym, że ty sobie nawet tego nie uświadamiasz. Wciąż mówisz o rozpaczy, ale nie wiesz nawet, jaki ona ma kolor. Masz Esther, pomijając wszystko inne. M a s z kogoś. Spróbuj – zakończył, ze zdławionym śmiechem – spróbuj pożyć piętnaście lat, kochając bez wzajemności.

– Jest milion innych dziewczyn...

– Bez wzajemności – powtórzył Joseph głośno. – Kogoś, kto nawet nie wie, że żyjesz. Spróbuj tak pożyć.

Zatrzymali się na światłach. Psychika Aleksa pozostawała przeważnie odporna na wszelkie historie, w których on nie był ofiarą, ale teraz kamień odsłonił wylot pieczary i można było zajrzeć do środka. Parada wspomnień barwy indygo przesunęła się Aleksowi przed oczami wraz z przecinającym im drogę sznurem samochodów: migawkowe zdjęcia gorącej, trudnej przyjaźni, wyrażanej przez lata prawie wyłącznie gestami (jako dwaj malcy, w oświetlonej czerwoną żarówką łazience, pochyleni nad umywalką pełną wywoływanych zdjęć; jako nastoletni chłopcy, napierają na fioletowy sznur przed kinem, zaciskając dłonie na mosiężnych słupkach w oczekiwaniu na pojawienie się gwiazdy; jako mężczyźni przewracają jednocześnie karty dwóch oprawnych w zieloną skórę albumów, wymieniając to na tamto i na odwrót). We wszystkich tych wspomnieniach Joseph zdawał się stać gdzieś na brzegu kadru, z rozłożonymi rękami, jakby czekał na coś, co ma do niego przyjść. W ciągu ostatnich kilku lat wykonywali te gesty z coraz większego dystansu, coraz rzadziej i w rezultacie stawały się one coraz gwałtowniejsze. Jak ujęcia w końcówce filmu.

– To był najbardziej niesamowity tydzień w moim życiu – powiedział Alex, opuszczając głowę.

Joseph zaśmiał się tym okropnym, ponurym śmiechem, który ostatnio wchodził mu w nawyk.

– To fantastyczne – cały melodramat. Choć jeśli chodzi o ciebie, to daremny wysiłek. Gdybyś choć wiedział, jaki do niego włożyć kostium. *Panie De Mille, jestem gotowa do ujęcia na zbliżeniu...*

– Ale to takie masochistyczne, Klein – wybuchnął Alex, uświadamiając sobie, jakie to wszystko smutne. – Wybrać sobie akurat m n i e. Spośród tylu ludzi.

– Tandem – powiedział Joseph z bladym uśmiechem, naciskając sprzęgło – w tym nie ma nic z masochizmu. Od dnia, w którym cię poznałem, niezależnie od tego, jak bardzo byłeś zdołowany, zawsze szukałeś przyjemności, nie bólu.

– Słuchaj, znów mówisz coś, co mnie naprawdę denerwuje – że skoro nie cierpię, to jestem gojem, *putzem*...

– Nie – powiedział Joseph z żarem. – Nigdy tego nie mówiłem i nigdy tak nie czułem. Życie samo w sobie jest negacją. Nie ma sensu negować negacji. To próżny wysiłek. Ja jestem próżny. Adam powiedział od razu na początku...

– Adam wie?

– Adam się domyślił. On widzi wszystko. Wiedział już wtedy, kiedy byliśmy mali. Powiedział, że muszę sobie znaleźć inny obiekt uwielbienia, to wszystko. Mówi, że to nie przypadek, ale świadomie podjęta decyzja. Próżna decyzja, żeby cierpieć.

Samochód przed nimi zwolnił tak, że prawie stanął; Joseph znów odwrócił głowę, żeby popatrzeć na Aleksa, który z trudem znosił te spojrzenia. Obaj głupawo skierowali wzrok na psa.

– A co z Endelmannem? Czy on jej potrzebuje? Miłości?

Alex błagał wszystkich znanych sobie bogów, żeby Joseph przestał wypowiadać to słowo.

Wziął Lucię na kolana; pies natychmiast zajął się obgryzaniem skórzanej gałki na drążku zmiany biegów.

– Muszę powiedzieć, że dostaje jej wręcz w nadmiarze.

– Szkoda – rzekł Joseph, przeciągając ręką po włosach i wyrzucając z siebie wszystko wraz z wydychanym powietrzem. – Okeeeej – westchnął. – Koniec, koniec, koniec. Myślę, że wystarczy jak na jeden dzień. Spróbujmy się skupić. Uważaj teraz na znaki. Szukamy czegokolwiek, co wskaże nam drogę na wschód.

2

– To? – powiedział Joseph, wślizgując się do półksiężycowatego boksu. – To Endelmann. Eunuch.

– Czy on ma ochotę poznać Grace? – zapytał Adam, wysuwając spod stołu nogą pudło kotki. – Czy może ma zająć jej miejsce?

Rubinfine posunął się, żeby Alex mógł się zmieścić po jego lewej ręce. Miał na sobie okropnie obcisłe dżinsy i sweterek reklamujący Mistrzostwa Tańca Izraelskiego w Mountjoy w 1989 roku, na których poznał Rebeccę i zajął trzecie miejsce.

– Czy wyjdę na k o s z m a r n i e zacofanego – zapytał obecnych – jeśli ośmielę się bąknąć, że w tej zupie pływa surowe jajko?

– Witaj, A l e x – powiedział Adam i wyciągnął energicznie ręce przez stół. Alex uścisnął mu obie dłonie.

– Ads. Co u ciebie?

– W porządku. Dobrze wyglądasz, bracie. Myślę, że spodoba ci się ta restauracja. Kelnerzy to prawdziwi Rosjanie. Nie sądzę, żeby gościli tu kiedykolwiek czarnego klienta. Zamówiłem przekąski – jeden z nich omal nie wpadł do barszczu, jak tylko otworzyłem usta – o, patrz, jest, okej, okej, piwo, tak? Piwo, Joseph? *Izwinitie... da*, okej, *dwa botyłki piwo, pożałsta... spasiba, spasiba, da*. No więc – powiedział, odwracając się z powrotem w ich stronę – czy jesteśmy przygotowani do czwartkowej uroczystości?

– Ten samochód, Ads... – zaczął Alex, ale nie wiedząc, co powiedzieć, zakończył na tym z uśmiechem.

Adam wzruszył ramionami.

– Samochód jak samochód. Ważne jest to, że urządzamy tę uroczystość w czwartek i zanosi się na to, że będzie super – naprawdę, po prostu w s p a n i a l e – wszystko jest przygotowane, musisz się tylko tam pojawić – nie musimy nawet o tym rozmawiać, możemy sobie tu po prostu posiedzieć i napić się wódki. Okej? W porządku?

Alex skinął głową i wziął pajdę chleba z brudnej porcelanowej miski, ozdobionej deseniem z łuszczącej się złotej folii, który powtarzał się na wszystkich elementach wystroju sali. Odgryzł kęs chleba, podniósł go w górę i zapytał, jak się nazywa po rosyjsku.

Adam wydał z siebie jakiś zabawny, gardłowy dźwięk.

– Po co ty się uczysz tego języka? Jest jakiś taki z a f l e g m i o n y – zapytał Rubinfine z niesmakiem. Przywołał przechodzącego kelnera i kazał mu zabrać swoją nienapoczętą zupę.

– Rubinfine – powiedział Alex, waląc Rubinfine'a w plecy w nagłym przypływie życzliwości – wieki cię nie widziałem. Jak słyszę, mam wobec ciebie dług wdzięczności. Dziękuję ci za zorganizowanie... bo Green i Darvick mówili mi, że cały czas działałeś za kulisami i tak dalej. Podobno będzie rabin Burston, czy to prawda?

– Robię, co mogę – powiedział Rubinfine z pobożną miną, przechylając głowę do tyłu i waląc nią niechcący w olbrzymi samowar. – Ma tego dnia ślub, jest rozchwytywany – więc nie było to łatwe. Trzeba mu było zaoferować specjalne warunki.

Adam, nienależący do tych, którzy zawracaliby sobie przy stole głowę etykietą, wetknął nóż do maleńkiej czarki pełnej opalizującej ikry i przeniósł porcję na język.

– Ach, to d o b r z e – powiedział z ulgą. – Cieszę się, że nie masz nic przeciwko rabinowi Burstonowi – zresztą nie uważam, żeby on mógł budzić jakieś zastrzeżenia. Załatwienie tego wymagało trochę wysiłku, ale nikt inny nie był w Mountjoy osiągalny, a on jest człowiekiem postępowym, tak że kwestia kobiet nie była problemem, więc powinniśmy mu być wdzięczni, że się zgodził tak od ręki i w ogóle.

Joseph najwyraźniej tłumił chichot; Alex, który właśnie wyjmował Grace z pudełka, spojrzał w górę.

– Zastrzeżenia? A z jakiego powodu?

– O t ó ż t o, nie ma żadnego powodu, naprawdę – wiedziałem, że tak do tego podejdziesz. Joseph, zawołaj kelnera – musimy zamówić dla psa do jedzenia coś innego niż ten kot.

Grace wierciła się na kolanach Aleksa, usiłując jedną łapą podrapać Lucię. Teraz wyprężyła się i polizała Aleksa w nos swoim maleńkim, szorstkim języczkiem.

– Nie rozumiem. Czy coś jest nie tak z Burstonem?

– A czy nie mógłby Green... Albo...

Tu zjawił się kelner z potężną szczęką i zaczął pertraktować z Adamem po rosyjsku, wskazując od czasu do czasu na zwierzęta.

– Ulica – wymamrotał Adam, kiedy kelner obrócił się na pięcie i pomaszerował z powrotem do kuchni. – Chodzi zdecydowanie o ulicę. Ale naprawdę chciałbym wiedzieć, co znaczyło to długie słowo, chyba chodziło o zoo albo menażerię, w kontekście zdania n i e j e s t t o z b y t...

– Adam, co jest z tym rabinem Burstonem?

– Nic takiego – powiedział Joseph, a w jego ciemnych, smutnych oczach zabłysła figlarna iskierka. – Widziałem się z nim w niedzielę na balu dobroczynnym i zrobił na mnie wrażenie człowieka, który mógłby się tego podjąć. Interesującego. Rozmawiałem z nim o Prestonie Sturgesie, naprawdę go to interesuje, o żydowskich podtekstach w hollywoodzkich filmach tego okresu, i tak sobie pomyślałem, że jest naprawdę inteligentny...

– A co on robił na balu?

– Wiesz, Al, co on mi powiedział? – zapytał Adam, wycierając usta serwetką. – Toczyliśmy odwieczną dyskusję na temat kabały, ale zdradził mi jedną fantastyczną rzecz: że B ó g jest c z a s o w n i k i e m. Powiedział: zgodzę się z tobą w jednej sprawie – że Bóg to czasownik. To w s p a n i a ł e, nie uważasz?

– Ten facet potrafi też porwać wszystkich do tańca – rzekł Joseph. – Jak Boga kocham. Porwał wszystkich...

– To karzeł, tak? – zapytał Alex; szczęka mu opadła.

Przy stole zapadła cisza.

– Nie, właściwie to jest... – zaczął Rubinfine, ale Alex przerwał mu gestem dłoni.

– Ile ma wzrostu? No gadaj, ile?

– Jest bardzo słusznego wzrostu, bracie, naprawdę – rzekł Adam, patrząc z niepokojem przez salę na zbliżającego się kelnera i jakiegoś innego mężczyznę o dyrektorskim obliczu. – Nie sądzę, żeby miał wiele mniej niż, powiedzmy, metr trzydzieści pięć.

Lucia popędziła szefowi na powitanie i zaczęła mu lizać przesiąknięte kuchennymi zapachami buty. Wywiązała się awantura. Adam błagał, żeby poprzestać na rosyjskim, bo byłoby to dla niego znakomite ćwiczenie konwersacyjne, ale twarz dyrektora przybrała ten twardy wyraz skrajnego sceptycyzmu co do pełni władz umysłowych innych ludzi, sceptycyzmu przyrodzonego każdemu Rosjaninowi. Ruchem dłoni odprawił drugiego kelnera, który zmierzał do ich stolika z uniesioną wysoko tacą z piwem i blinami.

– I to właśnie teraz – powiedział, stosując trudną dla cudzoziemca konstrukcję gramatyczną – prosiłbym o opuszczenie tego lokalu.

– To będzie główny punkt uroczystości – zaczął Joseph, kiedy znaleźli się na ulicy. – No wiesz. Nikt tego nie zapomni. To będzie pamiętny dzień.

– To nie jest relaks nad oczkiem wodnym – odparł Alex sztywno, odbierając od niego pudło z Grace. – To kadysz. Nie chcę żadnych atrakcji. Mam to zapamiętać na całe życie, prawda? Czy nie o to chodzi?

– Tak się cieszę, że to mówisz – powiedział Adam, biorąc go pod ramię, po czym przedstawił mu do wyboru kilka innych miejsc, w których mogliby zjeść lunch.

Rozpadało się na dobre. Kiedy dwie po kolei restauracje odmówiły spełnienia funkcji arki, idea eleganckiego lunchu jakoś zbladła. Joseph musiał wracać do pracy, Rubinfine chciał kupić parę specjalnych skarpet z szorstkimi spodami.

– Czy jestem zwolniony? – zapytał Adam, strząsając krople deszczu ze swoich krótkich, pozlepianych włosów.

– Może cię gdzieś podrzucić? – Alex otworzył drzwi samochodu.

– Ej – powiedział, stawiając pudło z Grace na siedzeniu – muszę wymyślić nowe imię. To nowy samochód.

– Kitty. Zawsze było Kitty. Nazwałem go Greta, bo ty boisz się oczywistości. W oczywistości nie ma nic złego. Jest czymś trwałym.

– Oj, nie zaczynaj. Leje. Wsiadasz, czy nie?

– Nie – powiedział Adam, naciągając płaszcz na głowę niczym garbus z pantomimy. – Ja w przeciwnym kierunku, do biblioteki. Pojadę metrem. Powiedz Esther, że wrócę późno.

Alex usiadł za kierownicą i zaczął się zastanawiać, dlaczego mu niczego nie powiedział.

3

Otwierając Lucii furtkę, zobaczył, że zasłona w oknie poruszyła się lekko. Był w połowie ścieżki, gdy pojawiła się na niej Anita Chang; trzymała przed sobą torebkę, nieprzekonywający rekwizyt, który miał wywołać błędne wrażenie, że właśnie zamierza wyjść.

– Alex! – powiedziała bez przyjemności.

– Anita – powiedział bez nadziei.

– Jak znalazłeś Nowy Jork?

– Pilot znał drogę.

Przylepiony uśmiech zamarł jej na ustach.

– To t w ó j pies?

– To po prostu pies.

– Po prostu pies, który należy do ciebie?

– Nowy pies w mieście. Z wizytą u przyjaciół z tej dzielnicy. Wypróbowuje miejscową kuchnię – powiedział Alex, a tymczasem Lucia zaatakowała rabatkę, na której Anita posadziła żonkile.

– Właśnie widzę.

– A ja słyszę. A Endelmann, to znaczy pies, dotyka. Grace wącha i cuchnie, ale to już wiesz. Znajdziemy kogoś, kto ma zmysł smaku, i założymy zespół.

Zdejmując w przedpokoju płaszcz, Alex usłyszał dwa głosy, które dochodziły z dwóch tak skrajnych biegunów jego świadomości, że przez chwilę jego mózg odmówił ich skojarzenia. A potem, kiedy już stanął w progu salonu, dotarło do niego to, co oczywiste: głosy nie rozbrzmiewały wcale w jego mózgu, ale dobywały się z ust dwojga realnych, żywych ludzi. I nie było potrzeby ich kojarzyć.

– Hej, nieznajomy – powiedziała Esther.

Leżała wyciągnięta na podłodze przed Kitty, w zupełnie nieodpowiednim jak na tę porę roku stroju: kremowym spodniumie i czerwonej kamizelce z cienkiego kaszmiru.

– To najbardziej zdumiewająca kobieta na świecie – powiedziała, podpierając się na łokciu.

Kitty wyciągnęła rękę i potarła jej świeżo ogoloną głowę.

– Słuchała moich opowieści, to wszystko. Chyba jej się spodobały. Opowiedziałam jej dokładnie o naszym spotkaniu w Nowym Jorku i o twoim wysokim amerykańskim przyjacielu, H a r v e y u – powiedziała, bardzo zadowolona ze swojego wybiegu. – Nie mówiłeś mi, A l e x, że to taka piękność! Samo patrzenie na nią musi się kończyć katastrofą – aż dziwne, że ty jeszcze żyjesz.

– Ledwo, ledwo – powiedziała Esther cicho i uśmiechnęła się, próbując mu posłać znaczące spojrzenie. Alex odwrócił się.

– Co takiego? – zapytała Kitty, przykładając stuloną dłoń do ucha.

– Powiedziała, że ledwo, ledwo – powtórzył Alex głośno. Czuł tę zimną furię, jaka czasem ogarnia człowieka, kiedy widzi po dłuższej rozłące ukochaną i ma problemy z jej rozpoznaniem: czy to naprawdę ona? Czy rzeczywiście jesteśmy kochankami? Czy to właśnie z nią związałem całe swoje życie? Czy ona mnie zna? Czy ja...

– Zrobię herbaty – powiedział i wyszedł z pokoju.

W kuchni postawił czajnik na gazie i oparł się obiema rękami o blat.

– Jesteś zły?

Odwrócił się i zobaczył ją w drzwiach.

– Nie, Es, oczywiście, że nie. Tylko po prostu...

Założyła ręce na piersiach.

– To nic takiego. Chodzi o to, że nie powiedziałem nawet A d a-m o w i. I trochę tego za dużo jak na jeden raz. To, że cię widzę i... Słuchaj, wszystko z tobą w porządku? Jak palec?

– Już o nim zapomniałam. Jest dobrze. To było tylko złamanie, naprawdę.

– A?...

– Trochę mnie pokroili, to wszystko. – Przyłożyła rękę do piersi i nacisnęła delikatnie. – Wykonali naprawdę dobrą robotę. Włożyli wszystko z powrotem tam, gdzie było. – A l e x – powiedziała, kładąc sobie rękę na karku i otwierając szeroko oczy – Kitty Alexander siedzi w twoim salonie. W t w o i m salonie.

– Tak, wiem.

– Czy to jest tajemnica? Nie zamierzasz powiedzieć Adamowi? Bo, o Jezu, co ona tu r o b i? Tu, w M o u n t j o y?

– Es, proszę cię, b ł a g a m – powiedział, wyciągając ku niej rękę jak ślepiec – pozwól, że... czy moglibyśmy porozmawiać o tym później? To znaczy, czy mógłbym najpierw dostać całusa albo coś w tym rodzaju? S t ę s k n i ł e m s i ę za tobą.

– Och, chodź tu do mnie – powiedziała w końcu. Zbliżył się do niej i Esther zamknęła go w swoich smukłych ramionach. – Nie rozumiem – powinieneś być w siódmym niebie. Coś ci d o l e g a?

– Prawie wszystko.

Zapach był taki jak zawsze: masło kakaowe, perfumy, których używała od czasów *college*'u, i płyn po goleniu, którym smarowała głowę.

– Al, przegadałam z nią całe popołudnie. Ona jest po prostu n i e-s a m o w i t a. Czy wiesz, że poszła kiedyś do łóżka z Clarkiem Gable'em i Carole Lombard? J e d n o c z e ś n i e ?

– Hmmm... mnóstwo gwiazd w jednym łóżku. Pocałuj mnie o, tutaj.

– Ale... ja nie rozumiem... to znaczy, jak to jest? – zapytała; jej śliwkowe wargi wsączały każde z osobna brzęczące słowo do jego ucha.

– O n a jest tutaj, doszło do waszego spotkania. Od kiedy cię z n a m, zawsze chciałeś...

– Chodź ze mną do łóżka – wymamrotał, wsuwając jej rękę za pasek i wyjątkowo oporną gumkę od majtek. – To wprawdzie tylko ja, ale możemy zaprosić jeszcze kilku aktorów...

– Przestań, Alex... Jest znacznie m i l s z a, niż sobie wyobrażałam. W filmach roiła wrażenie takiej wielkiej diwy, a w rzeczywistości jest taka n o r m a l n a. Jest wprost niewiarygodnie otwarta, do tego feministka – naprawdę, mówię ci, działa na mnie szalenie i n s p i r u j ą c o. I to, co mówi – mogłabym jej słuchać bez końca, A l e x.

Jego środkowy palec próbował się wśliznąć pod bawełnę, żeby dotknąć ciała. Odsunęła się i wygładziła ubranie.

– Słuchaj, ja tam wrócę. To niegrzecznie tak ją zostawiać samą. I jeszcze jedno – posprzątaj porządnie w tym mieszkaniu, bardzo cię p r o s z ę. Nie możesz jej gościć w takim bałaganie. Wszędzie pełno różnych śmieci. To g w i a z d a f i l m o w a, ma swoje kaprysy. Właściwie to nie mogę w to u w i e r z y ć – powiedziała. Widać było, że nie może zapanować nad swymi emocjami, uśmiechała się swoim pełnym nabożnego podziwu uśmiechem, a oczy lśniły jej jak żaróweczki do zdjęć błyskowych. – Kitty Alexander. Kitty Alexander! Kit-ty-Al-ex-and-er. W twoim mieszkaniu. W twoim mieszkaniu. To czysty s u r-r e a l i z m.

– Owszem – powiedział Alex, który wcale tego tak nie odbierał.

Pocałowała go w czubek nosa. Kiedy ta sama osoba całuje człowieka w te same miejsca przez dziesięć lat, może się to opatrzyć, ale on wciąż czuł pewien dreszczyk podniecenia. I wdzięczność.

– Hej – powiedział, kiedy odwróciła się, żeby wyjść. – Ja ci zdałem relację. Chciałbym, żebyś i ty to zrobiła. Umówiliśmy się chyba, nie?

Zatrzymała się, podeszła do niego, ujęła kamizelkę za postrzępiony brzeg i podniosła ją powoli wysoko ponad głowę. Kiedy jej ramiona uniosły się, by mu pomóc, rozrusznik przemieścił się, napinając skórę. Alex widział szwy i zarys przewodu. Przyłożył jedną rękę do jej prawej piersi, drugą do tego nowego serca. Czajnik wiedział, kiedy zagwizdać.

To fakt. Kobiety mogą opowiadać sobie w nieskończoność anegdoty. Mężczyźni wolą dowcipy i historyjki z życia. Alex nie miał nic przeciwko jednemu i drugiemu, dopóki to on mówił, ale zanim przyszedł, Kitty i Esther zdążyły już wyruszyć swoim wycieczkowym autobusem bez dachu w nostalgiczną podróż. Objechały opustoszałe hale zdjęciowe w starych wytwórniach i garsoniery w dawno zamkniętych hotelach. Nie robiły przystanków, więc Alex nie miał okazji wsiąść do tego autobusu. Jego wyjście z nadąsaną miną po dłuższej chwili wymownego milczenia zostało zignorowane. Dopiero kiedy wrócił po pięciu minutach na wyraźne żądanie Grace, raczono mu poświęcić trochę uwagi.

– Och – powiedziała Kitty zatroskanym głosem. – Grace i Lucia zakochały się w sobie.

Alex schwycił opierającą się kotkę i wsunął sobie jej łeb pod pachę.

– Ona lubi siedzieć ze mną na górze. Lubi patrzeć, jak pracuję.

– Pracujesz? – zapytała ze śmiechem Esther. Nasrożył się; nie lubił, kiedy tak się zachowywała, zwłaszcza gdy, jak wyczuwał, miało to być przedstawienie dla osób trzecich.

– Kiedy odrabiam lekcje – odpowiedział krótko.

– Może zadzwonisz? – zasugerowała Kitty, rozkładając ramiona w nadziei na uścisk, jak stara ciotka. – Może zadzwonisz w moim imieniu do Maksa, żeby go zawiadomić, że ze mną wszystko w porządku. Przypięłam numer na tablicy w kuchni. Myślę, że dobrze byłoby zadzwonić. Upewnij się, czy nie jest na mnie zły.

– Jasne – powiedział Alex, wycofując się i zamykając za sobą drzwi.

Na górze otworzył walizkę, z którą był w Nowym Jorku, i wysypał jej zawartość na łóżko. Odzież zwinął w jeden nieświeży tobół i wrzucił do kosza na brudy. Książki ułożył na podłodze, a potem nogą wsunął wysoką stertę w kąt. Przewertował papiery i wyrzucił do kosza różne niepotrzebne świstki, z rachunkami włącznie; dawno już postanowił, że woli płacić wyższe podatki, niż zamienić się w faceta, któremu piękny dzień kojarzy się we wspomnieniach z pieniędzmi, jakie tego dnia wydał.

Wizytówka jednego z handlarzy. Podpis jednego z Króliczków „Playboya". Bilet wstępu na lodowisko. Żółta koperta. Alex wyciąga list z groźbami i czyta go jeszcze raz. Biedny, obłąkany Max. W Aleksie wzbudza jednak szacunek ton tego listu; jest w nim coś dobrze mu znanego. Wielka miłość, adoracja, tak. Ale także zapiekła uraza. Jest to cecha obecna też w listach Aleksa, choć u niego bardziej zakamuflowana. Nie uświadamiał sobie tego początkowo. A potem, kiedy był nastolatkiem, doznał objawienia: dzień premiery, deszcz, on, Alex, przyciśnięty do żelaznej barierki, przemoczony do nitki, patrzy, jak francuska aktorka, którą przyszedł zobaczyć, przemyka po czerwonym dywanie pod olbrzymim parasolem, nie racząc nawet zerknąć na niego. Opisał ten incydent w swojej książce, w podrozdziale *Żydowska sława i gojowski kult gwiazd.*

Groupies nienawidzą muzyków rockowych. Kinomani nienawidzą gwiazd filmowych. Łowcy autografów nienawidzą znakomitości. Kochamy naszych bogów. Ale nie kochamy swojej zależności od nich.

Alex usiadł i włączył swoją magiczną skrzynkę. Sporządził pośpiesznie w myślach wstępną listę rozmaitych wirtualnych aukcji, na których ulokuje materiały związane z Kitty. Jeszcze w Nowym Jorku udostępniła mu osiem tekturowych pudeł prywatnej korespondencji, z zastrzeżeniem, że może wziąć, co chce, z wyjątkiem listów do rodziny. Jeśli chodzi o inne materiały, była zupełnie pozbawiona sentymentów. Na jego biurku leżał teraz wybór listów miłosnych. Miała kiedyś romans ze sławnym aktorem, po jego śmierci wdowa po nim zwróciła jej te listy. I jakaż była ich treść! W jednym Kitty opisuje pokój w hotelu w Vegas o poranku; była tam z innym kochankiem, czarnym aktorem. pamięta kolor uniformu, jaki miała na sobie pokojówka, która weszła bez pukania i splunęła im na kołdrę. Alex nie śmiał nawet myśleć, ile coś takiego może być warte, ile jest warta całość. Już z Nowego Jorku wysłał cztery listy do swojego londyńskiego domu aukcyjnego. Liczył na to, że sprzedadzą je jutro. Ledwie pozwalał sobie na wyobrażenie tej prawdziwie transcendentnej, nierzeczywistej sytuacji, gdy będzie siedział przed wszystkimi z Autografem-Sensacją stulecia. Ale to nie pieniądze go podniecały. Nie wyłącznie pieniądze. Powtarzał sobie, że ważniejsza jest radość z przekazania daru, rewanż za to, co ona dała jemu. A właściwie nawet nie to. Chodziło raczej o d o-s k o n a ł o ś ć t e j w i z j i. Życie łowcy autografów upływa na pogoni za sławami, za aurą, jaka je otacza, i cała wartość polega na bliskości, jaką można osiągnąć. I ta aura należała teraz niego. Miał ją zapieczętowaną w butelce. Na własność. Była niemal jego częścią.

OSIEM / *I byk, i jaźń przezwyciężają swoje ograniczenia*

1

To była cudowna noc i na tym polegał jej tragizm. Nirwanę powinno się oceniać nie na podstawie jakości pospolitych żądz, ale według późniejszego wytchnienia, a oni spali wprost cudownie, spleceni z sobą na sofie tak, jakby byli elementem zdobiącego ją deseniu. On obudził się z twarzą wtuloną w tak dobrze sobie znane zagłębienie między łopatkami i z włosami przylepionymi do jej skóry. Był szczęśliwy! Światło dnia wzbierało za opuszczonymi roletami. Objął ją wpół, uścisnął i pocałował w kark. To było szczęście! Ale wtedy ona przeciągnęła się i jej ręka natrafiła na jakąś nierówność na powierzchni sofy.

– Co to jest?

– Mmm... To, to znaczy co?

Wyciągnęła to coś z teatralnym namaszczeniem. W nikłym świetle poranka Aleksowi wydawało się, że Esther obdziera ze skóry węża.

– Alex, czyje to jest?

Otworzył usta.

– Tylko nie mów, że to należy do Kitty – powiedziała Esther twardo i w tym momencie ich bliskość się skończyła, jakby ktoś brutalnie odciął ją od niego. Usiadła raptownie.

– To są kabaretki. Stare kobiety nie noszą kabaretek.

I była to prawda.

– Es, chwileczkę...

Zaklęła cicho, ale dosadnie i chwyciła pilota. Telewizor ożył z drżeniem, jakby nie chciał im przeszkadzać. Esther zaczęła się ubierać. Gadający mebel ochoczo wypełnił lukę milczenia; była to jedna z jego najbardziej użytecznych funkcji. Alex otworzył usta.

– I bardzo cię proszę – powiedziała Esther, wbijając stopy w buty, choć nie miała jeszcze na sobie spodni – nie używaj określeń typu n i e-w i n n e w y t ł u m a c z e n i e. Ani, to tylko przyjaciółka. Nie mów mi, że n i g d y n i e z r o b i ł e ś n i c z e g o, c o m o g ł o b y m n i e z r a n i ć. Błagam. Spróbuj nie powtarzać niczego, co znasz z telewizji.

Na Środkowym Wschodzie jakiś mężczyzna wsiadł do autobusu z bombą przyciśniętą do pępka. W parlamencie jeden poseł oskarżał drugiego o oszustwa. Zaginęło dziecko, dziewczynka. Jej rodzice kiwali się, przełykali ślinę, nie mogli dokończyć zdania.

– Czy uważasz, że potrafisz wyjść z tego z twarzą? – zapytała. Łzy wzbierały jej w oczach, gotowe trysnąć w każdej chwili. Stanęła przed ekranem telewizora. Nie wiedział, co chciała przez to powiedzieć. Wiedział jednak, co mówiło jej ciało, nagie, w samych figach i butach. I te groźnie napięte mięśnie ud: mogła w każdej chwili odejść. I chciała to zrobić. – Nigdy nie nadejdzie taka chwila, nie rozumiesz tego? – zapytała, waląc pięścią w oparcie sofy. – Że będziesz miał przy sobie wszystkich tych ludzi, których pragniesz, że będziesz ustawiony, że sobie mnie zaklepiesz raz na zawsze. Ludzie nie zaklepują sobie innych ludzi. Podejmują świadomą decyzję, że będą z nimi. To wymaga wiary. Rysujesz koło na piasku i zgadzasz się w nim stać, i wierzyć w nie. To jest w i a r a, ty idioto.

Jakiś musical schodził z afisza. Rozmaite piosenki nie miały już więcej rozbrzmiewać z tej sceny.

– I tak – mówił telewizor – po pięciu tysiącach przedstawień...

– Boot – powiedział bełkotliwie Alex; siedział w małpiej pozie, włochaty, oklapły, z rękami zwieszonymi do podłogi. – Sprawa sprzed miesięcy. Tyle że nic nie było. Spała tutaj, to wszystko.

– Rozumiem – powiedziała Esther.

Sufit był cienki. Słyszeli dobiegający z góry odgłos energicznych kroków Kitty i truchtu Lucii, który brzmiał jak jąkanie. Esther ubierała się tak, jak gdyby toczyła walkę ze swoją odzieżą.

– Es, uspokój się – choć na chwilkę...

– Kochanie – dobiegł głos Kitty z półpiętra. – Esther, czy mogłabyś mi pomóc? To potrwa minutkę. Mam tu mały kłopot – Lucia, przestań, bardzo cię proszę.

Esther, z jednym butem w dłoni, wyminęła Aleksa i weszła na schody. Grace, której wsparcia oczekiwał Alex, odczekała uwłaczające dziesięć sekund, po czym ruszyła za nią na górę.

Alex wrócił do telewizora. Usiadł na podłodze i usiłował przyjąć pozycję *wadżrasany*, ale nie mogąc sobie połamać i ponownie złożyć kości, nie bardzo wiedział, jak się do tego zabrać. Poprzestał więc na półlotosie. Znalazł na dywanie oblepioną włosami miętówkę i zaczął ją ssać. Zaczęły się wiadomości z rynku finansowego. W dole ekranu przesuwał się pasek z liczbami. Alex zamknął oczy i usiłował sobie przypomnieć zasady medytacji.

1. *Siądź nieruchomo w pozycji medytacyjnej.*

Tak, pomyślał Alex, to już zrobiłem. Tak, cholera, siedzę spokojnie. I co dalej? Następny punkt. N a s t ę p n y.

2. *Uświadom sobie, że jesteś w czasie teraźniejszym, tu i teraz, i rozluźnij się w tej przestrzeni.*

Rozluźnić się tu i teraz? Rozluźnić się w niej? Ale ja przecież w tej przestrzeni tkwię. To właśnie r o b i ę, jestem w cholernej teraźniejszości, cholernie rozluźniony. C h r y s t e.

3. *Postanów pozbyć się wszelkich myśli, rojeń o przyszłości, tęsknot za przeszłością, roztrząsania problemów itd.*

Wreszcie coś konkretnego. Alex otworzył jedno oko, wyciągnął rękę i schwycił butelkę red bulla stojącą na stoliku. Opróżnił ją i wrócił do poprzedniej pozycji. P o s t a n a w i a m, pomyślał, p o z b y ć s i ę w s z y s t k i c h m y ś l i.

– A teraz wreszcie... – powiedział telewizor.

Alex usiłował wyzbyć się wszelkich tęsknot za przeszłością. Za każdym razem, kiedy dopadła go taka tęsknota, musiał za karę rozpocząć od nowa oddychanie, licząc od jednego i robiąc wydech przy dziesięciu. W rezultacie o mało nie skończyło się to hiperwentylacją.

– Alex – dał się słyszeć głos Esther. – Alex, przestań, nie mogę na to patrzeć. Słuchaj, ja muszę iść na wykład, ale ty powinieneś kupić osobny ręcznik dla Kitty – ona nie ma tam czystego – Alex, mówię do ciebie. Czy możesz łaskawie przestać? To brzmi jak jakiś cholerny... – głos Esther zaniknął. Kiedy powrócił, Alex nie mógł go zlokalizować. Głos przeszedł w szept.

– O B o ż e – powiedziała.

– Odeszła spokojnie w Nowym Jorku wczoraj wieczorem... – obwieściła telewizja.

– Alex, Alex – o t w ó r z o c z y – Alex, spójrz! Czy ty to s ł y s z y s z?

Alex poczuł kopniaka w bok, ale nie chciał za nic dopuścić, żeby to zakłóciło jego koncentrację. Bo Alex-Li Tandem był mistrzem zen. P o z b y w a m s i ę, pomyślał, w s z e l k i c h r o j e ń o...

Tymczasem telewizja, doskonale świadoma tego, jaki jest średni wiek jej widzów, poświęciła zaledwie minutę temu nowemu zgonowi, sto pięćdziesiąt dwa tysiące czterysta sześćdziesiątemu tego dnia. Oto zdjęcie aktorki z lat młodości.

Oto jeden z mężczyzn, których kochała (obecnie sparaliżowany, porusza się na wózku):

Oto najsłynniejszy fragment jej najsłynniejszego filmu:

W ostatnich latach prowadziła samotniczy tryb życia. Miała wielki talent. Dawała radość wielkim rzeszom publiczności. Skromny pogrzeb z udziałem najbliższych osób. Będzie nam jej brakowało. A teraz prognoza pogody.

– O Boże – powiedział Alex.

– O B o ż e – zawtórowała mu Esther. Usiedli obok siebie na podłodze i skamienieli. Jakaś atrakcyjna kobieta skorzystała z okazji, by próbować im sprzedać odświeżacz powietrza.

– To sprawka Maksa – powiedział Alex, wypowiadając w końcu na głos wcześniejszy, milczący wniosek. – To szaleniec. Musiał im powiedzieć, że ona...

– Musisz do kogoś zadzwonić – powiedziała Esther, nie słuchając go. Wstała i zaczęła się rozglądać za telefonem. – Musisz to sprostować. To jest s t r a s z n e, ona nie może tego zobaczyć. To n i e s a m o - w i c i e zła karma.

– Nie, zaczekaj, niech p o m y ś l ę.

– Jak to n i e? Nad czym tu, do diabła, myśleć? Ona jest n a g ó - r z e.

Kitty znów wołała Esther ze szczytu schodów, przepraszająco, stłumionym głosem.

– Już idę! Słuchaj, tu masz telefon. Zadzwoń tylko do gazet. Do jakiejś jednej gazety. Uświadom im, że zaszła głupia pomyłka i to wszystko. To nie jest takie trudne.

Alex wziął od niej telefon i wstał. Zamknął za nią drzwi. Przez chwilę z namysłem ważył słuchawkę w dłoni. Potem wybrał numer, wsłuchując się w melodyjkę z jedenastu nut, którą znał na pamięć. Esther wpadła z powrotem do pokoju.

– Chciała tylko zapytać, gdzie jest szampon – dzwonisz do nich? Alex zakrył dłonią mikrofon i dał jej na migi znać, żeby się nie odzywała.

– Halo? Tak, mogłaby mnie pani połączyć z Columbard Room? Dziękuję. Nie, proszę posłuchać – powiedział i znów zakrył mikrofon. – Es, wysłuchaj mnie najpierw...

– Alex, kto to jest? Dlaczego dzwonisz do...

– Nie, Es, zaczekaj. Zanim... przecież to nie dla mnie. Mógłbym zarobić dla niej dzisiaj sporo pieniędzy...

– S ł u c h a m?

– Nie, p o m y ś l tylko. Tego właśnie jej potrzeba. Chyba się zgadzasz? Chce być niezależna – zwłaszcza od tego obłąkańca – i ja mogę dać jej niezależność.

Esther usiadła z otwartymi ustami w fotelu. Wykonała Międzynarodowy Gest niedowierzania (oczy zamknięte na dobre trzy sekundy, potem otwarte, z rozszerzonymi źrenicami).

– E s t h e r! To dobry plan!

– Nie wciskaj mi kitu – oparła sztywno. – Chcesz po prostu mieć swój wielki dzień. Chcesz pokazać tym wszystkim popaprańcom...

– Słuchaj – powiedział Alex – jutro możemy ogłosić wielką prawdę i wszyscy będą musieli zrobić swój rachunek sumienia, i książę będzie mógł w końcu poślubić, kogo trzeba – i tak dalej – p r z y s i ę-g a m. Es, wartość tego, co wystawiłem na licytację wczoraj, będzie p o t r o j o n a. To będzie... chwileczkę, halo? Tak, czy to Martin? Czy jest tam Martin? Martin Sands? Tak, mówi Alex-Li Tandem, dziękuję, tak, poczekam. Es, musimy tylko siedzieć cicho przez jeden dzień. Nikomu nie stanie się krzywda, a ona skorzysta na tym najwięcej, rozumiesz? Rozumiesz?

Ze słuchawki popłynął jeden z kawałków Bacha na wiolonczelę, czyli muzyka, która zawsze kojarzyła się Aleksowi z Dniem Sądu. Esther coś powiedziała. Gdzieś, nie wiadomo gdzie, dzwoniła komórka Aleksa. Kiedy ucichła, znów zaczęła Esther, a potem znów rozdzwonił się telefon. To, co kiedyś robiły na obrzeżach wiosek sępy, stało się teraz zadaniem telekomunikacji, satelitów. Wszystko, co następuje po śmierci, rozgrywa się w telefonach.

– Co mówiłaś? Es? Nie dosłyszałem.

– Powiedziałam, że okej – powtórzyła Esther. Siedziała w fotelu i wydawała mu się teraz pokonana, mała i niepodobna do siebie.

– Oczywiście, to zrozumiałe – nie dla ciebie. Dla niej. Nie dla ciebie. Ale nie możesz dopuścić, żeby ludzie myśleli tak dłużej, niż to konieczne. Ona może mieć rodzinę – tego przecież nie wiesz. Kiedy aukcja się skończy, wtedy...

– D z i ę k u j ę c i. Proszę cię, zabierz ją gdzieś, wyjdź z nią z domu, nie pozwalaj jej oglądać telewizji. Proszę cię, dziękuję ci. Porozmawiamy jeszcze o tym, ale później. Dzięki.

Rzucił jej klucze. Powiedział jej coś, czego już od jakiegoś czasu jej nie mówił.

– Wiem – odparła. – To mnie zabije.

2

Tego popołudnia Aleksa oczekiwało w domu aukcyjnym coś na kształt komitetu powitalnego. Stojąca na dziwnych frontowych schodach grupka palaczy powitała go gwizdami, tupaniem i okrzykami dezaprobaty, kiedy zaparkował w niedozwolonym miejscu tuż przed nimi.

– Jeszcze nawet nie ostygła – zawołał facet, którego Alex nigdy nie lubił. Wielu znajomych łowców autografów odwracało się do siebie, żeby wykonać jeden z dwóch gestów: albo sięgnąć do kieszeni, albo wystawić otwartą dłoń.

– T a n d e m – powiedział zrzędliwie Lovelear, zaglądając przez okno do samochodu. – No więc założyłem się, że nie wystartujesz. Nigdy nie uważałem cię za chciwca. Myślałem, że poczekasz c h o ć t y d z i e ń. Ja chyba muszę być sentymentalny. Przez ciebie straciłem dwadzieścia pięć funtów, bracie.

Alex wyłączył silnik i wysiadł z samochodu.

– Już się zaczęło? Widziałeś katalog? Jak długo już trwa aukcja?

– Siemasz – powiedział Lovelear, usiłując dotrzymać kroku Aleksowi, który biegł lekkim truchtem w stronę budynku. – Miło cię widzieć, jak leci? W porządku, Tandem, dzięki.

– Nie teraz – później.

Przebiegli sprintem przez hol.

– Mam dość smutne wiadomości – wysapał Lovelear na schodach. – Próbowałem się dodzwonić do ciebie wcześniej, ale...

– P ó ź n i e j.

W chwili kiedy skręcali przy barze w lewo, wysunęło się stamtąd ku Aleksowi ramię należące do Baguleya. Drugą ręką Baguley zdjął kapelusz i przycisnął go do piersi. Jego twarz, wykrzywiona w groteskowym grymasie, wyglądała tak, jakby był bliski płaczu. Aby zażegnać to niebezpieczeństwo, Alex uśmiechnął się najszerzej, jak potrafił.

– Baguley. Miło cię widzieć. Wchodzisz?

– Śmierć nie ma nad nią władzy – powiedział Baguley, patrząc nie wiadomo dlaczego na imitację fresku na suficie.

Położył rękę na ramieniu Aleksa i ścisnął go boleśnie.

– Kiedy to usłyszałem – powiedział – pierwsze, co zrobiłem, to obejrzałem sobie *Resztki z pańskiego stołu* i zgoda, przyznaję, to nie jest jej najlepszy film, ale właśnie go obejrzałem i ona jest tam taka młoda i piękna... no dobra, powiem ci, po prostu poczułem: ś m i e r ć n i e m a n a d n i ą w ł a d z y. Ona będzie dosłownie żyła wiecznie. W naszych sercach i umysłach. I w filmach, oczywiście – to jest najważniejsze.

– To wspaniale – powiedział Lovelear – ale jeśli pozwolisz...

– Oczywiście człowiek myśli o jej rodzinie – ciągnął Baguley. – Była młoda, naprawdę. W prawdziwym słowa znaczeniu. Twoje myśli biegną do jej bliskich. Osobiście uważam, że dla przyzwoitości należałoby trochę odczekać, zanim... po prostu nie mogę się rzucać tak od razu. Poza tym czekam wciąż na weryfikację mojego towaru, więc... Ale myślę, że jedyne, co się z tego ma, to to, że, no wiesz, w jednej chwili jesteś gwiazdą w filmie swojego życia, a już w następnej wielki reżyser w...

Tu Alex udał, że ma napad kaszlu, co było dlań ostatnią deską ratunku. Baguley podszedł bliżej i zaczął na zmianę masować mu plecy i walić w nie pięścią.

– On jest załamany, po prostu załamany – jak zresztą my w s z y-
s c y – szepnął do Loveleara. – Takie sprawy są zawsze trudne, a on ją
p o z n a ł   o s o b i ś c i e...

Alex uspokoił się i spojrzał zdumiony na Baguleya. Już samo patrzenie na tego faceta sprawiało, że człowiek pocił się ze strachu i do-
stawał palpitacji. Baguley był jedną wielką halucynacją. Baguley był
nieświeżym kąskiem zjedzonym przez świat.

– Gdzie byłeś – kontynuował Baguley przyciszonym głosem, zaplatając ramiona – kiedy się dowiedziałeś?

– Trzymałem dymiący pistolet – powiedział Alex i zdjął marynarkę.
Nie wypił jeszcze nawet w przybliżeniu tyle, żeby wystarczyło, ale mimo
to pomyślał, że mógłby uderzyć tego faceta, jeśli nie z innych powodów, to choćby z samej ciekawości. W tym momencie strumień łowców autografów zmierzający na salę przerodził się w istną powódź i Alex
pozwolił się jej porwać. Ściśnięty między dwoma imponującymi brzu-
szyskami, oderwał się niemal od podłogi. W drzwiach natknął się na
Dove'a, który zagryzając dolną wargę, zwijał w trąbkę katalog. Minęła
już trzecia, ale odór przetrawionej sherry uporczywie się go trzymał.

– Czekam całą w i e c z n o ś ć! – wybuchnął Dove, wpadając mimo
woli w falset. – Mamy miejsca tam, w głębi. Twój towar jest już w środku, Tandem. Pojawi się lada chwila.

– A teraz... – zagrzmiał licytator.

– Nie mogę w to u w i e r z y ć – jęknął Lovelear piętnaście minut
później. Odwrócił się i wlepił wzrok w Aleksa, jak gdyby widział go
po raz pierwszy w życiu. I nie on jeden. W miarę jak kolejne oferty
odbijały się niczym piłeczka pingpongowa pomiędzy otyłym mężczyzną w pierwszym rzędzie i tajemniczym nabywcą licytującym przez
telefon, coraz więcej par oczu – zdjętych grozą, niedowierzających –
zwracało się w stronę Aleksa, a przez salę przebiegł raz, dwa, trzy
razy ów bardzo szczególny szmer towarzyszący aukcjom, szmer, który przypominał szelest liczonych w skarbcu pieniędzy. Alex o mało
nie wyskoczył ze skóry, tak intensywne czuł mrowienie na całym ciele. Esther miała rację, to on tego chciał – i nie uświadamiał sobie do
tej chwili, jak bardzo. Przez dziesięć lat obserwował tutaj tych wiel-

kich. Nie chciał zostać jednym z nich, nawet na jedno popołudnie. Chciał tylko wiedzieć, jakie to jest u c z u c i e. A było ono, przynajmniej przez chwilę, niewiarygodne. Czuł, że się unosi, że naprawdę u n o s i s i ę w górę. Był jak gdyby cząstką tej obłędnej liczby, którą wywoływał licytator, i każdej kolejnej, a jakaś część jego jaźni stopiła się z zawiłym deseniem z misternie splecionych sześciokątów, przeniknęła do królewskiego błękitu miękkich dywanów, do spojrzeń innych ludzi. Ale uczucie to było przyjemne, nieziemskie tylko przez krótką chwilę, a potem nagle radykalnie się zmieniło.

Po dziesięciu minutach uświadomił sobie, że chciałby, aby było już po wszystkim. Chciał wstać i powiedzieć im, że to nawet nie są jego pieniądze, ale mógł tylko siedzieć i przyjmować te splendory, jakie na niego spływały, przeżyć te swoje pięć minut jako obiekt podziwu połączonego z nienawiścią. Chciał wyrzucić ręce w górę i zawołać: – K o l e d z y, k o l e d z y – j e s t e m n a d a l j e d n y m z w a s, t o n i e s ą m o j e... n i e s ą d ź c i e, ż e t o m o j e...

Tymczasem siedział ze zwieszoną głową, a liczby pięły się w górę. Coraz wyżej. I wiedział, że powinien być szczęśliwy, w imieniu Kitty, która mogła na tej rosnącej fali przypływu pieniędzy pożeglować ku wolności. Tylko on mógł poczuć, jak przeobraża się w oczach publiczności w symbol zbiorowego marzenia tego stulecia: N i e b ę d z i e j u ż n i g d y m u s i a ł p r a c o w a ć. Była to część snu o sławie, może część największa. Wygrana na loterii, wielka gratka, szalona nadzieja, że los może na stałe odseparować człowieka od wszystkich innych ludzi, jacy się kiedykolwiek urodzili...

Słyszał ich: nie szepty w sali, ale szmer przebiegający przez cały świat. Ów szmer brzmiał tak smutno; był to istny chóralny jęk. Bo szczęśliwy traf jest dla świata zniewagą. Powiedział to kiedyś Li-Jin. W filmach jest pełno ojców i ich mądrości życiowych, lecz Alex pamiętał tylko ten jeden przykład: kiedy jako chłopiec oglądał w telewizji trzęsienie ziemi w Chinach, odwrócił się do ojca i pogratulował mu tego, że dzięki szczęśliwemu trafowi jest tu, a nie tam. Li-Jin trzepnął go za tę impertynencję i powiedział mu, że szczęśliwy traf to zniewaga dla świata. Pechowi zmarli zazdroszczą go człowiekowi. I oto teraz słyszał ich w tej sali, słyszał to pogrążone w smutku bractwo duchów (czy Li-Jin był w ich gronie?) tych, którzy cierpieli i umierali, usiłując osiągnąć to, co Aleksowi-Li Tandemowi przychodziło z taką ogromną łatwością i właściwie bez żadnej konkretnej przyczyny. Po raz czwarty stuknął licytator swoim młotkiem w serce Aleksa. Zdjęcie z autografem, które mu przysłała, poszło za piętnaście tysięcy dolarów. List miłosny do gwiazdy – za trzydzieści osiem tysięcy. Inny za czterdzieści. Ostatnia pozycja, kopia listu (o szokującej seksualnej treści) adresowanego do J. Edgara Hoovera poszła za sześćdziesiąt pięć tysięcy funtów. Jakiś facet z londyńskiej popołudniówki poprosił Aleksa, żeby zrobił zaskoczoną minę, i pstryknął mu zdjęcie.

Burzliwe hollywoodzkie aukcje kończyły się zawsze w Dantem, gdzie zbierali się łowcy autografów, aby obgadać wielkie transakcje dnia. Tym razem Alex nie mógł od razu przyłączyć się do kongregacji. On sam był podmiotem wielkiej wyprzedaży. Miał jeszcze sprawy do załatwienia w domu aukcyjnym. Należało podpisać papiery, odebrać czeki. Zrobił to wszystko jak ktoś, kto udaje we śnie rabina. Ludzie, wśród nich jakiś dziennikarz, mówili coś do niego i w podtekście całej tej sytuacji wyczuwał jakiś nowy rodzaj oszustwa. Nie tylko nie był tym, za kogo g o brali (bogatym, sprytnym szczęściarzem), nie był też człowiekiem, za jakiego uważał się sam (nikomu niepotrzebnym, biednym pechowcem). Prawda leżała gdzieś pośrodku i po raz pierwszy w życiu uświadomił sobie, że on tej prawdy nie zgłębił.

Kiedy w końcu mógł wrócić do świata, wielki tłum podobnych do niego ludzi mocno się przerzedził – nikt nie stał już na chodniku z kuflem piwa na parapecie – ale w kawiarni atmosfera była wciąż ożywiona i burzliwa, przynajmniej do chwili, kiedy pojawił się tam Alex--Li Tandem. Jest rzeczą niezmiernie ważną, by przedstawić sytuację w sposób właściwy. Nie chodzi o to, że ludzie zamilkli na jego widok, czy nawet o to, że zaczęli się na niego otwarcie gapić. Szafa grająca, ze swoim skromnym wyborem powszechnie lubianych arii operowych, nie ucichła. To nie była telewizja. Po prostu zmieniła się jakość reakcji. Zmieniły się w i b r a c j e (było to, nawiasem mówiąc, słowo, dla którego nigdy do tej pory nie znajdował zastosowania). Obrały jeden określony kierunek. Zamiast podążać licznymi naturalnymi i chaotycznymi ścieżkami, zamieniły się w jeden strumień. Wszystkie strzały celowały w Aleksa. Był obiektem pożądania. Zyskał niejaką sławę. Był pępkiem świata.

Przeczuwając zagrożenie nową odmianą samotności, jeszcze trudniejszą do przezwyciężenia niż dawna, skierował się do baru. Ludzie, których mijał, składali mu gratulacje, nagle jedynym tematem rozmów stał się jego sukces, wszelkie inne formy konwersacji zastąpiły donośne jak dzwon, stereotypowe życzenia, jakie słyszy się podczas bar micw i ślubów. To wszystko jest po prostu pożegnaniem, pomyślał Alex ze zgrozą. Zakamuflowanym pożegnaniem! Ci ludzie mówią mi: żegnaj. Nie jestem już jednym z nich. Dla nich jestem martwy. Umarłem. I oczywiście zanim doszedł do lady z tekturowymi podstawkami i dystrybutorami, poczuł się wewnętrznie pusty, a plecy miał tak oklepane, że z trudem oddychał. Próbował zamówić potrójny dżin z tonikiem, ale już Dove ciągnął go za rękaw płaszcza.

– Tandem – zasyczał, zionąc mu w twarz miodem pitnym, którego parę kieliszków zdążył wychylić. – Co ty tu robisz? Powinieneś być w jakimś lepszym miejscu niż t o. Nie możesz już pić t u t a j. To miejsce dla p r z e g r a n y c h, bracie.

– A ja wypiję wiadro szampana, ważniaku – rzekł Lovelear, zjawiając się z lewej strony. Miał przylepiony do twarzy uśmiech, który zapożyczył od kogoś innego, w związku z czym nie pasował on zupełnie do jego gęby.

– Lovelear – powiedział Alex cicho i poczuł, że przeprasza kolegę całym swoim ciałem. – No tak. To wszystko było dość dziwaczne, co?

Lovelear gwizdnął. Wciąż uśmiechał się tym sztucznym, zapożyczonym skądś uśmiechem. Usiłował poruszać się tak, aby sprawiać wrażenie Loveleara j o w i a l n e g o.

– Sto pięćdziesiąt t y - s i ę c y. To nie jest dość dziwaczne, to jest dziwaczne j a k c h o l e r a.

– Tak... to dziwne. To bardzo...

– A ja po prostu myślę, że to wspaniałe – rzekł Lovelear pompatycznie. – Po prostu w s p a n i a ł e. I powiem ci, że nie mogło trafić na milszego faceta. Mówię ci to cholernie szczerze.

– D z i ę k i, Lovelear. Naprawdę dziękuję. To miał być szampan, tak?

– Co? A tak – odparł Lovelear, waląc pięścią w bar. – Chciałem powiedzieć, że sobie na niego zasłużyłeś. Nie ma dwóch zdań. Od jak dawna jesteś w tym biznesie? Nigdy tak naprawdę nie zarobiłeś na tym zbyt wiele, no nie? No i teraz...! Uważam, że to niewiarygodne – co za historia! Wiesz co? Myślę, że powinniśmy się wypiąć na to miejsce, bracie. Jesteśmy z Dove'em za tym, żeby stąd wyjść. To naprawdę nie pasuje do twojego nowego statusu, teraz już nie. Należysz od dzisiaj do innego klubu. Do całkiem innego towarzystwa.

– Tak się składa, że lubię to miejsce – powiedział Alex, rozglądając się i zastanawiając, czy to rzeczywiście prawda. Powiódł wzrokiem za jedyną kobietą w lokalu, barmanką ze Słowenii, która z miseczką ravioli nad głową torowała sobie drogę wśród szczypiących ją w tyłek klientów. Zaniosła pierożki daleko w głąb sali, gdzie siedział w kącie jakiś mężczyzna z twarzą przytuloną do blatu stołu. Nie wydawał z siebie żadnego słyszalnego dźwięku, ale można się było domyślić, że płacze. Obok jego głowy leżał kapelusz. Wielkie, wypukłe bary poruszały się rytmicznie.

– Czy to nie Baguley?

– Jasne. On nie miał takiego szczęścia jak ty. Okazało się, że kupił od tego Szweda nie jedną, ale p i ę ć podrobionych Kitty, po osiemset dolarów sztuka. Martin Sands właśnie mu powiedział, że są tak samo autentyczne jak dzienniki Adolfa. Szwed się zmył. Wyparował. Wsiadł na swój rower i odjechał w stronę zachodzącego słońca. Zostawił Baguleyowi jedną chusteczkę z monogramem i niewiele ponadto.

– No dobrze – rzekł Alex, chwytając barmana za rękaw. – Potrójny dżin z tonikiem i to samo co ci dwaj...

– Ej, co chcesz powiedzieć przez to „dobrze"? – zapytał Lovelear i uśmiech zniknął z jego twarzy.

– Chcę powiedzieć, że d o b r z e. No wiesz. Dobrze, że Baguley został wyrolowany.

– Ach, r o z u m i e m – powiedział Lovelear i pokiwał głową, patrząc na Dove'a. – Więc to dobrze, kiedy rolują innych ludzi? Tak uważasz? Najważniejsze, żeby ciebie nie wyrolowali?

Alex wzruszył ramionami, nieco zmieszany.

– To Baguley – powiedział. – Cieszymy się, kiedy rolują Baguleya. Rolowanie Baguleya dostarcza nam radości. Nie pamiętasz? Zawsze dostarczało. Od czasu, kiedy... i tak dalej.

– Niektórzy uważają, że to w porządku – powiedział nieśmiało Dove.

– Słucham?

– Robią ci zdjęcia do gazet, co? – zaczął Lovelear, nerwowo potrząsając głową. – Czujesz się w a ż n y. Depczesz każdego, kto ci się nawinie pod obcas, upokarzasz wszystkich, prawda? Pewnie uważasz, że jesteś wielki. I założę się, że masz jeszcze parę tych Kitty. W zapasie. Oczywiście nie dopuściłeś, żebyśmy się z nią spotkali, wmówiłeś nam, że nigdy nie podpisała niczego nawet dla ciebie, ale też mogłeś nas okłamywać, bo przecież nigdy nic dla ciebie nie zrobiliśmy, prawda? No cóż, Tandem, jestem tak cholernie szczęśliwy, że ci się powiodło. A ty, Dove? Nie jesteś cholernie szczęśliwy?

Alex przełknął głośno dżin i zaczął sobie starannie przygotowywać cały zestaw rozmaitych wykrzykników, układając je na języku niczym dekorację sederowego stołu. Ale nagle poczuł się dziwnie skrępowany; mimo że hałas w barze nie cichł, on wiedział, że ludzie go słuchają. Szykował się do występu. Nie było w tym nic nadzwyczajnego. Tyle że tym razem go obserwowano.

– Słuchajcie – zaczął, opanowując się nieco. – Nie zależy mi jakoś szczególnie na tym, żeby wyjść na...

– Na kogo? Na kogoś takiego jak ja? Jak Dove? No to miałeś szczęście, że te miłosne listy spadły ci z nieba, co? Tandem nie będzie sobie więcej zawracał głowy autografami po dwadzieścia funtów! A więc – chwila, wytłumacz mi to – więc jesteś teraz za dobry dla...

Alex odstawił energicznie szklaneczkę.

– O c z y m t y m ó w i s z? Myślisz, że je podrobiłem?

– Mowa!

– C h r y s t e. Słuchaj, zacznijmy od nowa. Nie ma sensu wszczynać awantury. To po prostu sto pięćdziesiąt tysięcy, co nie znaczy...

– Posłuchajcie go! – zapiał Dove znad swojego kufla. – Po prostu sto pięćdziesiąt tysięcy!

– Chciałem t y l k o p o w i e d z i e ć – zaczął Alex jeszcze raz – że ten cały interes... jest bardzo niepewny. Tak się składa, że jestem tu tylko agentem, możecie mi wierzyć albo nie – podniósł głos, widząc wokół dłonie roztrzepotane w Międzynarodowym Geście niedowierzania. – Słuchajcie, wcale mi na tym nie zależy, ale zgoda, jeśli ustawia mnie to w wielkiej lidze, no to jestem w tej wielkiej lidze. Przecież ta gra musi dawać jakieś korzyści, prawda? To nie jest powołanie. Ja nie chcę skończyć jak cholerny Duchamp czy ktoś w tym rodzaju, bez nocnika, do którego mógłbym się, cholera, odlać.

Tu wibracje zmieniły się jeszcze raz, i to wyraźnie. Zrobiło się ciszej. Przycichli nie tylko oni trzej, ale wszyscy w promieniu jakichś czterech metrów.

– Co jest? – zapytał Alex.

Lovelear potrząsnął głową i przewrócił oczami. Dove przybrał tę charakterystyczną dla Anglików minę, która wyraża głęboki niesmak i jest wyspiarskim odpowiednikiem hiszpańskiej podniesionej pięści, włoskiego ostrego, piekącego spojrzenia, francuskiego zatchnięcia się, rosyjskiego jęku. Minę, mówiąca: T o n i e m o ż l i w e, o n t e g o c h y b a n a p r a w d ę n i e p o w i e d z i a ł!

– C o j e s t? O co chodzi? – zapytał Alex.

– Właściwie próbowałem ci to powiedzieć już wcześniej – odparł urażonym tonem Lovelear, nie patrząc na niego. – Ale takiemu wielkiemu człowiekowi nie można zawracać głowy.

– Czy mi wreszcie...

– Duchamp umiera – powiedział Dove.

3

Alex, podobnie jak wszyscy, bał się szpitali i żywił do nich najgłębszą, najczystszą odrazę. Przyjść tam z brzuchem jak balon i wyjść z niemowlęciem – to było jedyne dobrodziejstwo, jakie mógł dać szpital. Poza tym jest tam tylko ból. B ó l s k o n d e n s o w a n y. Szpitale są pod tym względem czymś wyjątkowym. Nie ma na świecie miejsc, które miałyby na celu koncentrację przyjemności (parki rozrywki i podobne instytucje to obszary koncentracji s y m b o l i przyjemności, a nie jej samej), nie ma placówek poświęconych śmiechowi, przyjaźni czy miłości. Gdyby istniały, byłyby prawdopodobnie przybytkami bardzo ponurymi, ale czy unosiłaby się tam woń rozkładu opierająca się zaciekle środkom dezynfekcyjnym? Czy chodziliby tam korytarzami zapłakani ludzie? Czy sklepiki sprzedawałyby tylko kwiaty, foliowe pokrowce na buty i miętówki? Czy łóżka (jakież to złowieszcze!) miałyby tam kółka?

– Brian – powiedział Alex, opadając na zbyt niskie, zbyt pomarańczowe, niezgrabne plastikowe krzesełko. – Przyniosłem ci trochę miętówek. I kwiaty. Żonkile.

Od głowy do pasa stary partner Aleksa w interesach pozostawał prawie niezmieniony, ale dalej radykalnie się zwężał. Kiedy zbliża się kres, odzyskujesz swoje nogi z dzieciństwa, ale nigdzie cię one nie zaniosą. Nogi Briana były patykowate, białe, bezwłose i pozbawione mięśni.

– Śniło mi się – powiedział Brian słabym głosem. – A może... i Kerry, pielęgniarka, poślubiła Leona, gdzieś w Holandii czy w Belgii. Morze kwiatów, sery i różne ciasta. Prześlicznie. Prawdziwa uczta. Trwało to całymi dniami, tak się przynajmniej wydawało. Ona miała na sobie brzoskwiniową suknię, on – nie pamiętam. Ale ciebie tam chyba nie było? Nie było właściwie wielu gości. Garstka. I kwiaty, dzwony, sery. Przepięknie.

– Żonkile, Brian – powiedział Alex bezradnie. Brian był odczłowieczony przez rurki. Wchodzące i wychodzące. I przez pikającą aparaturę. I przez plamę zakrzepłej krwi uwięzioną pod bezbarwnym plastrem przyklejonym do zagłębienia pod jego pulsującą szyją.

– To było zabawne – ciągnął, otwierając jedno oko. – Bo ja, rozumiesz, podejrzewałem, że on jest ciotą. Ale jednak był tam i tańczył z nią! Podłoga była usłana kwiatami.

Tu z ust Briana wydobyła się seria beknięć; każdemu towarzyszył potworny grymas bólu. Jego ręce szarpały włosy na piersi w jakimś finalnym akcie osobistej toalety. Beknął po raz dziesiąty i tego było już dla niego naprawdę za wiele. Wydał z siebie jęk – jęk czystego, skoncentrowanego bólu – i wbił twarz w poduszkę.

– Mam kogoś zawołać, Brian? Czy mam...

Sala była „mieszana", leżeli tu mężczyźni i kobiety; Alex wstał i zaczął się rozglądać w poszukiwaniu pomocy, bo wciąż pozostawał w świecie, w którym ból, nawet najmniejszy jego sygnał, jest sensacją na pierwszą stronę. Domaga się powszechnego zainteresowania, domaga się tego, by się nim zająć. Alex poszedł kiedyś do doktora Huanga z powodu bólu kolana, a właściwie przeczucia bólu, l e k k i e g o s t r z y k n i ę c i a. A potem człowiek przechodzi do świata, w którym ból Duchampa, już teraz potworny, wzmaga się jeszcze i rośnie na skali, aż osiąga taki poziom jak u tego mężczyzny przy oknie, który nie może samodzielnie oddychać. Kobieta bez piersi ogląda telewizję. Ta sala na oddziale kardiologii gromadzi różne przypadki. Ludzi, którzy przeszli własne, indywidualne szlaki bólu – tych z rakiem, uszkodzeniami mózgu, ofiary wypadków drogowych – teraz, gdy ich serca postanawiają zatrzymać akcję, wypaść z rytmu lub pęknąć – zjednoczonych w cierpieniu. Brianowi Duchampowi, co wyjaśniła Aleksowi już na wstępie siostra przełożona, usuwano właśnie jedyną zrakowaciałą nerkę, jaka mu pozostała, kiedy na dziesięć minut przed końcem operacji serce odmówiło posłuszeństwa.

– To naprawdę szczęściarz – powiedziała, odbierając dzwoniący telefon. – Teraz wiemy, że ma chore serce. A inaczej byśmy przecież nie wiedzieli. S z c z ę ś c i a r z.

– Przepraszam – zwrócił się Alex do przechodzącej siostry, ale w drugim końcu sali rozległ się brzęczyk i pielęgniarka ruszyła pośpiesznie w tamtą stronę.

– Chyba nie dociągnę do czwartku, bracie – powiedział Brian, zamykając oczy. Urodziwy młodzieniec w bieli podszedł do nich i przez chwilę obserwował aparat zawieszony nad łóżkiem, gdzie ból Briana spływał do różnych rurek i przeobrażał się w linie, liczby i pikanie.

– Jemu się tak dziwnie odbija – powiedział Alex błagalnie. Chłopak odwrócił się flegmatycznie. Na jego identyfikatorze widniało imię LEON. Miał szalenie maneryczne ruchy; żaden z jego gestów nie był ani funkcjonalny, ani niezbędny. Wyraźnie sepleniąc, poinformował Aleksa, że kiedy nie ma nerek, soki żołądkowe nie mają się gdzie podziać. Wtedy toksyny atakują organizm. Później podłączy się aparaturę, która oczyści krew Briana.

– Kiedy? Kiedy ją podłączą?

– Kiedy zdecyduje o tym lekarz.

– Ale on cierpi. Strasznie cierpi.

– Ma tu przycisk. To jest dozownik środka przeciwbólowego. Wystarczy go nacisnąć.

– Ależ on go n a c i s k a. I to najwyraźniej nie wystarcza.

– Gdyby wystarczało, mogłoby zaszkodzić – powiedział młodzieniec sztywno i poszedł sobie.

– To właśnie ten Leon mi się śnił – powiedział Duchamp ze smutkiem.

– Co mówisz, Brian? – zapytał Alex, wpatrując się w odprasowane kanty spodni Leona i rozważając, czy nie puścić się za nim przez salę i nie rozłupać mu gaśnicą czaszki.

– Nie byłem w żadnej Belgii. Ja już nie wstanę z tego łóżka, Tandem. Nie w tym życiu. Takie są fakty. To się zaczęło od nerki. Rozeszło się po całym ciele. Znaczy w środku. Pamiętam, że kiedyś byli bliscy wynalezienia lekarstwa – powiedział, próbując się uśmiechnąć. Kolejna seria straszliwych beknięć wydobyła się z jego ust. – Ooooch... o B o ż e. Już przed laty mieli znaleźć jakieś lekarstwo. I co z tego wyszło? Żelazne płuca, świńskie serca i cudowne kuracje. Kto to wszystko spieprzył?

Wysunął jedną rękę spod kołdry i Aleksa znów zdjęła groza na widok rozległego, żółtego na brzegach i fioletowego w środku krwiaka, który rozlewał się na wewnętrznej stronie przedramienia. Brian przyjrzał się badawczym, ale raczej obojętnym wzrokiem krwiakowi i wypukłości na podskórnej przetoce.

– Idź na targowisko, do hali – powiedział buńczucznie – i powiedz im, że moje stoisko wciąż należy do mnie, powiedz, żeby je dla mnie trzymali, to wszystko.

– Jasne, Brian. Zrobię to oczywiście.

– I co one tam mówią o mnie, te siostrzyczki?

Nie mówiły nic dobrego. W czwartek wieczorem, jak powiedziała siostra Wilkes, Brian upadł na schodach. Tej samej nocy znalazł się w szpitalu. W piątek zrobili mu badania. W sobotę wysiadła mu całkowicie zrakowaciała nerka (tak naprawdę to nie ma się jej, dopóki się n i e w i e, że się ją ma). W sobotę mu ją usunęli. Podczas operacji miał atak serca. Dziś, czyli w środę, rak rozpoczął wędrówkę po jego ciele. Szanse poddania go (półżywego człowieka, którego utrzymywała przy życiu aparatura) stałej dializie, były minimalne. Jedyną rzeczą, jaka przychodziła Aleksowi do głowy, kiedy siedział na kolorowej kanapie w zacisznym kącie (Może przejdziemy w jakieś bardziej zaciszne miejsce?) i wysłuchiwał tej rwanej wyliczanki, była wojna religijna. To była Jerozolima komórek. Belfast podbrzusza. Eskalacja. Koncentracja bólu.

– Mówią, że z tobą wszystko w porządku. Mówią, że Duchamp jest... będzie zdrów. Dzięki dializie i...

Coś żółtego i gęstego wypłynęło z ust Duchampa i wijąc się jak robak, spłynęło mu po podbródku. Alex podał mu chusteczki higieniczne i po chwili odebrał je ze ściśniętym żołądkiem. Nie mogąc znaleźć kosza na śmieci, wetknął je do kieszeni płaszcza.

– Mam takie szanse jak kula śniegu w pieprzonym ognisku – powiedział Duchamp i zaśmiał się, ale natychmiast urwał; z jego ust wydobył się potężny jęk, dreszcz wstrząsnął całym ciałem. Patrzył ze zgrozą w stronę swego krocza; Alex uniósł się w krześle i zaczął poruszać rękami nad kocem, jak gdyby mogło to pomóc.

– Rurka we fiucie – wyjaśnił Duchamp, kiedy kryzys został zażegnany. Alex nie dopytywał się o szczegóły.

– Czy ma pan jakieś życzenia co do lunchu, panie Duchamp? – zapytała siostra o bujnych kształtach, która zmaterializowała się nagle w nogach łóżka. – Czy już pan wie, na co miałby pan ochotę?

– Na twoje cycki – powiedział Duchamp i wybuchnął śmiechem. Alex zawtórował mu mimo woli.

Pielęgniarki słyną ze stoicyzmu, ale nie gardzą też zemstą. W twarzy siostry było coś, co mówiło wyraźnie, że zapłata za ten żart, zapewne jakieś fizyczne upokorzenie, zostanie wyegzekwowana później, po wyjściu Aleksa. Duchamp również zdawał się to wyczuwać, bo zwiesił pokornie głowę.

– Nie, naprawdę, siostro, na nic, na nic, na nic. Nie mogę. Nie mógłbym przełknąć.

– Zobaczymy – stwierdziła krótko i poszła. Alex patrzył, jak twarz Duchampa zmienia się z oblicza chutliwego grubianina w twarz zalęknionego dziecka.

– One są bardzo miłe – powiedział Brian potulnie, naciskając przycisk. – Robią, co mogą. Choć wolę te czarne. Są znacznie weselsze. O Boże... auuuu...

Alex odsiedział jeszcze dziesięć minut i wymagało to z jego strony kolosalnego wysiłku woli. Wolałby być gdziekolwiek, byleby nie tutaj. Nie mógł oderwać wzroku od pacjenta na sąsiednim łóżku, zdecydowanie zbyt młodego, żeby znajdować się w tym miejscu. Ta niestosowna młodość była obrazą dla samopoczucia Aleksa. Czymś wręcz obscenicznym. Młodość ma swoją porę i miejsce i nie jest tym miejscem oddział kardiologiczny. Chciałoby się zagadnąć pierwszą z brzegu pielęgniarkę: Przepraszam, dlaczego właściwie ten człowiek umiera? Czy nie ma nic lepszego do roboty? Czy nie powinien być teraz w szkole? Szpitale noszą imiona Matki Boskiej, świętego Stefana, świętego takiego i owego. Patronem tego był święty Krzysztof. Tymczasem wszystkie powinny nosić imię Hioba. Hiob jest właściwym patronem dla szpitala. Hiob to facet z jajami. Hiob zapytałby: dlaczego ten młody człowiek? Dlaczego istnieje oddział dziecięcy? Dlaczego (i to ostatnie jest wręcz nie do zniesienia) dzieci trafiają na oddział intensywnej terapii? Dlaczego w ogóle niemowlęta poważnie chorują? O co tu chodzi?

– Brian – powiedział Alex, odzyskując dech po tej gonitwie myśli pod górę. – Brian, chyba będę już musiał iść.

Brian obudził się właśnie z króciutkiego snu, który przychodził między atakami bólu. Otworzył oczy.

– Tandem. Dopóki pamiętam. Ta Kitty. Zarobiłeś coś na tej całej Kitty?

– Tak – powiedział Alex. Nie miał pojęcia, gdzie się podziała ta cała Kitty Duchampa. Po prostu wyparowała. Uleciała, wirując w dal jak strzęp spalonego papieru z komina, razem z resztką zeszłego tygodnia.

– Naprawdę? Więc udało ci się ją sprzedać?

– Tak – powiedział Alex dobitnie i sięgnął po swoją torbę. Wyciągnął z kieszeni książeczkę czekową i zaczął szperać w ciemnościach szafki Briana w poszukiwaniu jakiegoś długopisu.

– Ile? Dużo?

– Piętnaście tysięcy.

– Piętnaście t y s i ę c y?

– Tak. Ona wczoraj umarła.

– Wczoraj?

– Tak. Ceny strzeliły w górę jak rakiety. Poszedłem do Columbard Room. Opyliłem wszystko. Powinienem ci był powiedzieć wcześniej.

– P i ę t n a ś c i e?

– Piętnaście.

– A niech to j a s n a c h o l e r a.

Znów byli przez chwilę łowcami autografów. Którzy załatwiają interesy.

– A więc piętnaście minus moje piętnaście pro...

– Ej! Raczej chyba dziesięć.

– Racja. Masz rację, Brian. Wiesz co? Dajmy sobie spokój z moją prowizją. Sam też miałem dzisiaj trochę szczęścia.

– Na pewno?

– Jasne.

– A n i e c h t o l i c h o! I nie kapnęli się? Nie mieli cienia wątpliwości?

– Nawet przez sekundę. Jesteś za dobry, Brian.

Alex wypisał czek. Podpisał go. Podsunął go Brianowi przed oczy.

– Piętnaście tysięcy funtów, zero pensów – przeczytał Brian powoli, z namaszczeniem. – Niech to jasna cholera. Wypłacić Brianowi Duchampowi. To ja. Choć B ó g jeden wie, kiedy będę miał szansę je wydać. Podpisane przez Aleksa-Li Tandema – powiedział i dotknął delikatnie palcem przegubu Aleksa. – To t y.

4

Nie zniesie konfrontacji z metrem, podziemną kolejką, kiedy sam jest p o d z i e m i ą. Nie zniesie też jazdy taksówką, tym miniaturowym czarnym teatrzykiem, w którym rozbrzmiewa monolog w cockneyu. Wypluty przez szpital gdzieś na końcu świata Alex znajduje stację kolejki naziemnej i linię, którą dostanie się w pobliże Mountjoy.

Na peronie zatrzęsienie papierosów i tłum uczennic. To jest rzeczywiście podróż. Pociąg nie p o j a w i a   s i ę po prostu tak jak w tunelu pod ziemią. Pod ziemią człowieka niecierpliwią opóźnienia, bo właściwie nie wierzy, że tunel ciągnie się na dystansie, który pociąg musi rzeczywiście przebyć. Powinien najpierw być t u, potem od razu t a m. Ale jeśli chodzi o kolejkę naziemną, czeka się, i to czeka się pogodnie, a potem, kiedy pociąg się zjawia, zataczając łuk pod bezkresnym lazurowym niebem i mijając ze stukotem drzewa i domy, wita się go uśmiechem.

Drzwi się otwierają. Wszyscy mieszkańcy Północnego Londynu czule nazywają tę linię Darmochą. Nie ma automatów i nikt nigdy nie płaci za przejazd. Dzieciarnia pali w pociągu, włóczędzy w nim mieszkają, a różni obłąkańcy lubią siadać w pozycji lotosu i nawiązywać rozmowę. Można dojechać do wielkich parków w samym centrum i do gett na samym dnie. Jeżdżą tą kolejką nauczyciele, ponieważ można porozkładać papierzyska i wypracowania na pustych siedzeniach i spokojnie się nimi zająć. Pielęgniarki sypiają w tym pociągu. Uliczni grajkowie koncertują bez przeszkód. Psy są mile widziane. Czasami człowiek wchodzi do wagonu i dym z marihuany aż szczypie w oczy. Jeśli popatrzy się przez okna na mijany świat, można by pomyśleć, że miasto to wyłącznie lasy, szkoły, stadiony i baseny. Czarne szatańskie fabryki muszą być gdzie indziej. Wszystko wygląda jak Ziemia Obiecana.

Alex dzwoni do Esther i rozmawia z Kitty. Przekazuje jej najnowsze wieści.

– Ależ to n i e w i a r y g o d n e! – mówi Kitty i zaczyna kląć po włosku. – Dlaczego aż tyle pieniędzy? B o ż e święty! Jesteś zupełnie jak czarownik z Oz albo ktoś równie fantastyczny. Odebrało mi kompletnie mowę. Kompletnie. Zupełnie nie wiem, co powiedzieć! To z d u m i e w a j ą c e! W życiu nie słyszałam o czymś takim! Ucałowałabym cię, gdybyś był tutaj. Ale ja z tego nic nie rozumiem – j a k   t o   m o ż l i w e?

– Kitty... – zaczyna Alex, ale po drugiej stronie nikt się nie odzywa. Alex czeka.

– Alex – mówi Esther – nie mogę już tak chodzić w kółko. Jest zimno. Musisz wrócić do domu. Musisz jej powiedzieć. Jeśli tego nie zrobisz, ja jej powiem. Nie powinnam się była absolutnie zgodzić, to po prostu cholernie śmieszne – możesz sobie wyobrazić, jak ona się będzie czuła, kiedy jej powiemy? Poprawka: kiedy t y jej powiesz. Robi mi się niedobrze, jak pomyślę, że się zgodziłam. Słuchaj, ja muszę wyjść. Wracaj n a t y c h m i a s t do domu.

W miarę jak Alex zbliża się do Mountjoy, robi mu się ciężko na sercu. Może mógłby wysiąść na jakiejś innej stacji? Na przykład w Larkin Green nie ma Kitty, nie ma Esther ani niemożliwych do dotrzymania obietnic, nie ma żadnego z a m ę t u ani życia Tandema z jego wszystkimi faktami i zobowiązaniami. Alex wyjmuje swój kapciuch z tytoniem i kładzie nogi na siedzeniu naprzeciwko. Ogarnęło go niezwykłe uczucie, jakiego nie doświadczył jeszcze nigdy w życiu. Nie chce wracać do domu.

Przy Mulberry Road jakaś kobieta wprowadza do pociągu rower górski. Mniej więcej rok po śmierci Li-Jina Adam zjawił się w domu starego Tandema bardzo czymś rozbawiony.

– Co jest? Co cię tak śmieszy?

Alex dopytywał się, w czym rzecz, ale Adam skierował się w milczeniu do kuchni. Sara zaproponowała im herbatę. Adam, wciąż się uśmiechając, zasiadł przy plastikowym stoliku, jaki wtedy mieli. A w tym domu od roku, od czasu, gdy to się stało, nikt nie miał odwagi się uśmiechnąć. Alex pamiętał, jak bardzo był zaszokowany tym uśmiechem Adama.

– No powiedzże wreszcie. Mamo, każ mu powiedzieć. O co c h o d z i ?

– Nic... Jechałem pociągiem, Darmochą. Przed chwilą.

– No i?

– I nagle wchodzi facet z rowerem bez jednego koła. A potem, na następnym przystanku, wsiada inny, do tego samego wagonu, z kołem od roweru. Wszyscy dosłownie pękali ze śmiechu. Oprócz tych dwóch aparatów. Oni nawet n i e p a t r z y l i na siebie.

– I c o d a l e j ?

– I nic!

Wspomnienie tego promiennego uśmiechu, jego powtarzających się rozbłysków, powróciło teraz do Aleksa. Adam był chłopcem myślącym i wiedział już wtedy, że sama zdolność innych do odczuwania radości może urazić tych ludzi, którzy cieszyć się nie potrafili. Sara i Alex, wciąż wstrząśnięci, z sercami ściśniętymi bólem, mogli tylko patrzeć na niego tępo, bez uśmiechu. Adam starał się usilnie przybrać poważny wyraz twarzy, ale uśmiech i tak powracał mu na twarz.

DZIEWIĘĆ / *U źródła*

1

Mężczyźni, którzy nie chcą iść do domu, idą do baru. Alex to wiedział, bo widział to w filmach. Idzie się do baru i barman, który jest zwykle Amerykaninem, nowojorczykiem, ociąga się zwykle – najpierw, zasępiony, marszczy brwi, potem lekko, wyrozumiale wzrusza ramionami – kiedy prosi się go, żeby nalał kolejną szklaneczkę whisky. Alex chciałby, żeby to był taki właśnie bar, ale Mountjoy nie mogło mu nic podobnego zaoferować. Jeśli ludzie tutaj pili, to jednocześnie jedli chińszczyznę i siedzieli przy stolikach z serwetkami na kolanach.

Pozostawał bar Pod Bąbelkami przy końcu głównej ulicy. Miał zaciemnione okna i bardzo często zmieniał nazwę (można było trafnie określić wiek mieszkańca Mountjoy w zależności od tego, jak nazywał ten bar. Dla tych poniżej trzydziestki były to Bąbelki, Mount, Ben's lub Follies, dla nowo przybyłych – bar Zero, żyło też paru sędziwych staruszków, którzy pamiętali, że kiedyś jadało się tu ciastka i wysyłało listy). Bąbelki miały złą reputację. Mówiło się po cichu o dragach. Ci, którzy tu pili, nie znali miary. I prawie codziennie wieczorami można było zobaczyć, jak z baru wytacza się jedyna lokalna znakomitość z twarzą barwy lawendy i z fioletowym niczym śliwka nosem. (Był to „skarb narodowy", cudowny aktor o imponującej posturze; w ciągu trzydziestu lat przeszedł od tragicznych ról Antoniusza, Brutusa i Otella do seriali, w których grał policjantów, lekarzy i farmerów. W czwartkowe wieczory można go było zobaczyć, jak

„zasuwa Learem", eskortowany przez dwóch bynajmniej nierozbawionych ludzi z produkcji, którym reżyser oper mydlanych zlecił wyciągnięcie go z baru i dostarczenie na plan, trzeźwego).

Jak większość mieszkańców Mountjoy, Alex nigdy jeszcze nie był w Bąbelkach. Nie miał pojęcia, jak bar wygląda od środka (neon na zewnątrz walczył dzielnie o to, żeby świecić, i przegrywał – przy każdym rozbłysku inaczej: a to brakowało nóżki kieliszka, a to musujących różowych bąbelków, a to rozjarzonej czerwonej wisienki). Nawet jednak otworzywszy drzwi, Alex nie zobaczył o wiele więcej. W środku panował mrok. Na zewnątrz była piąta po południu, w Bąbelkach – wieczna północ. Czterech czy pięciu klientów poruszało się w ciemnościach. Nie słychać było żadnej muzyki. Pod sufitem obracała się mała i żałosna dyskotekowa kula, a tysiące maleńkich refleksów błądziły po ścianach, daremnie tropiąc w mroku tancerzy, których przyprószyły swym gwiezdnym pyłem dwadzieścia lat temu. Na jednej ze ścian ktoś usiłował kiedyś namalować plażową scenę; brązowa piękność bez stanika pomalowana była tylko do pępka, reszta pozostawała tylko naszkicowana, niewypełniona kolorem. Palma z ośmioma smętnymi, obszarpanymi liśćmi mieniła się zielonymi cekinami. W innym rogu sali znajdowała się wnęka dla disc jockeya, teraz zamknięta na głucho. W głębi majaczyło coś, co wyglądało na barmana i bar. Alex ruszył w tamtą stronę – i zaczęło się.

Kto wpadł na pomysł, żeby pić według alfabetu? Alex nie przyszedł do Bąbelków z takim zamiarem. Wstąpił po prostu na drinka, może na kilka drinków, a może nawet d r i n k ó w i n k ó w. Po pięciu szybkich szklaneczkach whisky o b j a w i ł   s i ę ni stąd, ni zowąd pomysł z alfabetem. I Roy, który był barmanem, a zatem musiał wziąć część winy na siebie, nie zasępił się ani nie wzruszył odmownie ramionami. O, nie.

Roy powiedział po prostu:

–N o   t o   s t a r t u j ,   m ó j   s y n u.

A Tommy, brzuchaty Irlandczyk, który mógł być autorem pomysłu, powiedział:

–T w e n t y   m ó w i , ż e   n i e   w y j d z i e s z   p o z a   p i e p r z o n e   „h".

Co było bezczelną prowokacją. A pijani mężczyźni dają się prowokować tak łatwo, jak oddychają.

Rozpoczął więc z wielkim hukiem absynt. Alex poczuł, jak morwowy obłok spowija mu obie gałki oczne. Nawiązał z barmanem kulejącą konwersację na temat sławnych artystów, którzy pili absynt.

– Bo w pewnym sensie, Roy, sztuka i absynt były jakby n i e r o z e r w a l n i e s p l e c i o n e, no nie? Absynt przywoływał muzę, dawał im kopa...

– Wykańczał ich, cholera, i tyle.

Piwo Beck's i Cointreau przepłynęły jak ciężki pomarańczowy brykiet przez jego organizm. W tej fazie przezorny Roy sięgnął przez bar po portfel Aleksa, sprawdził jego zawartość i pokręcił głową. Kilka minut później Alex znalazł się w banku za rogiem, wiercąc się niecierpliwie w kolejce. Tu, na zewnątrz, był jeszcze' dzień i Alex, zupełnie na to nieprzygotowany, przewrócił się nagle. Dwie kobiety, matka i córka, spojrzały i porozumiewawczo pokiwały do siebie głowami. Po powrocie do Bąbelków, uszargany, ale bogaty, trzepnął plikiem banknotów o bar.

– D – zadumał się Roy, teraz już bez reszty zaangażowany. – D. Phil? Masz jakiś pomysł na D?

Phil, starszy mężczyzna w skórzanej kurtce i okularach zawieszonych na szyi na łańcuszku, wyłonił się bardzo wolno z kąta, w którym stał automat do gry, obrzucił przeciągłym spojrzeniem zdezelowaną czarną taksówkę widoczną przez otwarte drzwi i w końcu podszedł do baru.

– D? Nie, nie mam żadnego pomysłu, Roy. Nie mam pomysłu na D.

– Daiquiri – powiedział Alex, uderzając pięścią w otwartą dłoń.

– Duże piwo – podpowiedział delikatnie Roy.

Piwo pojawiło się ponownie przy F, bo nazywało się Fuller's, potem przyszła kolej na piekielnie mocny, swojski dżin, po nim zaś na wulkaniczny koktajl Hot Toddy, przyrządzony przez Tommy'ego, który ze zwinnością, o jaką nikt by go nie podejrzewał, przeskoczył przez bar, żeby go zrobić własnoręcznie.

I przytkało ich na pewien czas.

– Iberia... I b e r y j s k i... – zaczął Phil, który rozwiązywał krzyżówkę.

– Mogę zrobić coś z imbirem – zaproponował Roy. – Imbirowe coś tam. Albo coś innego.

Ale skończyło się na irlandzkiej whisky, tym ogrzewającym gardło płomieniu świecy. Niemieckie piwo marki Jahrhundert załatwiło sprawę J, a następnie kahlúa, słodka i gęsta niczym farba, pokryła język niezmywalną warstwą. Lager i muscadet zostały nalane do jednej szklanki jako tak zwany szprycer. A potem wybuchła awantura. Tommy, który przez cały czas pił whisky, idąc z Aleksem łeb w łeb, stwierdził, iż problem z tymi cholernymi Żydami polega na ich skłonności do tego, żeby wszystkim rządzić. Alex zamachnął się, żeby mu przyłożyć, chybił i runął na podłogę, gdzie leżał przez chwilę, atakując jego katolicyzm. Po długiej słownej utarczce Tommy zgodził się, że nie ma nic gorszego od zakonnic i że on osobiście nienawidzi Boga. Roy wygłosił całkiem poruszającą mowę o tolerancji (No więc to są wszystko pieprzone bzdury, no nie? Mówię absolutnie serio), a Tommy postawił Aleksowi szklaneczkę irlandzkiej whisky, po czym Alex postawił szklaneczkę Tommy'emu. A potem weszła kobieta. Była po czterdziestce i miała na sobie niewiele ciałka, ale to, co zostało (jak powiedział aktor Spencer Tracy o swojej ukochanej), było w pierwszym gatunku. Miała wręcz historyczną fryzurę, a jej dżinsowe ciuchy były zdecydowanie zbyt obcisłe i specjalnie sprane. Aleksowi przypominała wypisany niebieski flamaster, z niedopasowaną kolorystycznie żółtą nasadką.

– Tojeskobie... – stwierdził Alex i pokuśtykał do toalety, żeby doprowadzić się do przyzwoitego stanu. Kiedy wrócił, miał mokre włosy i wyglądał jak Rasputin. Kobieta stała za barem.

– Stella, Alex, Alex, Stella – powiedział Roy, a tymczasem Stella z ponurą miną wycierała kieliszek, jakby była to pierwsza sztuka z czekających ją pięciu tysięcy. – Przychodzi pomóc w porze zwiększonego ruchu.

Pół godziny później „zwiększony ruch" – czterech facetów z kolektury totalizatora naprzeciwko – ochoczo dopingował Aleksa, podczas gdy Stella ustawiała przed nim w szeregu rum, sherry i likier Tía María.

– Dlaczego ty to właściwie robisz? – zapytała.

Żaden z obecnych mężczyzn nie uznał dotąd, żeby warto było o to zapytać.

– Znaczy się – ciągnęła Stella, opierając się na spiczastym, zaróżowionym łokciu – dlaczego po prostu nie pójdziesz do domu?

– Bonieważ – powiedział Alex, który stał przy podwyższonym końcu baru, gwałtownie gestykulując – bonieważ *nie chsę iżdo domu.* NIEESTEMZAINTERESOWANY PÓŚCIEMDODOMU ŻEBY TAM DOSSAĆ OPIEPRZ OD TAKICHJAKTY.

– Twoja wola – powiedziała Stella.

Kwestia U przewijała się w trakcie rozmowy jak luźny ścieg, to pojawiając się, to znikając. W końcu zapomniano o sprawie, bo Phil uruchomił szafę grającą; Alex zaczął zadręczać Stellę, żeby z nim zatańczyła, aż w końcu uległa, czy, mówiąc ściśle, pozwoliła mu zwisnąć, nieprzytomnemu, na swoim ramieniu, a sama kiwała się spokojnie, przestępując z nogi na nogę.

– Jutro w twojej chacie! – oświadczył, ocykając się znienacka. Głowa podskoczyła mu do góry.

– Co ty robiłeś dziś w nocy? – zapytała Stella, a potem odsunęła się od niego z szybkością kobiety, która doskonale zna takie sytuacje, pozwalając, by Alex osunął się na podłogę.

Miał swoją dumę; dotarł bez niczyjej pomocy do toalety i tam zwymiotował w zaciszu kabiny. Kiedy wrócił, Roy stał na środku sali z jego telefonem komórkowym w dłoni.

– Adam – powiedział chłodno, odczytując imiona z wyświetlacza. – Boot? Carl. Doktor... Huwang? Słuchaj, do kogo z nich mam zadzwonić, żeby cię stąd zabrał?

I przyszli, przyszli. Choć oszołomiony alkoholem, rozumiał, co to ich przyjście oznaczało. Że przyjdą zawsze. Że jest w tym coś zbożnego. Poczuł gwałtowny przypływ uczuć i jak większość młodych ludzi, przestraszył się i obrócił te uczucia w agresję.

– Przyjaciele! – zawołał, kiedy Joseph chwycił go za lewą nogę, a Adam za prawą. – Rzymianie! Łowcy autografów! Pożyczcie mi pieniędzy.

Wynieśli go tak, jakby siedział na niewidzialnym krześle, na ulicę.

– Nie nazywaj mnie łowcą autografów – burknął Adam. – To t w o j a działka. I jego. Nie moja. Masz przyjacielu pojęcie, która jest g o d z i n a?

– J a - a s n e, tak, tak, o c z y w i ś c i e – nie, bo ty jesteś p o n a d t o
– ciebie zadowoliłby tylko autograf samego P a n a B o g a. P r z e p r a-
s z a m, czy mogę panu zająć trochę cza... Chciałbyś, żeby się pojawił
z tym, no jak to się nazywa, z tym jego miotającym błyskawice palcem, palcem, który ciska gromy – Ł U P! Zzzz! Ha! Chachachacha-
chacha! Żeby podpisał ci się na czole!

– Nie – odparł Adam cierpliwie, podtrzymując głowę Aleksa, która chwiała się i opadała ku ziemi. – Stałbym się wtedy golemem. Alex,
stań na nogi. S t a ń. P r o s t o.

– Alex – powiedział Joseph – pomóż nam sobie pomóc. Dobrze?

– P o m ó ż n a m – powtórzył Alex – p o m ó c s o b i e? Pomóż n a m
pomóc s o b i e? Czy to się, że tak powiem, wiąże z twoją pracą i każą ci
się tego, że tak powiem, uczyć u Hellera... z jakiegoś podręcznika czy
jak? Z przewodnika, z którego uczysz się mówić jak kretyn? *Możemy
d o s ł o w n i e zmienić twoje życie. Chcemy, byś spał spokojnie, wiedząc, że twoi bliscy są zabezpieczeni. Pomóż* n a m *pomóc* s o b i e.

– To ty jesteś kretynem.

– Ach, to j a jestem kretynem?

– Owszem, Alex, w tej chwili jesteś kretynem.

– Ja.

– Ty.

– Mógłbym was wyprosić za drzwi.

– Jesteśmy za drzwiami.

Alex wykonał obrót, stanął twarzą w twarz z Adamem i chwycił
go obiema rękami za szyję. Był to jednocześnie gest zażyłości i ratu-
nek przed utratą równowagi.

– Mam się z nim bić?

– P o c o?

– Żeby mu obić ten głupi pysk.

– Uważasz, że to możliwe? – zapytał Adam, odsuwając twarz poza
zasięg oddechu Aleksa. – Że taki będzie finał?

Głowa Aleksa opadła i jego mózg ześliznął się, by osiąść na oczach.
Pora była późna.

– Chyba trzeba iść do domu – powiedział czule, wyciągając ramię
do Josepha, który z równą czułością założył je sobie na szyję.

– No, a tak nawiasem mówiąc, co to była za okazja? – zapytał Adam, kiedy ruszyli w głąb ulicy.

– Strach i... – zaczął Alex i zawahał się przez chwilę.

– Odraza? – podsunął Joseph.

– Tak. Zdecydowanie tak. Z d e c y d o w a n i e odraza, tak.

Ulica wyglądała na martwą i dziwnie obcą, choć dramat z nowymi restauracjami i sklepami tekstylnymi oraz zniknięciem piekarni Levinsky'ego rozgrywał się już od pięciu lat. Nie była to już dzielnica Aleksa. Tylko ziemia pozostawała niezmieniona i Alex mógł wciąż odkrywać na nowo, że coś takiego, jak zielone pędy przebijające się pomiędzy płytami chodnika i nazwiska lub odciski stóp ryzykantów, którzy nie cofnęli stopy przed mokrym cementem, ma w sobie jakieś niewytłumaczalne piękno. Podobnie jak nierówne, jakby boczące się na siebie powierzchnie chodników, świadectwo konfliktów między kolejnymi zmianami lokalnych władz; czarne i nakrapiane, czerwone i żółte kocie łby, solidne szare płyty chodnikowe, postarzałe i spękane. I to, co Alex lubił najbardziej: zygzaki wtopione w tafle pokryte nalotem barwy burgunda, niczym szlak prowadzący do krainy snu. Uch. Czyżby wszyscy już spali? Wielkie, widoczne z daleka domy Mountjoy z płaskimi fasadami i ze zgaszonymi światłami. Wydawały się uśpione, lecz Alex wiedział, że na każdym podjeździe zamontowany jest reflektor gotów rozbłysnąć przy najlżejszym ruchu intruza lub spadającego liścia. Wewnątrz każdego z tych domów znajdowała się gęsta siatka niewidzialnych laserów, krzyżujących się na półpiętrach i nad schodami. Coś w rodzaju pułapki na każdego piętnastolatka, który próbowałby się wśliznąć...

– Pamiętacie to? – parsknął Alex, ulegając pijackiemu złudzeniu, że musieli słyszeć to, co przed chwilą myślał. – Jak Rubinfine zobaczył tę Induskę, Bal-jakoś tam...

– Baldżit – powiedział z uśmiechem Adam. – Była f a n t a s t y c z n a.

– B a l d ż i t. I nasz Rube wlazł przez okno – i wylazł tą samą drogą – ale najpierw zrobili to, co trzeba... chyba po raz pierwszy w życiu, no nie?

– Tak, chyba tak.

– I był cały zakochany... więc... hep!... Nie mogę opowiadać, jestem za bardzo narąbany... Adam, opowiedz no ty...

– Dobra. No więc pomyślał: *Pójdę do kibla i wyrzucę ten*... kondom, ale tam były w całym domu lasery – o czym oczywiście nie wiedział. Po dwóch minutach alarm, wpada policja, straż pożarna i ojciec Baldżit z nożem...

– Z nożem! – powtórzył Alex na wypadek, gdyby Joseph nie dosłyszał.

– A tu stoi prawie goły Rubinfine – ciągnął Adam, śmiejąc się tak głośno, że aż niosło echo – ze spermą i gumką w garści... – Alex aż zagulgotał z rozkoszy i dał sobie spokój z próbami wtórowania; już samo słuchanie tej starej historii, i to tak dobrze opowiedzianej, było ogromną radością. – I próbuje zapewnić pana Baldżita, że pomimo tej d o ś ć k ł o p o t l i w e j, n i e f o r t u n n e j s y t u a c j i nie widzi powodu, dlaczego on, ojciec dziewczyny, nie miałby nadal zatrudniać w księgowości Rubinfine'a starszego. A mówił to, s t o j ą c w g a t - k a c h. Z nożem na gardle. A policja wchodziła już po schodach.

– Właściwie to już tę historię s ł y s z a ł e m – powiedział Joseph i zapalił papierosa. Nie dorastał w Mountjoy, przeprowadził się tu dopiero jako dwudziestoparoletni młodzieniec, więc często zakładano milcząco, że nie zna albo nie pamięta dawnych związanych z Mountjoy legend. W rezultacie wysłuchiwał ich częściej i znał je lepiej niż ktokolwiek inny.

– Ćśśś – powiedział Alex, kładąc palec na ustach. – Mów dalej, Ads, opowiadaj, bracie.

– I wiecie, o co chodziło... chodziło o to, jaki był jego ojciec – tłumaczył Adam cierpliwie, kiedy doszli do pomnika i przystanęli pod nim na chwilę. – Zawsze ś m i e r t e l n i e się go bał. Bardziej bał się języka Jerry'ego niż ojca Baldżit z nożem. Bo Jerry był, to znaczy jest, n i e w i a r y g o d n i e agresywny. Trudno to sobie wprost wyobrazić.

– Przypomnij sobie, bracie, mojego ojca – powiedział Joseph, wydmuchując dym.

– No tak. I Jerry był taki sam. Zmusił Rubinfine'a groźbami do tego, żeby został rabinem, choć wiedział, że to nie dla niego. On po prostu nie mógł spuścić z tonu. I Mark spędzał większość czasu z twoim ojcem, Al, kiedy tylko mógł. Kochał Li-Jina, to było to, czego potrzebował: mieć takiego ojca. Może nie wyrósłby na takiego dziwaka, gdyby miał w dzieciństwie choć odrobinę...

– No tak – powiedział Alex i nagle poczuł się kompletnie wypompowany.

– Przykro mi, że... – powiedział Joseph i urwał, rzucając ostrożne spojrzenie Adamowi.

– Mów, o co chodzi? – zapytał Alex, stając po raz pierwszy na nogi o własnych siłach.

– Nic takiego... po prostu... Przykro mi, że go nie znałem, twojego taty. Żałuję, że nie miałem okazji...

– Cóż – powiedział Alex i usiadł na występie pomnika, wyciągając z kieszeni prochowca wszystko, co było potrzebne do zrobienia skręta. – Widziałeś go w dniu jego śmierci. Był tego dnia w dobrej formie.

Świat zbudowany jest z liter i słów. W tle każdej przyjaźni jest takie jedno trudne zdanie, które musi być wypowiedziane po to, żeby ta przyjaźń mogła przetrwać.

I to było w ich przypadku właśnie to zdanie.

2

Dowcip ten, opowiedziany nieśmiało i bez większego przekonania przez Josepha, przyjęto teraz z takim entuzjazmem, jakby był to największy dowcip stulecia. Nawet biorąc pod uwagę bliski delirium efekt alkoholu połączonego z trawką, Alex uznał ten śmiech – od którego omal nie wypluł płuc – za coś, co nie miało precedensu w jego dotychczasowym życiu. Śmiał się przez cztery minuty i za każdym razem, kiedy wydawało mu się, że już skończył, wybuchał bulgoczącym jak woda w zatkanej rurze śmiechem od nowa. A potem nagle wszystko się urwało. Dyszał głęboko. Uświadomił sobie, że jest mu zimno. Zanosiło się na deszcz.

– Nic ci nie jest? – zapytał Adam, zauważywszy, że przyjacielem wstrząsają dreszcze.

Alex pokręcił głową. Usiłował wstać. Daremnie. Ujął Adama za rękę.

– Przykro mi z powodu Kitty – powiedział Adam, wyczuwając, że teraz można to już bezpiecznie powiedzieć. – Bardzo mnie zasmuciła ta wiadomość. Wiem, że się z nią widziałeś... Wiem też, ile dla ciebie znaczyła. Próbowałem do ciebie zadzwonić, kiedy się dowiedziałem, ale bałem się, że możesz zrobić coś głupiego. Szkoda, że nie spotkaliśmy się wcześniej. Naprawdę uważam... że powinieneś był z a t r z y - m a ć to wszystko, Alex... Nie należało tego sprzedawać. Te rzeczy były cenne. Będzie ci ich brakować.

– Że jak?

– Czytaliśmy w gazecie – powiedział Joseph. Wstał, przeciągnął się i ziewnął. – Nie słuchaj Adama; jemu się wydaje, że ty zbierasz jakieś relikwie czy coś w tym rodzaju – a to przecież tylko autografy. Wszystko jest w porządku. To twoja praca. Nie musisz się tak gnębić – a widzę, że się gnębisz. Po prostu wykonałeś jeden z największych numerów d z i e s i ę c i o l e c i a na rynku autografów. Według mnie, powinieneś być cholernie z a d o w o l o n y.

– Mmmm?

Adam otoczył Aleksa ramieniem i uścisnął go.

– Wywołałeś sensację na całą ósmą stronę popołudniówek, przyjacielu. Czy wolno zapytać... to znaczy... co zamierzasz zrobić z pieniędzmi? To kupa forsy, bracie. Bo synagoga... to znaczy ja nie naciskam, ale... zresztą pogadamy o tym jutro. Nawet t y nie zdołasz tego wszystkiego przepić – choć dałeś niezłą próbkę swoich możliwości...

Alex puścił się biegiem w głąb ulicy. A przynajmniej wydał polecenie nogom, by zaczęły biec, ale komunikat nie został właściwie przekazany. Nie zawierał takich pojęć, jak równowaga, postawa, zachowanie pionu. Na rogu runął na ziemię pod czyimiś drzwiami. Próbował się pozbierać; Joseph i Adam znaleźli się przy nim w ułamku sekundy. Pochylili się nad nim i trzymając się za kolana, zerkali w górę, bo zaczęło padać.

– Tak się nam śpieszy? – zapytał zdyszany Adam.

– Chodźcie... za mną... – powiedział Alex, zrywając się znów do biegu. – Ona jest u mnie w domu. O n a j e s t w d o m u.

Teraz puścili się kłusem całą trójką, bo deszcz szykował się do prawdziwego ataku.

– K t o jest u ciebie w domu? Dlaczego biegniemy?

– O n a, Kitty – powiedział Alex i przyśpieszył; płaszcz powiewał za nim jak opończa.

– Mówisz o kasecie? – zawołał Adam, kiedy Alex wysforował się do przodu. – Oddasz mi ją po prostu jutro. To nie takie ważne.

– NIE. ONA. K I T T Y. U MNIE W D O M U.

– A l e x! – zawołał Adam, kiedy minęli wypożyczalnię kaset i Alex zniknął za półkolistą ścianą banku na rogu swojej ulicy. – A l e x. N i e ś w i r u j.

O tej porze panowała tu grobowa cisza i Joseph skręcił w ulicę Aleksa w milczeniu, bojąc się obudzić rodziców ludzi, których znali, nie wspominając już o ludziach, których znali i którzy sami byli teraz rodzicami, ponieważ nasi chłopcy zaczynali się starzeć.

– B ł a g a m c i ę, Alex – powiedział Joseph, dopadając w końcu furtki. Kierował swoje słowa do Rasputina, który teraz szukał gorączkowo kluczy. – Przyhamuj. Uspokój się.

Z triumfalnym okrzykiem Alex wyłowił klucze z głębi kieszeni, spomiędzy poprutych szwów.

– O co c h o d z i, Tandem? – zapytał Adam. Stał na ścieżce i ociekał wodą.

– Ona. Jest tutaj. Kitty. Jest u mnie w domu. W tej chwili.

Otworzył drzwi i wykonał Międzynarodowy Gest nakazujący ciszę.

– Jest w salonie – powiedział głośnym szeptem. – Z Esther. Gawędzą sobie, lubią sobie tak pogwarzyć.

Przeszedł na palcach przez przedpokój, otworzył uroczyście drzwi do pokoju i jednocześnie skłonił się nisko. I w tej pozycji zastygł w bezruchu, oniemiały. Joseph chwycił go za łokcie i poprowadził w stronę kuchennego zlewu, gdzie Alex zaczął potężnie, falami, wymiotować. Upłynęło dobre dziesięć minut, nim te konwulsje zelżały, zredukowane do bolesnego odruchowego kaszlu, z którym nie uchodziło już nic, nawet powietrze. Kiedy Alex skończył, Joseph wytarł mu troskliwie twarz zwilżonym papierowym ręcznikiem i próbował zmusić go do przełknięcia tabletki na sen z własnych bogatych zasobów osobistego użytku. Wyciągnął z wewnętrznej kieszeni marynarki małe aluminiowe pudełeczko, miniaturowy sejf na pigułki, i otworzył je. Alex jednak odmówił. Był wyspany. Jeśli miał czegoś pod dostatkiem, to były to rezerwy snu.

Do kuchni wszedł Adam, westchnął ciężko, chwycił przyjaciela za ramiona i poprowadził go z powrotem do salonu.

– Pościeliłem ci na sofie. Esther jest pewnie na górze – tu leży jej torebka – ale na pewno nie chciałaby, żebyś tam wchodził, bo okropnie cuchniesz. Prześpij się tutaj.

– Mmm.

– Nie ma nekrologu – powiedział Adam, wskazując na popołudniową gazetę leżącą na stoliku. – Będzie na pewno jutro. Powinieneś teraz spróbować zasnąć, nie myśleć o tym wszystkim.

– Hnnnn... hep.

– Posłuchaj mnie: jesteś jutro o dziesiątej umówiony z rabinem Burstonem, żeby omówić różne sprawy. A potem, o szóstej, będzie nabożeństwo. Okej?

– Adam...

– Śpij, Al. Zobaczymy się jutro. Jutro. Do zobaczenia, bracie.

I wyszli. Wyszli. Alex tracił z wolna świadomość. Ci mężczyźni mu nie wierzyli. A kobiety, kobiety zwarły przeciw niemu szeregi.

3

Przyśnił mu się sen. W realnym czasie, w prawdziwym życiu, trwał on tylko minutę lub dwie. Ale zapadł w niego głęboko, jak to często bywa z krótkimi snami. Wszedł weń jak nóż w wodę. Alex znalazł się w bajecznym ogrodzie w klasycznym, francuskim stylu, który był jak gdyby pastiszem wielu różnych stylów. Miał rabaty z angielskimi różami, miał zakątek pseudoindyjski, z kręgiem cyprysów i tamaryndowców. Były w nim też europejskie, poprzystrzygane w bezduszne imitacje zwierząt i drzew żywopłoty, a także zakątek japoński z ornamentami z kamieni poukładanych na kamiennym podłożu. W szerokich alej-kach stały bambusowe kratownice z pnącymi kwiatami i gdy Alex szedł wśród tych misternych kwietnych aranżacji, uświadomił sobie, że naj-lepiej byłoby wszystko widać z najwyższych okien jakiegoś wielkiego domu. Nie minęły nawet trzy sekundy, a domostwo takie pojawiło się nagle za jego plecami, białe i dostojne. Ale teraz był zupełnie gdzie in-dziej. Czekał na niego labirynt, w którego korytarzach miał odkryć skry-waną tam tajemnicę: nagą Dianę, napinającą łuk. Nieopodal, w miej-scu imitującym toskańską dolinę, lśniło pomiędzy dwoma sztucznymi wzgórzami sztuczne jezioro. Ogólny efekt był zwodniczy: przemyślnie wykopany rów stwarzał wrażenie, że ogród ciągnie się bez kresu, jak daleko sięgnąć okiem, albo raczej, że nie istnieje jako coś odrębnego. Że tworzy całość z otaczającym go krajobrazem. Że wszystko to jest przypadkowym tworem, dziełem strumieni, które płynęły swoimi szla-kami, i kwiatów, pleniących się tam, gdzie chciały...

Alex był w ogrodzie sam. Nikogo więcej nie widział. Okna wielkie-go domu ożywiały promienie słońca i gdzieś od tamtej strony napływa-ły dźwięki kwartetu smyczkowego, delikatny brzęk szkła i śmiechy, ów zwykły dźwiękowy kontrapunkt przyjemnego śniadania w plenerze. Ale w samym ogrodzie było zupełnie pusto i to niepokoiło Aleksa. Rozglą-dał się pilnie za ogrodnikami. Chciał porozmawiać z tymi, którzy wy-kopali wielki dół pod jezioro, zasadzili drzewa i przystrzygli żywopłot. Wiedział jednak, że ci ludzie nie uczestniczą w śniadaniu. Gdzie mogli być? Kiedy tak dreptał wciąż po tych samych ścieżkach, wiedząc, że to sen, i pragnąc się obudzić, ogarniała go coraz większa frustracja. I wte-dy sceneria obramowana dwiema stojącymi jak na straży jodłami zmie-niła się nagle. Był to wciąż ogród, ale z pewnym nowym, utajonym dotąd fragmentem, wodnym rajem, z uszeregowanymi w jeden ciąg sadzawkami i rozmieszczonymi tu i ówdzie pomiędzy nimi pomnikami – monolitami z białego kamienia. Ze wszystkich sadzawek wyskakiwali synchronicznie niczym foki nadzy mężczyźni, demonstrowali niepraw-dopodobnie precyzyjne i widowiskowe ewolucje, po czym znikali z po-wrotem w toni. Widok był piękny. Alex, płacząc, podszedł do najbliż-szego stawku. Widział po drugiej stronie nagą Esther siedzącą na czymś, co było hybrydą krzesełka ratownika i reżysera, z jej imieniem wypisanym na oparciu. Nie poruszała się ani nic nie mówiła. Alex z powrotem skupił uwagę na mężczyznach. Mężczyznach? Byli to w połowie ludzie młodzi, w wieku siedemnastu, osiemnastu lat, i można by ich było nazwać Adonisami, gdyby nie jeden szczegół. Skórzane pokrowce w formie zamkniętych mieszków zakrywały ich genitalia. Pozostali mężczyźni byli bardzo starzy, okolice genitaliów niemal całkiem znikały pod obwisłymi brzuchami. Ale skakali! Skakali wszyscy! Jeszcze wyżej niż przedtem, z dodatkowym obrotem i z imponującym wyrzutem ramienia lub nogi. Czasem nawet z okrzykiem, czystą, śpiewną nutą, która urywała się, gdy przecinali raptownie powierzchnię wody. Rozradowany Alex zrzucił ubranie i podszedł do sadzawki. Esther zasygnalizowała mu (bez słów, bez gestu), że żaden mężczyzna nie może wejść do wody bez uprzedniego przeczytania napisu. Napisu? Oczywiście, Alex miał tuż przed nosem pomnik; usiłował zrozumieć kilka wyrytych w kamieniu wersów. W j a k i m języku był ten napis? W hebrajskim, po łacinie, w koptyjskim, po rosyjsku, japońsku, w jakimś fikcyjnym narzeczu?... linijki tekstu szły w jedną stronę, potem w drugą, zakręcały, falowały, przechodziły w kreski i kropki... Kiedy oświadczył, że nie potrafi tego odczytać, mężczyźni wybuchnęli śmiechem. Esther nie odezwała się ani mu nie pomogła. Mężczyźni mu nie wierzyli. A kobiety, kobiety zwarły przeciw niemu szeregi...

Obudził się, wypowiadając jakąś pojedynczą zdyszaną głoskę, z uczuciem, że umiera. Próbował się odkryć, ale zamiast tego wdał się w jakąś niekończącą się szarpaninę i kopaninę z kocem, aż wreszcie ten uznał, że najlepiej będzie dla nich obu, jeśli każdy pójdzie swoją drogą. Czuł własny odór. Cuchnął. Choć jesteśmy wszyscy przywiązani do fetoru własnego ciała, ten, który czuł teraz Alex, był jakoś dziwnie s c h e m i z o w a n y. Wchodził w grę siarkowodór. W organizmie Aleksa zaczął krążyć śluz, torując sobie drogę przez trzy otwory w twarzy, a ułatwiały mu tę wędrówkę bezgłośnie ronione łzy. Dlaczego te kobiety zwarły przeciw niemu szeregi? Co on takiego z r o-b i ł? Alex wyszedł razem z wydzielanym przez siebie zaduchem z pokoju. Zaczął od schodów. Ale schody nie były takie, jakimi je pamiętał. Schody, okazuje się, nie pomagają człowiekowi wspiąć się ani trochę wyżej. Nie są takie jak winda. Trzeba pracować nogami samodzielnie, a one sobie po prostu są. Brakuje też ostrzeżenia, kiedy się skończą (jest ciemno, a koc zaanektował okulary Tandema), jest tylko uczucie, że stopa zawisła raptownie w powietrzu; Alex długo spada, nurkując w jakiś tuman, aż w końcu powraca podłoga, twarda i obojętna. W korytarzu nie jest już tak źle. Jest prosty, ma dwie ściany, poza tym Alex był przed laty na tyle rozsądny, żeby nie stawiać w nim niczego, o co można się później tylko potknąć. Większość dekoracyjnych elementów mieszkania okazuje się potem zawadą.

Drzwi. Serce wali mu chaotycznie, niemiarowo i w różnych miejscach: w palcu u nogi, w kciuku, w udzie, w piersi. Alex nie chce nikogo obudzić. Uchyla drzwi. Lekki kopniak i wracają do poprzedniej pozycji, kołysząc się lekko na zawiasach. I oto są. Ledwie je widzi. Właściwie tylko ich zarysy. Leżą obok siebie – jak to się mówi, na waleta. Dwa zestawy palców nóg sterczą spod kołdry po dwóch przeciwnych końcach, jak u dzieci, które zostały na noc w obcym domu. Nie. Alex jest wciąż zbyt pijany, żeby poprzestać na tym porównaniu. Jak dwie kobiety na plaży? Nie, nie. To nie to. Jego mózg jest absolutnie zdecydowany stawiać mu opór. Jak dwa ciała w kostnicy. Prawie. Jak dwa ciała w f i l m o w e j kostnicy. Brakuje tylko karteczki (z nazwiskiem, datą urodzenia i innymi danymi) przyczepionej do tego najpokorniejszego z palców – dużego palca u nogi. Czy o to właśnie chodziło? O ten szczegół z palcem?

O g l ą d a s z za d u ż o f i l m ó w, to jedno z najwspanialszych zdań współczesności. Jest w nim nutka świadcząca o zrozumieniu tego, kim byliśmy kiedyś i kim się staliśmy. Niewielu było ludzi, w odniesieniu do których stwierdzenie to byłoby bardziej trafne niż w odniesieniu do Aleksa-Li Tandema, łowcy autografów *extraordinaire*. Nic zatem dziwnego, że jego pierwszą absolutnie stosowną i u z a s a d n i o n ą myślą było: o n e n i e ż y j ą. To jest to. Nie żyją. Myśl ta (choć przemknęła mu przez mózg szybciej, niż zdołałby wypowiedzieć to zdanie) sprawiła, że poczuł wewnętrzną pustkę, jakby był wydrążony. Starła się z nim i zwyciężyła. A potem, w następnej sekundzie, pojawiła się inna: *Nie, nie, o c z y w i ś c i e, że to n i e p r a w d a*. Rodzice znają to uczucie, to, co pojawia się najpierw i co następuje potem. Grozę i ustępowanie poczucia grozy. Ale potem, przynajmniej w przypadku Aleksa, następuje rozwinięcie myśli. I to rozwinięcie jest śmiertelne. Jest w nim świadomość, że to tylko kwestia przesunięcia w czasie. Bo w tej diagnozie nie ma nic błędnego, z wyjątkiem określenia czasu.

Nie były martwe.
Ale będą.
Tak jak wszyscy, których kochał.

Pochód zmarłych. Był z nimi w pociągu. Pił z nimi tego wieczoru. Odprowadzili go do domu, patrzył na nich w tej chwili. Byli na ścianach, w wersji czarno-białej, ale także w tym łóżku, w technikolorze. Wie o takich sprawach dziecko i mówi mu się, że musi to zaakceptować. Wiedział o tym słynny Irlandczyk, pogodził się z tym i powiedział wszystko, co było do powiedzenia w tej materii. Jednak Aleksowi nie dawało to wciąż spokoju. Miał z tym problem, i to najbardziej podstawowy. Dziesięć lat temu odwiedziła ich siostra Sara z dziećmi i jego kuzynka Naomi nie chciała spać w tym pokoju, bo bała się „nieboszczyków na ścianach". Wszyscy się z niej śmiali przy śniadaniu. On też się śmiał. Bo nie należy, jak mówią wszyscy, brać tego tak bardzo do siebie – a więc nie brał, uważał się za d o r o s ł e g o (o to prawdopodobnie wszystkim chodzi, pomyślał, kiedy wygłaszają to głupie zdanie; chcą przez to powiedzieć: n i e   b i e r z   t e g o   d o   s i e b i e; n i e   b i e r z   s o b i e   t a k   d o   s e r c a   t e g o,   ż e   d o r a s t a s z). Nie brał tego do siebie przez całe lata. O ile w ogóle o tym myślał, to w kategoriach filmowych lub telewizyjnych. Ale oto go w końcu dopadło – musiał uchwycić się futryny, żeby ustać na nogach – dosięgnął go śmiertelny cios, siarczysty policzek od nieskończoności, i było to uderzenie potężne. Ruszył chwiejnie z miejsca, w którym stał, ściskając w ręce coś, co przypadkiem zerwał ze ściany, a usta miał otwarte, jakby ktoś wybił mu kopniakiem dziurę w twarzy. Ale starał się nie czynić hałasu. Nie chciał budzić zmarłych. Wciąż jeszcze panował nad sytuacją. Znalazł jakiś kąt, w którym nikt nie mógł go usłyszeć, nagrzany, suchy i pełen ręczników, i odmówił swój kadysz bez rutynowych gestów i formalności – wyśpiewał go jak pieśń w wilgotne zagłębienie dłoni.

DZIESIĘĆ / *W świecie*

1

Ktoś zadzwonił do drzwi. Alex zwlókł się na dół. D o s ł o w n i e szczołgał się po schodach. Przerażony impetem, z jakim zsuwał się głową w dół, ale niepewny, czy zdołałby ustać na nogach, pełznął do chwili, kiedy osłabły mu kolana, po czym rozpłaszczył się na stopniach i zjechał po nich. Otworzył, stojąc na czworakach, wyciągnąwszy jedną rękę do gałki u drzwi.

– Dobry – powiedział Marvin.

– Marvin – powiedział Alex, wstając.

– Jak tam Nowy Jork, bracie?

– Wielki. Męczący.

– No i w y g l ą d a s z na zmęczonego.

– Spałem na schodach.

– Aha... – powiedział Marvin i wyjął swoją rozpiskę.

Gdzieś w pobliżu jakiś ptak odgwizdał pierwsze cztery nuty piosenki *Ain't Misbehavin'*. Światło słoneczne było białe, ulica jasna jak na prześwietlonym zdjęciu. Nikt nie lubi dziś rozmawiać o pierwszym dniu wiosny, jest on postrzegany jako przejaw ostentacyjnego sentymentalizmu ze strony natury. Ale dzisiejszy dzień wydawał się Aleksowi po prostu dniem wiosennym. Wyczuwało się już atmosferę Paschy i Wielkanocy, a także czającego się tuż za rogiem długiego, spędzanego na sofie weekendu kiepskich filmów, który nadciągał wraz ze słońcem. Dzień był w pełnym rozkwicie.

– Tandem? – rzekł Marvin, zadzierając głowę i idąc za spojrzeniem Aleksa, które powędrowało wprost ku rozbielonemu niebu.

– Aha?

– Zamawiasz coś czy nie?

– Niesamowity dzień, co?

– K a ż d y dzień jest niesamowity.

– Co ty zamierzasz r o b i ć, Marvin? – wychrypiał Alex i odkrztusił flegmę.

– Słucham?

– Oprócz rozwożenia mleka. Chodzi mi o to, co zamierzasz zrobić ze swoim ż y c i e m.

Marvin jęknął wymownie, jak rozczarowany akademik, i klepnął się w czoło.

– Coś ci powiem, wiesz? To idiotyczne pytanie, bracie. To życie robi różne rzeczy z e m n ą. I tyle. I tak jest dobrze. Jogurt?

– Nie... tylko mleko.

Marvin znów wydał z siebie jęk rozczarowania. Podparł się pod boki.

– Słuchaj, widziałem cię w gazetach, no nie? Nie chciałem nawet o tym wspominać, bo takie rzeczy mnie w ogóle nie rajcują. Mam to, co mam – i nie obchodzi mnie, co ma ktoś inny. Nie jestem taki jak ci bliźni, co to ci zawsze zazdroszczą. Ale też pomyślałem sobie nieśmiało, że mógłbyś podejść śmielej do swoich potrzeb nabiałowych. Teraz, kiedy sytuacja się zmieniła. Choć obaj chcielibyśmy, żeby było inaczej – dodał melancholijnie – świat jest w pewnym sensie jednym wielkim targowiskiem, bracie. Muszę być brutalny, bo mnie do tego jakby zmuszasz, kapujesz?

– Wezmę – powiedział Alex, spoglądając ponad ramieniem Marvina na ofertę mleczarni – po jednym koktajlu z każdego smaku, parę jogurtów, ten niesamowity włoski ser, który próbowałeś mi kiedyś wcisnąć, i wszystko, co twoim zdaniem powinno mi odpowiadać.

– O r a n y. Powrót syna marnotrawnego – powiedział Marvin, po czym gwizdnął i pstrykając palcami, ruszył tanecznym krokiem w stronę samochodu.

Po kilku minutach Alex wszedł z powrotem do domu z kartonem w różnym stopniu sfermentowanych produktów mlecznych. Odczuwał coś w rodzaju odświeżonej nadziei. Zamknął drzwi, popychając je energicznie tyłkiem. W przedpokoju stała Esther. Miała na sobie chiński szlafrok z czarnego jedwabiu, rozchylony na piersiach. Zebrała obronnym gestem poły i objęła się ciasno rękami.

– A, jesteś – powiedział i podszedł do niej, ale ona się cofnęła. Jej twarz nie znała pojęcia fałszywej ekonomii: zawsze oddawała tylko to, co dotarło do niej z zewnątrz. W tej chwili wyrażała ból.

– Położę to gdzieś tylko – powiedział, wskazując ruchem głowy na karton. Wszedł do kuchni i postawił pudło na blacie. Kiedy wrócił, w drzwiach stały dwie kobiety.

– Jestem zmęczona – powiedziała Esther. – I bardzo zła, właściwie wściekła, ale przede wszystkim jestem naprawdę... naprawdę z m ę-c z o n a. Masz teraz słuchać. I milczeć.

Alex zdążył wydać z siebie swój ulubiony dźwięk, czyli zaimek pierwszej osoby, ale Esther powstrzymała go gestem ręki.

– Uważam, że powinieneś najpierw posłuchać Kitty, dobrze?

– Dzień dobry, Alex – powiedziała cicho Kitty. Ona jedyna z całej trójki była kompletnie ubrana.

Alex spróbował jeszcze raz ze swoim zaimkiem, owym natrętnym j a, ale Esther potrząsnęła głową.

– Wiesz, co się działo dziś rano? – zapytała Kitty, rozkładając trzymaną w ręku gazetę. – Budzę się bardzo wcześnie, przestępuję przez ciebie, schodzę na dół i biorę gazetę z wycieraczki. I czytam własny nekrolog. Uważam – uśmiechnęła się blado – że to bardzo okrutny początek dnia.

– Kitty, ja...

– I piszą tam między innymi, że końcówka mojej kariery to role bez większego znaczenia i że, cytuję: „w historii kina pozostanie jako postać interesująca głównie dla kolekcjonerów, dla których jej autograf jest przedmiotem niemal mistycznej fascynacji". Pięknie powiedziane, co? Oto najwidoczniej całe moje życie ujęte w jednym zdaniu.

– Och, Kitty, tak mi przykro. Tak mi strasznie przykro. Pomyślałem... to było tylko na jeden dzień... pomyślałem, że byłoby dobrze...

– Piszą też – powiedziała Kitty, ocierając łzę – że chociaż miałam wrodzony talent, zmarnowałam go, rozmieniając się na drobne... po czym następuje opis moich flirtów, najbardziej wulgarny, jaki można sobie wyobrazić – i, zaraz, gdzie to jest – o tu: „była w Hollywood bardziej znana dzięki mężczyznom i kobietom, z którymi spała, niż filmom, w których wystąpiła". To głupie tak się tym przejmować – powiedziała, upuszczając gazetę i podnosząc obie ręce do twarzy. – Jestem za stara, żeby być tak próżna, choć właściwie nie wiem. Nie żebym kiedykolwiek uważała się za Joan Crawford. Ale w y o b r a ż a-c i e s o b i e coś takiego? Przeczytać taką wiadomość? M o ż e c i e t o s o b i e w y o b r a z i ć?

Alex otworzył usta i natychmiast je zamknął.

– A najgorsze jest to, że te paskudztwa wypisuje mój rzekomy przyjaciel. Możecie w to uwierzyć? – Kitty rzuciła gazetę na blat, parskając z niesmakiem. – Człowiek zawsze ma nadzieję, że inni... że myślą o nim lepiej niż on sam o sobie.

– Jedyne, co mogę zrobić – powiedział Alex – to przeprosić cię. To wszystko, co mogę zrobić.

Kitty pokiwała głową. Esther otoczyła ją opiekuńczo ramieniem, ale Kitty po chwili wahania odsunęła się od niej.

– To było nieładne, Alex – powiedziała, patrząc mu prosto w oczy i robiąc krok do przodu.

– M ó w i ł a m m u, że to okropny pomysł – powiedziała Esther z przejęciem. – To n a j g o r s z a możliwa karma.

– I trochę nieuczciwe wobec mnie – powiedziała Kitty nieco łagodniej, jak gdyby mówiła do dziecka.

– A b s o l u t n i e nieuczciwe, mówiłam to samo – zgodziła się Esther z furią, najwyraźniej czyniąc aluzję (jak uświadomił sobie teraz Alex) do czegoś zupełnie innego. – Powinieneś zwrócić te pieniądze, i to n a t y c h m i a s t.

– Ach, chwileczkę, bardzo was proszę – powiedziała Kitty z lekką dezaprobatą i dotknęła palcem uniesionej ręki Esther. – Nie musimy popadać w jakiś kompletny o b ł ę d.

Alex zbliżył się do niej i ujął ją za ramiona.

– To t w o j e pieniądze – powiedział – i nie ma sensu ich oddawać. Nawet jeśli oni się dowiedzą, że nie... to to wszystko będzie warte jeszcze więcej, bo staniesz się znana jako aktorka, którą uznano za zmarłą i której autograf został w dniu jej rzekomej śmierci sprzedany za tyle i tyle – i tak dalej, i tak dalej. Na tym to wszystko polega. I tak wszystko jest szaleństwem. Weź te pieniądze, Kitty. Bierz tę forsę i w i e j, cholera, gdzie pieprz rośnie.

– To ciekawy argument – odparła i pośliniwszy palec, wyjęła drobinę ropy z kącika lewego oka Aleksa. – To mnie przekonuje. A więc... co mam właściwie zrobić? Rozumiem, że powinnam zatrzymać te pieniądze. Minus, oczywiście, twoje dziesięć procent – dodała i uśmiechnęła się. Alex odpowiedział jej uśmiechem.

– Ja już sobie to potrąciłem. Około piętnastu tysięcy. Dzięki.

– Jesteś dobrym chłopcem – powiedziała Kitty, klepiąc go lekko w policzek. – Bardzo się cieszę, że się poznaliśmy. Jesteś realistą, podobnie jak ja. To dobrze. Zabijasz mnie, ale potem mnie wskrzeszasz. A zatem wszystko zostaje ci wybaczone.

Zrobiła znak krzyża, pocałowała czubki palców i zmierzwiła Aleksowi czuprynę.

– Zostajesz? Wyjeżdżasz? – zapytał.

– Z o s t a j ę – powiedziała Kitty, najwyraźniej podejmując tę decyzję na gorąco. – Zostanę tydzień, może dwa. Nie wpadaj w panikę, nie martw się – teraz, kiedy mam środki, chyba wyprowadzę się z twojej sypialni. Obsługa nie jest tu zbyt imponująca. Zresztą musimy odseparować Lucię od Grace, zanim dostaną na swoim punkcie k o m p l e t n e j obsesji.

Alex pocałował jej dłoń.

– No dobrze – powiedziała Esther, zagryzając wargę; łza spłynęła po grzbiecie jej nosa i zawisła na moment na jego czubku. – Ktoś musi zadzwonić, gdzie trzeba, i odkręcić tę całą aferę. A mnie potrzebne są kluczyki do samochodu, jeśli mam się jakoś dostać do tego cholernego *college*'u na...

– O p u s z c z a m   w a s – oznajmiła Kitty z aktorskim mrugnięciem i doskonałym wyczuciem scenicznego rytmu. – Macie dziś wieczorem jeszcze jedną wielką uroczystość, prawda?

Alex, który patrzył jak zahipnotyzowany w oczy Esther, skinął w milczeniu głową.

– Nie będę w niej mogła niestety uczestniczyć – papież by mnie chyba zabił. Ale może zjedlibyśmy później razem kolację, co? Tak, to dobry pomysł.

Zostali sami. Esther odwróciła wzrok; teraz patrzyła na sufit.

– No tak... Potrzebne mi są kluczyki...

– Uważasz, że zrobiłem to dla siebie? W tym cały problem?

– Nie wiem – powiedziała, podnosząc pośpiesznie ręce do twarzy, żeby powstrzymać wybuch płaczu, wycofać łzy tam, gdzie było ich miejsce. – W tej chwili nie ma to już właściwie znaczenia.

– Uważasz, że zrobiłem to dla chwały, dla własnej chwały, tak?

Esther zamknęła usta i wycedziła przez zęby głosem, który brzmiał jak urywany krzyk:

– Nie chodzi o to, co myślę o twoim postępku. To tak jak z tą dziewczyną w twoim łóżku – nie chodzi o to, co zrobiłeś czy czego nie zrobiłeś. Chodzi o to, co ja czuję. O to, jak ranisz innych. Rozumiesz? Ja idę na operację, a ty śpisz z jakąś dziewczyną. Jak twoim zdaniem mogę się czuć?

Pragnął rozpaczliwie dotknąć jej głowy, przyciągnąć ją do siebie. Oszczędzić jej i sobie tandetnego dialogu, wszystkiego tego, co wypływa z miłości, typowej rozmowy kochanków. Ale wciągnął ich wir kłótni, a nie wolno człowiekowi dotykać ukochanej podczas awantury, nawet jeśli w dziewięciu wypadkach na dziesięć jest to coś, czego pragnie się najbardziej.

– Błagam cię – powiedział, wzmagając ekspresję i gestykulując gwałtownie. – Jesteśmy przecież ze sobą od dziesięciu lat. I tak właśnie o mnie myślisz?

Zaklęła, oburzona tą manipulacją z jego strony, ale on nie ustępował. I nie było w ich kłótni niczego nowego. Przerabiali to w różnych wariantach przez ostatnie sześć lat. Ten spór toczył się nieustannie. Tym właśnie są relacje między ludźmi – przedstawieniami, które rozgrywają się tak długo, aż uchodzi z nich całe życie i pozostają tylko puste gesty.

– A więc uważasz – warknął – że ja... że ja mam moralność jakiegoś rynsztokowego szczura, tak?

– Nie rozmawiajmy o moralności – powiedziała stanowczo. – Tak będzie lepiej.

Skinęła trzykrotnie głową, jakby odpowiadała na jakieś niewypowiedziane pytanie, i wyszła z pokoju. Alex poczuł nagle, jakby w żołądku otworzyła mu się jakaś zapadnia. Miłość, odwrót miłości. Co się dzieje? I to teraz? Czy to jakaś radykalna zmiana? Czy nadszedł dzień, w którym toczona przez dwoje żołnierzy wojna z plastikowymi oparciami krzeseł, z hipokrytami i hochsztaplerami, z telewizją, z monstrualnymi stertami jedzenia, z opakowaniami z potrójnej folii i badaniami potrzeb konsumenta, z piosenkami o miłości i wszelkimi instytucjami religijnymi – a więc czy nadszedł dzień, w którym ta walka staje się walką samotną? Kiedy człowiek musi sobie z tym radzić w p o -j e d y n k ę? Ta groźba wisiała w powietrzu przez ostatnie kilka lat. Czasami chciał nawet, żeby się spełniła. Teraz ta myśl przeraziła go niemal śmiertelnie. Napędzany tylko przypływem adrenaliny, wbiegł na schody i zagrodził jej drogę. I zapytał ją. Głośno. Powtarzając pytanie. Czy to już jest to? Czy to to? Koniec?

– Jeszcze żyjemy, jeszcze tu jesteśmy – odpowiedziała znużonym głosem i objęła się rękami jeszcze ciaśniej. – Koniec jest bardziej... krwawy. Sztylet, ampułka z trucizną, takie rzeczy. Znasz procedurę. Na dziś wszystko jest w porządku, okej? A jak będzie dalej – po prostu nie wiem, Tandem. Będziemy się musieli dopiero przekonać, naprawdę.

Wyminęła go i ruszyła na górę.

– Słuchaj – powiedziała, przeszywając go płomiennym spojrzeniem. Dostrzegła w jego oczach błaganie o łaskę. – Weź prysznic, skarbie. Śmierdzisz. Idź do Adsa. Ja muszę się zająć papierami. Będę na nabożeństwie. Potem zobaczymy się z Kitty. Wyjdź na jakiś czas z tego domu, zejdź mi z oczu.

A zatem nie odwrót. Tylko zawieszenie.

2

Nie stosując się do rady Esther (był ciekaw, jak daleko może się posunąć z tym swoim fetorem?), Alex wsiadł do autobusu jadącego do Mulberry, gdzie była synagoga, i usiadł na przednim siedzeniu górnego piętra, żeby rozkoszować się uroczą iluzją z dzieciństwa, że frunie nad ulicą.

– Nie odwrót! – zawołał do jakiejś pochłoniętej zakupami rodziny. – Tylko zawieszenie.

– Cień dobry, bobranoc – wrzasnął do przechodzącego księdza.

– Weź się do roboty – powiedział jakiś starzec w autobusie.

– HALO, ŚLICZNOTKO! – zawołał Alex, wystawiając rękę, żeby pomachać jakiejś uczennicy.

– Odwal się, Humbert – odkrzyknęła, poprawiając plecak, żeby mu zasalutować dwoma środkowymi palcami.

Przy Mulberry Central wysiadł i zapytał dwóch przechodzących chasydów o drogę do postępowej synagogi. Żydzi udzielili mu wskazówek, przyglądając mu się jednocześnie ze współczuciem. Śpiewając *Old Man River*, pieśń, którą uznał za pokrzepiającą, Alex maszerował tonącymi w zieleni alejami Mulberry. Miał wrażenie, że na każdym rogu stoi jakiś chasyd i czeka na to, by on, Alex, poczuł, że jest pleśnią, która porasta planetę. Czy wyczuwali go węchem? Czy po prostu go p r z e j r z e l i   n a   w s k r o ś? Było to coś w rodzaju duchowego rentgena, wykrywającego lichotę jego duszy, ujawniającego jego sfermentowaną wiarę. Alex postanowił kontratakować, machając im ręką. Było to bardzo dobre. Poprawiało mu samopoczucie. Absolutny brak reakcji na przyjazne wymachiwanie, na tak serdeczne pozdrowienie, dodaje człowiekowi moralnej odwagi.

W synagodze kończyło się właśnie poranne nabożeństwo. Alex widział kotłujących się wiernych i prostą, betonową budowlę z wtopionym w ścianę oknem w kształcie gwiazdy Dawida. Synagoga nie miała ozdób, lecz nie była pozbawiona pewnego uroku. Prowadził do niej szpaler zieleni z przygnębiającą, acz niezbędną aparaturą systemu bezpieczeństwa, uzupełnionego kamerami na słupach, które wyglądały jak wysunięte peryskopy. Alex zadzwonił i pomachał ręką do wideofonu. Rozległ się brzęczyk i wpuszczono go do środka.

Rabin Burston stał w słońcu, gawędząc z grupką kobiet, tak przynajmniej przypuszczał Alex. Z całą pewnością stał tam krąg kobiet, które rozmawiały z kimś niewidocznym, patrząc w dół. Kiedy Alex podszedł bliżej, pierścień się rozerwał i choć postać, która się ukazała, była wyjątkowo niska, nie ulegało już teraz wątpliwości, że w stronę Aleksa kroczy zamaszyście rabin. Alex poczuł, że ustępują resztki nerwowego napięcia; widok dodawał mu otuchy, bo zawsze można było liczyć na to jedno – że żaden rabin nigdy nie jest onieśmielony. Alex często spotykał tych kulących się bojaźliwie wikarych, którzy robili wrażenie zawstydzonych faktem samego istnienia – a jak można było czerpać wiarę od człowieka, który się tej wiary wstydzi? W przypadku rabinów było odwrotnie: Alex musiał się przyznać do czegoś w rodzaju wstrzemięźliwego podziwu dla stanu rabinackiego. Rabini byli zawsze, ale to zawsze tak dobrzy, że już nie mogli być lepsi.

– Hej! – zawołał rabin Burston. Miał około czterdziestu lat i był nawet jakby groteskowo przystojny jak na mężczyznę nie większego od dziewięcioletniego chłopca. Ubrany był w dżinsy i białą koszulę. Stojąc przed Aleksem, sięgał mu do pasa; wiedząc z góry, że będzie to niezwykle trudne, Alex usiłował nie spoglądać na swego rozmówcę częściej, niż patrzyłby nań, gdyby rabin był normalnego wzrostu. I natychmiast poniósł porażkę, zafascynowany niewiarygodnie szeroką klatką piersiową, kędzierzawą czarną brodą i atletyczną fizycznością tak radykalnie skarykaturowaną w tym drobnym człowieczku.

– Witam.

– ALEX-LI, JAK PRZYPUSZCZAM? – zawołał znów rabbi. Stojące w kręgu kobiety uśmiechały się łaskawie, a jakieś dziecko pokazywało Aleksa palcem.

– Tak jest.

– CHCE PAN ROZMAWIAĆ W ŚRODKU CZY NA ZEWNĄTRZ?

– MOŻEMY NA ZEWNĄTRZ.

– DOBRZE. JA TEŻ WOLĘ NA ZEWNĄTRZ. MOŻE NA ŁAWCE?

– Okej. Czy jest jakiś powód... To znaczy, dlaczego pan krzyczy?

– ROBIĘ TO CZASAMI, ŻEBY ODWRÓCIĆ UWAGĘ OD... – ogarnął całą swoją postać, od głowy do stóp, jednym energicznym ruchem przegubu. – TYLKO PRZEZ KILKA PIERWSZYCH MINUT. STWIERDZAM, ŻE TO CZASEM POMAGA. CZY TAK JEST RZECZYWIŚCIE?

– Nie bardzo.

– Och – powiedział rabin Burston, drapiąc się z uśmiechem po brodzie. – No tak, to nie działa na wszystkich. Proszę, Alex, zapraszam na rozmowę.

Przemknął obok drzewa i podciągnąwszy się na rękach, usadowił na ławce; jego nogi dyndały w powietrzu wysoko nad ziemią.

– A więc przejdźmy do rzeczy, Alex. Kadysz. Czy ty to rozumiesz? To znaczy, czy rozumiesz naprawdę?

– Tak. Tak mi się wydaje.

– Okej. Wytłumacz wobec tego mnie.

– Kiedy mówię... To znaczy myślę, że rozumiem podstawowe...

– PUBLICZNE SŁAWIENIE ŚWIĘTEGO IMIENIA BOGA JEST ODWIECZNYM OBOWIĄZKIEM ŻYDA! – wrzasnął rabin Burston, wyrzucając przed siebie obie rączki. Potem opuścił je i uśmiechnął się uspokajająco do Aleksa. – Tak mówią księgi, prawda? I jest to prawda. Ale ja nie chcę, żebyś to traktował jak obowiązek. To ma być p r z y j e m n o ś ć. Twój d a r dla ojca. Wchodzisz do synagogi i składasz dar. Kiedyś, kiedy byłeś mały i nie mogłeś tego zrobić, jeśli miałeś dać komuś podarunek, kupowała go w twoim imieniu twoja matka, pamiętasz? I tylko musiałeś się podpisać na karcie – albo po prostu umoczyć rękę w czerwonej farbie i odcisnąć na niej ślad. Czy robiłeś to kiedyś?

Alex odpowiedział ostrożnym wzruszeniem ramion.

– OKEJ! – zawołał rabin Burston i zamilkł. Wciąż starając się nie gapić zbyt ostentacyjnie, Alex powędrował za jego spojrzeniem i popatrzył w górę, na pierwsze nieśmiałe pąki na gałęziach wiśni, omamione łagodną pogodą.

– Wiesz co? – zapytał rabin po minucie, która upłynęła w milczeniu. – Przejdźmy się dookoła synagogi, a potem wrócimy tu, pod to drzewo. Zgoda?

Wyciągnął ramiona i zakłopotany Alex uprzytomnił sobie ze zgrozą, że Burston chce, żeby go zdjąć z ławki.

– Co? Nigdy nie brałeś na ręce rabina? Żart. To żart – powiedział Burston i zwinnie ześliznął się z ławki na ziemię. – Okej, przejdźmy się trochę. Idźmy w ślady Sokratesa.

Alex już wcześniej zawarł umowę z samym sobą, że w razie, gdyby musiał przejść się z rabinem-liliputem, będzie szedł bardzo wolno, ale rabin od razu wysforował się do przodu i to on, Alex, musiał dotrzymywać mu kroku.

– Rzecz w tym – rzekł rabin, płosząc grupkę dzieci, które rozpierzchły się na wszystkie strony – że kadysz nie był nigdy przeznaczony do odmawiania w synagodze. To modlitwa, którą powinno się odmawiać w jesziwie, bardzo nieformalna. Modlitwa, która bierze się z p o t r z e b y   s e r c a. A to bardzo rzadkie. Nie jest wymuszana odgórnie, przez rabinów. To modły z a n o s z o n e   ż a r l i w i e przez ludzi z wewnętrznej, prawdziwie ludzkiej potrzeby. Zakładam, że wierzysz w takie ludzkie potrzeby... mam nadzieję, że się nie gubisz w tym, co mówię?

– Nie, nie – zgadzam się co do ludzkich potrzeb. Też je mam. I widzę je dokoła.

– Okej. D o b r z e. To dobrze. No więc zauważ, że w modlitwie za zmarłych nie występuje A d o s z e m   ani   E l o h i m, nie pojawiają się oficjalne imiona Boga. Imię nieformalne, jak gdyby intymne, jest tylko w kadyszu – *Kadosz Baruch Hu*, czyli Święty, niech będzie Błogosławiony, i jeszcze *Awichun di biszmaja* – Ojciec na niebiosach. Jest nawet *ha-Szem*, Imię, przekształcone w *Szema,* Jego Imię. Kadysz jest rozmową Żyda z Bogiem, syna z nieobecnym Ojcem, nadążasz za mną? Jest to relacja jeden do jednego, choć społeczność ma tu znaczenie zasadnicze – kiedy mówię Żyd, mam na myśli o g ó ł Żydów – ale ale jest to zawsze okazja szczególna.

Tu rabin Burston podskoczył niespodziewanie i uchwycił się krawędzi niskiego murku okalającego podwórko na tyłach synagogi. Podciągnął się i stanął wyprostowany na murku. Teraz miał około metra siedemdziesięciu, przy metrze osiemdziesięciu Aleksa.

– Co jeszcze chciałbyś wiedzieć?

– Mmm... Okej... Trochę praktycznych rzeczy. Na przykład: ja zaczynam...

– Ty zaczynasz, a minjan ci odpowiada. A przy okazji: wiem, że masz na razie tylko osiem osób, ale ja znalazłem dwóch ochotników – to ludzie obcy dla ciebie i twojego ojca, ale nie dla Niego, a tylko to się liczy. A więc ty mówisz, mówisz, mówisz, a potem my odpowiadamy. Potem znów recytujesz, my jeszcze raz odpowiadamy, a potem wszyscy mówią naraz. Znasz swój tekst na pamięć?

– Prawie. Z grubsza.

– A więc jesteśmy dalej niż w połowie drogi – powiedział rabin radośnie i klasnął w dłonie.

– Ale jaki w tym jest sens? Ja nic n i e c z u j ę – wybuchnął Alex i poczuł, że to wyznanie przyniosło mu ulgę.

– Przenieś mnie, proszę. Tym razem mówię poważnie – na ten następny kawałek muru.

Alex ujął rabina pod pachy i przeniósł go nad przerwą w murze. Bezpieczny po drugiej stronie rabin założył ręce do tyłu i kontynuował swą przechadzkę na wyżynach.

– No dobrze. A więc niczego nie czujesz. To uczciwe postawienie sprawy. Chcesz zatem, żebym cię przekonał, tak? Czy mamy sobie przypomnieć historię Akiby? Naprawdę? Historię o ojcu, o noszeniu drewna i straszliwej męce?

– Nie, nie. Przeczytałem ten fragment o tym, że mogę zapewnić mojemu ojcu wieczny odpoczynek, i tak dalej, ale to jest tu nie bardzo na miejscu, bo ojciec nie był żydem.

– Ale ty j e s t e ś. Wiesz o tym, nie jesteś idiotą, i dlatego właśnie przyszedłeś tutaj.

Dwoje dzieci przebiegło obok nich z wrzaskiem; na widok rabina Burstona umilkły i zaczęły się dyskretnie poszturchiwać, jakby chciały powiedzieć „to nie ja, to on!".

– Nie rób takiej żałosnej miny, Alex – powiedział rabin Burston. Doszedł do końca muru, usiadł i zsunął się na ziemię. Tym razem wylądował dość niezdarnie, pośliznąwszy się lekko na żwirze, ale nadal nie było w tym nic komicznego, nic uwłaczającego godności. Irytowało to Aleksa, który pragnął i oczekiwał ponad wszystko zejścia ludzi z piedestału. Jeśli tego zabrakło, tak jak w przypadku Adama i Esther, przywiązanie stawało się zbyt mocne. Ulegała zwielokrotnieniu perspektywa przyszłego cierpienia.

– A jednak... Rozumiem, co pan mówi, ale nie wiem, jaka jest konkluzja. Przynajmniej w odniesieniu do mnie.

Rabin Burston kopnął jakiś kamyk.

– No tak – powiedział, kiwając ze zrozumieniem głową. – To przygnębiające, kiedy się nie widzi konkluzji, wiem. Zupełnie jakby się wciąż miało piętnaście lat. Nie jest to jakiś szczególnie wspaniały wiek.

– Miewałem lepsze okresy.

Przeszli obaj po wielkiej, niewyraźnej Gwieździe Dawida, cieniu okna, przesuwającym się z wolna przez podwórze, w miarę jak słońce pięło się po niebie.

– Alex. Twój przyjaciel Adam powiedział mi, że zarabiasz na życie, zbierając autografy. Czy widzisz w tym jakiś sens?

– Nie bardzo. Ale...

– Ale sprawia ci to przyjemność.

– Poniekąd.

– A więc zbierasz, zdobywasz coś. Słynne podpisy wielkich sław. Czy cokolwiek w tym biznesie posiada status daru?

– Jak to – daru?

– Chodzi mi o to, czy cokolwiek w twoim codziennym życiu ma walor daru.

– Dążę do tego – powiedział Alex, myśląc mimo woli o Kitty. – To takie świeckie marzenie, prawda? Miłość, sztuka, może działalność charytatywna. To są wszystko dary.

– Owszem – potwierdził rabin Burston z uśmiechem. – To świeckie marzenie.

– Nie rozumiem, jaki to ma związek. Ja mówiłem o rytuale.

– No dobrze – zgodził się rabin Burston, markując wymianę ciosów z niewidzialnym przeciwnikiem. – Wal. Powiedz mi coś o rytuale.

– No więc... – zaczął Alex nieśmiało – no dobrze, więc odmówiłem wczoraj kadysz, żeby przećwiczyć...

Wkroczyli właśnie w obszar ponurego cienia rzucanego przez dach synagogi; nie było tu ulotnego ciepła słonecznego światła, więc temperatura gwałtownie spadła. Alex zadrżał i otulił się szczelniej płaszczem.

– Odmówiłem kadysz i nic nie poczułem, to znaczy tak w ogóle coś czułem i bez modlitwy, ale kadysz mi nie pomógł.

– Byłeś sam?

Alex kiwnął głową.

– D a j ż e   s p o k ó j. Czy grasz w piłkę nożną sam? W hokeja? Oglądasz dzieła sztuki sam? Tańczysz tango sam? Kochasz się sam? Nie musisz odpowiadać.

Alex zaśmiał się ponuro.

– W końcu – powiedział rabin, kiedy zakończyli przechadzkę pod zwiedzioną piękną pogodą wiśnią – następuje *Ciduk ha-Din*, akceptacja boskich wyroków. Zamiast złorzeczyć Bogu za straty, jakie ponosimy, powstajemy i głosimy Jego chwałę. Akceptujemy Jego wyroki. On dał, On odebrał. Godzimy się z tym.

– Ale ja nie. Ja się nie godzę – bąknął Alex, czując, że ogarnia go znajome uczucie depresji. – Moim zdaniem, w tym coś nie gra. Dla mnie to jest wręcz obsceniczne. Wszelkie cierpienie. Nie mogę się pod tym podpisać, po prostu nie mogę.

Kobieta, która od dobrej minuty kręciła się w pobliżu, przekładając jakieś papiery, wypowiedziała teraz cicho nazwisko rabina Burstona.

– Tak, pani Bregman, już idę, jedną chwileczkę.

Rabin odwrócił się do Aleksa i przechylił głowę tak, że jaskrawe słońce zaświeciło jego rozmówcy prosto w oczy.

– Wiesz, Alex, jestem bardzo zajęty! Wyświadcz mi tę łaskę, zjaw się tu o szóstej, powiedz to, o co cię poproszono, i złóż dar. Twoi przyjaciele i ja wypisaliśmy kartę, kupiliśmy prezent i pomalowaliśmy ci ręce na czerwono. Po prostu pojaw się tu z czerwonymi rękami, dobrze?

3

Na trawniku przed domem Adama, nie zważając na niesamowite słońce, spożywano późne śniadanie. Krzesła ustawione były tak, żeby można było położyć talerze na murku; śniadający siedzieli w długim szeregu z puszkami piwa przed sobą, jak kierowcy ciężarówek w przydrożnym barze. Joseph i Rubinfine zatknęli sobie dla żartu serwetki za kołnierzyki; Adam sterczał nad nimi z patelnią jajecznicy garnirowanej różowymi plamkami wędzonego łososia. Alex bez słowa przysiadł się do Rubinfine'a; nogi dyndały mu w powietrzu.

– Uprzedzę twoje pytanie – oświadczył Joseph, patrząc w przestrzeń ponad dachami – że to mój pierwszy od pół roku dzień wolny z powodu choroby.

– On myśli o rzuceniu tej pracy – wyjaśnił Adam. – Ale wciąż dostaje podwyżki. To on zapłacił za łososia. Chcesz talerz, Al?

Nie czekając na odpowiedź, wszedł do domu, żeby przynieść rybę.

– Zamierzam rzucić tę pracę – potwierdził Joseph flegmatycznie, wyławiając muchę ze swojej jajecznicy. – To przez słońce. Doznałem przez nie objawienia.

– Na tym polega problem z tym cholernym słońcem – powiedział Rubinfine, marszcząc brwi i celując w słońce widelcem.

– I jak brzmiało to objawienie?

– Mmm... jakoś tak: nie można spędzać reszty życia w totalnej beznadziei.

– Słusznie. To dobre spostrzeżenie.

– Tak też pomyślałem.

– A co będziesz robił? – zapytał Alex, odbierając talerz z potężną porcją jajecznicy i grzanką.

– Będę dożywotnim bezrobotnym. Taki na razie mam plan.

– Też miałem kiedyś taki – powiedział Rubinfine zawistnie. – Ale nic z tego nie wyszło.

– To dlatego, że łatwo się zniechęcasz – Joseph podniósł kufel z piwem ku niebu. – A ja trwam w swoim postanowieniu. – Odwrócił się i po raz pierwszy spojrzał na Aleksa. – O c h o l e r a – powiedział – wyglądasz o k r o p n i e.

– Wydaje mi się – rzekł Alex, patrząc jakby przez Josepha i Rubinfine'a na Adama i szukając u niego zrozumienia – że Esther może ze mną zerwać.

Adama wyraźnie to zaniepokoiło; odwrócił wzrok, jak mimowolny świadek intymnej sceny pomiędzy rodzicami. Joseph otworzył piwo i podał mu.

– Wszyscy rzucają w końcu wszystkich – powiedział Rubinfine.

Alex zasępił się.

– Tak, ale to n i e j e s t koniec, ty pedziu. W tym rzecz. Myślę, że potrafiłaby mnie rzucić w p o ł o w i e d r o g i.

– Tylko Bóg jest czymś stałym – stwierdził autorytatywnie Rubinfine i wyrwał Josephowi pieprzniczkę z ręki, choć ten nie skończył przyprawiać jajecznicy. – Zakończenia są Jego darem. Tutaj wszystko się kończy. Nie kończy się tylko t a m – wskazał na niebo. – Te zakończenia to Jego dar dla nas. Mógłbyś mi wobec tego powiedzieć: „No tak, fajny prezent, ale czy mógłbym go odnieść do sklepu i wymienić na coś innego?". Na co ja odpowiedziałbym ci...

– Rub, daj sobie spokój, bardzo cię proszę – jęknął Joseph. – Co to za przemówienie?

– To dla mojej grupy chederowej. Wygłoszę je w przyszłym tygodniu – odparł Rubinfine, odgryzając kawałek paznokcia i spluwając nim przez murek. – Do dziesięcio–czternastolatków. Nie podoba ci się? To znaczy będzie tam o wiele więcej...

– Nie to, że mi się n i e p o d o b a... Rub, a gdyby ktoś mówił do ciebie w ten sposób, kiedy miałeś czternaście lat... No nie, to nie jest takie złe. Chodzi o to, że ty wyrażasz wszystko w taki cholernie zagmatwany sposób... Słuchaj, masz pióro? Przelećmy przez to i uporządkujmy trochę.

– Trzeba dorobić jajecznicy – powiedział Adam w zamyśleniu. – Chodź, Alex, pomożesz mi smażyć.

Adam minął jednak kuchnię i skierował się prosto do dużego pokoju. Przed alfabetem odwrócił się i chwycił idącego za nim Aleksa za ramiona. W jego spojrzeniu odbijała się cała osobowość Adama: było to spojrzenie, na jakie człowiek nieustannie z nadzieją czekał i które pojawiało się tylko od czasu do czasu. Czyste, przejmująco szczere, figlarne; wyrażało pragnienie radości, a także wolę przejęcia od człowieka cierpienia i uczynienia go własnym. Alex wsadził ręce do kieszeni, jak uczniak zakłopotany niespodziewaną pochwałą.

– Jesteś gotowy? – zapytał Adam.

– Na...?

– Na dzisiejszy wieczór!

– A... jasne, tak, oczywiście.

– Widziałeś się z rabinem Burstonem? Nie pomógł ci?

Alex zrobił bezradną minę, a na twarzy Adama pojawił się wyraz bolesnego rozczarowania, jaki Alex widział kilka godzin temu u jego siostry.

– Dla mnie to znaczy coś zupełnie innego – powiedział Alex, wyjmując ręce z kieszeni, i opadł na sofę. – Dla mnie to tylko gesty, rozumiesz? Nic więcej.

Adam wyraźnie się zmieszał.

– A co jest ważniejsze od gestów? – zapytał.

Ukląkł w miejscu, gdzie stał; Alex obawiał się przez chwilę, że zamierza go poprosić o to, by pomedytował albo się pomodlił, a on już teraz wiedział – i to z większą pewnością niż kiedykolwiek – że oba te akty są jak gdyby poza nim, więcej: on je zdecydowanie odrzuca. Chciał pozostać w doczesności i przyjmować to, co z sobą niosła, cele doraźne i uniwersalne, kropki, przecinki, bolesne rozczarowania i codzienną walkę. L u b i ł te codzienne zmagania. To była dla niego bułka z masłem. Na wynos.

– Co to? Upuściłeś... ach, to twój banknot – powiedział Adam, podnosząc banknot z podłogi. Podszedł do Aleksa i usiadł na sofie.

– Strasznie pognieciony – zauważył, podając banknot Aleksowi. – Też miałem przynieść swój dziś wieczorem. Wydawało mi się, że powinienem.

Alex przypomniał sobie teraz mgliście, jak w nocy odrywał banknot od ściany. Wziął go od Adama, położył na stoliku i wygładził dłonią zaciśniętą w kułak.

– Są p o d o b n e, prawda? – powiedział Adam z przejęciem. – To znaczy masz naprawdę podobny charakter pisma.

Alex zmarszczył brwi. Sięgnął po pióro i złożył swój wzorcowy podpis na okładce czasopisma.

– No popatrz, jakie podobne – mruknął Adam. – Jego „T" jest identyczne jak twoje. I to dziwne „m".

– Kiedyś kopiowałem jego podpis – powiedział Alex w zadumie, dotykając banknotu. – Prosiłem go, żeby się podpisał, bo chciałem to skopiować. Zamęczałem go o to bez przerwy, więc mogłem dokładnie zaobserwować ruchy jego ręki. Miał bardzo małe ręce. Były niesamowicie małe i...

Alex nie mógł zapanować nad zapadnią, która znów otwierała mu się w żołądku. Zanurzył palce we włosach.

– Mówiłeś, zdaje się – powiedział łamiącym się głosem – mówiłeś, że to wszystko p o p r a w i m i s a m o p o c z u c i e. A ja wcale nie czuję się lepiej. To, że powiedzieliście Esther o Boot, też mi n i e p o m o g ł o. I ani ta uroczystość dziś wieczorem, ani rozmowa z rabinem

Burstonem niczego nie rozwiązują ani nie są ż a d n y m lekarstwem. Brakuje mi go. Wciąż za nim tęsknię. Przez cały czas. Tak strasznie za nim tęsknię. I n i e c z u j ę s i ę w c a l e l e p i e j.

– Ja mówiłem, że będzie lepiej, a nie, że będziesz się lepiej czuł – powiedział Adam ze śmiertelną powagą. – I jest lepiej, nawet jeśli ty tego nie czujesz.

Alex zaśmiał się posępnie i przygryzł wystrzępioną skórkę na palcu.

– Nie ma żadnego innego dobra oprócz dobrego s a m o p o c z u c i a – powiedział, potrząsając głową. – Oto czym jest dobro, Ads. Tego właśnie nigdy nie rozumiałeś. Tu nie chodzi o symbol czegoś innego. To dobro musi człowiek odczuwać. Ono istnieje w r z e c z y w i s t o ś c i.

Adam uciął dyskusję rozłożeniem rąk; ta twarda, opalizująca muszla, skorupa spokojnej pewności, która okrywa ludzi religijnych, ów domek, który noszą z sobą wszędzie, pozostał nienaruszony.

Alex westchnął i wstał, żeby sięgnąć na półkę po pudło z marihuaną, które zasłaniało od dołu drzewko autografów Adama.

– Myślałem o tym – powiedział Adam ostrożnie. – O zrobieniu z autografu Kitty ostatniej gałęzi, gdybyś zechciał i gdyby ci jakiś został. Na znak szacunku. To byłby sposób, żeby go jakoś zabezpieczyć – na wypadek, gdyby cię korciło, żeby wyprzedać wszystkie cenne rzeczy, jakie masz. Jeśli uważasz, że to zły pomysł, to powiedz, ale...

Alex roześmiał się. Adam zmarszczył brwi i przekrzywił głowę; w tej samej chwili promienie słońca przebiły się przez żaluzje i podzieliły pokój na akapity mętnego od kurzu światła i pojedyncze frazy cienia. Jeśli cokolwiek może sprawić, że człowiek staje się religijny, to właśnie coś takiego. Synchronizacja. Zgranie.

– Sprzedałem wszystkie – powiedział Alex z satysfakcją, pozwalając na razie faktom pozostać tam, gdzie były. – Nie został mi ani jeden. Ads, ty masz aureolę.

Otworzył pudełko i przetrząsnął je w poszukiwaniu choćby jednej brunatnej drobiny. Adam wstał nagle i zatrzasnął wieko.

– Lepiej nie, bracie. Bądź dziś czysty. Bądź obecny. Obecny w pełni. Nie uważasz, że tak będzie lepiej?

– Hm – odchrząknął Alex. Bujał w tej chwili w obłokach, jak to lubią określać nauczyciele. Słońce zalało ścianę i całkowicie przeobraziło wnętrze pokoju. Wszystko wyglądało inaczej i inaczej się wszystko odbierało. To jest właśnie problem ze słońcem.

– I jak zobaczysz się z Esther: ona chce, żebyśmy rzucili palenie. Boi się powiedzieć ci to, ale wiem, że tego chce. Od nas obu. Ale nie wiem... To wielkie zobowiązanie. Dzięki temu właśnie zrozumiałem – powiedział, wykonując Międzynarodowy Gest oznaczający transcendencję (zadarcie głowy, wzrok utkwiony w suficie). – W ten sposób otworzyła się przede mną Szechina, tak objawiły mi się różne rzeczy. I tak zacząłem się piąć w górę.

Wyjął pudełko z rąk Aleksa i postawił je z powrotem na półce.

– Ale jeśli chodzi o dzień dzisiejszy, to ma rację. Myślę, że powinniśmy być obecni, w pełni obecni. Alex?

Alex pochylił się nad banknotem, potem się znów wyprostował i wyłowił garstkę pluskiewek zza autografu Jimmy'ego Stewarta. Nakłuł po jednej kropce w każdym z czterech rogów banknotu i przypiął Li-Jina w pustym, wyblakłym od słońca miejscu, pomiędzy (i trochę nad) znanym filozofem Ludwigiem Wittgensteinem i znaną pisarką Virginią Woolf.

EPILOG

Kadysz

Przypuśćmy, że nie mógłbym wykonywać gestów, które wykonują ludzie, kiedy nie wiedzą, co robić – skubać nerwowo sprzączki przy pasku od zegarka, zapinać i odpinać koszuli pod szyją czy przeczesywać palcami włosów. W końcu straciłbym wszelkie oparcie. Byłbym zgubiony.

Peter Handke, *Das Gewicht der Welt*

Ten, który stoi, to łowca autografów Alex-Li Tandem. Ze swego miejsca widział ich wszystkich. Widział wszystko, co robią. Ci, którzy siedzą, to jego przyjaciele, Adam Jacobs, rabin Mark Rubinfine i Joseph Klein, jego przyjaciółka Esther Jacobs, rabin Green, rabin Darvick, rabin Burston i matka Aleksa, Sara Tandem. Jest też dwoje nieznanych mu ludzi, Eleanor Loescher i Jonathan Verne.

Niech będzie wywyższone i uświęcone Imię Jego (powiedział Alex-Li, ale innymi słowami)
wielkie w świecie, który sam stworzył
według swojej woli.
Rubinfine zdzierał paznokciem wskazującego palca lewej ręki naskórek z prawego kciuka.
Niechaj ustanowi swe królowanie,
niechaj sprowadzi wyzwolenie,
niechaj ześle już wkrótce Mesjasza
za życia waszego i za dni waszych
i za życia całego domu Izraela,
Joseph tarł niemiłosiernie nos zgiętym palcem
Próbował się od tego powstrzymać, a potem tarł znowu
Szybko i w bliskim czasie,
Mówcie Amen!
Esther wygładziła rękami spódniczkę
i przekręciła przekrzywiony szew, aż
ułożył się tak jak trzeba!

Amen! (powiedzieli siedzący, ale innymi słowami)
Niechaj Jego wielkie Imię będzie błogosławione
Teraz i na wieki!

Błogosławione (powiedział Alex-Li, ale innymi słowami)
I wysławiane
I pochwalone
Rabin Burston machał nogami
Zgodnie z jakimś wewnętrznym rytmem,
Opiewane
I wywyższone,
Rabin Green pociągnął nosem,
Wyniesione
I uświetnione,
Rabin Darvick zamknął oczy
Po czym otworzył je jeszcze szerzej,
Uwielbiane i sławione
Święte Imię Jego
Adam uśmiechnął się i dyskretnie
Uniósł kciuk do góry
Niech będzie błogosławiony!
We wszystkich błogosławieństwach
I pieśniach pochwalnych, hymnach i dziękczynieniach
Zanoszonych na tym świecie
Mówcie Amen!

Niechaj zapanuje niebiański pokój,
I życie
Dla nas i dla całego Izraela,
Sara rozpłakała się i nie zrobiła nic
Żeby to ukryć,
Mówcie Amen!

Ten, który sprawił pokój na wysokościach,
Eleanor Loescher podtrzymywała oburącz swój mały brzuszek

(A Alex zachodził w głowę, co to znaczyło)
Oby zesłał pokój dla nas i dla całego Izraela,
Jonathan Verne ziewnął bezwstydnie.
(Alex zachodził w głowę, co to znaczyło)
Mówcie Amen!

SPIS TREŚCI

DOTYCHCZAS W SERII PROZA UKAZAŁY SIĘ:

W PRZYGOTOWANIU:

Społeczny Instytut Wydawniczy Znak,
ul. Kościuszki 37, 30-105 Kraków. Wydanie I, 2004.
Druk: Łódzka Drukarnia Dziełowa S.A., ul. Rewolucji 1905 r., nr 45, Łódź.